草堂之靈

杨钧 著

平藩 译

岳麓書社·长沙

写在前面

两年前，我请杨友吉先生写了幅字，应约去取。展开卷轴，一阵心喜，几个尺余大的汉碑隶，古朴雄浑，并列排开，其气势能扛起一座山，能趟开一条河。几处极具湘派风格的印章，深邃殷红，镶嵌在边角，与黑白相映的格局融于一体，生趣盎然。

话题便在书法及篆刻上展开，临末，我问：如想写好字治好印，有什么好的入门手册？吉翁复："诗文书画印，乃学人之余技也，非学人不得为之。而老话有文不过汉，字不过晋，诗不过唐，词不过宋，曲不过元。手札重在明清和民国时期，而其中的《草堂之灵》，很值得学人一读。"

在书店没寻到这本书，二手旧书店里也没找着，淘宝网上买了本复印的，知在1985年岳麓书社曾出版过。书是民国初年写的，由一些随笔集而成册。我信手翻开几篇感兴趣的题目，谈古论今述己见，讲的都是些文艺的事。文章随感而录，不重宏论，但简洁而深厚，没有纠缠迂回的笔墨，也不在情感上做铺设，在常人都已熟视无睹、耳熟能详的事上，却有不一般的见识，或能把话说得更透。读之已有悟，闲时再回嚼，仍有甘草味。之后，如烟瘾，越陷越深，每篇都有每篇的意思。虽与写书的人相距了百年，却渐如熟知的旧友，隔一段时间不在书上感悟一番，总觉得缺了点什么。而且书中涉及的人和事，好像也与我有了交集，他们的故事随着我检索的资料越来越多，也越发生动。对这本书的意译，就是在这种不知不觉中完成的。

《草堂之灵》的作者杨钧，字重子，号白心，晚号怕翁。是清末民初一位划时代的书法家。

提起民国初年的书法，人们最熟知的名字，莫过于李瑞清和曾熙，他们是那一时期书坛无可争辩的代表人物。李瑞清崇北碑，曾熙善南帖，同处当时影响力和传播力极强的上海，享有“北李南曾”的美誉。曾熙与杨钧是同乡，间有交集，而李瑞清与杨钧则是相识相知二十余年，一生之莫逆，见时三天三夜不休，只言碑帖，分时书信殷殷相倾，仍谈笔墨。

甲寅（1914），瑞清曾致信杨钧：“最近承之弟来沪，带来了你的手笔，让我惊叹，数日难已。以前你临古碑，还属道册法，（何绍基的毛病，唯恐字态方板，外人不叫好。）这次看你临的四张，既不怕方板，笔法又全合规矩，由此散发出的风韵，乃真汉隶也。”同时，还在自己的一幅字上题跋：“承之弟自京来，出示杨重子所临《孔羡》，纯乎汉人风韵，数十年来，无此作手。余望而畏之，不敢下笔。承之意不可却，遂临《杨孟文》以报。幸勿使重子见之。”云云。

平时在信函中，瑞清常以《张迁碑》偏旁及《天发神谶》《孔羡》等诸碑笔法相询，杨钧总以己之见解惑，相磋如面。后瑞清在上海发迹，曾劝杨钧前往，同以鬻字为生，杨钧婉拒，并在书中《荒谬》一文有述：“余不应梅庵鬻书之约，绝无他由，未竟之功，不忍半途抛弃也。”而在此之前，其兄，“旷世之才”杨度，有一段时间在中国政治舞台上呼风唤雨，也曾力邀他赴京出仕，杨钧以同样的理由选择了回避。

然，何谓其孜孜以求的“未竟之功”？

当我们的镜头，聚焦在杨钧个人身上时，发现他是一位典型的集古贤理想品质于一身的学人。

其父亲早逝，由伯父，清朝湘军著名将领杨瑞生养育。六岁以后，即笔不离手，主习唐碑，十二岁拜湖湘大儒王闿运门下，收为弟子，始广猎古学，经书、诗歌、骈文、训诂，无所不及，游艺之书法、篆刻，则转而崇尚北汉风格，所有北碑汉版，几乎临尽，每日一通，勤时更多。生平所临碑帖多达五千余通，可谓前无古人，后无来者。不惑至天命之年，渐成气候，善书人惊呼：“取汉碑精华，尽纳《石门颂》。”“腕下有神，笔下有鬼”。深邃者更精辟，“李篆杨分”以概之，即自唐朝以来千余年，唯杨钧的隶书和唐代李阳冰的篆书，堪称这两种书体之集大成者。

而当我们把镜头渐渐拉远，将他置于漫长的中国书法史源流中，你会发现，杨钧无意之间正生逢其时，处在一个研习和诠释碑隶前所未有的历史最佳位置。

隶书，在书法史上具有极其特殊的意义，之前的甲骨文、金文、小篆，在这里找到了落脚点，古人曰：“隶书者，篆之捷也。”之后的楷书、行书、草书，又是从这里生发开去，谓之源也。故汉隶，就成了古文字向今文字转化的分水岭。然而，即使承载了如此厚重的文化密码，在悠悠四千年的文字演变中，却仅仅只占据了四百年的历史，准确地说，它真正作为一种官方文字，只存在于东汉前后约两百年间，之后，便由于纸的普及，书写的笔触更趋流顺，字体便无情地朝楷、行、草的方向滑去。

其实不必过于哀叹它如驹过隙般的匆匆脚步，隶书起源于战国，孕育于秦朝，盛行于汉代，它依次走过了中国古代学术最活跃的时期、政权最强大的时期、文化最灿烂的时期。在变圆转为方折之时，改连曲为断笔之际，一幅幅秦汉帝国的雄朴、典雅、庙堂、高古之壮阔图景，已浑然泽润于汉隶纤细刚毅的架构之中。

是历史的巧合，也是上天的眷顾。在西汉和秦朝尚寥寥无几的碑刻，到了东汉及北魏，却如雨后春笋般竖起来，碑中文字，既记圣贤经义、礼教轮回，也记官政民俗、墓志地理，华夏文明的精髓和命脉，可望以这种庄重而又淳朴的方式延存下去。而这时的汉隶，正处炉火纯青的鼎盛时期，写手出自各个不同的社会阶层，碑书面目丰富无比，《谷朗碑》《受禅表碑》《孔褒碑》《乙瑛碑》《衡方碑》《鲁峻碑》《夏承碑》《娄寿碑》《华山碑》……，数不胜数，妙绝纷呈。

但当我们今天闭目寻索，想在星光灿烂的书法天空中找出谁是代表隶书最高境界的名门泰斗时，却惊异地发现难题，我们找谁呢？欧阳询、颜真卿、柳公权、赵孟频，为楷书标明了历史的高度；苏轼、米芾、董其昌，使行书有了令人敬仰的范本；怀素、黄庭坚，能让世人领略草书的癫狂；王羲之，千古书圣，传说篆、隶、楷、行、草无所不能，却没有留下他手书篆隶的只字片纸。

如果没有清代末期那场波澜壮阔的碑学复兴，书法史上有关篆隶的浓墨重彩，在经历了东汉那最后的辉煌之后，便将戛然而止、销声匿迹，与甲骨文、蝌蚪文的命运无异，仅会出现在考古学家的论文集里。

那场复兴，并非太平盛世后转而探索艺术享受的结果，而恰恰是中华儿女经历屈辱、中华民族遭受摧残的时候，悲怆负重的学子寻根求祖的一次苦苦挣扎之旅。洋妖倭寇区区几千人，便欺凌得有几千年文明的泱泱大国签城下之盟。国破家亡后，士大夫们试图在曾经称雄于世界的大汉王朝身上找回答案。于是，那些黄土侵蚀已久、岁月早已遗忘的东汉碑石，以极大的规模被重新挖掘出来，精心修复，拓晒其文字，苦究其深意，锱铢必较，唯恐遗漏了深藏其中、挽狂澜于既倒的救世良方。

不知道这个席卷了清末几乎所有汉族文人的浪潮，是否真正起到了矫正社会病理的重要作用，因为它并没改变千疮百孔的清王朝一步步走向土崩瓦解的命运，但伴随着这一过程，有两个极为重要的因素，对隶书在沉寂了两千年之后重放异彩产生了不可忽视的影响。

一是延伸了一千三百年的科举考试随着国运的衰落，日渐奄奄一息，终至寿终正寝，应试和官文必用的楷书，失去了往日的神圣和正统。二是越来越多的文人对碑文刻意追求释义的同时，也越来越认同和欣赏碑体上汉隶所展示出的张力和美感，如康有为在《广艺舟双楫》中所述："迄于咸、同，碑学大播，三尺之童，十室之社，莫不口北碑，写魏体，盖俗尚成矣。"

杨钧，仿佛其一生只为碑隶而来，恰生活于这个时期，而且是复兴浪潮抛卷到最巅峰的短短几十年间。

太早，如何绍基，家规和求仕，让他五十岁之前几乎只能囹圄于楷书和行草，纵为一代大师，虽晚年也沉迷于临碑和变法，无奈格局早定，积重难以知返。有人说其"化行草入篆隶""汉骨而唐韵"，的确如此，但曲枝扶柳，怎入碑石？汉骨之外，雄强朴茂的汉肌和汉肤又何处可附？

更早，如邓石如，虽家境贫寒，但山野布衣，免却了理学人家必习正楷的束缚，篆隶之书早早便成了立世之本。天纵之才，在宣纸上刮起的金石旋风，可谓书法史上第一人。然正如他自述中所言："少时未尝读书，江湖游食，人不以识字人待之。"纵横捭阖稍逊文略，况且清中期碑隶之风刚起于浮萍，同朋之间甚少切磋，笔意里有了大汉的威仪、方廓和饱满，架构间却缺少了一种盛世的大气、舒展和开阔。

杨钧将岁月交予笔墨的那个年代，清朝覆灭，群情鼎沸；军阀混战，生灵涂炭。他一介文弱书生，选择了清居避世。

达不济天下，可择独善其身；足不出庭户，却与天际相通。其握笔之始即临碑版，识字之初便触文史。在世俗的喧嚣纷争中，他愤懑、彷徨、无措而关闭宅门，在地长青草、门悬蛛网、自命“白心草堂”的院舍里，他心静、自信、睿智。虚妄时，和孔子、周公逍遥论道，与孟频、其昌笔墨轻狂，嬉笑怒骂，皆成文章。清醒时，笔耕不辍，冥想苦思，字尺之间，怎展大气？笔毫之软，怎可“上石”？

碑隶，既源于汉隶，又与之有所不同。它已完全失去了传达或记载意思和事情的实用功能，却又增添了两个至关重要的特质。一是书家落笔之后，凿碑石匠的鬼斧神工。不夸张地说，就碑刻上字体的笔意而言，錾刀产生的影响丝毫不亚于墨迹的勾勒，加上陈年的风摧雨蚀，留给历代文人手中的拓本，已是写手、工匠和大自然三者合力的结果。二是碑版拓晒之后，书法之人的心追手摹。前述所知，拓本并非全然依赖手书，錾凿的刀法和石质的崩裂，带来笔墨不曾企及的效果，后人之所以千临万摹，绝非是为了重演汉人的书写习俗，追寻的正是那苍劲雄郁的金石之魂。

故杨钧将隶书能否“上石”，即将手书复刻至碑碣能否呈现朴拙古茂的金石之意，视为衡量碑隶是否入门的标准。不要轻视这一小小的门槛，仔细审视，刘墉未可，何绍基不能，大师名家中，过关者鲜有几人。杨钧则以此奠基，穷尽一生，在碑隶的丛林中苦心求索。书中《说碑》一文中有记：“尤宜细考各碑帖之时代，及其构造之症结与其得失。即以汉隶而论，《石门》善放善变，而难于严肃；《张迁》笔势短蹙，不能发展；《衡方》笨拙，未易空灵；《礼器》灵而难实；《曹全》巧而不朴；《孔宙》开张而不蕴蓄；《史晨》蕴蓄而不开张；《白石神君》生硬而无风致；《华山》有风致而不生硬；《西狭》太松；《樊敏》太迫；《赵圉令》太缓；《范府君》太仄；《尹宙》太流；《郙阁》太滞。以上数种，皆崛立名碑，妙处固多，短处亦不少。仔细研求，自知专学一种之不能独立也。”不仅如此，执笔，逆锋，铺毫，飞白，凡古辈略有论述者，无不一一尝试，终日勤习，细细品悟。

我们临摹的碑版，一来自于碑刻，二来自于摩崖。熟知碑刻的人不少，东汉名碑的制作，通常由善书之人在平整的石碑上书丹，能工巧匠在着力顺态的姿势下，刻镌而成，呈现端庄典雅的“庙堂之气”，代表作有《曹全碑》《张迁碑》等。而听说过“摩崖”二字的人不多，它是把文字直接凿刻在山崖的石壁上，多由民间工匠身悬半空，水平持镐，依山就势，錾凿而成，具有率真无拘的“山野之风”，代表作有《石门颂》《西狭颂》等。

正因为摩崖这种异于常态的作字方式，让一味凝重、方板、文素的汉代碑版，别有洞天，意趣横生。杨钧在《记〈石门颂〉》一文中说：“余平生最喜《石门颂》，故临摹极多，拓本佳者，一见即收。”“真、草、篆、隶，皆可于《石门颂》求之，实为汉石中最奇之品。”

《石门颂》笔画的粗细几无变化，瘦韧，适用一分笔贯始终；而字体却简洁天真，既无拘束，也不做作，如幼童拿了根树枝，奋力在沙地上戳画而成。如果说杨钧是因主临了某一种碑版而形成了自己的风格，恐怕归于任何一种都会有失偏颇，他确实无一笔不出自古人，但又无一笔不属于自己。但如果说有哪一种碑版奠定了他最终的格局，则非《石门颂》莫属。

杨钧的碑隶，是碑刻与摩崖自然而又完美的融合。笔画上，它舍弃了《石门颂》的圆劲纤瘦，纳入了《张迁》诸碑的温重宽厚，取雄浑之力；笔意上，它在《石门颂》的奇纵飘逸与《孔羡》诸碑的方板矫厉之间巧妙平衡，获灵动之美；在架构上，它以《石门颂》

的挺拔和开阔，横扫了几乎所有东汉碑刻都难免紧仄滞重的习俗，让碑隶呈现出一种前所未有的清朗坦荡之气魄。

贯穿清代，碑隶不乏名留史册的佼佼者，如郑簠，摹《曹全碑》，在端丽中平添飘纵；如伊秉绶，仿《衡方碑》，在方廓中再释巧拙；如金农，效《天发神谶碑》，在锐口中求得奇崛。他们最主要的手法，是抓住碑隶中的一两个特质，形象地或夸张地加以表达，演变成自己独特的风格，有的刻画入木三分，求形似中添异变，达惊世骇俗、独树一帜之效果，且字如其人，书写者强烈的个性，也往往在其字体中呼之欲出。

然杨钧则视此途为“攻乎异端，面目特异者，其道必小，一入藩篱，终无出路”。他在《求脱》一篇中阐明了自己的求书艺之道：“余尝谓书画之道有二难：备于法，难也；脱于法，亦难也。备于法乃在人工，脱于法全由天分。然必先备于法，而后可脱于法，不备而求脱则乱矣。故必尽十年之力，追摹古作以求备，既备矣，遂不可有一法字存于胸中，再以诗书所得，陶冶于楮墨之间，庶几乎灵光往复，不可一世。”

看杨钧的书法，你体会更多的是一种景象，而不是性格。仿佛能将气势恢宏的汉王朝尽纳于一字之间的人，应该具备什么样的品质，他便尽其一生的磨砺去与之相符。到上海去立当世之名，往北京去建霹雳之功，都与他愿孤守的那份执着相距甚远。到中、晚年，他写出来的隶，已完全源于内心，字形、字体、字势，不再重要，只要心到、手到、笔到，书出自然中的自己，即是纯粹中的碑隶。

至此，涌动于清末的碑隶复兴，最终在杨钧这里，完成了从“写形”向“写意”的蜕变，如中国的绘画史中，迎来了八大山人和徐渭。

杨钧的“书艺”，出形入意，有其厚重的“文艺”底蕴做支撑。时人称他为“五绝”先生，书、篆、画、诗、文，均造诣颇深。

杨钧年少随王闿运求学时，曾与齐白石同宿一室，两人喜习篆刻，因白石出身贫穷，故初时金石拓本，均依赖杨钧的收藏，他们朝夕研摹，随刻随摹，随摹随刻，研习刀法，终别具一格，学者称之为开湘派之先风。

他们是相交三十余年的旧友，有段时间，或是旅店或是杨钧家，一年之中必有数月，你来我往，交往频繁。白石在篆刻上曾有感语：“钧有吾未能到者。”并为杨钧刻过一百余枚印章。本书封底所用的“白心先生一支笔”，便是其中之一。

而杨钧也对白石的刀功评价甚高，在《论刻印》一文中有记：“石之佳者，诚如书家之得陈纸，有得心应手之乐。故刻印者，能尽石之长，彰石之美，不强其性，不塞其能，方可谓之高手。白石时有之，他人不多见也。白石刻印，其刀直下，长可一寸，深可半米，石不坚硬，立时崩裂，风驰电掣，俄顷而成。石不转方，自左连切而极于右，亦刻印之奇观也。特记于此，以备后生之取法焉。余尝笑白石总嫌石小，而白石又笑余作书总嫌纸小，亦趣闻也。”

杨钧在本书《刻印诀》一篇，记录了其对篆刻的心得：“刻印无他诀，手灵刀稳四字，足以了之。”“所谓莆田派、江西派、云间派、浙派、皖派，不过多立名目，乱人视听。除几方汉印外，余未见其别有师承，本一至简之法，不能有许多派别也。但字之配合，则为一极难之事，妙处全在乎此，家数亦可由此而分。”

杨钧四十岁以后才动笔绘画，风格与明末遗老傅山相近，而用笔则全然取自于其书法，讲究笔强硬而墨灵活，一笔一气象，不涂涂抹抹，也不囿于专画者之森严法度，洁中达意，一派自然天真。而其品画，藏画，论画，则伴其一生，近于痴。

他赏鉴的历朝历代画不下万幅，而本书中与画相关的杂文，或收某一幅画的趣事，或议某一画家的风格，或论诗文字画的关系，或述各流派的历史渊源，林林总总约有近五十篇之多。

在《论画家源流》中，上数吴道子、董源，顺流而下，马远、夏珪、王公望、倪瓒、沈周、仇英、石涛、八大山人、清六家、扬州八怪等众多唐、宋、元、明、清之大家，一一点评，涉猎约一百五十人。并在此文中集中阐述了他的画史观，此处录其一二。

其曰："论画只可自唐始，唐以前作，实不可见，纵欲评议，亦系盲从，即可谓与千年来之画史无关，而与论字论诗稍异。唐以后之书家，固多取法于欧、虞、颜、柳，然写篆隶之人，时时间作，专言唐后，殊失本原。唐人之诗，无法不备，又有谪仙、诗圣，实可笼罩后人。然曹、陆、陶、谢之章，亦有字揣句摹之士。徒从唐始，亦觉未安。唐之画家，虽承古法，然宋元以后，除花鸟人物外，绝无追师汉魏六朝之人，故可与论字论诗稍异，而以唐为始也。

"夫画格大备于元明，奇才实生于两代，已如观海，不必他求。何元朗尝言：'画当自元始'，其见正与余同。余性尤喜明末人，多性灵而少习气也。

"余之论画，首重功力，功力固在画中，求之当于画外。昔人云：其为人也多文，虽有不晓画者寡矣，其为人也无文，虽有晓画者寡矣。故不读书者不足以学画，欲学画必须先读书也。今则识不辨乎周、孔，言无当于六经，而染翰挥毫，恬然自得，是余之所耻，愿后生学画者，亦知所以耻之也。"

诗、文传承于王闿运，又不拘于此。王闿运评价杨钧是："吾党中可开宗派者"，其弟子三千，得此殊荣者，唯此一人。与王国维、罗振玉、章炳麟并称为民国四大学问家的叶德辉，与杨钧过从甚密，称赞其："能自成门户，起衰之功，可比韩愈。"

杨钧一生的著作主要集中在四本，一是《白心草堂金石书画》，二是《白心草堂诗》，三是《白心草堂联语》，四就是这本《草堂之灵》。前三本都是他本人在某一方面的作品专集，只有《草堂之灵》，汇集了他二十多年的小品文，内容涉及广博，书画、印章、碑版、诗文、鉴藏、轶事、习俗、读书，无所不及，夹叙夹议，借古喻今。

正因为杨钧对社会、政治、艺术、学问，并没有其他的鸿篇巨制，一切他对世态的看法以及文风的体现，就是从这本十七万字的书中折透出来，所以，王闿运说的“开宗派”也好，叶德辉说的“起衰之功”也好，尽缩影在此书之中。

书中诸多述事议人，论及与他同时代交往的众多人物和声名显赫的名家前辈，如：伊秉绶、邓石如、包世臣、康有为、何绍基、齐白石、王闿运、伊金阳、翁方纲、李瑞清、曾熙、谭延闿、谭泽闿、曾国藩、张之洞、袁世凯、杨度、吴让之、赵谦之、陈师曾、吴昌硕、叶德辉、梁启超、曾广钧等。

杨钧处世，如谦谦君子，守贫乐道，隐世无争，唯学问之道，不存任何客气。他以为，学问是公的，客气是私的，若学问也来客气，则自己之人格损失极大，客气即失真，失真即虚伪，虚伪之于学人，乃无足立世。故在他笔下，对名家大家诗风文风书风画风的论断，以其高迈的见识，极为犀利精准，尖锐刻薄、一针见血之处，比比皆是。

如对白石的山水画，在《明是非》一文中即有异议：“其作山水更可骇人，以大笔浓墨倒拖大直，随拖数横，横上加点，再泼以花青水，使浸成一团，于是用赭石以榜笔拖二三大横作地，用花青以榜笔拖二三直为远山，而画以成。”随之在《辨力》一文中诘问：“凡书画润格之列于高价者，皆惮为之品。余询白石曰：‘君之山水亦可得高值耶?’白石曰：‘因不能为，故高其值，以进为退，撑门面法也。’”

如对李瑞清的书法，在《明是非》中也有描叙：“余尝谓曰：‘君书不通。’梅庵骇问其故，余答曰：‘一字而为数字凑成者，如“聂、鉴、躬、相”之类，必处处独立，绝不相属，非不通而何?’梅庵大服。”

如对何绍基的篆隶，在《论四家》中更是直言不讳：“道州[①]行书，有时绝妙，晚年致力篆隶，却无一笔能工，盖手已定性，不易变更也，但临摹既多，气味全得，以入行楷，自出尘凡。其执笔专用回腕，可以盘旋之地，仅胸前两手之间，故盈尺之字皆不成形，直不能直，横不能横也。”且在《说法》一文中断言：何绍基用“横平竖直”四字来衡量包世臣，有包未得北碑之精髓的结论；而我以“直起直落”四字来衡量何绍基，也知何未得北碑之精髓也。

如此文风和胸襟，在习惯矫饰、阿谀的虚浮世风中，既显得朴直无拘，力道厚重，又珍乎稀有，贵可传世。

原著是作者在不同的时段撰写的两百五十九篇短文，其中夹杂了大量的文言文，涉及两千多年书法史，一千多年画史，更长时间的诗史、经史，也囊括了中国文化史上许多名垂千古的人物，称呼上有时用其名，有时用其字，有时用其号。我在译文中，将文字统一为现代白话文，人物均以名相称，并紧接其后以注的形式做了最简要的介绍。在若干章节文字理解有疑惑处，得到了赵伯平先生的指导和帮助，在此表示衷心的感谢。

---

① 何绍基，湖南道州人。

目　录

卷二

卷三

卷四

卷五

卷六

卷九

卷十

卷十一

卷十二

卷十三

卷十四

卷十五

卷十六

自　序

【原文】

有人焉，其目也昏，其耳也聋，其手也挛，其足也跛。骤而视之，似未具于人形者，世人嗤之，不以为类。虽然，目不见泰山而察乎秋毫，耳不闻雷霆而惊乎蚁斗，手不借匕箸而吞乎云霞，足不出户庭而游乎无垠之域。命其居曰白心草堂，地有青草，门有蛛网，而日月之光，日夜至焉。与之徘徊而逍遥者，惟老子之牛、仲尼之麟、庄周之蝶、贾生之鹏，而释迦之钵、达摩之芦、王乔之履、张华之剑，亦错杂于其间。人迹未之见也。其人也，有时而歌，有时而哭，痴顽混沌，如饮狂药。虽然，嬉笑怒骂，皆成文章，诡谲恢奇，又不可一世。故谓之为人不可也，谓之为神不可也，谓之为鬼不可也。无以名之，名之曰"草堂之灵"。戊辰十二月杨钧。

【意译】

有一人，目昏，耳聋，手曲，足跛。骤然看去不似人形。世人嗤笑之，不以同为伍。但其目不能见泰山，却可察秋厘；耳不能闻雷霆，却可辨斗蚁；手不能举针箸，却可拂云雨；足不能出庭户，却可游天际。自命居室为"白心草堂"，地长青草，门悬蛛网，然日月之光，昼夜普照。来此逍遥盘桓之生灵，乃老子之牛，孔子之麟，庄周之蝶，贾生之鹏；错杂置于斗室之物器，乃释迦之钵，达摩之芦，王乔之履，张华之剑，只不见人迹也。然堂主，时而歌，时而哭，痴狂混沌，如患癫疾。虽然嬉笑怒骂，皆成文章，却又虚妄嗜奇，不可一世。故说其是人，不似；说其是神，不同；说其是鬼，不像；何以冠名？称之“草堂之灵”。戊辰（1928）十二月杨钧。

卷一

外舅尹府君墓志铭

【原文】

府君讳金昜字和白，湘潭人也。少多奇异之行，长怀高暾之志，不治产业，尤厌帖括。寻孔氏周流之迹，同孟轲传食之方，乃以布衣，参预簪笏，抠衣长揖，旁若无人。湘乡相国，礼以上宾，欲擢高官，逡巡不受。遂不夺其志以成其美，命子纪泽，并从学焉。府君固乐乎方外之纵，不欲久依权贵，遄归故里，鬻画为生。善写梅花，尤工虫鸟。宋元以后，无此佳制。冬心、南田，未克与抗。尺纸寸缣，均为世宝矣。然傲兀之性，不屈己以应物；翰墨无因，虽多金而罔顾。以故贫难自给，四壁萧寒。而举酒高谈，濡翰尽兴，初未忆乎破甑之已生尘也。值亲故多艰，又质衣相助，则为富不仁者瞻望靡及矣。五十以后，益多会悟。发嗣宗之长啸，希叔夜之潜修，并解阴符，通乎地理。至于景古碑而成墨晒，阐测算以显格致，尚未足以探其玄奥而睹其精华耳。晚节愈高，交亲日少，蓬门偃息，遂尔捐尘，时逊国后八年己未九月八日也，年八十有四。颜色未衰，须眉独秀，悠然闻道，含寂知归。钧门馆因依，有惭卫玠；书文拙陋，又愧伯喈。乱世既无处求文，高风又岂能无述？乃刊铭玄石，以示后昆。其辞曰：

伟哉哲人，好古日新。画能绝俗，家亦奇贫。只闻其傲，孰察其真？寂坐若禅，虚室无尘。明明如月，㬉㬉如春。世之君子，清之逸民。

【意译】

岳父尹金易，字和白，湘潭人。年少时多奇异之举，久怀高洁之志，不重殷实家业，更恶迂腐应对，循孔丘问学之路，仿孟轲处世之法，身着平民之布衣，参入官职之要事，提襟长揖，周然自若。湘人国相曾国藩，尊其为上宾，欲以高官相授，其殷殷婉拒。国相不夺其志，以长子纪泽托付，随其从学。尹君性尚在野之姿纵，不愿久依权贵之束身，遂返故里，以卖画为生。善画梅花，虫鸟尤佳。宋朝元代以后，无人可与其比肩。金农、恽寿平之流，望尘莫及。尺纸寸笺，均为传世之宝。然性情孤傲，绝不媚颜应世；若翰墨无缘，置千金可不顾。故贫难自给，四壁徒空。其举酒高谈阔论，泼墨尽兴挥毫之际，却想不起灶火已断烟，锅碗已蒙尘。逢族亲有难，又典当衣物尽心相助，为富不仁者远不可比。年过五旬之后，感悟益多，发阮籍之慨然长叹，如嵇康般泰然潜修，能解阴符，通晓地理。至于墨晒古碑，穷究测算，应尚未达到探其玄奥而睹其精华之程度。晚年心气更高，亲朋来往日少，门前渐偃息，终离世而去，时清皇退位后八年己未（1919）九月八日，八十四岁。遗貌容颜如生，须眉独秀，安然知归。女婿杨钧门庭不显，有惭卫玠；书文拙浅，又愧蔡邕。处乱世无处求合适之人撰写碑铭，但岳父尹君之高风亮节又怎可无述？故刊刻吾文于碑石，以示后人。其辞为：

伟哉哲人，好古日新。画能绝俗，家亦奇贫。只闻其傲，孰察其真？寂坐若禅，虚室无尘。明明如月，㬉㬉如春。世之君子，清之逸民。

张登寿传

【原文】

先生讳登寿字正昜，湘潭人也。氏族不著，家本业锻。先生习锻时，即好读书，以无师友，所谈均浅陋。余之故居曰“石塘”，对面山趾，有小铁店，店雇助锻。店为茅屋，有桃一株，白花盛开，忽兴发得句云：“天上清高月，知无好色心。夭桃今献媚，流盼情何深。”姜畲陈鼎闻而奇之，召之至，曰“子诗似孟郊，能苦学必大成。”以孟诗与之。于是移写诵读，晨夕不辍。未一年，持诗一卷诣陈鼎。陈大惊曰：“子诗成矣！无一字一句不似孟郊。余不足为子师。王湘绮先生，今之大儒，曷往造焉?”时王居昭潭书院。会大雪，戴笠着屐，单衣磬掉，步行三十里，至书院，求见王先生。阍者索名刺，以诗与之，曰：“名刺在此。”阍者不允达，乃大声曰：“王先生请我来，汝敢拒耶!”阍者因其铁屑蜚霰，点遍破衣，熟视者久之，然畏其声色，遂以诗进。王先生开卷读数首，曰：“吾乡果有此诗人耶!”倒屣迎入。时正设宴，邑绅及县官俱在。王延先生上坐，官绅相视愕然。貂狐之客，畏其泥淖，莫敢与近。先生殷殷问道，旁若无人。数日之间，名动全邑。旋举秀才，数赴乡试不第，乃专心求学，无日不在王先生侧。通《三礼》《春秋》《尚书》《诗经》，所撰《诗经比兴表》《礼经丧服表》，皆前人所未发。余少时亦略通《诗》《礼》，先生授也。王先生主讲船山，门人有不知题旨者，请先生代撰。王阅课卷，遇佳制，则曰：“此必张正昜作”，置第一，询之果然。

桂阳夏编修寿田①与先生至交。寿田父莜轩侍郎抚江西时，延居

---

① 夏寿田：王闿运弟子，湖南桂阳县人。

抚署，教诣弟。先生严饬峻厉，挽其惰习，夏氏父子尤敬异之。教授之方，别有心得，忽烈若酷吏，忽温如慈母，故王先生家及湘中贵族子弟多出其门焉。光绪季年，游日本，习法律，归充明德、麓山诸学校教授。复任攸县及山西泌县知事，昏旦独出，廉皦有声。

戊午己未间，湖湘大乱，余隐于长沙东郊白心草堂，先生亦避兵来居。朝夕论道，不涉人世。然其妻女恒苦冻馁。余亦无赀都养；有入，必分与之。卒不可支，乃徒步走郴州，访旧友谭督军延闿，谭任为秘书。谭去，赵恒惕为总司令，任先生执法处官。湘鄂战起，曾赴岳阳。军北兵溃，吴佩孚轰炮追击，溃兵争先过桥，桥为之塞，践压及溺死者数百人。先生踬于桥端，急退获免，由小径逸。见池水成雨点纹，身无油衣，复昧途径，屏营四顾，后来者均如遇风之草，颓然披靡，始知雨点纹皆金弹纹。遂绕山峡僻路，觅宿处。峡中有人家，园畦整洁，似缙绅居。入其门，一老叟出，曰："先生奚来？"对曰："游学者耳。"叟曰："余正丧子，曷为制联哀之？"援笔立成，其词凄切。叟知非凡人，力叩其实，遂以所历告之。叟曰："此非通衢，无忧也。"日以鸡黍享之，优游半月。叟从湖畔买小舟，与先生同荷竹篮，戴草笠，作贩卖人状，以护之归。改任秘书二年，以废学，仍就人家塾。忽于癸亥上巳，无疾而逝。无子，女六人。先生居乌石山下，故世称乌石先生。

杨钧曰：吾邑有四异人焉，曰张乌石，曰寄禅，曰沈山人，曰齐白石。四子者，皆余至交，故其事迹特能详焉。夫有异禀者，必有奇功，稽之古人，愈明其义。此四子者，乌石无子，贫苦以终；寄禅孤独，披衲而逝；沈以老农，其名不称；白石抛斧执笔，名动公卿，然驰驱南北，仅能自给。其筋骨已劳，体肤已饿，天之大任，果安在哉？嗟夫！生不逢时，小人道长，与其骋匹夫之勇，称一世之雄，狼狈虎口，贻笑后世，毋宁居陋巷，枕曲肱，比坚琨玉，较洁秋霜，尚足以清迈自守，鼓动流俗，为末世模楷耳。孔子曰："不患无位，患所以立；不患莫知，求为可知。"庶几乎不违仁者矣。

【意译】

张先生名登寿，字正易，湘潭人。氏族不祥，锻造作坊出身。先生初学打铁时就好读书，因为没有拜师结友，谈吐也浅陋。我的故居叫"石塘"，对面山脚下有个铁匠店，雇了他做小工。店是间茅屋，有一棵桃树，白色的花朵开得很茂盛，引得小工兴致勃发，作诗："天上清高月，知无好色心。夭桃今献媚，流盼情何深。"姜畲镇尊长陈鼎看了颇觉惊异，把小工登寿招至跟前说："你的诗似孟郊，若能苦学必成大器。"并将孟郊的一本诗集送给他。张此后日诵夜练，朝夕不断。不出一年，持新作一卷见陈鼎。陈大惊："你诗已学成，现无一字一句不似孟郊。我学识不足以为你师，你何不去拜访当今大儒王闿运先生?"当时王住昭潭书院。登寿即冒着大雪，身着单衣，头戴斗笠，脚着木屐，徒步三十里，前往书院求见王先生。守门人让登寿出示名帖，他将诗卷递了上去："名帖在此。"见守门人不愿传达，他便大声说："王先生请我来，你敢阻拦?"守门人见其破衫烂衣，铁屑粉布，盯视了许久，终还是被他气势所迫，将诗卷递了进去。王先生打开诗卷读了几首，便说："我乡邻还有此等诗人也!"忙恭迎请入。当时屋内正在设宴，县里的官人绅士均聚于此。王引登寿至上宾坐，客人愕然相视。官绅都衣着貂狐之皮，见其身上泥可掉渣，唯恐与之靠近。王先生却亲热寒暄，莫顾他人。数日之间，登寿便闻名全县。随之考秀才，几次乡试都没中，便整天跟随王先生，专心求学。通读了《三礼》《春秋》《尚书》《诗经》，并撰写了前人从没发表过的《诗经比兴表》《礼经丧服表》。我少年时也略通《诗经》《三礼》，乃登寿所教也。王先生主讲船山学说，学生有不解者，由登寿代复。王先生批阅课卷，看到好文章，便会说："定是张登寿所作。”放在首位，询之果然。

史官夏寿田与登寿相交至深，其父夏莜轩任江西巡抚时，登寿住他家为其弟妹之师。他施教严厉，不容弟子有惰习，深得寿田和其父尊敬。寿登对教授学业颇具心得，有时铁面无情，有时温如慈母，故王闿运先生家和湖南贵族家的子弟多出其门下。光绪三年（1877），登寿去日本学习法律，回国在明德、麓山等学校任教，之后任过湖南攸县及山西泌县知事，为官一方，早出晚归，勤政清廉，赞誉有声。

戊午己未间（1918—1919），湖湘大乱，我隐居在长沙东郊的白心草堂，登寿也避兵祸暂栖于此。两人朝夕论道，不涉人世。但其妻女久之难忍其苦。我也并不宽裕，但凡有入，共享之。渐入不敷出，登寿便移步去了郴州，拜访旧友谭延闿，谭时任湖南督军，登寿被留任秘书。谭去职后，赵恒惕为总司令，登寿改在执法处任职。湘鄂大战，曾赴岳阳 ，北胜南败，吴佩孚轰炮追击，溃逃之兵蜂拥过桥，因桥堵塞，践压和溺死数百人。登寿幸从桥端人群中挤出，沿小路逃跑，见前方河面雨点如织，身无雨衣，返身又不知途径，躲在隐处四顾，见后来者如遇劲风之草，披靡倒下，方知雨点为枪弹密集倾射而致。觅得山峡僻路，找宿留之处。峡中有户人家，田院整洁，看似绅乡家居。进到院里，一老人迎出，问：“先生从何来?”登寿回：“游学之人也。”老人说：“我正历丧子之痛，你善写哀悼的挽联吗?”登寿即书，其词凄怆悲切，老者知其非一般之人，追问实情，登寿将经历告之。老人说：“这里不是交通要道，你不用担心。”每天好饭好菜招待，留其闲居半月。之后从湖畔买来一只小船，与登寿同提竹篮，戴草帽，作小商贩状，护送其归。登寿两年后改任秘书，没再做学问，仍为人家教。突于癸亥上巳去逝（1923. 3. 3），无疾而终。无子，女六人。登寿居乌石山下，故世称乌石先生。

依我之见：家乡湘潭有四位能人，一是张乌石；二是寄禅；三是沈山人；四是齐白石。四人都是我的至交好友，故详细知晓他们的经历琐事。能者必有奇才，参看古人，莫不如此。此四人，乌石无子，贫苦终身；寄禅孤独，寺庙中逝；沈为老农，一世田耕；白石篆刻挥毫，名震朝野，但南北奔波，仅能自给，其筋骨已损，体肤已疲，天之大任，真能担负？唉！生不逢时，小人当道，与其逞匹夫之勇，显一世之雄，与群魔同舞，贻笑后世，不如住在简陋的小巷，枕臂而寝，坚如昆仑之玉，洁似寒秋之霜，以清静之心，行传统之事，反为处乱世之典范也。孔子曰：不担忧无地位，是否有能力才是重要的；不担忧没名声，只要认真做，自会有人知。如此乃仁者之所为也。

参议院议员黎君墓志铭

【原文】

君讳尚雯字湝荪，浏阳人也。其先世居岷江，明之末季，迁于浏邑。祖父宗学，父讳先柏，治产西乡，蔚为著族。君秉耿介之姿，修峻厉之容，悦礼敦诗，孝友为行。傲兀之情，睥睨之概，虽略同于叔夜，几尽似乎祢衡。俗士恨其不阿，君子以为能直。自举秀才，未赴乡试，于功名未屑屑也。

乙未大旱，办理赈务，虽流离满目，悉收恤资之。自是名达阙庭，擢光禄寺署正。清华自守，不染京尘，骅骝思骋足之机，鸿鹄有高蜚之志。与谭嗣同、唐才常等谋废太后，行新法。事为袁世凯所泄，幽帝瀛台，大兴党狱。君之不亡，盖有天命。庚子之乱，两宫西幸。君随湖南巡抚锡良率勤王之师，救陆沉之难，更欲绍其前志，促成宪法。夷师未却，党祸复兴，遂改所图，锐意兴学。其时科举尚存，士气不振，虽校舍广立，而学田难致。君则解衣推食，破产延师，辛苦艰难，寝食俱废，二十年来，学风渐盛。蒸尝之祭，不废于四时；讲诵之声，犹闻于里巷。于是湘中子弟皆成彬彬学子矣。君以咨议局议员，为物望所归，更举为资政院议员。清流服其言论，俗吏畏其锋棱。从风不羡乎范滂，鄙吝岂萌于黄宪？

自武昌兵起，朝廷禅位，国既多故，君亦劳心，南北奔驰，岁无宁日。寻被举为参议院议员，建白尤多，以民为重。然党派纷争，救亡无策，每思遁迹，伏处待时。苍生属望于谢安，林谷岂容乎殷浩？孰知汉水无情，黄祖之魂尚在；湘流顿浊，党人之命难全。君以频值艰危，益滋愤慨，积忧弥永，感疾告终。春秋五十有一，戊午二月八日戌时卒于长沙。辛酉孟春归葬于浏阳，礼也。郁郁九泉，沉沉千载，虽无碑而堕泪，幸身没以名存。其子书扆，求文志行。追寻往事，式瘗幽铭。其词曰：

繄维君子，名闻于邦。先人后己，涉水褰裳。毁家赡学，世短心长。临川叹逝，怀旧情伤。青松不寒，侠义孔光。永夜何依，琳玉苍苍。

【意译】

黎君名尚雯，字湘荪，湖南浏阳人。其祖原居岷江，明末迁至此。祖父名宗学，父名先柏，逐立家业于西乡，渐成显赫之族。君秉性耿直，音容峻厉，尊礼善诗，亲友孝敬。然洁傲之情，睥睨之态，貌似嵇康，更像祢衡。俗士恨其太过刚拗，君子赏其浩然正直。仅考秀才，拒试举人，视功名如尘屑也。

乙未（1895）大旱，君悉心赈灾，虽流离失所之人不计其数，均收留抚恤予以资助。出身名门贵族，又拔擢至朝廷礼部，专司膳食之职，然洁身自好，不染巧取私占之俗，骏马待奔腾之机，鸿鹄怀翱翔之志。与谭嗣同、唐才常等谋废除慈禧太后，推行新法之治。事为袁世凯泄密，光绪帝被囚瀛台，世间大兴党狱。君劫后余生，自有天佑。庚子（1900）之乱，两宫被迫出京西走。君随湖南巡抚锡良率师北上，名曰勤王，实更欲完成未竟之业，促成宪制。然夷师未退，党祸又兴，便改初衷，锐意兴学。其时仍存科举考试选拔官员，但应者日寡，虽学校遍布，却无心学务。君则变卖私产，以援校资，辛苦艰难，废寝忘食，二十余年，学风渐盛。尊宗之祭，四季不绝，解惑之声，巷里可闻，于是湖湘弟子皆成彬彬学子矣。君为咨议局议员，乃众望之归，更被推举为资政院议员。江湖服其言论，庸吏畏其锋芒，乃清正不让范滂，傲洁更胜黄宪。

自从武昌兵起，朝廷逊位，国事则多变。君竭力劳心，南北奔波，无一宁日。不久被推举为参议院议员，提案频多，以民为重。但党派纷争，救亡无策，常常要自思逃脱，藏匿待时。苍生翘首谢安再世，天地能容殷浩重生？谁知炎黄之魂尚在，江汉之水无情，湖湘之势大乱，党人性命难存。君频涉危局，愤慨日增，积忧成疾，弥永告终。卒时五十一岁，戊午（1918）二月八日戌时逝于长沙。辛酉（1921）一月归葬浏阳，入土为安也。郁郁九泉，沉沉千载，虽无丰碑而哭泣，幸有英名身后存。其子书扆，向我求文以志铭。追寻往事，犹送黎君。词曰：

繄维君子，名闻于邦。先人后己，涉水褰裳。毁家赡学，世短心长。临川叹逝，怀旧情伤。青松不寒，侠义孔光。永夜何依，琳玉苍苍。

高太公寿颂

【原文】

岁辛酉之秋，高君霁坞过白心草堂，相与论人事之不常，天道之靡测。乃喟然而叹，读《遂初》之赋，歌《归去》之辞。既而曰："兰变不芳，荃化为茅，将不抚壮而弃秽。与其见责于人，宁见责于父。"走闻而疑之，遂以问焉，曰："予父慕勤苦，恶惰弛。春耕秋获，当年未践，安能叱群叩角，自操橐耜，而无间于予父之心乎？”走乃避席起敬而问曰：“然则太公亦日夜不休，密勿从事者耶？”曰：“然。”曰：“然则太公固精力特充，矍铄而强劲者耶？”曰：“然。”曰：“年岁几何？”曰：“今正六十。”曰：“太公之立身行道，不累俗饰物者，可得闻乎？”曰：“予家卑碎，无斗石储，借屋而栖，易衣而出。予父事亲孝，供养不缺。暇则以洙泗之学，冯相保章之术，谆谆诲予，兀坐夜午，曾不少懈。贫不谋仕，以商自食。驾范蠡之舟，泛泛乎潇湘之川；展程郑孔仅之槅，历历乎丹穴之奥，今可衣帛食肉矣，而凿井耕田之致，岂有异哉？尤殚力自治，以图闾里之安。惊魑魅，惮魃蜮，陆骇水栗，畢猖狂而操绿林者，不可胜数。设横舍，兴实学，聚族群居，同履法度，珍集瑰萃，叛赫戏以辉煌，所以变风革俗，彪炳乎梅山者，又为今之则焉。崆峣岩峇之区，实多凶年，告籴无假于齐秦，振恤悉放其仓储，赡顾贫族，比户按致，骈肩踵武以出其途者，莫不感其濡煦之润，拔拯之能，而淋洒之靡靡也。”

走于是振衣而兴，愫然意下，捧手而言曰：“甚哉，太公之惠物者弘也！能启泰真之否隔者，方能感阴阳之和，修仪操以接物者，庶足享永年之执。且当此蛇龙曼延，熊虎暴怒，惊猋洪涛，磅磕乎宇宙，孰不愿憛悇澜漫，逍遥以自娱乐？乃情质之自保，喔咿嚅唲，以度俗立人为任，则逾不可得矣。古人有言曰：‘激湍之下，必有深潭；高丘之下，必有浚谷。’故根深厚者，其枝叶必扶疏蓊郁，经霜而不凋。走与霁坞，交于日本，已二十年。矜其笃实寡欲，皭然自洁，今知所由来夐矣。

“昔者谭军困于九嶷之趾，胁迫逼窄，无所筹给，而饷未乏，粮无缺，霁坞之力也。今辖全区，乃民癯卒馁，当途者贪婪荡恣而有余，不亦悖乎！今年赵军与吴军战于鄂岳之交，师败兵溃，指可掬，血成流，巢焚原燎以流离者，纵横乎千里。霁坞于始议兴师，愤懑遏抑，乱湘之诮，又无与焉。旋长造币，剪灭陋习，整躬作则，无取例余，诚足舄弈当时，贞轨来日者也。”

顷者太公六十生日，霁坞之友，当寿以辞。所可道者，不宜韫韣，布濩而流衍之，岂不懿哉！

【意译】

辛酉（1921）秋，高霁坞来访，我俩在白心草堂论天道之难测，人事之无常。诵西汉之《遂初赋》，吟晋宋之《归去来兮辞》，时而惜乎，时而叹然。霁坞言：“古有《离骚》之‘兰变不芳，荃化为茅，将不抚壮而弃秽’。我宁愿现在循父亲的敦教，务除恶习，也不愿将来因一些不良的行为而遭世人的谴责。”我听后一顿，便问详情。霁坞说：“我父亲尊勤苦，恶惰习。春耕秋获，我从小就没经历过，又怎能做到自可驱牛犁，外可叱权势，不负我高堂之期许？”我敬而起身，问道：“你父亲是那种日夜劳作不休之人？”霁坞答：“是也。”我又问：“你父亲一定是那种目光炯烁，精力充沛之人？”霁坞又答：“是也。”我再问：“你父亲如今贵庚？”霁坞再答：“六十也。”我进而言之：“你父亲可是以不为俗事累身，不为闲情所困而尽人皆知？”霁坞说：“我家初时处境清贫，室无斗米，居无定所，甚至没有件像样的衣服。父亲上老下小，照应周全。闲暇时读儒家之书，研天文地理之术，并耐心教育我，常至午夜，未曾懈怠过。因穷故不求仕途，只是做点小买卖假以度日。父亲曾如越国名仕范蠡一样，泛舟于潇湘山川之间，也像汉、晋程郑、孔仅一般，驱车于熔岩妙境之中，渐渐至今，日子也过得丰衣足食。这与凿井开荒，耕田致富，有何不同？尤其之后，竭尽所能，固筑家院以求居安，更无异样。世道混乱，群魔妖舞，水盗陆匪，莽动侠举，数不胜数。故父亲建宿舍，办学堂，聚族人群居，修礼法，履规矩，藏集古珍，让其重显价值，移风气，变习俗，被尊为神仙再世，誉为一时之楷模。处嶙峋山丘之地，天地之灾频出，颗粒无收之季常有，父亲赈恤乃尽其仓储，扶助贫族，按户有均，接踵而至的人群，都能感受他的温煦之怀，而力鼎之能，又显于无形之中。”

我闻之将披着的上衣向后一掀，兴然而起，拉着霁坞的手说：“甚哉，你父亲之德必弘扬于世！能知万物实浑然一体之人，方可感受阴阳乃互为补充；进退有度，懂以礼待人者，自可享一生安顺之福。更何况现世蛇龙乱舞，熊虎咆哮，滔天浊浪，天地奔号，谁不愿息声自娱，避世逍遥？能洁身自好，已阿弥陀佛，尚以诲人立人为己任，则更是难能可贵。古人说：‘激湍之下，必有深潭；高丘之下，必有浚谷。’大树根深，其枝叶必苍郁茂盛，经风霜而不凋谢。我们两人，相交于日本，至今已二十年。你之所以皆能笃实寡欲，傲然自洁，我今天方知其根源。

“当年谭延闿的军队被困于九嶷山下，境地逼仄，增援无望，但粮草并未断缺，乃霁坞之功矣。而现在弹压全省，却兵不好胜，民不聊生，当权者贪婪无度，反而无以为继。今年赵恒惕与吴佩孚战于岳阳一带，血流成河，兵败而溃。流离失所者遍布千里。霁坞愤懑难抑，又动兴师之议，却遭乱湘之讥，未始先终。转而研考造币之术，摒除滥制陋习，以身作则，从不懈怠，榜样当时，范垂来日。”

时逢霁坞之父六十生日，作为霁坞至友，必当寿颂。可歌之迹，毋须隐晦，让其如雨露一般润泽人心，岂不美哉！

论七律

【原文】

余少好为诗，惟不善作七律。戊戌年，余以诗求王湘绮先生评定，批曰：“五言古体，已成章片，兼有奇秀之处；律诗既不合格，用字眼多未通稳，使人以为摹古易，自造难，并五言亦成剿袭矣。且勿作律，先作试帖，使字句平易顺适，方可成律。未有虚实不分明，字句不稳妥而能成诗人者。戊戌大寒后，王闿运记。”云云。余初甚疑其不能作律，并五言亦成剿袭之说，又以先作试帖为太浅，于是绝不考究，仍致力于五言。近年来，读遍《全唐诗》，七律一体，占三分之一，尤以晚唐为最多，几无他体。细心揣摩，始知大有作法，非字句平易顺适可了。“摹古易，自造难”，则非虚语。闲时学作，亦可运用一联。久之可以四句一气，又久之可六句一气，又久之可以全篇生动，间亦有掉臂游行之乐。今更以郊、岛为骨，温、李为色，杂以刘叉、卢仝诙奇旷放之致，骎骎乎可以破藩篱树新帜矣。惜湘绮仙逝，不克正之。

律诗本不易作，王渔洋号称名手，实不能佳。《秋柳》诗更为杂凑，与题无关，只可听，不可读，所谓有词无义者也。湘绮先生五言古诗及歌行，诚有过人之处，七律则未成体，且多毛病。即以脍炙人口之《游仙》诗中，“尘暗素书长自读，月明乌鹊定何依”一联而论，《素书》[①] 既为尘暗，其非长读无疑。“月明乌鹊”一句，单看自然成文，若以两句比看，则尘可以暗素书，月不能明乌鹊也。是之谓不律。但此种毛病，前人亦复甚多。许浑《再游姑苏玉芝观》诗云：“月过碧窗今夜酒，雨昏红壁去年书。”诗非不佳，但“昏”字可接“书”字，“过”字则不能接“酒”字也。余尝以湘绮不善作七律诗问曾重伯，重伯亦不能答。故读书须细心，不可盲从。郑不守马，王不守郑，余不守王可也。

【意译】

我年轻时喜欢写诗，唯有七律不擅长。戊戌（1898）年，我拿

---

① 《素书》：以道家思想为宗旨的哲理著作，秦朝黄石公撰。

了自己写的诗作请王闿运先生评定，其有批语：“五言古体诗，已呈根深叶茂之态，且不乏秀丽挺拔之姿；然所有律诗，多既不合规法，用字又欠妥适，给人感觉是模仿古体易，自作律诗难，五言律诗也不例外矣。劝勿作律，先习古时科举之‘试帖体’，以求字句平易顺适，之后再求律韵。虚实不分明，字句不稳妥，万不可为诗人也。戊戌大寒后，王闿运记。”云云。我初时对其不能作律，五言律诗概不例外之说甚为怀疑，且认为先习“试帖体”门槛太低，于是并未遵循，仍致力于五言律。只是近年来，读遍《全唐诗》，七律诗体，占其三分之一，尤其唐朝晚期，几无他体。细心揣摩，方知大有讲究，并非字句平易顺适即可。“模仿古体易，自作律诗难”，不为虚语也。闲暇时试作，或可偶得一联佳句。久而久之，可以四句一气呵成，又久之，可以六句一气，又久之，可以全篇生动，间有怡然手舞足蹈之乐。而今更有以孟郊、贾岛为骨，以温庭筠、李商隐为色，且不乏刘叉、卢仝的诙谐旷逸，有呼啦啦可以破藩篱自树新帜之感。只可惜闿运仙逝，不能再予斧正矣。

律诗不易作，王士祯称名手，其作亦平凡，《秋柳》更是七拼八凑，离题千里，只能听，不能读，属有词无义之流。闿运先生五言古诗及歌行，确有过人之处，但七律则未成体，且多毛病。就脍炙人口的《游仙》诗中“尘暗素书长自读，月明乌鹊定何依”一联而论，《素书》既已蒙尘，必未长读。单看“月明乌鹊”一句，自然无瑕，但以两句比看，尘固可以“暗”《素书》，月则不能“明”乌鹊也。故可说不合律。这种毛病，前人也常出现。如许浑《再游姑苏玉芝观》的诗中：“月过碧窗今夜酒，雨昏红壁去年书。”诗并非不好，但“书”可以“昏”，而“酒”却不能“过”也。我曾就闿运先生不善作七律诗问曾广钧，广钧也未看出其瑕疵。故读书必须细心，不可盲从。郑玄不盲从马融，闿运不盲从郑玄，我不盲从闿运也无不可矣。

说永字

【原文】

余尝疑永字八法，以为过于琐屑。诗文无一句一法之理，书独有一笔一法之理耶？汉魏六朝之书，无不直起直落，一笔一法，更无所用之。而此语又神于书者所言，不敢抹煞。细意按之，始知其为书家立八法，可终身守一法，非一笔一法也。凡人之能成一家书者，必有一标异之处，而贯之以一。或一生用点法，或一生用挑法，门面既醒，旗帜顿新，自然结体纯一，无庞杂之病。以近世书家例之，刘石庵用点法，笔笔皆点；王梦楼用挑法，笔笔皆挑。学者悟此，思过半矣。

【意译】

我曾对“永字八法”存疑，认为它过于琐碎。作诗写文从未见一句话便有一个法则，写字哪有一笔一法则之理？汉魏六朝之书法，无不直起直落，如一笔一法则，乃无所适从也。但“八法”为书圣所言，不敢轻言否之。仔细悟之，才知道它是为书写立了八种法则，一人可终身学一种，而不是一笔一法则之意也。普通人之所以最后能成为书法家，必然有其一以贯之的特点。或一生用点法，或一生用挑法，如此便承传清晰，风格突出，又结构纯一，无庞杂之毛病。以清代大书法家为例，刘墉用点法，笔笔皆点，王文治用挑法，笔笔皆挑。学书法之人明白了这一道理，百步之程过五十矣。

记　李

【原文】

余与李梅庵交二十余年，恒与讨论书法，三四夜不睡。梅庵固无所不写，余亦无所不能。尝笑谓余曰：“不可迫人太甚。”余于是以真书让梅庵，而专心于篆隶，与南田让山水与石谷事相同。今李已物化，无容回避矣。梅庵尝邀余居沪鬻字，余笑曰：“君不畏分生意耶?”梅云：“船多不碍桨，无伤也。”曾农髯①竟被其约去，但所谓脱辣司②者，仍然无望。

【意译】

我与李瑞清相交二十余年，常在一起讨论书法，有时三四晚不睡。虽然瑞清从古到今的字体没有不会写的，但我也几乎无所不能。他曾笑对我说：“你不可迫人太甚。”我于是专攻篆书和隶书，楷书让瑞清领先，与清代恽南田避让石谷，以期让他在山水画上独树一帜相似。现瑞清已逝，再无须回避矣。他曾邀我去上海居住，以卖字为生，我笑答：“你不怕分薄了你的生意?”他说：“不会的，船多不碍桨。”后来曾熙竟被他约了去，但所谓的“脱辣司”，仍然无望也。

记 邓

【原文】

白香亭诗③，多无结句，至不可解。曾重伯④云，弥翁曾问己诗优劣，曾答曰：“公诗不佳。如拜母墓诗‘坟中是阿谁’一句，过于糊涂，‘一儿独悲哀’一句，置诸弟于何地?”弥翁哑然。弥翁作诗甚苦，有时终日不能成句，夜以小灯笔砚置榻前，有所得，即书之。

---

① 曾农髯：曾熙。曾熙和李瑞清两位在上海都成为了张大千的老师。

② 脱辣司：音译外来词，指生产相同产品之企业组成的垄断组织。

③ 白香亭集：《白香亭诗集》，晚清著名诗人邓辅纶作。

④ 曾国藩家出了两个进士，一是曾国藩，一是其孙曾广钧（字重伯）。

明晨录稿，则模糊不可辨，诗亦不能成。邓弥翁[①]笑湘绮不能作长诗。湘绮于是竭数日之心力，作《独行谣》五百韵，次日专人送去，邓不答。

【意译】

《白香亭诗集》中的许多诗，无明显的结尾之句，让人难以理解。曾广钧说，邓公曾问过他，对白香亭诗评价如何。广钧答："难算佳作，如《拜母墓》中'坟中是阿谁'一句，过于糊涂；另一句'一儿独悲哀'，又将诸兄弟置于何地？"辅纶哑无声出。邓公作诗很苦，有时冥思一整天不能下笔一句，夜晚将小油灯纸笔砚放在床头，有所感，即录之。第二天早晨整理时，因字迹模糊不可辨，诗也未能成。他还嬉笑王闿运不能作长诗，闿运特竭数日之心力，作《独行谣》五百韵，诗成第二天专遣人送去给邓公，邓无回复。

论执笔

【原文】

学书先求执笔，手不灵稳，学尽古人无益也。向来执笔之法，只有二种：一曰平腕，一曰侧腕。两法皆有长处，皆有短处。平腕宜于写小字，若作大字，则无充沛之力，指有力，臂无力也。侧腕宜于写三四寸字，然可盘旋之处，仅在两肘之间，且其势只可内蓄，不可外放，尺以外字，绝无施展之法，尤不宜作小字，臂有力，指不灵也。且专用指臂力者，断难收驰骋纵横之效，必须辅以背力，始有扛鼎之势。

余之执笔，与众绝殊，即腕取平势，指取侧势也。其法先成平腕

① 邓弥翁：邓辅纶与王闿运是同窗学友。

形，腕不动，掌直立，尽力使指尖内向，大指作急弯以指尖尽力撑顶笔管。于是自指尖至背心之筋络，一一扭紧，大小字均无丝毫障碍，若不将指尖尽力内向，背力仍不可通。取笔验之，功效立见。故为执笔之第一法门。但初学之时，至为痛苦，两三月后，即能娴熟。既娴熟矣，非长锋高悬，不能作字。以力太大，非此不能开拓也。世人常谓作字须用悬腕。此门面语，非知书者之言。臂背无力，悬之有何益处？此余三十年学书所得，非包慎伯①之流所能知者也。

总而言之，由背心至指尖之筋络，愈紧愈有力，愈弛愈无力，指不紧叠亦无力，指不紧叠力不集中也，而笔管与手腕间之距离，又以愈短为愈妙。

【意译】

学书法先学执笔，执笔不好，手不灵稳，即便学遍古人的字体也无用也。向来执笔的方法只有两种：一是平腕，一是侧腕。二者都有长处，也有短处。平腕适合写小字，如果写大字，则力不够，手指有力，但手臂无力。侧腕适合写三四寸字，但可回旋的空间，又仅在两肘之间，笔势只可内敛，不可外放，一尺以上的字，就绝施展不开，尤其不宜写小字，臂有力，指不灵也。如果是习惯只用手指手臂着力来写字的人，根本做不到驰骋纵横，必须借用背力，才能有扛鼎之势。

我执笔的方法，与别人绝对不一样，手腕取平势，而手指却取侧势。这种执笔法是，腕自然成形，腕不动，手掌直立起来，尽量使指尖内向，大拇指急弯，用指尖尽力顶住笔管，于是从指尖至背心的筋络，一一扭紧，无论写大字小字都没有任何障碍，如不将指尖尽力向内，背力仍不能达。拿笔一试，立见功效。故为执笔的第一窍门。但

---

① 包慎伯：包世臣，字慎伯，清代书法理论家。

初学的时候，甚为痛苦，两三个月后，便能娴熟。一旦娴熟，一定用长锋笔高悬而书，否则不显其优势。如果须用力之处，只有这样才能拓展开来。世人常说写字必须用悬腕，这只是门面上的说法，并不代表此人懂书法。臂和背没用上力，悬腕又有何用？这是我三十年学书法所悟得，包世臣之流怎能知矣。总而言之：由背心一直到指尖的筋络，越紧越有力，越松越没力，指不紧叠也没有力，指不紧叠则力不集中也，而笔管与手腕间的距离，又越短越妙。

说枚李

【原文】

湘绮先生云："枚乘诗为宽和之祖，李陵诗为清劲之宗。后之学者，非枚即李，非李即枚。两人数诗，永为定法。"余于此论，不甚谓然。人之情性，只有和平与激昂两种。诗以言志，志由性生。若强陶渊明以学李，不能也；强鲍明远以学枚，亦不能也。特以枚、李时代太早，两人之诗，又有宽窄迥殊之势，易起诗家之推论。故谓两人为能表示诗人性情可也，谓两人为立法之诗不可也。

【意译】

王闿运说："枚乘的诗为宽和之祖，李陵的诗为清劲之宗。后来诗者之风格，非枚即李，非李即枚。枚李两人的几首诗，定下了诗之法则。"我对此论，不太赞同。人的性情，本就分为平和与激昂两种。诗以言志，志由性生。若硬要平和的陶渊明去学李陵，不像也；若非要激昂的鲍明远去学枚乘，不能也。只是枚、李的时代很早，两人的诗又有宽阔和湍急、委婉和犀利之分，容易引起诗家的推论。如果说两人是不同性情诗人的代表尚可，但视两人之诗为诗立了法，不妥也。

戒小家

【原文】

凡诗文字画，皆不可学小家。小家之症结处容易探索，探索到手，即刻能成，一成之后，永无出路。余少时读孟郊诗，偶学为之，即得“一月照茅屋，一人吟秋山”两句。湘绮批曰：“如此逼真孟东野，乃令张先生①声价顿减。恐无此容易诗人，可悟此等派不必学，以其偶然有合，非真功力也。若毕生专学此种，又可不必”云云。余闻湘绮言而大惊。余读孟诗，未及一半，且不满三日，竟能逼真，果何说耶？即毕生学孟，亦难得佳于此两句之诗，又何说耶？因忆张先生少作病诗，有“下床支离行，步步惊地弱”两句，迄今四十年，成诗数百首，未有高于此两句者。寄禅和尚专学姚贾②，亦是小路，故终身无进步，其白梅诗亦如余之偶然有合，流出夙慧，晚年才尽，无可观者。

【意译】

无论诗、文、字、画，都不应学器局不大者。器局小，就容易悟清门道，也就容易学成，一旦学成，便定型难变。我少年时读唐代孟郊的诗，偶尔试着模仿一下，即得两句：“一月照茅屋，一人吟秋山。”老师王闿运对此批阅：“韵意如此极近孟郊，以致张先生声价顿减。成为诗人恐怕没有如此容易，可想这类诗人不必学，如偶然有佳句相似，也并非已有真功力。若毕生专学此类诗，大可不必。”等等。我看了批语，大惊。我读孟郊的诗集，加起来没满三天，未读一

① 张先生：张登寿，王闿运的另一高足，学孟郊诗极似。

② 姚贾：战国时期诗人。

半，竟能极近，作何解释？如毕生学孟郊，也写不出比这两句更好的诗，又能奈何？想起登寿少年时病中作诗，有“下床支离行，步步惊地弱”两句，至今已四十年了，之后成诗数百首，未见有高出此两句者。寄禅和尚专学姚贾的风格，亦是小器局，故终身无进步，他年少的白梅诗和我一样，佳意偶合，流露聪慧。却晚年才尽，诗无人看。

重孔羡

【原文】

初学作书，以力猛手灵为佳。故临碑以《孔羡》为最妙，平实之中，有矫捷之致。孙退谷①谓《孔羡》为方板矫厉，覃溪②以为过于诬诋。殊不知退谷虽诋，实赞之也。退谷得其反，覃溪未之思，何以言之？方板者断难矫厉，矫厉者断难方板。如为人然，平和者必不勇敢，勇敢者必不平和。若平和而勇敢，斯为圣人；方板而矫厉，乃为字圣。《张迁》《孔宙》《史晨》《曹全》等碑皆有短处，不易发展。临《孔羡》四五百通，再将名碑各临一二百通，经验日多，学识自富，如万流之归壑，又何患乎不得成家？《礼器》《石门》，最宜多写。《礼器》能空，《石门》能变。余于二种，用功实多，乙丑以前，各五百余遍矣。然余之得力处，仍在《孔羡》。如欲稳定基础，穷其奥妙，皆自方板矫厉始。

【意译】

初学书法，以既有力度又不乏灵巧为佳。故临《孔羡》碑是最

---

① 孙退谷：孙承泽，号退谷，明末收藏家。

② 覃溪：翁方纲，号覃溪，清代书法家。

好的选择，平实之中，显矫捷之韵。孙承泽评《孔羡》为“方板矫厉”，翁方纲认为过于诬诋了。殊不知承泽看似诋，实则赞也，方纲未解承泽评语之深意。何以见得？“方板”的对立面是“矫厉”，方板者断难矫厉，矫厉者断难方板。人也如此，平和者必不勇敢，勇敢者必不平和，如平和而又勇敢，其为圣人也；如方板而又矫厉，当为字圣矣。《张迁》《孔宙》《史晨》《曹全》等碑皆有短处，不易提高。先临《孔羡》碑四五百遍，再临各名碑一二百通，经验日积，学识月累，如百川入海，何愁不成名家？《礼器》碑显得超然，《石门》碑富于变化，最适合临摹。我在这两种碑体上花了不少工夫，乙丑年（1925）以前，各临了五百多遍。但对我提高帮助最大的还是《孔羡》碑。若想架构稳定，又穷其奥妙，均应从“方板矫厉”开始。

去　格

【原文】

时文中有乌龟起讲，一头一尾，中间两排。今之作律诗者，亦乌龟格也，八句横叉，各不相属。但一气呵成，亦为难事。即唐诗中亦不多见。如“王濬楼船下益州”一首，气力充沛；“夜合花开香满庭”一首，绵邈韶秀。盖唐人之作，一气呵成者固少，但八句横叉者亦少，不如今之乱凑也。曾重伯谓余“年来如醉复如痴”一首，似“夜合花开香满庭”，亦有所见。近作律诗，能纵横排宕，有歌行气概，非有词无义者可比也。

【意译】

有种讲法，八股文的格式如同乌龟，一头一尾，中间两排。现今不少的律诗，看起来也如同在填充乌龟格矣，八句四排，内容毫不相干。但一气呵成的诗句，实属难得，即便在唐诗中也不多见。如“王濬楼船下益州”一首，气运贯穿始终；又如“夜合花开香满庭”一首，整篇情长景秀。尽管唐人一气呵成之作不多，但八句各执一词之作也绝少，不像现今纯粹生拼硬凑。曾广钧说我“年来如醉复如痴”的那首，近似“夜合花开香满庭”，我也有同感。最近作的律诗，颇有纵横捭阖、汉魏行歌之气概，非有词无义之流可比也。

说　篆

【原文】

学小篆者，自来以李斯为正宗，但学《峄山》，则完全错误。流行拓本，乃徐铉所作，尽人皆知。余因其满纸死气，且过于整齐，疑为机械画出。常质之李梅庵，亦大奇余论。秦篆之存于世者，本不多见，即以“泰山”二十九字考之，深厚之致，已在《峄山》之上。权量之文，尤新奇可喜，化为行草，妙不可言。益信《峄山》之作，决非丞相面目。故学篆仍以学汉篆为得法，纯朴古茂，且多变化，不生庸弱之弊。汉篆虽少，实多于秦篆。学书之人，殊不必舍多而求寡，由塞以求通。余尝得旧翻刻《泰山》二十九字，湘绮翁以为至佳，长题册尾。今为人窃去，索值千金，耳食者皆如此也。

【意译】

学习小篆的人，从来以秦朝李斯为正宗，但以《峄山》碑为临本，却是完全错误的。现在流行的《峄山》拓本，大家都知道，是宋代徐铉所作。我看它整篇呆若木鸡，而且过于齐整，怀疑是机械勾勒。每次和李瑞清论此，他也大惑。秦篆流传于世的版本已不多见，即便以当年宰相李斯留于泰山现仅存的二十九个完整篆字来看，其深厚之致，已在《峄山》碑之上。再考究其碑文，则新奇可喜，设若用行草书写，乃更妙不可言也。以此愈信《峄山》碑之作，决非李斯手书。学篆书的正确方法是临习汉代篆体，其纯朴古茂，富于变化，毫无庸弱之态。汉篆版本虽少，但仍比秦篆多。习书之人大可不必舍多求寡，而应弃堵求通。我曾收藏过旧翻刻的《泰山》二十九字，先生王闿运视其为珍品，在册尾题了长跋。现已被人偷走了，听者有份，可向窃者追索重金矣。

说　碑

【原文】

学书之人，喜临一种，殊为褊窄，如读书然，以通博为主，尤宜细考各碑帖之时代，及其构造之症结与其得失。即以汉隶而论，《石门》善放善变，而难于严肃；《张迁》笔势短蹙，不能发展；《衡方》笨拙，未易空灵；《礼器》灵而难实；《曹全》巧而不朴；《孔宙》开张而不蕴蓄；《史晨》蕴蓄而不开张；《白石神君》生硬而无风致；《华山》有风致而不生硬；《西狭》太松；《樊敏》太迫；《赵圉令》太缓；《范府君》太仄；《尹宙》太流；《郙阁》太滞。以上数种，皆崛立名碑，妙处固多，短处亦复不少。仔细研求，自知专学一种之不能独立也。惟《孔羡》能放能收，能虚能实，其结构则承两京[①]之纯静，其笔画则启北朝之强悍。入手方法，舍此末由。须知作是碑者，正当汉魏之交，前有劲敌，复多时贤，极力构思，始成斯体，不若写《石门》《礼器》者之随手出，自然成家，无派别之可争，无妍媸之足竞耳。今则千门万户，无美不备，欲标新帜，至难至难！然有陶铸尧舜之心，自有特立独行之望，一言蔽之，勤苦而已。

---

① 两京：长安和洛阳。

【意译】

许多人学书法，喜欢只临一种碑帖，其实这样过于局限。如同读书，博览为主，尤其应详细了解各种碑帖的年代、字体特点及得失所在。以汉代隶书为例，《石门》碑富于变化，而不显庄重；《张迁》碑笔势局促，难于舒展；《衡方》碑表象朴拙，却少空灵；《礼器》碑活而难实；《曹全》碑巧而不朴；《孔宙》碑开阔而不内敛；《史晨》碑内敛而不开阔；《白石神君》碑刚毅但无风韵；《华山》碑风韵却失刚毅；《西狭》碑太松弛；《樊敏》碑太逼迫；《赵圉令》碑太舒缓；《范府君》碑太紧仄；《尹宙》碑太轻流；《郙阁》碑太滞重。以上皆是崛世之名碑，妙处固然多，短处也不少。仔细思忖，可知只学一种难以修成自己独立的风格。唯有《孔羡》碑，能放能收，能虚能实，其结构即传承了两京都时期的纯净，其笔画又沿袭了北朝人的强悍。初习书法，舍此何求？要知道刻这块碑时，正值汉魏交替之际，前辈高手如林，同期贤人如织，唯经殚心竭虑，极尽构思，方独成该体；不像《石门》《礼器》碑，刻者随手而出，自然成家，无派别可分，无优劣可争。至今日则门户林立，各显其美，想独树一帜，难上加难矣。但如确有开天辟地之心，也并非无特立独行之望，一言以蔽之：勤苦而已。

卷二

说墓志

【原文】

湘绮之文，墓志第一。数千年来，碑[①]志未分，几为一体。湘绮崛起，体格判然，峭妙轻灵，难于踪迹。余闻之湘绮曰："作墓志，须叙其生平不得意事，以别传记。"乃细读湘绮之文，如《彭刚直墓志》，寥寥短篇，且曰"然其遭际，世所难堪"，果叙其不得意事，于是文思大进，深悟化繁为简、举重若轻之法。若以此题，别求人制，非万言不能了。庖丁解牛，以未见全牛为进技也。

【意译】

王闿运的文章，要数"墓志"排第一。几千年来，人们把"碑"和"志"混为一谈，未加区分。从王闿运创始，这两种文体格致判然不同，后者写得轻松灵活，不拘一格。我听他说过："写墓志，与写碑文不同，须叙述其生平不得意之事。"细读他作的墓志文，如《彭刚直墓志》，小小短篇，便有"然其遭际，世所难堪"，果然写其不得意事。故让人顿开茅塞，文思大进，能领悟到化繁为简、举重若轻的行文之妙。若让别人来作此墓志，非洋洋万言难以述清。庖丁解牛，关键在理清其内在肌理。

---

① 碑：纪念事业、功勋或为标识的石头。

重读书

【原文】

湘绮云："张文襄是看书人，不是读书人；曾文正是读书人。"此语至精。所谓读书人者，能通经以致用；看书人者，书是书，人是人，了不相涉，即所谓记问之学，博杂无归者。

【意译】

王闿运说："张之洞是看书人，不是读书人；曾国藩是读书人。"此语甚为精辟。所谓"读书人"，是对各家各派的学说融会贯通，并运用到治事救世之中；而看书人，则书是书，人是人，书中的观点和人的思想之间没有交流，看书只是记住了陈规教条，以供答辩一些疑惑的问题，但在脑子里并没归纳成系统而又睿智的思想。

贵　识

【原文】

诗人之诗，虽绝工，亦易学；学人之诗，虽不工，亦难学。学人而绝工，更无论矣。王粲、刘桢、陆机、潘岳之流，诗之绝美者，然其佳处，纯在诗功，因无高识，故非难及。阮籍《咏怀》之制，则不可追寻，倏去忽来，无下手处。苟欲自立，仍在读书，识出人群，文自惊众，仅为词客，亦复无聊。古人有言："文以载道。"苟无其道，何必为文？王褒、班固，继起虽难，苦学苦求，并非绝望。子长、子云，一去不返，诚为天与，不可力求。荀、孟、庄、墨之文，永与日月争光矣。

【意译】

诗匠写诗，虽平仄韵律情调无可挑剔，但并不难学；文人写诗，虽时有规则不符，却模仿不易。而若是文人，又诗律工整，就更无与伦比矣。王粲、刘桢、陆机、潘安之流，诗虽绝美，然其妙处，纯在诗功，境界平平，故不难及。而阮籍所作《咏怀》八十二首，则让人望尘莫及，视野之宏阔，凡人难捕捉。如想木秀于林，仍重在读书，唯见识高出同群，诗文自当引人惊异，仅只能在辞藻上东搬西套，终觉无聊。古人之言：“文以载道。”你若没什么见解要抒发，又何必写诗作文？虽继承王褒、班固如攀险峰，但苦学苦求，也并非绝无可能。司马迁、杨子云，乃上天赐予人世的礼物，非凭你我努力便可达求之境界也。至于荀子、孟子、庄子、墨子的文采，宛若星辰，永与日月争辉！

不通

【原文】

吾姐[①]云：“读《汉书》遇不可解处，偶翻王先谦之《汉书补注》，彼亦茫然，所可解者，彼亦明晰。补注之功，果在何处？”因此可以悟好名者之喜著书也。汪容甫[②]云：“读书十年，可以不通。”王先谦、皮鹿门[③]辈则看书五年，无所不通。究其实在，无一可通，自欺欺人，殊不可必。湘绮[④]亦尝言不通，俗人多不能解。非读书有得，又能虚心者，不肯出此言也，然而难言之矣。汉学始有不通境界，宋学以臆断，遂无不可通矣。此境甚高，读经可得。专修文史，并无所谓不通。余实未信汪容甫之能真不通也。

---

① 吾姐：杨庄，杨钧的姐姐、杨度的妹妹、王闿运的女弟子和儿媳。

② 汪容甫：清代著名哲学家、文学家、史学家。

③ 皮鹿门：皮锡瑞，字鹿门，清末经学家、史学家。

④ 湘绮：王闿运，字壬秋，号湘绮，清末经学家、文学家。

【意译】

我姐说："读《汉书》遇到不懂之处，偶尔会到王先谦版的《汉书补注》上去查询，发现他也解释得含糊不清，而我能理解之处，他也注释得理明词顺。这样的补注，有多大用处呢?"因此可推想，出名之人乐于著书。汪容甫说："读书十年，仍觉得经学有许多地方没有融会贯通。"王先谦、皮锡瑞等却称书读五年，无所不通。而他们出的书一经深究，许多地方又都自相矛盾，自欺欺人，实没必要。王闿运也曾说过对经学有没悟透之处，一般人听了还觉得不可思议。只有真正读经书有心得又而谦虚的人，才会出此言，但也确有其说不明道不清的地方。"汉代经学"对解释的规限极为严格，矛盾不通之处只能客观呈现，而到"宋代经学"则增添了不少后人臆想推断的成分，注释便取自圆其说。这种将不通解释为通的学说，智慧甚高，细读经书或能感受得到。如只从文史而非经学的角度看，经书并非矛盾丛生。故我相信作为文学家和史学家的汪容甫，并非真不通经书之意。

辩　邓

【原文】

邓弥翁之《鸿雁篇》最有名，起四句云："巷昏阴气多，哭声风里来。病儿守死母，人鬼俱徘徊。"余于此四句不能无疑。"巷风阴气多"，是看得；"哭声风里来"，是听得；"病儿守死母"，又是看得；然则"风里来"无着。既见其哭，故不必借风始闻其声也。若谓哭者一人，守死母者又一人，闻声者又一人，则更夹杂矣。是之谓不真。

【意译】

邓辅纶最有名的诗是《鸿雁篇》，开头四句为："巷昏阴气多，哭声风里来，病儿守死母，人鬼俱徘徊。"我对这四句甚为疑惑。

“巷风阴气多”，是写看到的；“哭声风里来”，是写听到的；“病儿守死母”，又是写看到的；这样一写，“风里来”就不真实了。既然已见到儿在哭，就不必借风才听到其哭声。如守去世母亲是一人，哭者又是另一人，听闻者又有一人，则更杂乱矣。故场景不真也。

王诫

【原文】

张之洞、袁世凯招余伯兄①皙子出山。伯兄询湘绮以入世法，湘绮云：“多见客，少说话。”及窥湘绮接物，又口如悬河，似与前论不合。始知少说话者，乃少作有边际之言，勿太切利害，即明哲保身之说，非枯坐如木偶也。

【意译】

张之洞、袁世凯联名向朝廷推荐了我兄杨度到京城出任官职。行前，杨度向王闿运请教踏入官场、周旋各方的入世之道，恩师送他六字：“多见客，少说话。”但依我平时所见，老师接人待物，多善诙谐高论，口若悬河，与他所送之言并不相符。后悟，才知“少说话”，即少说有边际的话，少说利害相关的话，换言之，懂得明哲保身，而并非令其枯坐如同木偶。

记何

【原文】

湘绮先生云：“何蝯叟待后辈极严，尤恶吃烟。”湘绮亦持礼甚

---

① 伯兄：指杨度。杨度、杨庄、杨钧三兄妹均为王闿运弟子。

恭，惟不满其作书之法，尝谓蝯叟曰：“先生何不临帖？乱写乱画，有何益处？”蝯叟有惭色。其临《张迁》诸碑，从湘绮言也。但何之隶书实不成字，流传后世，贻笑方家。湘绮又不免陷人之嫌已。

【意译】

王闿运曾说：“何绍基对后辈要求极严，尤其厌恶抽烟。”闿运对绍基敬重有加，唯不满其作书之法，曾对绍基说：“先生为什么不按帖写？乱写乱画，有何益处？”绍基听了有些不好意思。他临《张迁》等碑，多少听了闿运之言也。但绍基的隶书最终也难入目，却流传后世，让人贻笑矣。闿运似无心之中有误人之嫌。

学　文

【原文】

湘绮之文，有简雅闲逸之致。人皆谓为出自《南齐书》，其言未必尽是。湘绮教人则学范书及曹操文。曹文无长篇，篇数又少，如何学法，初甚疑之。后始知其短篇皆具长篇气力，不骈不散，有子长之遗风。孟德诗文皆有过人之处，气概之雄伟，乃得自天生，亦由之阮嗣宗诗文，皆御风而行，不许常人拟议也。余尝有言：“文不必学，读书万卷，自能为之。”尹和翁曰：“余之作画，初无定法，人以白纸乱点，我即依点成之。”作文之诀，亦复如此。试观汉魏以前之制，皆取自然，不求排调。湘绮所谓“无句不可起，无句不可止”，正得自然之妙者也。唐宋以后，始有定章。虽便士子之揣摩，实启文章之恶套，然不从此入手，又觉过于渺茫。少时求之，长而弃之，可也。曾文正谓以汉赋为文，始见精采。余则曰：“不夹子书，终不能载道也。”

【意译】

王闿运的文章，简雅、闲逸。许多人认为其文风承继于《南齐书》，其实不尽然。老师传授的教案，除范文外还有曹操的文章。曹操没有长文，篇数也不多，如何学法，我初有疑惑。后来才知道，他的短文也有别人长篇大论的力道，观点论断徐然有致，不急不散，有司马迁之遗风。曹操的诗和文章都有过人之处，气势恢宏，犹如天生，有阮籍诗文之神韵，均笔随思动，一气呵成，决不假手他人。我曾说过："写文章不必专门学，读万卷书，自然而成。"尹金阳说："我最初绘画时，并无定式，别人在白纸上乱点，我也学了样照点，慢慢也成形了。"做文章的诀窍，也同样如此。留意汉魏之前的行文，均自然随性，不讲究遣词排句。王闿运所说"无句不可起，无句不可止"，正符合这种无拘无束的天然妙境也。唐宋以后，才开始有行文之规章。这虽于文人官吏有参悟之便，却也开启了文章酸腐之俗套，初学不遵从规章，又觉茫然无措。故年少时研习其规律，年长后升华到自然无拘的境界，是一条可取之途。曾国藩说：只有以汉代的诗赋之韵写文时，才能显出文章的神采。按我说："不含一些先秦诸子的远见，文章也很难写得卓识厚重。"

惜　陈

【原文】

陈完夫[①]诗，体裁高雅，时有逸气；但才力薄弱，不能健举，故非拟古不工，然较之今日诗人，则无可与抗者。樊云门诗如天津大鼓

---

① 陈完夫：王闿运的弟子。

戏，千篇一律，繁冗无味。易实父则童谣渔鼓之类，殊乖诗律，惟庐山诸作不可轻视，易诗中之最老健者。陈伯严辞丑句涩，宋派支流之恶陋者。郑苏戡颇有清思，惜体裁不高，又病松率，若能除去客气，力求真挚，或可与郑子尹[①]齐肩。乌石先生诗思尖刻，非人所能及，然其篇幅过小，难于畅达，且未易成句，字字惊人，何能做到？宜其一生无多诗也。

【意译】

陈完夫的诗，文风高雅，时有超凡脱俗之境；但才气底蕴略欠，故不能纵横捭阖，并非其对古律旧体用功不深也，若现今的诗人，恐无人能与之抗衡。樊云门的诗，如天津的大鼓戏，千篇一律，沉闷无趣。易实父的诗则如童谣渔鼓，诗律怪异，只有咏庐山的几篇不可小视，是其众诗中最老到之作。陈伯严的诗，辞丑句涩，宋派诗支流中的浮渣而已。郑苏戡的诗，有清新气，可惜文风修辞欠缺，也不紧凑，如能去掉些虚饰，力求真挚，或可与郑子尹比肩也。张登寿先生的诗，尖锐深刻，非一般人可及，但器局偏小，不够开阔，故难以畅顺，不易成句，要字字惊人，何其难也？其一生也所作无多矣。

惜　罗

【原文】

吾邑罗顺循，名正钧，博闻强识，下笔千言，喜船山学，作《船山师友录》。辛亥以后，伏居陋巷，不与世事。袁项城招之，不

① 郑子尹：清代著名诗人，学者，有“西南巨儒”之称。

顾也。其人为慷慨悲歌之士，陈同甫[1]一流人物，作《辛亥殉难录》，得百数十人。前年物故，余挽之云："为殉难录，不为殉难人，船山之术如此；有济世才，又有济世学，贾生[2]之痛何穷。"

【意译】

我的同乡罗顺循，名正钧，博闻强记，才华横溢，尤喜王船山之学说，编《船山师友录》。辛亥（1911）后，深居陋巷，不闻世事。袁世凯欲召其至幕下，他坚拒，乃慷慨悲歌之士，陈同甫一流的人物，撰《辛亥殉难录》，记述百余人。前年去世，我写有挽联："为殉难录，不为殉难人，船山之术如此；有济世才，又有济世学，贾生之痛何穷。"

记　谬

【原文】

湘绮云，尝与曾文正论事，其时曾坐案前，耳听王言，手执笔写。曾因事出室，湘绮起视所写为何，则满案皆"谬"字。曾复入，湘绮论事如故，然已知曾不能用，无复入世心矣。

【意译】

王闿运说，当初与曾国藩谈论一秘事，曾坐在写字台前，边听闿运言，边手执笔写。曾因有事出去了一会，闿运起身看曾写了些什么，只见满纸仅一"谬"字。曾再进来时，闿运与他仍谈笑风生，但心中已知曾不值己再辅佐，也断了经纶济世之念。

---

① 陈同甫：南宋因痛斥秦桧而入狱。

② 贾生：贾谊。

说 狂

【原文】

禽滑釐曰，端木叔[1]狂人也，辱其祖矣。段干木曰，端木叔达人也，德过其祖矣。此二说也，一似太过，一似不及。然则余于二者之间又孰取焉？顾信其辱于祖，毋宁信其过于祖也。且狂为美德。孔子曰：“必也狂狷乎，狂者进取。”又曰：“吾党之小子狂简。”是孔子以狂为教。孔子之弟子皆狂，而禽滑釐反之，以狂为辱，余以此知禽滑釐为非孔。或问曰：“以狂为教，其利安在?”余答曰：“狂与腐，为对待之词。孔子知后世必有曲解忠孝节义之人，以成其名者，故不得不以狂为教之旨。曲解忠孝节义者，腐儒也。狂也者，防腐剂也。孔子以此防民，而唐宋以后之儒生，莫不蓄有腐气。试详审之，愈腐之人，反愈尊孔，而指狂者为离经畔道，则又孔子之所不料也。”朱竹垞[2]之言曰“董仲舒、刘向经术最深，故其文最尔雅。彼扬雄之徒，品行自诡于圣人，务掇奇字以自矜，尚安之所谓文哉！魏晋以降，学者不本经术，惟浮夸是务，文运之危数百年。赖昌黎韩氏始倡圣贤之学，而欧阳氏、王氏、曾氏继之，二刘氏、三苏氏羽翼之，莫不原本经术，故能横绝一世”云云。即此数语，大可表示千年以来儒生心理。董仲舒，汉儒中之略腐者也，而彼扬之；扬子云，汉儒中之能狂者也，而彼抑之。更足以知唐以后之腐，倡之于韩退之；清以来之腐，振之于朱竹垞矣。而彼辈之所谓经术者，腐术焉耳，岂能睹乎古贤哲之所谓经术也耶？

---

① 端木叔：孔子门生子贡的后代，巨财散尽而贫死。

② 朱竹垞：朱彝尊，号竹垞，清代大儒。

【意译】

墨子的弟子禽滑釐说，端木叔乃狂人也，有辱其祖。魏国的名士段干木却说，端木叔，达人也，其德耀祖。这两种说法，一则似乎太过，一则又似乎不及。但要我在二者之中取其一，与其说他辱祖，宁愿说他耀祖也。何况“狂”可视为美德。孔子说：“中庸之外，也有狂狷可取之时，狂妄之人有进取之心也。”又说：“属我一脉的门生多自视很高而疏于行。”故可见，孔子的教育中包含着狂，且弟子皆狂。而禽滑釐则相反，视狂为辱，由此我知禽滑釐非孔一脉也。曾有人问：“教育中肯定狂性，利在何处？”我答之：“狂的反意即腐。孔子料知后世必有人会曲解他的忠孝节义之说，即腐儒必出。故不得不将狂纳入其教导之中，狂者，防腐剂也。孔子用此防民风迂腐，而唐宗之后的儒生，莫不存腐气，仔细观察，越是迂腐的人，反而越视孔子为尊，但现在说狂者是离经叛道，这又是孔子原本未料到的。”按朱彝尊的说法：“汉代思想家董仲舒、刘向的经术最渊博，所以他们行文也最高雅。而像所谓哲学家扬雄之流，以欺诈奸猾之品行自扮成圣人的面目，杜撰一些奇字放在文中，以示与众不同。从魏晋开始，品格逐代降低，学者不研经术，只图虚浮之事，文运危局绵延了数百年之久。直到赖昌黎韩氏才又重新开始复古，倡导圣贤之学，并且得到欧阳氏、王氏、曾氏继承，经二刘氏、三苏氏之后更加丰富，他们均以原本经术为宗，故能如日中天，为世人推崇。”云云。寥寥数语，可大致话出千年以来儒生心理。董仲舒，汉代儒家之中略偏迂腐的人，朱彝尊颂之；扬雄，汉代儒家之中能显张狂的人，朱彝尊贬之。此更可见，唐代之后的腐儒盛行，始作俑者乃韩愈；清代以来的腐儒重振，强有力者乃朱彝尊矣。在他们那里的所谓经术，全是一些腐术而已，哪里还能从中找到真正古贤经术的影子？

记　萧

【原文】

萧少玉为湘绮弟子，尝随湘绮至鄂，便谒张文襄，即为湘绮呈名刺。阍者问曰："老者何人？汝又何人？"少玉答曰："请谒者王举人，传帖者萧举人。"文襄俱延入，以上宾礼之。国变之后，湘绮应项城之聘，又过湖北，其时段芝贵为湖北将军，迓之入署，随之者为周妪[①]。湘绮谓周妪曰："汝欲看段大少爷，即此人也，有何异处？"段殊恧然。此类举动，酷似六朝人，《世说》中材料也。

【意译】

萧少玉为王闿运的弟子，曾随闿运到武汉，顺道拜访张之洞，少玉为闿运呈名帖。张之洞的门人问："长者为何人？你又是何人？"少玉答道："来访者是王举人，呈帖者乃萧举人。"之洞便传请两位入内，宾礼待之。清朝逊位之后，闿运应袁世凯之邀进京为官，又过武汉，此时段芝贵为将军，镇守湖北。闿运再次入署做客，随行者却为周妪。闿运对周妪说："你想看看段大少爷长得什么样子，眼前这位便是，看出有何处异于常人？"段窘迫也。此类举动，极似《世说》之中记载的六朝人所为。

记毁板

【原文】

《湘军志》[②] 云："李秀成者，寇所倚渠首。初议生致阙，及后见

① 周妪：王闿运的管家女仆。

② 《湘军志》：王闿运写的一本关于曾国藩与湘军兴衰的历史传记。

俘寇皆跪拜秀成，虑生变，辄斩之。群言益哗，争指目曾国荃[1]。国荃自悲艰苦，负时谤。诸将如多隆阿、杨岳斌、彭玉麟、鲍超等，欲告去。人辄疑与国荃不和，且言江南磁货，尽入军中。左宗棠、沈葆桢每上奏，多镌讥江南军。会病疥，因请疾归乡里。”此数语为曾沅甫所疾恶，遂为毁板之因。湘绮则曰“此最为沅甫发愤，乃沅甫切齿恨我，不知文人不可与言文，以此知令尹子兰之不可及也”云云。夫文字之反正，本不易辨，有以是为非者，有以非为是者。曾、王之地位不同，所见自异，然必知此，是为沅甫发愤，则沅甫之所难也。

【意译】

《湘军志》中有记载：“李秀成，太平军匪寇所倚重之首领，被俘后最初议定是押送至京城由朝廷审处，后见在狱中被俘的士兵遇其都仍行跪拜礼，恐易生哗变，便当即斩首。一时舆情沸腾，纷纷指责下令者曾国荃。国荃感到艰难悲愤，独扛世人诽谤。其时诸多湘军高级将领如多隆阿、杨岳斌、彭玉麟、鲍超等，均求去职。人们便疑动因是与国荃不和，又纷传江南一带珍奇宝物，尽被国荃所部收入囊中。左宗棠、沈葆桢每次上奏，多有讥诋国荃的江南军。国荃便以身有疾，归故里。”这一段话，最为曾国荃所痛恶，也是直接导致他设法销毁了《湘军志》印刷模板的原因。王闿运对此有议：“此处最使国荃愤怒，也是他咬牙切齿痛恨我之原因，不通文理之人难懂文章的深意，如同当年屈原与陷害他之大臣子兰间势难两融也。”文章是正树抑或反捧，本不易分辨，有的看起来是在赞誉你，实则在诋毁你；有的看起来是在非议你，实则在解脱你。曾国荃与王闿运，身处角色不同，所见自然有异，但有一点应无疑，国荃对此愤恨无比，肯定有他的难言之隐。

---

① 曾国荃：曾国藩之九弟，最先率众攻入太平军都城南京的湘军将领。

诫毁

【原文】

朱竹垞毁钟谭[1]诗为鬼语，未免太过。各有情性，各有师承，所学既异，何能强合？然则能作“百均金鱼”诗者，始可谓为人语耶？鬼语实人间所难听得，竹垞又从何处闻之耶？如不可闻，则钟谭亦可自豪也。故学不可有门户，能倾动一时者，未必即成一家之言。有独得处者，方能立足也。譬之九流[2]，各不相容，亦皆得圣人之一体。故任取其一，均有齐家治国之能，即可谓为立己立人之学。方法虽殊，求治则一也。既已治矣，又何必究其所以治者之正谬耶？若谓谬治为非治，更可不必。故余之论事，皆从宽大，非不能入目者，不轻诋也。钟谭之作，确是小家，究非不堪者可比也。

【意译】

朱彝尊将钟谭的诗贬为鬼话，未免太失分寸。人各有各的性情，各有各的师承，所学不同，怎能以己之规，度他人之长短？难道只有能写出“百均金鱼”之诗的人，才可称得上说人话？鬼语恐怕不是人间所能听得到的，彝尊又从哪里听出是鬼话？既听不出，可见钟谭为人语也。所以说学问之人不应有门户之见，能名噪一时者，未必能自树一帜，有独到之处，方为立世之本。好比九流，虽各不相容，但皆得圣人之一脉。故任遵循其一，均可取治国齐家之功效，也可有开宗授业之学问。方法虽不同，结果却一致。既然有同效，又何必纠结

---

① 钟谭：明代万历年间一个思想上突破了儒学的传统，文学上突破了复古倾向的诗人群体。

② 九流：中国古代对儒家、道家、阴阳家、法家、名家、墨家、纵横家、杂家、农家的总称。

方式的正确与错误？如自认为别人的方法不对，就连已有的结果也毁之，更不可取。故我评论一事，均以理解入手，除非不堪入目，从不轻易诋毁矣。钟谭的诗作，确属小家，但也绝非不堪者可比。

决　疑

【原文】

班孟坚不信有昆仑，湘绮楼不信有英国，余不信有战争，殊为世人所笑。余少时闻湘绮言：“中兴时，以军功著者数十人，乃未见其一战，以运气为胜负耳。”余恒疑之，因问曰：“然则《湘军志》言彭玉麟、杨载福夹击水寇，亦无其事耶？”湘绮曰：“然。文章应如此作，事实则非。”然余之信不，仍未决也。国变以来，南北争斗，不下十次，每遇溃卒，即问其致败之由，绝无知之者，惟曰：“人言前面有敌，枪弹俱利，乃畏而溃退。溃退之后，方知为虚妄。”余至此，始信湘绮之言不虚，所见益确，而扬威耀武之文，更不足笑矣！

【意译】

班固不相信有昆仑山，王闿运不相信有英国，我不相信战争会打起来，事后都被世人当笑话。少年时听王闿运说：“清朝中兴时期，军功卓著的数十人，未打过一战，都是凭运气在决定胜负。”我疑惑了许久，便问：“但您在《湘军志》中说彭玉麟、杨载福夹击水寇，也无此事？”闿运答：“是呀。文章要这样写，事并非真。”我仍抱怀疑态度。清帝逊位之后，南北争斗，不下十次，兵战不断，每次碰到溃败之士，问其退逃的原因，没人真能说清，只知道：“别人说前面有敌人，枪弹凶猛，我们便溃退。之后才知是虚传。”至此，我才开始相信闿运之言，后来这种事越见越多，越发确信，再阅那些耀武扬威之文，也就一笑了之！

诫灭性

【原文】

词美意丑之文，始自《硕人》之诗，六朝人变本加厉，极诬君昧世之能。其诗曰："狂夫不妒妾，随意晚还家。"观其词面，磊落大方，究其词旨，污秽已极。韩愈以能庄语，为起八代之衰，而朱、程腐儒出矣。饮食男女，人之大欲存焉，性相近也。既思起衰，又思逞欲，于是有着衣冠，致祭于祖先之灵曰："淫为恶首，然不孝有三，无后为大。"因此，将入室御其妻者，亦词美意丑之流。矫情灭性，左丘明之所耻，余亦未尝不耻。

【意译】

辞藻优美而意境丑陋的文字，自先秦之诗《硕人》创始，六朝时期尤变本加厉，极尽诬诋君主愚昧百姓之能事。如其诗中之句："狂夫不妒妾，随意晚还家。"仅看其词，落落大方，细推其意，污秽不堪。韩愈因深悟庄子之学，故能挽八代之衰，而至程朱理学，乃腐朽之儒横行于世。饮食男女，人之大欲之所在，性天然相近也。既想道貌岸然，又要纵之人欲，于是有如今衣冠楚楚、冠冕堂皇地祭告祖先之灵："淫为恶首，然不孝有三，无后为大。"由此，便将家中男女授受之情，也充入词美意丑之列。纯粹矫情灭性，左丘明耻之，我也耻之。

记两难

【原文】

王湘绮先生之长公子名代功，字伯谅，性极迂拙。张乌石貌若愚，而心实巧。余尝与伯谅、乌石侍坐湘绮楼。湘绮曰：“‘饱食终日，无所用心，难矣哉！’是为王伯谅。‘群居终日，言不及义，好行小慧，难矣哉！’是为张正阳。孔子以为难者，我皆教之，难之难矣。”然湘绮实恶伯谅而喜乌石。以乌石喜涉其家事，使湘绮难容行役之妇人，故责其好行小慧。笺启中有云：“十步之内，得二芳草。”谓乌石与沈山人也。责张席卷，为逐金妪不遂，拂衣而去也。然伯谅亦复强记多闻，迁、固之书，皆能成诵，今亦不可得矣。

【意译】

王闿运先生的长子，名代功，字伯谅，性格极显迂拙。而弟子张登寿貌似愚朴，却实智巧心密。我曾与代功、登寿聚在湘绮楼。闿运对着他们叹道：“‘饱食终日，无所事事之人，难教也！’此乃专指代功。‘群居终日，言不及义，好行小慧，难教也！’此乃专指登寿。孔子都以为难教之人，我皆在教之，难而又难矣。”闿运确对代功有些不以为然，却偏好登寿。但因登寿多涉足闿运家事，且让闿运难容手下女佣，故有责备登寿好施小恩小惠之意。闿运曾在书笺中写有：“十步之内，得二芳草。”即指登寿和沈山人。责登寿离府，乃因驱金妪不遂，拂衣而去也。其实代功也博学多才，司马迁、班固之史，皆能成诵，今日之人已很难得矣。

重卢孟

【原文】

曾重伯不喜玉川[1]诗，盖其习远，非故为异论也。玉川才力之大，令人惊骇。中唐以后，仅此一人，非李、杜所能羁绊。《月食》

---

① 玉川：卢仝，号玉川子，唐代著名诗人。

诗固不可有二，其他之秀发，如“相思一夜梅花发，忽到窗前疑是君”结句，李、杜集中，何能有此。刘叉[1]诗太少，不能与玉川比量。以韩愈之待遇审之，盖无轩轾，韩愈诚知人者耳。尚有才小于卢仝，亦非李、杜所可笼罩者，东野是也。心思锐刻，每入角尖。东坡空螯小鱼之诮，遗山诗囚之目，皆客气也。凡学问之道，只可论短长，不可分门户。否则不能取长，而学问有限矣。湘绮初选唐诗，仅录孟诗四首。后因乌石学孟，乃细心研求，增选至数十首。因此而知湘绮初选时，尚未窥到东野实处，抑亦诗派不同之一大原因也。且中唐以后，无人肯作五言，而孟东野独工此体，故亦有起衰之效。湘绮弟子莫不高谈魏晋，不暇旁求。余因卢、孟之诗有开拓心思力量，故愿学子从事焉。

【意译】

曾广钧不喜爱卢仝的诗，只因其欣赏的风格与卢不同，并非故弄玄虚也。卢仝影响之深远，令人惊骇。唐代中期以后，只有他，可与李白、杜甫另当别论。《月食》之诗可谓独领风骚，其他纤纤之篇，如“相思一夜梅花发，忽到窗前疑是君”，即阅遍李杜诗集，也难寻此。刘叉的诗太少，不可与卢仝比量，从韩愈礼遇他的态度来看，彼此不分高下，可见韩愈乃识人之君也。诗才略小于卢仝，但仍可跳出李白、杜甫光环之外的人，当数孟郊，其思想尖锐，针砭深刻。而苏东坡诗中蟹钳鱼咬式的诮讽，元好问囚室中的呐喊，相比之下，都显得过于文质彬彬。凡学问之道，只可论长短，不可分门户，否则难以取人之长，不能做大学问矣。王闿运初选唐诗时，只录了孟郊的四首诗，后来因其弟子张登寿一心学孟，才细心研究，终选录至几十首。可见闿运初时并没领悟到孟郊的精华，抑或诗派不同也是原因之一，

---

① 刘叉：唐代诗人。

中期之后，没人肯作五言诗，但孟郊独精此体，故担了起落回升之责。王闿运的弟子们莫不高谈魏晋之风，其他朝代，无暇盼顾。我因卢仝、孟郊之诗有开拓心思的力量，愿学人重视之。

论歌行

【原文】

诗之难者，莫若歌行①，既关学力，又恃天才。苟无天才，仅有学力，诗非不工，运用之妙，终难睹耳。唐之名家，各逞其技，其可概括歌行作法者，则为李东川之《杂兴》，李峤之《汾阳行》、郭元振之《古剑篇》、宋之问之《放白鹇篇》、王昌龄之《行路难》诸作，其中尤以《杂兴》为至难学，元微之②所谓泥沙俱下者。读者试思，“青青兰艾”四句，愈推愈远，愈远愈大，与题似相干，似不相干。作者既不知从何处而来，学者更不知如何下手，元微之《望云骓歌》“长安二月花垂草”笔法，完全由此得来。李杜之诗，已极排奡之能，仍不能如《杂兴》之波澜壮阔也。卢仝、刘叉亦能如此，更加诙怪，神鬼皆惊，诗胆大于天矣。故能熟读所举数篇，歌行自有门径，宋明诸家无知此者，秘法本难传也。湘绮之《回马岭柏树歌》，全学《杂兴》，亦盛唐诗中之佳者。余之《鸦衔佛像歌》，亦学此诗，更能变化，有自运之乐。

近有闽人选《近代诗钞》，湘绮之《回马岭柏树歌》《登泰山诗》《六朝松歌》《生日宴集衡城作望庐山诗》诸名篇，均未选入。所谓纱帽体者，则录之甚多。故选诗非易事，苟无高远之识，诚不可妄作

---

① 歌行：古代官方设有乐府，负责采集和编制各种乐曲，配诗演唱。这些配乐诗称为乐府诗，“歌行”是其中一种。

② 元微之：元稹，字微之，唐朝大历年间的宰相诗人。

主张。据《近代诗钞》之选本观之，其人之学识乃在宋元以后，隋唐以前之诗法，非其所知者也。偶询伯兄皙子：“选诗者是何人?”伯兄答曰：“一不读唐诗之人耳。”孔子亦从二人言，故可据为定论。且咏物之诗，实得比兴之旨，完全抛弃，其理难知。盖闽人性质如此，湘潭人不能知也。杜子美、元微之之咏物诗，皆诗中最佳者，闽人视之，作何评论，亦余所愿闻者也。

【意译】

最难作的诗，莫过于“歌行”，既要学识，又需天分。如无天分，仅有学识，诗虽工整，却无妙韵，终难成器也。唐代的诗家，各炫其技，最能概显“歌行”之规则的，有李东川的《杂兴》，李峤的《汾阳行》，郭元振的《古剑篇》，宋之问的《放白鹇篇》，王昌龄的《行路难》等，其中尤以《杂兴》难学，元稹说是历代作品鱼龙混杂。试想，如“青青兰艾本殊香，察见泉鱼固不祥，济水自清河自浊，周公大圣接舆狂”四句，思绪越推越远，越远越大，与主题似相关，又似不相关。作者之切入不知从何处而来，学者之模仿也就不知从何处下手。元稹的《望云骓歌》，“长安二月花垂草”之类的笔意，就完全由《杂兴》而出。李白、杜甫的诗，已极为矫健奔放，不受束缚，但仍没有《杂兴》来得波澜壮阔。卢仝、刘叉也有这等功力，且更加怪异，神鬼都惊，诗胆可包天也。所以只要能熟诵上面列举的这几篇，学“歌行”就略有眉目，可惜宋朝明代均无人知此门径，秘道本也不易传世也。王闿运先生的《回马岭柏树歌》，乃学《杂兴》，放入盛唐，也算佳品。我的《鸦衔佛像歌》，也学《杂兴》，变化更多，有自怡之乐。

最近有福建人编集《近代诗钞》，闿运的《回马岭柏树歌》《登泰山诗》《六朝松歌》《生日宴集衡城作望庐山诗》等名篇，均未录入。而一些貌合神离之下品，则汇集甚多。可见编选诗钞，并非易事，眼界不高，视野不阔，不可妄自动手。观《近代诗钞》之选作，编者的学识应对隋唐之前和宋元之后无所知也。我与兄杨度相见时，偶然问起："编诗钞者是何许人物？"兄答："是一连唐诗都不读的人也。"孔子也信两人言，可见我们所议非谬语。而且咏物之诗，借喻是其要旨，如完全弃之不用，于理不通，该福建人所为，我们湘潭人实难揣知也。杜甫、元稹的咏物诗乃诗中翘楚，若该福建人读后，作何评说，我倒是极想听听。

轻 胜

【原文】

夏侯胜[①]谓诸生曰："士病不明经术，苟明，其取青紫，如俯拾地芥耳。学经不明，不如归耕。"异哉言乎！是无异以经术为得官之具，而躬耕者乃不学之人也。清朝以八股取士，善八股者，莫不显达；不能者，则老死衡门。夏侯之言，至符俗见，只改"学术"二字为"八股"二字而已。汉以经术取士，五经博士荣比翰林，疏广亦以太子通《论语》《孝经》为卒业。自来风气如此，夏侯之言，诚不足怪。

【意译】

夏侯胜对他的弟子们说："士人最怕的是不懂儒家经典，如能精通，获取高官厚禄如拾草芥。若不明经义，不如回家去耕田种地。"其言实怪。无异于说经术乃是获取官职的工具，耕田者即为不学无术之人也。清代是以八股文来筛选文人，善八股文的人，莫不飞黄腾达；不会的，老死衡门也无人理睬。夏侯胜之言，与世态甚合，只需改"经术"二字为"八股"二字即可。汉代以"经术"挑选官人，

① 夏侯胜：西汉大学者。

熟诵五经的博学之士，自可荣登翰林，汉代太傅疏广也以太子可通晓《论语》《孝经》即算毕业。此风自古有之，故夏侯胜之言，也便不足为奇了。

论四家

【原文】

谭瓶斋[①]喜钱南园、刘石庵、何蝯叟、翁松禅四家书，于是湘中有四家之名。或问四家优劣，余答曰：“南园专学平原，杂以虞、褚，兼及襄阳，故其书严整而流丽，所谓雅俗共赏之作。惟局势未弘，且未脱古人窠臼。然点缀亭园，自为佳品。诸城学帖，腴润有余，气骨不足，然一见知为玉堂人物，华贵之风，亦为希有。道州行书，有时绝妙，晚年致力篆隶，却无一笔能工，盖手已定性，不易变更也，但临摹既多，气味全得，以入行楷，自出尘凡。其执笔专用回腕，可以盘旋之地，仅胸前两手之间，故盈尺之字皆不成形，直不能直，横不能横也。又多以宋人粗犷之笔，作秦汉纯邈之书，本欲效颦，几成画虎，且用裹毫，尤多纽捩，此则深可太息者也。常熟专学南园，而用笔粗莽，每多疏率，以言独立，难而又难。余尝谓常熟书，如一品衣中满贮虮虱，不细心摹古，专以胆大骇人，列之书家，品斯下矣。”

【意译】

谭泽闿尤喜清代钱沣、刘墉、何绍基、翁同龢四家的书法，于是这四家在湖湘也颇有名声。间有人问我这四家的优劣，我评价：钱沣专门研习颜真卿，参修虞世南、褚遂良，兼学米芾，故其书法严整、

① 谭瓶斋：谭泽闿，号瓶斋，谭延闿之弟，民国初期书法家。

流畅而素丽，可谓雅俗共赏也，只是格局偏小，且没从古人之法中脱出来，用以点缀亭院，尚称佳作。刘墉习帖，字体丰腴有余，骨气不足，但一见便知书者乃华贵之人，玉堂之风实为稀有。何绍基的行书，有时堪称绝妙，晚年致力于篆隶，却无一笔到家，只因手性已定，不易变更也，但临摹既然多，韵味已悟得，一转入行楷，自然又超凡脱俗。他执笔专用回腕，手可盘旋的地方，就仅局限在胸前两臂之间，故字大如尺时，即不成形，直也不能直，横也不能横也。其又常用宋人的粗犷之笔，去写秦汉逸远之体，画虎类犬，东施效颦，而且多用裹毫，尤显别扭，此举只可叹息也。翁同龢只学钱沣，用笔又鲁莽、轻率，想要自成一体，难上加难。我曾说翁同龢的书法，像一件布满虱子的衣裳，不细心学仿古体，专以胆大骇人，其可列为书家之下品。

纪　蝯

【原文】

道州何伯言，乃何贞翁之侄，何绍颖之子。其妻湘潭郭氏女，与余为姑表姊妹，故何家细事，多能知之。最可笑者，则贞翁少时，跅弛不羁。年二十四，文安公①携之入都。舟泊永州，舟中闲暇，究其所学，则茫然无所知。文安公大怒，笞掌二十，推之上岸，曰："不可使京中人知我有此子，以为吾羞。"贞翁潜归，闭户勤读，卒得翰林，且为名士。古之人如周处辈，背流急反，迷岸知归。事业学术，虽系同源，究可分列。以事业著者，不必皆为少时所习。放荡之人，多有胆识，继之阅历，自异阘茸。至于学术，则不如此，非少年不学

① 文安公：何凌汉，谥文安，清尚书大臣，书法家。

老而能成者也。贞翁竟于廿四以后始专学术，且成名人，斯则奇矣。用功过迟，手腕俱钝，故贞翁四十以前之书，皆无可观。乃以辛劳辟开生面，较之以事业成名者，费力奚止百倍。贞翁亦人杰也哉！虽然，事之实否，诚不可知。所闻如此，记之而已。以贞翁之言行测之，则似非实也。

【意译】

湖南道县的何伯言，是何绍基的侄子，何绍颖的儿子，其妻子，湘潭的郭氏，是我的姑表姊妹，所以何家的一些琐事，知道不少。最可笑的，是绍基年少时的放荡不羁。他二十四岁那年，其父何凌汉带他进京，船泊永州，舟中闲暇，父考其学问，结果他一派茫然无知。其父大怒，杖鞭二十，逐其上岸，说："我不想让京城人知道有你这么一个儿子，羞耻也。"绍基只好悄然回乡，但闭门苦读，终入翰林，并成名士，就如同三国时朝的周处，逆流急返，迷途知归。求事业和做学术，虽然如出一辙，但毕竟还有分别。事业显赫者，不一定少年时就读书，放荡之人，多有胆识，继而阅历又丰，自与芸芸众生不同。至于学术者，则没有少时不学而老有所成的。绍基竟在二十四岁以后才开始专攻学术，且成名人，属异数矣。用功太晚，手腕则迟钝，故绍基四十岁以前的书法，无法入目。但他能以辛劳开创出局面，与求事业成名的人相比，费力岂止百倍，故绍基当为人杰也。虽然，事之真实，没有确知，但所闻如此，暂且记之。但以绍基的言行来看，则似有出入。

记　夸

【原文】

曾重伯谓余诗为独辟蹊径，能挽纤靡之习。其言曰："中兴以来，诗家皆以湘绮为宗，余亦不能出其范围者也。非人人学王，以其才大，不许他人自立，而诗有习矣。凡文运将衰之际，必有特立独行之人起而振之。如晋之靖节，唐之元白是也。”重伯之言如此，固不必深究其是非。但余诗不受湘绮羁缚，则可自信。亦由所学不尽从湘绮，故面目稍异也。湘绮门人不专学汉魏六朝者，惟余与张乌石两人。张诗成体后，始从湘绮游也。但以靖节及元、白与余同日而论，未免大夸，贻误后生，非我罪也。

【意译】

曾广钧说我的诗特立独行，在当今一遍婉吟缠绵的潮流之中，有挽狂澜之力。他说：“同治中兴以来，诗坛皆以王闿运为正宗，我的诗风也没能超出其左右。并非人人都不想突破，但他因才气大，地位高，不喜别人风格自树，而作诗又有习性和俗套。每逢文运将衰之际，必有人奋起独辟蹊径，以图振兴。如晋代的陶渊明，唐朝的元稹、白居易。”广钧话是如此，尽管不必去深究是对是错，但我的诗不受闿运的局限，确是事实。因我学诗并非仅承袭他一人，故风格也与他略有不同。先生门下不仅仅只学汉魏及六朝时期诗文的人，只有我和张正阳两人。正阳诗学成体后，始终追随闿运的风格。但将我与陶渊明及元稹、白居易同日而语，未免太夸张了，如误导了后辈，非我之错也。

斥小道

【原文】

凡面目特异者，其道必小。如文之有胡天游、龚定庵；诗之有钟谭；字之有冬心、板桥。一入藩篱，终无出路。故学问之道，贵得名师。小道数载可成，中庸百年莫尽。以有限之年，攻无限之学，自日短之堪悲。若以有限之学，荒无限之年，何天生之足贵。人不可自弃，攻乎异端，亦即自弃。若才情浩汗，左右逢源，异端可攻，不为累矣。

【意译】

凡让人感觉怪异的东西，必是小技所致。如胡天游、龚定庵的文章；如钟谭的诗；如金农和郑板桥的字。一旦走入死胡同，就再也走不出来。故做学问，关键在有名师指点。小技几年即可修成，正宗之学须付终生。用有限的劳作之年，去研究无涯之学问，只会惜叹光阴如梭。若用一点雕虫的小技去蒙混一生，怎对得起天地赋予生命之宝贵。人不可自弃，专攻小技，与自弃无异。若修得才情深厚渊博，技道自可左右逢源，小技也不离其宗也。

哭　陈

【原文】

闻陈师曾死，为之痛哭。余在日本时，与师曾同居一室者三年。归国之后，余偶北去，彼或南来，相见不过数面。梁卓如聚会悼之，画价即时大涨。师曾在日本时，尚不能画，然喜于黑板上作人物、驴马为戏，后入师范学油画及水彩画。归国之后，参以中法，画成形矣。故近世画家之略可观者，师曾也。沈醉白郁居长沙，其名不显。沈为小吏，贫而能傲。湘抚多名流，每许其以画易差，沈不顾也。遇有佳画，则质衣购之。然其所作，不免肮脏，学力虽深，天资不足也。诗荪[①]名满天下，家悬户张，实则沈、何之作，不过伯仲。诗荪纯乎窠臼，千篇一律，略高于汤涪庵、刘峿樵辈而已。沈尚有时能出

① 诗荪：何维朴，字诗荪，何绍基之孙。

新也。然门第不及，亦不遇之因。

【意译】

听到陈师曾去世的消息，为之痛哭。我在日本时，与师曾同住一室达三年之久。归国之后，我偶尔去北京，他有时回湖南，见过几面。梁启超召集其追悼会，画价也转瞬大涨。师曾初到日本时，还不善画，只是喜欢在黑板上涂描些人物、驴、马之类，后入师范大学研习油画及水彩画。回到国内，融入了中国画的技法，逐渐形成了自己的风格。故现世画家当中，能入眼的，数师曾也。沈醉白居住长沙，不甚得志，也无名声，仅为一小官吏，然家贫而性傲。历届湖南巡抚多为名流雅士，每每想以安排公职换取其画，均遭拒。而一遇到名画佳作，他却往往典押自身衣物购之。只是他的画，仍偏凌乱混沌，学识虽深，但天资不足也。何维朴誉满天下，名门望族，其实沈何两人之画，水平难分高下。维朴画风千篇一律，难脱窠臼，其技略高于汤涪庵、刘唔樵之辈而已，反而醉白尚能偶出奇新，但门第不及前者，也未遇贵人提携，故此。

运　矛

【原文】

近日从余学书者多，工者亦有之，手性之佳，则无过虚明者。其力强，其手敏。惜少无师友，抛荒时日。若能于此时焉，日夜勤习，十年之后，尚可崭然挺立，自成一家。清道人①之气力不能及也。道人用功甚笃，所习亦博，然滞塞难通，几无完字。细察其病，由于执

① 清道人：李瑞清，号梅庵，晚号清道人，晚清教育家、美术家、书法家，中国近现代教育的奠基人。

笔太松，不能高悬，有取貌之能，无超越之致。故执笔之法，定须紧纽筋络，使笔高悬，心定手坚，任其所往。于是平日所习，无不奔凑，如万流之归壑，不必整饬，自然安稳。以气势之所至，即神致之所达，神完气足，虽危亦安。排阖纵横，又在横平竖直之外。学《石门》者，尤须解此。余每劝道人从新执笔，尽抛前势。然一高悬，悉失故步，竟不能成字。是以入门不可不慎，然好名求速，亦足自累。若肯闭门苦学，不患无知，有何难能之事。余每论作字如运长矛，心手不齐，矛锋不振；气力俱到，夭矫自如，故笔必须用长锋也。

【意译】

近来跟我学书法的人不少，其中也有些尚具功力，手性好，但还没有超过弟子虚明的人，其写字手敏且有力。只可惜年少时无师无友，荒废时日。若能从现在起，日夜勤于研习，十年之后，应可昂然挺立，自成一家，李瑞清的笔力都不能及此也。瑞清非常用功，临习也广博，但字显得滞塞难通，几无完美之作。细察原因，系由于执笔太松，不能张悬，故只能取字的外貌，不能得其精髓。所以，执笔时，一定要紧扭筋络，使笔高悬，心定手坚，任其所往。练习时，紧凑奔放，如万流归壑，自然安顺，切勿修整装饰。以气势之所至，即神韵之所达，乃气满神足，似悬实稳。形在横平竖直之中，神在纵横捭阖之外。学《石门颂》碑的人，尤其须了解此点。我每次劝瑞清，让他完全抛开以前的执笔习惯，重习握笔。但他只要一紧悬，张法全乱，竟不能成字。可见初学入门时一定要慎重，只求快速出名，最后必反受其累。如果肯闭门苦学，不必担心初期不懂，世上并无难事。我每次都讲，书法如舞长矛，心手不齐，矛锋疲软；心气俱到，矫健自如，故要写好字，就一定要善用长矛锋。

记文法

【原文】

湘绮先生云："作文之法，须熟读《檀弓》[1]。"苏子瞻亦为斯言。盖以《檀弓》之文，多言事，又以经正事。既似言事，又似说经，非圣于文者，不能也。《庄子·天下篇》中，其明而在数度者，旧法世传之史，尚多有之；其在于《诗》《书》《礼》《乐》者，邹鲁之士、缙绅先生多能明之一节，乃六经之文，非诸子书中所能有者。故湘绮又谓作文之法，大备于《天下篇》也。

【意译】

王闿运先生说："学写文章，必须熟读《檀弓》。"苏轼也持此说法。只因《檀弓》多述事，但又以经学之理来辨其是非。故看似在说事，实又在论经，不是做文章的高手，绝难写出此等文章。《庄子·天下篇》中有一段："其明而在数度者，旧法世传之史，尚多有之；其在于《诗》《书》《礼》《乐》者，邹鲁之士，缙绅先生多能明之。"乃典型的六经文法，只有在先秦诸子文中方可见到。故闿运又说，写文章的方法，从《庄子·天下篇》中最易揣学也。

梦　佛

【原文】

甲子元夜，梦至空阔之地，四望无边。离余数丈，略似屋基，而无轩宇，基上有台，状若莲花。一和尚着红袍，坐台上，谓余曰：

---

① 《檀弓》：儒家思想的重要著作《礼记》中的一章。

"我可任意升降。"旋即飘然仙举，上下自如，台亦随之上下，但相去尺许，不相着也。忽觉耳边有人声，谓余曰："我亦可令汝回翔空际。"察之不见其人，以纸布之类作圆筒，范余目，将余置一物上，坐未安，而物已动，响如飞机，速如飞电。但非前进，乃后却。俯视下方，又一世界，无物不备。以目为所范，不能多见；其行太速，见亦不明。扶摇羊角者，不知几千里也。偶尔闭目，仍立于空旷之地。前见之台，已不再见。又闻人言，谓余何不左顾，尚有可观者。则又一台，如今之演戏者，离余不过丈许，台中几及十人，半环而立，皆着红袍，圆领大袖，面大如盆，其色雪白，而眉目漆黑，与伶人加官相似。心生微怖，即时醒觉，至今犹了然也，特记于此。世之好事者，或究之，后有佛学家，言佛号南方大欢喜，其处是摩醯首罗天色界顶天，为二十八天中之第二十五天云。

【意译】

甲子（1924）的第一天夜晚，做梦到了一片空旷的地方，四周一望无边。离我几丈远，有块类似于房屋的地面之处，但上面并没盖庭堂，只有张像莲花状的台子。一位和尚身着红色袍衣，坐在台上，说："我可以自由升降。"随即如仙人般飘然而动，上下自如，台子虽也跟着上下浮动，但总和和尚相距一尺来远，互不相着。我忽然听到有人对我说："我也可以让你在空中飘游。"但四察周围，又不见其人，只是用纸或布之类的东西做成圆筒形状，罩在我眼睛上，限制了我的视野，并将我放在一个物体上，还未坐稳，这物体已开动，声音如同飞机，速度如闪电。但不是向前，而是往后。我俯视朝下看，又是另一个世界，仿佛什么都有。但目已受限，也所见不多；行速又快，也看不太清。太空遨游也，不知已去几千里。闭眼一会，再看时，仍又立于空旷之地。之前见的台子，已不再现。又听人言，让我往左边看，说有可观之物。那里有另一台子，类似如今演戏的舞台，距我一丈多远，台上近十来个人，围成半环形，都着红袍，圆领大袖，面大如盆，面色雪白，而眉目漆黑，好像戏中官人一般。我心里微微感觉恐怖，顿时觉醒过来，至今仍记忆犹新，故特记于此。世上如有好事之人或可推究，后来有一佛学家，其佛号为南方大欢喜，说这个地方是佛教中的色界之顶天，即摩醯首罗天，为三界共二十八天中的第二十五天。

梦 碑

【原文】

余年十岁时，梦至一书房，宏敞清洁，案上文具，无不精美，研皆端石，笔为长锋，管则象牙翡翠，古碑一本，色旧而香。忽然兴发，照写一通，已觉微倦，假寐以休，临本置之枕旁，不能舍也。天明时，仆婢呼起，仍向枕边搜索。清醒之后，方知为梦。十岁之年，固无闻见。及后有知，则梦中所习，绝似《华山》，尤似商丘本。然则所至之室，牧仲[①]之室耶？事亦寻常，本无可纪。以梦者为未见之物，颇觉奇怪。至于一生作字用长锋，则得之于梦中者耳。

【意译】

我十岁那年有天做梦，梦见进到一间书房，室内宽敞清洁，案台上的文具，样样都很精美，墨具有端砚，笔毫为长锋，笔杆似象牙翡翠一类，还有古色古香的旧碑帖一本。我兴致勃发，照本临写了一通，感觉有倦意时，便昏然睡去，但临本仍放置在枕边，不舍得远弃。天亮了，女佣喊起床，我懵懂中还向枕边去寻摸那旧碑本，直到完全清醒后，才确信是做梦。十岁的小孩，说不出个所以然来，但之

---

① 牧仲：宋荦，字牧仲，清代著名收藏家、鉴赏家。

后我稍有见识时，可知梦中所临的旧碑，与《华山庙碑》极为相似，并与“商丘版本”几乎如出一辙。难道当年所入之室，为宋荦之书斋？这事本也寻常，并无记录的必要，只是一个小孩能清晰地梦见从未见过之物，颇为奇怪也。至于我一生书法惯用长锋，则源于该梦矣。

记谑

【原文】

规严设宴，余与叶焕彬①、曾重伯均在坐，偶尔谈及著书，有难名其书者。陈仲恂②云：“《草堂之灵》，颇为新颖。”焕彬云：“君未灵耳。”余答曰：“汝岂清耶?”焕彬有书，名《书林清话》，故以为答。因忆昔年易实父谓伯兄曰：“湘潭出酱。”余辈乃将家子，湘潭又产酱油，故实父云云。伯兄答曰：“龙阳出相。”俗谓龙阳君为相公。实父，龙阳人也，举坐为之捧腹。余刻“钧是人也”印，瓶斋对曰：“吾其鱼乎!”虽为小慧，亦足阐人思路。

【意译】

规严兄设宴请客，我和叶德辉、曾广钧等都在座，偶尔聊起著书，谈为书冠名不易。陈毓华说：“《草堂之灵》之名，颇为新颖。”德辉道：“未见杨钧‘灵’也。”我随口答：“也未见德辉‘清’呀?”他有本书，名为《书林清话》，故有此一答。由此忆记当年易实父对我兄杨度说：“湘潭出酱。”因我家乃湘军“将”门，而湘潭的“酱”油又出名，故实父嬉出此言。我兄妙答：“龙阳出相。”沿

① 叶焕彬：叶德辉，字焕彬，晚清进士、御史，著名的藏书家和刻书家。后因骂农民运动为“痞子运动”，而被农会当作“土豪劣绅”枪毙。

② 陈仲恂：陈毓华，民国初期著名诗人。

引春秋战国时期龙阳出过一位有名的宰“相”，称龙阳君，但此君为“相”公，即男宠。实父，乃龙阳人也。说得举座为之捧腹。我刻过一私闲章“钧是人也”，谭泽闿对语：“我是鱼乎!”虽是点小聪明，然也给人以思路旁出之效。

卷三

窃　文

【原文】

文廷式者，同光间名翰林，广交游，善谈论。但与梁鼎芬共妻，其事甚异。其妻居长沙南门外。梁为湖北臬司[①]时，仍往来于湘鄂间。而梁、文交谊，未尝因此稍异。文精掌故，颇多著述。物化之后，长沙易氏以贱价得其遗稿，遂易以己名，刊诸杂志。曾忆梁东朝柴廓，与宝月和尚友。一日，宝月至其家，适柴廓病死，遂窃其《行路难》诸诗稿去。后为其子所知，欲讼之官，乃厚赂之而罢。文妻肯得贱价，柴子则须厚赂。文廷式与柴廓之文运同厄，而易氏之财运则优于宝月也。

【意译】

文廷式，同治光绪年间（1862—1908）有名的翰林，交游甚广，健谈善论。但十分怪异的是，与梁鼎芬共妻。其妻住在长沙的南门外。梁鼎芬任湖北臬司时，仍往返于湖南和湖北之间。而文与梁交谊甚好，并不因此有什么不自在。文廷式精通掌故，且著述颇多，去世之后，长沙的易某从其妻处很便宜地收到了他的遗稿，并以自己的名字，在各种刊物上发表。其中一篇文中忆记，有太子梁柴廓，与宝月

① 臬司：主管一省的司法。

和尚是好友。一天，宝月到梁家，正逢柴廓病逝，便借机窃取了《行路难》等诗稿。后来被梁的儿子知道了，准备打官司，宝月用重金回赠才息事宁人。文廷式之妻肯低价贱卖，梁柴廓之子须高额贿赂，廷式与柴廓文运相同，而易某的财运则显然好于宝月。

斥怪僻

【原文】

文人多怪僻性，自古如此。惟阮嗣宗似怪而实平，当时有许为最谨慎者。所谓“礼岂为吾辈设”，言吾辈自知礼法，不待设而后守之也。然六朝放荡之习，多祖嗣宗，以为吾辈不必守礼，则大谬矣。故君子立言，不可不慎。近世如汪容甫、孙渊如，皆项水心所谓学士一方包袱，不合时宜之人。然究其所长，乃在才华，初无高识。观汪容甫之自序，即知其人品卑劣。其《经南苑吊马守真》文，言“幸免床第之辱”，尤妄谬绝伦，非士君子之所宜道。夫成不成，学也；遇不遇，时也。成而不遇，亦复寻常。孔子尚有浮海之嗟，后生偏侈顾庐之望。不成而遇，更非所宜，无进取之心，长侥幸之欲。容甫不叹道之不行，惟耻营求之不遂，谓为不滥，其可得乎。渊如不能群居，致被檄逐，乖戾之性，诚为希有。人既不能独处，当求所以乐群。毕秋帆筑室居之，适足长其骄慢之气。以德爱人者，恐不如此。然其下士之风，可为规范，今亦不可得矣。

【意译】

文人习性多怪僻，自古就如此。唯有三国时期的阮籍，行为似怪异，所做实在理，就当时而言，也许反而是最在意自己言行之人。其所谓“礼岂为吾辈设”，意指像他这类人等，自知礼法，无须先人设规矩，然后让其守之。但六朝之年世风放荡，多因攀学阮籍，以为自己都是无须守礼之人，实则大为荒谬矣。故君子放言，不可不慎。如近代的汪容甫、孙渊如之流，皆为明代项煜所形容的学人之病瘤，属不合时宜之人。而深究这类人之擅长，主在才华，并无过人之见识。以汪容甫的自序可知，人品极卑劣也。其在《经南苑吊马守真》一文中，所言“幸免床第之辱”，尤其荒谬绝伦，绝非君子学人所应有之语。一事能否成功，首在自学也；是否有机遇成功，则还要合时。修学已成而无机遇，也是常有之事。孔子尚有世事难求之叹，吾辈反存唯我独尊之心。学业无成而又企望机遇垂青，更属匪夷所思，不求进取之心，只贪侥幸之欲。容甫不思其道已错，只患求而不获，自称不滥，怎可能有所得？孙星衍（字渊如）极不愿交际，以致被人驱逐，性情之乖戾，实为稀有，人既不是独处之种，即应适群而生存。毕沅愿建屋为星衍作安置，助其骄傲之气也，恐也非以德护人之所为。但礼贤下士之风，堪为一代楷模，今人也无人可及矣。

摘晋志

【原文】

《晋书·天文志》云：“譬如覆奁以抑水而不没者，气充其中故也。”今之西人以线香着奁底，覆水中，香不灭，以空中有气，其说正同。又曰：“今试使一人把大炬火，夜半行于草地，去人十里，火光灭矣。灭也，远使然耳。”今日西转不复见，是火灭之类也。今之西人，以舟远只见桅尖，证地为圆形，其说亦甚相合。但十里之遥即能辨别，似不精确。果然，则地球之体积甚小，与事实不符矣。但其所发明与西人一致，是今非古者可以考之。

【意译】

《晋书·天文志》中说：“比如翻覆于水中的小木盒，并不会沉至水底，因为盒中充有气体也。”如今西方人将点燃的线香安置于盒底，翻过来盖在水中，盒中的香火不灭，也是因盒子的空间余有气体所致。《晋书》中又说：“如一人举着一大火把，夜间行走在平坦的草原，他走十里之远，你必再看不到火光也。光灭，是因为太远。”如果真试之，应是火灭了之类的原因。如今的西方人用远航的船舶只能看见桅杆之尖顶，来证明地球是圆形的，此说与《晋书》十分贴合。只是十里之远便能辨识地球是圆形，似不精确，如果真是这样，地球之圆体也未免太小，与事实不甚相符矣。但其观点与西方人如出一辙，是今天的人都可考证的。

乐隐

【原文】

明达之士，每乐隐居，既非逃名，亦非避世。人与人接，必有见闻，见闻虽同，是非则异。人视己为异物，己亦视人为异物。且己独人群，寡不制众，故孔子虽有从众之言，仍不免乘桴之愿；老子阐和同之论，终有函谷之行。始知入世本达士之所难能，逍遥诚守身之要义。余有诗云：“非为避尘纷，世士不我接。”既不我接，苟合更难。西人有言，“恶货币驱逐良货币”，斯世之所以有隐士也。以之为例，精当绝伦。离群索处，岂士之初志耶？亦不得已也。

【意译】

贤明睿智之人，多愿意过隐居生活，既不是逃名利之累，也不是避世俗之迫。人与人接触，必会谈及所见所闻，见闻虽然相同，看法却不一致。别人看他是不合群者，他也感觉别人非同道中人。且往往他独立于人群之中，见解既与众不同，其观点也不见得为众人所接受。故孔子虽有中庸之言，自己却有孤舟独漂之愿；老子虽有善水之论，自己却有幽谷静修之行。以此可知明达之士在世俗之中生活并非易事，相对隔世，乃为其思想之独立所必须也。我曾有诗曰："非为避尘纷，世士不我接。"沟通既不易，融合就更难。西方人说："恶货币驱逐良货币"，当今之所以有隐居之士，此也算是画龙点睛之句。离群索居，岂是明达之人的初衷？不得已而为之。

论画

【原文】

余固不善画，而知画莫如我。书画之形势虽殊，其理实一。余学书三十年，读画亦不下万本，故能窥其精奥，悟其得失。数月以来，偶尔挥洒，每一落笔，即与穆倩、孟阳、石涛、瞿山之流暗合，欲与四王、吴恽相似一能也。因悟画学亦关气数，有自然之势，无强合之机。明末之人，天资卓越，因遭世变，遁迹丘林，剩水残山，皆成惨境。《礼》曰："亡国之音哀以思。"以之发为文章，写成书画，自发幽秀之光，得人所难能之境。逮乎逊清，圣主辈出，只须润色鸿业，不必发抒怀抱。于是人人以供奉内廷为志，以邀圣题为荣。役己役人，人己俱失矣。故石谷南巡之绘，可等于《剧秦美新》之文。以工丽为宗，以平实为主，不敢为奇险之境，以免不臣之嫌，谓为白折大卷中之别体，谁曰不宜？数十百年，因缘成习，虽名家辈出，谁舍虞山？然气局渐衰，啴缓冗沓，无复开国时昌明博大之风。学者不自知其纤俗，犹侈夸其神韵。故画学至兹，几成魔道；醇士、子青，则到水尽山穷之地矣。譬之书家，自宋迄今，均夸赵、董，世世相承，人人互袭，形虽小异，格实不同。青主、觉斯尚能自立。得天、退谷，已力竭声嘶。梦楼、山舟之流，又宣泄尽致。更求拓展，至难至难！书法至此，亦扫地矣。故书家之有赵、董，如画家之有四王、吴恽。然则书家之有梦楼、山舟，等于画家之有醇士、子青矣。软骨滑肤，悦人丧我，殊非大雅之所为，抑即书画之末运。学者于兹，悉心领悟，自有立足之地，何患无拔俗之能。三十而立，立者，无友不如己者之谓也。

【意译】

我虽不善画，但懂画莫过于我。书和画固有不同，但本质是一致的。我学书法三十年，读画也不下万幅，故能看出其中的深浅，悟出其中的得失。近几个月来，偶尔挥毫作画，每一落笔，都可与穆倩、孟阳、石涛、瞿山等合拍，也能与清六家相似。故绘画与人的器局有关，发自内心而成，强学其实难副。明代末期的人，天资卓越，只因明朝灭清朝兴，失立锥之地，逃往丘林，盘桓于荒山野岭，遭遇凄凉。《礼》曰："亡国之音哀以思。"以此心境所作文章，所写书画，自然而然发出幽郁之光、傲秀之彩，非顺世之下可比拟。紧接之，清朝立，代代圣主，文人只须歌功颂德，不必忧心悲愤。于是人人以供奉朝廷所需为志向，以获得圣上赏题为光荣。为一份圣眷一份差遣而讨活，已失自我矣。故石谷专为圣上南巡之绘，无异于歌颂王莽篡汉的《剧秦美新》，只能以精工华丽为宗旨，以平实无误为规循，不敢猎奇险，唯恐被人视为逆臣，被人说成有异于朝考殿试之正体。几十上百年，虽然人才辈出，但又有谁能脱离此惯习？

但器局渐小，积重难返，全无刚刚开创清代时期那种昌明博大之风气。画者不但不自知其画纤软俗气，反而侈谈自赏神韵几何。故绘画一脉至此，近乎已成魔道；延至戴熙、张之万为止，可说山穷水尽也。以书法类比，从宋代以来，均赞赵孟頫、董其昌，世世相承人人沿袭下来，字态看起来差异不大，格局其实已全然不同。傅青主、王铎一辈，尚能面目自立，至孙承泽之流，就已显声嘶力竭之态，再到王文治、梁同书这等，可算宣泄已尽，更求拓展，几无可能，书法至此，已尘埃落地矣。故书法的赵、董，有如绘画的清六家。而书法的王文治、梁同书，有如绘画的戴熙、张之万也。软骨滑肤之画风，取媚于人而丧失自我，实非大雅，而为书画的穷途末路。画者由此悉心领悟，便有立足之地，可超凡脱俗。常言道，三十而立，立者，乃没有友人不知道自己也。

重六家

【原文】

前之所言，乃关画学之气数，非有贬于六家①。须知六家亦有过人之能，故能具此魔力。传之愈久，其值愈大。此中消息，亦略可探索。盖明末之人，纯乎性灵之作。有其识解，则不学自成；无其性灵，几难下手，反不若六家之规模具在，有迹可寻，或有青出之机，卒无画虎之诮。数百年来，岿然老师，固其宜也。故才知浅狭之人，尤喜醇士、子青之作。细笔淡墨，东抹西涂，无须气势，不必淋漓，但能配色选声，即可成章出众。然醇士、子青，尚能清洁。此则由其人品学力，自非学之者之所能期，宜其亦负盛名而为世宝也。

【意译】

在上面“论画”一文中，所议绘画之器局，并非是有意贬低清六家。六家必有过人之处，方有如此传世的魔力，传播越久，价值也越高。我在文中所述，可存探究之意。明代末期的画家，心隐亡国之忧恨，下笔纯出于性灵所感。若有悟性者，几乎不学自成；无此性灵者，便不知从何入手，反而不像六家之画，有模样可仿，有规矩可

① 六家：王时敏、王鉴、王翚、王原祁、吴历、恽寿平是继明代董其昌之后享有盛名、引领画坛的六位代表人物。

寻，只要偶获意外之巧，断无画虎类犬之疑。几百年来，被人敬为尊师，自有其可取之理也。才学疏浅的人，容易喜欢戴熙、张之万的画，其笔画短促，轻描淡墨，东涂西抹，不言气势，不必一气呵成，但搭配些颜色，选择些构图，也可出彩出众。戴、张之作，面目清醇，此由他们人品学识而致，非一般芸芸俗人可达，故也能负有盛名而贵为珍宝。

记九如图

【原文】

顷有人持傅青主①书画两条至，为杨海琴旧作。两条皆绫本，书条无款与图章，惟左侧中间挖一方孔，四方皆着有印泥。另一方纸，"傅山之印"四字粘于孔上。画条有"拟梅道人九如图"七字，非篆非隶，款书一"楟"字，印则"晋□子"三字。杨海琴得此二物之原委，已载于《归石轩》，其文曰："己巳至京，道出淮安，时漕帅方迎苏抚，驺从喧阗满市。漕署前有小古董摊，一缺唇瓶，内插二卷，皆新裱者，一不堪物，一则青主书也。余喜甚，购得之。贾人曰：'尚有一画，亦此人笔。'亟令取至，竟先生真迹也。画松柏泉石，上题'拟梅道人九如图'，款书一'楟'字，印系'晋□子'三字，中一字不可辨。何以知为先生笔？因与余书条系一对，且其树石笔法与旧藏册无二；而款字又诡异，有'晋'字印，确为先生手迹"云云。书条无款与挖去图章，皆未记及。盖青主之书，赏鉴家自能辨别，固无须款与图章，但有挖补之痕，亦以记出为宜。画条以"晋"字及旧册笔法为据，未尝不可。但"楟"字之来历如何，乃此

① 傅青主：傅山，字青主，明末清初人，名医，书法家。

幅之命根，不可忽略。明朝人书画有极相似者，余以为不能知“槮”字来历，即难定为青主笔。据海琴之所言，贾人以青主书与不堪物同置缺唇瓶，似不知为青主书者，又何以知画条亦此人笔。岂当日两条中有相同之款识及印记耶？若以今之所见者审之，则不知为一人笔也。但此物来历分明，自杨海琴收得之后，书画两条，未尝离开。此次亦出自长沙旧家。画套书签皆海琴手迹，故不可与寻常展转市面者同日而论。特记于此，以俟鉴家之考究。

【意译】

有一天忽然有人拿了两幅傅山的字画到我处，是杨海琴曾经收藏过的旧物。两幅皆为绫本，字幅既无题款也无图章，只是左侧中部挖掉一方孔，孔四周都余有印泥痕迹，另有一小方纸，写有“傅山之印”四个字，粘贴在方孔上。画幅上则题了“拟梅道人九如图”七个字，非篆非隶，款只留了一个“槮”字，钤的印则有“晋□子”三字。杨海琴得这两字画的缘由，已刊载在《归石轩》上，文章说：“1929 年，我去北京，转道来淮安，正逢此地漕运大臣迎候江苏巡抚，街道上车水马龙，喧嚣满市。漕署前摆有一古董小摊，一支缺了口的瓷瓶里，插了两卷轴，打开一看便知是新裱之物，一幅不堪入眼，一幅则为傅山之书条。我心中自喜，购之。摊主说：‘还有一幅画，也是此人手笔。’我连忙叫他拿来看看，竟也是傅山真迹也。画的是松柏泉石，上题有‘拟梅道人九如图’，落款一‘槮’字，印为‘晋□子”，中间一字已模糊不可辨识。怎知是出自傅山之手？因与我已收藏的一书条对照正合，而且画中树和石的笔法，与我的旧藏册如出一辙；字款也很特别，印有‘晋’字，可确定为其手迹。”云云。但书幅无款和图章被挖去，却都没提及。当然，傅山的手迹，鉴赏家多能辨识，无须借助落款和印章，也未尝不可，但有挖补的痕迹，录入在案，似更为适宜。画幅以“晋”字和旧藏册笔法为凭，自当说得过去。但“楟”字的来龙去脉，是辨识此幅的根本，不可忽略。明代人的书和画有笔迹极为近似的，我以为没弄清“楟”字之来历，即不能断定此画一定出自傅山之手。据海琴所述，摊主将傅山的书幅与一幅不堪入目的卷轴同放在缺了口的瓷瓶内，似应不知书幅是傅山的手迹，又怎会知道画幅也出于同一人之手？岂不是当天两幅中应有相同的款识和印记？如果仔细审辨今天所见的这一幅书条和一幅画，并看不出为一人所作也。但此两物的来历清晰，且杨海琴收得之后，书与画从未分开过，拿到我这里来的人也是长沙的行家旧识，画套书签一见便知确为海琴手迹，故还真不可与在市面上兜转的陌生商人同日而论。特记于此，以待日后鉴定家去考证。

斥阎

【原文】

张若虚《春江花月夜》诗云：“碣石潇湘无限路”，杜子美《秋兴诗》云：“江间波浪兼天涌，塞上风云接地阴”。“碣石”、“潇湘”，“江间”、“塞上”，相去太远，岂可如此乱扯耶？但诗家不必定知考据。作诗为一事，考据又一事。逊清诸儒则专以考据为事，不合乎考据者，攻之不遗余力。观阎百诗[①]之诋《唐贤三昧集》，殊属可笑。其与赵执信书云：“此集所录，如张旭四绝句，本宋蔡襄诗，而误收。祖咏诗误以‘京水’为‘泾水’，孟浩然诗误以‘涔阳’为‘浔阳’，王维诗误以‘御亭’为‘卸亭’，‘蔡洲’为‘蔡州’，高适《燕歌行》，误以‘渝关’为‘榆关’，全不讲于地理之学”云云。然则非知考据不足学诗。学诗者必先讲考据耶？诗人多非学者，

---

① 阎百诗：清代经学大师。

诚不必如此苛责。王湘绮先生云："人莫不讳其所短，而自炫其所长。"余于阎百诗见之矣。凡言考据者，必讲校勘，而真谬之难分，更胜于考据。即以湘绮"人莫不讳其所短"之文论之，当时为四条，一条写一幅，以赠于余。完夫刻《王志》，首载其文，则与赠余者大异。盖先书彼而后书与余者，经删改之文也。目之所见，已有此异，而况于千百年后，读传写多次之文乎！余之不善言考据与校勘，深有感于彼二者之费力也。

【意译】

张若虚在题为《春江花月夜》的诗中有一句："碣石潇湘无限路"，杜甫在题为《秋兴诗》的诗中有两句："江间波浪兼天涌，塞上风云接地阴。"其中"碣石"与"潇湘"，"江间"与"塞上"，风马牛不相及，岂可如此乱扯在一起？但诗人不必在考据上太严谨。写诗是一回事，考据又是另一回事。清朝末期许多儒家学者专拿考据做文章，只要见到考据不符的地方，攻击起来便不遗余力。看阎百诗诋毁《唐贤三昧集》，实感可笑。他写信给大诗人赵执信说："你看这册唐代的诗集中，本来是宋蔡襄的诗，而收录成张旭的四绝句。祖咏的诗中'泾水'误写成'京水'，孟浩然的诗中'浔阳'误写成'涔阳'，王维的诗中'郤亭'误写成'御亭'，'蔡州'误写成'蔡洲'，高适的《燕歌行》中'榆关'误写成'渝关'，完全没有基本的地理知识。"云云。好像不知道考据便不能学诗。学诗真的必先学考据吗？诗人许多并不是钻研学问的人，大可不必如此苛求也。王闿运先生说过："人都会隐其短而炫其长。"我在阎百诗这里得到了印证矣。凡是讲考据的人，必会涉及校勘，而校勘真假，比考据更难。就以闿运这篇"人都会隐其短"的小文为例，此言有四句话，闿运以每句写一条幅，赠给了我。而他的弟子陈完夫编刻《王志》时，首先就刊载了这篇小文，但与闿运写给我的相差甚远。乃因先写给他，后又写给我，中经删改也。就在身边的事，都有出入，何况千百年间，读、传、写无数次的诗文！我不喜欢过多地讲考据和校勘，深感其劳神费力。

解论语

【原文】

《论语》本六艺①之精华，圣贤言行之准的，而语句顺易，故人多忽之。清朝重朱注，人之心思更行塞晦，不复考究。如“晏平仲善与人交，久而敬之”，皆以为能久敬其友。果如此说，则为久而能敬矣。且久而能敬，乃圣贤当然之行，不足夸奖。若久而为人所敬，则事至难，非圣贤不能有此境界。“久而敬之”，“之”者，晏平仲也。语句本极明了，而读者未晤，何耶？后读《魏韩显宗墓志》，谓“善与人交，人亦久而敬焉”，解法正与余同。又如“其为人也孝弟”② 一节，若如常说，则犯上作乱，皆为可好之物。宁有是理？若有人问曰：“君好酒色耶，抑好犯上作乱也？”朱熹亦必哑然失笑，不知所答。且犯上既可为孝弟者之所嗜好，又何所见作乱之行，则决不至为孝弟者之所嗜好耶！愈说愈可笑，愈不成话矣。或问曰：“然则先生之说云何？”余答曰：“好者，交好，非嗜好。犯上之人，义不可交，但处世接物，不能过于刻核，偶与周旋，殊难狎暱，故曰‘鲜矣’。至于作乱之人，断无与交之事。保身由于明哲，况为人孝弟，而可累于作乱者乎？故曰‘未之有也’。”又如“回也，其庶乎屡空”，宋儒喜言佛，独不悟“空”字义耶？若以贫为空，则其“庶

① 六艺：《易》《书》《诗》《礼》《乐》《春秋》。

② 出自《论语·学而》：“其为人也孝弟，而好犯上者，鲜矣；不好犯上，而好作乱，未之有也。”

乎”之意义安在？“空”为难事，回其“庶乎”，他人不能也。以“人不堪其忧，回①不改其乐”为之证，益信余言之至当。

【意译】

《论语》乃六艺之精华，圣贤之人言行的正宗诠释，而且语句平顺易懂，却反而为许多学人所忽视。至清代，唯重朱熹批注，人的思路更加晦曲闭塞，不求根本。如“晏平仲善与人交，久而敬之”一句，都解释成“晏能长久地友敬他人”。然久而能敬，是圣贤最基本的举止，并不值得夸奖。但久而能为别人所敬重，才是很难做到的事，只有圣贤方能达到的境界。故“久而敬之”的“之”，是指晏平仲也。语句并不难懂，学人均不悟，原因何在？后来读《魏韩显宗墓志》，其中有一句“善与人交，人亦久而敬焉”，解释与我正合。又如“其为人也孝弟”一段，惯常的意释，将“好”译成“喜好、嗜好”，“好犯上者”理解成“喜欢顶撞或对抗当权者”，果真如此？按此意，如果有人问：“你是好酒色，还是好犯上作乱呢？”朱熹也必会哑然失笑，不知所答。而且，依此译法，既然有少数孝顺的人也嗜好犯上，为什么孝顺的人就绝不嗜好作乱呢？扯远了，越说越可笑，越说越不成话矣。或许有人会问：“那你的意思是怎么译释才好？”我的意思是：“好，是交好，而非爱好、嗜好。犯上之人，义不可交，但处世接物，不能过于刻板，偶尔与此类人周旋，并不失自身的庄重，所以说‘鲜矣’，少接触也。至于作乱之人，断无交接之事。明白事理以保自身平安是常人都懂得的，何况孝悌之人，怎可涉作乱者连累之地？所以说‘未之有也’。”又如“回也其庶乎，屡空”，常文释意称：颜回的道德学问应算很高尚而广博了吧，但也时时囊中羞涩，一贫如洗。宋代的儒家喜欢讲佛，怎么就独独悟不出此

① 回：颜回。

处“空”的意旨矣，若“空”是“贫”之意，“庶乎”的意思又怎么解释得通？“空”释“难事”之意，“庶乎”方有所回应。可用“人不堪其忧，回不改其乐”来印证，我更确信此释不会错。

记张迁

【原文】

壬子八月，余至青岛省亲，道出上海，寓李梅庵处。正余搜集古碑之时，尤以未得《张迁》为恨。梅庵乃自何诗荪处，携蝯叟藏本归。拓本虽旧，而字口光肥，大似木刻，殊为诧异。签书“古拓张公方碑”数字，则确为蝯叟手迹。蝯叟临是碑百余遍，断不至绝无所触，而不着一字。同时得见蝯叟所藏《史晨碑》，小真书题记甚多，乃益信此册非蝯叟所珍，遂未与议值。闻庞芝阁藏二册，皆海内名本，乃与梅庵及其弟筠庵访之。遍观所藏金石书画，间有孤本。薛少保《信行禅师碑》亦在其箧中。至其《张迁》，一为祝少英藏东里润色本，一为吴让之藏明拓本。二册相较，祝少英本，纸墨拓工，粗恶可厌，吴本中刘铁云跋，谓为描失所在太多，精神反出此本下，诚为至确之论。乃以巨金购吴让之本。于是谭瓶斋赠打油长歌一篇，中有“当年五百买《张迁》，湘绮讥君舍得钱。哪知今日不可致，还被筠庵笑价廉”四句，亦嘉话也。

考《张迁》拓本，东里润色[1]完好者，殊不可多见。即海丰吴氏所藏，群推为海内第一者，据诸家记载，“东”字、“润”字均略有伤损。光绪十八年又毁于火，不必再为考究。以次第推之，祝少英本

---

① 《张迁》碑中，随年代的不同，碑中这几个字完好程度也不一样，后人以此作为不同时期拓本的标志。

当为海内第一矣。然余与刘铁云[1]对于祝本皆不惬意。以故《张迁》拓本，谓海内无能居第一者，不亦可乎。至于覃溪、小松、冬心所藏拓本皆及见之，亦均与吴本相伯仲，且尚有不及处。始知吴本亦人间希有物。且赵㧑叔、鲍少筠皆精赏鉴者，亦均题记宛然，极为推许。则此册之值，更不待余烦言矣。

客有携近时影印之东里润色本至者，余阅首叶，讶其满纸死气，痛骂不已。客疑余妄，有不悦之色。翻至册尾，题语中谓为祝少英本，即十年前见于庞芝阁处者，而余言有值矣。急与客观，大为帖服。可知赏鉴之学，全由阅历，非偶然可得者也。

【意译】

壬子（1912）八月，我去青岛探亲，途经上海，住李瑞清家。那段时间我特别热衷收集古碑，尤其以未收得《张迁》碑为恨事。有一天瑞清从何诗荪那里拿回一何绍基的《张迁》碑收藏本，拓本虽然旧，但字体肥壮，大似木刻，让人惊异。书封有“古拓张公方碑”几个字，确为何绍基的手迹，但页内无侧记。绍基临《张迁》碑一百多遍，绝不可能反复翻阅而不注一字。我也见过绍基收藏的《史晨》碑，小楷书侧记甚多，更确信此册不为绍基所珍视，故我也推置未收。听说庞芝阁收有两册，都是海内名本，便与瑞清、筠庵一道去拜访，遍看其所藏金石书画，间或有孤本，薛少保的《信行禅师碑》也在其列。而《张迁》碑，一是祝少英藏的“东里润色”本，一是吴让之藏的明拓本。二册相比较，祝少英版本，纸墨和拓工都粗俗不堪；吴让之版本中，刘鹗写了跋，说拓描时，失缺之处太多，但精神尚存。所论确实也，即用重金购了吴本。后谭泽闿以此赠予我打油长诗一首，其中有四句：“当年五百买《张迁》，湘绮讥君舍得钱。

---

① 刘铁云：刘鹗，字铁云，晚清著名小说家、收藏家。

哪知今日不可致，还被筠庵笑价廉。”也算佳话一段。

辨考《张迁》碑拓本，“东里润色”完好的很少见。众人将海丰吴氏所藏的一册，视为海内第一本，据记载，其中“东”字和“润”字都略有损伤，光绪十八年（1892）又毁于火灾，故不必再考究矣。推其次，众便以祝少英版本为第一了，但我和刘鹗对于祝本都感尚未尽意，故说《张迁》碑拓本，海内已无第一，也未尝不可。至于翁方纲、黄易、金农所藏的拓本，我均看过，与吴让之版本相比，相差不多或尚有不及。可见吴本已是世间稀有之物也。而赵之谦、鲍少筠皆善鉴赏，也在其上写了极为推许的题记。故此册的价值，无需我再多言。

有人拿了最近影印的“东里润色”版本来给我看，仅看首页，满纸死气，乃出声痛斥。来人以为我狂妄，面色不悦。翻到册尾，题语中述为祝少英版本，即十年前在庞芝阁家所见之影印，我斥之语有理也。我出示己藏，来人大为帖服。可见鉴赏之学问，全在阅历，并非偶然所得。

说忧疾

【原文】

志士必忧时，名士必疾俗。志士喜自用，故忧时；名士不合群，故疾俗。余谓举天下皆忧时之士，其时必更可忧；举天下皆疾俗之人，其俗必更可疾。此言虽有至理，但不可使苏秦、张仪辈及六朝人闻之。今则可忧之人，反而忧时；可疾之人，反而疾俗。又有为时所忧者，而其人不忧；为俗所疾者，而其人不疾。彼亦一是非，此亦一是非，终不得其是非之所在，故余将以问于庄周。

【意译】

有志向之人惯心忧时势，名流却常与世俗格格不入。志士多自以为是，故忧时；名士多不合群，故厌俗。依我看，如天下人人都是心忧时势之人，时势只会更令人担忧；若天下人人都是痛诋世俗之人，世俗也只会更让人厌恶。此言无疑中肯，但苏秦、张仪之流并不一定认同。如今反倒是自身堪忧之人在忧时，自身可厌之人在厌世。又有为时势所困之人，却自身超然；为世俗所不容之人，却入世甚深。公说公有理，婆说婆有理，终不知是与非的尺度究竟如何。故而我则常在庄子与周公之说中寻出路。

辨 朔

【原文】

《张黑女墓志》云："辛亥十月丁酉朔一日丁酉。"何蝯翁跋云："顾氏《日知录》，汉人之文，有即朔之日，而必重书一日者，广汉太守沈子琚《绵竹江堰碑》云'嘉平五年五月辛酉朔一日辛酉'，《绥民校尉熊君碑》云'建安二十一年十月丙寅朔一日丙寅'。"余因之而考诸各碑，始知顾氏及蝯叟之以一日为朔之重文，似未明古人记日之例。如《司马景和妻墓志》云"延昌二年夏六月甲申朔廿日癸卯"，又云"三年正月庚戌朔十二日辛酉"。《法义兄弟二百人造像》云："□月癸未朔五日丁亥。"《韩显祖等造像记》云："甲寅六月壬子朔廿八日己卯。"《王良伯兄弟造像记》云："辛巳五月丙午朔十五日庚申。"《王惠颙等廿人造像记》云："乙酉三月癸未朔廿七日己酉。"《宋买造像碑》云："丁亥四月辛丑朔八日戊申。"《张静儒造浮图并画像记》云："丁亥五月辛未朔廿七日丁酉。"《高侨为妻王江妃造木板》云："癸巳七月乙丑朔六月庚午。"《菀氏妻杜》云："己未十二月壬辰朔廿九日□□。”《孔僧时等造弥勒像》云：“丙辰正月癸卯朔廿四日丙寅。”《唯郙州人等造石像记》云：“丁卯闰九月己亥朔十三日乙亥。”《刘霍周造塔记》云：“丁巳十二月辛卯朔十九日己酉。”《法仪六十人等造释迦像》云：“己未四月甲申朔廿日癸卯。”《王贰郎等菩萨像》云：“甲子二月丙辰朔十六日辛未。”《杨显叔造像》云：“武定二年□月乙卯朔十四日”。《魏报德玉像七佛颂碑》云：“乙丑□□丁丑朔十五日。”《乐天祐等造塔记残石》云：“丙□□月庚午朔八日丁丑。”《朱舍舍宅造寺记》云：“丁卯七月丙申朔九日甲辰。”《源磨郎圹志》云：“庚午三月庚戌朔六日乙卯。”《郑敬羡造像记》云：“九月甲辰朔廿五日甲午。”《邹树仁为女造寺并造祇桓精舍记》云：“甲戌七月乙酉朔十四日戊戌”。《谢欢同葬专》云：“□寅十月辛酉朔十六日丙子。”试以上所列者例之，“朔”字乃专记月之首，绝不以之记日，记日仍用数字。故虽一日，必另提一日，不可以“朔”字统之。若仅言朔而不言一日，则失去一日；若仅言一日而不言朔，则失去月首之干支。顾氏与蝯叟均所谓博雅君子，尚不免于疏忽，而况他人耶！以此益知学问之难。

【意译】

《张黑女墓志》上记有：“辛亥十月丁酉朔一日丁酉。”何绍基跋：“顾某在《日知录》记载，汉文中，每逢‘朔’的那天，后必再重写‘一日’。如广汉太守沈子琚的《绵竹江堰碑》，‘嘉平五年五月辛酉朔一日辛酉’。又如《绥民校尉熊君碑》：‘建安二十一年十月丙寅朔一日丙寅’。”我因此而特意稽考各种古碑，才知道顾某和绍基以为“一日”是“朔”的重文，其实是没明白古人记署日期的方法。比如，在《司马景和妻墓志》中：“延昌二年夏六月甲申朔廿日癸卯”，又署：“三年正月庚戌朔十二日辛酉。”《法义兄弟二百人造像记》中署有：“□月癸未朔五日丁亥。”《韩显祖等造像记》中署有：

“甲寅六月壬子朔廿八日己卯。”《王良伯兄弟造像记》中署有：“辛巳五月丙午朔十五日庚申。”《王惠颙等二十人造像记》中署有：“乙酉三月癸未朔廿七日己酉。”《宋买造像碑》中署有：“丁亥四月辛丑朔八日戊申。”《张静儒造浮图并画像记》中署有：“丁亥五月辛未朔廿七日丁酉。”《高侨为妻王江妃造木板》中署有：“癸巳七月乙丑朔六月庚午。”《菀氏妻记》中署有：“己未十二月壬辰朔廿九日□□。”《孔僧时等造弥勒像》中署有：“丙辰正月癸卯朔廿四日丙寅。”《唯郁州人等造石像记》中署有：“丁卯闰九月己亥朔十三日乙亥。”《刘蘉周造塔记》中署有：“丁巳十二月辛卯朔十九日己酉。”《法仪六十人等造释迦像》中署有：“己未四月甲申朔廿日癸卯。”《王貳郎等菩萨像》中署有：“甲子二月丙辰朔十六日辛未。”《杨显叔造像》中署有：“武定二年□月乙卯朔十四日。”《魏报德玉像七佛颂碑》中署有：“乙丑□□丁丑朔十五日。”《乐天祐等造塔记残石》中署有：“丙□□月庚午朔八日丁丑。”《朱舍舍宅造寺记》中署有：“丁卯七月丙申朔九日甲辰。”《源磨郎圹志》中署有：“庚午三月庚戌朔六日乙卯。”《郑敬美造像记》中署有：“九月甲辰朔廿五日甲午。”《邹树仁为女造寺并造祇桓精舍记》中署有：“甲戌七月乙酉朔十四日戊戌。”《谢欢同葬专》中署有：“□寅十月辛酉朔十六日丙子。”从以上的例子可见，“朔”是专记“干支历”每月的第一天，而不是用来记阴历日期的，记阴历日期仍须在“朔”字之后用数字。所以若只署“朔”而不署“一日”，则没注明阴历日期；若只署“一日”而不署“朔”，则没注明干支历日期也。顾某和何绍基都是公认的博雅君子，尚难免有疏忽，更何况他人。由此可知做学问并非容易之事。

记史晨

【原文】

丙辰五月，于北京琉璃厂访古斋，见三十六字本《史晨碑》，纸墨拓工均不在何蝯叟藏本下，但无藏章及题记。店主云："陈国详已置定金百元，因返贵州，故未取去。"陈为王湘绮先生孙女之夫兄，乃余后辈，未便夺取。而碑估则以陈去二年不返，强余购之，只索五百元。正函商寄钱寄碑，忽遭世变，匿居汉皋，事遂中辍。后闻仍为陈有。陈死，归同邑周印昆。曾见石影本，有姚华[1]跋云："杨重子[2]曾出五百元不能得"，乃姚华借撑门面语，殊不足信。余今所藏，茶陵谭氏为余购得者，乃明拓精本，亦有石影行世。后又得稍旧本，当为清初拓，赠虚明矣。

【意译】

丙辰（1916）五月，在北京琉璃厂访古玩店，见到每行三十六字的《史晨碑》拓本。纸墨拓工均不在何绍基的藏本之下。店主说："陈国详已下定金百元，因回贵州去了，暂没来取。"国详为王闿运孙女的夫兄，算我晚辈，故我不便再索购。而店主则以国详已走两年，音信全无为由，强推我购之，价低让至五百元。我回家后正信函往返商量寄钱寄拓本之时，逢世道骤变，迁至汉口隐居，这事也即中断。后听说仍为国详购得。国详去世后，移由同乡周印昆收藏。我后来曾见过其石影本，上有姚华的题跋，说："杨重子曾出五百元不能得。"这只是姚华用来撑门面的说法，事非如此。现我收藏的，是茶

① 姚华：民初著名金石家。

② 杨重子：杨钧。

陵谭先生为我购得的明代精制拓本，其也有石影本在同道中藏传。之后又得一稍旧的清初拓本，赠送给了弟子虚明。

重稿

【原文】

蝯叟后人持蝯叟藏董文敏画稿册至，共十六叶，纸色大小，均不一律。高澹人题记最多，几无余纸。何蝯叟亦有长题，罗研斋、吴式芬①亦均有跋。吴式芬云："以所藏石涛金陵八景小册与董册对看，兴味无穷。石涛极荒率之致，有时仅有轮廓，毫无皴染。"余既见董册，又因吴式芬语，想象石涛册，亦可谓兴味无穷。况董画石画，余均有之，不至于为吴式芬所傲，更为乐事。古人云："良工不示人以璞。"董氏之璞，尚在人间，当非董氏之所及料。然后学得此，较之得写成之画，几胜十倍。写成之画，多由惨淡经营而来，其布置之线索，笔墨之痕迹，实不易于探寻。此则纯乎天机，绝无雕琢，何来何去，踪迹显然。陈完夫从王湘绮先生学诗，湘绮每为诗，必以稿本示之，且语之曰："读名人著作，请名人改订，不如多看名人稿本，审其自改自涂，即悟点铁成金之妙，而神智顿增。"故余一得湘绮稿纸，必秘藏细读，诚能补口授之所不及。于是练句选词，由兹大进矣。数月以来，学画甚笃，忽读此册，有开云见雉之乐。然则不仅诗文须读名人稿本，学画亦复如此，但愿名人弗秘其璞耳。

【意译】

何绍基后人拿了他所藏的董其昌之画稿到我处，共十六张，纸张

---

① 罗研斋、吴式芬：均为清代书法家。

颜色大小，均不一致。清流淡雅之士题记很多，几无空白。绍基也有长长的题记，罗研斋、吴式芬附有题跋。吴式芬写道："拿家中所藏的石涛金陵八景小画册与这些董其昌的画稿对照比看，趣味无穷。石涛极率真随意，有时仅画个轮廓，再无皴染细节之笔。"我现既看了这本画稿，又见吴式芬所题，想象一下石涛册，确能品出十分韵味。想到董与石的画我均有所藏，不至于让吴式芬独享其美，又窃乐不已。古人说："良工不示人以璞。"然董其昌未完成之作，现流传于世，恐非他所预料。但后辈从这画稿中所能学到的东西，远比完工后的画册要丰富十倍之多。完毕之画，多已经过了苦心修琢，其布局的思路、用笔的顺序，实不易探究。画稿则显露无遗，绝无雕琢，来龙去脉，一目了然。陈完夫向王闿运学诗，先生每写诗，必拿稿本给陈看，并告之："读名人著作，请名人批改，不如多看名人稿本，看他怎样自改自涂的过程，便可悟出点石成金之妙，获茅塞顿开之效。"所以，我凡得一先生稿纸，必会收藏好慢研细读，确能弥补平时言传之不足，以至练句选词，日渐提高。这几个月，专心学画，看到这本画稿，也顿有拨开蔽日乌云之感。故不仅学诗文须读名人稿本，学画也同样如此，但愿名人不隐其未完成之作。

说印泥

【原文】

或问曰："今之印泥，专尚深紫，亦有由乎？"余答曰："此于书画体裁略有关系。康乾之际，纯用硃磦[①]，其色浅黄。以彼时书画，大抵淡墨细笔。若印泥深厚，有喧宾夺主之嫌。今则剑拔弩张，隃麋

① 硃磦：硃砂漂洗的上浮层，色浅，细腻。

似漆，花青着色，浓艳绝伦。若印泥浅薄，又有淡扫蛾眉之概。故吴俊卿、齐白石所刻之印，只合于今日之书画，南田、南沙非所宜用。元遗山[①]诗曰‘开门一笑大江横’，湘绮先生云‘骇杀小女子’，若以吴、齐所刻之印，加以紫黑之泥，施于南田、南沙之制，则花鸟皆骇杀已。物极必返，理有固然。前之印泥过于稀薄，故发生今日之浓重。以此推之，今日暴厉之画，实由四王[②]之所激成；今日暴厉之书，实由赵、董之所迫出。世有韩愈，必谓之起衰，余则以为矫枉过正。中庸之道，当俟诸异日也。”

【意译】

有人问：“现在的印泥，用深紫色的极多，是何原因?”我说：“这与书画题材有关。康熙乾隆时期，印泥都用硃磦，色呈浅黄。因那时的书画，多用淡墨细笔；若印泥色深质厚，便会喧宾夺主。现在的画，多是尽显张力，墨浓如漆，花草染色，浓艳无比；如印泥之色稍为浅薄，便如淡扫蛾眉，若有若无。故吴昌硕、齐白石所刻之印，只适合于今日之书画，若落在清代画家恽南田、蒋廷锡的作品上，就显得不适宜了，元遗山诗有‘开门一笑大江横’，先生王闿运常说‘骇杀小女子’，便指那种效果。试想用吴、齐之印，加以紫黑的印泥，盖在南田、廷锡的画纸上，图中花鸟不被骇杀务尽才怪。常言说得好，物极必反。之前印泥过于稀薄，而现今印泥又过于浓重。同理推之，现今盛行的夸张浓艳之画风，是对昔日四王清雅之气的反扑；现今盛行的花哨随性之书法，是对赵孟頫、董其昌朴重之风的颠覆。自世间有哲人韩愈始，事物便讲究发展及衰落。我却认为世事往往矫枉过正。望假以时日，行中庸之道矣。”

---

① 元遗山：元代大文学家。

② 四王：四位王姓大画家，清代之代表人物。

记 包

【原文】

包容字哲臣，南昌人。福建候补知府，署台南府。甲午，清廷割让台湾，忧愤而殁。临终时，郡城人皆见甲马纷腾，知有是变，立祠祀之。包公赋性刚正，不阿权贵。尝捕贼，讯供即屈服，无狡展者。囚每言公后有着红袍神侍立，故悚肃不敢犯。夜惟假寐，终其身无熟睡时。其子学渊字培斋，丁酉举人，官清邮传部主事，逊国后，作交通部参事。尝患重病几死，梦其父言："汝病难起，发愿持斋，当可望救。"学渊不允，病乃日笃。一日将死，又见其父，告之如前，慨然允之，病果渐瘥。又梦其父曰："我今为天界护法神，汝当立愿助我。不信者，明晨可于北京前门外观音寺见余。"学渊疑信参半，如时往寺，果见其父立于殿前。下车伏拜，起即不见，至是始大信。

学渊两小女戏言："吾祖为神，何不设乩请降？"置沙盘中，果见乩动，书似祖笔，语似祖言。所问逝者现处，即答；若询休戚，则寂然。邻人张汧伯、叶誉虎之流，尝往询失人踪迹，每多奇验。余嫂黄夫人，以其父佩堦先生为盐枭所杀，往叩其状，则言在地狱，诚求可出。遂如其言求之，云已得解。嫂请与父乩谈，竟许之，则滔滔数千言，皆生前家事，无人知者。余适王氏姊，以其姒彭夫人亦惨死，叩求得验，亦如前事。一日，余嫂请述公略历及护法因缘，乩书："若必为此，须汝弟重子作书。且鹿门为余作墓志，尚未刊石，可并令重子书之。"鹿门乃皮锡瑞字。公之墓志，乃公殁后锡瑞所撰，诚不知何由而知皮君之有墓志，又何由而知余之姓名。天人相接，其理固然。命之为神，亦如世界乞书者所为，岂不大奇已哉？诗曰："神之格思，不可度思，矧可绎思。”谓之不度不绎可也。

【意译】

包容，字哲臣，南昌人，曾任福建的候补知府兼署台南府。甲午（1894）年，清朝割让台湾，其忧愤而死。临终时，台南城的百姓见兵马频频调动，知有巨变，为其立祠纪念之。包公秉性刚正，不媚权贵。凡他拘捕的盗贼，一审讯即招供，几无狡辩者。罪犯常说他身后有一着红袍的神侍立，故恐怵不敢抗拒。其神思警觉，夜仅假寐，几无熟睡之时。他的儿子名学渊，字培斋，丁酉（1897）中举人，在清廷邮传部主事，清朝退位后，转任交通部参事，曾经重病将死，其间梦见他父亲对他说：“你病已入膏肓，恐难再起，只有遵行佛家戒律，不进荤食，尚有转好的可能。”学渊不信，病却日复一日加重。有一天，命即将殁，又梦见其父，从前之语，再次告之，他赶紧应允，病果然慢慢康复。后又在梦中听他父亲说：“我现在是天界的护法神，你必须发誓协助我。如你不信，明天早上可到北京前门外的观音寺来见我。”学渊将信将疑，第二天还是按时赶到了寺庙，果然看到他父亲站在殿前，赶紧下车伏拜，抬头却再没见着人影，这才对此深信不疑。

学渊有两个小女儿，游戏时说既然我祖上是神，何不占卜请他指点迷津？便将贝兆放在沙盘中，果然见到贝兆在动，其写的字和祖父的笔迹一样，说的语调也与祖父相同。如果问他已去世的人现在什么地方，他会马上告诉你；如进而询问在那里的心境穷富，则默不作声。我邻坊张汧伯、叶誉虎等人曾去问下落不明的老人之踪迹，常常都灵验。我嫂子黄夫人因其父佩塏先生被盐霸所杀，便去以此询卜，贝兆说其父现在地狱，如诚恳求拜尚可离出，如是她按规求诉，说是已解脱。嫂请求通过贝兆与父交谈，竟被允许，其父滔滔不绝几千言，历述从前旁人不知道的一些家室之事。我正巧有一王姓表姐，她的夫嫂彭夫人也是惨死，去询卜求验，贝兆所言确如往事。有一天，我嫂以请包公自述其简略经历及与护法因缘询卜，贝兆回复：“如果一定想问此，必须由你弟杨钧书记之，而且鹿门曾为我写过墓志，尚未石刻，也要杨钧一并书之。”皮锡瑞，字鹿门，长沙学人也。包公的墓志，是其去世后锡瑞才撰写的，实不知他从何而知，更不知他怎么会知道我的名字。若天人相通，其理固然可释，但包公已称为神，还像凡世间求字者那样来求书，这岂不更是稀奇之事？古诗有：“神之格思，不可度思，矧可斁思（神的思维境界，不是你我之凡人可以理解的，更别说去臆想了）。”故不作妄自揣度。

怪笔

【原文】

古今作书之人，其用笔法，往往有非常可怪之事。闻伊墨卿、洪稚存①之作隶篆，均将笔锋剪去。真伪虽不可知，然按其字迹，似非诬诋。伊之隶书，绝似圆棍，既无轻重，又无锋芒。洪之篆书，起笔落笔均成圆点，若用淡墨，更明显异常。李梅庵为余至交，见其作书至久，大抵以浓墨胶笔，务使坚结。临用之时，咬开分许，即以作字。曾俟园亦复如此，前日俟园之子来谈，余询其父近来运笔有无变更，则曰：“如临篆隶，则发笔毫五分之二；作六朝书，则发五分之一。”又有客云，其友刘某得曾俟园运笔之秘，其法以线缠笔毫五分之四，再涂以漆。余见俟园弟子所用之笔，乃未析猪鬃，更于新瓦上画圈以去其末。此等办法，余实不能，先入为主，不易变也。

① 伊墨卿、洪稚存：均为清代书法家。

【意译】

古往今来的书法家，用笔的方法，往往有非同寻常之处。据说伊秉绶、洪稚存写篆书隶书时，都要将笔锋剪去。是真是假虽不能肯定，但细看字迹，似乎也非捏造。伊的隶书，线条如圆棍，既无轻重，又无锋芒。洪的篆书，起笔收笔均成圆点，若用淡墨，更显异常。李瑞清是我至交，看他写字的时候较多，总是让如胶似的浓墨凝聚笔毫，使之坚结，书写时，咬开一些分岔，以此书写。曾熙也是如此，前几天曾熙之子来我处，我问其父近来用笔有无变化，他说："如临摹篆书隶书，将笔毫化开五分之二；如临摹六朝书法，则化开五分之一。"又有一位客人说过，他朋友得知曾熙用笔之秘诀，即用线缠紧笔毫上部的五分之四，再涂漆以封实。我自己则见曾熙弟子所用的笔，还夹杂着猪鬃之毛质，并在粗糙的新瓦面上反复画圈，以磨去毫锋。这类方法，我实难以采用，初学即不如此，之后再变不易也。

录湘绮书屏

【原文】

王湘绮先生为人书屏扇，多信手写出，故多文集所无。《王志》乃陈完夫集自各亲友处之藏品，非湘绮楼有此书也。昨有售湘绮书屏者，其文未曾见过，特记于此。文曰：

吴中世家，尤尚谦抑，交际称谓，从其最卑者①。往见潘、彭，执弟子礼于新进寒生。此正自矜其世族，亦由渐染使然。京师达官、

① 在所任职位中选最低微的介绍自己。

初不自尊，故曰“贫贱骄人”。北宋初，文儒承五季[①]之习，仰息贵人，既不免乞相，而等威有渐。王子明悉罢遣言事者，自以为报国，闻者笑之。其后范希文始讥切公卿[②]，谓是秀才分事。及自执政，天下秀才群起枭之[③]。范不能堪，然无以难也。介甫[④]变法，实原于此。而范有盛名，秀才喜其便己也。《宋史》钞胥[⑤]非有才识，独范传具有抑扬，良史槖本也。宋之兴始自真宗，奖一二处士，而天下知廉耻；衰于仁宗，眩于议论，而朝廷不复能措置一事矣。

【意译】

王闿运给别人书屏扇，多信手写出，故几无纳入其文集。《王志》是陈完夫从各亲友处收集来的藏品，并非闿运有此书刊行于世也。昨天有人来我处兜售闿运书屏，其文未曾见过，特记于此。文载：

吴中世家，尤尚谦抑，交际称谓，从其最卑者。往见潘彭，执弟子礼于新进寒生。此正自矜其世族，亦由渐染使然。京师达官初不自尊，故曰“贫贱骄人”。北宋初，文儒承五季之习，仰息贵人，既不免乞相，而等威有渐。王子明悉罢遣言事者，自以为报国，闻者笑之。其后范希文讥切公卿，谓是秀才分事。及自执政，天下秀才群起枭之。范不能堪，然无以难也。介甫变法，实原于此。而范有盛名，秀才喜其便己也。宋史钞胥非有才识，独范传具有抑扬，良史槖本也。宋之兴始自真宗，奖一二处士，而天下知廉耻；衰于仁宗，眩于议论，而朝廷不复能措置一事矣。

---

① 或曰“五代”，是唐后宋前五十年间，一个大混乱时期。

② 范仲淹讥讽大臣。

③ 围绕之。

④ 王安石。

⑤ 专门从事誊写的人，此处指人云亦云的记史者。

戒虚名

【原文】

昨为人作画，乃仿梅道人[①]笔，而题其端曰“吴仲圭、盛子昭同里而居，乞画者不之吴而之盛。吴妻嘲之，谓其妻曰：‘二十年后，道必大行。’后吴之值，果高于盛，且成一大宗派。故曰：‘君子无所争，求为可知而已。不称其服，诗人讥之；不称其名，君子疾之。朱熹[②]教人好名则误矣。’”云云。朱子既知君子不愠人之不知，而以人不称其名，为君子之所疾，何其矛盾若是？名而不称，非君子之所疾；名实不称，则君子疾之。特以戒好虚名者。

【意译】

昨天我为别人作一幅画，仿吴镇的画风，题跋意为：“吴镇、盛子昭曾同住一巷中，求画者都是去盛家，不知吴为何人。吴的妻子取笑吴，吴对妻说：‘二十年后，流行的必是我的画。’后来，吴镇的画价果然高于盛子昭，并且成为一大流派。所以说：‘君子不去争名夺利，但求真才实学，功名之事顺其自然。如才识不配其地位，文人会自讽；如能力不配其名声，君子当困苦。朱熹曾说过，人若一心图功名则误入歧途矣。’”朱熹以为，君子不因世人不知其才能而恼恨，而若声誉远超才能，才是其耿耿于怀之事。没有名气，君子并不介意；盛名之下，其实难副，乃君子之心疾也。特以此劝诫好虚名者。

---

① 梅道人：吴镇，元代“四大家”之一。

② 朱熹：南宋思想家。

卷四

记　周

【原文】

周道人名福海，湘潭农家子。少固无赖，然多技术。因事出亡，居于庐山，得修养之秘，绝烟火食，拾松毛菜根食之，寒暑一布衫。苦行格天，孚佑帝君亲授以清静守中之道，遂益精进。回湘之后，隐于湘乡。道人多女弟子，土人以为妖异，持刀棍劫之。道人中数十刀，血液流尽，然无恙也。运气治病，是其特长。起废兴残，尤著神效。途中遇跛者，即夺其杖曰："汝未尝跛，何用杖为?"跛者惊疑不信，推之使行，病果全失。遇生疽瘰者，为治之后，割衣缚之，故布衫皆破裂。醴陵大旱，道人求雨得效，于是声名大震。问道之人日以千计，且为建生祠焉。道人与余为至交，到长沙必宿余斋，夏不垂帐，冬不展被。劝其加餐，虽至十碗，亦如饥者之甘食，绝无涩缩之状，惟饭后必饮冷水大勺。过从十年，未尝稍异。余家人皆能言之。辛酉赴京，与伯兄倾谈数次。旋由上海返湘，舟至九江，笑谓从者："归与归与，时期至矣！"危坐船头，忽失所在。从者归来，即以相告，余知其已不在人间矣。年来各坛发像扶兆，咸称为某某天尊福海寿山王佛云。

道人喜吃叶烟，更深人静，屏息趺坐之时，每觉叶烟香气萦绕室中，知道人尚与故人周旋也。（中国本多异术，西北两方尤为神秘。走壁飞墙，日行万里，不足奇也。明亡之后，旧吏某氏志在复仇，遁入深山，学为剑侠。康乾之世，其术大成。某日半夜，跃入宫墙，忽然胆怯，不敢再进，乃以剑锋刺华表题七律诗曰："寒虫夜鸟杂辛酸，洒泪来招帝子魂。金鼎无人闲白昼，玉台有客哭黄昏。五登绝顶空题柱，一望长空紧闭门。把烟看花秋欲晚，纷纷落叶满中原。"是夜宫中灯火全灭，次晨见华表字迹，亟令石工削去。此事玉田孙编修闻之于南书房者。云某氏之不敢再进，因帝居左右有神物呵护。此则未可全信，盖怯于森严气象，借神话掩之也。）

【意译】

道士周福海，出身于湘潭一农家。年少时颇无赖，但多手艺活。因祸逃亡在外，后住在庐山，得修身养性之秘诀，不近烟火所炊之食，吃山上松树毛及菜根，冬天夏日均一布衫罩身。苦行以通天，庇护尊神亲授其清静守中之道，渐得精髓。回湖南之后，隐居湘乡。周道士有多名女弟子，乡人认为其妖惑众生，持刀棍绑架了他。道士身受几十刀，血已流干，但无损其身也。运气治病，是其特长。愈合伤残，尤为神效。路上遇到一跛脚的人，他夺了跛子的拐杖说："你又没跛，为何用杖？"跛子惊疑不信，被他推了前行，果然行走自如。遇到身上生疽的病人，他医治后，将自己的衣衫撕烂为其包扎，故他的衣着四处破裂。有年醴陵大旱，周道士求雨显灵，于是名声大震。向他求神问道的人日以千计，并且为其建祠。道士和我是至交，他每到长沙都会住在我家，夏天不挂蚊帐，冬天不盖被子。劝他多吃，到第十碗，还是一副饥饿汉猛见肥猪肉之态，也绝无羞涩之状，只是饭后必饮一大勺冷水。相处十年，从没改变。与我家人也相熟悉。辛酉（1921）周道士到北京，与我兄杨度多次倾谈。后转道上海回湖南，船到江西九江时，对随从笑了笑说："归了归了，时候到了!”盘坐船头,忽然失踪。随从回来,实情相叙,我知其已不在人世矣。近年来各庙坛发像扶乩,都称他为某某天尊福海寿山王佛之类。

周道士喜欢抽烟,夜深人静,屏息冥坐之时,烟香常在室中萦绕,便知周道士与已亡人在周旋也。(中国奇功异术颇多,西方北方尤为神秘。飞檐走壁,日行万里,也不足为怪。明朝灭亡之后,有一旧吏志在灭清复明,逃到深山,练成剑侠。康熙乾隆年间,剑术精熟。某天半夜,跃入宫墙,突然胆怯,不敢再往前走,便用剑锋在华表上刻了首七律诗:“寒虫夜鸟杂辛酸,洒泪来招帝子魂。金鼎无人闲白昼,玉台有客哭黄昏。五登绝顶空题柱,一望长空紧闭门。把烟看花秋欲晚,纷纷落叶满中原。”这晚宫中灯火全灭,第二天早晨方见华表上的字迹,急忙令石工将其削去。这件事是孙编修从南书房听来的,说剑侠不敢再进,是因皇帝居所左右有神物庇护。这种说法不可全信,应是怯于皇家森严,以神话为借口也。)

录湘绮书册

【原文】

王湘绮先生为门人书册叶,多论诗文,不仅未为刊行,辑录亦多不及。兹录其书册叶文于后:

诗有家数,有时代;文无家数,有时代。此论自予发之。袁枚云:“唐如周八百年,则无唐宋。”此谬说也。周八百年,文体三变,而无阑入秦汉者。秦二世,隋亦二世,无阑入汉唐者。故尝譬之,文分代,犹语分乡。钱唐话不似富阳,湘潭话必非善化,相去半里,土俗殊音。但成朝代,即有风尚,九州随之转移,亿兆同于格律,岂以年数而同异乎!诗为心声,故一人一声。然其随朝代为转移,究不能大异。唐宋悬绝，不以年也。明人复古，徒矜夸耳，其实剽唐人之皮毛，律绝略似之，五七言则不能似。至于文，更无一语似古者，故明代无文，以其风尚在制艺，相去辽远也。茅鹿门①始以时文为古文，因取唐宋文之似时文者为八家。方苞②等从而张之，于是有古文之说。古文、制艺，混而为一，乃与昔文大殊，然其为八股腔一也。八股可辨时代，古文则八家、茅、方，颇难区别。此犹学京话者，有时甚似。由退之起八代之衰，而创八股之腔，退之不似唐人，故宋、明、清人得似退之。论文惟古文有家数可摹仿，而诗则不能也。明何、李律诗，钱、王绝句，亦间可混入唐人，以短篇易学耳。作五言，开口便现本相矣。余与诸同志倡学晋宋诗，颇比七子多说几句，即骎骎入古矣。至于文，力追班、马，极其功力，仅得似《明史》，心甚耻之。及作《湘军志》，乃脱离时代矣。以数十年苦心孤诣，仅仅得免为明文。若学八家，数月可似。学话易，自运难，故不甚劝人学文，恐误人抛心力也。不如学诗，离去时代，专讲家数，成家即上跻其代矣。

【意译】

王闿运给弟子册页的题书中，大部分是论诗文，不仅没刊行，辑录的也不多。现录其一于此：

诗有流派，有时代；文无流派，但也有时代。此说法，属我发明。袁牧道："唐如周八百年，则无唐宋。"此说荒谬也。周代八百年，文体三变，但并未延入秦朝。秦仅二世，隋也仅二世，文体均未延入汉、入唐。好有一比，文分代，犹如语分乡。钱唐话不似富阳话，湘潭话不同长沙话，相距半里，口音已异。但既成一朝一代，便

---

① 茅鹿门：茅坤，号鹿门，明代散文家、藏书家。

② 方苞：清初文学家。

有风尚，九州随之而动，五湖格律趋同，岂以一恒定的年份而定变数！诗为心声，故一人一声。其虽随朝代而转移，但终究不能完全不同。唐宋有异，不是年数的原因。明代人尚复古，夸夸其谈，其实仅剽唐人之皮毛，律调绝略似，五七言不像。至于文，更无一语与古同。故明代无彪炳之文，其志在八股，相差甚远也。茅坤以为八股文即是古文，因此，在唐宋名家中选了八位文似八股者，谓八家。方苞将之发扬光大，于是有以此为古文一说。古文、八股，混在一起，与真正古文离之千里，但这也是八股腔的一种矣。八股文有时代清晰可辨，反而古文是八家之作，还是茅、方这种类似之作，颇难区分。这如同异地人学京腔，有时甚为像模像样。从韩愈力挽八代之衰开始，首创八股之腔，韩愈之文不像唐朝之风，故宋、明、清之文人，皆学韩体。明代何、李律诗，钱、王绝句，也偶有佳作可与唐诗比肩，均为短篇易学一类。作五言诗，开口便显原形矣。我与同道之人倡学晋宋诗，略胜明朝“七子”，有徐徐复古之风。至于文章，志在力追班固、司马迁，竭力所为，仅及明史水准，甚以为耻。至于拙作《湘军志》，乃与时代不符矣。数十年苦心孤诣，仅仅摆脱未与明代之文为伍。若模仿八家，数月可成。跟风易，自成一体犹难，故不轻易劝人学文，恐误人白费心力也。不如学诗，纵然断朝隔代，研习流派，学成即可承传。

录湘绮杂诗

【原文】

王湘绮先生在山塘湾时，有偷儿入室，先生戏为绝句《卧病诗》，则隔去世时不远也。

犬吠花村月正明，劳君久听读书声。貂狐不称山人服，从此蓑衣并耦耕。

示侍疾诸女妇

闺门侍疾礼防严，妇舅还同父女嫌。但使婉容随几杖，不劳亲手涤牏襜。霄凉夜夜金盆侧，晓馔看看瓦豆添。共道经旬衣未解，解衣还寝更安恬。

卧疾示来问者

维摩有意发高谈，问疾先防十不堪。无故费他香积饭，终须还我雨花庵。众生老病心无苦，一榻秋眠味自谙。惟有五溪金太守，解除八识了三参。

余之女兄名庄，字叔姬，为湘绮楼第四媳。读《后汉书》时，湘绮命作《藏洪论》，批其文曰："读《范史》能学范文，可称才女。"于是湘人皆呼曰才女。诗学谢康乐①，韵调极佳。宋元人作，绝不吟哦，故能纯洁若是。近年学佛，扫除文字障，不复从事矣。（奉天东北大学教授刘朴撰《清文学史》，称余兄、姊及余为湘潭三杨，承湘绮之正统。余文未成，只可偏安也。）

【意译】

王闿运居山塘湾时，有小偷潜入室，先生调侃此事，吟成《卧病诗》，离去世之时不远也。

犬吠花村月正明，劳君久听读书声。

貂狐不称山人服，从此蓑衣并耦耕。

---

① 谢康乐：谢灵运，别称谢康氏，南北朝时期著名诗人、文学家。

吟病时服侍他的女佣们之诗

闺门侍疾礼防严，妇舅还同父女嫌。

但使婉容随几杖，不劳亲手涤牏襜。

霄凉夜夜金盆侧，晓馔看看瓦豆添。

共道经旬衣未解，解衣还寝更安恬。

吟病时来问候者之诗

维摩有意发高谈，问疾先防十不堪。

无故费他香积饭，终须还我雨花庵。

众生老病心无苦，一榻秋眠味自谙。

惟有五溪金太守，解除八识了三参。

我姐名庄，字叔姬，为闿运第四儿媳。其读《后汉书》时，闿运命题作《藏洪论》一文，先生批阅道："读范史能学范文，可称才女。"于是湘人都称她为才女。诗学谢灵运，韵调极佳。从不吟诵宋元人诗，故能一派天真。近年学佛，诗文已成之后，心不在此矣。（东北大学教授刘朴所撰《清文学史》，称我兄、姐及我为湘潭三杨，承闿运之正统。我诗尚可，文未成，只可偏安也。）

记　对

【原文】

曾文正祠成，长沙名士咸集新祠，设宴贺之。有人戏以"牛则有皮"四字求对，李篁仙、郭筠仙①等均不能答。王湘绮先生后至，

① 李篁仙、郭筠仙：前者为清进士，称"长沙才子"，谭嗣同岳父；后者为清湘军创建者之一，中国首位驻外使节。

郭云：“罚汝作对。”即以“牛则有皮”难之。湘绮曰：“有一语可对，小儿女皆知之者。”然不肯说出。郭急询之，乃曰：“焉哉乎也。”郭、李皆抚掌大笑，其余士绅多不知所谓。此虽游戏，然非知小学者不能对。李、郭知之，故能抚掌，众人不解，亦其宜也。湘绮去世，伯兄制联曰：“旷古圣人才，能以逍遥通世法；平生帝王学，只今颠沛愧师承。”都合身分，大文章也。尹和翁诔先父词：“四海旧论交，豪侠无如足下者；一年秋又到，凄凉谁是眼中人。”亦合身分。湘绮赐余联：“能于文字通经艺，每对琴书似远游。”则又于身分之外，寓褒奖之意。

【意译】

曾国藩的祠堂落成之际，长沙的各界名流达士都汇聚于此，设宴庆贺。有人开玩笑，以“牛则有皮”四字求对语，李篁仙、郭嵩焘等均答不出。王闿运迟来，郭说：“罚您作对。”当即以“牛则有皮”一语为难之。王闿运随口而出：“有一语可对上，年纪轻轻的男女都知道也。”便默然停顿。郭急切追问，他才缓答：“焉哉乎也。”李篁仙、郭嵩焘听了会心击掌大笑，其他绅士多惑然相对，未知其意。这虽然只是个游戏，但若不精通小学，也难知其妙。李、郭能心领神会，故能击掌称绝，众人不明白，也在情理之中。王闿运去逝时，我兄杨度写挽联：“旷古圣人才，能以逍遥通世法；平生帝王学，只今颠沛愧师承。”表述得恰如其分。我岳父尹金阳悼我父亲词：“四海旧论交，豪侠无如足下者；一年秋又到，凄凉谁是眼中人。”也与身份极合。而王闿运赐给我的联语：“能于文字通经艺，每对琴书似远游。”则除道明我身份之外，也含有意褒奖的成分。

题 鸡

【原文】

去岁除夕，有售沈石田[①]画鸡者，索价二百元。今年正月，又有售画鸡者，以纸角有“慎伯”二字小印，逐定为包安吴画。据云如有题识，值与沈同。慎伯有书名，故其画值若是之大。余书高于慎伯，此鸡之值必在慎伯上，而画不能过石田，收藏家何如处置，颇费考虑。余之画鸡，意不在争值。李长吉云：“雄鸡一声天下白。”今者四海昏霾，如在地狱，欲赖其一鸣，以白此天下。鸡乎鸡乎！汝不必为慎伯之鸡，又不必为石田之鸡，而为天下第一无价之鸡。

【意译】

去年除夕，有人兜售沈周一幅以鸡为题材的画，要价二百元。今年正月，又有人兜售一幅鸡画，因画的边角盖有一“慎伯”的小章，便断定为包世臣所作。据说如有包的题识，其画可与沈周之画同价。慎伯的书法有名气，如画是真的，价值自不低。我的书法在慎伯之上，故我画的这幅鸡，价格必在慎伯之上，但没有沈周画得好，收藏家们如何定价，是件犯难的事。我之所以画鸡，意不在价值上去和他们论高低，唐代诗人李长吉有句：“雄鸡一声天下白。”现今世道，天下昏暗，如同地狱，我望它仰天长鸣，一唱天下明。公鸡，我对你说，你不要像慎伯之鸡，也不要像沈周之鸡，去做一只天下第一的无价之鸡吧！

---

① 沈石田：沈周，号石田，明代绘画四大家之一。

辨书画

【原文】

或问曰："书画之道，自来论者，初无同异。然书家多善画，画家不尽知书，何也?"余答曰："似一而实二，似二而实一。书画之道，皆可以笔墨二字了之。此无异同之说之所由来也。然按其实际，书则笔难于墨，画则墨难于笔。董、赵均善书者，用墨亦其所长，故书画均能千古。完全画家，一心求墨之活，而不知笔灵则墨活。且不学书者，不仅笔不能灵，且无雄健之势，故学画必先学书。笔情畅达，气力充沛之后，再行学画，不仅事半功倍，自然远出俗尘。东抹西涂者更望尘莫及也。论者谓汪之瑞作画，必长锋高悬，狂驰急走，如风雨骤至，此种境界，能书主人皆能知之。是书家之所易，画家之所难，又书家而画家之所易也。学者以此，可以知书画之关系矣。"

【意译】

有人问："书画之道，都说同源，并无区别，但书法家多善于绘画，而画家不一定善书法，却是为何?"我答说："看似同一，其实为二，看似为二，其实同一。书法和绘画，笔、墨二字均可概之。所以说同一，但实际上，书法难在笔，绘画难在墨。赵孟頫、董其昌均善书法，用墨也是其所长，故书和画都能千古流芳。专攻画的人，一心只求将墨用活，却不知将笔用灵墨自然能活。但不学书法，不仅笔不能显灵活，笔也不会有力道，所以学习绘画，必先学书法。笔法顺畅，劲道充沛之后，再学画，不仅事半功倍，而且自然有脱俗之感，远非东抹西涂者可比也。有评论说汪之瑞作画，长锋高悬，狂奔疾走，如暴风骤雨。这种境界，对书家而言，平凡；对画家而言，很难；如果是书家又善画者，很易也。至此，你应已知书与画的关系矣。”

跋孔羡临本

【原文】

凡从余学书者，皆授以《孔羡碑》笔法。谢君如颇欲立志，余于是临《孔羡》与之，跋其尾纸曰：“学书先学《孔羡》。此论自我倡之，极有经验之言，不可忽略。学两汉书，有四要义：一曰沉着，三曰平稳，三曰开展，四曰铺毫。四者俱备，《孔羡》一石而已。《范式》《樊敏》似备而实缺。《范式》险仄，《樊敏》蹙塞，均不便于初学。然亦须摹写，以厚气力。学者试观六朝碑碣，如晋之《宝子》，隋之《孔子庙碑》，北周之《华岳庙碑》，皆《孔羡》之滥觞，悉意推求，自知此碑之上承下达，巍然独立。且隶书多圆笔，不从方笔入手，必多裹毫，此更不可不知者。学书之秘，于此宣之。”云云。

君如年三十余岁，前途远大。故以远大之途授之。然非易事，毅力如何，不可知也。黄伯敏、包道平皆从余学。黄习汉隶，包习《龙颜》，均具基础，可望有成。黄士衡亦见猎心喜，请入弟子籍。皆为忙人，恐难伏案。然较之周生之欲外我以立名，则不得不谓为有自知之明者也。李梅庵尝与余言，在南京时，每欲临《孔羡》，畏难而止；临数十字而中辍者亦数次。故见余临本，而有“惊叹屡日”之专函赞许。壬子岁，余在北京，为张承之临四幅。携之上海，以示梅庵，更求梅庵作书。乃临《杨孟文》，而记其纸尾曰：“承之弟自京来，出示杨重子所临《孔羡》，纯乎汉人风韵，数十年来，无此作手。余望而畏之，不敢下笔。承之意不可却，遂临《杨孟文》以报。

幸勿使重子见之。”云云。此碑之难学在笔笔结实，不能容丝毫客气。其空处全在实处，愈实反愈空，非寝馈十年，不能领略。世人皆欲速成以得名，不肯苦学以求是。好学如梅庵者，尚曰不能，其他无论矣。噫！此十年前事耳。梅瘫死，又数年矣。此十年来，余之书法视十年前为何如，无梅庵其人者与之商榷评论，则为余今日之最恨事。近写《韩敕》，已达五百数十遍。梅庵见余十年前临本，即以为有变化，今日或更有进，然能知之者谁耶？（梅庵题尾误《孔羡》为《受禅》。）

【意译】

凡跟我学书法的，我都会讲授《孔羡碑》的笔法。学生谢君如有志于书法，我临了《孔美》给他，在尾页写了跋：“学书法先学《孔羡》。这观点由我倡导，是极富经验之言，不可忽略。学两汉时期的书法，有四个要点须掌握：一是沉着，二是平稳，三是展开，四是铺毫。四者都具备的，只有《孔美》一碑而已。《范式》碑、《樊敏》碑看似具备，其实有缺。《范式》曲而窄，《樊敏》皱而敛，均不便于初学。但也须临摹，以增力度。学者可看六朝时期的碑，如晋朝的《宝子》，隋朝的《孔子庙碑》，北周朝的《华岳庙碑》，都源于《孔美》，仔细推求，自然可知此碑有承上启下之功，而又有独树一帜之地位。且隶书多圆笔，如不从方笔学起，必多裹毫，这点犹不可不知。学书法的一些窍门，宣录于此。”云云。

谢君如三十多岁，前途远大，故用大格局之法授之，但也非易事，其毅力如何，尚未知也。黄伯敏、包道平也跟我学，黄学汉隶，包学《龙颜》，均有基础，可望有成。黄士衡也很心动，望入弟子藉，但为忙人，恐难心静，而与周氏只想挂我弟子名相比，则不得不说是有自知之明也。李瑞清曾对我说，在南京时，每次想临《孔美》都畏难而止，临几十个字，搁停数次。故看到我的《孔美》碑临本，专门来信以“惊叹数日”之语赞许。壬子（1912）我在北京，为张承之临了四幅，张携带到上海，给瑞清看，并也求瑞清的字。瑞清临了《杨孟文》，且在纸尾写有：“承之弟从北京来，出示杨重子所临《孔美》，纯粹一派汉人风韵，几十年来，无与匹者。我望而畏之，不敢下笔。承之邀字之意难以推却，便临《杨孟文》予之，所幸没让杨重子见到矣。”云云。此碑难学，在于笔笔结实，不容丝毫客气。其空处全在实处，越实处反而越空，非细细咀嚼十年，难以领略。世人都想速成以得名，不肯苦学以求真掌握。如瑞清一样好学的人，都说不能，其他就更不用提及矣。噫！这已是十年前的事了。瑞清去世也已数年。这十年来，我的书法与十年前相比如何，已再无瑞清这样的人来商榷评论，乃为我今日之最恨也。近来临《韩敕》已有五百几十遍，瑞清见过我十年前的临本，当时已觉得有悟道，今日或更有递进，却又有谁能知呢？（瑞清题尾误《孔美》为《受禅》。）

题 董

【原文】

董思翁画，秀雅清逸之致，溢于楮墨之外，所以能为三百年来画家领袖。尝见八大山人与友人两函，均索观思翁字画。当时名人已倾服若是，无怪今日之视若璆琳也。少时见江建霞学使所藏画册，精美绝伦。近见狄平子所藏者，乃泼墨画，又别有风致，均为不可多得之宝物。今年夏日，见何叟蝯所藏思翁画稿十六叶，前已详晰言之。蝯叟长题以为随意之作，更见天真，视之用意精构者为佳。书画家诚有此境，但彼十六叶，未必能如蝯叟所言。好奇乃学人之通病，不独蝯叟然也。

余藏金笺四大帧，每帧题“玄宰”[1] 二字，盖晚年之作，与江册无高下之别。学云林[2]一帧，尤为超越。烟客、园照之学云林者，所见甚多，均不能及。又得金笺直幅，题“壬子秋日仿黄子久笔”数字，亦殊精到。思翁之画笔韶秀，本由天授，至能尽用其天授，以享千载之盛名，则思翁之所以为思翁矣！余尝谓今人未必全不及古人，即朋辈中，有天授者，亦有数人。非少时失学，即长而不求师友，以故均无所成。若善用其天授，更充之以学，而为余之畏友，岂非人生乐事哉！独行踽踽，乃最苦之境，况兹末世，更不知测交之道，嗟夫！

【意译】

董其昌的画，色墨之间溢流出清秀、雅逸之气，无愧于三百年来之画界领袖。我曾见过八大山人写给友人的两封信，都是想索看董的字画。那时的名家就如此倾服，无怪乎今人视若稀世之瑰玉也。年少时见过江建霞学使所藏董的画册，精美绝伦，最近又见了狄平子所藏董的泼墨画，别有风致，均为不可多得的珍物。今年夏天，见到何绍基所藏董的画稿十六页，以前已详细论及过，绍基作了长的题跋，以为董是随意为之，有些淡看了，我认真审辨，无论意境和构图，都乃上佳之作。书画家确有随意信手之时，但这十六页，未必如绍基所言。猜测是学者的通病，不光是绍基也。

我藏有董其昌的四幅金笺画，每幅都题有“玄宰”二字，均是晚年之作，与江册图集无高下之分，其中学倪瓒一幅，尤为出众，“清四王”之一王时敏临倪瓒之画，我见甚多，但都不及此幅。后又得董的一金笺直幅画，题为“壬子秋日仿黄子久笔”，也精到了得。

---

① 玄宰：董其昌，字玄宰。

② 云林：倪瓒，号云林子，元末明初画家、诗人。

董的清秀之画笔，乃为天意所授，董将这天意发挥到极致，故享千载之盛名，此乃董其昌之所以为董其昌矣。我曾说今人未必处处不如古人，就在我同辈的友人中，也有几人如有天授，但不是年少时失学，就是长大后不拜师求友，最终均无所成。如果他们善用其天才，加之以勤奋和求学，必为我匹敌之道友，岂非人生之乐事也！现我独自跄踉而行，心境甚苦，何况逢此乱世，更不知与谁交流矣，叹哉。

斥 孙

【原文】

王湘绮先生云："一生出处，决于齐河道中。"[①]《夜雪集齐河道中诗序》已详言之。逊国后二年，袁世凯聘湘绮为国史馆馆长。邑人祖饯，孙蔚林曰："'大雪五尺，人马瑟缩'，先生其忆齐河道上耶！""大雪"二句，湘绮序中语也。湘绮笑曰："乃应年侄之招，非游宦可比。"邑人皆责蔚林唐突，非敬老之道。湘绮与袁之诸父同年，故项城口称年伯，湘绮之去，实应年侄之招，非就总统之聘。返湘之时，以印交伯兄，拂衣而行，犹未失其本色。（孙蔚林者，吾邑之名孝廉也，号为理境，时文作手，数年前改姓荀。）

【意译】

王闿运说："一生出处，决于齐河道中。"何出此言，其在《夜雪集齐河道中诗序》中已有详细说道，不再赘述。清朝宣《退位诏书》后两年（1914），总统袁世凯聘王闿运当国史馆馆长，去京城前，家乡名士为其饯行，聚聊间，孙蔚林说："'大雪五尺，人马瑟缩'，先生此行类于齐河道上啊！"这两句八个字，孙引自《夜雪集

① 齐河道中：王闿运作的一首七绝律诗。

诗序》中之语。王闿运笑道："我这次是应我世侄袁世凯之邀北上探访，尚不可和一般离乡去远方谋职相比矣。"同乡纷纷责怪蔚林唐突，不懂敬老之道。王闿运与袁世凯的父亲同年，且有交情，故袁世凯称他为"年伯"，王此行，属应"年侄"之招去帮忙，并不算应总统之聘去就任。不到一年便回湘，离京临走之时，将馆长之印私留于我兄杨度处，便拂袖而返，可称不失其本色也。

记宋画

【原文】

湘阴李文恭公藏书画甚富。其子弟以贱价售尽，不复有矣。余得见甚多。仲钦所藏，大半皆李氏物。许道宁画，落于市贾李氏之手。画宽尺许，长四尺，写屋写树，皆用浓墨，写山用淡墨，右侧作"臣许道宁"四小字，右下角有清河书画舫收藏印，左下角有李仲云收藏印。虽为纸本，破烂不堪，款书不可靠，画则明以前作也。尚有郭河阳①小幅，已为郭诇伯所有。诇伯名宗熙，藏郭熙画，诚为适当。画侧王文治题"郭河阳松溪泛棹图真迹"数字与七绝一首："几叠烟鬟翠霭浮，一溪春涨碧如油。晴空飞絮浑疑雪，恰似山阴访戴舟。"又曰："郭河阳笔意，直逼李营邱，而沉着过之，文治题。"十年前，李梅庵与余书，谓见宋元人书画甚多，惜无力购之。梅庵眼福，较我多矣！有自上海来者，云梅庵念我独居长沙，必少闻见，缱绻之情，可钦可感。君子哉！梅庵也。

【意译】

湖南湘阴县的李文恭收藏书画很丰富。后其弟子以极便宜的价格

---

① 郭河阳：郭熙，世称郭河阳，北宋杰出画家。

都卖了，失而不复矣。我见了其中很多幅。仲钦的藏品，大半是由李文恭处得来。许道宁的有幅画，现落于古物商李某之手，画宽约一尺，长四尺，画中的屋和树，用浓墨，山峦用淡墨，右侧写了“臣许道宁”四个小字，右下角盖有“清河书画舫”收藏印，左下角盖有李仲云收藏印，画的纸张，已破烂不堪，题款也不可靠，画应是明代以前的作品。还有一幅郭熙的画，被郭诇伯所收，诇伯名宗熙，藏郭熙的画，也与名相符，画的一侧有王文治题“郭河阳松溪泛棹图真迹”几个字，还有七绝诗一首：“几叠烟鬟翠霭浮，一溪春涨碧如油。晴空飞絮浑疑雪，恰似山阴访戴舟。”又写有：“郭河阳笔意，直逼李营邱，而沉着过之，文治题。”十年前，李瑞清来信，和我说见到很多宋朝元代人的书画，可惜无力购买。瑞清比我有眼福矣！有朋友从上海来，说瑞清叨念我独居长沙，会少见许多旧迹，牵顾之情，令我亦钦亦感。真君子，瑞清也。

说健洁

【原文】

画家六法，首重气韵，当以气韵为最难。每以询之画家，无能言者。历观名家论画之作，亦无精详之说。若谓过于玄妙，不可明言，则余未之敢信。以气韵二字列在画法，不关画理，世固有难言之理，无不可言之法也。而名家之作，自有气韵。法之有在，固不待言。盖知之而不能言者有之，知之而不肯言者亦有之。余于是穷一年之力，以求气韵之所在。一日静思，忽然憬悟。始知气生于健，韵生于洁，能健能洁，自有气韵。更以此二字，案诸古人，无不吻合。即以南田而论，世人称为有仙气者，其实可以洁字了之。廉州石谷亦不过洁而已矣。然洁字意义，非描画干净之谓，乃无余笔无余墨之谓也。力透纸背，自无余笔。既无余笔，自无余墨，又一定之理也。但修饰太过，不得谓之洁，只可谓之光，光非洁也。又有以润为韵者，纯用枯笔，亦有气韵。枯断不光，更可证光之非洁。或问曰："健洁之方，如何可得?"余答曰："自学书始，笔不健洁，不能成书。既能成书，自能作画。故大画家皆大书家。数百年来，为画家领袖者均知为赵、董，其余如倪鸿宝、傅青主、王觉斯之流，亦皆昂然千古，其故可知矣。"

【意译】

绘画的六个法则中，最重要的是"气韵"，而一幅画最难得之处，就是画出气韵来。每次向画家求询，怎样才能画出气韵，又无人能说出个子丑寅卯。纵观名家论画，对此也无精确描述。但若说气韵只可意会，不可言传，我又不尽以为如此。"气韵"两个字归纳为画法之一，而并未归于画理，世上有难言之理一说，而决无难言之法也。名家之作，贵有气韵。法则既在，自有说辞。只是有的人知其意，而不知怎样表达；有的人知其意，而不愿表达罢了。我是花了一年的工夫，摸索画之气韵为何物。有一天冥思，幡然醒悟：气生于健，韵生于洁，能健能洁，自有气韵。试用这两个字去对照古人之画，无不吻合。如以恽南田为例，世人称他的画有股仙气，其实可以概括为一"洁"字。又廉州的石谷，也不过一"洁"字而已。此处"洁"，并非图面干净之意，是指没有多余之笔，也无多余之墨也。力透纸背，自然无余笔。既无余笔，自然无余墨，这乃一脉相承之理。修饰过分的画，不能称之为"洁"，只能说是很"光"，"光"不等于"洁"也。也有人认为，画显得"润"，便有"韵"味，但纯粹只用"枯"笔，也可有"韵"意。"枯"者肯定不"光"，更可证明"光"和"洁"的不同。有人问："既健又洁的画法，怎样才可达到?"我答复："从学书法入手，笔画如果达不到健洁，书法肯定没到家。如果书法到家，自然能绘画。故大画家必是大书法家。几百年来，众所周知，赵孟頫、董其昌既是书家领袖，也是画家领袖，其他如倪元璐、傅山、王铎之流，书和画均为大家，自可千古流芳，其中之缘故，不言自喻也。”

审成分

【原文】

余性嗜书画，故足迹之所至，必先与古物商相接。所藏虽不富，应用碑帖，均备箧中。明清两代名人之画，亦略有所得。但遭世变，窃去大半。今所存者，不过百件。若能影印行世，亦可稍惠士林。二十年前收买王画，只须四五十金，今则价值奇昂，且一年之中，不可数见，岂皆尽于兵火耶？长沙收藏稍富者，当推余介卿。其后人不解玩味，悉以出售。介卿所藏，虽真赝杂出，然佳者仍占十之六七。彼时佳者易得，又有人为之鉴定。其丑劣者，独居上海时所得也。赏鉴固非至难，能于书画用功，更易识别。笔之艰苦，己已知之，再以用笔之功力成分，推求名手。得若干成分者为甲，得若干成分者为乙，得若干成分者为丙，成分既定，迹之真赝，一见即知，无须斟酌。不及若干成分者非甲，过若干成分者亦非甲也。故赏鉴全关乎学识，自非俗士所能。然阅历苟多，亦不中不远，此贾客之所以优于俗士也。

【意译】

我生性喜欢书画，故所到之处，首先就是拜访古物商。我的藏品虽不丰富，但各种适用碑帖尽置箱箧之中，明清两代名人字画也略有所收。因世道动乱，遗失大半，现存不过百来件，如能临摹并流传，对文人墨客也应会有些帮助。二十年前收买“四王”的画，一幅只需四五十金，现今已价格昂贵，且一年也见不到几件真迹，皆因连绵战火矣。长沙收藏稍富者，当推余介卿，他后人对字画不感兴趣，将其尽售。介卿的藏品，虽然真品赝品均有，但真迹已占到了十之六七，那时真品易得，又专门有人为其鉴定，所收赝品，主要是他在上海独居时收得。鉴赏并非很难，如懂点书画，则更容易。运笔难易程度如何，如你已有体会，便以这程度划分若干“成分”，以便推断出作品出自何人之手。列出达到“高成分”者为甲人，达到“中成分”者为乙人，达到“低成分”者为丙人，成分一旦确定，是真是赝一看即知，根本无须斟酌。达不到“高成分”者肯定不是甲人所画，超过“高成分”者肯定也非出自甲人之手。所以鉴赏与学识有关，并非一般无知者所能，若阅历丰富者，也可判断个大致，故古物商又比无知者略胜一筹。

记赵卷

【原文】

甲寅赴沪，登岸即访梅庵。傍晚回寓，而筠庵①携手卷至。卷长三尺许，赵大年②精细作也，左半画村落，右半画水草芦雁，项子京③及名人藏印数十方。筠庵嘱筹三百金付画值。余为初到旅客，焉有余资？然交谊深，嗜好同，不能却也，乃尽出旅费与之。饱看数日，规模尽得。好事如此，亦佳话也。

【意译】

甲寅（1914）去上海，登船上岸便去拜访了李瑞清。傍晚回到寓所，李筠庵手携画卷来访。画卷长三尺左右，赵大年的精细之作，

① 筠庵：李瑞清的弟弟，画家。
② 赵大年：北宋书画家。
③ 项子京：明代著名鉴赏家。

左半边画村落，右半边画水草芦雁，盖有项子京及名人藏印几十方。筠庵为买此画，向我筹措三百金。我刚到上海，哪有余钱？但交谊之深，嗜好又同，不能拒绝也，便将携有的备用旅资都给了他。几天看了该画无数遍，器局品相甚为了得。成全好事一桩，也属佳话一段。

论六法

【原文】

画家六法：一曰气运生动，二曰骨法用笔，三曰应物写形，四曰随类傅彩，五曰经营位置，六曰传摸移写。以余所见，三、四、六三法殊未明晰，且似相混。小师道人①云：一曰气，二曰韵，三曰思，四曰景，五曰笔，六曰墨。小师之言较为切实。然两说不同，六法无定说矣。但以余之所见，此类条例均不得谓之法，以无步趋之程序也。古人讲学，多不立明了之规，使人循行日进。即以六法言之，初学之人诚不知下手之方，即教之者亦未必能使人了悟。但画成之后，确有此境。即可谓之为境，不必谓之为法。此境之来，笔墨以外，更无他物。有笔有墨，自然成章。笔墨庸俗，气韵思景，将何所附？故六法可减为笔墨二法。笔墨可学而致；气韵思景，全在心机阅历，不可以学而致。是空泛之理，不得谓之为法也。

【意译】

常说画家有六个法则：一是体内要端气，运笔才会生动；二是纤柔毫锋中，要有骨力支撑；三是画面宜以实景为基础；四是着色宜参照实物的自然之态；五是布局要合理或有独到之处；六是多临摹多写生。以我之见，三、四、六点说得有重复之处，作为法则，也不甚明

---

① 小师道人：方世庶，清代诗人、画家。

晰。方世庶则说：一是气；二是韵；三是思；四是景；五是笔；六是墨。此说似乎更为贴切。但两种说法，不尽相同，故画家六法，并无定论矣。在我看来，这些条例，都算不上法则，非亦步亦趋所必守之规矩也。古时候的人讲学，一般都不会照本宣科，每天都会教你学哪一项具体的东西。即以画家六法而言，初学者听了也不知道从何下手，教之人也未必讲得清子丑寅卯，但画成之后，又确实可从这几个方面来看画之境界。故这几点可概之为“境”，但不必归之为“法”。然而细观“境”后，笔、墨之外，并没有什么更多的东西，有笔有墨，自然成章。如果在笔、墨两点上庸俗，气、韵、思、景，通过什么来展现？所以说，画家六法可减为笔墨二法也。笔墨可通过学习而运用自如；气、韵、思、景，却全在于心思和阅历，不是练习可达，属空泛之理，不得称之为“法”也。

记璧

【原文】

《古玉图考》二卷，吴清卿①之所撰。器物甚多，图说亦详。其中数件为其友人所藏。刘毅吉之蒲璧②尚在刘家。色诚纯黑，颇似剥落漆皮，无斑驳味。蒲文亦模糊难辨，图则甚精。若非于刘家见之，几不信为清卿所赏者。图中所绘之琮③，皆俗称之车钉，岂亦有所据耶？余得系璧，白玉黄晕，满身土锈，刀法稳称，适合六朝风气。清卿见之，《图考》中又添一材料。古之君子必佩玉，遂以此为玉佩。

---

① 吴大徵：字清卿，晚清官员，金石学家，书画家。

② 蒲：蒲席编织状的图案。璧：扁平状圆形玉，中间有一圆孔。

③ 琮：外方内圆的玉器。

【意译】

吴大徵撰写了《古玉图考》两卷，收录了大量的器物，图解也十分详尽。其中有好几件，均是他朋友的收藏。刘毅吉的玉蒲璧现在还在刘家，颜色为纯黑，有漆皮剥落感，蒲纹已模糊难辨，但整个图案还很清晰，如果不是在刘家亲眼所见，几乎不敢相信这就是《图考》所录之物。蒲璧图中绘有的琮，都俗称为车釭，不知有何说法？我藏有一玉系璧，白质有黄沁，通体有土蚀，刀法稳健，符合六朝时期的风格。如大澂见了，图考又会添一新款。古代君子必佩玉，故以此璧当玉佩。

记刘熊

【原文】

汉《刘熊碑》拓本，流传绝少，二三残纸而已。江秋史、汪容甫、巴隽堂三人均有双钩本①。翁覃溪未见原拓，据巴隽堂本，以入《两汉金石记》。江秋史本，何蝯叟得之厂肆，今在余斋，亦覃溪物，有梁茝林、叶东卿、吴荷屋、张穆辈十六人题记。覃溪以不啻宋拓整幅赞之。且较巴本多二十余字。覃溪得此，当在《两汉金石记》成书之后，蝯叟论之甚详。三家钩本皆合数残本而成。江秋史则于碑之尺度，字之行数，更为谛审精详，蝯叟极赞其功之大。故《刘熊碑》除二三残本外，三家钩本亦与原拓并重。有金石学者皆能言之。端匋斋②得赵扐叔钩本，视为奇宝。余藏江本可傲匋斋矣。

【意译】

汉代的《刘熊碑》拓本，流传下来的绝少，有也是两三张散页

① 双钩本：用线条勾出每个字的边廓。

② 端匋斋：端方，号陶斋，清末大臣，金石学家。

残纸而已。江秋史、汪容甫、巴隽堂三人收有双钩本。翁方纲著《两汉金石记》时，没有原拓本，录入的是巴隽堂藏本。江秋史的藏本，最初是何绍基在古物市场收得，现在我处，曾也由翁方纲收藏过，上有梁茝林、叶东卿、吴荷屋、张穆辈等十六人的题记。翁方纲则认为其不亚于宋代拓本，书整幅题跋赞之。而且这个版本比巴隽堂那本还多了二十几个字。翁方纲收得时，应在他撰《两汉金石记》之后，何绍基知晓这一过程甚为详细。三家的双钩本均是由各残本汇编而成。而要数江秋史这本，无论是碑的尺度，还是字的行数，都要精微详细些，翁方纲对之极为称赞。故《刘熊碑》除绝少的残本外，这三家的双钩本，可视为与原拓并重矣，现金石学家都持这种说法。端方得一赵之谦的双钩本，视为奇宝。我所藏的江秋史本可傲视端方也。

说　玉

【原文】

余得玲瓏，为土剥食，几无完肤。其声如瓦，色亦甚杂。其本质之现于外者，已不似玉，其色浑白，即俗所谓鸡骨白也。玉器入土，器边物质，每多侵入，俗谓之浸，以其如水之浸入也。浸有五种：朱砂浸，水银浸，石灰浸，雄黄浸，土浸。五浸俱备者，其价奇昂。玉质固有美恶。缜密以栗之器，不易浸入。许叔重①所谓次玉似玉之类，则浸入更多。余之玲瓏，五浸俱备，诚为难得之品。魏文帝《玛瑙勒赋》云："嘉镂锡之盛美，感戎马之首饰，图兹物之攸宜，信君子之所服。"王粲《玛瑙勒赋》云："御世嗣之骏服，表騄骥之

① 许叔重：许慎，字叔重，东汉经学家，《说文解字》的作者。

仪则。”然则玲瓏可为佩件，又饰马首者也。许叔重不以玲瓏为玉，郭璞[1]谓勒石即瑊石。宜其剥食之甚，受浸之多也。今人谓古玉曰“汉玉”。汉时重玉之风已不如上古，殊不可以汉专其名。土人所见，皆掘于土，琀玉最多。乃“琀”“汉”之误，学人知之，俗人不知也。今人谓土剥食处为土绣。许叔重云：“琇，朽玉也。”王筠云：“今出土之玉，有为土所食者，俗呼棕眼，盖即琇也。”且“琇”读若畜牧之畜，与“绣”相似，当为“琇”字之误。桂馥[2]则谓朽玉为治玉，“琢”“瑑”皆治玉之专字，不必以朽为治。《论语》云“朽木不可雕”，朽固不可与雕同义，其理易明。桂氏之说，殊乖意义。琇亦作王，俗书玉、王不辨。今人谓侵入之质为浸。扬子《方言》：“秦晋器破而未离，谓之璺。”《集韵》：“玉破也。”《正韵》：“璺，罅。”其音同“衅”，与“浸”相近。今所谓牛毛文，皆物之侵入破处者。器不破裂，不能侵入，谓为浸璺之误，其说可通。字书无璺字。古玉朽败，已在后世，更可为玉浸专字之证。今人多以玉质佳者为上品，此不通之论。

玉质坚者，不易侵入，前已言之。须知古玉可玩，专以色奇。色之能奇，又在多浸。质愈朽，浸愈多，愈见斑驳。若以玉质为重，则觚理鲜洁者，皆在无浸之品，何必孜孜搜求古器耶！古铜器之曾经入土者，物质全变，俗呼脱胎。以余之玲瓏而论，声非玉声，色非玉色，现玉之处，亦成鸡骨白，物质全变矣，而人未有以脱胎呼之者。故余援铜器例，而倡玉器脱胎之说，世之人当亦喜其新颖适当。高道人以玉钩玦见贻，范增举以示项羽者，即此类物。

【意译】

我藏有一块古玉，表而已土蚀得几无完肤。若敲，其声如瓦，细

---

① 郭璞：两晋时期的文学家、训诂学家，风水鼻祖。

② 桂馥：清代文学家、训诂学家。

看，色也甚杂。稍露出玉质的地方，呈浑白，即俗称所谓鸡骨白也。玉器一旦入土，周边物质必会对其侵蚀，称为“浸”，好像水浸某物一般。浸有五种：朱砂浸，水银浸，石灰浸，雄黄浸，土浸。如一块玉五浸具备，价格会极其昂贵。玉质固有优劣之分。质地坚密如栗的，不易浸入。许慎描述的“次玉”“似玉”一类，其实是入浸甚多之玉也。我的这块美玉，即五浸全有，属极为罕见之品。魏文帝在《玛瑙勒赋》中说：“嘉镂锡之盛美，感戎马之首饰，图兹物之攸宜，信君子之所服。”王粲也在《玛瑙勒赋》中道：“御世嗣之骏服，表騄骥之仪则。”可见浸玉作为佩饰，常装扮于骏马的头部。许慎不将浸玉归于玉类，郭璞则视其为天然，皆因剥蚀过多，受浸太甚之故也。现在的人称古玉为“汉玉”。汉代时重玉之风实已不如上古之时，故不应以“汉”概“古”。一般人所见，古玉皆从土墓中掘得，且“琀玉”最多，乃“琀”“汉”之误，只是学人自知，一般人不知罢了。现称玉表面被侵蚀处为“土绣”。许慎说：“琇，朽玉也。”王筠说：“今出土之玉，有被土蚀者，俗称棕眼，即琇也。”而“琇”若读作畜牧的“畜”，与“绣”同音，“土绣”实为“土琇”也。桂馥称朽玉为治玉，“琢”“瑑”都有治的意思，不必以“治”换“朽”。《论语》道“朽木不可雕”，“朽”固然与“雕”不同义，但其理显而易见。桂馥之说，略有怪异。“琇”也可作“王”解，一般书写时，“玉”“王”不分。现在的人把侵入之质称为“浸”。杨子在《方言》中说：“秦晋器破而未离，谓之璺。”《集韵》：“玉破也。”《正韵》：“璺，罅。”其音与“衅”同，与“浸”相近。今日所谓“牛毛纹”，即指有物侵入的破壁之处。器不破裂，便不能侵入，“浸”即为“璺”，此说可通。现在的字典里，并无“璺”字，以“朽”述之，乃后世之事，可见“璺”实专指玉浸也。今人以玉质坚密者为上品，此说尤其矛盾。

前面已述，玉质坚密，则不易侵入。而古玉好玩，又重在色奇。色要能奇，必须多浸。质越朽，浸越多，越显斑斓。若玉质上品，光洁纯粹，皆为无浸之品，那古玉又有何值得孜孜以求耶？古铜器若是从土中掘出，质地全变，俗称“脱胎”。就我所藏的这块浸玉而言，声非玉声，色非玉色，显玉之处，也呈鸡骨白，质地也全非，却从未有人称之为脱胎之玉。故我以铜器为例，首倡玉器脱胎之论，世人应喜其新颖恰当。道高之人以玉符作为礼物赠人，鸿门宴中范增即举此物以示意项羽也。

说璧琮

【原文】

《白虎通》曰：“方中圆外曰璧。璧之为言积也，内方象地，外圆象天。”《尔雅》曰：“璧大六寸，谓之瑄；肉倍好谓之璧[①]；好倍肉谓之瑗；肉好若一谓之环。”依《白虎通》所言，则璧形如钱，依《尔雅》所言，则内外皆圆。今之所见，无内方外圆之物。吴清卿《古玉图考》中亦无之。但璧非小品，皆平置，故可佩者，谓之系璧。玤石专为系璧之用，则甚可怪。徐锴谓饰玉系，桂馥谓系璧，系即璧带，皆不如谓为可系之璧之为文义顺适也。琮为礼地之物，故为瑞玉。许叔重云“似车釭”，则非车釭无疑。吴清卿直以俗呼车釭证之，殊非学者所宜。徐锴云：“似车釭者，谓其状外八角而中圆也。”戴侗云：“车釭，其外八方，而圆其中。”外八方之物，今不可见。所可见者，皆外四方之物。四方乃八角，八方则十六角也。王筠曰：

① 环的宽度是中间圆孔直径的几倍，称为璧。肉，指璧的环部，好，指璧的中央圆孔。

"今存古玉钉头，皆外四角而内圆。"徐锴曰："'外八角'，盖误。"四方之物，非八角而何？徐实未误。但琮之为物，是否如其方，如其角，则不可知。若依徐锴之说，琮是车钉，而非似车钉。依戴侗之说，八方者为车钉，四方者为琮。则徐之所言，证以今之所见，皆为车钉。戴之所言，证以今之所见，皆非车钉。去古日远，不知所从。他日有得，再为考证。

古玉之存于今者，珉玖之类较多，黄玉亦可见。字书无黄玉之名。王逸《正部论》曰："黄如蒸栗。"《旧唐书·肃宗纪》："崔侁献定国宝玉十三枚，一曰元黄天符，如笏[1]，长八寸、阔二寸，上圆下方，近圆有孔，黄玉也。"然则黄玉亦为古代所珍。盖发见稍迟，字书不及。魏略大秦国，其山出九色次玉石：一曰青，二曰赤，三曰黄，四曰白，五曰黑，六曰绿，七曰紫，八曰红，九曰绀。此外未详其产地。

【意译】

《白虎通》上说："方中圆外曰璧。璧之为言积也，内方像地，外圆像天。"但《尔雅》却说："璧大六寸，谓之瑄；肉倍好谓之璧；好倍肉谓之瑗；肉好若一谓之环。"依《白虎通》所言，璧的形状如铜钱，外圆而内方；依《尔雅》所言，则应内外皆圆。今世所见之璧，均无内方外圆之形，吴大徵的《古玉图考》，也无此器形。璧的尺寸并不小，一般都需平放，可用来佩带的，称系璧。奇怪的是玤石被专用来做系璧。徐锴称其为"饰玉系"，桂馥称其为"系璧"，系即拴在璧上的带子。都不如称"可系之璧"来得通顺贴切。琮为礼器，故是上等好玉。许慎说："似车钉"，但肯定不是车钉。吴大徵则直接以俗语"车钉"称之，非学者所为也。徐锴说："似车钉者，

① 笏：古代大臣上朝用的记事备忘手板，用竹或象牙制成。

谓其状，外八角而中圆也。”戴侗说：“车釭，其外八方，而圆其中。”外八方的今已难见，能见到的，均外形为四方体。四方体有八个角，八方则有十六个。王筠说：“今存古玉釭头，皆外四角而内圆。”徐锴道：“‘外八角’，盖误。”徐说得没错，四方之物，自然应为八角。但称为琮的东西，究竟是几方几角，仍不得而知。如按徐锴的描述，琮就是车釭，而不是与车釭相似。而依戴侗的说法，外八方为车釭，外四方则为琮。若依徐言，今世所见，皆为车釭。若依戴言，今世所见，都不是车釭。距古已远矣，谁是谁非，不知所从。以后若得凭据，再作考证。

现在市面上所见的古玉，珉玖一类的较多，黄玉也有。字典中尚无黄玉之名。王逸的《正部论》说：“黄如蒸栗。”《旧唐书·肃宗纪》有载：“崔侁献定国宝玉十三枚，一曰元黄天符，如笏，长八寸，阔二寸，上圆下方，近圆有孔，黄玉也。”可见黄玉在古代也是珍物。只是发现稍晚，之前字典未录也。当时魏国略大于秦国，出九种颜色的次玉石：一是青色，二是赤色，三是黄色，四是白色，五是黑色，六是绿色，七是紫色，八是红色，九是绀色。但未详标产地。

变　牛

【原文】

常德陈惟诚云：其某氏，家资小康。佃人贷其钱数十缗，已偿而复索，不得已，仍偿之。某氏死后，其子梦父谓曰：“吾以重收佃人钱，于某月某日至其家为牛，汝必速救。”其子疑信不决。查簿据，果重收佃人钱，乃邀惟诚，以贺年入其家，见牛栏中有小牛，问其产生时日，悉与梦合。老叟曰：“此牛极不安分，终日蹴蹶哀号，若不可耐者。”惟诚等劝其勿养，老叟许之。某氏子还其钱，并领小牛归。惟诚亦随送。甫入门，小牛即倒地死，某氏子哭而葬之。

【意译】

常德陈惟诚讲了一小故事：有一户殷实人家，佃农向其户主借了几万文钱，偿还后他仍索要，不得已，佃农只好再继续还。户主死后，他儿子梦见其父对他说：“我因重复收一家佃农钱，已于某月某日到他家做牛，你必须速来救我。”其子半信半疑，再查账薄，果然有重复收钱的记载，便邀了惟诚，以拜年为由去了那佃农家，见牛栏里有一头小牛，问明出生时日，刚好与其父梦中所说吻合。老佃农说：“这头小牛极不安分，整天蹄踏哀号，烦躁不已。”惟诚俩劝他别再养了，老佃农同意了。户主的儿子将昔日多收的钱交给佃户，便将小牛领了回去。惟诚也跟在一起。刚进户主门，小牛即倒地而亡，儿子哭而葬之。

赠曾君序

【原文】

世愈纷乱，人材愈出。所谓人材者，必能排泥沙、冲浊浪以直下，济人解难，拨乱世而反诸正。古人云：“有非常之人，然后有非常之事；有非常之事，然后有非常之功。”故事之与功，皆由人力而非天也。余近颇闻曾君之名，然则果为非常之人耶，果有非常之事与非常之功耶？十年以来，干戈未戢，民生凋瘵，男不得耕，女不得织，国用空虚，户口减少。逞凶据地之人，又纵百万虎狼蛇虺于山林川泽，而饥之渴之，以噬无辜之肉。元元之党，将避地保身之不暇，孰能于此时焉出乎其类，拔乎其萃，以建白于时而为人所崇仰乎！先生之名，能使遁世如余者亦尝闻之，遂知先生为非常之人。

自海禁大开以来，中国为各国商战之域，除闽、粤、苏、浙数省稍可立足外，能得货殖之精神者，绝不可得。湖南本贫瘠之地，谷、豆、矿产之外，几无商品，故非有田土、矿山者，不能有衣食。余敢曰："湖南无商。"近年以来，稍近乎技，无田土、矿山而能足于衣食者，间有所闻。然此皆一人之私营，不能被益于乡国。余敢曰："湖南无巨商。"加以盗贼蔓延，劫掠无所遗。有经商之能者，均观望不前。孰敢壮其胆识，扬臂而猛进。余之闻先生名，乃以巨商，遂知先生有非常之事。

湖南当南北之冲，养兵特多，兵祸最烈。虽苛征暴敛，不足以饫无限之兵。悬军待饷之时，即人民财产岌岌之日。前之借以周转者，全赖商会。今已疲惫力竭，无可发展。而政府之罗掘愈穷，军饷愈乏，人民之财产愈不可保。而官与民之信用，又在若有若无之际。即有不忍天下之溺而欲为之援者，亦不敢褰裳而濡足，益人以自困。余每闻危急存亡之时，必不自安，以为祸之将至。及闻当事者之措置，又如丸之走板，舟之顺流，无丝毫障碍，心窃异之。不知补天之功，何自而至。今之所闻，皆先生之所拯助。然则消祸于未至，隐患于无形，以安人民之栖息者，皆先生之力，非政府之能，遂知先生有非常之功。

先生在清时，历任要职。改革以后，当道者屡聘为咨议顾问，先生之早能信于人可知也。今又能阐其信于一乡，以盛一时之视听，则其人其事其功，非余一人之私言。余甚愿先生之人之事之功犹不止乎此。管子曰："负任担荷，以周四方，科多少，计贵贱，以其所有，易其所无，买贱鬻贵，是以羽毛不求而至，竹箭有余于国，奇怪时来，珍异物聚。"余闻先生并未周乎四方，而有陶猗之富，亦未闻买贱鬻贵以陷人于不备，惟知其羽毛不求而至，竹箭有余于国。噫，亦异已哉！

【意译】

世道越纷乱，越有人才出。所谓人才，是指那些能排泥沙战浊浪，济世解难，拨乱反正者。古人说："先有非常之人，之后才有非常之事；有了非常之事，然后才有非常之功。"所以"事"和"功"，都是因人而非由天也。我近来频频听到曾君的名字，他真是非常之人？真能成非常之事建非常之功？近十年来，干戈不止，民生凋零，男不能耕，女不得织，国用空虚，人丁锐减。拥兵割据的人，又各聚百万之众盘踞于山林川泽之中，饥之渴之，便鱼肉无辜。平日信誓旦旦之士，都择地避身自顾不暇，谁还在这种时候去图出类拔萃，以求为人崇敬之功！然曾君之名，能使我这种闭门遁世之人也不时听闻，便知先生应为非常之人。

自从开海禁以来，中国成了世界商战之地，除了福建、广东、江苏、浙江几省国货稍可立足外，其他地域几乎无抵御之力。湖南本来就是贫瘠之地，除谷、豆、矿产以外，数不出什么商品，故除非自有田土或矿山，便是缺衣少食之人。我敢说："湖南无商。"近年来，稍有手艺，而无田土、矿山且尚能衣食无忧之人，已偶有所闻，但也只是个体之私营，惠泽并不波及他人。我又敢说："湖南无巨商。"加上盗贼横行，劫抢无遗，能经商的人也裹足观望。谁又敢胆识过人，振臂猛进呢？我听到曾君为巨商也，故知先生能成非常之事。

湖南为南北之要道，屯兵最多，战祸最激烈。虽苛征税猛收费，也难养这无数之兵。军中等待粮饷之时，即民众财产危岌之日。之前赖以周转全靠商会，现已疲惫力竭，难以维持。而政府越穷图搜刮，军饷越耗支难填，人民的财产就越不可保。官与民的信用，游于若有若无之边际。即便有心扶天下于既倒者，也不敢涉险趋前，以避自困之境矣。我每次听到时局危急存亡之时，心总不安，以为祸之将至。随之又听说当事人应对自如，如行云流水般化解得毫无阻碍，暗自惊异，不知这力挽狂澜之力从何而来。现今才闻知，所有拯救皆出曾君之手。然能消灾于未起之时，灭祸于无形之中，安民众之生息，是因先生之力，而非政府之能，可知先生有非常之功。

曾君清末时，历任要职。民国以后，当道者屡聘其为咨议、顾问。先生早就能让与其接触的人信服，现这信服遍及湖乡，成一时视听之焦点，故其人其事其功，并非我一人之己见。我更愿曾君之人之事之功不就此止步。管仲说："肩背担挑，行走四方，算材料，计价格，用己之物，换己所无，贱买贵卖，以致羽绒一类的货，自然有人送来，竹箭一类的货，国有余存，奇异的商品，不时便出现，珍贵的货物，常常有囤积。"而我听说曾君并没有行走四方，却可富比范蠡和猗顿，也并不贱买贵卖行骗人之术，却可羽绒自来，竹箭余存。噫！怪哉。

辨吉凶

【原文】

叶郎园六十生日，友人成诗三章祝之，持以示余。余谓曰："请速补一章，否则郎园不乐。"友询其故。余曰："三章乃凶词，非吉例。自《诗经·黄鸟》三章之后，凡哀悼之作莫不三章。陆士衡之《薤露行》，潘安仁之《悼亡诗》，陶靖节之《自挽》，元微之之《悼亡》，是其例也。"故读书须细心，不可谓古人未曾明言，即以为无此例法。方望溪[①]因妇人立主，经无专条，遂行武断，于家庙中不为

① 方望溪：清代散文家。

妇人立主。而《礼》经中可引证者不可胜数，望溪独未见之。粗心至此，不足列于学者之林也。

【意译】

叶德辉六十岁生日时，一个朋友写了一首三章诗以示祝贺，写好后拿给我看。我对他说："快再补一章，否则德辉会不高兴。"朋友问其中原因。我说："三章的格式属凶词，非吉例。自从《诗经·黄鸟》用了三章之式后，凡哀悼之作都用三章。如陆士衡的《薤露行》，潘安仁的《悼亡诗》，陶靖节的《自挽》，元微之的《悼亡》。"所以读书必须细心，不能说古人无明文规定，就没有约定俗成的例法。方望溪事及妇人立牌位，认为经书上无明文规定，便武断地在家庙中不设妇人之席。而《礼》经中有关此项可引用之处数不胜数，望溪偏没阅见。粗心至此，不足以列于学者之林。

记廉泉

【原文】

曾君廉生卜居于湘水之滨。宅中有园，园中有泉，遂名之曰"廉泉"。曾君求余书"廉泉"二字，且为之记曰："语云：'渴不饮盗泉水。'泉不能为盗，以饮之者盗而负盗名，泉之不幸也。廉生之宅，有泉焉，清以冽，比美于长沙之白沙泉。饮之者廉生，故以廉名，泉之幸也。庄子曰：'名者实之宾。'泉之实，亦可以盗，可以廉，而况人乎哉！"

【意译】

曾廉生在湘江岸边择地而居。住宅内有园林，其中之泉井，取名"廉泉"。他托我为该泉书写了"廉泉"二字，并为之作记："俗话说：'渴不饮盗泉水。'泉不能自盗，是有人盗饮，泉背了盗之名，泉蒙‘盗’之名，实是泉的不幸也。廉生的住宅，有泉，清澈，可与长沙的白沙井之泉比美。饮水之人名为廉生，泉也就有了‘廉泉’之名，确是泉之幸事矣。庄子说：‘名者实之宾。’一井普通的泉水，可定性为盗，也可定性为廉，何况人也！”

卷五

辨蝯书

【原文】

何蝯叟书，真迹固多，赝品尤多。何宅西宾名毛兰陔者，酷似蝯书，累为蝯叟代笔，且许用图章，故仅以图章辨之，不能确定其为蝯叟手迹也。鉴家虽能谛审，世人却为所愚。毛书歪斜，一异也，毛书波磔特多，且多扁笔，二异也；毛书字末有八字者，如“负”“页”之类，笔画甚长，末笔多似横，不似点，且远离若不相属者，三异也；何书内蓄，毛书外开，四异也；毛书结体未稳，且多鼠尾，五异也。若以气韵言之，则何纯而毛烈，若以大势言之，则何干净而毛肮脏。于此七点一一细校，何、毛之别，自可了然。且蝯书于《黑女志》、欧阳通、颜真卿三种笔意，时时流露，毛则全无，更为易辨。湘省多蝯书，湘人且不能识，少见者宜其难也。

【意译】

何绍基（号蝯叟）的书幅，真迹固然多，赝品更多。何家私塾教师名毛兰陔，书法酷似绍基，常为何代笔，而且可自用其图章，故仅以图章辨之，尚不能确定为绍基手迹也。鉴家虽能辨识，世人却为所愚。毛书歪斜，一异也；毛书波磔笔特多，且多扁笔，二异也；毛书字末有“八”字者，如“负”“页”之类，笔画甚长，末笔不似点而更似横，且隔得较远有失关联，三异也；何书内蓄，毛书外开，四异也；毛书结构未稳，且多扁圆尾，五异也；若说气韵，何纯而毛烈；若说大势，何清爽干净毛混沌模糊。于此七点一一校辨，何、毛之别自可了然。绍基书幅中《黑女志》、欧阳通、颜真卿三种笔意时时流露，毛则全无，更易辨识。何之作品散布在湖南颇多，湘人尚不能识真赝，少见者就更有为难之感。

订 例

【原文】

壬子过沪，见李梅庵书例，不觉大笑。梅庵善临摹，笔单上竟标明周、秦、汉、魏、六朝、唐、宋、元、明、清等字。余问李曰："欲开照相馆耶？余以为君岂尽能，能亦无味，自窘自绳，殊可不必。"梅庵大悟，请为改订。正点窜间，求书者至，指定以虞伯施体书八尺楹联。客去，李曰："果如君言，将何以报？"余曰："速取石影本集字临之。"遂敷衍了事，旧单全毁矣。

学问之道，固不可不博，然约字乃一生立足之地。约者，一以贯之之谓也，贯则为我有矣。故大贯者才大，小贯者才小，不贯则优孟也。梅庵尝告伯兄①曰："余书无一笔不是古人。"伯兄答曰："宜其乎无一笔是阁下。"语极精透，正与纪文达论高季迪诗备有古人之体，而反不能名启为何体，同一语气也。

国变之时，梅庵书画求者尚少，故窘困之状，实使人怜。余于是为亲属乞梅庵书，而三倍其值例赠之。鬻卖笔墨，同于卖身，为儒生之惨事。交愈深者，救护之责任愈大。仲钦为其友人索余书画，酬报

---

① 伯兄：杨度。

必丰，已达乎人情，为余刻《白心草堂诗集》，则更进而合于古矣。

【意译】

壬子（1912）到上海，见到李瑞清的书字样品时，不觉大笑。瑞清善于临摹，每幅样品范例上竟分别标出周、秦、汉、魏、六朝、唐、宋、元、明、清等字。我对李说：“你是想开照相馆？我觉得这么多字体，你哪能都会？即便写出形，也写不出其韵，作茧自缚，大可不必。”瑞清彻悟，询我方式。正在这时，又有求书字者前来，指定要用虞世南体写八尺楹联。客人走了，瑞清问我：“如按你说，我应如何？”我复：“马上找碑帖来临摹即可。”如此已能应对，故以前的样品全弃之也。

做学问，故应博学多才，但“约”字是一生立足之本。所谓“约”，乃不变、规范、信守之意，也即是指恒定沉淀于自身的东西。能大信守者必有大沉淀方可支撑，小信守者需有小沉淀，不能信守者只能模仿为生。瑞清曾对我兄说：“我的书法无一笔不来自古人。”我兄答：“也即是说没有一笔是自己的。”语极精透，正如纪文达评论高季迪的诗一样：遍具古人之体，反而说不清自己为何体。

清朝退位之时，求瑞清书画者不多，故显窘困之状，让人怜惜。我便为亲属向瑞清求书幅，而付三倍润资。靠卖笔墨，同于卖身，为文人之惨事。相交越深的朋友，相助的责任越大。仲钦为友人向我求书画，报酬丰厚，也是出于人情，而为我刻《白心草堂诗集》，则更为古侠之义矣。

说　秘

【原文】

孔子曰：“三人行，必有我师。”又曰：“德无常师。”人未必皆不如我，我未必事事过人，知此则一生无自足之境，而师无尽矣。但从来学人均有所秘，闭门独守，不肯示人，故求师亦非易事。其秘何来？譬之书家，无体不备，并非自创，仍出古人，于小品冷碑之中提取新奇特异之处，集合成为一体，熟练乃成一家，所谓留心于人所不留心处。如何家《黑女》，不以示人，则蝯叟之书更神奇矣。南北朝之小碑造像，最易启发心思，得其一二，便能自立。人谓南海康氏只学“欣僧造弥勒像”即能不俗，是其明证。但得之至艰，与人则易，其自神秘，亦理之常。余与梅阉均无此病，苟有所得，尽以告人，愿天下之多材，扩余生之未尽，而世乱如麻，偃文修武，余辈之教无所施也。（近有两日本人求入弟子籍，恐不如焕彬弟子某文学博士易教也。）

【意译】

孔子说：“三人行，必有我师”。又说：“德无常师。”人未必处处不如我，我未必事事胜过人。知道了这一点，应一生无自满之时，也不必担心无人可学。但从来文人均有所秘，闭门独守，不肯示人，故求学也非易事。秘从何来？譬如书法，各种字体，并非自创，仍出自古人，于生僻少见的碑帖之中提取新奇特异之处，集合成为一体，熟练乃成一家，所谓留心于人所不留心之处。如何绍基收藏古帖《黑女》，从不拿出来给人看，则绍基之书法更显得神奇。南北朝时期的小碑帖，最容易启发心思，得其一二，便可自为一家。正如有人说南海康有为只学“欣僧造弥勒像”，书法即能与众不同，便是一例。但修炼成形仍是艰难，与人点破却很容易，故自作神秘，亦是情理之中。但我和李瑞清都无此习惯，每有所悟，尽以告人，愿天下之多才，扩余生之未尽，只是当今之乱世，热武冷文，我等即便想教也堂室清冷。（最近有两个日本人求入弟子藉，恐怕不像焕彬的弟子某文学博士那样易教矣。）

奢 俭

【原文】

友人中之善食者，推李梅阉第一。若享以西菜，必备二十皿，蟹必百枚而后饱，故人呼为“李百蟹”。闽馆“小有天”几成日课。(好事者作“道道非常道，天天小有天”联语嘲之。)

精于食者，谭组庵第一。过从二十余年，菲薄之食，未尝获见，余不得已，慨然从之，提调名厨，亦分心力。丙午、辛亥之间，日日互扰之际也。(余与谭两人宴客，客单必彼此殿后。丙午秋日，余宴熊秉三，例约谭陪，遂为熊、谭订交之始。)闻谭食量近忽过人，则于精美之外，又兼梅庵之特长矣。徒以所志不同，音书久断，每念昔游，遂增凄感。无能主人，只可食蕨，恐严子矶边亦不许我容身也。

湘绮先生虽不求奢，必须适口，但其宴客颇似富翁，熊掌鹿筋未尝缺也。中兴时，湘营夜餐皆冷菜，湘绮在曾处特备豆腐汤，文正公见之叹曰：“未免太奢。”迄今不过六十年，已相差若是，再过六十年，必视今日之奢者皆豆腐汤也。

白石自苦，仅食饼薯，不穷而固，亦君子之所难。吾邑袁君家资奇富，然有客至，必邀入邻家。江西周扶九富至三千万，人询其故，则曰“不用”。因此而知人之贫困在好用，不用乃致富之源也。(湘绮八十生日已在国变之后，谭组庵为湖南都督，以貂套为寿，闻者以为大奇，湘绮着貂套，戴四品冠，谓贺客曰：“现在已易服色，穿外国衣，我所穿者亦外国衣，因便于旧者，不能即脱也。”贺客皆相视而笑，不知所答。)

【意译】

我的朋友中好吃者，首推李瑞清。若用西餐，必备二十碟；若啖螃蟹，须百只才饱，故有“李百蟹”之称。福建馆“小有天”几乎成了他的食堂。（当时有好事之人出联“道道非常道，天天小有天”戏之。）

若论精食者，则数谭延闿第一。交往二十多年，从未见过他简食一餐，我不乐此，但也随之，调派名厨，实费心之举。丙午至辛亥年间（1906—1911），我们几乎天天都有来往。（我或他宴请，礼宾单上彼此是固定不落之客。丙午秋天，我请熊希龄，例请延闿作陪，此为熊、谭交往之始。）听说延闿最近的食量超人，故除嗜精美之外，又不乏瑞清之长矣。只是志向不同，好久已无音信，每忆昔日之交，徒增凄然之感。无所作为之人，只习粗茶淡饭，恐谭兄身边也难容我身也。

王闿运先生食虽不奢侈，但讲究可口，而一旦宴请客人，颇喜显富，熊掌鹿筋必不缺尔。晚清中兴时期，湘军营晚餐都是冷菜，而闿运随军时特备豆腐汤，曾国藩见了叹言：“未免太奢。”此话距今也不过是六十年，豆腐汤已成平常之物，若再过六十年，后人会以为我们今天的奢侈，也就是豆腐汤之类也。

齐白石从小贫苦，仅吃薯饼为生，富裕时仍节省，君子贵在如此。我老家袁某，家极富，但有客人来，总是邀请到邻居家居坐。江西的周扶九，富至三千万，人问起其致富的因由，他以“不用”二字答之。可见人贫困在于好用，不用是致富之源也。（王闿运八十生日已在清帝退位之后，谭延闿为湖南都督，以貂套为寿，闿运穿着貂套，头戴四品官冠，对前来贺寿的客人说：“现在已时兴穿外国衣，我这身打扮，现在也只能算外国衣了，但老家伙看了顺眼，故还不能马上换也。”客人都相视而笑，不知所答。）

读董画

【原文】

古物商持董思翁仿赵大年画卷与仿倪云林画卷求售，画均不及三尺，题语倍之。思翁画卷每不多画，后半则任意写唐诗数章，书画不相属，已成惯例。此二卷之题语乃发挥画理，与常品不同。仿赵者为绢本，稍损且黑；仿倪者为冷金，墨色全褪①。

余平生见董画不过三四十件，今所藏仅二件：一直幅，一册叶，皆为金笺。直幅题“壬子”，则五十以外之作；册叶仅名章与“玄宰”二字，纸画完好如新，希世珍也。赏鉴家云：“字不玄宰，画不其昌。”余之所见，则不尽然，有字书玄宰、画写其昌者，但少数耳。又谓思翁作画多赵左代笔。细审赵作，实与思翁不同。笔墨或可强求，气韵实难全似，余不信赵之能代也。仲钦藏赵左《千岩雪霁图》，当为赵之佳构，以言气骨，似尚未能。又见《崇岗积雪》大幅，殊少韵味，秦祖永以甜熟评之，不为无见。

【意译】

古物商拿了董其昌（号思白、字玄宰）仿赵大年和仿倪瓒的画来兜售，每幅画的画面不超过三尺，而题跋占幅成倍。其昌画卷每幅画都不多，后半截则任意写唐诗数章，诗与画意毫无关联，属其惯例。此两卷题语与画理相融，与常品不同。仿赵之画是绢本，稍有破损且色黑；仿倪之画为冷金，墨色全褪。

我见过的董其昌之画不过三四十件，藏两件：一为直幅，一为册页，皆为金色纸笺。直幅题为“壬子”，属五十岁后之作；册页

① 绢本、冷金为纸笺品种。

仅有名章和“玄宰”二字，纸画完好如新，为稀世之珍。鉴赏家说董：“字不会具玄宰，画不会具其昌。”就我所见，不尽然，有字签书玄宰的，也有画签写其昌的，只是很少而已。又有传说其昌之画有许多由赵左代笔。仔细考究赵左的画，与其昌终不相同。笔墨或可强求，气韵实难全似，我不信赵能替董。仲钦收藏的《千岩雪霁图》，应为赵左之佳品，似还从中看不出画之风骨。再看他的大幅《崇岗积雪》，也没多少韵味，秦祖永评价为糖开水画，道理自在其中。

记唐志契

【原文】

余藏唐志契①画山水，绫本直幅，笔势峭拔，有不可一世之概。唐为明末人，字敷五，《画征录》录其论画数则，皆有心得之言。又见谭君所藏残册七开，其自题谓为少作，笔墨诚不如直幅老到，但列之名家，已无愧色。唐画略似石田，盖亦得仲圭②衣钵者。局势开展，气力雄峻，固可与青溪、止祥并辔，而韵味过之。赏鉴家竟无举其名者，岂其所作多未及见耶？（谭大因余学画，以唐残册存余斋，易余课本而去。余书易古董自此始也。）

【意译】

我收藏有唐志契的山水画，是绫本的，直幅，画面笔势峻峭挺拔，有不可一世之气概。唐是明代末期人，字敷五，书籍《画征录》中载有其论画的几则心得，皆是有悟之言。后又在谭某处见过志契的

① 唐志契：明代画家，著有《绘事微言》。
② 仲圭：吴镇，字仲圭，“元四家”之一。

七开残册，在那上面他自题是年轻时所作，笔墨确不如我藏的直幅老到，但将其列为名家之作，已无愧色。唐的画与沈周略有相似，也承传了吴镇的风格，局势之开阔，气势之雄峻，可与青溪、止祥并肩，而画韵却有过之而无不及。但鉴赏家们几乎没有提及过他，莫非他的作品存世已很少？（谭某因为我学画，便用志契的残册换我教书法的课本。我之后多有课本换古董之举，自此始也。）

记傅迹

【原文】

有持傅青主[①]书画四条求售者，书二条，各书七律一首；画则一幅，写雪景，右角长松数株，松下有桥，一人持雨盖立桥上，左半草屋数间，粗具篱落，屋后层峦叠嶂，积雪甚深；一幅写秋景，分上下两大段，左角巨崖，孤松枯柏，崖边土路置大茅亭，上半尖峰矗立，峰趾杂以小树乱石，笔势如飞，有荒率峻峭之致，一见知为胸怀垲爽之人，悬之壁间，揣摩数日。

世人谓画，有文人画、画家画二种。理法俱备，燥湿得宜者，画家画也；气势超迈，准则未周者，文人画也。但画家画多失之板滞，文人画多失之乱弱。画家不板滞，文人不乱弱，方可列于翰墨之林。青主彼幅实文人画，而画家亦不能不俯首，则以磊落不羁之概，非凡骨之所能，而画境高矣。

余藏王蓬心山水长卷，其自题谓学石道人《溪山亭子图》，笔势矫捷，殊为生辣，与蓬心常品大异。首尾均有梦楼题，竟误以石道人为沈石田，则失梦楼身份矣。石道人乃青主号，石溪和尚亦时用之，

① 傅青主：傅山，字青主，明清之际的思想家、书法家、医学家。

梦楼岂不知耶？然梦楼喜矜赏鉴，余所见书画，有梦楼题者几及百件，即余藏画，如梅瞿山、黄山瘿、奚铁生及此卷均有梦楼题，又乌能以素无所知而好弄笔墨者例之耶？盖题画时心中有一石字，乃随手拈出石田耳。昔时湘绮与人书，有一字不解，以问湘绮，湘绮笑曰："乃笔误，非典实。"错误本人所难免，但恐后人之不谅，而特加慎焉可也。

【意译】

有人拿了傅山的四幅作品来兜售，其中字两幅，各书七律一首；画则一幅为雪景，右角几株修长的松树，树下有桥，一人打着雨伞立桥上，左半边画了几间草屋，隐若错落，屋后层峦叠翠，积雪深厚；另一幅画的是秋景，分上下两段，下段左角处画一巨崖，崖上有孤单苍劲的松柏，崖边有一小路和草亭，而上段尖峰耸立，峰下小树乱石，均用飞笔扫出，尽显荒蛮峻峭之态，一见便知画者为胸怀敞亮之人。我将它挂在壁上，仔细揣摩了数日。

世人论画，有文人画、画家画二种。绘画的规范和出处很讲究，墨之焦湿运用适度，画家画也；如气势超然又抒发无拘，但笔法有显外行，乃文人画也。但画家画多半呆板老套，文人画多半杂乱无方。如画家画中有灵动，文人画中显墨理，方可列画中之上品也。傅山的这两幅虽属文人画，但画家也不能不叹服，其磊落不羁之气概非一般俗人所能企及，格局高立矣。

我收藏的王蓬心山水长卷，有其自题，记其该幅乃学石道人的《溪山亭子图》，笔势矫捷，极为洒泼，与他平日之作颇有不同。首尾都有梦楼的题跋，只是跋中错将石道人当作沈周，此误有失梦楼身份矣。石道人乃石涛之号，石溪也时有用之，梦楼难道不知？而梦楼喜赏鉴审，我所见过的书画，有近百件附梦楼之题，我的藏品中，如梅瞿山、黄山瘿、奚铁生及此卷，均有梦楼题，又怎至于摆乌龙，坠入素无所知而好舞文弄墨之列？可能是题画时心中有一石字，便想当然地信手而出“石田”也。以前王闿运先生给人书了一字幅，有一字难解释，我问先生，先生笑答：“此乃笔误，并非典故。”错误凡人即难免，但恐后人讥之，应特别谨慎持重才是。

记画孽

【原文】

蔡乃煌字伯浩，清末候补道中能员也。曾充湖南洋务局总办，交游既广，嗜好尤多，金石书画，饮食男女，皆其所好。洋务局之规模甚大，入款最巨，彼时钱商首领亦姓蔡，与之交易，存款至百余万。伯浩之迹，常于蔡氏钱店见之。蔡氏藏王石谷画，伯浩欲得以贻庆王，屡与言之，蔡氏未允，祖先所遗，不能舍也。伯浩衔之，思以威逼，乃令蔡氏限数句钟悉交存款。款如是巨，何能交出？乃将蔡氏收押。人告蔡氏，谓呈王画可免。蔡氏益愤，乃书条取画，画至狱门，急寸裂火之，雉经而死。余常思：石谷画与蔡氏命孰轻孰重？本可两全，竟以俱逝。人与人交，易生冤孽，人与画亦有孽耶？此则非余所能知者。

【意译】

蔡乃煌，字伯浩，清末期间候补道官员中之能人也。曾当过湖南洋务局的总办，交游广泛，嗜好也多，金石书画，饮食男女，皆其所好。洋务局产业大钱充裕，那时一钱庄的老板也姓蔡，与伯浩熟，洋务局有百余万存入他处。也可常看到伯浩在该钱庄进进出出。蔡老板收藏有一幅王石谷的画，伯浩想索得去送庆王，和蔡说了好多次，蔡都不肯，祖传之物，不能轻易出手矣。伯浩一心追要，便设计威逼，让蔡在几个小时内将其所存的巨款全部提出。这么大一笔钱，一时怎么可能应支得了？即以此为由将蔡收押，并遣人告之，如交出画来，可免牢狱。蔡悲愤至极，写字条托人取画，画刚拿进去，蔡点火焚之，后自缢而死。我常想：石谷的画与蔡氏的命相比，谁轻谁重？本可两存的事，却以两亡结局。人与人交往，往往有冤孽，人与画之间，也会有邪乎？此因由我冥思也不知矣。

记伪王

【原文】

闻有人得石谷画山水直幅，无石谷题字，仅小印二方，王烟客题于画端，诗堂有恽南田重题。以其出自黄荷汀家，遂为之心动，借至余斋，细加谛审。王题即见于《论画录》中之“石谷此图虽仿山樵，而用笔措思全以右丞为宗”一节，恽题亦见于《论画录》中之“乌目山人为余言，生平所见王叔明真迹不下廿余本”一节，恽之再题，乃恨石谷之不以此画与己而与人数语。王、恽之书均能略似，画颇不恶，不知何人手笔。有人疑为余外舅尹和白先生所作。当时画家除和翁外，亦无能之者，此说不为无因。惟右侧密林稍嫌错乱，然不知画者亦不能看到，故仍得千三百元之重值为银行人沈某收去。世必有此真本，但存否不得而知，故记于此，以俟人之告我。（适章太炎来湘，以百六十元得金山石章一对，狂喜不寐。金山石百钱一斤，古物商以其易于糯熟，冒称田黄，一时传为笑柄，称沈、章为二奇。）

【意译】

听说有人得了一幅石谷的山水直幅画，无石谷题字，仅有两方小印，画端有王烟客的题跋，诗堂处有恽南田的重题。因出处是黄荷汀家，遂为之心动，故借回家细加考阅过。王的题跋在《论画录》中可查到记载：石谷此图虽是仿王蒙，但用笔运思都以原作为绳。恽的题跋在《论画录》中也有说法：石谷对我曰，生平所见王蒙的真迹不下二十余本。恽又补题数语，意恨石谷没将此画给他而予了别人。王和恽的题书都看似真迹，画也不赖，不知出自何人之手。有人疑是我岳父尹和白先生所作。当时画家中除他外，其他人确欠些火候，这种说法也不无因由。唯有右侧密林处稍嫌错乱，但不懂画者也看不出，故被银行界沈某用一千三百元重金收购去。世间必有此画真本，但是否仍保存完整就不得而知，故记于此，以备后考。（恰逢章太炎来湖南，用一百六十元购得金山石章一对，且狂喜不能寐，金山石百钱一斤，古董商人看石质糯润，冒称寿山田黄售予太炎，一时传为笑柄，称沈、章为二奇。）

记房山

【原文】

李梅庵得高房山①山水立轴，视为奇宝。余未及见，盖余过沪以后所得。近见石影本，丑劣异常，画题为《春云晓霭图》，《江村销夏录》中亦有此物。梅庵则谓此幅即彼幅，据以收之。然两两相较，颇有异处：此幅三印，彼幅七印，一异也；三印之次第与七印上三印之次第不同，二异也；彼幅有江跋，此幅无之，三异也；长短宽窄，似亦未能尽合，纸为两截，更属离奇。原中之屋同于砌窨，瀑上之亭无异匠图。笔法既稚弱不堪，局势又下轻上重。梅庵之断为一物，殊难揣其所见。闻曾农髯以数千元售出，营梅庵葬事，伪房山不负真梅庵矣！（叶郎园详知此幅来历，其言曰：乾隆间，苏州王月轩以四百

① 高房山：高克俭，号房山，元初著名画家。

金得《春云晓霭图》于平湖高氏，有裱工张姓以白金五两买侧理纸半张，裁而为二，以十金嘱翟云屏临成二幅，又以十金嘱郑雪桥摹其款印，一归毕涧飞，一归江西陈中丞。梅庵所得，即毕涧飞本，皆所亲睹云云。）

余藏方方壶[①]手卷，长约八尺，为宋黄麻笺（方壶作画，多用此纸），完好无损。画仿南宫，气力弥满，今日视之，仍然湿润。卷尾题七言诗四句："山雨山云断又遮，溪前溪后有人家。江乡湖曲多相似，树霭林烟认米家。"一诗押两"家"字，见者必以为奇，盖其随手拈来，不及预避。余见题画之作，每多此病，心专于画而未专于词，自不可以诗家之律绳之也。余十年前每于蒲节日画鬼于扇，题词有"好月不照人，独照山中鬼。昔鬼不如人，今人不如鬼"四句者，为瓶斋携去，押两"鬼"字，正与方诗同也。湘绮先生《回马岭柏树歌》云："飘风骤雨不能下，独立徘徊一松下"，则诗家巨制亦复用重韵矣。诗后有"至正三年冬十二月对雪画于上清宫，金门羽客方壶并题"二十三字，题字笔意老到而超逸，偶以承旨、伯机书比之，似尚不及。《图绘宝鉴》谓为"善古隶章草"，观此益信。方壶、房山皆一时之人，故画之气味大体相似，此卷又专学米，更合房山家法。惟未及以示梅庵，是为恨事。方卷于二十年前某巨室得见一次，有吴飑庵、张汝弼、沈石田三人诗跋，及至余置，三人诗跋均失所在。取真画之披挂以饰伪画，市贾之常也。方画之存于后世者为数极少，《佩文斋书画谱》乃书画之渊薮，考其所录，不过数幅。此外仅高江村见一三尺小卷，张清父、孙退谷两人皆似未知方画为何物者。余之眼福不能厚于高、张、孙三人，而余之所得足以傲之，亦足以自豪矣。

---

① 方方壶：方从义，号方壶，元末著名道士、画家。

【意译】

李瑞清有一幅高克俭的立轴山水画，视为奇宝。我没见到，应是我在上海与他会面之后才收得的。最近看到一石影本，异常丑貌，画题为《春云晓霭图》，在《江村销夏录》中也载有此画。瑞清说他那幅就是这一幅的原迹，并因此为凭而收藏之。但两者比较，相异甚多：一是这幅盖有三款印，他那幅则有七款；二是这幅三款印的位置顺序，与他那幅这三印的位置也不一致；三是他那幅有江的题跋，这幅完全没有。画的长短宽窄，二者不尽相符，更为离奇的是该画纸为两截。丘原上的房屋粗糙得如井壁堆砌，瀑布上的小亭细描则像匠工雕镂。笔法既幼稚不堪，格局又下轻上重。瑞清说与其所藏同为一物，实在不知他的凭据为何。后听说曾熙将此画以几千元卖出去了，用于瑞清之丧事，可谓假房山之画不负真瑞清之情矣！（叶德辉较详知此幅画的来龙去脉，他说：乾隆时期，苏州的王月轩用四百金从平湖高某处购得《春云晓霭图》，而裱装工用五两金买来半张晋代有名的“侧理纸”，一分为二，花十两金请翟云屏将其临成二幅，又用十两金托郑雪桥摹其印款，一幅送给了毕涧飞，另一幅送给了江西的陈中丞。瑞清这一幅，即从毕涧飞处流出也，以上均为其亲见，等等。）

我藏有一幅方从义的手卷画，长约八尺，完好无损，纸的质地乃宋代黄麻（方从义作画，多用这种纸）。画风仿米芾，且力透纸背，即便今天看上去，仍有湿润之感。卷尾题有一首四句七言诗：“山雨山云断又遮，溪前溪后有人家。江乡湖曲多相似，树霭林烟认米家。”读者见了必感奇怪，一诗押两个“家”字韵，信手拈来，也不修饰规避。我见过许多画的题诗都有这种毛病，专注于画而在词上不精心，很难用诗家之律来衡量。我十年前应俗，逢端午节在扇子上画鬼，并书四句题词：“好月不照人，独照山中鬼。昔鬼不如人，今人不如鬼。”被谭泽闿拿走了，一词押了两个“鬼”字韵，正与画中方壶之题诗同病矣。

王闿运先生的《回马岭柏树歌》上有两句：“飘风骤雨不能下，独立徘徊一松下”，可见诗家巨擘也有复用重韵之时。画中方壶题诗的结尾有二十三字“至正三年冬十二月对雪画于上清宫，金门羽客方壶并题”，笔意老到而超脱，与同为元代的大书法家赵孟頫、鲜于枢相比，稍有不及。《图绘宝鉴》上说他精于古隶章草之书法，观此可信也。方壶和房山为同一时代人，画风大体相似，此卷又专学米芾，更合房山的笔法。但我尚没来得及给瑞清看，其已去世，是为遗恨之事。方壶的画卷，我二十年前在某显族家见过一次，上面有吴爬庵、张汝弼、沈石田三人的诗跋，但辗转到我出手收藏时，这些诗跋已丢失了。剥离真画的附迹去伪饰假画，是画商常见之举矣。方壶的画留传后世的极少，《佩文斋书画谱》乃书画之集大成者，载录方画，也仅数幅。而高士奇只见过方壶一幅三尺小卷，张清父、孙退谷两人更还不知方画为何物。该三人皆为清初收藏之巨子，我的眼福不可能多于高、张、孙三人，故我能得此物，也足可引以为傲，引以自为豪也。

说大风

【原文】

张大风画，秦祖永①列之大家，余所见不过数幅，固不能据以定论，但就所见言之，仅能活动，殊少生辣。去年见其山水一幅，题语中有“昔见倪元镇写《狮子林图》，谓非王蒙所梦见，世人无不骇

① 秦祖永：清代画家。

异”等语，其意盖以为己作可比于倪，亦为王所不到，而亦为世人所骇者。目空一切之概，可于言外得之。画之右角，写乱柳两株，左侧石崖突出，斜横空际。章法不恶，惟笔墨俱欠成分，无大家气魄，其自题未免过炫。秦祖永之所见，岂有百倍于此者耶？但以他事证之，《桐阴论画》所评，与余所见，及与人之所见，颇多出入之处。其论张宗苍[①]画，谓为笔墨细碎，无浑沦气。未知古大家随淡随浓之妙，而瓯钵罗室中有淋漓深秀，布局谨严。《桐阴论画》谓其细碎无浑沦气，盖未见其精作等语，两论相隔大远，是非难定。但以余所藏者观之，干湿俱备，非如秦祖永所言之干笔渲皴，徒以焦墨积累林木间者。然则李玉棻之论是，而秦祖永之论非。其论罗饭牛[②]画，未必全是，而李玉棻全非。秦云：“人物古朴，树石苍润，惟毫尖稍秃，绝无超逸之致，由于落笔松懈，未能以遒练出之，故稳当有余，而灵秀不足。”李云：“山水得空灵法，多写鹿角树，古劲萧疏，削繁为简，得元人枯淡趣。”就余所藏大帧，与友人所藏者观之，“落笔松懈”则过贬之词，“毫秃无逸致”，斯为确论，“元人枯淡趣”，更非饭牛所能梦见者也。

学问之道，所见不同，立论自异，但书画之迹，长短易分，而论者矛盾若是，无怪世事之黑白易位耳！前见大风画时，适见萧尺木画大风像，以古树幽草增其雅趣，两幅并悬，静坐领略，亦自怡之佳境。

【意译】

秦祖永将张大风计入大家之列，我见大风之画不过几幅，尚不能以此定论，就所见而言，只能说较为灵动，但缺气势和洒脱。去

① 张宗苍：清代宫廷画家。

② 罗饭牛：罗牧，字饭牛，清代江西画派代表人物。

年见到他的一幅山水画，题跋中写有数语“昔见倪元镇写《狮子林图》，谓非王蒙所梦见，世人无不骇异”，其意是自己可与倪瓒比肩而立，王蒙尚在其下，世人为其惊仰也。目空一切之态，溢于言表。画的右角上，草涂两株柳树，左侧一石崖横空斜突于空际间，布局不差，只是笔、墨都略欠火候，并无大家气魄，自题之语显得言过其实矣。秦祖永所见大风之画，难道好于此幅百倍不止？祖永论画，与我及同道颇有不同。如他评张宗苍画，说其笔墨琐碎，无浑然天成之气，却不知古代大家之作有随笔性呈浓淡之妙。李玉棻在所著的《瓯钵罗室书画过目考》中评论宗苍之画，称其笔触畅快充盈，布局严谨合理。两人之见解，相离甚远，李玉棻赞之，秦祖永贬之，是非难定。但以我收藏的张宗苍之画来看，干湿兼备，并不像秦祖永所言，一味枯笔皴擦巨石、焦墨堆积林木。又如祖永评罗牧，他说：“人物古朴，树石苍润，但笔尖稍空，毫无超逸之感，且落笔松懈，不似蓄势而出，故稳当有余，而灵秀不足。”李玉棻看罗牧则为：“山水之画用空灵之法，多用鹿角树，古劲萧疏，化繁为简，尽显元代画家枯淡之趣。”就我收藏的一大帧和在朋友处所见的罗牧画观感，祖永的“落笔松懈”之说乃过于贬低之词，而“笔空无逸感”却中肯之至。而玉棻所言的“元代枯淡之趣”，则恐罗牧兄梦中也难求矣。

学问之道，见解不同，立论自然不同。但书画的好坏，实不难区分，而仍评论各异，矛盾丛生。故无怪乎世间之事往往黑白颠倒。前一段见到一幅大风的画作，正好旁边也有一幅萧尺木画的大风肖像，添古树幽草为背景以增雅趣。两幅并悬时，我静坐领略，心境自怡。

记王画册

【原文】

宣统以前，鉴家皆以“四王”①、吴、恽为先，其他名家非所急也。彼时画值至贱，余介卿以五十金一幅收王画，均视为善价，悉以与之，故王画几为介卿所独有。余藏烟客册②、廉州册③，皆彼时与介卿争得者。两册均八开，画则摹古。廉州册盖中年之作，精细可爱，且有对叶，以诗证画。廉州字画，非一次得来，先得画九叶，过数日得字八叶。惟仿米襄阳帧无偶，另置镜框，而以八字八画成册。散失多少不得而知，至为可惜，然所存者竟能成体，差可慰耳。彼时虽以六家为重，然石涛、石溪、八大之流，已有重值，但不及今值十分之二三。闻之老辈云：杨海琴、何蝯叟辈，独喜冷人，以画奇而值贱也。石涛等画，每幅不过万钱，故购藏可富。宣统四年，尚于何家见石溪立幅，许以四百元，死守不让，今为鸿宝矣。

冷人之画，亦余所好。凡不染习气，而为时俗不顾之人，纵非白雪阳春，亦必戛然一物，所谓背方包袱者。故其画必具孤冷之境，超乎恒轨之外，颠道人之流，是其例也。余藏贺隆锡画册，张永祚立幅，初视颇似外行，熟察殊饶别趣，不能谓为是画，更不能谓为非画，亦惟许冷眼人领略。但局面太小，欲如石涛等之忽然行时，则无望也。余尝谓有画中画、画外画，以例别之，固易明晰，即据前言审之，已可意断矣。

【意译】

清代宣统以前，鉴赏家都把鉴赏“四王”、吴历、恽南田六位清初

---

① 四王：王时敏、王鉴、王翚、王原祁。

② 王时敏，号烟客。

③ 王鉴，曾任廉州太守。

画坛大家的画放在首位，其他名家，散心而为。那时画价极低，藏家余介卿用五十金收一幅“四王”的画，卖者都觉价钱很好了，倾其售之，故介卿几乎垄断了王画。我所藏的“烟客册”“廉州册”，都是那时与介卿争来的。两册均为八开，临摹古画。廉州册是他中年之作，精细可爱，且为对页，有诗在画侧，该字画还不是一次得到，先得画九页，过了几天又得字八页，唯独临仿米芾的一帧有画无字，只好另配镜框单置，其他以八字八画订装成册。类似散失不知有多少，实为可惜，这些遗存下来的尚能成册，聊以安慰矣。那时虽以六家为重，而石涛、石溪、八大山人之流，画价已起，但仍不及现在的十分之二三。听老一辈说，杨海琴、何绍基等最愿收藏尚未大热之人的画，画好而价低。石涛等人，每幅不过万钱，若藏之可富。宣统四年时，在何绍基家见到石溪的一立幅画，我出价四百元，何家死守不让，时至今日，已成珍宝之物矣。

我也爱收藏尚未炒热之人的画。凡绘画不油滑，且不愿随大流者，纵非阳春白雪，也必是木秀于林，通常这种画与众不同，独辟他途，处孤冷之境。我藏有贺隆锡画册、张永祚立幅，初看他们的作品技法很外行，细察可见别有生趣，不能说是画，更不能说不是画，唯有善感悟之人方可领略。但受众面不广，不可能像石涛等人的画一样，忽然有一天大热。我常说有画中画、画外画之分，举例说明，固然易知，细阅上述，应也可了解其意矣。

论画中家数

【原文】

清朝二百年来之书画，多为馆阁体①所绳，名家尚不能免，而况

① 馆阁体：流行于官方画院及科举考场的画风书体。

俗人乎？国变之后，风气大异，如虎出柙，猛吼狂奔，不得谓为脱去町畦，只可比之邪魔外道。古画之稍奇异者，价值连城矣。然石涛、石溪、瞿山、八大之流，别具神情，不徒险怪，稽之法度，未稍乖离，学其用心，自能名世。须知古人作画，山隅屋角亦有随意点染之处。若即据此以为常法，扩为大幅，终身守之，而谓得自古人，非我独创，纵能自掩，难以欺人，徒窃怪形，当然出丑也。天下本无此易事，窃取古人一二不经意处，即能成家，则赵、董之流，不能千古矣。然学古之法，又在取其一二，非师其全体也。余常谓书家秘法，于小品冷碑人所不经意处得之，画家亦复如此。广求名作，细意探求，其独到处又为人所未得者，取而扩之，练成一色，而家数出矣。

诗文字画，皆有大家、名家、小家之别。宏博深厚，无所不能者，谓之大家；局势稍狭，其精到处又为人所不及者，谓之名家；笔锐而弱，体小而精者，谓之小家。以物为喻：如长江大河者大家，如珠光剑气者名家，如园亭池榭者小家。故小家最多，名家次之，大家又次之。张乌石①学孟东野②诗，真所谓单刀直入，不许他人近视，有名家风，彼亦自命为名家也。乌石尝笑余欲为大家，且诫余曰："湘绮先生曰：'学人最忌贪博，喜作大家，余诗更不可学，博杂尤甚。'云云。湘绮之志愿太高，几不许有一古人立己之上，而古人之所长，又有绝不能相通者。譬之李、杜之诗，杜擅横推，李长直下，横直兼备，岂曰易能？湘绮抱铍杜轹李之心，而各家所能，又复兼收并采，故多非直非横之制，而有非人非己之篇，不得不谓为大家，又不得谓为纯洁之大家也。"乌石见我贪多，故以湘绮为诫，然情之所尚，欲罢不能。近年以来，强将刻石抛弃，而画稿骤增，欲少反多，

---

① 张乌石：张正阳，王闿运弟子。

② 孟东野：孟郊。

求简愈繁矣。

齐白石为余三十年旧交①，客馆余斋，年必数月。白石最精刻石，汉碑、秦篆，朝夕讲求，而我亦能捉刀矣。白石极赞余刻，谓有彼所不到者，然余以为终不能过白石，尽可让其独步。近自北京来信云：恨不能插翅高飞，看余作画。乃写二小帧寄去。白石鬻画北京，得资甚富，而我不古不今之画，特见赏于故人，诚事之至异者。但余作画，与冬心②正同，并非学自少时，将以怡乎暇日。以篆籀为树石，实比画中求画者易，故余画虽不能工整以合准绳，而滂礴淋漓，亦有可以立足之处。余之论画，有画中画、画外画之别：谨遵理法者，画中画也；纯用天机者，画外画也。列我画家，亦画外画，年龄已过，精细岂所能耶？同时又得族弟芋僧自北京来信，谓北京人论余书为腕下有神，笔下有鬼。余闻之大骇，以余方论世人之邪魔外道，而世人乃以神鬼评余，若指为蛇神之神，牛鬼之鬼，则不堪矣，始知佛家报应之说，实非虚妄。

【意译】

清朝两百年以来的书画，多被馆阁体所束缚，名家尚不能跳脱出其戒律，一般人就更不必说了。民国一立，风气大异，如猛虎出闸，吼啸狂奔，不只是没了规矩，简直是窜入邪门走火入魔。古画中稍为奇异一点的，便价值连城矣。其实，石涛、石溪、梅清、朱耷等明末至清代的大画家，不图险怪，别具神情，法度自然，毫不离奇，学得其精髓，自然能立名。要知道古人作画，山脚屋角的偏小不显之处，也有随意点染一下的时候，如果把这视为其基本技法，整幅如此，并终身如此，还称非自己独创，乃得古人之真传，固能自欺，难以欺

---

① 杨钧和齐白石均是王闿运的弟子，少年时杨钧驻王家求学，齐白石隔一段时间便到王家住几天受业，每次来王家，老师都安排杨、齐住一室。

② 冬心：金农，号冬心先生，清代书画家，扬州八怪之首。

人，奇形怪状，自然出丑也。天下没有这么容易的事，如临摹古人一二点不经意处，就能成名成家，哪还轮得到赵孟頫、董其昌之类的大家来名传千古。但学习古人，确在于取其一二，而非仿其每一画每一笔。我常说书法的秘诀，往往从名不经传的小碑小帖中不经意处获得，绘画也同样如此。研习更多家的作品，仔细揣摩，发现别人尚未发现的独到之处，发扬光大，练成特色，便能自树一帜矣。

诗、文、字、画，都有大家、名家、小家之分。视野辽阔，功力深厚，融会贯通者，称为大家；对某些领域博学今古，技能精到之处为人所不能及者，称为名家；画龙善点睛，工精能出众者，称为小家。以物为喻：黄河长江，大家也；湘资沅澧，名家也；小涧塘池，小家也。故小家之人最多，名家较少，大家稀有。张正阳学孟郊的诗，意境韵律极似，他人望尘莫及，有名家风范，他也自认为名家也。正阳曾笑我想成为大家，并告诫我道："闿运先生说：'做学问的人最忌讳的就是贪大就全，喜作大家，我的诗就太博杂，这一点后人不要学。'"等等。闿运的志愿太高，几乎想超越一切古人，而古人各有所长，很难才华冠盖又面面俱到。譬如李白、杜甫的诗，杜擅于横推，李长于直下，横直皆佳并非容易也。先生心存当代杜李之愿，故两家之擅长，兼收并采，结果诗作之篇多有非横非直、非人非己的特色，不能说不是大家，但又不能说是纯粹的大家也。正阳见我贪多，便以闿运为例劝告我，但我志趣所致，欲罢不能矣。近年以来，强迫自己将篆刻停下来，但绘画骤增，想戒贪却更多，想简单却更博杂矣。

齐白石和我交友有三十年，或是旅店或是我家，有段时间，一年之中必有数月，你来我往，交往频繁。白石最精于篆刻，一天到晚研习汉碑、秦篆，而我也算是能刻之人。白石对我的篆刻极为欣赏，说有的地方他尚不及，但我知道最终我超越不了白石，故乐观其独步领先。近期他从北京来信说：恨不得插翅南飞，观我作画。故我绘了两幅小帧寄去。白石在北京卖画，收入颇丰，而我不古不今之画，实话说，只是消遣于旧友之间。但我作画，类似金农，并非从少年开始，以后闲暇之时可怡心自乐也。借大篆笔技画树石，其实比一味画中求进要来得更容易些，所以我的画虽不能严格地遵循绘画的规范，但磅礴淋漓，也有其独特面目。在我眼里，绘画有画中画、画外画两种：依行规按理法，属画中画；凭天性顺意愿，称画外画。已过不惑之年，精工细作已难与当年相比，又收到堂弟芋僧从北京的来信，说北京人评论我的书法是腕下有神，笔下有鬼。我看了大为惊异，我刚说当今世人正步入邪门歪道走火入魔，就有人把我归入鬼神一类，若是指牛鬼的鬼，蛇神的神，我算狼狈已极矣，现在才知佛家讲报应一说，并非虚言也。

记石梧图

【原文】

湘阴李文恭公号石梧，与戴醇士善，戴作《石梧图》赠之，并题四言赞语，即赞石与梧也。其画纯用花青，绝无他色。清时主考不用墨批，以防为人点窜，所用者皆花青也，彼幅作于围场内，故有此创制。其画下半当中写一巨石，石侧写一巨梧，左角瓦屋，屋后为峦，峦左上半则题语也。真迹尚在李家，市面流传皆为赝本。奚、黄、汤、戴，世所并称，而近日戴画之值，几同王画，为他三家所莫及，盖以其有节也。世乱如兹，尚可以节义见重，可见人心未尽死也。

【意译】

湖南湘阴县李星沅，号石梧，与戴熙是好友，戴作了一幅《石梧图》送给他，并在画上写了四句赞扬山石和梧树的题跋。画纯用花青，别无他色。清代科试主考不用墨色批卷，以防他人仿冒，都用花青色，这幅画也是在皇家的禁苑内所作，故别出心裁用了这种颜色。在画的下半幅中间，绘有一巨石，石的旁边画了一硕大的梧树，左角是瓦屋，屋后山峦起伏，山的左上部，写了上述题跋。真迹现在还收藏在李星沅家，市面上流传的都是赝品。世人常将清代四位名画家奚岗、黄慎、汤贻汾、戴熙并举，而近来戴的画价蹿高，几乎与“四王”之画同值，远非其他三位所能及，皆因慕其文人气节也。世道昏乱到如今这个地步，尚能崇节重义，可见人心未死。

记古玉

【原文】

湘中大乱，不可安居，友人以书问候。余答书有“贫而不赤，所以不患吴佩孚之多心”两句，一时传为笑谈①。近年来，古玉之有朱砂浸者，比他色为贵，岂古玉亦在赤风内耶？余常笑曰。“若言赤化，当以余为第一。”以余藏数古玉器，皆满朱砂浸，希世珍也。古印一颗，约寸二分方，上为龟纽，首部上下视之皆成形，古谓之上下画，又谓之圆转画，印文为“军郃司马”四字。古有军司马，战国时始有驻军于某地之司马，此则军于郃②之司马也。文为四字，其在限五字之前，又不待言矣。印之质为白玉，然玉之可见者小如芝麻，除印底小部呈黑绿色外，其余皆朱砂浸。尚一臂环，内圆而外方，形极古拙。古人制物，常取天圆地方之义，汉以后人多不本此旨。环为

---

① 当时赤贫的农民，是南方农村暴动的主要力量，故有谈“赤”色变之势，北方吴佩孚的政府军视其为洪水猛兽，欲镇压之。

② 郃：地名，今陕西省武功县西南。

羊脂白玉，然玉之可见者亦小如芝麻，惟一方现三点如小豆，故余谓为三星钏。二器之色，古艳绝伦，以示古物商，莫不为之惊心动魄。尝阅《古玉图考》，所收之品，无可与匹者。吴清卿尚不得见，而况古物商乎？又一系璧，一面刻螭，一面刻钩，色甚庞杂，极斑驳之致。又一系璧，绝无雕琢，五浸俱备，色亦全红，皆《古玉图考》中所无者。此外一条脱，一壬辰圈，则纯黑如漆，清卿藏物有类似者。世人谓黑者为漆浸，余未之信。

【意译】

湖南局势险恶，已很不适合安居，朋友写信来问候。我回信说“贫而不赤，所以不怕吴佩孚会多心”，一时传为笑谈。近年来，古玉若是含朱砂浸的，则比其他颜色要贵些，莫非古玉也在闹“赤风”？我常开玩笑：“如果说赤化，我可能会排在第一位。”我所收藏的一些古玉器，许多都布满了朱砂浸，属稀世珍宝也。其中的一颗古印，一寸二分的正方形，顶部是龟纽，首部上下皆成形，古称之为上下画或圆转画，印文是“军部司马”四个字。古代军队设有司马一职，战国时期开始有驻军在某地的司马，此印乃军队驻扎在部的司马专用也。印的材质是白玉，但表面尚能看到玉质的地方比芝麻还小，除印底有小部分呈绿色外，其余处布满了朱砂浸。另有一臂环，内圆而外方，形状极为古拙。古人加工造型，常常取天圆地方之义，汉代以后的人逐渐不重此说法矣。环的质地是羊脂白玉，但能见到白玉之处也是如一个个的小芝麻点，只有一个地方呈小豆大小的三个白玉点，故我将它命名为“三星钏”。这两件东西的颜色古艳绝伦，拿给古物商看，莫不为之惊心动魄。我曾看过《古玉图考》，书中收集的古玉，没有可与这两件相比肩的。吴大澂都没见过，更何况一般的古物商矣。还有一玉璧挂件，一面刻的是螭，另一面刻的是钩，色泽变化复杂，极显斑驳。而另一玉璧挂件，则无半点雕琢，五浸俱全，色也赤红，都是《古玉图考》未见之物。此外，有一臂饰和一壬辰圈，纯黑如漆，吴大徵的藏品中有类似之物。世人说此黑色源于漆浸，我不大相信。

辨竹

【原文】

竹之种类甚多，戴凯之《竹谱》分六十一类。大抵圆形者多，方形者少。湖南南境偶生方竹，福建延平县亦有之。方竹无粗大者，惟肉体极厚，中空亦方而小，市面之内圆外方者，压成者也。前年有人持方竹杖求铭，为题数语而去。今日竹值之重，当以湘妃竹为最。此竹制成之器，绝无新者，盖早已绝种，故不知产于何地也。古人云："湘妃之竹，产于苍梧之野。"是否此竹，不得而知。九嶷斑竹，形固略似，其为湘妃竹之变种，亦未可知。

余藏古箑，长尺有二寸，筠色微黄，纹如云朵，且有黑点居螺纹之中，世所谓湘妃竹者是也。以形式色泽审之，必非近世之物。但唐以前扇，大抵圆形，遍考咏扇之诗，无咏折扇者。郭若虚《图画见闻志》云："高丽国使人每至中国，或用折叠扇为私觌物。"《宋史·日本国传》："端拱元年，贡蝙蝠扇二枚。"据此言之，折扇非中国固有之物。东坡谓高丽白松扇展之广尺余，合之止两指许，山谷折扇诗亦以为高丽物，盖东坡与山谷均不知为日本制也。永乐中谓之撒扇，惟妓女用之，视为贱物矣。戴凯之《竹谱》云："篃堕竹，大如脚趾，虫食其笋皮类绣，甚可爱。"余箑诚为近似，又不敢决其为虫食也。王羲之有斑竹笔筒曰"裘钟"，世无其匹，当为此类物。老古物商云：湖南只有数柄，皆在中兴名人家。其言虽未可全信，然余所知，印心石屋、东洲草堂两家而已。

【意译】

竹的种类繁多，戴凯之在《竹谱》一书中，将竹分为了六十一类。绝大多数竹呈圆形，方形竹很少。湖南境内靠南边，偶然有些地方会长出些方竹，福建延平县也有。方竹通常都不粗，但肉厚，中间空的部分小，而且也呈方形，市面上见到一些内圆外方的竹子，都是人工压制而成。前年有人拿了一根方竹拐杖来求刻铭，我题了数语。依现在的行情，价值最高的竹种，当属湘妃竹。这种竹已绝种，也不知产于何地，故其制成的竹器，一定是老件。古人有记，湘妃之竹，产于永州苍梧山的荒野之地。是否确为此竹，现也不得而知。苍梧斑竹，形固然略同，或是湘妃竹的变种，也未可知。

我收藏的一把古折扇，长约一尺二寸，竹皮微呈黄色，纹路似云朵，在涡旋的曲线中间还有些黑斑点，即世人称的湘妃竹也。看扇形和色泽，可知不是近代之物。但唐朝以前的扇，几乎都是圆形，翻遍咏扇之诗，没有咏折扇的。郭若虚在《图画见闻志》中记有："高丽国的使者来中国，有时用折叠扇作为私人手信。"《宋史·日本国传》中记载："端拱元年（988），进贡蝙蝠扇二把。"据此可知，折扇并非仅中国有。苏东坡曾描述高丽白松扇展开时有一尺多宽，折合时只有两指左右，黄庭坚写折扇诗时也以为高丽所产，可见东坡和庭坚都不知道折扇历来多出自日本。明朝永乐年间称折扇为撒扇，只有妓女才用，视为下贱之物。戴凯之在《竹谱》中说："篙堕竹，大如脚趾，初为笋时受虫咬，皮上如纹彩绣，极可爱。"我的折扇与其述颇为相似，但不敢肯定是因为被虫咬所致。王羲之有斑竹笔筒，称"裘钟"，世无匹敌之形容，即指此类之物。老的古物商说，湖南这种笔筒屈指可数，都在中兴名臣家中。其言虽不可全信，但就我所闻，仅知陶澍、何绍基两家而已。

记铜爨

【原文】

古物商得铜灶，以询于余。灶长二尺许，宽尺许，上有数孔，可以置釜，略似外国铁灶。余疑为古匈奴、吐蕃之物，非中土之制。后读《魏书・獠传》，云“铸钢为器，大口宽腹，名曰铜爨。既薄且轻，易于熟食”。观此既知此物为铜爨。复知外国器物，多循中国古法，今之飞机、潜艇、厚瓦、壁炉等，皆中国两千年前常用之物，而乡曲之士，反讶西国之新奇，伤中国之腐败，不亦冤乎！今之后生，苟能继先人之业，更加研究，实可雄立世界，无须他求。

孔子侍坐于鲁哀公，公赐桃与黍，孔子先食黍而后啖桃，左右皆掩口而笑，惯俗相反也。余因此而悟西人之食序，亦本于孔子。小节如此，其他之大者更不待言。列子曰：“华胥①之国无帅长，自然而已。其民无嗜欲，自然而已。都无所爱惜，都无所畏忌。”观此而知至离奇之无政府主义，列子之所发明者也。

【意译】

古物商收得一铜灶，拿来给我看。灶长约二尺，宽约一尺，上部有几个孔，可以置锅于其上，外观似外国的铁灶。我怀疑是古代匈奴或吐蕃之物，而非中原汉人所造。后来读《魏书・獠传》，有记载“铸铜为器，大口宽腹，名曰铜爨。既簿且轻，易于熟食”。才知此物称“铜爨”。也便知外国的器物，包括现在的飞机、潜艇、厚瓦、壁炉等等，多依中国两千年前制作日用品之原理也，反而如今的一些神思闭塞之士，惊讶于西方国家的新奇之物，痛贬中国之迂腐，岂不

① 华胥：上古时代传说中的人物，生下了伏羲和女娲。

冤枉乎！若国中后继之人，能承先人之业，更加钻研，雄立世界，实无须乞求他国也。

孔子曾在鲁哀公处侍教。有次鲁哀公赐给孔子桃子与黄米饭，孔子先吃饭而后吃桃，同席之人皆掩口偷笑，因不合惯俗。我后来想西方人吃东西的顺序不正源于孔子？小处如此，大处更不待言。道家的列子曾说："华胥国里无特别英明的人，谁人任责均可。人民也无特别的欲求，顺其自然即安。没有什么东西让他们特别爱惜，也没有什么东西让他们特别顾忌。"由此可知，被人视为离奇的无政府主义，发明权还是列子。

野　马

【原文】

余十岁时，乡中忽来猛兽[1]，二三成群，游于原野，伤死大儿无算。其形如马，故乡人谓之野马。豺狼乃常见之物，自可决其非是，其为何兽，不可得知。而兽迹之所至，不过二三十里，他处未之见也。两年之后，完全绝踪，绝踪原因亦不可晓，特记于此，以资动物学家之考究焉。

【意译】

我十岁时，乡中突然出没猛兽，二三成群，游于原野，咬伤咬死孩童无数。其外形似马，故乡人以野马称之。豺狼是常见的野兽，可确知其不是，但为何怪物，又辨识不出。猛兽出没的范围，也仅二三十里左右，再远也未见之。两年之后，自然绝迹，为何绝迹，尚无人知晓。特记此事，供动物学家以后考证。

---

① 杨钧生于1881年，十岁即1891年。"乡中"指湖南湘潭姜畲。

比 律

【原文】

余尝自谓七言律诗可成一格，试举集中诗题古人亦有者较之，自知作法稍异。李义山《野菊》诗云："苦竹园南椒坞边，微香冉冉泪涓涓。已悲节物为寒雁，忍委芳心与暮蝉。细路独来当此夕，清樽相伴省他年。紫云新苑移花处，不许霜栽近御筵。"义山为律诗圣手，不可妄议，但以余之所见，此诗起句，未失野字；第二句嫌松懈，不紧切；第三、第四太泛，与题无关，借寒雁暮蝉衬贴，不仅无味，而且合掌[①]；第五甚佳；第六则家菊也；第七、八心思卑鄙，无官可做，即发牢骚，殊失身分。

余之野菊诗云："冉冉孤荣伴野林，满山残落此堪寻。不从篱苑求知己，无奈风霜富杀心。荒径少过应寂寞，闲愁因汝费沉吟。可怜生长依时晚，粉蝶犹难为一临。"此诗第二句，有力透纸背之势，将野菊身分完全写出；三、四两句，则言布衣韦带之士，以傲公卿，而遭摧折，世无敬士之人；后半写野菊之神，而嗟其末运。两诗高下是否如余所言，明眼人自有定论。但余绝不为敷泛之词，则可自信也。重伯云："古人说话，不到尽头。"此语诚然，但可以论古诗，不可以言律体。杜子美咏物诗，亦贵刻核也。

【意译】

我曾自认己作之七言律诗，可独树一帜，拿古人诗集同题之作相比较，写法不尽雷同。如李商隐的《野菊》："苦竹园南椒坞边，微香冉冉泪涓涓。已悲节物为寒雁，忍委芳心与暮蝉。细路独来当此

① 合掌：诗病的一种，指对仗中意义相同的现象。

夕，清樽相伴省他年。紫云新苑移花处，不许霜栽近御筵。”李为律诗圣手，不可随心妄议，但在我看来，此诗的第一句，也就一个“野”字；第二句显得松懈，不紧凑；第三、第四句太空泛，与主题无关，用“寒雁”与“暮蝉”对应，不仅无味，而且合掌；第五句绝佳；第六句写家菊也；第七、第八句心思狭小，乃无官可做，发泄牢骚，有失身份之语。

我写“野菊”之诗：“冉冉孤荣伴野林，满山残落此堪寻。不从篱苑求知己，无奈风霜富杀心。荒径少过应寂寞，闲愁因汝费沉吟。可怜生长依时晚，粉蝶犹难为一临。”此诗第二句，有力透纸背之势，将野菊身份表露无遗；第三、第四句是讲述无官之身的读书之士，傲视权贵而饱受摧残之境；后半段则描野菊之神韵，而叹其之哀运。两诗高下是否如我所言，明眼人自有定论。而我绝非虚泛之词，因可自信也。曾广钧说：“古人喻事，总留余地。”此言固无误，但只能是指古体诗，不含律诗也。杜甫的咏物诗，乃入木三分矣。

卷六

论画家源流

【原文】

门人问曰："数千年来，画家林立，各成一体，为世楷模，究其师承，当有所自，总兹沿革，可得闻乎？"

余答曰："论画只可自唐始，唐以前作，实不可见，纵欲评议，亦系盲从，即可谓与千年来之画史无关，而与论字论诗稍异。唐以后之书家，固多取法于欧、虞、颜、柳，然写篆隶之人，时时间作，专言唐后，殊失本原。唐人之诗，无法不备，又有谪仙、诗圣，实可笼罩后人。然曹、陆、陶、谢之章，亦有字揣句摹之士。徒从唐始，亦觉未安。唐之画家，虽承古法，然宋元以后，除花鸟人物外，绝无追师汉魏六朝之人，故可与论字论诗稍异，而以唐为始也。

"唐之画法已有南北之分，李思训父子集北派之成，王摩诘为南宗之祖。然称画圣，尚在道玄，无物不精，故为第一。金碧辉煌，致细工丽者，谓之北派。破除钩勒，发以灵性，着色不尚浓厚，写物尤贵神机，浅绛淡赭之称，即南宗画法之相。元明已降，北派无人，故论唐以后画，又可重于南宗山水也。王摩诘诗思芊绵，别有神慧，故其画笔亦特玲珑。荆浩与关仝并称，董源与巨然齐辔，南宗极轨，数此四家，董氏尤为不祧之祖。

“赵令穰最工小景，赵伯驹特精楼阁，李成崛起，创写秋林，华原、范宽，喜摹冬景。时人议曰：李成之笔，近视如千里之远；范宽之笔，远望不离坐外。北宋画家，两人称绝。凡高瞰之人，尤爱冬雪，借摅怀抱，已绝尘氛，故山人多画雪也。营丘赝迹，已满当时，米南宫仅见二三，他可知矣。南宫作画，积点成图，自赞之词，谓免李成之俗。许道宁为李成弟子，当更不为南宫所许也。但曰：‘伯时[①]病右手，余始作画。’幸有公麟为营丘出气。友仁点法，略变父风，亦足成家，世称‘二米’。李公麟善用白描，郭河阳尤多变幻。燕文贵山水、人物均极工细，后世犹称曰‘燕家景致’。江贯道画宗北苑，豪迈过之。惠崇略似大年，晋卿几同千里。

“南渡以后，只四大家，李唐、刘松年、马远、夏珪是已。夏珪之作，前日尚于扇面见之，有骏马骄行之概。宋代之善山水者固不止此，钱选、赵幹皆其著者也。高克明、王士充、商训、王端、陈用志、黄怀玉、刘永、李隐、曹仁、庞崇穆、翟院深之流，亦复独步当时，各极其妙。盖前之所列，如诗家之数高、岑、王、孟，书家之颜、柳、欧、苏，后人之所共知，百世之所欣慕者尔。

“宋人作画，整练有余，虽其极意变通，犹未尽情超越。松雪破觚为圆，化板为活，闲情逸致，悉表毫端，无美不臻，无体不备。然后世纤秾之习，不得不谓为孟頫之所滥觞。此则学者不善取长，赵氏或能无过。

“王蒙乃赵氏之甥，师承有自，既宗摩诘，复杂董源，山似云头，笔参篆籀，尝出所制以示大痴，为增数笔，全章皆振。王蒙号黄鹤山樵，大痴则黄公望也。大痴画法，皴染无多，不蔓不枝，笔情松秀，炉火纯青之作，清朝画苑之宗，然与云林稍异。云林即懒瓒，懒

① 伯时：李公麟，字伯时，北宋著名画家，李成之师。

瓒即倪瓒也。惜墨如金，清光往复，喜用侧锋，以取姿媚，然凡骨换尽，所谓不食人间烟火者。云林有洁癖，宜其高洁若是。梅道人吴镇，独辟町畦，如瘦马追风，奔泉赴壑，凶犷之气，又复全无，不仅淋漓，斯为隽永，盛子昭终为推倒，实非偶然。房山学米，点势全横，润以烟岚，愈增深厚。云林题大痴画云：‘虽不能梦见房山，特有笔思。’论画之品，不问可知。方方壶、徐幼文，潇洒出尘；曹知白、陆天游，清标自喜；柯九思多闻多见，丘壑不凡。故论画者皆以元为枯淡，大体然也。

“然世人之论元画，独数赵子昂、吴镇、黄公望、王蒙为四大家，亦犹之明之妙手殊不乏人，而论者惟曰文、沈、仇、唐也。沈石田骨气嶒崚，有入木三分之概，非得仲圭衣钵者不能也。文徵明为石田弟子，几可齐肩，略似静逸，乃其笔性，故元季之吴，亦为明代不祧之祖。唐白虎以均秀之笔，写绵缈之思，活动轻灵，堪称才子。雅俗共赏之制，世人尤喜称之。仇十洲得自天生，成兹绝技，不得不谓为旷代异才。

“吾邑张乌石，铁匠也，诗足成家；齐白石，木匠也，刻印盖世，皆有不朽之业。以惭顽懦之人，亦今之十洲[①]也。

“董思翁妙笔清思，异常华贵，源出董、巨，参以大痴，墨气鲜莹，古今第一，不仅为‘九友’之冠，更为三百年来画家领袖焉。（董其昌、王时敏、王鉴、李流芳、杨文骢、程嘉燧、张学曾、卞文瑜、邵弥谓之‘九友’。）倪文正笔有锋芒，诚为峭拔，故局势开张而未宏博，亦势之所必然，幸无小家挑剔之敝。李流芳愈为急仄，气度更小，然一种健笔凌云之概，觉令人欣赏不置，秦祖永谓为裂石分云，其言是也。

---

① 十洲：仇英，号十洲，时代绘画大师，早年为漆工。

“王绂、杨文骢、张瑞图，规模较大，气亦充沛，黄道周乃可与匹，王觉斯拟亦于伦。穆倩、孟阳，虽为小构，亦别有风趣。穆倩善金石，自异于流俗也。钱牧斋谓明季诗人孟阳第一，画之略逊，亦可恕之。

“胡元润意在云林，唐志契似宗白石，宋比玉雅洁宜人，萧尺木整细可法。至于邹衣白之冷僻，韩冶人之荒奇，又一格也。

“石涛、石谿，人称‘二石’。王石谷云：‘江南画家，石涛第一。’准斯评议，似过石谿。细意推求，石谿多圆笔，石涛多侧锋，以胸次言之，石涛或较高也。石涛作画，如秦皇、汉武之开边，辟人迹未周之境，所谓有凿空之奇者，卢仝、刘叉之诗，堪以为喻。然学之不善，易涉野洫，流弊实较诸家多也。

“蓝田叔放笔骋气，力能扛鼎，未免倔强，故鲜韵味。傅青主去其粗犷，加以排宕，然每失之率略。祁止祥、程青溪在田叔、青主之间，笔虽健放，终嫌木讷。陈眉公有雅士致，吴梅村无丈夫气，宋牧仲弱不禁风，朱竹垞具体而微，然作画盖其余力，自有立足之地。高江村则在鉴赏也。

“梅瞿山别具风裁，平矜释躁，而才华内蕴，不作惊人之势，惊人之处正多，山野中之华贵者。汪之瑞、戴本孝，则略嫌枯槁矣，故逸韵不可过求。查士标、姜实节，人尚议其松懈荒率，而况渐江乎！刘完庵、宋石门、卞润甫、邵瓜畴，亦俱求逸者，虽乏新奇，尚能整饬。法若真稍为舒适，笪重光又加跌宕。八大山人逸中之逸，墨淡而气厚，不可拟之凿空，颇似同于探险，画中之狂者也。

“龚半千雄伟可惊，墨华似漆，然多以有墨无笔讥之者。余藏其晚年所写《隐居图》，墨气不若平日之浓，笔力颇似昆吾之铁。沉郁是其特长，若再加以纵横排奡，则石涛、田叔均拜下风矣。此翁已自谓前无古人，后无来者，‘金陵八家’之推首屈，固无疑也。（龚贤、樊圻、高岑、邹哲、吴宏、叶欣、胡造、谢荪谓之‘金陵八家’。)

“李竹懒触北苑之篱，罗饭牛为江西之祖，观其墨法，亦觉可师，体大而纯，又其长处。赵左、张风、恽向、张学曾、方亨咸、项圣谟、黄向坚、徐枋、沈士充、米万钟之类，皆平稳之作，亦足传世。而吴山涛之流，不履不衫，风流自赏，世谓之文人画，亦为鉴家所珍。

“夫画格大备于元明，奇才实生于两代，已如观海，不必他求。何元朗尝言：‘画当自元始’，其见正与余同。余性尤喜明末人，多性灵而少习气也。

“逮夫有清，大抵皆守成之制，无创新之能，‘四王’、吴、恽，一代大家，石谷谓之‘画圣’，南田号曰‘天仙’，亦不过升大痴之堂，入思翁之室。所谓‘四王’、吴、恽，乃王烟客时敏、王圆照鉴、王石谷翚、王麓台原祁、吴渔山历、恽南田寿平，声名赫弈，人共所知，亦为详叙，以便初学。六人画格虽大同小异，究其特性，实有专长。烟客之苍莽，圆照之韶秀，石谷之宏博，麓台之稳练，渔山之雄厚，均不易得之境。南田翁秀骨天成，纤尘不染，尤属难能者尔。

“董邦达，方士庶守‘四王’之成规，称画苑之后劲。方画有‘偶然拾得’四字墨印者，自赏之作也。黄溱为士庶弟子，纯洁可观，余藏二幅，梦楼题一，谓为近绍‘三王’，远宗北苑。彼时未将麓台列入，故曰‘三王’。麓台自视甚高，谓笔有金钢杵，余则嫌其板滞破碎，不甚欣慕，‘三王’自可并峙也。

“杨晋、黄鼎、张宗苍、钱维城、黄均、董诰之属，亦复不逾宗法，继美前贤，而王宸、王昱、王玖、王敬铭，更为世许，称‘小四王’矣。此外则以‘扬州八怪’为最著。然作山水者，只金农、华嵒、罗聘、高翔、黄慎五人，其余李鱓、汪士慎、杨法三人，多写竹石花果，山水殊不易见。

“金农极富野性，颇为乖僻，故其所作，亦觉戛然，用拙劲之笔，取孤矫之趣，非可悦目，乃足惊心，以俗语评之，则曰古怪。华嵒堪称妙绝，罗聘不愧离奇，然皆不免江湖游士之习，其他更无论矣。高凤翰以左笔见奇、高其佩以指头出色，不遵恒轨，亦世所难。李世倬为其佩之甥，宜其名世。尚有人物花卉专长，山水亦精到者，明之丁云鹏、徐文长、陆包山，清之陈洪绶、禹之鼎、闵贞是也。又有金石名世，而画亦珍者，如丁敬、黄易、伊秉绶、陈鸿寿、奚冈、赵之琛之类，究其学力，亦殊深厚，非徒以金石见重也。近之鉴家，忽举黄易、奚冈，加入汤贻汾、戴熙，谓之‘奚黄汤戴’。四人之作，所见甚多，品格当推黄易，工丽则让戴熙，奚冈非无逸趣，略有拖泥带水之嫌，汤贻汾较为鲜粹耳。

“近世之张之万、张宜尊，格律虽备，略病单薄。子清独摹醇士，专求秀润者。吴荷屋、吴清卿则攻金石而兼及绘事，自不可与子青、少伯同日论也。

“前所列者之外，尚有为世所知者，米汉雯、焦秉贞、张宏、孙逸、张洽、钱杜、王学浩、朱鹤年、励宗万、潘恭寿、程鸣、张崟、王溥、冷枚、毕涵、汪恭、秦仪、达受等，规模具在，不失师承，今求真迹，已觉匪易，而况等于奇宝者乎！

“自唐迄今，名家叠出，所学不同，手性亦异，或健或弱，或厚或薄，或粗或秀，或润或枯，或繁或简，或急或缓，或尖或秃，或浓或淡，派别以分，格局自异。王世贞曰：‘昔之鉴家分为三品：曰神，曰妙，曰能。唐朱景真撰《唐贤画录》，三品之外，更增逸品。其后黄休复作《益州名画记》，乃以逸品为先，而神、妙、能次之。景真虽云逸格不拘常法，用表贤愚，然逸之高，岂得附于三品之末？未若休复首推之为当也。至徽宗皇帝，专尚法度，乃以神、逸、妙、能为次。’云云。

“夫画为最高之艺，自非率尔操觚者所能。古之专家，莫不终日孜孜，寝食俱废，细推物理，曲尽形容，始得谓之能品，故能品为画中之正轨。又能于正轨之中，逍遥自在，然后谓之神品也。至于妙品，乃手灵者所偶得，逸品为意远者所流露，且二者皆不囿于理法，固不及能、神之难，必欲置逸品于能、神之上，实为未当。譬诸人然，布衣草笠，本可以傲公卿，然庙堂之中，鼎彝为适，泥缸瓦钵，不合体裁。又如韦应物诗，非不超逸玄妙，然必欲置之李、杜之上，势亦未能。余少时学孟东野诗，即得‘一月照茅屋，一人吟秋山’两句，湘绮先生批曰：‘如此逼真孟东野，此等派不必学，偶然有合，非真功力。’云云。所谓性灵发动，随手拈来，诚不必工深力邃也。逸画之由，亦复如此，安足使能、神者俯首耶？且逸者未必兼能，能者或可兼逸。冬心学画，年逾五十，读画正多，又精写字，以字为画，事半功倍，之成逸品，理所当然。但欲如石谷之精微周致，恐非力之所逮，而石谷摹柯敬仲作，南田谓为青出，是冬心之所能，石谷能之也。

“余之论画，首重功力，功力固在画中，求之当于画外。昔人云：‘其为人也多文，虽有不晓画者寡矣；其为人也无文，虽有晓画者寡矣，故不读书者不足以学画，欲学画必须先读书也。今则识不辨乎周、孔，言无当于六经，而染翰挥毫，恬然自得，是余之所耻，愿后生学画者，亦知所以耻之也。

“观画虽易于作画，然亦非不读书者所能，故赏鉴亦克留名也。千年以来，惟米元章、董玄宰、张青父、朱卧庵、孙北海、傅青主、高江村、谢林村、陆润之、吴荷屋数人，可称巨眼。数人学力，人所共知，笔墨艰难，己身遍历，人之深浅，一见自知。不善博者不可与言博，不善弈者不可与言弈，自然之理，无待多辨。今则真赝未分，是非满口，亦余之所耻，愿后生观画者，亦知所以耻之也。”

【意译】

我的学生问：几千年来，绘画的名家无数，各成一体，为同行的标杆，探其师承，各有所依，但总的脉络流派，究竟如何？

我以为：论画，只可从唐代开始，唐以前的作品，根本就难寻，即便评议，也只是盲目跟风，可以说与近千年的画史无关。这与书法，与诗歌略有区别。唐代以后的书法家，固然多半传承于欧阳询、虞世南、颜真卿、柳公权，但如果是写篆、隶的人，时时笔耕，就能知唐朝以后，有失本源了。唐人的诗，格律齐备，有李白、杜甫在上，后人实难超越。然唐前的曹丕、陆机、陶渊明、谢公义之诗篇，也有人揣字摹句式地效仿。如只从唐代算起，实有不妥。唐代的画家，虽然也继承古人，但宋代元代以后，除了花鸟人物，绝没人再去学汉魏六朝的画风，所以画与书、诗稍有不同，可以唐代为起始也。

唐代的画法已有南北之分，李思训父子集北派之大成，王维为南派之祖。但可称画圣的，还数吴道子，无物不精致，堪为第一。北派的特点是：画面金碧辉煌，华丽工细。南派的特点是：破除勾勒之禁，焕发灵性，着色清淡，写生重在神韵。元代至明代，北派之宗无人接棒，故若论这一时期，重在南派山水画也。王维的诗，细腻而别有神韵，故其画笔也特别玲珑有致。荆浩与关仝并驱，董源和巨然齐美，南派的代表，数此四家，尤其董源，更为彰显。

赵令穰的小景画最细腻，赵伯驹画亭台楼阁极精致，从李成开始，写意秋色林原，华原、范宽喜欢描绘冬景。当时的人评论：李成的画，近看如隔千里之远；范宽的画，远看如同就在眼前。在北宋画坛，两人称绝。凡高洁之人，尤爱冬雪，借景抒怀，超脱俗气，故隐士高人多画雪也。李成的赝品，当时满世横行，米芾只看了其中两三幅，便认为可想而知矣。米芾绘画，积点成图，自赞无李成之俗气。

许道宁是李成的弟子，就更不被其许可。但米芾还是说过：“李公麟的右手不行了，我才敢出来画画。”所幸，尚有公麟为李成出气。米芾的长子友仁，其积点法略与父不同，也足以自成一家，史称“二米”。李公麟善用白描，郭河阳多于变幻。燕文贵的山水画人物画均精细，后世称之为“燕家景致”。江贯道承传了董源的画风，甚至更显豪迈。惠崇的画接近赵令穰，王诜的画与赵伯驹近似。

南宋时期，主要是四大家，李唐、刘松年、马远、夏珪。夏珪的画，我不久前还看到一幅扇面，写骏马昂步之纵态。当然，宋代善画山水者远不止这几人，钱选、赵幹都是高手。高克明、王士元、商训、王端、陈用志、黄怀玉、刘永、李隐、曹仁、庞崇穆、翟院深之流，在当时也各显其妙，独树一帜。上列诸家，与诗家之尊，如高适、岑参、王维、孟浩然；同书家之极，如颜真卿、柳公权、欧阳询、苏东坡，都为后人所共知，供百世所敬慕也。

宋代画家，工整有余，虽然也很想变通求活，但始终未做到尽情宣意。而赵孟頫却化棱角为圆顺，变刻板为灵活，闲情逸致悉呈笔端，尽善尽美秋毫毕现。只是后世夸张之习性，不能不说起源于孟頫也。然此属学者自己不善于取人之长，不能说是孟頫之过矣。

王蒙是赵孟頫的外甥，自然师承有序，他既学王维，又参修董源，画山似云叠，笔触有篆书，曾拿其作品展示给大痴看，大痴增添几笔，便如画龙点睛。王蒙号黄鹤山樵，大痴乃黄公望也。大痴的画法，皴染并不多，牵藤缠枝也少，笔调明秀，炉火纯青，占清朝画苑之首。但云林与之不同，云林即是懒瓒，懒瓒即倪瓒也。其惜墨如金，且喜欢用侧锋，以取柔媚之姿，有身无凡骨，不食人间烟火之态。云林有洁癖，也有助其画取高洁之趣。元代人吴镇，独辟天地，他的画如瘦马追风，既勇往直前，义无反顾，又并无凶猛之势，不仅舒畅，而且隽永，在人望上终超盛子昭，绝非偶然。高克恭，号房山，画学米芾，以横代点，以烟雾状润泽，更显深厚。云林在大痴的画上题：“虽不能梦见房山，却有笔似。”若问房山之画的品位，不言可知。方方壶、徐幼文，远离凡俗；曹知白、陆天游，清高自喜；柯九思见多识广，深刻不凡。评画人对元代总的印象是画面较为枯淡。

世人评元代画家，独将赵子昂、吴镇、黄公望、王蒙列为四大家，评明代也如此，虽画坛妙手不乏高人，但听者只闻沈、文、唐、仇。沈周的画骨气逼人，有入木三分之气概，承吴镇衣钵者非其莫属也。文徵明为沈周的弟子，其画可与沈并肩而立，笔性看似更加静雅闲逸。故元代吴镇，也可以说是明代画人的开山鼻祖。唐白虎以瘦秀之笔，绘缥缈之境，思动轻灵，堪称才子，雅俗共赏之态，尤为世人称赞。仇英绝技有如天授，不得不称之为旷世奇才。

我家乡的张登寿，一铁匠也，诗足成家；另一同乡，齐白石，一木匠也，治印可横行天下。二者都建有不朽之业，可羞折顽懦之人，乃今世之仇英也。

董其昌妙笔境清，高贵无比，学自董源、巨然，参悟黄公望，墨色鲜莹，古今第一，不仅为“九友”之首，更是三百年来画界之领袖。（董其昌、王时敏、王鑑、李流芳、杨文骢、程嘉燧、张学曾、卞文瑜、邵弥，称之为画坛“九友”。）倪元璐笔含锋芒，偏于峭拔，故布局虽开但不广博，由其势所定矣，好在并无小气挑剔之敝。李流芳则显得更加逼仄，气度更小，但有一种锋指凌云之态，也让人欣赏不已，秦祖永说有裂石分云之气概，此言不虚。

王绂、杨文骢、张瑞图三人的画，格局较大，气势也足，黄道周可与匹敌，王铎应也归于此类。穆倩、孟阳，构图虽小，但别有风趣，穆倩擅长金石，有异于同流，钱牧斋评明代诗人孟阳可列第一，画却略逊，此理也说得过去。

胡元润着意跟仿倪云林的画风，唐志契则似师效沈周，宋珏的画雅洁宜人，萧尺木的工整有序。至于邹衣白的冷僻，韩治人的荒诞，又有别具一格的韵意。

石涛与石谿，人称“二石”。王石谷说：“江南画家，石涛第一。”按这种评价，似乎石涛略高石谿。仔细推究，石谿多圆笔，石涛多侧锋，从格局来看，石涛或许较高一些。石涛作画，像秦皇、汉武开疆辟境，直拓无人之地，仿如卢仝、刘叉诗中之喻，可闻凿空之声。但后人若学之不当，易入歧途，弊端又较其他门派为多。

蓝瑛的画意气风发，力能扛鼎，只是过于固执，缺乏韵味。傅山则避其粗犷，更显奔放，却常常失于简率。祁止祥、程青溪处在蓝瑛和傅山之间，笔虽稳健，略偏木讷。陈眉公仅雅士格调，吴梅村缺丈夫气概，宋牧仲弱不禁风，朱彝尊过细而微。但他们的画都尽毕生之力，自有立足之地。高江村的长处则重在赏鉴。

梅清的画别具风韵，矜持不躁，而才华内敛，不作惊人之势，反而让人惊异之处甚多，可谓山野之中显华贵也。汪之瑞、戴本孝，就略露枯槁矣，可见逸味之求不能过度。查士标、姜实节，人都议其画松懈草率，更不用说弘仁，只有过之而无不及。刘完庵、宋石门、卞润甫、邵瓜畴，都是画中求“逸”之人，虽缺新颖，但不乏完整。法若真之作显得舒畅，笪重光又添变幻。朱耷乃逸中之逸者，墨淡而气厚，不能说是凿空，更像是探险，画中之狂圣也。

龚贤的画无比雄伟，墨莹如漆，也有人讥讽他有墨无笔。我藏有其晚年作品《隐居图》，墨气没有平时浓，笔力如利剑之刃。气氛抑郁是其特色，若再加上些矫健奔放，无拘无束，则石涛、蓝瑛也要甘拜下风。此人已自称前无古人，后无来者，“金陵八家”推其为首，并非虚妄也。（龚贤、樊圻、高岑、邹哲、吴宏、叶欣、胡造、谢荪，并称“金陵八家”。）

李竹懒的画风已极接近董源，罗饭牛可称为江西画派的开山之祖，看他用墨，可学甚多，面大而纯，是其长处。赵左、张风、恽向、张学曾、方享咸、项圣谟、黄向坚、徐枋、沈士充、米万钟之类，作品不失不过，也足可传世。而吴山涛之流，风格不伦不类，风流自赏，世人称之为文人画，尚为鉴赏家所珍藏。

在我看来，画的大格局在元、明时期已经形成，奇才画圣在这两代频生辈出，势如观潮，无须他求。何元朗曾说："画当自元始"，其见解与我极合。我生性特别偏喜明末人，多灵性而少习气也。

至于清代，画家大都墨守成规，无创新之能。"四王"、吴、恽，史称"清六家"，其中王翚为"画圣"，恽寿平为"天仙"，也不过步黄公望、董其昌之后尘。所谓"四王"、吴、恽，声名显赫，世所共知，耳熟能详，初学者众。六人风格虽大同小异，细究其特性，实各有专长。王时敏偏苍莽，王鉴偏韶秀，王翚偏宏博，王原祁偏稳练，吴历偏雄厚，都已自成非凡之境界也。恽寿平秀骨天成，纤尘不染，更属难能可贵者。

董邦达、方士庶严守"四王"的画风，被视为画坛的后起中坚。方的画上，有的盖有"偶然拾得"之墨印，是其自赏之作也。黄溱为方的弟子，画面明洁可观，我藏有他的两幅画，其中一幅有王文治的题跋，称他近承"三王"之风，远得董源之韵。那时还未将王原祁列为"王"，故说"三王"。原祁自视甚高，称笔有金刚杵，我不以为然，嫌其呆板破碎。"三王"倒可并肩也。

杨晋、黄鼎、张宗苍、钱维城、黄均、董诰之流，绘画谨守宗法，继承前贤，而王宸、王昱、王玖、王敬铭，则更为世人所赞许，被称为"小四王"矣。此外，要数"扬州八怪"最为显赫，而其中能画山水的，仅金农、华喦、罗聘、高翔、黄慎五人而已，其余李觯、汪士慎、杨法三人，多绘竹石花果，山水画难得一见。

金农的野性十足，性情乖僻，故他的作品，常让人诧异，用笔实拙，取趣孤傲，不一定好看，但足让人惊心，通俗言之，称为古怪。华嵒则堪称绝妙，罗聘画风虽颇显离奇，但多少染有江湖游士之习，其他便不足而论矣。高凤翰善用左笔、高其佩能用手指，不遵常规，也算独技。李世倬是高其佩的外甥，可继其名。有人善绘人物花卉，山水画也同样精到了得，如明代的丁云鹏、徐之长、陆包山，清代的陈洪绶、禹之鼎、闵贞等。又有人金石盛名，画也可珍，如丁敬、黄易、伊秉绶、陈鸿寿、奚冈、赵之琛等，这些人学识深厚，金石仅是其一技也。近来的鉴赏家，忽然将黄易、奚冈，和汤贻汾、戴熙列举在一起，并称为“奚黄汤戴”。四个人的作品，平时看得不少，格调首推黄易，华丽数戴熙第一，奚冈有逸趣，但略显拖泥带水，汤贻汾则较为鲜活纯粹。

近代的张之万、张宜尊，画规具备，但显单薄。子清专学戴熙，以求画面秀润。吴荷屋、吴清卿则以金石为主兼及绘画，自然不可与子清、少伯同日而语。

前面所列之外，还有其他为世所知的画家，如米汉雯、焦秉贞、张宏、孙逸、张洽、钱杜、王学浩、朱鹤年、励宗万、潘恭寿、程鸣、张崟、王溥、冷枚、毕涵、汪恭、秦仪、达受等，这些人格局俱在，不失师承，但如今求一般的原作已很难，何况他们这些如同珍宝之物矣。

从唐代至今，画界名家辈出，门派不同，手性各异，格局纷呈，或强或弱，或厚或薄，或粗或秀，或润或枯，或繁或简，或急或缓，或尖或秃，或浓或淡。王世贞曾述：“以前鉴赏家将画分为三等：一神品，二妙品，三能品。唐代朱景真编的《唐贤画录》，在三等之外，增添‘逸品’。之后黄休复撰《益州名画记》，排逸品第一，而神、妙、能，依次次之。朱景真说逸品是不拘常规所作，主要是表达贤朴之境，但‘逸’的格调既高，又怎么能居三等之后，属末品呢？应如黄休复所分，首推‘逸品’方为妥当也。到徽宗皇帝那里，他对等级之分，尤为有心，其以神、逸、妙、能四品从高至低，依次排之。”云云。

绘画是艺技的最高形式，绝非偶尔为之的人所能精通。古之画家，无一不是终日孜孜不倦，废寝忘食，细揣物态，竭心描绘，方可得“能品”也，所以“能品”可谓画中之正品。在正品之中，能笔随心至，神随韵出，可算为“神品”。至于“妙品”，乃技高者之偶得，至于“逸品”，更为意高者之闪念也，二者都不拘泥于画理，故并不比“能品”“神品”更难，如定要置于二者之上，并不妥当。众人以为，布衣斗笠，也可傲旋于达官贵族，殊不知，深宅华庭，重鼎贵觚才相宜，泥缸瓦钵，氛围毕竟不适。又比如唐代韦应物的诗，自也妙逸，但一定要说超然在李白、杜甫之上，也显过于强求。我年少时学仿孟郊的诗，偶得两句“一月照茅屋，一人吟秋山”，王闿运老师批阅：“如此轻易便可逼真孟郊，证明此诗派不必学，偶然有合，也非真功夫。”云云。所谓性灵萌动，信手拈来，此不必功力深厚也。“逸品”画之来由，也即如此，你让“能品”“神品”之作怎能心服？而且“逸”并不必须“能”，当然，“能”者或可“逸”。金农学画时，已年逾五十，阅画无数，又精于书法，以字为画，事半功倍，逸品频出，乃顺理成章。但要他的画像王翚一样精微周细，恐怕也力所不能及，而王翚临摹柯敬仲的画，恽寿田评说为青出于蓝，故金农的画技之“能”，王翚也有矣。

我评画，首先看功力，功力固然在画中体现，但修炼却在画外。古人说：如有文才，不会有多少画看不懂；如无文才，不会有几张画能看懂。故不读书者不足以学画，想学画者必须先读书也。而今则所知分不出周孔，所言讲不出六经，却挥毫泼墨，恬然自得，我以为耻，愿后辈学画者，也知此为耻。

赏画虽比绘画容易，但也不是不读书的人能做的事，所以赏鉴也留其名也。近千年来，也只有米芾、董其昌、张青父、朱卧庵、孙北海、傅青主、高江村、谢林村、陆润之、吴荷屋几个人，可称为巨眼。这几人学识之深厚，人所共知。与人相遇，笔墨艰辛，身经历练，处世深浅，一见即晓，知识不广博的人不可与之探究广博之事，不善于下棋的人不可与之研讨下棋之艺，这是无须多言的自然之理。而今则真品赝品尚未能区分，已满口是非曲直，我深以为耻，愿后辈赏画者，也深知此为耻。

纪　题

【原文】

余继室道昭，为尹和白先生之中女，草虫花卉，能承家学，得力于宋元人者深，恽冰[①]不及也。惟性情乖悍，不宜室家，使我半生日居苦海，不为容甫，终作孝标，境之惨者也。幸其画法可以传世，美长恶短，余亦慰焉。昔临赵子昂马卷，夏午贻一见叫绝，请王湘绮先生题之，题云："赵子昂马图真迹，藏尹和白家，其女道昭临一本，及嫁，携归杨氏。夫钧，字重子，亦多艺，好书画，偶出示客，众皆称赏，余获见，为题一绝句：'绝漠胡儿堕马时，八蹄如鸟共飙驰。从容揽辔还清跸，却忆荣公受主知。'"（荣仲华扈从文宗，马佚，自后迎佚马，揽辔以还，以此受知，三年至一品。）午贻题"逐飞图"三字，并题二绝句云："百战胡奴绝幕驰，蠮螉塞上割飞迟。须臾堕地还惊起，却笑三公是汉儿。""球场草长雉媒骄，独坐空堂梦射雕。

① 恽冰：清代著名女画家。

忽见风沙眼前起，始惊骑步不如曹。”今则湘绮逝世，妇亦云亡，惟午贻及余尚在，不免风烛之感。

午贻昔赠七律诗云：“湘上词人属阿连，行年十七有诗篇。芳兰久别成相忆，玉树重逢更皎然。茅屋昔吟孤月照（重子诗有‘一月照茅屋，一人吟秋山’大为湘绮师所赏），扶桑经见几人仙。阿兄忧国成头白，何似才名四海传。”迄今二十余年矣！其时张乌石、陈完夫皆以诗鸣，日相唱和。完夫为桂阳陈隽丞中丞之十一子，湘绮门人，诗文在晋、宋之间，清丽雅饬，有《隐庵诗集》行世。其没也，湘绮有“经史词章得替人”之诔词。湘绮酬答之什，多其手笔，他人不能混也。然不求名，知者甚少，故近世选诗之人均未采及，真可谓之遗珠。惟气力稍弱，不得谓为大家，尝学卢仝《月食》而为《冬雷》篇，已费九牛二虎之力。非有辟易万人之概者，不足以学卢仝，固非完夫之所能也。

余少时读张若虚《春江花月夜》，羡而妒之，欲再作一篇，与之竟秀，二十余年不敢下笔。独居草堂之时，忽然兴发，已成一半，旋即搁笔，以无警策可以胜张若虚也。月白更深，解衣就枕，不复再思，而若寐若醒之时，神机顿触，得“隔水隔花非隔夜，分身分地不分光”两句，起而书之，且自语曰；“压倒张若虚矣”。此题之难，在“春江花月夜”五字不易融成一片，强拉蛮扯，已觉匪易，而况自然凑合，不费力乎！此十四字真所谓天衣无缝，是神力而非人功，张乌石谓为一字万金，非虚夸也。且尝笑曰：“我欲学宋之问杀人夺诗，公知之乎？”余为之大骇。乌石幸学孟郊，非其类也，然而险矣。曾重伯尤爱此两句，尝谓余曰：“古人无此组织，当享专利权。”后曾为诗，摹其句法，友人告我，我始知之，直以问曾，彼认不讳，虚心之士也。

【意译】

我的继室尹道昭，是尹金阳先生的二女儿，画草虫花卉，承传其父，又深受宋代元代人的影响，其功力，恽冰尚不能及。只是性情偏执强悍，不宜为家室，以至我半生时日如渡苦海，堪比古时容甫、孝标，境遇惨矣。值得庆幸的是，其画足可传世，功高于过，我也感觉心慰。曾临有一幅赵孟頫的奔马图，夏寿田一见，为之叫绝，请王闿运题记，先生留墨："赵孟頫奔马图真迹，收藏在尹金阳家，其女道昭临摹一幅，后出嫁，临品携归至夫家。其夫杨钧，字重子，多才艺，喜书画，偶将此画示客，众皆称赏，我见后，欣题一绝句：'绝漠胡儿堕马时，八蹄如鸟共飙驰。从容揽辔还清跸，却忆荣公受主知。'"（荣仲华是文宗皇帝的随从，出行逢文宗的马惊逃，从后追驯，后持缰还马归主，以此开始受皇上知遇之恩，三年之内，官升至一品。）夏寿田在画上题"逐飞图"三个字，并题二绝句："百战胡奴绝幕驰，蠮螉塞上割飞迟。须臾堕地还惊起，却笑三公是汉儿。""球场草长雉媒骄，独坐空堂梦射雕。忽见风沙眼前起，始惊骑步不如曹。"现闿运先生已逝，我妻也亡，只有寿田和我尚在，不免有风烛残年之感。

夏寿田往日曾赠我一首七律诗："湘上词人属阿连，行年十七有诗篇。芳兰久别成相忆，玉树重逢更皎然。茅屋昔吟孤月照，（杨钧写过首诗，中有'一月照茅屋，一人吟秋山'，王闿运极为欣赏。）扶桑经见几人仙。阿兄忧国成头白，何似才名四海传。"距今已二十多年矣！那时张登寿、陈完夫诗兴正浓，日唱夜和。完夫是桂阳御史官陈隽丞的第十一个儿子，闿运的弟子，诗文风格在晋、宋之间，清丽素雅，出版过《隐庵诗集》。去世时，闿运有悼词"经史词章得替人"。平时闿运应酬互答繁杂，多由完夫代笔，他人难以胜任。且不求名声，知道他的人很少，故近代选诗汇集均没采刊其作，遗珠在野矣。只是气势稍欠，难入大家之列，曾仿卢仝的《月食》而作了一首《冬雷》篇，费了九牛二虎之力。非有一夫当关、万夫莫开的气概，不足以学卢仝，实超出完夫能力之外也。

我年轻时读若虚的《春江花月夜》，羡慕而妒忌，只想再作一首，与之一较高低，却二十多年未敢下笔。独居草堂时，突然兴起，一半已出，又瞬而搁笔，自感未可超出张若虚也。月夜更深，解衣就寝，不再他想，然似睡非睡之中，灵光一显，得一句"隔水隔花非隔夜，分身分地不分光"。忙起身而书，边书边自语："终压倒张若虚矣。"此作难处在于，"春江花月夜"五个字不容易融合成浑然一体，强拉蛮扯，都觉艰难，何况自然天成，怎不费力？这十四个字真可称天衣无缝，乃天赐而非人为！张登寿说是字字值千金，并非虚夸也。他且笑言："你可知，我都想学宋之问杀人夺诗了。"我听了大骇。登寿幸好学的是孟郊风格，与此不同一类，否则危险矣。曾广钧尤其喜欢这一句，对我说："古人从没如此句式，可享专利权。"后来广钧作诗，有仿此句法的，朋友告诉我后我才知道，便问广钧，他供认不讳，乃虚心之人也。

记　砚

【原文】

砚之品类虽多，大抵不外端、歙、洮三种，此外非石而为砚者，则澄泥砚、木砚、铁砚数种。澄泥佳者，尚在端石之上，南阜所制，人争宝之。木砚则知之者少，且不多见。李梅庵一方，大如碟子，以入行箧，轻便异常。族人持小者见赠，云得自宁乡某达官家，初有玉匣，为后人割卖，其非凡物，不问可知。乃洗涤而秘藏之，虽无玉匣，得我以彰，亦砚之幸。晋傅玄《砚赋》云："木贵其能软，石美其润坚。”陈眉公有松皮砚。然则木砚之制，已在古代，后世无以制木砚著者。此砚为何时物，未可知也。昔得小澄泥砚，极为精雅，李文恭公所旧藏，最为何蝯叟、杨海琴所赏者。端石之绿色、紫色者，皆为上品。余藏绿端砚，质坚如玉。紫端砚则唐伯虎乞诸石田翁者，唐题外，有“石田石友”四字，全身剥落若虫食，形极古茂，一见而知为宋坑。又一小砚，有许子祥题记，笔法秀隽，不愧名手，石亦细润无匹，烈日之下，呵之成滴。尚一大端砚整洁异常，得之贺耦耕先生者，亦名品也。

【意译】

砚的品种虽然多，石类大抵可归为端砚、歙砚和洮砚三种，非石类则有澄泥砚、木砚、铁砚等。上佳的澄泥砚胜过端砚，产于山西南部，世人争藏之。知道木砚的人不多，而且也不多见。李瑞清有一方，碟子大小，放于行囊，轻便异常。亲戚赠了我一方小的，说是从宁乡一官家所得，初时还配有玉盒，后被人分割卖去，一看便知乃非凡之物。洗涤干净后秘藏，虽没玉匣，但经我一镶饰，此砚复而可观也。晋代傅玄在《砚赋》中说：“木砚贵在其绵软，石砚贵在其润坚。”陈继儒有一方松皮砚。但木砚都是古代制作，后世已无再制之人。我藏的这方是何年代出，已未知矣。以前得到一方小的澄泥砚，极其精致典雅，何绍基、杨海琴曾赞赏不已，为李文恭的旧藏物。端砚以绿色、紫色为上品。我藏的一块绿端砚，质坚如玉。而藏有的一方紫端砚，则是当年由唐寅向沈周求得，刻有伯虎的题字“石田石友”，砚通体剥落，宛若虫食，形状古茂，一见即知是宋代遗坑。尚有一小砚，上有许子祥的题记，笔法隽秀，不愧出自名家之手，石质也细润无比，烈日之下，向面呵气则水滴出。另有一方大端砚，异常整洁，从贺耦耕先生处得，也属名品。

感 叶

【原文】

叶梦得[①]《岩下放言》曰："山中有竹数千竿，皆余屡岁所手植，初不过数十竿耳，观之既久，不觉成林，无一处不森茂可喜，尝自戏：'善种竹无如余者。'顷过吴江，以语王份秀才，份云：'竹殊易种，但得肥地，尽去瓦砾荆棘，频以水沃，无不可活。然美观则可，如欲为用，不如瘦瘠地或崖谷间自生者，其质坚实而肉厚，断之如金石，以为椽[②]，常竹十岁一易者，此倍之。'吾居前后多竹椽，既归，一一验之，无不如其言，乃知余三十年种竹，未尝得真竹。"云云。此种小记，人多忽视，以为无关宏旨，然好学之士见之，未尝不涔然汗下。叶氏之所种不得谓为非竹，数千竿不得谓为不多，三十年不得谓为不久，而竟不能得一真竹，何耶？倘不遇王份，尚不知己所种者非真竹，仍孜孜以营万竿、数万竿之谬竹，岂不冤乎？

学问之道亦复如此，苟不得其道，虽穷年白首，仍立于门墙之外，不足以登大雅之堂；一得师友，即乘风破浪，逍遥乎无垠之域。故少而闻乎道者，必不至如叶氏之种三十年谬竹；晚而闻乎道者，亦可如叶氏之不再孜孜以营万竿、数万竿之谬竹，且能抛弃三十年前之谬，而求三十年后之真。虽然，叶之真与谬，皆决之于王份，若王份之言为非真，则叶氏必谬而又谬，故求学者又在能认王份之真与谬也。

【意译】

叶梦得在《岩下放言》中写道："山中有竹几千枝，都是我历年

① 叶梦得：宋代著名词人。

② 椽：架在屋顶的横梁。

来亲手种植的，最初不过数十枝，看着看着增多，不知不觉已成林，处处森茂可喜，我曾戏言‘善种竹者莫过于我’。前不久过吴江，见到秀才王份，也出此言，王份说：‘竹很容易种，但需找块肥地，拣去瓦砾，铲去荆棘，频繁浇灌，肯定会成活。只是为了美观，这样便可，若要实用，不如取瘦瘠或崖谷之地野生的，那种才纤质坚韧且肉厚，像金石般结实，常用来做椽，通常竹的寿命是十年，这种竹约倍之。’我家屋前屋后放了不少竹椽，回到家后仔细验之，确如其言也，才知我种竹三十年，尚未真识竹矣。”云云。这类小记，多为人忽视，认为无关紧要，但好学之士见了，可能会悟然汗津。叶先生所种的不能说不是竹，几千枝也不能说不为多，三十年不能说不算久，但竟没能得一真竹，为何？若没遇见王份，还不知自己种的并非真竹，仍孜孜不倦地扩至上万枝、几万枝仅供观赏之竹，岂不冤乎？

学问之道同样如此，如没入道，虽穷其一生，仍只能立于门墙之外，而不能登大雅之堂；而一旦得良师益友，即可乘风破浪，遨游于万里海疆。故若年少时得道，必不至于像梦得一样种三十年观竹；即便晚而得道，也可如梦得般不再持之以恒扩至几万枝，且能抛弃三十年间之谬误而识得真竹。虽然，叶梦得的真与谬，取决于王份，如王份所说的真竹，也是谬言，则梦得必错之又错也，故求学者又贵在能分辨王份之说的真与谬矣。

赏 鉴

【原文】

沈石田晚年收买己画，伪者亦收之，莫能辨也，可见赏鉴亦非易事。己作尚不能定，而况他人乎！而况不能数见之古人乎！

余藏顾青甫画，绝似蓝田叔①，若无款识，实不可辨。赏鉴家每于古画疑是疑非，聚讼不已，即此类物也。余初甚以赏鉴自矜，因此又加一层阅历，知古今人所谓巨眼者，亦未必尽可靠也。闻之老辈云：何蝯翁于裱店见钱南园字，徘徊良久，甚为赞许，即与以六十金，令其速装，后加细审，竟为赝迹，惭愤交至，寸裂投字篓中。名人失足，便成笑柄。

余前年因过慎，放走名画，至今惘然。有持大批字画求售者，为湘乡某旧家所藏，赝品极多，中有小幅，款署“大痴”，纸已黑暗，惟无伤损，画简而厚，笔力苍浑，非大痴②不能也。当时同观者数人，皆以慎重相勉，遂不复留恋，任其携去，此后竟不见大痴一笔，每一追思，极为懊丧，故过慎亦不足言鉴赏也。

书此之时，有持戴务旂山水册求售者，共十二帧，无一款字，据云藏某旧家时失去四帧，果尔，则款字必在彼四帧上。画为务旂晚年之笔，一见自知，乃质物收之，以补前失。因其无款，遂于每桢之后，系以五绝，资点缀也。诗云：“野树濛濛影，山泉细细流。夜吟宜水阁，不必恋高楼。人琴何处去？松石共参天。莫因门未掩，疑在北窗眠。野树多如笋，炊烟雨后浓。微嫌山径小，难达最高峰。古树郁杈枒，涧边难立足。仅有危坂上，可以追仙躅。陡岸危桥达，斜崖曲径通。必来亭子憩，始觉水云空。屋顶松如盖，幽人兴自赊。但愁来访客，无路到君家。九曲似黄河，奔流赴东海。欲观真景时，尚有庐山在。寂坐溪中艇，闲闻瀑布声。兴来乘鹤去，不复羡身轻。迂径达孤亭，天水同一色。莫谓尘氛绝，舟中有征客。陶令门前柳，分明是五株。只追高士范，不必树相如。绝壁似危墙，古木如枯骨。叹此

① 蓝田叔：蓝瑛，字田叔，明代画家。

② 大痴：黄公望，别号大痴道人，元代四大家之一。

野屋中，有书无人读。皎皎隆冬雪，唯松不识寒。试从窗隙睹，定不见袁安。”

【意译】

沈周晚年收自己的画，因辨识不清，也收有仿品，可见鉴赏并非易事。自己所作尚难区分，何况他人呢！更何况面都不曾见过的古人呢！

我收藏的顾青甫画，极似蓝瑛所作，若无款识，简直无法分辨。鉴赏家们遇到此类作品，总是疑是疑非，争论不休。我以前对自己的鉴赏力十分自信，现多了一份阅历，知道古今所谓慧眼者，也未必靠得住。听前辈说，何绍基在裱画店见到钱南园的字，徘徊良久，甚为赞许，当即付六十金买下，嘱咐马上装裱，之后认真细审，发现竟是赝品，惭愤交至，撕成碎片扔入纸篓。名人失足，便成笑柄。

我前年由于过于谨慎，放走了一幅名画，至今惘然。有个卖画的，手中有大批字画，藏放在湘乡一旧屋里，其中很多赝品，有幅小画，款署“大痴”，纸已呈黑暗色，但无破损，画简单而厚重，笔力苍浑，只有黄公望才画得出。当时看画的有好几人，都劝我慎重，我慢慢在心里放弃，终任其携画而去，以后我竟然再没见过大痴的画，每次想起都极为懊丧，所以说，过于谨慎也不是好鉴赏者。

写此段文字时，有来售戴务旃山水画册页的，共十二帧，无一款字，他说曾藏于某家时，丢失了四帧，如属实，款字必在那四帧上。我一看便知，画确为务旃晚年作品，故付款收之，以补前失。因画册失款字，故我在每帧之后，配以五绝诗，权作点缀也。诗见原文。

记杨勉

【原文】

程松门画，局势虽小，亦复苍厚，前见两幅，全用秃锋，不取侧势，均其佳者。吴麟画近见一幅，画境平稳，不失“四王”宗法，戴醇士似尚不及。万上遴一幅，非其至者，松懈之笔，不可以学云林也。石田画鹌鹑，甚有意致，文徵明题诗其上，惟墨气褪落，纸亦伤损，非完璧也。一绢本旧画，略似宋元人笔致，左角有诗一首，至正某年杨勉题数十字，左侧有极丑篆书“董源”① 二字，诗堂则李梦阳题七言律诗，标明题北苑画。余于此幅，几费考究，不得要领。大约此画为杨勉学北苑之作，而杨勉之名不著，北苑之值连城，于是以李梦阳题北苑画诗，冠于杨勉学北苑画上，更书“董源”二字以乱人耳目，亦未可知。世无荒谬绝伦之杨勉，敢题字于北苑画端也。又见李炳画，亦不知为何人，画境不高，上款为澹庵②，亦可补壁。上两幅均李文恭公藏，今在市贾手，杨勉画则以十余元得之者。

【意译】

程松门的画，格局虽然偏小，但也显苍厚，前不久见到两幅，笔法均用秃毫，不取侧锋，是其佳作。吴麟的画，最近也见了一幅，意境平和，颇有“清四王”之风，似还在戴熙之上。另有万上遴的一幅，并非其应有之功力，松懈之作，好似“元四家”倪瓒，时有随意所为也。有幅沈周画的鹌鹑，很有意致，文徵明在上面写了题诗，只是墨迹已褪，纸也损坏，不是完幅。一绢质的旧画，从笔触上看，

---

① 董源：世称“董北苑”，五代时期画家，南派山水画的开山鼻祖。

② 澹庵：欣澹庵，清代名医。

略似宋代或元代人所作，左角有诗一首，并具某年杨勉题。右侧写有极丑的篆书“董源”二字，诗堂之处则有李梦阳题的一首七言律诗，标明画为北苑作。对于这幅画，我几经考究，仍不得要领。应是杨勉学北苑画，但杨勉没名气，北苑画价值连城，于是以李梦阳诗题之法，将北苑名冠于杨勉画之上，更注“董源”二字以乱人耳目，也未可知。世上应无荒谬绝伦的杨勉，敢题字在真正的北苑画之上也。又看到一幅具名李炳的画，也不知是何人，画的意境不算高，上款为“澹庵”，尚可悬于室壁。上两幅画均为李文恭所藏，现在古物商手里，杨勉的画是以十多元易手的。

录龚题

【原文】

纸幅大小，于书画体裁至有关系。云林、浙江之流，均无巨制，萧疏之笔，不易弥漫也。龚半千、韩冶人、罗饭牛之属，又少小构，大笔淋漓，地小不足以回旋也。“四王”之画，繁简得中，不粗不细，故多中幅。但以上所说，皆就余所见者言之，大体如此，非可为准也。

龚半千画所见不少，大抵粗笔巨幅。闻曾九爷藏小屏四帧，尚未得见。余之所藏乃中幅，无粗犷气，有纯静姿，晚年用心之作，鉴家称为仅见。画端题五古一首，专述陶隐居，故余名之曰《隐居图》。其诗曰：“我闻陶隐居，早读葛洪书。养亲干禄位，一入承明庐。中岁便遗荣，挂冠解佩鱼。匿影华阳洞，洞中云廓如。日惟饵茯苓，天子教供储。合丹亦进御，轻身理不虚。国事就咨询，使者无停车。晚结皮书楼，遂与世人疏。种松听松涛，引泉凿泉渠。窃慕张子房，出处偕终初。奇龄逾耄耋，颜色等璠玙。地上有神仙，非它而谁欤？壬子中秋前二日半亩龚贤自题。”云云。字亦劲峭有致，间窗展读，不知旦暮，乱世之良友也。罗饭牛巨帧，墨色极润，始知饭牛为善用墨者。

【意译】

书画的幅尺大小，与体裁风格至为相关。倪瓒、弘仁之流，没有大画，疏简清淡之笔，不易鸿篇大制也。龚贤、韩铸、罗牧等人，又很少小作，滂沱淋漓之风，纸小不足以回旋也。“四王”的画，繁简得中，不粗不细，故多为中幅。但以上所说，皆就我所见，大致如此，并非一定正确。

龚贤的画见得不少，大多为粗笔巨幅。听闻曾国荃收藏过其四帧小屏，但未实见。我收藏的是中幅，无粗犷气，反显清静淡雅，为晚年用心之作，鉴赏家也称唯一所见。画的上端题有五言古体诗一首，专写“陶隐居”，故我将此画称为《隐居图》。其诗为：“我闻陶隐居，早读葛洪书。养亲干禄位，一入承明庐。中岁便遗荣，挂冠解佩鱼。匿影华阳洞，洞中云廓如。日惟饵茯苓，天子教供储。合丹亦进御，轻身理不虚。国事就咨询，使者无停车。晚结度书楼，遂与世人疏。种松听松涛，到泉凿泉渠。窃慕张子房，出处偕终初。奇龄逾耄耋，颜色等潘屿。地上有神仙，非它而谁欤？壬子中秋前二日半亩龚贤自题。”字也写得挺拔清爽，依窗闲赏，时日瞬逝，乃乱世之良伴也。罗牧的巨幅，墨色极为光亮泽润，可知罗为用墨之妙手也。

记伪卷

【原文】

余自学画以来，书法亦颇有长进，鉴别古画之目力亦比前更强，始知赏鉴书画，诚非不知书画者所能也。前闻有以石涛花卉卷求售者，取来细看，竟为赝迹。然作伪之人费力不少，段字段画，长约三丈，白缎微黄，绝无伤损，欺外行有余，明眼人不可掩也。字无拙味，且多错误，画熟而庸，石涛生辣淋漓之致全未领得。长沙商人以百余元得之，后复懊丧，恐折阅也。闻有人以二百余元买去，人皆贺其大幸。石涛画值现正奇昂，果为真迹，非千元以外岂足偿其欲壑耶？嗟吁，世之购书画者！

【意译】

我自从学画以来，书法也随之更有长进，鉴别古画的眼力比以前更强，因而才知鉴赏书画还是必须有些绘画功底方可为之也。前一段听说有兜售石涛花卉画的，请来细看，确为赝品。但伪作之人一段字一段画都精工细仿，总长三丈，微黄白缎，绝无损伤，骗外行人有余，而懂些绘画的人却容易辨识。书法不朴拙，且多处错误，画法很熟练，面目却庸俗，完全没有石涛之画那种生辣淋漓之感觉。长沙一商人用一百多元购得，随即后悔，担心难以出手矣。后听说以二百元卖出去了，众人又庆其之运气也。石涛的画现在极贵，如是真迹，没有千元以上卖者哪会松口？可叹矣，世上喜书画之人！

记《苏斋图》

【原文】

翁覃谿《苏斋图》[1]，宋葆醇、洪范各绘一纸，宋为横幅，洪为直帧，皆尺方内外。江德量辈或为诗，或为记，共近十幅，惜纸质大小不一，不便装池。何蝯翁装成宽大横幅，如破衲衣，殊不雅观，非名品也。覃谿喜为东坡作寿，一时名士咸集苏斋，各显所长，成书作

① 翁方纲，晚号苏斋，其书楼名“宝苏斋”。

画。图中有一人弹琴，及阅诗记，始知为高道人，非苏斋主人，喧宾夺主，画手粗心处也。

【意译】

宋葆醇、洪范，各绘了一张翁方纲的书楼情景图，均题《苏斋图》。宋画为横幅，洪画为直帧，都约一尺见方。江德量等人，或为其赋诗，或为其记文，共有近十幅，但纸张大小不一，很难装帧成册。何绍基将其装成了宽大横幅册，结果如破烂的袈裟，极不雅观，非珍品也。翁方纲喜欢为苏东坡做寿，常在这天，各方名士汇聚"宝苏斋"，成书作画，各显所长。有张画绘一人弹琴，诗题上记其为高道人，而非宝苏斋主人，如此喧宾夺主，画者乃粗心也。

卷七

画树法

【原文】

画树先画四枝，为入手之方法。世人以高低俯仰为四，余以为高之与仰，低之与俯，无甚分别，二枝已足，无须乎四，不若以东西南北为四之为切当也。

笔墨二字，前人以为有钩勒谓之有笔，无皴擦谓之无墨，然则钩勒皴擦皆备者，即谓为有笔墨耶？余以为非是。笔不强劲者谓之无笔，墨不鲜洁者谓之无墨，故画手虽多，能强劲鲜洁者即为名手。钩勒皴擦皆备者满目皆是，众人之所能也。强劲鲜洁，已具画体，运用斯体，诚为难事。有时以不强劲为强劲，不鲜洁为鲜洁，又难中之难矣。

余与梅庵皆知画理，不备画法，梅庵作画，有时非常可笑，不观其题字，几不知为何物。王梦楼[①]动以“平淡天真”许人，是不知画中精奥者，“天真”二字，岂易言哉？余画尚知为画，故不若梅庵之纯乎天真也。白石索画，寄去二帧，兴余更写一幅以寄谭瓶斋，其来信云：“吓煞农髯。”何农髯之胆小若是！以天真出色，非画法能惊人也。

---

① 王梦楼：王文治，号梦楼，清代官吏、诗人、书法家。

寒宵静坐，忽兴发，写一立帧，题其端曰“画以生冷味为最难，得天真尤难。此幅若使石谷、南田见之，不知作何言论，李梅庵能知之。”次日又写一帧，题其端曰：“意欲画山，画成之后非山；意欲画水，画成之后非水。天地之造化无穷，笔墨之造化亦无限，然必胸有成竹者，始可为不成之竹，无成竹者，则非竹矣，此理非上智不足以知之。”云云，亦天真之相也。王湘绮先生由诗而通乎道，画又何尝不可以通乎道哉！亦在乎学者之领悟如何耳。

【意译】

世人以画四枝，即学会以高低俯仰的四种角度画枝，为学画树的入门之法。我认为高与仰，低与俯，没什么区别，两枝足矣，若以四概之，尚不如东南西北来得恰当。

笔墨二字，前人认为有“勾勒”即为有笔，有“皴擦”即为有墨，然“勾勒皴擦”齐备之画，就算笔墨皆有了？我不以为然也。笔不强劲者不算有笔，墨不鲜活者不算有墨，所以画者虽多，只有强劲鲜活者方为名家。“勾勒皴擦”皆备者满街都是，人人可为也。若画面显出笔强劲、墨鲜活则属难能可贵，而强劲鲜活可意致却不张显，乃难中之难。

我与李瑞清都通画的原理，但不精绘画的方法，瑞清作画，有时非常好笑，不看他的题字，甚至不知他画的是何物。王文治动辄以“平淡天真”评价他人，是因不太知画中精妙也，“天真”二字之境界，岂是随意可达矣。我绘画时尚知自己是在绘画，而瑞清绘画时则纯乎天真也。齐白石向我索画，我寄去了两幅，兴致之余又多画了一幅，给好友谭泽闿寄了去，他来信回复：“你的画吓煞了曾熙。”曾熙真是胆小！只为画尚天真出众，绝非画技惊人。

有天寒夜静坐，忽然兴致勃发，画一立轴，在高端处写题跋：“画以生冷味最难，如还天真，乃难中之难。这幅画若是给石谷、南田看，不知会作何评价，李瑞清应知其味也。”第二天又画了一幅，又在高端处写题跋：“意欲画山，画成之后不似山；意欲画水，画成之后不似水。天地之造化无穷，笔墨之造化无限，但必胸有成竹，才能画出似竹非竹，如胸中无竹，笔下自无神竹，个中道理只有智者方可悟矣。”等等，也是一派天真之举也。王闿运先生能因诗得道，他人又何尝不可因画得道呢！关键只在乎学者的领悟。

求 脱

【原文】

古人云：“我书意造本无法。”又曰“画无常法”。皆为上智立言，不可以喻初学也。

余尝谓书画之道有二难：备于法，难也；脱于法，亦难也。备于法乃在人工，脱于法全由天分。然必先备于法，而后可脱于法，不备而求脱则乱矣。故必尽十年之力，追摹古作以求备，既备矣，遂不可有一法字存于胸中，再以诗书所得，陶冶于楮墨之间，庶几乎灵光往复，不可一世。就画言之，若以草为树，以石为山，乱用其法而谓为脱，是无异以丧礼为婚礼，以祭礼为乡饮酒礼，又呜乎可哉？然以丧礼为婚礼，以祭礼为乡饮酒礼，尚优于以野合为婚礼，一妻一妾之齐人所享者为乡饮酒礼也。何则？前者不过乱用其礼，后者则以不礼为礼也。故曰不备而求脱则乱。今之画家皆乱党也，何诗荪备而不脱者也。或问曰：“何谓为法？”余答曰：“法者，变也。如写丛树，不以高低、俯仰、荣枯、聚散行之，必似一匣磷寸；如写层峦，不以大小、土石、方圆、向背行之，必似一碟馒头。故不合于法者，即不能变者也。”

【意译】

古人说："书法全凭意念，并无定式。"又云"画无常法"。此皆为已成境界者之言，对初学之人未必合适也。

我曾说书画之道有两难：一是按规学矩，难也；二是脱规创法，也难矣。学规矩在于勤力，脱规矩则全靠天分。但人必须先学规矩，而后方可创法，否则乱象丛生，一事无成。故应以十年的苦练，专临摹古人之佳作，以求获书画之法度，既是求规矩，就不能有自己任何私意存胸中，须一心循古法，事毕，再以平时吟诗读书修身之所得，陶冶于笔墨之端，感悟于反复之间，方能不可一世。以绘画为例，如果以草为树，以石为山，尚不懂规矩便轻言创法，无异于将丧礼当婚礼，将祭礼当宴礼，怎不会呜呼哀哉？但以丧礼当婚礼，以祭礼当宴礼也比将野合视为婚礼，将有一妻一妾之乐视为宴礼要好得多。何出此言？因前者不过是乱用礼典，后者却把根本不是礼典的事视为礼典。所以说，不懂法度便一味脱法则乱不堪言。现在的画家便是一堆群魔乱舞之人。何诗荪乃规矩已备而未能创法以自成一格。有人或许会问："法为何意？"我以为："法，即书或画的求变方式也。如画丛树，不从高低、俯仰、荣枯、疏密诸点去描绘，必似一盒碎片；如画层山，不从大小、土石、方圆、阴阳诸点去描绘，必似一碟馒头。故不懂法，变化也无从谈起矣。"

慎　题

【原文】

古人作画，皆于树间石罅以小字记姓名，书法不佳者记于背面。元人始题诗作记，更于画外争妍。后世因之，遂成恶习。或拈古人成句，或强作七言烂调，与画符否，亦不细计，置之画端，填彼空白。

古之名人，欲于一纸之上显其三技；后之俗人，则于一画之外又增二丑。故画工而诗书未工者，以不污画为得计也。然余更有进焉者：诗以纪物之虚，画以纪物之实，一而二，二而一者也。志在高山，乃画高山，志在流水，乃画流水，见之者皆知其为高山流水也，又何必以诗标显之耶？凡事之创制，皆由古人，初见之时，固为新颖，俗人漫效，不辨妍媸，以为不如此不成章，不如此不雅驯，实则所谓章者套，所谓雅者俗也。余作画不题诗，如有所悟，随手记出，略存天真而已。

【意译】

秦朝前的人作画，都习惯在树之间或山石之留白处用小字署其姓名，字写得不好的，便记于背面。从元代开始，于画上题诗作跋，更有甚者在画外的旁白上争露才学。之后的人遂沿用，渐成恶习相传承。或是录古人雅句，或是勉强自作七言滥调，与画是否相关，也不细究，书于画端，填其空白。古代之名人，总想在一张纸上尽显其三技，后世之俗者，总于一画之上又添二丑。所以绘画绘得好，诗和书尚欠缺之人，以不污染画而避留诗书为智巧之举矣。当然，我进而言之：诗用想象述物，画用形象述物，一物用两述，两述同一物也。想述高山，便画高山，想述流水，便画流水，看画的人都知道这就是高山流水，又何必再用诗来标显耶？事情的开创，多源于古人，最初一见，颇为新颖，后人跟学，不分良莠，以为只有这样才合章法，只有这样才显雅致，其实，不是章法而是俗套，不是雅致而是庸习而已。我作画从不题诗，如有所悟，随手记之于上，略存天真罢了。

避　熟

【原文】

王石谷谓之“画圣”，习气之重，亦臻乎圣境。余初尚不能解其故，今始以经验得之。余初学画，生拙之味正多，每有画家难得之境，今则动笔成画，经意不经意皆成画，而习气渐生。因此而知习气之来，由于太熟，然不熟又不能成画；且日亲楮墨，焉有不熟之理?故避之诚为难事。余敢以“逆力”二字为避熟之诀。逆者莫作顺势，以免流滑，力者莫使平易，务显杈丫。故逆力二字，非特为避熟之诀，即一生用功之诀亦不外乎此，所谓金针是也。

【意译】

王石谷被称为“画圣”，习气之重，也近乎登峰造极。我开始时不明原因，现有了经验，方知其故。我初学画时，生涩朴拙之处不少，时有一个真正画家反而难得的原态情趣味，现在动笔即成画，随意皆成画，慢慢形成了一种不变的画风惯性。因此而知习气的产生，是由于太熟（熟习、熟练、熟套），但不熟又不能成画；而且每天与笔墨打交道，哪有不熟的道理？想避都不易。我悟出避免熟套可概括为“逆力”二字。“逆”即不要轻易顺理成章，以免落入俗套，“力”即不要避难就易，力求人无你有。故逆力二字，不仅是“避熟”之诀窍，一生用功之诀窍也不外乎如此，可谓金针也。

守格

【原文】

古之画家多守一格，绝不变通，盖非不能变，不肯变也。创成一格本非易事，既能自立，不必他求。与其学江文通以拟古为能，不若一首百一诗，尚存真面也。然绝无变化，多读亦令人生厌。八大山人画之雄者，一树一石即可以概其平生，幸其丘壑出奇，可以惊众，若写以平易之境，尚何大家之足言！昔人有谓董文敏为无变化者，若据此言之，则烟客之流，又何尝非一格到底耶？必欲笔笔出新，一纸一格，不仅未见其人，亦未闻其语。昔人尚有谓刘长卿诗为十首以后大致相同者，其难可知矣。

【意译】

古代的画家多固守一种风格，绝不求变通，并不是不能变，而是不肯变矣。修炼成一种风格本就不是件容易之事，既已独居一体，何必再作他求。与其像南朝江淹，专善模拟各种古诗，不如自创一体，百首如一，且以真面目示人。但若毫无变化，看多也让人生厌。八大山人的画之所以出类拔萃，因一树一石皆能概其平生也，幸其经历曲奇，足以惊众，否则，如只是平顺度世，何足众人挂齿？以往有人评说董其昌之作风格缺少变化，若按此说法，其他即兴之文客，又哪会去坚守始终如一的风格呢？笔笔出新意，一幅一风格之人，我不仅没见过，且从未听说过也。以往也有人评说唐代名家刘长卿的诗，谓之十首之后皆大致相同，可见求变之难。

明是非

【原文】

丁龙泓[①]与张芑堂书，痛诋金冬心。文人相轻，自古如此。但读书有得之人，又不能随声附和。有恭维，无诋诽，乡愿之行也。且说是说非，所以究学之径，求理之真，与言他事之长短大异，不关诬诋也。平心而论，冬心书法几乎魔道，可诋之处正多，其作画与题画，则非可妄议者也。

有以时人书画相询者，余答曰："真是真非，非一言可尽。"余平生对于用功之人莫不钦服，第功有深浅，法有古今，尽美而未尽善

① 丁龙泓：丁敬，别号龙泓山人，清代书画家，篆刻家，"浙派"开山之祖。

者，亦事之常。余则无论古人今人，有一分善处者，皆师之也。时人甚多，姑就余所识者言之：李梅庵之书博而未约，有时病固塞，而画得天真，不在冬心下。曾农髯书活而未平，有时病率乱，而画特清旷，此时已与孙无逸辈齐肩，以笔力言之，孙等不及，且学画不过数年，大成可必也。吴昌硕之书画皆弥满泼辣，是李复堂、孟丽堂一流人，微嫌荆棘太多，足伤雅洁。郑苏戡之字可与冯伯鱼、吴荷屋相颉颃，其磊落峭拔之致，全由人品得来。郑任湖南藩司时始克见面，余已知其气节在张季直上也。然数人用功之处均与余异，不可为门户之见，信口乱言。数人皆有骨气，故其所作不染俗习。

书画虽小道，而关于人品者至大。阘茸龌龊之徒，即有精巧之艺，亦必不为士林所许也。余于书画首重力量，力量乃由骨气而生。尝谓清朝书画可分两期：画振于国初，书强于末叶。中叶之人，囿于馆阁，胆气俱无。邓石如乃未染习气者，故为当时所重，然较之末叶之人，尚有未逮。因此又可悟盛世之人多无骨气，必国亡世乱，而后节义可彰，喷薄而成者，定奇特也。陈师曾画亦有可观，粗俗已除，习气未尽，彼固究美术者也。齐白石则粗俗尚未求去，其着洋红如敷粪土，古今画法，一概无关。（其作山水更可骇人，以大笔浓墨倒拖大直，随拖数横，横上加点，再泼以花青水，使浸成一团，于是用赭石以榜笔拖二三大横作地，用花青以榜笔拖二三直为远山，而画以成。友人中有以白石画包蛋糕寄黎六丈者，黎于油腻遍污之画上题二绝句寄余，余视为奇品，裱而悬之斋中。）然其刻印，则辛苦数十年，不可与其画法同日而论。一见名人手迹，必心摹手追，夜以继日，余更进以碑碣缪篆之法，故能新颖出色，独步一时，所谓“八家”，非其敌也。谭瓶斋天资之高足压同辈，故其书法亦克早成。翁常熟费尽一生精力始成局面，决不料后世之人有得其书如拾草芥者。甲寅岁，瓶斋以所临《张迁》见寄，余告之曰：“公书酷似梅庵，当以别寻出路为佳。”瓶复书云：“此间惟梅庵一人临碑，今之酷似，乃耳濡目染之效。闻公言而大惧，此后不复临碑矣。”余之一言成此大错，至今悔之。严受庵才情极大，湘绮畏之，而有“不然捶碎湘绮楼”之句。白心草堂之或可不捶碎者，又幸瓶斋之不临碑，且不作画也。

梅庵美德甚多，其肯虚心更为难得，常以《张迁》偏旁及《天发神谶》诸碑笔法相询，余以所见答之，皆承采纳，即刻仿制。余尝谓曰：“君书不通。”梅庵骇问其故，余答曰：“一字而为数字凑成者，如‘聂、鉴、躬、相’之类，必处处独立，绝不相属，非不通而何？”梅庵大服。然其行楷又能顺适，余最爱其学赵孟頫书，不通之处，多在篆隶也。其病之由来在过于好古，专求生拙，而局势乖矣。湘绮门人文字通顺者不可多得，皆谓唐宋之文不屑揣摩，而以《史记》、《汉书》为学文之秘本，故虚字多反用，造语尤晦塞，反不若时手之驾轻就熟，无词不达也。古诗不求明畅，以拙为宗，稍可掩不通之迹，故湘绮门下多诗人。梅庵尝谓余书：“何其严紧畅达若是？”殊不知余少时多摹唐碑，日以向背映让为事，理法已备，不患不通。亦犹之少习唐宋之文，长而求之班、马者也。夫文字不可不通，亦不可太通，太通则流而薄，书法亦复如此，故赵、董之书不可学，宣泄无余，无再进之境。故蕴蓄深厚之作，仍在乎通不通之间。此境虽高，用功必得，画家之意到笔不到，亦甚相似也。梅庵作书颇多异状，余见其为人书墓志，侍者进食，梅庵搁笔就餐，余起视之，中止者为“首”字，饭后始足成为“道”字。又见其写尺余书字，写长横左半而辍，余询其故，始知牵纸者为女士，客来惊走，须客继牵，再接写右半横也。余当时即以言妄，为不通之病根，彼亦笑而自责，故梅庵之念余也笃，余亦服梅庵之笃学知人也。

【意译】

丁敬在给张艺堂的信中，痛诋金农。文人相轻，自古有之，但读书有心得的人，却不应随声附和。只会恭维，不作诋毁，乃俗人祝愿之举也。而且评长论短，也是求学的途径，辩究法理，毕竟与搬弄是非不同，与诬蔑有异。平心而论，金农的书法近乎魔道，可攻击之处颇多，而其绘画及画之题跋，则无可非议。

有人问我对现时书画之人评议如何，我答复："是好是坏，一言难尽。"我平生对肯用功的人都钦服，功夫有深浅，方法有古今，尽心而未尽美，也是常有之事。我无论古人今人，有一处所长，皆视为师。现时书画者甚多，姑且就我认识之人略议一二。李瑞清的书法，博杂而少循笔理，有通行的一些毛病，故字不舒畅，而绘画的天真气息，不在金农之下。曾熙的书法，灵活但未安妥，也有通行的一些毛病，故字显零乱，其画尤为清爽旷逸，可与明末清初孙逸并肩，若论笔力，更胜之也，而且学画不过数年，之后必成大器。吴昌硕的书和画都满纸泼辣，属李复堂、孟丽堂一类风格，只是荆棘感稍多，画面欠雅洁。郑苏戡的字与冯伯鱼、吴荷屋不相上下，其势峻峭挺拔，坦荡磊落，如同其人。他任湖南藩司一职时，我和他见过面，知其气节尚在实业家张謇之上。但这几个人用功的方向均和我有所不同，不想因门户有异而信口开河。他们为人皆有骨气，故所作绝不染俗习。

书画之业，并非国之命脉，但与人品关乎重大。阴晦龌龊的小人，即使有精巧的技艺，也必为读书人所不齿。我以为书画首要的是力度，而力度则由骨气而生。清代书画可分两期：绘画兴盛于清初，书法振兴于清末。中叶之人，禁锢在官方所限之楷体，毫无创意。邓石如是未染俗习之人，故被当时世人所看重，但与清末的人相比，仍缺些朝气。由此而可推想，盛世之人多无骨气，必在亡国乱世之际，节气义愤喷薄而出，定彰异彩也。陈师曾的画可观，粗俗之味全无，只是仍稍余匠气，毕竟他乃专攻绘画之人。齐白石则粗俗之气尚存，其用“洋红”之色如涂粪土，古法今法，一概不通。（其作山水画更是骇人，用粗笔浓墨由下向上竖拖，随后横向拖几笔，在横上加点，再泼些青色水，浸成一团，然后用大笔沾赭石色在底层横拖两三下，以作大地，用大笔沾花青色在上方竖拖两三下，以作远山，画即成矣。朋友中有人用白石的画包了蛋糕寄给黎六丈，六丈在遍是油渍的画上题了两绝句寄到我处，我视为奇品，裱装后悬挂在书房里。）但他的篆刻，则辛苦几十年，不可与其绘画同日而语。一见名人印迹，必心摹手追，夜以继日，我更是溶入碑碣缪篆之意，故能新颖出色，独步一时，所谓“八家”（印刻浙派，宗汉法，参隶意，善切刀，直接开启了近代篆刻。代表人物为丁敬、蒋仁、黄易、奚冈、陈豫钟、陈鸿寿、赵文琛、钱松），不能匹敌。谭泽闿天资之高，足傲同辈，故他的书法年轻即成气候。翁同龢费尽一生精力，终修正果，却不料后世之人多不知其值。甲寅（1914）谭泽闿从上海寄来他临写的《张迁碑》，我回复说：“你的临法极似李瑞清，以另找出路为佳。”泽闿即又来信：“我这里仅瑞清一人临碑，极似乃因有耳濡目染所致，听你所言大惧，今后不再临碑矣。”我仅一言引此大错，心悔之。严咸才情极高，王闿运敬而远之，故有“不然捶碎湘绮楼”之句。白心草堂或可不被捶碎，侥幸泽闿不临碑，且不作画。

李瑞清美德甚多，而且肯虚心，此更为难得，常来询《张迁碑》的偏旁及《天发神谶》等碑的笔法，我以己之见答之，均被采纳，立刻仿试。我曾对他说：“君书不通。”瑞清听了骇然，问其故，我复：“好比由几个字组合而成的字，如‘聂、鉴、躬、相’之类，你将它们处处独立，绝不相属，怎会有‘通’之理？”瑞清叹服。但他的行楷又处理得顺适自如，我最欣赏其学赵孟頫之笔法，不通之处，多在其书篆隶之时。他的毛病根源在过于尚古，专求朴拙，而布局反显得乖戾矣。王闿运的弟子中，文字通畅的人并不多，都以为唐宋的文章不值得效仿，而用《史记》《汉书》作为学文的秘本，故虚词常反用，造句尤其晦涩，还不如现在的人驾轻就熟，言简意赅。古诗不求通俗，以拙为要，故略有不通并不明显，所以闿运门下多诗人。李瑞清曾评我的书法："此书何等严谨畅达！"殊不知年少时我广临唐碑，整日不息，理法已学成，不患不贯通。好比少时习惯了诵读唐朝宋代的文章，长大之后学班固、司马迁也是水到渠成的事。文章不可不通，也不可太通，太通则显浅白，书法也同样如此，因此，赵孟頫、董其昌的字不能学，因已被他们发挥到淋漓尽致，善美无以复加的境地。蕴意深厚之作，应在似通未通之间。这种境界虽高，但只要用功，也可达到，好似画家讲究意到笔不到之理。瑞清写字有离奇之时，我见过他为别人写墓志，佣人送餐进来，他搁笔就吃，我站起来一看，写了一个"首"部，待其吃完后继续，才见"道"字形成。又有次见他写个一尺大小的字，一笔长横，刚写了左半即中止，我问为何？原来牵纸者是女士，有客来即惊避，后由来客续牵，他才再接写右半横。我当即说他虚妄，乃正是写字不能通的病根，他也笑而自责，故瑞清常念叨我的耿实，我也佩服瑞清的厚学而知人。

采胡义赞说

【原文】

胡石查[1]于金石之文极肯考究，兹见其可采者数条，录之于下：

释吴季子剑"逞"字

孙退谷藏吴季子剑，其文曰："吴季子之子逞之永用剑。"释者

① 胡石查：胡义赞，字石查，清代金石学家，收藏家。

谓是吴季子之子名逞之者所用剑，此由不识古文“保”字，故误读耳。案“徎”古文“保”字。古文“彳”旁与“辵”旁通用，不但钟鼎字多此例，即如《说文》“辵”与“彳”部相连，而“辵”部中“延”字云或作“征”，“退”字或作“徂”，“延”字云或作“征”，“返”字云或作“彶”，是“辵”与“彳”相通之明证。古文“彳”旁与“亻”旁又多通用，“徎”字即是“保”字。其读法又有一定句读，应读曰：“吴季子”，三字一逗，“之子保之永用”，六字一逗，剑字遥接上文“吴季子”为句，首“吴季子”字与末“剑”字相呼应。中“之子保之永用”六字，若箴若铭，为颂祷之词。此犹《阁帖》所载孔子书吴季子墓，首“呜”字为逗，中间插入“有吴延陵博邑君子之墓”十字，末“呼”字遥接上“呜”字为句，同一例也。如谓是吴季子之子名逞之者所用剑，其文作“吴逞之永用剑”足矣，何必特出“吴季子”三字，如今人之自夸其父为显官者然？岂以季子有挂剑事①最艳称于世，故借重而翁耶？殆不然矣。

释齐刀②“𠫤”字

“**齐𠫤化**”，宋人释为“齐太公化”，固属支离；或释为“吉”字，亦谬。齐刀背文，间有作“吉”字者，字形与此迥异，其非“吉”字可知。或释为“宝化”，无论字形全不类，是直以世俗“通宝”、“元宝”名目测古人，尤庸陋可嗤。乾嘉时古泉家释为“法化”，字形略近，然“法”从U，去鱼切，隶作△，“去”字从之，此从U，苦后切，《说文》部首分两字甚晰，乌可混同？且“法化”

① 季子有挂剑树：吴季子将出使北方某国，徐君很喜欢季子的剑，但不好开口，季子心里也清楚，因要出使，故也没挑明。归国时，徐君已逝。季子解剑挂在树上，随从问：徐君已死，你这是要送给谁呢？季子说：我当初心里已经把这把剑许给徐君了，怎能因其死而违背承诺耳。

② 齐刀：齐国当时流行的货币，其背面刻有文字。

二字亦不词。余思之三十年不得其解，今忽悟得是“袁”字。“袁”与“圜”通，《说文》：“袁从衣，从叀省声。”① 此作吞者，省去下从字者。(《段注》云：“衣从二人字，今篆多失之。”）与“[illegible]”字省去下横直五画，“[illegible]”字省去下“贝”字同例。史传称太公为周立九府圜法（周自有圜法，齐则变而为刀)。此曰“袁化”，盖指刀环而言。《释名》：“刀之本曰环。”“环”亦与“圜”通，后世泥于刀之名，未明刀环即是圜法，又未明古字通借之谊，故始终不得其解也。不然，史传屡称太公为周立九府圜法，退而行于齐，而终齐世无圜泉，所谓圜法者，非指刀环又何所指乎？此释精确不易，足发二千年之蒙，惜潘伯寅师、鲍子年丈、蒋敬臣翁均已仙去，莫共欣赏。

释倢伃②玉印[illegible]字

谛审第四字，实“女”旁，非“走”旁，乃“娋”字。《说文》“娋”字注云：“小小侵也，从女肖声。”徐音息约切，于印义无取。《方言》：“娋，姊也。”《博雅》：“娋，孟姊也。”《广韵》：“所交切。”又《说文》“媭”字注：“女字也，楚人谓姊为媭。”案“媭”为“姊”，可以命字，“娋”为“姊”，亦可以命字，以本部嬿、婀、媭、婕、妫、嫑、嫽、婇、娟、姶、改、姲、姪十三字之例推之，“娋”亦“女”字也。汉印中有妾某者，多是名字，举姓者绝少。(汉印又有妾某者，妾是姓，须分别观之。）此印鸟篆，笔划虽屈曲盘结，然是“女”非“走”，明显易辨。明季藏李君实太仆紫桃轩，号称“飞燕玉印”，一时名重艺林。明人疏于考证，误“女”为“走”，无足怪者。嘉道间，流转至仁和龚定庵礼部处，定庵素称精

---

① “袁”可简写成下部的“衣”，也可简写成上部的“吞”，此处为省去下部简写成“吞”的“袁”字也。

② 倢伃：即倢妤，妃嫔的称号。

于小学，不解何以亦复沿讹袭缪？相传定庵以此印及小件汉器二偿博负，抵三千金，意在增重声价，故明知之而不言，是未可知。《东洲草堂集》《月齐集》皆有题咏，亦均指为拳夫人物，未尝一订其讹。意者诸老欲为印林中增一韵事，不妨姑妄言之，无劳深辨，然则余断断于笔划毫厘之间，有类马伏波纠正“犬”字①向外故事，不几为大煞风景也乎！

印文第四字，一见知为“女”旁，数百年来，仅一胡石查知为“女”旁，其余皆认为“走”旁，亦天地间之怪事。然则流传而落于龚定庵之手者盖非此印，定庵无此荒唐也。然余不能以意断，愿藏印者考之。

【意译】

胡义赞对金石文极有考究，现见其几条有价值、可采信的，录之于下：

解释季子剑“㺐”字

孙承泽收藏了一把吴季子的剑，剑文为：“吴季子之子逞之永用剑”。注者解释，是吴季子的儿子，名逞之的人，所用剑。这是不认识古文“保”字而引起的误解。古文“保”，字形为“㺐”。古文偏旁“彳”与偏旁“辵”通用，不但钟鼎文有许多例子，在《说文解字》中，“彳”部与“辵”部相连，而“辵”部中，“延”字可作“征”，“退”字可作“徂”，“迚字可作“彸”，“返”字可作“彶”，是“辵”与“彳”相通的证明。而古文“彳”又与“亻”多通用，故“保”字即“逞”字，即“㺐”字也。其读法又有一定式，应读

① “马援纠正‘犬’字”：马援，东汉将领，光武帝刘秀封其为“伏波将军”，命他率军平叛，马援接到刻有这四字的官印时，见“伏”字是个奇文怪字，“犬”字右边的点到了左边，便致信皇上，陈其弊端，列举误印已有成风之势。皇上因此而下令清正官印之乱，收缴、重铸了大量官印。

为："吴季子"，三字一逗，"之子保之永用"，六字一逗，"剑"字遥接句首的"吴季子"三字，即首"吴季子"三字与末"剑"字相呼应。中间的"之子保之永用"六字，或箴或铭，为颂祷之词。此式与孔子书吴季子墓，首"呜"字一逗，中间插入"有吴延陵博邑君子之墓"十个字，末一"呼"字遥接上"呜"字，同出一辙。如果是吴季子一个名逞之的儿子所用剑，其文书"吴逞之永用剑"即可，何必专门署出"吴季子"三个字，难道像现在的人自夸其父是达官显贵？或因有吴季子挂剑于树，故其子凭祭乃父？不至于矣。

解释齐刀""字

"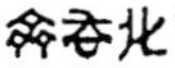"，宋代人注释为"齐太公化"，将中间一个字译成两个字，明显琐碎了些，或者将中间一字注释为"吉"，也显荒谬。齐刀背文，偶尔有刻"吉"字，但字形与此完全不同，故可肯定不是"吉"字。或将它注释为"宝"字，与后面一字连成"宝化"二字，完全不从字形上辨识，取后来古钱上世俗通用的"通宝""元宝"之意，庸俗之极。乾隆和嘉庆年间，古币学家将中间一字解释为"法"字，字形确有相似，但"法"字下部呈 n 形，此字下部呈 u 形，在《说文解字》中两字的此部首区别甚为清晰，怎可混同？况且与后一字相连，"法化"二字也不成为词语。我想了三十年仍不得其解，今突然有悟，其为"袁"字。"袁"与"圆"通，《说文解字》中有："袁从衣，从叀省声。"（《段注》中说："衣从二人字，今篆多失之。"）与""字省去下部横竖五笔，""字省去下部"贝"字同理。史书记载，姜太公为周朝确立了财政的《九府圆法》（周朝称钱币为"圆"，齐国则变称为"刀"。）此处为"袁化"二字，意指"刀环"也。《释名》有记："刀之本称为环。""环"与"圆"通，后世只知"刀"之说法，不知"刀环"即是"圆法"，也不知古字通借之义，故始终不得其解矣。不然，史书三番五次称姜太公为周朝

立了《九府圆法》，而身处周朝的齐国，却始终没有发现“圆币”，所谓的“圆法”，不是指“刀环”又是指何物焉？此解释来之不易，足拨两千年之乌云，可惜潘祖荫、鲍康、蒋清翊之一代古币祖师均已仙逝，不能共咏其味也。

解释“倢伃妾娋”玉印“”字

仔细辨识之下，第四个字“”，确为“女”字偏旁，而非“走”字偏旁，乃“娋”字也。《说文解字》中，“娋”的注释是：“小小侵也，从女肖声。”即女字旁，读肖之音。只代表徐徐婉约的气息声，在印文中并无实际的含义。《方言》中，“娋”的注释是：“娋，姊也。”《博雅》中的注释是：“娋，孟姊也。”《广韵》中的注释也称“所交切”。还有，《说文解字》中，“媭”的注释为：“女字也，楚人谓姊为媭。”书中可考，“媭”为名，“姊”则可伸意为其字；“娋”为名，“姊”也可伸意为其字；以此为例，如“嬿”“婀”“媭”“婕”“妈”“雯”“嫽”“婞”“娴”“姶”“㚢”“改”“姙”等均可类推之，“娋”为名，“女”也可伸意为其字也。汉代的印章中，有“妾某”之处，“某”多是名字，是姓的绝少。（汉印中也有妾某的，但妾是姓，与此处不同。）此印为鸟文篆，笔画虽盘结屈曲，但偏旁是“女”而非“走”，明显易辨。明代此印藏于李君实太仆的紫桃轩，号称“飞燕玉印”，一时名重艺林。明朝人疏于考证，误将“女”辨为“走”，不足为怪。嘉庆道光间，流转至杭州龚定庵处，定庵素称精于小学，不知为何也沿袭此谬误？据说定庵以此印加另一小件汉器，抵偿赌债三千金，故有意提高声价，明知而不言，不知是真是假。《东洲草堂集》《月齐集》均有题咏，也都将其归为赵飞燕之物，并非指出其虚假。有人说，这是诸老为使印林增添一韵事，不作深辨，听之任之，而我如此较真，有类似“马援纠正‘犬’字”之意，但也大煞了一番风景。

印文的第四个字，一看便知是“女”偏旁，然几百年间，仅胡义赞一人说是“女”旁，其余人都认为是“走”旁，也算天地间无奇不有矣。但流落至龚定庵处的应并非此印，定庵无如此荒唐也。此判断仅为己见，愿藏印之行家考证之。

戒　畏

【原文】

王湘绮先生谓余姐曰：“我书不佳，实为汝君姑所误，每一临帖，必在旁痛诋，于是忿而中辍。”且曰：“凡人只可奖励，以促其进取，不可过拂其意。”余尝见有呈诗于先生者，其词之丑陋，实等于七字唱，而湘绮必为改窜。余问曰：“此实大不成话，先生何必费力？”湘绮云；“人有好学之心，即有诱之之责。若因其丑陋而却之，人之兴致已绝，不但不求长进，即丑陋之词亦不肯为矣。”其奖励后进之心诚不可及。故余一生心得，亦宣泄无余，未尝秘密。无如世不如昔，青年皆外务，不肯求学，非教者之罪也。但湘绮因有诋之者遂不写字，则不无疑义。湘绮非畏诋之人也，盖亦知学书非易事，非有恒心者数十年纸堆笔冢，不克成家，平生所学，门类已多，不肯再分心力损其大处，非畏难，更非畏诋也。

余少时即喜作书，然无师无友，不得门径，家中旧帖，仅有唐碑，尽力追摹，已及数种，心固疑其非极轨，又不知何者为佳。十二岁时，忽搜得造像二三纸，遂视为奇宝，朝夕临之。其时尚重科名，人人痛骂，谓为自弃之道，然余不为所动，搜集更勤。十四岁时即请白石刻一“书法专宗唐以上”印，李梅庵之相访，即此印先容也。凡心之所好，决不至为外物所摇动，余少时已有此毅力，而况湘绮乎？

今日作画，适有客至，云余画极为读书人所赞，寻常人必毁之，余遂为其所感而题其端曰“今日有客至，云必有毁余画者，以为不合时髦，余闻之大快，始信己画之能免于俗也。大涤子云‘此道有彼时不合众意，而后人鉴赏不已者’，正是为我说法”云云。夫自信力本学人之所应有，但学力未深，动辄自信，亦可陷落一生。若能时时与古人相较，更思量自己才力可与何人相等，现在功夫已到何等地步，近于古之何人，远于古之何人，庶几可以谓之自信，否则矜骄而已，又何道之能闻？故求学之人断不可与时人相比，超过时人本为易事，定生自满之心。须知视时人则过之，视古人则不及，或可要生前之誉，身没而名亦消也。

二十年前，吾姐问湘绮曰：“吾弟究竟如何？”湘绮答曰：“成名有余。”吾姐以告，余闻之大惧，遂发奋求学，屏绝世务。十年以来，略有进境，惜湘绮去世，无人评定。所谓成名有余者，即自立不足之意也；自立不足，实堪大惧，此时之欲问湘绮者，能自立不尔。

今之学子，完全畏难，不肯深入，世之所谓白话文、白话诗者，视为奇宝，日夜揣摹，又恐不如时人中之不堪者，学风至此，殊堪哀痛。须知此等文字，不得谓之诗文，若使文章老手为之，竭一日之力，可成文千篇，成诗万首，不必他求，我即胜任。故卓如弟子亦笑其师之无聊，学子畏难之心，彼辈亦实成之也。

【意译】

王闿运对我姐杨庄说：“我的书法写得不好，就怪代懿的姑姑，每次我一临帖，她就在旁边恶损，直到我愤然搁笔才止。”并且说：“逢人只应鼓励，以促其进取，不能太拂其意。”我曾看到有人拿诗请教于先生，实在写得丑陋，七绝如同七字歌，而闿运必会为其修改。我问：“这诗也太不像样，先生又何必费此心？”闿运说：“只要人有好学之心，我们便有诱导之责。如果因为其写得丑陋便拒却，他就再无兴致，不但不求进取，连丑诗都不肯写了。”他激励后进的心我远未能及。但也因此，我一生之心得，从无秘密可言，倾授而出。只是今不如昔，青年人奔波于世，不愿静心求学，并非教之罪也。但阍运只是有姐妹恶损便不练书法，令人疑笑。阍运岂是怕恶损之人，他深知学书法并非易事，须有恒心的人数十年笔耕，其平生所学，门类已多，不肯再分心，以免耽误主修，并非畏难，更非畏恶损也。

我少年时就喜好书法，但无师无友，也没有门道，家里的旧帖，只有唐碑，便勤于临摹，临了几种唐碑后，心里老在疑惑，这样做是否妥适？却又不知有什么更好的方法。十二岁时，突然搜寻到二三张书法拓片，如获至宝，朝夕临之。那时世人尚重科举，故个个都痛责，说我自毁前程，而我不以为然，搜集更勤。十四岁的时候，即请齐白石刻了一枚“书法专宗唐以上”的印，后来李瑞清来访，也先索看此印也。凡是心里爱好的，决不要为外在的东西所动摇，我年少时即有毅力做到，何况王阍运？

今天正在绘画，有客至，说我的画应极为读书人喜欢，但寻常人会不以为然，我听后有感，作题跋记于画端：“今日有客至，说必有人以为我的画不够好，不合时尚，我听后大悦，方知自己的画已能脱俗。石涛曾说：‘绘画有当时不合众意，而后人则鉴赏不已者。’正如我之现况也。”我相信学人应具备自信心，但才学疏浅时，就动辄自信，也会自毁一生。如时刻注意与古人相比较，掂量自己的才学已到了什么程度，可与古时何人相等、相近、相远，方有自信可言，否则只能算骄矜而已。故求学之人断不应与同时期人相比，超过旁人本就不难，必生自满之心。如处于与今人相比有过之，与古人相较又不及的阶段，可得生前之誉，然去世则名消也。

二十年前，我姐问先生阍运：“我弟究竟如何？”阍运答：“成名有余。”我姐转告我，听了大惧，我乃抛除一切事务，奋发求学。十年以来，略有进步，可惜闿运已去世，无法再评定。所谓“成名有余”，即“不足自立”之意也；不能自立，实为恐惧，很想问闿运先生，现在我能及自立否。

今天的读书人，十分畏难，不肯深研，流行的所谓白话文、白话诗被当作奇宝，争相模仿，唯恐连跟风者都不如，学风至此，实可悲哀。须知这等文字，根本称不上诗文，若让写文老手来写，一天之内，可成文千篇，成诗万首，不必说他人，我即可胜任。故梁启超的弟子也笑他们的师傅做了件无聊事。读书人畏难之心，即从该辈人开始。

说消长

【原文】

偶然作画，意在石涛，画未半纸，格局已备。有人云“后世必疑为半截画”，以古人无此制也。因题其端曰：“画学自石谷、南田之道长，而石涛、石溪之道消，风气使然，无关学识。”二石之画，诚未可以白眼看之者也，寓理法于凌乱之中，自高于逍遥乎绳墨之内。近人谓余为画法革命，此语余不敢当，不过不于匠派俗工篱下生活而已。此题乃指光、宣以前之俗尚言之，非谓今日也，今日则反是。然余又将为石谷、南田呼冤。彼二人者，亦不可以白眼看之者也。

天下事本无一定之是非，一人唱之，万人和之，商贾更利之，而风气成矣。至于真非真是，固在学者一室之内。余于学术，不愿作人奴隶。无论何项，始则竭数年心力，以得其规矩，继则尽入冶炉，重行炼造。然而才力有限，终难有成，斯为大恨耳。

【意译】

我有一天偶然作画，着意临摹石涛之风格，图未占纸的一半，格局已成。有人说：“隔代人肯定以为这是张半截画”，因以前没这种画法也。故我在画端写题跋：“画学自石谷、南田的风格盛行以后，石涛、石溪则渐式微也，此乃风气使然，并与学识无关。”二石的画，绝没有可淡然视之的理由，寓理法于凌乱之中，似逍遥却在准绳之内。最近有人说我的画是画法革命，这种说法不敢当，只能算有别于画匠熟工一类而已。此题跋是针对光绪宣统年以前的画俗趋势而言，非指今日，今日则正相反。但我又要为石谷、南田鸣冤，此两人也绝非可等闲视之。

天下事本就没有一定的谁对谁错，一人高歌万人和，商人说客推波助澜，乃蔚然成风，至于是非曲直，只在学者的斗室之内争长论短。对于学术，我不愿做人奴隶，无论哪一门，先潜心数年以得规矩，继而融会贯通，化他为我，只是才能有限，终难有成，此为大恨。

论书画南北

【原文】

王石谷画，以能合南北，谓之“画圣”。此言余不附和，工致其楼阁，浅绛其峰峦，即谓为合南北耶？抑别有所在也。阮芸台亦分书法为南北二宗。字之写法，确有二种，一二笔即分派别，不必多也。至于作画，实不如此之严，非数笔所能辨。而画之繁又百倍于字。树学一人，山学一人，屋学一人，人学一人，可也；若以画楼阁极精细，画山石不青绿，即谓为合南北于一手，不亦冤乎？试观元人之制，正当北派未湮之际、南派初盛之时，故其画格亦在中间，器物不失界画之遗，山石又少钩勒之迹，谓为参合南北，亦无不可。石谷之画，又何尝于元人外别有参合之法耶？凡时代之得中者，其所制作必尽善尽美。元人之画，画之中者也。因此以及于诗文，莫不如此。周秦太古，隋唐过巧，魏晋之作，不古不巧，又古又巧，遂为诗文之极轨，故湘绮以此自立，亦以此教人。余于作书，特尊《孔羡》，亦此意也。

阮芸台以画有南北二宗，故将书法亦分南北二派，盖以北魏多方，南朝多圆，其实亦不过大致如此。如《文殊般若经》《郑羲碑》《敬邕》《黑女》之属，皆北魏人书；《孙夫人碑》《龙颜》《宝子》之类，又南朝人作。严厉辨之，只可以方圆别，而不可以南北分。而方圆异体，迥不相同，欲合为一，不知所自。既不能不方不圆，又不可一笔方一笔圆。然则圆其体，方其笔，方其体，圆其笔，谓为参合，可乎不可。故世之夸其书并南北者，余不信也。

【意译】

说王石谷的画，因能融合南北两派画风，故称之为“画圣”，此言我不赞同。纤毫画楼阁，浅色涂山峰，就叫融合南北？还是另有因由？阮芸台也把书法分为南北二宗。书写之法确有两种，一笔两笔，不必再多，派别立判。至于作画，并非能如此严格区分，也不是几笔就能辨识的。画之烦琐百倍于字。可画树学一人，画山学一人，画屋学一人，画人学一人；若以画楼阁极精细，画山石不青绿，便称为集南北于一身，有点冤枉不？试想元代那个时期，正当北方画盛后未衰，南方画方兴未艾，故画之格调均具影响，写物不失细描之遗风，山石又少勾勒之技法，说是参南杂北，也无不可。石谷之画，又与元代画家这种参合之法有何区别呢？凡一种风格处于兴盛时期，其作品必呈尽善尽美。元代绘画，正处兴盛之时。理及诗文，同样如此。周代秦朝作品太粗古，隋朝唐代作品又太巧滑，处于这中间的魏晋时期，不古不巧，又古又巧，渐完善成为诗文之极致，故先生王闿运以魏晋风格自立，也以此风格教人。我作书尤尊《孔羡》，也因如此。

阮芸台因画有南北二宗之说，也将书法分为南北二派，并以北魏多方、南朝多圆概之，其实只能说大致如此。如《文殊般若经》《郑羲碑》《敬邕》《黑女》等，都是北魏人所书，而《孙夫人碑》《龙颜》《宝子》之类，又是南朝人所作，严格区分，只可以说方圆有别，而不可视南北而异。而方体和圆体，迥然不同，如合为一，全失自我，既不能不方不圆，又不可一笔方一笔圆，而如果体用圆，笔用方，或体用方，笔用圆，所谓参合，似是而非，画虎类犬。故凡称有某人书法能融南北风格为一体，我不信也。

论学古

【原文】

《诗》曰："我仆痡矣，我马瘏矣，云何吁矣。"《离骚经》之末段曰："陟升皇之赫戏兮，忽临睨夫旧乡。仆夫悲余马怀兮，蜷局顾而不行。"曹子建《洛神赋》末段曰："命仆夫而就驾，吾将归乎东路。揽騑辔以抗策，怅盘桓而不能去。"读此数文，相承相袭之迹明显异常，可以悟学古之法，更可以悟学之而又变之之法也。此等痕迹，诗中最多，乐府尤多，自《孔雀东南飞》以后，起结之式，莫不如此，而《孔雀东南飞》之起法，又非自创，实本于三百篇。心之所触，即以开腔，不必于下文有何关切，是之谓比兴。但乐府中如《日出东南隅》《青青河畔草》之类，又与《孔雀东南飞》稍异，与下文正相贯也。

邓弥翁云"杜甫《哀王孙》篇，起首费力，不得古法。'长安城头头白乌，夜飞延秋门上呼'，以第二句为不足。更接'又向人家啄大屋’一句，然后说出‘屋底达官走避胡’，减去中间一句，如‘孔雀东南飞，五里一徘徊’，即接‘十三能织素，十四学裁衣’，此即杜甫不及古人处”云云。弥翁学诗肯用苦心，诚为人所不及，但未免知一而不知二。余谓《日出东南隅》与《孔雀东南飞》之起法稍异，即可为杜甫辩护。何以言之？“日出东南隅，照我秦氏楼”，更接“秦氏有好女”，然后说出“自名为罗敷”，实与“十三能织素”之陡接不同，而与《哀王孙》之作法一致。

古人之作，传至后世，多聚讼不已者，以彼时作者之心在彼，而论之者在此也。弥翁读《哀王孙》诗时，不想《孔雀东南飞》，而想《日出东南隅》，即不至提此公案，而我之词亦不至费。但有辩论，后世之学诗者益处正大，不止胜读十年书也。（邓弥翁教人学诗必熟读鲍明远《行路难》，其言极是。杜甫以“俊逸鲍参军”赞李白诗，然则《行路难》为唐七言歌行之祖，已无疑义，惟多长短句，王渔洋所谓不大雅者。余知渔洋不仅不读鲍参军诗，亦必不读李太白诗也。）

【意译】

《诗经》上有：“我仆痡矣，我马瘏矣，云何吁矣。”屈原《离骚经》的末段为：“陟升皇之赫戏兮，忽临睨夫旧乡。仆夫悲余马怀兮，蜷局顾而不行。”曹子建《洛神赋》的结尾是：“命仆夫而就驾，吾将归乎东路。揽騑辔以抗策，怅盘桓而不能去。”读此三文，均以仆人和马抒愁叹也。借鉴沿袭之痕迹异常明显，可以从中悟出学古诗之法，更可以从中悟出学而变通之法。此种袭学痕迹，诗中见得最多，尤其在宫中配乐诗中，自汉代的《孔雀东南飞》之后，开头结尾之式，莫不如此，而《孔》的开式，并非自创，沿袭自古诗三百篇。心之所感，即此开腔，不必拘泥于下文是否关联，称之为“比兴”也。但配乐诗中如《日出东南隅》《青青河畔草》之类，又与

《孔雀东南飞》稍异，讲究与下文相贯通矣。

邓弥翁说：“杜甫的《哀王孙》一首，开头即费劲，未循古法，‘长安城头头白乌，夜飞延秋门上呼’中的第二句未妥。紧接‘又向人家啄大屋’一句，然后说出‘屋底达官走避胡’，可减去中间一句过渡。比如‘孔雀东南飞，五里一徘徊’之后，无过渡即写出‘十三能织素，十四学裁衣’，由此可见杜甫不如古人之处。”云云。弥翁学诗肯用苦心，固然为他人所不及，但未免只知其一不知其二。我以《日出东南隅》与《孔雀东南飞》的开头不同为例，可为杜甫辩护也。此话怎讲？“日出东南隅，照我秦氏楼”，紧接“秦氏有好女”一句过渡，然后说出“自名为罗敷”，这种接法便与“十三能织素”的无过渡接法不同，而与杜甫的《哀王孙》之做法一致。

古人之作，传至后世，多誉毁不一，只因写诗之时在古，论诗之时在今。若弥翁读《哀王孙》时，想到的不是《孔雀东南飞》，而是《日出东南隅》，便没有此公案，也没有如今我这番口舌。但有辩论，后继学诗者得益之大，不止胜读十年书也。（邓弥翁教人学诗时，嘱必熟读鲍明远的《行路难》，其言极是。杜甫以“俊逸鲍参军”称赞李白的诗，而《行路难》为唐朝七言歌行之祖，已无疑义，只是其中多长短句，被王士祯视为不雅。我知王士祯不仅不读鲍参军诗，也必不读李太白的诗也。）

论七绝

【原文】

余年十四五岁时，偶成七绝，呈之湘绮。湘绮批有“绝句难作，费工夫，无大成，可勿存稿，聊作以自娱戏则可”等语。少年无学之时，即以勿轻存稿为诫，盖恐传之后世，有玷平生，湘绮之爱我至矣。自是以后，遂不轻作绝句，专读古诗而已。

绝句难作，湘绮言之已详。全诗仅二十八字，一字无力，即不成高响。既不能有斧凿痕以现聱牙，又不能过于流畅以涉滑调，意不新颖，更无诗可看，故此小构，实难于巨制。湘绮门下皆惮为之，即可以知世人之动成七绝者，非湘绮宗派也。

唐人多工此体，必以王少伯为第一，大声如钟，小声如磬，神完气足，一字千金，成绝唱矣。但其“奉帚平明金殿开，且将团扇暂徘徊。玉颜不及寒鸦色，犹带昭阳日影来”一首，虽是名作，湘绮谓为想入牛角尖者。若细案之，“色”字终嫌未稳，只可以承上之“玉颜”，而不可启下之“带”字，然除“色”字外又无字可用，穷于一字，诗之高境也。李太白、王摩诘、韩君平、韦应物、李君虞、无微之、刘梦得、白乐天、杜牧之、元次山、韩致光、王仲初诸人，皆为特出。湘绮谓李君虞《听晓角诗》有班、马之声，庶乎少伯。于梦得之诗稍有不满之意，以其专作小曲腔调，无贵人身分也。

诸家之外，则有蒋维翰之《春女怨》，刘子夏之《题刘偃庄》、贾幼邻之《西亭春望》、贾浪仙之《题兴化园亭》、薛太拙之《柳枝词》与《蜀路》、高千里之《闻河中王铎加都统》、柳夷旷之《牡丹》、韩退之之《落花》与《楸树二首》、皮袭美之《酒病偶作》、陆鲁望之《自遣诗》、雍国钧之《和孙明府怀旧山》、李涉之《砂宿遇夜客》、张文昌之《秋思》、吴子华之《杨花》、杜彦之之《闽中秋思》《题花木障》、徐昭梦之《镜中览怀》（湘绮谓此人必能作贼）诸篇，皆新颖可诵，《全唐诗》中不可多见之作。《王志》载湘绮论绝句，专论格调，故所举不多，余之所选乃补湘绮之未足，以开人知慧为主也。特将诸篇录之于后，而宋比玉、王阮亭、袁随园之流，亦可以知其不足登大雅之堂也。

春女怨　蒋维翰

白玉堂前一树梅，今朝忽见数花开。
儿家门户寻常闭，春色因何入得来？

题刘偃庄　刘子夏

何事退耕沧海畔，闲看富贵白云飞。
门前种稻三回熟，县里官人四考归。

西亭春望　贾幼邻

日长风暖柳青青，北雁归飞入窅冥。
岳阳城上闻吹笛，能使春心满洞庭。

题兴化园亭　贾浪仙

破却千家作一池，不栽桃李种蔷薇。
蔷薇花落秋风起，荆棘满庭君始知。

柳枝词　薛太拙

高出军营远映桥，贼兵曾斫火曾烧。
风流性在终难改，依旧春来万万条。

蜀　路

剑阁缘云拂斗魁，疾风生树过龙媒。
前程憩罢知无益，但是驽蹄亦到来。

闻河中王铎加都统　高千里

炼汞烧丹四十年，至今犹在药炉前。
不知子晋缘何事，只学吹箫便得仙？

牡　丹　柳夷旷

近来无奈牡丹何，数十千钱买一窠。
今朝始得分明见，也共戎葵不校多。

落　花　韩退之

已分将身著地飞，那羞践踏损光辉。
无端又被春风误，吹落西家不得归。

楸树二首

几岁生成为大树，一朝缠绕困长藤。
谁人与脱青罗帔，看吐高花万万层。

幸自枝条能树立，可烦萝蔓作交加。
旁人不解寻根本，却道新花胜旧花。

酒病偶作　皮袭美

郁林步障昼遮明，一炷浓香养病酲。
何事晚来还欲饮，隔墙闻卖蛤蜊声。

自遣诗　陆鲁望

渊明不待公田熟，乘兴先秋解印归。
我为余粮春未去，到头谁是复谁非？

和孙明府怀旧山　陶国钧

五柳先生本在山，偶然为客落人间。
秋来见月多归思，自起开笼放白鹇。

井栏砂宿遇夜客　李　涉

暮雨萧萧江上村，绿林豪客夜知闻。
他时不用逃名姓，世上如今半是君。

秋　思　张文昌

洛阳城里见秋风，欲作归书意万重。
复恐匆匆说不尽，行人临发又开封。

杨　花　吴子华

不斗秾华不占红，自飞晴野雪濛濛。
百花长恨风吹落，惟有杨花独爱风。

闽中秋思　杜彦之

雨匀紫菊丛丛色，风弄红蕉叶叶声。
北畔是山南畔海，只堪图画不堪行。

题花木障

不假东风次第吹，笔匀春色一枝枝。
由来画看胜栽看，免见朝开暮落时。

镜中览怀　徐昭梦

晨起梳头忽自悲，镜中亲见数茎丝。
从今休说龙泉剑，世上恩仇报已迟。

诗能感人，绝句更能感人，词少意深，易于领悟。刘子夏、贾浪仙诗，皆劝世文也。余不愿受高千里之冷嘲，而欲效皮袭美之自得，余之《山斋夜雨》诗云：

绝顶茅斋不设关，十年偷得此身闲。
灯前坐看萧萧雨，一苑残花尽下山。

将一切败类，逐出净土，手挥目送，独醒独清。此诗录于唐贤所作之后，尚无愧色者，意境亦居大半也。

陶国钧一首，超妙绝伦，兼有忠恕之道。薛太拙之《柳枝》可使卑贱者省，《蜀路》可启用功者愤。柳夷旷诗，可令自炫者惊。韩退之三首，尤为今日士子之所必晓，已被人弄，人自在而已困辱，小说稗官，无此益处。

湘绮所举，亦仅十章，虽已刊行，不妨再录，既可获余文之圆满，又可与学子之便，省搜借之劳，诗后短文，湘绮作也。

论七言绝句法

七言绝句难作，《夜雪集序》已详言之，今但标举名篇，以为楷式。

为政心闲物自闲，朝看飞鸟暮飞还。
寄书河上神明宰，羡尔城头姑射山。

此篇超妙，为绝句上乘，所谓羚羊挂角，不着一字者也。欲知其超，但看太白诗“问余何事栖碧山”一首，乃世所谓仙才者，与此相比，觉李诗有意作态，不免村气。李选字皆妍丽，此则拉杂，如“神明宰”等字，比之“桃花流水”等字，雅俗相远，而俗者反雅，雅者反俗，何耶？

琵琶起舞换新声，总是关山旧别情。
撩乱边愁听不尽，高高秋月照长城。

此篇声调高响，明七子皆能为之，而不餍人意者，彼浮响也。此何以不浮？则以“新”“旧”二字相起，意味无穷。杜子美“听猿”

"奉使"，亦以虚实相起，彼则笨伯，此乃逸才，能使下二句亦有神采，又是何故？

朝日残莺伴妾啼，开帘只见草萋萋。
庭前时有东风入，杨柳千条尽向西。

此篇超妙似"姑射山"，意味如"旧别情"，亦以"东""西"二字相起，非独人不觉，作者亦不自知也。其如何得此，如何下转语，亦不能明言，但恰如人意（《王志》误"时"为"似"）。

春城无处不飞花，寒食东风御柳斜。
日暮汉宫传蜡烛，轻烟散入五侯家。

言恩不及他处也。

昨夜风开露井桃，未央前殿月轮高。
平阳歌舞新承宠，帘外春寒赐锦袍。

言无宠者独寒也。

月落乌啼霜满天，江枫渔火对愁眠。
姑苏城外寒山寺，夜半钟声到客船。

言一日夜无人肯到船。

清时有味是无能，闲爱孤云静爱僧。
独把一麾江海去，乐游原上望昭陵。

言不及仕太宗朝。

此四篇皆言在此而意在彼，前三首皆太不着迹，反不如点破无能为醒豁，但意含怨望，非诗人旨。君不及太宗，不仕可也，不可仕而讥之。柳子厚云："春风无限潇湘意，欲采蘋花不自由"，责己恕人，庶可以怨。

碧绣檐前柳散垂，守门宫女欲攀时。
曾经玉辇从容过，不敢临风折一枝。
水边杨柳曲尘丝，立马烦君折一枝。

唯有春风最相惜，殷勤更向手中吹。

此二篇因景造情，婉而多致。

白马金鞍从武皇，旌旗十万宿长杨。

楼头小妇鸣筝坐，遥见飞尘入建章。

此即事写景，与太白“白马骄行”篇同。彼云“美人一笑褰珠箔，遥指红楼是妾家”，则不及鸣筝者之娇贵也，故诗须有品，艳体尤宜名贵。

湘绮批唐诗选本“月落乌啼”一首云：“作客无人理会，只得自去，到城外犹望人送，等至夜半，更无人来，钟亦不肯来，唯声到耳。朽人往往有此情景，思入牛角尖矣。非我不能知其意，然旷世有知音，正不足恨。”批“碧绣檐前”一首云：“温柔敦厚，可以怨矣，如此奴隶性质，岂不胜于列强！”（此小选本金针度尽，知乎此者，决无枯窘题也，前举名家，亦必取读。）

【意译】

我十四五岁时，作了一首七绝，呈给王闿运批阅。先生写了“绝句难作，费工夫，无大成，可勿存稿，聊作以自娱则可”几句批语。告之少年学问未成之时，不要轻易存留稿件，以免传至后世，玷污平生，闿运乃爱我护我之心矣。自那以后，我便不轻易作绝句，而专读古诗。

绝句难作，闿运言之已详。全诗仅二十八个字，如其中一字无力，即全诗无气势。既不能有咬文嚼字的晦涩之感，又不能过于流畅入滑调之流，若意境不新颖，诗便苍白无力，故虽小巧之作，实比巨篇更难。闿运弟子对此皆有忌惮，如有称七步之内可出七绝者，必非闿运一脉之人也。

唐代诗人善作七绝，而王昌龄应列第一，大声如钟，小声如磬，神气具备，一字千金，成绝唱矣。但他的“奉帚平明金殿开，且将团扇暂徘徊，玉颜不及寒鸦色，犹带昭阳日影来”，虽是名作，闿运称之为钻到牛角尖里的诗。如果细细嚼之，“色”字用得仍似不完全安妥，只可承上的“玉颜”，而不能启下的“带”字，但除了“色”字，又无更佳者可替，穷于一字，也是诗入高境也。李白、王维、韩翃、韦应物、李益、元稹、刘禹锡、白居易、杜牧、元结、韩致光、王仲初等，尤为突出。闿运称读李益的《听晓角诗》，可闻渐离的马蹄声，堪比王昌龄。刘禹锡之诗稍欠饱满，喜作小曲腔调，无矜贵之气也。

以上各名家之外，尚有蒋维翰的《春女怨》、刘子夏的《题刘偃庄》、贾幼邻的《西亭春望》、贾浪仙的《题兴化园亭》、薛太拙的《柳枝词》与《蜀路》、高千里的《闻河中王铎加都统》、柳夷旷的《牡丹》、韩退之的《落花》与《楸树二首》、皮袭美的《酒病偶作》、陆鲁望的《自遣诗》、雍国钧的《和孙明府怀旧山》、李涉的《砂宿遇夜客》、张文昌的《秋思》、吴子华的《杨花》、杜彦之的《闽中秋思》与《题花木障》、徐昭梦的《镜中览怀》（闿运说此人能做贼）等诗篇，新颖可诵，在《全唐诗》中也不可多见。《王志》所载王闿运论绝句之文，专论格调，故所列诗篇不多，我此选可补闿运之不足，以开人视野益人文慧。将诸篇录之于后，相较之下，也可知宋玉、王士祯、袁枚之流，为何不足以登大雅之堂也。

春女怨　蒋维翰

白玉堂前一树梅，今朝忽见数花开。
儿家门户寻常闭，春色因何入得来？

题刘偃庄　刘子夏

何事退耕沧海畔，闲看富贵白云飞。

门前种稻三回熟，县里官人四考归。

西亭春望　贾幼邻

日长风暖柳青青，北雁归飞入窅冥。
岳阳城上闻吹笛，能使春心满洞庭。

题兴化园亭　贾浪仙

破却千家作一池，不栽桃李种蔷薇。
蔷薇花落秋风起，荆棘满庭君始知。

柳枝词　薛太拙

高出军营远映桥，贼兵曾斫火曾烧。
风流性在终难改，依旧春来万万条。

蜀　路　薛太拙

剑阁缘云拂斗魁，疾风生树过龙媒。
前程憩罢知无益，但是驽蹄亦到来。

闻河中王铎加都统　高千里

炼汞烧丹四十年，至今犹在药炉前。
不知子晋缘何事，只学吹箫便得仙？

牡　丹　柳夷旷

近来无奈牡丹何，数十千钱买一窠。
今朝始得分明见，也共戎葵不校多。

落　花　韩退之

已分将身著地飞，那羞践踏损光辉。
无端又被春风误，吹落西家不得归。

楸树二首　韩退之

几岁生成为大树，一朝缠绕困长藤。
谁人与脱青罗帔，看吐高花万万层。

幸自枝条能树立，可烦萝蔓作交加。
旁人不解寻根本，却道新花胜旧花。

酒病偶作　皮袭美

郁林步障昼遮明，一炷浓香养病酲。
何事晚来还欲饮，隔墙闻卖蛤蜊声。

自遣诗　陆鲁望

渊明不待公田熟，乘兴先秋解印归。
我为余粮春未去，到头谁是复谁非？

和孙明府怀旧山　陶国钧

五柳先生本在山，偶然为客落人间。
秋来见月多归思，自起开笼放白鹇。

井栏砂宿遇夜客　李　涉

暮雨萧萧江上村，绿林豪客夜知闻。
他时不用逃名姓，世上如今半是君。

秋　思　张文昌

洛阳城里见秋风，欲作归书意万重。

复恐匆匆说不尽，行人临发又开封。

杨　花　吴子华

不斗秾华不占红，自飞晴野雪濛濛。

百花长恨风吹落，惟有杨花独爱风。

闽中秋思　杜彦之

雨匀紫菊丛丛色，风弄红蕉叶叶声。

北畔是山南畔海，只堪图画不堪行。

题花木障　杜彦之

不假东风次第吹，笔匀春色一枝枝。

由来画看胜栽看，免见朝开暮落时。

镜中览怀　徐昭梦

晨起梳头忽自悲，镜中亲见数茎丝。

从今休说龙泉剑，世上恩仇报已迟。

诗能感人，绝句更能感人，词少意深，易于领悟。

刘子夏、贾浪仙的诗，都是劝世文，而高千里满是冷嘲热讽，皮袭美却悠然自得，我有《山斋夜雨》诗一首：

绝顶茅斋不设关，十年偷得此身闲。

灯前坐看萧萧雨，一苑残花尽下山。

有将一切败类逐出净土，挥手目送，独清独醒之意。此诗如录在唐代诗人的全集中，绝无愧色，意境已近七八成之多。

雍国钧的那首，妙趣无比，兼含忠恕之理。薛太拙的《柳枝》，可使卑贱者自省，而《蜀路》，可让攀登者愤懑。柳夷旷的诗，可令自傲者惊诧。韩退之的三首，尤其应为今日读书人所知晓，自己处于被愚弄之中，弄人者自由自在，被弄者身困受辱。小说稗史，无此益处也。

闿运在《王志》中所列举的七绝之诗，仅十首，虽已刊行，但不妨在此再录，既可让我的这篇文章更趋完整，又可方便看者省去搜借之苦，诗后的短文，乃闿运之作。

论七言绝句法

七言绝句难作，我在《雪夜集序》中已详细述之，今再举名篇，以作范例。

为政心闲物自闲，朝看飞鸟暮飞还。

寄书河上神明宰，羡尔城头姑射山。

此篇超妙，为绝句之上品，可谓羚羊挂角，不留多余一字。若嚼其味，但看李白的一首诗“问余何事栖碧山”，世称该首有仙才，相较之下，反觉李诗有意作态，未脱村俗之气。李作诗选字惯俏丽，此首则有些庞杂，且看“神明宰”等字，与“桃花流水”等字，雅俗相距甚远，俗者反有雅意，雅者反显俗意，为何？

琵琶起舞换新声，总是关山旧别情。

撩乱边愁听不尽，高高秋月照长城。

此篇声调高响。明代七贤皆能高响，但不尽如人意之处在于响而虚空。但这首则以“新”“旧”二字相应，意味无穷。杜甫的“听猿奉使”，也以虚实相应，却显笨拙，此处则灵逸，能使下二句也出神采，又是为何？

朝日残莺伴妾啼，开帘只见草萋萋。

庭前时有东风入，杨柳千条尽向西。

此篇超妙之处有如“姑射山”，意悠之处有如“旧别情”，也以“东”“西”二字相应，然别人不觉刻意，作者纯出随心也。其如何遣词，如何转语，不能言传，只能意会，但恰到好处。（《王志》误“时”为“似”。）

（一）

春城无处不飞花，寒食东风御柳斜。

日暮汉宫传蜡烛，轻烟散入五侯家。

意指皇恩远不可及也。

（二）

昨夜风开露井桃，未央前殿月轮高。

平阳歌舞新承宠，帘外春寒赐锦袍。

意指不受宠之人深感孤寒也。

（三）

月落乌啼霜满天，江枫渔火对愁眠。

姑苏城外寒山寺，夜半钟声到客船。

意指昼夜无人来客船。

（四）

清时有味是无能，闲爱孤云静爱僧。

独把一麾江海去，乐游原上望昭陵。

意指不如仕太宗朝。

这四篇皆言此意彼，前三首都不太露痕迹，反不如第四首点破“无能”更来得了当，但意含哀怨和奢望，可能并非诗人本意也。当朝皇上不及太宗，可选择不出山为官，一边吃皇粮一边讥讽皇上，甚不妥当。柳宗元有诗“春风无限潇湘意，欲采蘋花不自由。”宽于待物，严于责己，尚可以怨。

（一）

碧绣檐前柳散垂，守门宫女欲攀时。
曾经玉辇从容过，不敢临风折一枝。

（二）

水边杨柳曲尘丝，立马烦君折一枝。
唯有春风最相惜，殷勤更向手中吹。

此二篇依景寄情，婉而多姿。

白马金鞍从武皇，旌旗十万宿长杨。
楼头小妇鸣筝坐，遥见飞尘入建章。

此篇因事写景，李白有类似一篇，中有“美人一笑褰珠箔，遥指红楼是妾家”一句，则没有“鸣筝坐”显得娇贵也。故诗必须有品，艳体尤须名贵。

闿运对《唐诗选本》中“月落乌啼”的一首诗有批语：“做客无人理会，只得自去，到城外盼望有人迎送，等至夜半，又无人来，连钟都不肯来，只把时已迟暮的声音传到耳里。偏执的人往往有此情形，钻牛角尖矣。非我不能知其意，但举世皆知音，乃无可奈何也。”又对“碧绣檐前”一首诗的批语是：“温柔敦厚，可以怨矣，如此奴隶性质，岂不胜于列强！”（闿运的此选本鞭辟入里，知其点评之法，决无对题无议之窘，所列名家之诗，必值一读。）

卷八

论改稿

【原文】

郑板桥曰："为文须千斟万酌，以求一是。再三更改，无伤也，然改而善者十之七，改而谬者亦十之三，乖隔晦拙，反走入荆棘丛中去。"观此数语，即知板桥功夫未能深稳也。

王湘绮先生于从前所作，未常更改一字。余少时亦以为疑，近日始知为无可更改也。人之学问知识不能无变，如少学唐宋，长师汉魏。少时心思，唐宋人心思也；长时心思，汉魏人心思也。然则少时所作必类唐宋，长时所作必类汉魏，而章法句法，截然两途，有唐宋文非此不可，汉魏文则不可如此者，故与其一一更改，不如完全弃去。且手法已稳之人，决不至糊抄乱写，不可用者，必不思及，既已思及，断不离经，纵有未安，亦非大处。作文之时自有线索，过时即非其境，而必乱加点窜，宜其走入荆棘丛中。且文字已成体者，又无可更改，可更改者，必未成体，虽千更万改，仍无益也。

【意译】

郑板桥说："做文章须千斟万酌，以求最贴切的表述。再三更改，许期完善也，越改越好者，十之有七，越改越差者，也十之有三，巧弄成拙，反而走入死胡同了。"从这几句话来看，应知板桥之功力，尚未深稳。

王闿运的文章常一字不改，我年少时听说但疑，近来才知道是确实无处可改也。一个人的知识学问组合不可能一成不变，比如年轻时学唐宋，年长后学汉魏，故年轻时的文法倾向唐宋，年长时的文法倾向汉魏，但两者章法句式截然不同，有些地方唐宋文法非如此不可，而汉魏文法又绝不可如此，与其一一更改，还不如完全摒弃。并且文风已成、思想熟虑之人，决不至于胡抄乱写无边际的东西，也不会作无端考究，既已考究，也便八九不离十，纵有不妥之处，应非大错。写文章时自有思路，时过境迁，再从中删增修饰，反而容易坠入迷途。另文章逻辑已顺，就无从改起，如可改，必是文理未顺，虽千修万改，已无益也。

说版本

【原文】

有人携《山谷外集》[①] 来，询其现值，余答曰："此当询之叶郎园、王佩初两君，余不知也。"叶、王藏书至富，故版本之考究为吾湘冠，余不过略知一二，非其比也。两君于书画则未用功，故赏鉴多错谬，湘人咸讥之。人各有用心处，其用心处即其所长，书画本专门学，非随意涉猎者可通。两君之于版本已不让人，何必更责未能赏鉴耶？但两君好用其短，故人讥之也。

余之读书，以取大意得实用为主，不必世綵堂本而后诵读，故于版本知而不行，读书之功不愿为买书所夺也。王湘绮先生亦不注重，

① 宋代黄庭坚著，《山谷诗集注》二十卷、《山谷外集诗注》十七卷、《山谷别集》二卷。

盖亦无暇及之。凡事非意之所属，虽日日见之，直等于云烟过眼。湘绮一生所见书画必不少于我辈，而于赏鉴全然莫辨，即可知赏鉴别为一事，版本亦别为一事。非有学问者即善赏鉴；知赏鉴，究版本，即为读书也。(《王氏画苑》，明王世贞著，为专门论画之书，书固不奇，然略考《四库全书》及阮文达进呈书目，皆未之见，叶、王两君必知其故者。)

【意译】

有人拿了《山谷外集》来给我看，问我现值多少，我说："这种东西你应去问叶德辉、王佩初，我不清楚。"叶、王藏书极为丰富，对版本的考究也可称湖南之冠，我不过略知一二而已，不可比也。但他们对书画研习并不深，故赏鉴时谬错频出，湘人多讥笑之。各人有各人的用心，用心之处乃擅长之处，书画本属专门之技艺，远非随便涉猎即可精通，叶、王在版本方面的学问已无人可及，又何必去责笑他们的书画赏鉴能力呢？只是这两人好用其短，也易引人讥之。

对于读书，我是抱着取书中大意得其精髓的态度，而非拘泥版本，故对版本是知而不专，精力专注读书而不愿花在怎样买书上。王闿运也不注重，故也无暇顾及。凡事如果不在意，即便天天见到，也等于过眼云烟。闿运一生所见过的书画肯定比我们多，而对于书画鉴赏，全然莫辨，可见鉴赏是一门单独的学问，版本也是另一门单独的学问。并非有学问者就懂鉴赏；学习鉴赏，研究版本，也在于多读专类之书也。(《王氏画苑》，明代王世贞著，是本专门论画的书，书虽普通，但在《四库全书》和阮文达进呈书目中都没找到，叶、王两位应知原因。)

斥参合

【原文】

近来写字之人，动曰参合某碑与某碑，此言只可骇外行，学人则嗤之以鼻。参合之说，无此容易，断非临时所能办到。今日取甲乙二种，甲其横，乙其直，明日取丙丁二种，丙其点，丁其撇，即可谓之参合耶？恐不能也。化学中有化合、混合之别，以之例书，可以发启心思。譬之甲乙二碑，临摹尽得，更成一体，介乎甲乙之间，人视之非甲非乙，又是甲是乙，然后可以谓之参合，即可比之化合。若取甲之一部，乙之一部，而凑成一团，是无异牛其首蛇其身，徒显异状，不可名称而已，安可谓之参合耶？以混合例之，决非诬也。南园[1]之参合颜、米，蝯叟之参合《道因》《黑女》，均尽一生之力，终身守之。今之人本领天大，千变万化，今日参合甲乙，明日参合丙丁，日日可成一体，其谁欺？欺天乎？余于书法寝馈三十余年，知其难处，不信有此神人。

【意译】

近来一些书法之人，动辄就说“参合”了某碑与某碑，这只能骇外行，懂行的人嗤之以鼻。“参合”之举，并非容易，绝不是临时抱佛脚即可做到的。今天取甲乙两碑，用甲之横，乙之直，明日取丙丁两碑，用丙之点，丁之撇，就可标榜为“参合”了？非也。化学中有化合、混合的区别，书法也同理，你可以朝着这层意思去理解。比如甲乙两碑，均分别实临到位，又意临成一体，介乎甲乙之间，世人看起来非甲非乙，又是甲是乙，这可以说是“参合”，也即化学中

① 南园：钱沣，号南园，清官吏，书法家。

的化合。若只是取甲一部分，乙一部分，凑成一团，与牛头蛇尾无异，一个怪物，不可名状，怎可以说是“参合”？不是诋毁，只能说是混合也。钱沣参合颜真卿与米芾，何绍基参合《道因》碑与《黑女》碑，都是尽一生之参修而得，并终生守靠，而今天各路诸侯本领天大，千变万化，今天参合甲乙，明日参合丙丁，一天可成一体，骗谁呢？骗鬼去。我勤于书法三十多年，深知其难，不信有此神人。

记黄龙砚

【原文】

光绪末年，沈咏荪以八金得湘阴左仲冕所藏二砚。一为黄龙砖①，内面有“阮芸台校十三经之砚”，与“阮芸台砖之八”等题字，墨池前有翁覃溪单刀题字，泥质甚细，带黄红色。一为冬心砚，内圆外方，且缺一角，石夹一线，直梗砚中，内面石皮上有冬心题，且作铭镌缺角，铭为“天倾西北，地缺东南，天圆地方，有如此石”四语。

咏荪好古成癖，有名书画及佳砚之类，即质衣购之，每延及数月不能偿一物之值，而搜求无已时。后以急偿他物值，以二砚质于黄修原处，旋以让于李筠庵。壬子到沪，坐梅庵斋中，有客索余书者，梅庵出黄龙砚，磨墨授余，且云：“名砚不可不一试，与君共赏之。”余欣然受之，墨尽而止。梅庵有“黄龙砚斋”印，见者必多，掌故之源如此。冬心砚则在余介卿处，过数日又于周晴松处见之，知又让晴松矣。筠庵以冬心砚有石夹，恐其中断，否则不至与黄龙砚分离也。

---

① 黄龙砖：后人用汉代黄龙年间的砖制成的砚台，极为珍稀。

筠庵好古，亦成奇癖，在长沙时，尝见其以薪米资购名书画，故赏鉴极精，为友人中第一。余在沪时，以别后所得见示，彻夜始尽，无一伪迹。庞芝阁亦有赏鉴名，观其所藏，亦无伪迹，但交谊不深，又未遍及，究不知其眼力如何耳。

余藏阳嘉二年七月砖、吴凤皇三年砖，泥质与黄龙砖相似，若秉三能书，则凤皇砖可作无上之赠品。

【意译】

光绪末年（1908），沈咏荪用八金从湖南湘阴县左仲冕那里购得二方砚台。一方为黄龙砖，内侧有“阮芸台校十三经之砚”与“阮芸台砖之八”等题字，墨池前有翁同龢的单刀题字，砚的泥质细腻，略带黄红色。另一方为金农砚，内圆外方，缺了一角，砚的正中间，梗夹了一条石线，内侧有金农的题字，且有铭刻，专记缺角，语为“天倾西北，地缺东南，天圆地方，有如此石”。

咏荪喜欢古物成癖，一见有名的字画佳砚之类，即便典当衣物也要购之，而且常延缓数月也赎不回押物，寻古之举又无间断之时。这两方砚后来因为要急于偿还其他典当之物，转手让给了黄修原，不久又到了李筠庵处。壬子（1912）我到上海，在李瑞清家，有一客户求我一幅字，瑞清捧出了这方黄龙砚，并磨好墨对我说：“名砚不可不试，与君共赏之。”我欣然徐书，墨用尽方止笔。瑞清专刻了一枚“黄龙砚斋”印，许多人都见过，印的掌故来源如此。金农砚我初在余介卿那里见到，没过几天又在周晴松处见到，可想是介卿转让给了晴松矣。李筠庵是担心金农砚中有石线，恐其断裂，否则不至于让它与黄龙砚分开处置也。

筠庵喜好古物，已达奇癖之境，在长沙的时候，曾记得他用原准备买米的钱去购字画。对鉴别也极精，在我的朋友中数第一。我在上海时，通夜看遍了我们分开这段时间他所收得的东西，无一仿品。庞芝阁的鉴赏也很有名气，看其所收到的藏品，也无伪迹，但交谊不深，又未看遍，故还不能对其眼力下断语。

我收藏有阳嘉二年（133）七月砖、吴凤凰三年（274）砖，泥质与黄龙砖相似，如能有熊希龄题字其上，则珍稀无出其右也。

说　纸

【原文】

纸墨为书画之命根，纸墨不佳，完全死气，灵光更无望也。墨略逊者尚可敷衍，纸则非佳不可。然佳纸既不易得，所用复多，以白料重参纸为学书之常品，以棉料生宣为学画之常品可也。胶矾熟纸最不可用。玉版、淳化虽非熟纸，只可作书，不可作画。画以有浸者为佳，有浸则墨气鲜润，有时能呈异彩，为玉版、淳化之所无，生而陈者，更为妙绝。玉版、淳化则便于精细者也。凡书画之尚韵味者，纸必光滑，故以类似黄白经笺、碧云春树笺为妙；尚气力者，纸必粗涩，故以类似横帘纸、澄心堂者为宜，亦一定之势也。

余一生专用生纸，愈生愈快，故书画家之境界，又可以其所用之纸测之。用煮硾①者更下等也。汪六吉纸，书画皆能合用，然多伪品，纸中有“汪六吉”三暗字者，其佳者也。棉料单宣，朵云轩制者可用，重参皮纸，无色者较有色者为高。余一生足迹所至，惟碑、笔、纸三者是求，若生于乾嘉，则不必如此费力也。

白石之子言金巩伯②作画丑状极多，以小笔淡墨徐徐抹擦，有时吮笔如排刷，以作细草羽毛之类，且不能用生纸，非煮硾之属不能动

① 煮硾：矾水浓度极高的熟宣纸。

② 金巩伯：金城，字巩北，晚清名画家，善临摹古代名人画迹。

笔。彼为金氏门人，决不诬诋。余尝谓曰；“天下事无不如此，非有骗术者不能行世，社会无真识也；反之，不用骗术而求实在者，决不为世所重。故曰“藏之名山，传之其人”。所谓其人者，非社会之所易得者也。”金氏于十四年前在伯兄处充职员时见之，画极幼稚，不堪入目，此后或有进境，亦未可知，以彼时笔性观之，俗所谓匠气者，或不能免尔。（同、光时有姓卜者，搜集历朝纸样，装成大册，遂为世间宝物。又集历朝磁片，以木板嵌之，闻为西人买去，不可得见矣。三百年来，虽大名家亦用熟纸，终乏生气，然便于着色，故亦不废。屠隆曰：“以皂角捣碎浸清水中一日，用砂礶重汤煮一炷香，滤净调匀，刷纸一次，挂干，复以明矾泡汤加刷一次，挂干，用以作画，俨若生纸。”附记于此，以资考究。）

【意译】

纸和墨是书画的命根，如纸墨不佳，书和画只能是一派死气沉沉，灵光自无从谈起。墨稍差尚可敷衍，纸则丝毫不能含糊。但好纸并不易得，耗用又多，世人常用白料重参纸来练习书法，用掺棉料的生宣来练习绘画。最不能用的是胶矾熟宣。玉版、淳化之纸虽然不是熟宣，但也只适用于书法而不宜作画。好的画纸应具浸性，有浸墨色才能鲜润，间或甚至能出异彩，玉版、淳化绝对做不到，久陈的生宣纸，效果则更为绝妙。玉版、淳化纸不便于浸染而更适于精描也。凡书画者风格喜尚细韵的，会讲究纸的光滑，如类似黄白经笺、碧云春树笺为佳；风格喜尚力道的，会讲究纸的粗涩，如类似横帘纸、澄心堂纸为宜，这是不言而喻的。

我一生只用生宣纸，越生走笔越快，故书画家的境界，根据其用的纸类也可窥见。最低等用煮硾纸也。汪六吉纸，书和画皆适合用，但假品甚多，如纸中暗印有“汪六吉”三个字，应是佳品也。含棉料的单层宣纸，朵云轩制作的可用，重参皮纸，无色的比有色的好。

我一生默默所求之物，不外三种，碑、笔、纸也，若生在乾隆嘉庆之年，这些都不至于如此费心力矣。

齐白石之子说金城绘画毛病不少，一是用小笔淡墨，细涂慢抹，有时还用嘴吮笔，舔成排刷状，以便描小草羽毛之类；二是不能用生宣纸，非矾水浓度极高的熟宣纸不可，否则不能动笔。他也是金的门生，对金并无诋毁之意。我曾说过："天下之事往往如此，只有骗子才能大行其道，社会并无识辨真伪的能力；反而不屑伪骗、实实在在的人，很难被世人所推重。故有'藏之深山，传有专人'之说，而所谓专人，指并非社会上轻易可遇之庸人也。"我见金城，还是十四年前他在我兄那里任职之时，当时其画，极幼稚，很难入目，此后或有长进也未可知，但以那时的笔性来看，我们惯称的匠俗之气已成形，势必难改也。（同治、光绪时期有一人，姓卜，搜集历朝的纸质样品，订成大册，此物为世间之宝。又将历代的陶瓷碎片，嵌以木板制成样本，据说被西洋人买走，再难一见。三百年来，虽大名家也用熟宣作画，但终究缺乏生气，只是便于着色，故也没废弃。屠隆曰："以皂角捣碎浸清水中一日，用砂礶重汤煮一炷香，滤净调匀，刷纸一次，挂干，复以明矾泡汤加刷，一次挂干，用以作画，俨若生纸。"附记于此，以资考究。）

贵 絜

【原文】

《六朝文絜》中所选之文，未必尽当，其命书名用一"絜"字，实具苦心，文章通窍之人也。六朝之文病在不絜，所谓不絜者，浮词虚饰，过于冗长。其能不多不少，恰到好处者，即为上乘。六朝人心思灵巧，风韵翛然，为后人之所不及，然喜争闲气，竞尚奢靡，故文章亦有不絜之弊。王湘绮先生删繁成简，撷精去滓，故其格调最为出色，雅、洁二字，无过之者。

然必欲其絜，又非专学文章者之所能。文人心思不免泛滥，又加才气，势必冗长，故字简虑周之文，必出于经学也。湘绮之文有时亦为习染，未及翦削，试取《秋醒词序》读之，必删去“象床低彩凤之帷，金缸绩盘龙之焰”两句，始成完璧。两句太艳，乃新婚词体，不合幽居景况也。虽然，学文之士，于《秋醒词序》再三求之，骈体[①]之妙，必可尽得。何以言之？诗重情不重理，文重理不重情，故诗之与文，遂判然而为二。骈体之作，情理必赅，又借铿锵助其感动，诗文之用，此制兼之，故诗之与文，遂翕然而为一，是以骈体之文，实为士子之所必备。胡天游、袁简斋等之相隔尚远，亦可于此知之也。此论前人似未曾说，故我申之。以千年来之作者观之，不必情理俱备之题亦成骈体，或未达乎斯旨也。然则韩愈起衰之功，谓为滥作者之所赐，不亦宜乎？

余于文章实未入室，然有所触，亦复动人，汪闲止谓《尹府君墓志》中“颜色未衰，须眉独秀，悠然闻道，含寂知归”四句，空灵玄妙，得六朝人神韵，余则以为《庚申词序》之“纵有清思，都成余恨”两句较为难得也。

【意译】

《六朝文絜》中所选取的文章，未必都适当，但书名用一“絜”字，实具苦心，也显知编辑之人颇通文章之诀窍也。六朝时期的文章通病在“不洁”，所谓不洁，即浮词虚饰，过于冗长。若能不欠不过，恰到好处，便是上乘之作。六朝人心思灵巧，风韵倜然，为后人所不及，但争显矫闲，攀比奢靡，故文章尤有不洁之弊。王闿运先生

---

① 骈体：以字句两两相对而成篇章的文体，常用四字或六字。

删繁成简，去粗取精，格调最为出色，雅、洁二字，无人能比。

但想文章洁，又并非专学写文章就可做到。文人心思难免泛滥，加上又有才气，更易冗长，所以文字简练、思虑周全之文，必出于经学家之手。王闿运的文章有时也会被世习所染，尚未剪削，如取《秋醒词序》为例，要删去“象床低彩凤之帷，金缸绩盘龙之焰”两句，才算无瑕。这两句太艳，适用于新婚词体，与幽居之景并不相合也。文人雅士，对《秋醒词序》百般推陈，骈体之妙，序中尽得。为何有此一说？诗词重情不重理，文章重理不重情，故诗词和文章被认为是两类完全不同的表达。而骈体文，必须理足情满，且借助铿锵之韵增其动感，诗和文的功用同时兼有，浑然合一，为学者行文之基本功。胡天游、袁简斋等人之文采尚欠候，在此处显露无遗也。这种观点以前似乎没人说过，故我在此阐明。从近千年的诗文来看，也有一些骈文并未达到情理具备之高度，也可说韩愈重振文风之功，尚拜庸诗滥文所赐。

我写文章确实算不上自成境界，但若有感之处，所作也不乏动人，汪闲止说我在《尹府君墓志》一文中，“颜色未衰，须眉独秀，悠然闻道，含寂知归”四句，有空灵玄妙之意念，得六朝时代之神韵，我却自以为在《庚申词序》中有两句“纵有清思，都成余恨”更为难得。

求精

【原文】

若有人焉，文读周秦两汉之文，诗读汉魏晋宋之诗，字学汉魏北朝之字，画学元明之画，其他一字不阅，一笔不学，而其所作不古茂可观者，未之有也。但此只能想象，为绝不可能之事。耳目之所习见，皆不在此范围之内，又焉能纯洁至于此耶？愿求学之人必须以此为准的，用心之处不可太多，非所专者，可以随意涉猎，皆以稗官小说视之。心既不乱，学自能高，制作之时，骎骎入古矣。江艮庭辈似欲为我所想象之人，全反流俗，亦未做到，即可知笃守之难。清儒以博学吓人，故人皆务博，余以为与其博而不精，不如精而不博。形似大家，其实未成者，博误之也；形似小家，又卓然独立者，精成之也。清之大儒层见叠出，而其所作不及唐宋小家，其故可知矣。湘绮诫人勿贪，诚为有见。余尝问友人曰："阮芸台、毕秋帆[①]之流有何长处？"人皆不知所答。若谓黄河之水以多见长，则不如一勺西湖，尚不失为琼田玉界也。

【意译】

如果有一个人，文章只读周秦两汉的，诗歌只读汉魏晋宋的，书法只学汉魏北朝的，绘画只学元明的，其他则一字不读，一笔不学，他的作品不可能不古茂可观也。但这只能是假设，现世中绝无可能。平时耳濡目染的东西均与此无关，又怎可纯粹至此？只愿求学之人以此为标杆，用心之处不可太多，非专攻的领域，可以浅显涉及，当小说野传一览了之。用心不乱，学问自深，凡有作品，渐能尚古矣。江艮庭等颇想成为我所假设的那种人，拒染流俗，但也未能做到，可见纯粹之难。清代的大儒们都以博学闻名，故人心思博，我却认为与其博而不精，反不如精而不博。看起来像个大家，其实分量不足，乃为博所误也；看起来似个小家，但能卓然自立，实因精而成也。清代的大家层出不穷，但他们的作品反不如唐宋时期的小家耐人寻味，其原因不难想见矣。王闿运常告诫人勿贪多，实为极有见地之言。我曾问友人："阮芸台、毕秋帆之流有何长处？"友人们都不知所答。如果

---

① 两人均为清朝总督，大学士，著名学者。

说黄河之水以多称雄，还不如小小一勺西湖，琼田玉界，更引人入胜。

说混合

【原文】

湘绮先生谓曾重伯诗有凑杂之弊，譬诸讲话，一句京腔，一句苏白①，不成体也。此论与余谓今人字为混合体同一意义。重伯诗为混合体，惟湘绮知之，今人字为混合体，惟我知之，世人未知之也。讲话为世间最浅之事，而一句京腔，一句苏白，必多走几处者始知其非，伧夫决不能辨，而况诗字之高深迥非讲话可比者乎？即多走几处者亦无知之之可能也。文章之道，较之诗字略为普及，故无有以一句散文，一句骈文，一句汉文，一句唐文欺世者，则以多走几处之人又不能尽谓为无知之之可能也。故乱凑不得谓之博，杂参不得谓之合。孔子之道，一以贯之，不一不能成体也。

【意译】

王闿运说曾广钧的诗有拼凑杂乱的毛病，好比讲话，一句京腔，一句苏白，不成体统。而我说当今人书写的字是拼凑而成，也有同一层意思。广钧的诗为混合体，只有闿运知道，当今人书写的字为混合体，只有我知道，世人并没感觉也。讲话是世间最普通的事，而一句京腔，一句苏白，也还须走南闯北的人才分辨得出，固守一隅的粗夫是肯定不知道的，何况诗和书法的高深岂是讲话所能比耶，就是博学多才也许还悟之不出。文章和诗、书法相比，又较为普及些，所以绝少有以一句散文，一句骈文，一句汉朝文，一句唐代文凑合成篇来混

① 苏白：吴语白话，现仍流行于苏州、上海一带。

迹于世的，故又不能说见多识广于文理无补。但乱凑不能视之为广博，杂乱不能称之为融合。孔子之道，有一贯穿始终的法理，否则不成体统。

玩　冰

【原文】

大雪水冻，取玩冰纹，略似皴法，又增一画境。因忆张叔未①拓《冰成图》，并为题记，盖亦于彼之心思有合，非无聊也。昔人见蛇斗而知书法，决非欺人之谈。用心之人，处处感触。

余于行草素不习帖，以其易入窠臼，难于古厚，故任其自然，必欲于篆隶中得之也。居草堂时，见古藤绕树，或疏或密，穿插天成，而行草有着矣。人遂有疑之者，余告之曰："凡写篆隶之人，其行草宁拙不可巧。"若令余书楹帖，而令梦楼、山舟书款，决不合式。更举乾嘉老辈言之，伊墨卿、张叔未之行草，即与寻常人大异，几类小儿初学写字者。蝯叟晚年专学篆隶，故其行草亦不得不另图方法。但不依帖法而成行草，实为至难之事。千年以来，王右军、褚河南、颜鲁公、李北海与南宫、玉局、承旨数人，占尽势力，无论何人皆在其范围之内，欲树新帜，实不可能。故《阁帖》虽多，莫不大同小异。余于年少之时已知学帖无出路，日于篆隶用功，行草置之不顾，直至四十以后，始于帖法之外另成一格，只求与篆隶相称，非好新奇也。

余为此论之时，适有他客手持孙渊如、吴愙斋篆册，左翻右覆，蹙眉视之，余言未毕，狂叫而起，大声而言曰："余正疑孙、吴两公之款字太庸俗，与篆书不称，因此可知其篆书必为庸俗之篆书也。"

---

① 张叔未：张廷济，号叔未，清代金石学家、书法家。

余笑谓曰："君大悟矣。"孙、吴行草，全是馆阁习气，离帖法尚远，以配篆书，异常刺目。行草篆隶本为一手所出，未有于彼无力而于此有力者，故孙、吴之篆书，亦馆阁习气之篆书也，而世人偏能恕之，谓为长于篆书，不长于行草，是全不知书者之言也。邓顽伯以善篆隶名于世，其行草之力量亦与篆隶相等，未常稍异，何蝯叟、吴让之、赵㧑叔辈亦莫不如是，即可为余言之证。故谓为注重学篆，行草不成形而有力，可也；若谓为注重学篆，行草只能成形，不能用力，不可也。且手法稳健之人，其力量必提笔即来，断未有能施于彼而不能施于此之别，譬之善打者，挥拳即力现，至于打人则有力，打狗则无力，亦为绝无之事。因孙、吴之行草庸俗，遂谓其篆书亦庸俗，乃至当之论，非诬诋也。前有以窸斋篆书相询者，余答曰："吴大徵、黄自元两人，恰可比之禹稷颜子，易地皆然。"其人亦大悟，眼力为之一变。行草无力，篆隶亦必无力，实浅而易见之事，世人竟为所愚，即篆隶可以藏拙说之所由来，换一字形，便可骇人也。

曾农髯之戚王君，颇知书理，然喜毁曾书而誉余书，亦一异事。王君尝告余曰："人于先生行草不知出处，多以合法与否相询者，学浅之人，不知所答，然以心之所思答之，云杨君行草，是别一格，但写颜、柳、欧、苏者，断不能产生此种字体，必学篆隶之人，始能有此变化。其书既出于篆隶，合法与否，则请世人共论之，因再以质之先生，以为奚若?"余答曰："君言是也。"仍以只求与篆隶相称之说告之，王君大悦。

【意译】

大雪天，水冰冻，玩赏冰之裂纹，看起来似绘画的"皴法"，凭此又添一画境也。回想起张廷济的《冰成图》，我曾为之写过题记，且与其有相同心悟，并非纯无聊之举矣。前人见蛇之争斗而悟书法之道，决非虚言欺世。用心之人，处处皆有联想。

我从来不临习行书草书之帖，因其很容易流入俗套，又难取古厚之风，故随心自然，笔意从篆隶中自溢。居住在白心草堂时，见古藤绕树，疏密有间，穿插天成，知行草之根本所在矣。有人对此有疑惑，我告之：“凡是写篆隶的人，其行草宁拙不巧。”如果我写楹联，让王文治书款，决不合式。再以乾隆嘉庆年间的一辈人为例，伊秉绶、张廷济的行草，与一般人绝不相同，与小儿初学者类似。何绍基晚年专学篆隶，故其行草也不得不另谋出路。但不临帖而想行草成形，实属不易之事。千年以来，王羲之、褚遂良、颜真卿、李邕与米芾、苏轼、赵孟頫等几个人，占尽势力，无论何人要想在其范围之内，别树一帜，实不可能。故阁帖虽多，但均大同小异。我在年少时已知学帖没有出路，每日勤于篆隶，行草完全置之不顾，直到四十岁以后，才开始在帖法之外，自成一格，并非好奇，只求与篆隶相称而已。

在我谈论上述观点时，旁有一客人正拿着孙渊如、吴窓斋的篆书册，来回翻阅，眉头紧蹙，我话尚未毕，他便嚷叫起来，大声道：“我正疑惑孙、吴两人的题款之书如此庸俗，怎配写在古典的篆书之旁？现在看来，他们的篆书也一定是写得极其庸俗也。”我笑着回复：“看来你已大悟矣。”孙、吴两人的行草，全是官阁楷书之习气，远离帖法，用来与篆书相配，异常刺目。行草篆隶本是一脉相承，不可能同为一人，写这种体有力度，而写另一种体却软弱，所以孙、吴的篆书，也只能是官阁楷书式的篆书也，但世人偏能宽容待之，评说他们擅长于篆书，不擅长行草，这完全是不懂书法者之言论。邓石如以善篆隶闻名于世，其行草的力度也与篆隶相等，未曾有异，何绍基、吴让之、赵之谦等莫不如此，即可证明我言之无误也。所以说，注重学篆之人，行草不成形但有力度，有此可能；但如果说，注重学篆之人，行草尚能成形，而无力度，则绝无可能。手法稳健的人，其力度提笔即来，绝没有只能用于一种体之说，譬如拳有力者，挥拳即力现，若打人则有力，打狗则无力，乃绝无可能之事。因此，看孙、吴的行草庸俗，可知其篆书必庸俗，实是至为合理的推断，并非刻意诋毁也。前一段有人来询吴窓斋的篆书如何？我答复："吴大徵、黄自元两人，就好比禹稷和颜回，所处世道虽不同，但若换过来，举止也会同出一辙。"来人大悟，眼力顺之提升。行草若无力，篆隶必无力，这是十分浅显的道理，世人却被此所愚弄致深，写篆隶可藏拙一说由此而来，换种字形，好像就可出来唬人。

曾熙的亲戚王某，略懂书法，但喜欢贬曾而赞我，也是一怪事。王某曾对我说："有人因不明先生你的行草传承于谁，故有疑问是否符合法度，学识尚浅之人，不知如何作答，但有心人会告之，杨钧之行草，别具一格，写颜（真卿）、柳（公权）、欧（阳询）、苏（轼）之人，断不能产生出此种字体，必学篆隶之人，方能有这种变化。其书既从篆隶而出，是否符合法度，可请世人论之，现询先生本人，你以为如何？"我答之："你言极是。"便将只求行草与篆隶相称之说告之，王某大悦。

论变化

【原文】

或问曰："作书之时，碑中所无之字，即不知下笔，必如何方可一律？"余答曰："此学者之通弊，不仅写字，学诗学文莫不如此。摹拟古人，始有着落，完全自撰，错误丛生，湘绮先生所以有'摹古易，自造难'之说。临碑之时，必须将字之结构仔细考究，凡字多由左右两边或上下两截而成，如何配合，举一即可反三。先就其相似者仿而效之，再取其绝不相类者比而造之，时时揣摩，虽不中不远。故临碑务求娴熟，一碑到手，至少百通，熟能生巧，其言是也。世有以摹拟见长者，其实乃不能变化之人也。”

尝见有指定以《宝子》碑体请李梅庵书墓志者，志文甚长，皆《宝子》所无之字，而《宝子》多异状，较他碑更为难合。梅庵留余商酌，乃坐其侧，另纸写之，有数易其形仍不合格者，有两人之意全同者，有两人之意全异者。事虽烦苦，亦复有益，以于《宝子》又深入一层也。

至于诗文，诗之变化稍易，文之变化实难。诗之字面，古今一律，最古莫如《诗经》。而“关关雎鸠，在河之洲”，今之作诗，亦复如此，惟文之字面几乎全换。物非古之物，名非古之名，拘泥强合，定成笑话。试学《书经》，“曰若稽今苏俄，曰列宁，钦昏武思荡荡，共产克争，祸彼中国，革于阶级”，不仅人笑，亦必自笑。王莽之时，去古不远，已觉多事，而况今乎？但多读古书，文气自厚，又有虚字可以回旋，虽满纸新词，初无妨碍，总而言之，亦在求熟。文章有更换数字而局格全变者，非熟不知也。诗之变化虽较文稍易，然非聪明过人者亦复无望。是以明七子之流倡言复古，各摹一家，即以自立。与其不能变化，或变化仍不成家，不如就性之所近者尽力追摹，尚可斐然成体，足登大雅之堂。故诗文字画之专习一家者，均可谓为避创造之难，求驾轻就熟之效，非才大者所愿为也。

【意译】

有人问：“写书法时，往往碑帖中没有的字，便不知如果落笔，怎样才能写得与原本上的字法度一致呢？”我答复：“这是学者的通病，不仅写字，学诗学文也同样如此。模拟古人，毕竟有法可依，完全自己杜撰，错误丛生，王闿运所以有‘摹古易，自造难’之说。临碑的时候，必须将字的结构仔细考究，一个字通常多由左右两边或者上下两截组成，如何配合，可举一反三。先选相似的字模仿试之，再取与其毫无相类的字放在一起比较，看是否协调，时时揣摩，虽不说能完全复古，但也应可相差不远。故临碑时务求娴熟，一本碑帖到手，至少临百遍，俗话说熟能生巧。同行中也有善临摹而不通变化之人也。”

曾有人指定请李瑞清用《宝子》碑体书写墓志，志文很长，都是一些《宝子》上没有的字，而《宝子》的字体又较异状，比其他碑体更难达到形神皆与原韵相符。瑞清留我和他在一起，以便时时商酌，我坐其侧，另拿一纸揣试，有些字试了许多次仍不合适，有时我们俩的意见全同，有时又全异，事虽烦苦，却多受益，以至对《宝子》的了解又深一层也。

至于诗歌和文章，诗的变化不大，文的变化颇巨。诗从字面上看，古今同律。最古久的莫过于《诗经》，其中之句“关关雎鸠，在河之洲”，如在今天作诗，也应如此。而文从字面上看，全然不同。事物古今有异，名称古今不符，生搬硬套，授人笑柄。试以《书经》之语论今日之政文，“曰若稽今苏俄，曰列宁，钦昏武思荡荡，共产克争，祸彼中国，革于阶级”，不仅被人笑话，自己也会觉得好笑。王莽之时，距古不远，就相异之处甚多，何况今日？但多读古书，文章底气自然厚重，又有虚字在其中用以回旋，虽满篇新词，浅显之文，并无妨碍，总而言之，重要之处仍在熟读熟用。有的文章变更几个字格局即已完全不同，不熟不觉也。诗歌的变化虽然比文章容易，但非聪明过人也不易掌握。如明代七子倡言复古，他们各学一家，便足可以此为自立之本。与其不善变化，或变化了仍不能自立，还不如依自己的特性寻一接近的古家风格，竭力模仿，尚可成为一体，足登大雅之堂。故诗、文、书、画专攻一家的人，都是避创作之艰难，求驾轻就熟之捷径者。而有大才智之人不愿为之。

论求学苦乐

【原文】

凡求学之人，与年稍长而才大如海者同时，虽为至乐之事，亦为至苦之事。好学而无门径，必经过多少歧途始臻大路，一得良师，即有开云见雉之效，不至枉抛心力，故为至乐。但周旋过久，耳闻目睹，相映更深，不觉不知，即为所范，一言一动，无不想象其人，如疯狂者不离魔祟，求学之人，因此又多费一层功夫矣。故求学者必先求不同于时人，而后乃进而求之不同于古人。不同于古人尚易，不同于时人实难。宋元以来，出一名家，从者风靡，世人非不欲自立，实无才以自立也。语云："近朱者赤，近墨者黑。"既近之矣，又焉能不为其所染乎？然才大者先能不近。

【意译】

凡求学问的人，遇到了处于同一时代，学问之渊博如同大海一样的长者，可算是件十分幸运之事，也可算是件十分苦恼之事。好学而无途径，必然要经历许多曲折，摸索一段相当的过程，才能走上宽阔坦途，若求得一良师，自可指点迷津，不至于枉费心力，此为幸运也。但跟学过久，耳闻目染，影响至深，不知不觉，受其束缚，一言一行，仿效其人，如疯狂者有心魔笼罩，对求学之人，又多一层苦恼矣。所以，求学必须首先向同时代不同的人学习，然后进而向古代不同的大师学习。向不同的古人学习易，向不同的当代人学习则难。宋代元朝以来，每出一名家，总是跟学者众，并不是学者不想自立，而是无才能足以自立也。俗话说："近朱者赤，近墨者黑。"既然已跟学之，哪能不受其染呢？故有大才智的人可先不必跟大师也。

记梁画

【原文】

自照相之术行，而作书画者之得名更易，艺之精否未及问，其姓名已先触于世人之耳目矣。三十年以前之人皆未易得此速效，故乾嘉老辈咸集扬州。自上海辟埠，后起之人遂居彼处，视之百年前已觉易显，然以较之今日，又悬殊特甚。故隐居僻地，又无显贵为之推助者，遂没世不得以闻。

青郊居士之曾祖梁子明先生，讳宝善，慕桂林山水，居独秀峰下，性喜绘事，室后有圃，花木甚盛，玩其枝条体势，纵笔写之。性复嗜酒，傲兀不乐与人近，亲友之欲得其画者，必乘其醉后，画成即取去，故藏者多未加款。余得见之，卷首有壬寅春日王湘绮先生手迹，题“春信图”三大字，并为小记，其文曰：“子明梁先生，循吏世家，高隐不仕，客寓桂林。避地还湘，以诗画自娱，醉中往往作画，求者未尝与焉。闿运大父，姻娅交善，余家亦无其遗墨也。其曾孙璧园孝廉出示所藏，企想清风，敬题帧首。”云云。《春信图》长丈五六尺，皆折枝花卉，略似李孟法。尚有古松扇面，气尚不薄。其子柳村先生能指头画，仅见芦雁扇面。若如今日海滨名士悉影印以求名，自可喧热一时，不落人后，而世无能举其名者，即可证余前言之不谬也。噫！梁公于湮没之际，得王湘绮之开盲起废药，而名可永留弗坠，可知书画之道，冥冥中自有呵护者。而况其道之大于书画者乎？

【意译】

自从照相术传入中国后，书画者出名就更容易了，画还没看到是否精逸，名已先广播于世人耳目矣。三十年以前成名还没如此快速，故乾隆嘉庆之辈书画人多居集扬州。上海开埠以后，后起之秀又择此地而生，感觉这里与百年前相比，已变成极易声名远扬之地，但较今日，又望尘莫及也。故若隐居在偏僻的地方，且无显贵之人帮助，多半一生都将默默无闻。

梁璧园的曾祖父梁子明先生，又名宝善，因倾慕桂林山水，择居在独秀峰下，喜欢绘画，屋后有植圃，花木茂盛，其常依枝条体态，纵笔描写。另他也嗜酒，性傲，不喜欢交友，亲朋想得到他的画，也必须乘其醉时，见有刚刚结毕的作品便顺手携走，故收藏下来的东西多没有落款。我见过一幅，卷首有壬寅（1902）春王闿运写的手迹，题有“春信图”三个字，另附小记“梁子明先生，循吏世家，高隐不仕，客寓桂林，避地还湘，以诗画自娱，醉中往往作画，求者从未有得。鄙人之祖父，两家联姻，交也善，然我也无其遗墨也。他的曾孙梁璧园举人，出示所藏，一展风雅，吾乃敬题帧首”云云。《春信图》长有一丈五六尺，画的都是一些折枝花卉，略似李孟法。另见过其一画有古松的扇面，气势也不薄。他的儿子柳清能用指头绘画，我见过一张画了芦雁的扇面。如果能像今天这样通过照相的方式传播，应早就喧热非凡，不落他人之后，然现在世上没人知其名，可见我前面讲的并非谬论也。噫！梁子明先生行将被人彻底遗忘之际，得王闿运之题跋，名可永留也，可见书画之道，冥冥之中自有人呵护。

鼻　烟

【原文】

友人以鼻烟小腊见贻，乃端匋斋与其先人者。复得大瓶，是刘砚帅物，烟味甚佳，既长且厚，适曾重伯至，与之共赏，重伯云：“惟潘伯寅可称内行，我不如也。”余笑曰：“又何必求精如潘伯寅者耶?”世无潘伯寅，即无可赏鉴鼻烟者，当为绝无之事。但天下事多不可以意料，有极寻常事而知之绝少者。余感重伯之言，偶以询之朋辈，略能知者不过一二，然则潘伯寅之难得，诚非偶然。因此可悟诗文字画之必须数百年始可得一知己，又为必然之事也。

潘伯寅余未之见，老辈皆喜言之。闻其放主考时，以套料红绿二烟壶置之棹屉，阅试卷即手探烟壶。得红者中，得绿者落。张子青诋其轻妄，伯寅曰："我辈久不读书，荒疏已极，试卷皆由新翰林提出，新翰林乃初离书室者，其审慎必过于吾辈，既经赏识，人人可中，特以红绿烟壶占其运命而已。"此亦所谓言伪而辩者。大约潘氏为一倨傲而有风趣之人也。

近时精鉴鼻烟者，目之所见，莫若匋斋，略尝少许，其产地及年代均能言之，或不在伯寅下。重伯云："伯寅尝得御赐康熙时外国贡烟，瓶之精美，不可思议。"重伯尝把玩之，若此时尚在，亦一佳古董也。今日料器，愈出愈精，而乾隆套色料壶多用宝石，有套至十三色者，皆为今日所不能制，无怪当时一壶之值，总在千金左右也。

烟之品类甚多，香味约分四种：曰膻、酸、焦、豆。赵扮叔易焦为煳，读若胡，即锅巴臭。以花塞瓶口而惹花香者，谓之薰烟。其实烟之佳者，不必薰而自有木瓜、苹果、玫瑰、橙、柚等香气，一两之值，可达百金，少而又少者也。书画家皆有此癖，以烟细而香，壶精而雅，且有清醒之效，殊可把玩而供欣赏也。

鼻烟始于意大利，明末之时携来入贡，故当时只赐大臣，此时欧洲矿山之有沼气者，仅用此不火之烟也。

【意译】

朋友先送了一小块鼻烟给我，是端方给他长辈的。后来又拿来一大瓶，乃刘砚帅所遗，烟味甚佳，绵长醇厚，恰逢曾广钧到访，便与之共赏，广钧说："只有潘伯寅可称得上内行，我不如也。"我笑答："又何必精通到潘伯寅之程度耶？"当然，绝不是世上没了潘伯寅，就无人能鉴赏鼻烟了，但天下确有许多事不可意料，有些极平常的事往往只有很少人知道。我听了广钧之言后，偶然也会去询问其他朋友，能赏鉴鼻烟者，也不过只知晓个一二，故潘伯寅精通之难得，也实非偶然也。由此可想到诗文字画，须几百年方能逢一知己，也并非天方夜谭之事。

潘伯寅我没见过，老辈人总喜欢聊到他。听说其当主考官时，在抽屉里放了一红一绿两烟壶，阅试卷的时候就用手去探烟壶。探到红的就写“中”，探到绿的就写“落”。张子青责其轻妄，伯寅说：“我这把年纪的人，已久不读书，荒疏已极，试卷都由新翰林选出，新翰林都是一些刚出书室之仕，审慎必强于我，既经他们赏识，人人皆可中也，我只是以红绿烟壶占卜其命运而已。”此也算是能言巧辩了，大约潘先生应是一倨傲而有风趣的人。

当今能精鉴鼻烟者，举目环顾，非端方莫属，其略尝少许，产地年份均能细数，不在伯寅之下。广钧说：“伯寅曾得御赐，是康熙年间外国的贡烟，瓶之精美，不可思议。”广钧还把玩过，如现在仍存，也算古董中的珍品也。如今的器皿，愈制愈精，而乾隆时期的多色壶，多用宝石，有的套色多至十三种，这又是现在没有的，无怪乎当年的一把壶，现总要在一千金左右。

烟的品类甚多，香味分为四种：膻、酸、焦、豆。赵之谦将“焦”喻为“煤”，即臭锅巴味。有用带花香的瓶塞来让烟惹上花香的，称之为熏烟。其实好的烟不必熏，而自有木瓜、苹果、玫瑰、橙、柚等香气，一两烟可值百金，却稀少也。书画家都有这种癖好，以烟细而香，壶精而雅，且有醒神的功效，故有独到之玩味。

鼻烟起源于意大利，明末时作为贡品传入中国，所以最初只赐大臣。那时欧洲一些矿山含沼气，不能明火点烟，只能用这种无火之烟也。

纪文宗故事

【原文】

湘绮先生于咸、同间朝野之人，无不遍识，所闻所见，史料甚多。尝论文宗①故事，且为伯兄书一长卷，稿不可骤得，记忆所及，述之于后。原稿乃随手写成，文字殊不顺适，故欲如伏生之背诵《尚书》，实未能也。

文宗慈母，即恭忠王母康慈贵妃，其乳文宗，全太后命也，故文宗与恭王如亲兄弟。文宗即位之日，即命恭王入军机，恩礼有加，惟仅册贵妃为太贵妃，恭王不悦，累以尊号为请，文宗不应。太贵妃有疾，文宗与恭王皆日省视。一日太贵妃睡未醒，文宗入室，宫监欲报，文宗摇手止之，令勿惊扰。太贵妃见床前人影，以为恭王，即问曰，“汝何尚在此？我之所有，尽与汝矣，他性情不易知，莫惹嫌疑也。”文宗知其误，即呼“额娘”，太贵妃亦知是误，回首一视，仍向内卧，不再发言。猜忌之心，遂萌于此，而恭王不知也。又一日，文宗入室时，遇恭王自室出，即问病状如何，恭王跪泣，言病已笃，似欲得封号以瞑者，文宗但曰“哦、哦”。恭王至军机，即传旨入具册礼，礼官奏请，文宗依奏上尊号，而不肯议礼，且减杀太后丧仪，谓遵遗诏。遂愠恭王，令出军机入尚书，自此益疏远矣。

庚申之难，令恭王留守，文宗至热河而疾，惟恭王与醇王不在则，恭王乃奏请省视，文宗已病重，强起扶枕批奏曰：“相见徒增伤感，不必来觐。”故肃顺拟诏，亦不召恭王与顾命。肃顺本郑王裔，而与袭郑王名端华者异母，以辅国将军升户部尚书入军机，人有才

---

① 文宗：咸丰皇帝。

能，因受主知，遇事专擅。有怡亲王者，乃世宗之弟，袭王名载垣，载垣与端华皆依肃顺。

文宗出都之时未备供养，后妃均不得食，仅以豆乳充饥，而肃顺有食担，供文宗酒肉。后食本膳房专责，外臣不能私进，孝贞、孝钦两后[1]不知其例，而恨肃顺。及至热河，照常进膳，孝贞乃言流离之际，不必看席[2]。文宗是其言，以告肃六。肃顺对以所费不多，一旦骤减，人必惊异。文宗善其对，告孝贞曰："肃六以为不可。"于是孝贞等益恶肃顺。

旋而大行，八臣受顾命，孝贞诏顾命臣，以防壅阁为词，所有疏奏，仍由内发，军机拟旨，后阅过加同道堂小印发出。同道堂印，古玉印也。曩者文宗晏朝，孝贞至御寝，召侍寝者至，跪而责之。文宗视朝后还寝，见宫监森然，知后升坐，乃细步窥之，为后瞥见，起而迎入，即坐后坐，阳指跪者问曰："此何人也？"后跪奏曰："祖宗遗法，寝兴有定，今帝因醉，过辰尚未出朝，不知者必疑奴无教，故责问彼辈，因何劝帝多饮。"文宗笑曰："此是我过，宜恕之。"后谓跪者曰："主子宥汝，日后再醉，唯汝是问。"文宗有惭色，所佩仅同道堂古玉印，即以赐后，故后遂以此为信。

大行之后，御史高延祜缘后意请垂帘，后示顾命臣，肃顺曰："按祖法当斩。"孝贞曰；"不用其言可也，何必深求？"而于肃顺更加切齿。军机上奏议斩，折留不发，于是军机三日不视事，孝贞问故，则对以前折未尽下。孝贞涕泣检奏与之，谪高为披甲奴。

醇王福晋，孝钦妹也，孝贞亦视若己妹，见之泣曰："肃顺等欺我至此，我家独无人在耶？"福晋曰："七爷在此。"孝贞喜曰："可

---

① 即慈安、慈禧太后。

② 看席：指有果盘的上等酒席。

令入见。”明晨醇王入直庐，肃顺问其为何，醇答召见。肃顺笑曰：“焉得有此？”令其退出。醇王出立阶侧，旋有宫监来窥直庐，军机至晏，不叫头起（召见之人必分班，一见为一起，军机则齐入为头起），欲先召见醇王也。窥至三次不见醇王，乃自语曰：“七爷何以不来？”醇王在阶侧闻之，应声曰：“待之久矣。”遂引醇王入见。肃顺虽于直庐见之，不能阻也。孝贞以前事告醇王，王曰：“非恭王莫办。”后即令驰还京师召恭王，三日两王俱至。恭王递牌谒梓宫后见孝贞，孝贞申言前事，王曰：“非还京不可。”孝贞曰：“其如外国何？”王曰：“奴子可保无异议。”孝贞乃命恭王传旨回銮，命肃顺护梓宫随发，至京师时即发诏拿问顾命八臣。怡、郑两王在直庐，恭王以诏示之，问遵旨否，载垣曰：“那有不遵？”即备车送宗人府，遣醇王迎提肃顺，于芦殿旁执交刑部。肃顺临刑骂曰：“坐被人算计，乃以累我，肃依祖制谏阻垂帘者，反弃市矣！”怡、郑两王同时赐死。世不知其故者，呼曰“三凶”。先以祺祥纪元，至是始改同治。两后一帝，设三御座，大惩肃党，与游宴者多罹于法。

恭王任事颇能委权督抚，博采舆论，时政号为清明，但宫监贪婪，虽亲王亦须贿赂。亲王既例不亲出纳，而庄产又多为典主者所侵蚀，一入枢廷，需索更大，恭王甚以为虑，乃商诸福晋父某总督，而得门包充用之法，财用虽足，贿赂公行矣。

恭王既得亲信，每于罢朝之后，继以立谭，宫监进茶，两宫必命给六爷。一日召对过久，王举御案茶瓯欲饮，旋悟为御茶，乃还值处，两宫微笑，是日盖忘给茶也。

孝钦侍监名小安者，恃宠索取，王戒以宫中宜节用，小安曰：“何事多费？”王不能举，但曰：“即如磁器，每月例供一份，所存不少。”于是小安悉屏御磁，尽用粗器。孝钦异之，小安对以六爷有责言。孝钦曰：“约束乃及我耶？”蔡御史知之，劾王贪恣，后以奏示王，王问谁奏，后答蔡寿琪，王亟曰："彼非好人。"后怒，布王罪状，有"暧昧不明，难深述之"等语，朝野大骇，外国使臣亦探问事由，后意乃解，令王供职如初。顾因此而疑忌被斥者八人。恭王自此愈形谨饬，卒得贤谥。小安则以擅离京师罪斩首历城。

湘绮谓孝钦与恭王均有过人之敏智，惜为财累。德宗之世，更专言财货，和款外债，动辄巨兆，为开辟以来未有之奇局云。

【意译】

王闿运认识许多咸丰同治年间朝野上下之士，见闻史料甚多。他曾讲过文宗的故事，并且给我兄杨度写过一长篇记叙，逢乱世稿件流落散置，我一时难以搜寻收拢，仅凭记忆，述之于后。闿运先生的原稿乃随手写成，文字还特别不顺适，所以要我像伏生背诵《尚书》一般通畅，实不能也。

恭王的母亲康慈贵妃，在文宗婴儿时为其哺乳，之后命贵如太后也，故文宗与恭王如亲兄弟。文宗即位那天，命恭王入军机处，恩礼有加，但仅册封康慈贵妃为太贵妃，恭王不满足，多次为其母请加授尊号，文宗均没答应。一次太贵妃生病，文宗和恭王每天都有去探视。有一天太贵妃睡了，文宗进屋，宫人欲报，文宗摇手令其勿惊扰。太贵妃见床前有人影，以为是恭王，便问道："你怎么又来了？我要说的，都已告诉了你，他性情难测，莫惹嫌疑也。"文宗知道她认错了人，忙呼"额娘"，太贵妃回首一看，也知是误，但仍向内卧，不再出声。文宗猜忌之心萌生于此，而恭王尚不知也。又一天，文宗正往里走，遇恭王出来，便问病情如何，恭王跪泣，说已逝，但状似有封号方肯瞑目，文宗"哦，哦"了两声。恭王走到军机处，即传旨，入具册礼，礼官便奏请，文宗依奏应准了太后尊号，但不肯依尊号议礼，更削减了治丧仪规，称是遵其遗诏。且渐愠怒于恭王，调其出军机处至尚书，并从此疏远矣。

庚申（1860），八国联军打入北京，文宗令恭王留守京都，自避难于热河，后重疾，亲王中只有恭王和醇王不在身边，恭王请奏来探视，文宗勉强撑起身子扶在枕头上批阅奏章，回："相见徒增伤感，不必来觐。"文宗命了八位顾命大臣，只授肃顺拟诏，也不召见恭王和其他顾命。肃顺是老郑王的后代，与现袭郑王端华是异母兄弟，肃从辅国将军升为户部尚书并在军机处行走，人有才能，深受文宗知遇之恩，擅独权。怡王载垣、郑王端华均对其顺依。

文宗出京都时，并没带多少供养，后妃们几乎断食，仅以豆乳充饥，而肃顺安排有专门的食担，供文宗的酒肉。后宫的食用本是由膳房经管，肃顺这样的外臣并不能染指，但孝贞、孝钦两后并不知道这些条规，而记恨于肃顺。避难至热河，文宗进膳的规格不减，孝贞有流离时期餐食"看席"可暂弃之意。文宗也认为有道理，便告之肃顺。肃顺则认为皇上用餐所费并不多，骤然从简，人心惊疑。文宗会做人，对孝贞说："肃顺认为不可。"于是孝贞等对肃恨意更深。

不久，文宗驾崩，孝贞诏八位顾命大臣，以防奏章滞塞或舞弊为由，命所有诏书，不再归肃顺代劳，军机处拟旨后，经太后审阅过，并加"同道堂"小印，即发出。同道堂印，乃一古玉印也。有次文宗起床晚了，故出朝也迟去。孝贞便到文宗寝屋，把侍寝的宫女都招来，令她们跪地受责。文宗视朝后回来，见宫中森然，知道是皇后在此，便轻步细窥，但皇后仍瞥见了，即起身迎接，文宗只好在皇后身后坐下，指了跪着的奴婢问："这是为何？"皇后跪奏答："祖宗遗规，睡和起的时辰均有定制，今皇上因醉，过辰尚未出朝，不知道的人必怀疑我对后宫奴婢们管教无方，故我在斥责这些人，为何要劝皇上昨晚饮这么多酒。"文宗笑了笑说："这是我自己的过错，不必责怪她们。"皇后便对跪着的宫女们说："这次皇上原谅了你们，以后再有类似事情，我唯你们是问。"文宗面有愧色，身上只是佩带了一枚“同道堂”古玉印，便将它当即赐给了皇后，后来皇后就以此为自己的印信。

文宗去世后，御史高延祜受太后意，奏请垂帘听政，太后询顾命大臣，肃顺答：“按祖制高延祜当斩。”孝贞说：“不听其言即可，何必深究呢？”心里对肃顺恨得咬牙切齿。军机处仍上奏建议斩，孝贞扣留不发，于是军机们三天不管事，孝贞问何故，答说前奏尚未批示。孝贞泪涕诸下，拣出斩奏，批示贬高延祜为守陵奴。

醇王的夫人，是孝钦的妹妹，孝贞与她也情同亲妹，这天孝贞对她哭诉：“肃顺他们几个人欺负我到这种程度，我们家就没人可帮我吗？”夫人说：“还有醇王在。”孝贞即喜：“快令他来见我。”第二天一早，醇王便来到庭前候令处，肃顺问他为何而来，醇王答等召见。肃顺笑了笑说：“怎么可能呢？”令其退出去，醇王只好退立到外面的台阶旁侧。不一会宫里的太监来候令处张望，但很晚都没传头批人进去（按例，每天召见之人必分批，头批必为军机），孝贞想先见醇王。宫监出来张望了三次，仍没见醇王，自唸叨：“醇王为何没来呢？”醇王在台阶侧听到，忙应声：“我在这等候已久。”宫人即引了醇王进去，肃顺在旁看了，也不便阻止。孝贞将前面发生的事告诉醇王，醇王说：“此事非恭王不可。”太后马上传令飞驰去京都召恭王来见，三天后，恭王醇王同来到热河。恭王递牌拜了文宗之棺后即去见孝贞，孝贞又将处境向恭王申述了一遍，恭王说：“必回京都。”孝贞问：“哪洋人怎么办？”恭王答：“奴才我可保证不会出事。”孝贞便命恭王传旨回京，并让肃顺护送文宗棺灵随同出发，一到京都，即发诏捉拿了全部顾命大臣。恭王召怡王、郑王到传令处，将诏书给他们看，问是否遵旨？怡王刚答：“哪敢不遵？”即被人押送宗人府，又派醇王在路途迎提肃顺，于通州芦殿旁执法直接押送刑部。肃顺临刑时骂道：“皇上被人算计，兼累至我，肃顺我依祖制阻止垂帘听政，反遭杀头弃市矣!”怡王郑王同时赐死。世上不明其原因的人，将他们称为“三凶”。先是定为祺祥纪元，后才改为“同治”年号。两位皇太后，一位幼皇帝，同时设三御座，严惩肃顺同党，与他们相近的人，多投入牢狱。

恭王做事颇能驾驭各地总督和巡抚，且博采智论顺应舆情，时政号令一派清明，但后宫太监贪婪无度，即便贵为亲王，一样须行贿方能办事。通常恭王不会自己去干纳财支款的事，而家族的产业早有约定俗成的分割，其现为宫廷之中枢，所需的开支、要行的贿赂尤为庞大，故甚为忧虑，便与妻妾们之父谋取总督之职，进门办事也采收门包之法，使财用宽裕足以周转，但贿赂之习，已公然成风。

恭王现既为亲信，每天朝毕之后，都留下来商议政事，宫女进来上茶，两位皇太后都必会吩咐给恭王一盅。有一天商谈了许久，恭王端起御案上的一盅茶就准备喝，突然想起这盅是皇太后的，忙放回原处，引起两皇太后微笑，这天是忘了另给恭王上茶。

孝钦的侍监名叫小安子，仗了皇太后的恩宠索取无度，恭王告诫他宫中用度宜节制，小安子反问:“哪样东西用多了?”恭王并不能细举，便说:“比如瓷器，每月都例供一次，所存不少。”于是，小安子将御瓷都封存了，尽用些粗糙的民窑器。孝钦感到奇怪，小安子说是恭王责怪所致。孝钦道:“还管到我这里来了?”蔡御史知道后，上奏弹劾恭王恣意贪污，皇太后将奏章拿给恭王看，恭王问是谁写的奏章，孝钦答是蔡寿琪，恭王忙说:“他不是好人。”皇太后则怒，将恭王的罪状公布，有“事实模糊，深究不清”等词语，朝野均诧异，外国使节也纷纷打探事因，皇太后的目的已达到，又令恭王官复原职，并痛斥为主疑忌恭王的八人。恭王自此以后谨小慎微，至死得忠贤之名。小安子则以太监擅自离京城之罪被斩首于历城。

闿运先生说孝钦与恭王均有过人的机敏，可惜都为财所累。光绪之年，更是一切为钱，议和或外债之款，动辄就上巨亿，为开天辟地以来从未有过的奇观。

说孤陋

【原文】

汉儒主课，必治一经，湘绮门人亦复如此，诗亦专学一家，案上书籍极为简单，是以孤陋之病亦随之而至。常人所必备者，彼均无之；常人所尽知者，彼不知之。

仲章为湘绮第二子，经学能继父业，未成而死。尝问人曰："周濂溪[1]为何人？"闻者大骇。不知王党尚有不能问周濂溪为何人者。此等事为非为是，亦颇难言。世人皆知周濂溪，不见有何大益，仲章不知周濂溪，亦不见有何大损。且余不为说出，后世之读仲章书及《乌石礼经注》与诗者，惟知其卓然成家，决不能料其为不知周濂溪等者也。平心而论，多识人名，不过略资谈助，于学识诚无所关，如字学篆隶者，不必揣摩颜、柳，诗学魏晋者，不必揣摩苏、黄。既不必揣摩颜、柳，更可置赵、董于不顾；既不必揣摩苏、黄，更可置何、李于不顾。而不必揣摩可也，置之不顾可也，不知之不可也，其说又乌乎可通？若谓非尽知不足以言博，天下必无尽知之人，博字遂为永不可得之境。与其遨游四海，无家可归，不如竹篱茅舍之立足有所也。故余只劝人求精，不劝人求博。但不孤陋，不得谓之博，不博不得谓之孤陋。故求学者可以不博，而不可以孤陋。见闻太狭，又不足以言学也。有所专又有所成者，可不求博，亦不暇求博；无所专又

---

① 周濂溪：本名周敦颐，号濂溪，湖南道县人，北宋思想家，学界公认的理学鼻祖，名篇《爱莲说》的作者。

无所成者，与其饱食终日，不如求博，亦可不为学人轻视也。

【意译】

读书人修儒学，必须精研其中的一部经书，王闿运的弟子也是如此，诗也是专攻一家，案头上的书籍极为简单，故也有些孤陋之弊。一般人所必备的，他们不具备；一般人都知道的，他们没听过。

仲章是闿运的二儿子，经学之精通已可承父业，但功名未成身已逝。他有次曾问人："周濂溪为何人?"听其问的人大骇。世人不知王闿运一脉竟还有不知周濂溪的。这种事是对是错，还真难说。所有人都知道周濂溪，不见得有多大的好处，仲章不知道有个周濂溪，也不见得是多大的损失。而且我若不将此事讲出来，后人读了仲章的诗、书及《乌石礼经注》，只知道他学识卓然独成一家，谁也料想不到他不知道周濂溪。平心而论，多知道一些名人，不过多一些谈资，于学识并无多大关系，比如书法学篆书隶书的人，不必去揣摩颜真卿、柳公权，更可置赵孟頫、董其昌于不顾；诗词学魏朝晋代的人，不必去揣摩苏东坡、黄庭坚，也更可置李白、杜甫于不顾。既然不必揣摩也没关系，置之不顾也没损失，一说不知道就大骇，又有什么道理呢?如果说无所不知才能称得上博学，天下又哪有无所不知的人?博学二字即永不可得。与其遨游四海，无家可归，还不如立于竹篱茅舍更有所得也。故我只劝人求精，不劝人求博。但不孤陋，并不就等于其博学，不博学，也不就等于其孤陋。求学者可以不博学，但不可以孤陋。见识太狭猛，确实难以做学问。有所专攻且攻有所成者，可不求博学，也无暇求博学；无所专攻而一事无成者，与其饱食终日，还不如求取博学，也是不让读书人轻视的一条途径。

卷九

记刘书

【原文】

十年前，谭瓶斋托余代致南园、石庵、蝯叟、松禅四家书，所得甚多。惟石庵行书直幅一对，余不能知其真赝，未与定议，寄瓶斋自决。瓶斋以示李梅庵、曾农髯，李谓甲幅是，乙幅非；曾谓乙幅是，甲幅非。瓶斋从李之言，收一幅，寄回一幅。余因致书瓶斋云："其书既不可辨真伪，何必收之；其书既可伪造，至于乱真，是其书无过人处，更不必收之。"而瓶斋嗜之不懈，亦一奇也。

松禅与谭文勤①公交谊甚笃，故其书法，瓶斋习见正多，小时即为所化，至今不离。亦可证余不同于古人尚易，不同于时人实难之说。

【意译】

十年前，谭泽闿托我代为收购钱南园、刘墉、何绍基、翁同龢四人的书幅，所得不少。只有一对刘墉的行书直幅，我难辨其真假，没下定断，寄给泽闿让他自己决定取舍。他拿去给李瑞清、曾熙识别，瑞清说甲幅是真，乙幅为赝；曾熙说乙幅是真，甲幅是伪。泽闿信瑞清之言，收藏了甲，寄回了乙。我为此写信给他："如此难辨，何必

① 谭文勤：谭延闿、谭泽闿之父。

收之；既然可以伪造得乱真，足可见此对幅写得并无过人之处，也不必收之。”但泽闿执意留藏，也算一奇。

翁同龢与谭文勤私交甚笃，故翁的书法泽闿看得很多，并从小受其影响至深，至今仍没摆脱。也可证实我说过的一句话：不同于古人易，不同于同时代人难。

记伪谷朗

【原文】

谷朗碑[①]有一伪刻，字体不类原石，笔画之错误尤多。友人以一册见贻，旋即失去，不能细指谬处。尚见一册，李梅庵长题，赞赏不置。谷朗碑并非稀奇难考之物，不知梅庵何以谬妄若是。斯言之玷，深为惜之。《校碑随笔》中亦载此伪刻，然则流传甚多，非难见者。梅庵之谬，亦奇谬也。故题识最宜细心，偶一失察，即成笑柄。覃溪题识最多，不犯幼稚，故可为赏鉴金石家冠。

【意译】

谷朗碑有一伪品，字体与原碑不同，笔画的错误甚多。朋友曾送给我一册其拓本，没多久就易手，故现不能一一指出其错谬之处。另见过一册，上面有李瑞清的长题，所言均赞赏之语。谷朗碑并非稀奇难考之物，不知道瑞清怎会出如此荒谬之评。其言留污，深为可惜。《校碑随笔》中，也注明此为伪品，而且流传甚广，四处可见。瑞清在此上犯错，也是奇谬矣。所以说，题识需十分细心，偶一失察，即成笑柄。翁方纲题识最多，从不犯幼稚之错，故可称金石鉴赏家之冠也。

---

① 谷朗碑：坐落于衡阳市耒阳，为存世的三块半楷书母体碑之一，是隶书向楷书过渡的代表作。

阅曾札

【原文】

有人持曾文正公家书五百余通，随意翻阅。见其与九帅书中，有“如苏军马到成功，则弟受其劳，而少泉享其名，既可同膺懋赏，又可以暗培厚福。盖独享大名，为折福之道”数语。始知文正公亦颇作伪。前数语有为九帅抱屈，不能独享大名之意，而事势如此，故又作迂腐之谈，以自宽自解。观其语气，即知其果受其劳，又享其名，亦未必一定折福也。又有“老子所谓不为人先者，即不肯为天下第一等大名人之意”二语。然则文正公为天下第二等大名人耶？抑天下第一等小名人也？总而言之，好名为文正公不可免之事。否则第一等第二等，为大为小，均可置之不顾，更不必妒少泉之独享也。文正公手札，所见甚多，若概集成书，必在百卷以外。此等文字，尚不能于事业著述中算数，只可谓之余力，其用心之多，已过常人一生。可知学人，非易成者也。

尝见王湘绮先生于每年除夕，出一尺高之册，设案致祭。窃取视之，均其友朋书简。莫偲翁①一纸，不过两三句，不能完全记忆，大约谓汝能从我游乎？尚能饭否？中兴人物俱到，为一极可赏玩之物。湘绮去世，书籍散失殆尽，存否未可知也。

【意译】

有人拿来曾国藩家书集（五百余封），我随意翻阅之。见其中与九弟国荃的信中写有：如苏军马到成功，则弟受其辛劳，而李鸿章坐享功名，这样既可平分圣赏，又可暗培厚福。如独享盛誉，势必折福

① 莫偲翁：莫友芝，字子偲，晚清著名金石学家、书法家。

也。从中可见，国藩也是虚伪之人。前几句有为国荃抱屈，不能独享大名之意，但局势如此，故又有迂腐之谈，宽慰之语。听其语气，便知其意，如受其辛劳，而享其功名，则未必会折福也。信中还有两句：老子并不依世人的意愿而作为，乃其不肯做天下第一等大名人也。但，曾国藩是天下第二等大名人吗？抑或是天下第一等小名人？总而言之，好功名，是曾国藩不可避免之事。否则第一等第二等，大功名小功名，均可置之不理，更不必妒忌李鸿章是否独享也。曾国藩手信札集，所见甚多，如刊出成书，必在百卷以上。这类文字，不能算为其做学问的著述，只能说是闲暇之语，然其中用心之多，已远超常人一生。可从中观之，学人非易也。

曾见闿运先生每年除夕，都会在书案台上摆出一尺来高的诸多册子，祭奠之用。我私自翻看过，都是些他朋友的来函。如莫友芝的一张纸，上面仅两三行字，不记得详细的内容，大致是我们还能否同游？饭量如何？中兴时期各种人物的笔迹均有，也不失一极具玩赏之法。先生去世，书籍散失殆尽，有否残存也未可知。

记注礼

【原文】

余少时有注经之志，十六岁，已将《曲礼》注完。呈之湘绮，大受奖励。后游日本，稿存妇匣，妇亡（余之元室，同邑朱倬夫编修之女，读书目楼行下，一年而卒）稿亦亡，使我枉费心力。注中新义甚多，如释“敖不可长，欲不可从”，其说可采。旧说以“敖”为“傲”，谓倨傲不可增长，只可消灭。以“欲”为“慾”，谓嗜慾不可顺从，只可遏抑。余不以此说为然，倨傲本不可有，遑论增长。若仅不令其增长，则现存倨傲可以保持，殊非圣人教人之旨。“欲”

之意义甚宽，孝弟忠信，饮食男女，皆可谓之欲。故曰：“己所不欲，忽施于人。”是己所欲者，施人可也。无论何欲，均不可以顺从，亦为世间绝不可能之事。七十从欲，是其明证。必以“欲”为“慾”，是亦不可有者，遑论顺从。余释“敖”为“遨”，遨，游也，即息焉游焉之意。故只可暂，不可长。释“从”为“纵”，纵必太过，当以中庸为主，不可过也。此类新说，不胜悉举。今已无从补录，太息而已。

余注完《曲礼》之后，湘绮问曰：“《檀弓》已动手否？不可学朱夫子，不能解者，即行放下。”然余终不能竟其业，有负师承也。幸说《论语》者，多为湘绮采入，差可自慰尔。

【意译】

我年少时有注释经书的志向，十六岁时已注释完成了《曲礼》。呈给先生王闿运阅，大受嘉奖。后来去日本留学，注稿存在元配处，其亡，稿也失，枉费心力。注释中新意甚多，比如注释“敖不可长，欲不可从”一句，应可采录。以前的解释是将“敖”译成“傲”，意指“倨傲不可增长，只可消灭。”将“欲”译成“慾”，意指“纵欲不可顺从，只可压抑。”我不以为然。倨傲本来就不应有，更不用说增长，以前的译法好像是只要不增长，现有的倨傲是可以保持的，这并非经文之原意也。“欲”的意思很广，孝悌忠信，饮食男女，都可称为欲，故有“己所不欲，勿施于人”一说。是自己也想的东西，则可施加于人也。无论施加何种东西，都不可接受，这在世间也是不可能的事。还有一说，“七十从欲”，也可证明“欲”与“慾”的不同。一定要将“欲”说成“慾”，是不可能的事，更不用说顺从不顺从。我将“敖”注释为“遨”，遨即“游”的意思，意指：优哉游哉只能暂时，不可长久。而将“欲不可从”的“从”字，注释为“纵”，意指：纵即太过，当以中庸为主，不能过度也。这一类的新意注释，数不胜数。但现在已无法弥补，只能叹息而已。

我注释完《曲礼》之后，闿运问我：“《檀弓》已开始注了吗？不能学朱夫子，一遇难题便退缩。”但我确实没注《檀弓》，有负师承也。所幸的是，注释的《论语》有许多被闿运先生采录，稍可安慰矣。

记 陶

【原文】

陶浚宣颇有字名，李梅庵甚为赞许。然其书严整而无生气，余尝疑其书法有异。汉阳吴跃金，与陶交善，云其作书甚秘，不肯示人，纯用廓填法，无一笔为写出者。廓填法始自六朝人，为移摹碑帖之用；作书用此，则未之见，宜其板滞无生气也。梅瘫早年字体，全是陶法，惟未廓填，四十以后，始渐变更，此又可为余言不同于时人甚难之证。如所学不同，所志各异，虽与强有力者同时，亦无关系。如所学同，所志同，强有力者又占先着，斯为最窘之事。梅庵志在北碑，陶氏则先学北碑者也。梅庵出名之后，赝迹甚多，影印扇面，全无真者。湖南人专喜作伪，何诗荪画，日出数纸，视真迹多至数十倍，以款书可混，其值又不高不低，故为易造易销之物。前有持余书请证者，亦为伪品。王葵园之族侄，于荒货摊得余联，请为补款，细审乃二层，懊丧而去。是以书画赏鉴，几可列于专门，稍不留心，即为所骗。篆隶北碑，更易以欺外行也。

【意译】

陶浚宣在书法上颇有些名气，李瑞清对其尤为赞许。但他的字严整而无生气，我曾疑有异。湖北汉阳的吴跃金，与陶交往甚密，说他从不肯在人前写字，纯粹用廓填法，没有一笔是书写而出。先描外廓再用墨填的方法，起始于六朝时期，用来移摹碑帖，但作为书法，从未见过，因其呆滞死板毫无生气。瑞清早年的字体，全是学陶浚宣，只是未用廓填，四十岁之后才慢慢改变，旁人可能说，时过境迁，难以佐证矣。如学的东西不同，志趣有异，与高强之能人处同一时代，那无关紧要。如所学相同，兴致又合，且能人在先，此为最窘迫之事。瑞清志趣在北宋碑体，而陶氏也喜并先学也。瑞清出名以后，赝品甚多，印制的扇面，全无真迹。湖南人专门喜欢做假，何诗荪的画，伪品可一天出几张，比真迹多几十倍，其款书笔迹好仿，画值又不低不高，故为易产易销之物。前一段有人拿了我的字幅来让我定真伪，也是仿品。王葵园的侄儿，在旧货摊上购得我写的对联，拿来请我补款，细看之下，乃二层也，懊丧而去。书画鉴赏，可算是一专门的学问，稍不留心，即为所骗。北宋的篆书隶书碑体，又属最易欺外行之物矣。

记名号

【原文】

余得李复堂画松直幅时，客以复堂名鱓，此幅作觶，疑为伪迹。余取“瓯钵罗室”证之，客疑始释。前人名号，有不常用者，故世人不能尽知。复堂又名觶，书画录中，均少提及，常见之书，只“瓯钵罗室”一处。戴醇士画直幅，题语中有“恽南兰”三字，写“南田别号”四小字于下。《渔洋诗话》，有近时人自系乡里，多举其地，一山一水，或一古迹，令人茫然，不知何地。甚有割裂古名，如常州称南兰，而去“陵”字；江宁称白钟，盖合白门、钟山，而各去其一字等语。南田本武进人，其县属苏常道，然则“南兰”乃地名，借用作小字耳。

余尝论友人书画，若举雨农、仲麟、梅痴，亦少知者，三者皆李梅庵旧字也。二十年前，见“云龙轩”三字印，不知何人，后始知为蝯叟。余印百余方，皆白石所刻，次第用之。瓶斋谓余印太多，不便后人考证，是有感于阅历者。（余三十以前名政，留学日本，读过余所编日本文法教科书者，咸知之。犬养毅等之致函，仍用彼名。曾重伯以“环天”二字名其室，亦有别趣。环天即广钧，读《穆天子传》可知其义。）

【意译】

我收藏李复堂一画松的直幅作品时，有来客认为复堂的名为“鱓”，而画上的名为“觯”，故怀疑其为赝品。我翻“瓯钵罗室”一书来证明，客人才释疑。古人的名，有的很少用，故不为世人所尽知。复堂又名觯，书画录中极少提及，常见到的书中，只有“瓯钵罗室”有记录。戴熙的一直幅，题语中有“恽南兰”三个字，而在下面另注了“南田别号”四个小字。在《海洋诗话》中，将有些近代人与其家乡的景物相连来称呼，多半是联地名，也有一山一水或一古迹的，今人茫然不解。甚至有的还将古时用开了的地名割裂，如“常州”，只称“南兰”，而省掉其后的“陵”字；如“南京”，只称“白钟”，视作“白门钟山”的简称。恽南田本来是武进人，其县属常州区域，“南兰”是其中的一地名，被借用来做恽南田的小名，故有“恽南兰”之称。

我和友人聊书画，说起雨农、仲麟、梅痴，知之者甚少，其实三个都是李瑞清的旧名也。二十年前，见到“云龙轩”三个字的印，也不知是何人，后来才知是何绍基。我自己次第用的印也有一百多枚，都是齐白石所刻。谭泽闿说我用印太多，不便后人考证，确属有识之见。（我三十岁以前名“政”，留学日本，读过我编的日本文法教科书之人，均知此。“犬养毅”之类的名字，在书信函件时，间时有用。曾广钧以“环天”二字作其屋名，也别有趣味。环天即有广钧之义，读《穆天子传》便可知其出处。）

集造像

【原文】

余尝集六朝造像[1]数十种成册。惟“华州刺史安定王造像”“杜迁等造像”，《沈均初魏齐造像二十品》中，亦有此二种。其余所选，少与人同。但“安定王造像”拓本，较沈均初本完好者多数字。沈本第八行、第九行、第十行之第二列、第三列六字，全与石花相连，“显”字损左下角，“发”字上左角、下右角均损，“敢”字全损，“侍”字损上半，余本俱全，石花竟小一半。《杜迁》拓本，亦在沈本之上。石之斜断纹，止于第三行，且不如沈本之粗，沈本则穿过第四行矣。“杜民安造像”“张静光、刘聪明天和十七人等造像”，为余所最欣赏者。“杜民安造像”，字等指头，妙逸之致，实为罕见。放成大字，可与《石门铭》相颉颃。张静光、刘聪明等造像，雄厚稳实，《魏灵藏》《杨大眼》均不如其泼辣，磊落气象，可与《龙颜》《宝子》齐肩。“天和十七人造像”，在“嵩高灵庙隽修罗”之间，异常整洁，均为造像中之绝佳者。尝见“杨大娘造像”，奇古可爱，惜不能得拓本，以光我册。

数月以来，湖南人如癫如狂，以孔子言礼教，遂以枯草成孔子像，冠以纸制高冠，游行街市，随意鞭挞，余谓为造像之别派。可以石造佛，自可以草造孔，且孔子尝欲为执鞭之士，故人亦执鞭相随，亦可谓为敬孔之别派。

---

① 造像：含有人物形象的石刻。

时在丙寅十二月，逊国后十五年。但筹军饷者，以拘票迫我出钱，则无法为之申辩也。（“杨大娘”拓本见于杨守敬处。）

【意译】

我曾收集了六朝时期的几十种造像刊印成册。只有“华州刺史安定王造像”“杜迁等造像”两种，在沈均初的《魏齐造像二十品》中可见，其余之选，很少在他人版本中出现过。但我的“安定王造像”拓本，比沈均初的有许多字要完好。他的版本中，第八行、第九行、第十行的第二列、第三列共六个字，全是石花相连，“显”字损左下角，“发”字损左上角和右下角，“敢”字全损，“侍”字损上半部分，而我的拓本俱全，且石花要小一半。“杜迁等造像”拓本也较沈均初的完整。我的石斜断纹止于第三行，沈的则穿过第四行，且断纹更粗。我最欣赏的是“杜民安造像”“张静光、刘聪明天和十七人等造像”。前者字如指头大小，妙逸横生，极为罕见，若放成大字，可与《石门铭》相抗衡。后者雄厚稳实，《魏灵藏》《杨大眼》均没有其悍然磊落之气象，可与《龙颜》《宝子》齐肩，且和“嵩高灵庙隽修罗”一样，异常整洁，均堪称造像中的绝佳品相。另曾见过“杨大娘造像”，奇古可爱，惜未能得到其拓本，否则，更可为我册添光泽矣。

近几个月，湖南人如癫似狂，因孔子乃礼教之化身，故将稻草扎成孔子像，再戴上用纸折成的高帽，在街市中四处游行，肆意鞭挞，我称之为造像的新派别也。既然可在石上雕佛像，自然也就可用稻草扎孔像，而且当年孔子是执教鞭之人，今人便也执鞭驱之，算是尊孔敬孔一族矣。

现为丙寅（1926）十二月，清帝退位后十五年。筹军粮的人，以向我传拘票迫我出钱，且申辩无门也。（“杨大娘造像”拓本我是在杨守敬处见到的。）

斥就易

【原文】

避难就易，人之常情。自朱右集八先生文，倡散礼之说，而文章易成，趋之者众。归方之文，又八家文派中之易成者，趋之者更众。绝句为诗之易成者，故趋之者亦众。今则愈趋愈下，犹以归方之文、绝句之诗为费力，而取略可成调之言语为诗，不可成调之言语为文。于是不学而成之志，完全达到。男女老少，无一非文人，无一非诗人，为开辟以来未有之盛。谚曰："分明是说话，又道我吟诗。"今则分明是吟诗，又道我说话。实为梦想不得之奇闻。

昨于友人处，见所谓漫画者一大册，如瞎眼小儿涂鸦，无一笑之值。友人骂其无耻，余笑曰："无耻之人，不在作画者，而在买画者。"友人极是余言。此亦如今之以言语为诗文，同抱不学而成之志者也。余尝谓好学之士，非不可以创造，但有二要义，为有深厚之学力，与足登大雅之堂是也。诗文字画，体格繁多，均古人所创造者。当其创造未成之前，艰难辛苦，学尽前规；创造已成之后，岿然独立，可骇可惊，垂之百年，牢固不破，始可谓有深厚之学力。创造之品，磊落大方，并列古人，全无愧色。新人旧士，均有欲学未能之概，无唾弃不顾之心，始可谓之足登大雅之堂。余愿好学之人，留心此旨，勿求速效。世无速成之学，更无速成而又出色之学也。

【意译】

避难就易，人之常情。自从宋代史学家朱右编拮八先生之文集，提倡散札，做文章就成了一件容易的事，众人皆效仿。而其中归方的文章在八家之中又是文体最简单的，效仿的人更多。绝句在诗中也属容易的，故学的人也多。但今世已每况愈下，归方之文、绝句之诗已成艰难之事，略可成调的语言就算诗，不成调的语言便算文。诗文便不学而成。男女老少，无一不是文人，无一不是诗人，开天辟地以来从未有过之盛况也。谚语有：“分明是说话，人说我吟诗。”现在则是：分明是吟诗，以为在说话。实在是做梦都难得的奇闻。

昨天在友人处，见到一大册所谓的漫画，如盲人小童的涂鸦，不值一笑。友人骂其无耻，我笑说：“无耻之人不是画画的人，而是买画的人。”友人称我所言极是。这也和当今以说话当诗文，不学而成同理矣。我曾说过，好学之士不是不可以创造，但有前提，必须有深厚的学识，足以登大雅之堂。诗文字画，格体繁多，均为古人所创造。当其创造未成之前，无不艰难辛苦，尽学前贤。创造已成之后，岿然屹立，可惊可骇，独树百年，牢不可破，这才算功力深厚。创造之品，磊落大方，并列于古人所作之间，全无愧色。无论新人或旧士，唯有学无止境之气概，绝无唾弃不顾之倦心，才可登大雅之堂。我劝好学之人，以此为旨，勿求速效。世上并无速成之学，更无速成而又出色之学。

记恽册

【原文】

李梅庵出示恽南田画册，中有一帧写云烟浩荡，花叶乱飞之状。李云：“余为此帧所迷，不能释手，负债收之。”李固贫困，任南京师范学堂监督时，月薪百金。恽册非千二百金不能得，遂预领半年薪，更借六百金收之。又得石谷画册二十四帧，分为三册，选精者八帧，藏之秘笈，售出二册，得三千金。收藏家均计挹注，不必吝于一时也。湘潭叶氏，藏南田花卉扇面十四开，亦已卖去，皆折枝写意，非精构也。

【意译】

李瑞清拿出恽南田的画册出来看，中间有一帧描绘云烟浩荡、花叶乱飞之景象。瑞清说："我为这幅画着了迷，爱不释手，借债买来的。"他确实不富，任南京师范学堂监督时，月薪百金。恽的该画册非要一千二百金不可，他只好请学校预支半年工资，又向别人借了六百金才买下来。之后又得石谷的画册共二十四帧，分为三册，他精挑了其中一册（八帧）自己收藏好，另二册（十六帧）拿来出售，赚了三千金。收藏家讲究的是此一时收彼一时出，不必过于计较一时的盈损。湘潭叶某，收藏恽南田的花卉扇面画十四张，都是些枝叶写意，并非其精品，均已售出。

论重心

【原文】

门人问曰："北魏人书，多欹斜不正，初视颇类童书，临摹乃知法度，其故何耶？"余答曰："凡字皆有重心点，与力学正同。力学中云：'凡重心点在基底内者，物必稳适；在基底外者，物必倾倒。'字之重心点，不必皆在中心，总须在一字之范围内，否则不能妥贴。古人未必皆知此理，然阅历经验之效，亦可不期然而然。某处宝塔，危然斜立，数百年无恙，制宝塔者，必不知重心之说。巧工有特识，亦事之常有者，而况文字之变化耶？今既说穿，更易考究。学古与自创，均有所准也。不仅字然，其他莫不如此。曾文正谓作文先画鼻子，即求重心之意。诗惟七言歌行最显著，组成之法，与文同也。故诗文无重心者，如一盘散沙，毫无归宿。所谓水到渠成，万流归壑，即重心之所在也。"

昔人论画，谓北苑、巨然画石，皆作鼻隼。论画山，谓此处起伏，为一山之主，而气脉连络，并为通幅之一树一石，皆奉为主，又有君相存焉。今则不必如此费词，可以重心二字了之。若一纸乱山，个个独立，必不成画。苟得重心，虽千岩万壑，井井有条，山势皆有所趋，自然团成一气。试取古人之作验之，若合符节，亦所谓阅历经验得来者。能悟此理，作画之诀，已泄大半。画花卉折枝者，更不可不竭力讲求，以免凌乱与偏荡不支之弊。虽然，今竟有以弊为神者，欺乱世无人知也。

【意译】

我的学生问："北魏时期人的书法，多歪斜不正，初看起来像小童学写字，临摹后才知道有规法，这是为何?"我答之："每个字都有重心点，与力学同一道理。力学中说：'凡重心点在基底层，物必稳定；如在基底层外，物必倾倒。'字的重心点，不必都在中心，但必须在字的某个范围之内，否则就显得不妥帖。古人未必都知道这个道理，而有阅历有经验，自然就有感觉。好比有个宝塔，危然斜立，几百年屹立不倒，建宝塔的人，并没计算过重心。巧匠有其直感也是常事，何况只是一个文字的形态呢？今天既把道理说明了，理解应就更容易。仿古与创新，都有其规律也。不仅是字，所有的事情莫不如此。曾国藩说过，写文章先要抓住鼻子，即先要抓住文章的重心之意。诗在七言歌行这一体裁中表现得最明显，其句组成的方法和写文章是一样的。所以诗一旦失重心，如一盘散沙，毫无脉络。所谓的水到渠成、万流归壑，即一切都要归依重心之所在也。"

以前的人聊画时讲，五代南唐时的两个大画家，董源还有巨然，画山石的时候都是先画一个"鼻隼"，为一山之主，山峦起伏以此为宗，乃至整幅画面的一树一石，均与其气脉相连，经络相通，成众臣拥君之势。现在不必如此费口舌，可用"重心"二字了之。若一纸乱山，个个独立，必不成画。如有重心，虽千岩万壑，却井井有条，山势都有处可趋，自然一派和谐。试用这种古人的画法来验证一二，如确有感觉，也可归于来自阅历和经验也。能悟得这番道理，绘画的诀窍已明了大半。绘花卉折枝画，更不可不掌握“重心”二字，否则必凌乱不堪。虽然，现世上也有捧凌乱为神画之说，那只是欺乱世无人知也。

记赵印

【原文】

赵㧑叔以刻印得名。王湘绮先生出京时，赵以一印赠别。平日所用之三字姓名章，即赵刻也。石为青田，高不及寸，右刻长“王”字，左刻“闿运”二字。宣统元年，湘绮来省，印置案头。瓶斋一见，取而携之，彼时瓶斋正学赵刻也。无畏以为不可，原物送还。此种毛病，好古之士，皆不能免。赵㧑叔所犯尤多，造像与佳石，不能为彼所见。故其交好，闻其声即戒严，亦趣事也。

余藏《武荣碑》整幅，有沈均初长方朱文印，绝精，乃㧑叔手迹。《三公山碑》之㧑叔收藏印亦精，皆未入《二金蝶堂印谱》者。《张迁碑》题签之㧑叔名印，《殷比干墓拓本》之沈均初印，则皆见于谱中。在北京时，江叔海饮我于图书馆，敦煌石室中写经墨迹，多至数屋，夏午贻劝我行窃，事以未惯，殊为畏缩。江赠蝴蝶装《玉海》，所得亦不为不多也。

【意译】

赵之谦以刻印闻名，王闿运离开北京时，赵送一印作为赠别。平日王闿运用的名章，即是这枚赵刻之印。章料为青田石，高不到一寸，右边刻一竖长“王”字，左边刻“闿运”二字。宣统元年(1909)，王闿运来长沙。有一天印放在案头，谭泽闿见到，随手便拿走了，那段时间泽闿正在学赵印。谭延闿认为此举不可，泽闿又原物送回。这种毛病，嗜好古玩之人，历来有之。赵本人更经常如此，好的雕像或珍石，不能让他看见，故与他交往的好友，听到他的声音便戒备以防，也成趣事。

我收藏的整幅《武荣碑》上，盖有沈均初的长方形朱文印，工精已绝，字迹乃为赵手书。《三公山碑》上则盖有赵的收藏印，工也精细，二者都未录入《二金碟堂印谱》。而《张迁碑》题签上盖的赵之印及《殷比干墓拓本》上盖的沈均初之印，都收于印谱中。在北京时，江叔和我在图书馆饮酒至醉态，数屋尽置敦煌石窟中的经文墨迹，夏寿田劝我顺手牵羊，此举我视为畏途，未惯矣。后江叔赠予我蝴蝶式装订的《玉海》一套，也不谓收获不丰也。

记白环诗轨

【原文】

王湘绮先生谓曾重伯为神童，易实父为仙童。重伯少而多知，湘绮为计时日，读书若干，无论如何神速，亦不能到，故曰神童。仙人为久居山林者，忽尔下凡，如入山阴道①上。实父乃诗文字画，子女玉帛，无所不好者，故曰仙童。实父晚年之作，烂用才思，全无法纪，至为可惜。重伯约余谈诗，特制笺纸，曰白环诗轨。彼曰“环天室”，余曰“白心草堂”也。且余之三星白玉臂环，乃希世之物，亦可借以名笺。无如频遭世乱，逸兴全消，所集无多，不能成册。异日安定，或可加多也。

---

① 山阴道：地处今浙江绍兴城的郊外，原是通向诸暨枫桥的一条山道，此处山清水秀，地灵人杰。

【意译】

王闿运说曾广钧是神童，易实父是仙童。广钧年少时便阅览广博，闿运推算过，每日读书多少，共有多少天，一天多少时辰，无论如何神速，广钧也不可能读书如此之多，故视其为神童。所谓仙人，乃指长年居住在深山密林中，偶尔下凡，如同走在“山阴道”上，欣然若雀。实父对诗文字画，玉帛美女，无所不好，故称其为仙童。实父晚年之时，才思滥用，全无自持，甚为可惜。广钧约我谈诗，记录于特制的笺纸上，取名“白环诗轨”，因我室之名为“白心草堂”，其斋之名为“环天室”也。另我草堂之内收藏有一只三星白玉臂环，乃稀世之物，也可借喻“白环”之意。只是世乱几无间断，雅趣全失，集诗不多，难以成册。如有安定之日，或可添增也。

记老瓦斋

【原文】

丙寅腊月，湖湘大乱，农商辍业。素以方正为乡里所重者，或驱之出境，或任意劫杀；而索饷催捐，凶逾狼虎。卖文所得，不能以储米盐，拘票尚不肯须臾缓也。余本出世之人，触目感怀，出世之心，至是而益切。然欲避地，净土又在何方？清夜以思，彷徨无计，拥炉独坐，五更未眠，乃申纸作画，以寄荒苦之思。左半写两枯树，右半一大茅屋，屋后乱竹一丛。画虽甚简，而境实高。残夜悬观，竟有鬼气。常德赵公岂，一见叫绝，谓合《老瓦斋图》，再揖求赠。

老瓦斋者，公岂之斋名也。公岂为赵伯藏于密子，伯藏能书画，有时名。公岂亦精鉴赏，所见多也。余谓此幅，罗两峰[①]或能为之，

① 罗两峰：罗聘，号两峰，清代画家，“扬州八怪”之一。

他人无此意境。公岂以为两蜂亦不能到，盖以乱世襟怀，别有所在，非太平时人所能悟得也。详晰审定，欲加数笔，又不敢轻下。是以月余之久，未题一字。公岂言："常德于除夕前二日起，焚劫三日，被害者千余家，老瓦斋亦罹厄运，书籍器物，无一存者。"余闻之而心不訾。是今日之常，吾辈所不能免者也。遂记于画端，以作他日掌故。画久不题，必待其罹厄后始题。似此画非有此题不可者，然则事已先定，可以谓之画谶。

【意译】

丙寅腊月（1926 年 12 月），湖南内战大乱，农商均停断。平时乡村中德高望重者，或被驱逐，或遭屠杀；索钱催捐，凶如狼虎。卖文弄书之所得，还不够买家中盐米，如不能交贡，拘留捉人片刻不缓。我乃一介无争之人，触目感怀，出世之心，日加紧切。然避静之地，何处可觅？长夜冥思，彷徨犹豫，在火炉边独坐，通晚难眠，取纸笔作画，泻清苦之堵也。左侧画两枯树，右侧画一茅屋，屋后一丛乱竹。画面虽很简约，但意境不低。若残月之夜高悬一看，隐隐之中竟有鬼气。常德的友人赵公岂，看过之后直叫绝，称画题为《老瓦斋图》最合适，并一再求我送与他。

"老瓦斋"，是赵公岂的斋名也。公岂为赵伯藏的后代，伯藏善书画，也是名人，公岂精于鉴赏，见识也广。我自认这幅画，罗聘之作或可比肩，他人难及此意境。公岂甚至以为罗聘都不能，以身处乱世之心襟，寄情寄意，不是太平年间之人所可感悟也。仔细审视，想添加几笔，又不敢妄动。过了一个多月，未题一字，而公岂告之："除夕前两天起，常德连续焚劫了三日，被害者一千余家，'老瓦斋'也遭厄运，书籍器物，洗劫一空。"我听了也无惊讶，此状为今世之常态，我等难免矣。将其题记于画端，也算一段掌故。画久置不题，要等到常德厄运后再记，好像此画命中有此题也。但赠画之事预先已定，故可以说是“画谶”。

论家数

【原文】

王湘绮先生尝言：“文有时代而无家数，惟诗有家数。”余以为字画既有时代，又有家数，试详论文。文以理为主，理同则文同，且其字法句法，均无特异之处。凡读一朝之文，能辨其文为某人所作，而绝无错误者，余不敢信。即以今人而论，大抵皆似倭文，殊无甲乙之别，可为证也。诗以表灵性，较文为深入。人性无同者，虽一时风气，字面相似，而字法句法，则因其灵性而各异，于是家数出焉。

虽然，文诗两项，仅用心力，其他无与。字画则心力之外，更用手力，是心迹之外，又多手迹，其面目之特异，乃事理之必然。故以大体观之，唐为唐体，宋为宋体，是之谓时代。一见而知为唐体中之某人，宋体中之某人，是之谓家数。心可为时代所囿，故大致相同；手不能为时代所拘，故又各别也。世固有手随心转之说，是无书画阅历者之言。心高于手，手高于心，皆常有之境。世人之心，欲作佳书画者至多，而能作佳书画者至少，即手不能随心之证。所谓妙手偶得者，皆手成之，心所不及料也。但以上所言，院体书画，又在例外，不可同日而论。

【意译】

王闿运曾说过：“文章有时代而无家数，只有诗才有家数。”而字和画，我认为是既有时代，又有家数的。文章以阐明道理为主，理同则文同，并且用字用句，都没什么特别之处。如果说读某一朝代的文章，就能毫无错误地知道是出自何人之手，我是绝不敢相信。如同我们今天读日文一样，知其内容，难分写者何人也，可为例证。诗词以表现灵性为要，在情感上比文章要深入些。人性人人有异，虽然一个时代有一时之风气，字面上也相似，但字意句法，皆因灵性不同而各异，于是便产生不同的家数。

虽然，文章和诗词，只是用心智，不需借助其他，而书法和绘画，则除心智之外，还需手上功夫，心迹之外，又添手迹，但其呈现的面目特征，仍有其事理的必然规律。所以只需大致一看，唐是唐体，宋是宋体，可谓时代。而一看之中可知唐体中的某人，宋体中的某人，可谓家数也。一个时代的人，必打上一个时代的烙印，大致相近，但手上功夫却不受时代所束缚，又各有差异。世人有种说法：手随心转。这只是对书法和绘画不了解的说法。心高于手，手高于心，都是常有的事。世上想做大书画家的人数不胜数，但能做大书画家的又屈指可数，即可证明手不能随心也。所谓“妙手偶得”，就是指手到而心未料之况矣。但以上所言，院体书画又另当别论，不可同日而语。

写造像

【原文】

门人问曰：“先生教人，多写造像，其故何耶？”余答曰：“书画皆忌甜熟，不读书谓之俗根；甜熟谓之俗迹。去根虽为至要，去迹亦所宜求。求之无他，生而已矣。而习见之品，只能增熟，不能求生。欲得与习见完全相反者，除六朝造像外，实无他物。而其笔画，全用铺毫，又为学篆隶必由之级。故学造像，务取其拙若小儿书者摹之，若取其流丽者摹之，则与赵㧑叔同，又是一种俗法而已。世之好为高论者，谓学秦书不可自汉人，学汉书不可自魏晋人，其言非是。譬之山居，古之人生于山顶者也，今之人生于山趾者也。以山趾之人而求山顶之迹，欲不自下而上，安可得哉！余于作画，特重明末人，亦与学造像同意。”书至此，适蒋生来求入弟子籍。蒋年十五岁，画山水能成片段，已略有甜熟味，遂以此节授之。幸无他师，未有先入之弊。周生有先入之弊，已不能进，故欲外我以立名，无法之法也。

【意译】

学生问我：“先生教授书法，多以石刻为主，是何原因？”我说：“书法与绘画，最忌入俗套。不读书便摆脱不了俗根，入俗套则摆脱不了俗迹。去掉俗根固然重要，去掉俗迹也值得孜孜以求，方法并无玄奥，唯多尝试新奇的东西而已。平时习以为常的临本，只能更添熟知，而了无新意。如果要得到与平时习作完全不一样的感观，除以六朝时期的石刻为临本之外别无他途。其笔画全用铺毫，又是练习篆书隶书的必经之路。故学石刻，务必临摹其朴拙如小儿手书之状，如果仿那种行云流水的华丽之作，则落入赵之谦一类的俗套，仅是另一种俗迹而已。有些高谈阔论的人，宣称学秦朝的书法，不能从学汉代的碑帖入手，学汉代的书法，又不能从学魏晋的碑帖入手，此言差矣。好比依山而居，古人住在山顶，我们住在山脚，若要追寻古迹，不自下而上一步一阶，又岂可凭空而取？我学绘画，也是先重在学明代末期之人，与学石刻同理也。”写到这里，正好有位姓蒋的学生来求入弟子籍，其年十五岁，画山水有局部尚可，但已略显俗套味，我便以此文所论开始教习，幸其之先未拜他师，无先入为主的误教之弊。有一周姓学生，有先入之弊，已不能再长进，故只能离我他图，也是没有办法之选。

记巧工

【原文】

丁字湾有石匠，名邹自运，其技至精。某氏建“乐善好施”牌坊，以为非邹莫属。邹云：“此四字，非易当者也，必欲建立，非千二百金不可。”某氏本宦家，怒其有意敲诈，将送之官。邹笑曰：“多少皆在尊手，不能强求，特以相试。余固曰：‘乐善好施，非易当者也。’”某氏词塞。有他石匠，刻成石马，忽损一耳，请救于邹。邹取铁锤，将完好之耳，亦行敲去。观者大骇，不知所为。乃徐徐刻垂耳状，较前美观，众人皆服。闻邹匠能以石制雀笼，精细与竹制者相埒，若令其制图章纽首，必有过人之处。

纽首难制，以有雅趣者为佳。余性好石，故藏石颇富，纽首佳者，仍不多也。大约石最佳者，纽必不恶。余之田黄、田白，纽均绝美；寿山、昌化、青田之纯洁者，纽首亦复可观。余因搜集佳石，前人遗物，亦随之而至。钝丁、小松、曼生、次闲、南阜、顽伯诸人之作，收得甚多。今所用“人生行乐耳”田黄章，曼生制也。

宁乡周义，尽刻木之能事，其所手制，湘人视为奇珍，曾制梅树大床，松枝窗格，尚存宁乡某家。此时小器亦可值数十元，余仅得笔筒、折扇、手杖数件，大器非所能举者。周君取材，黄杨为限，他不顾也。

【意译】

丁字湾的地方，有个石匠，名邹自运，技艺精湛。某人想建一个“乐善好施”的牌坊，认定其制作非邹莫属。邹对他说：“这四个字，不易刻制，若定想建，必须一千二百元。”该人乃官宦之家，认邹有意敲诈，甚怒，要送邹入押。邹则笑说：“给多给少全由大人，绝不强求，刚才也就一说，我只是想看看‘乐善好施’，是否确实不易担当也。”该人一时无语。另有一个石匠，雕刻好了一座石马，但突然其一只马耳缺损掉了，便去求教于邹。邹取来铁锤，将好的那只耳朵也随手敲掉。观者大骇，不解其所为。邹徐徐刻出两只垂落状的耳，比之前更美观，众人都叹服。听说邹匠可用石制作雀笼，精致程度不亚于竹编品，如让他制图章的纽首，必有过人之处。

纽首不容易制，须溢趣味方为佳。我生性喜欢雅石，藏石颇丰，但好的纽首也不多。一般而言，好的石头，纽必不差。我的寿山田黄、田白石，纽均绝美；寿山、昌化、青田的冻石，纽首也很可观。我因搜集雅石，也随之逐渐地收了些前人的遗物。丁散、黄易、陈鸿寿、赵之琛、高凤翰、邓石如等人之作，收得不少。现在常用的一方“人生行乐耳”闲章，乃田黄质，陈鸿寿制也。

宁乡的周义，善刻木，他的手作，湖人视为奇珍，曾制作过的梅树大床，松枝窗格，现还存在宁乡的一户人家中。一件小器具，可值几十元，我仅收得笔筒折扇手杖几件东西，大器具力所不能。周义取材，非黄杨莫属，其他弃之不顾也。

记王笺

【原文】

清朝取士，专用制艺，虽为一种无意识之文字，然工之颇难。巴陵吴獬，湘乡李希圣，均以制艺得名，夏午贻乃其后劲。湘绮楼与其长公子伯谅书中，所谓夏不觚、李为政者，乃夏寿田乡举题为“觚不觚”，李希圣乡举题为“为政以德”两章也。湘绮书札，喜用当时语，故读者多不能解。余尝约伯谅为湘绮楼诗文笺注，以非伯谅不能知也。而伯谅成年谱后，即作古人，余一人不能胜任，其不可解者，终不得解矣。

【意译】

清朝选读书人入官途，专考八股文，虽然文式毫无意义，却颇费人功力。岳阳的吴獬、湘乡的李希圣以善作八股文而闻名，夏寿田则以有后劲为人称道。王闿运在给他长子伯谅的信中，有所谓“夏不觚”“李为政”之称，乃因乡试时，夏寿田的卷题为“觚不觚”，李希圣的卷题为“为政以德”也。闿运的信札，喜欢随意用当时之语，读者常摸不着头绪。我曾约了伯谅一起为王闿运先生的诗文笺作注释，因许多其自拟的文称，只有伯谅才知来龙去脉。但伯谅在刚梳理出年谱之后，即已作古，我一人实不能胜任。不可解之处，则永不可解矣。

记严李

【原文】

严受庵、李仁元，皆湘绮楼挚友，曾为作传者。诗皆不多，却能成体，严诗沈博似士衡，李诗清丽似唐音。湘绮均为刊出，严之集曰《受庵诗草》，李之集曰《静观斋诗》。印书极少，当时惟门人及亲故得领一册，故世少流传。今则板既失去，诗亦无存。余匣中尚有李集，其言不可废，拟为重刊之。

【意译】

严受庵、李仁元是湘绮楼王闿运的挚友，王曾专门为两人作传记。他们写诗并不多，却都能自成风格，严的诗渊深广博似陆机①，李的诗清丽明朗如唐音②。闿运均予刊出。严受庵的诗集名为《受庵诗草》，李仁元的诗集名为《静观斋诗》。印量都极少，当时只有弟子及亲友分领一册，故世间少有流传。如今印版已失，诗也无存。我书柜里尚保留了一本李集，他的故作不应埋没也，想适时重新刊发之。

---

① 西晋著名文学家。

② 唐诗总集。

录王书

【原文】

湘绮与余函，当年未及收检，散失甚多。今以所存者录之于后。感昔时之师友，痛今朝之零落。学术既无可切磋，置身尤难于安定。茫茫世路，已至途穷；寂寂长宵，无端泪陨。风烛之年未尽，焚坑之祸将来，我劳如何？吁其恻矣。

仲子姻世兄侍福。前有人从省来，云见应试，并得令兄消息，平安为喜。子妇诸孙，均于重九日到衡。乞转禀堂上，以慰慈念。张先生昨有信来，欲取夏午彝所送百金应用。弟家起屋，无须此项；但曾借张先生元银卅两，乞于此项拨还。张先生如定作田，弟再有信来取所余七十两，否即仍存尊府。乞告之堂上为望。弟暂不回乡，以省应酬。令兄今年还否？令弟嘉礼，想在今年，彼时再得奉贺也。专此即叩堂上福安。

府中均吉　　九月十三日闿运顿首

令伯父处有信来，能暂还家否？有书乞代为问安。（此函最早为己亥年所致。）

承示并五姐五十金，适济所用，真孝感也。可以此信寄去奖之。小东徵会，当往而不知礼冠，尊处有玄冠式否？请博访见示。此复即颂。

重子姻世弟节禧　　闿运顿首

借尊处印泥盒一用，十日内奉还。

重子世姻三兄　　王闿运六月七日

重子姻世弟侍者：青岛一信，鼎甫一条，并乞转交。今日欲出门，以春寒较重，宜静坐领略，故未出也。专颂新喜。　闿运顿首雨

水后三日

过节恭喜。张先生有信来否？杨潜庵来信，索胡井榻本，云交城外其弟转寄，请便致。昨来城空手，须节赏，例不取之诸子，请借万钱，交去手带回。凡拨钱有左有借，左则即还，借则拖欠，此左非借也。此颂

重子姻世弟三喜　闿运顿首

【意译】

闿运给我的信，一直疏于保存，遗失了许多。现将仅存的几封录之于后。感念往日其亦师亦友，痛惜今之岁月凋零。学术再无人切磋，身家尤难于安定。茫茫人世路，何时是尽头？寂寂漫长夜，无端泪水流。风烛残年，且有焚坑之祸，何苦来哉？哀叹难已。

（一）

仲子姻世兄侍福。前有人从省来，云见应试，并得令兄消息，平安为喜。子妇诸孙，均于重九日到衡。乞转禀堂上，以慰慈念。张先生昨有信来，欲取夏午彝所送百金应用。弟家起屋，无须此项；但曾借张先生元银卅两，乞于此项拨还。张先生如定作田，弟再有信来取所余七十两，否即仍存尊府。乞告之堂上为望。弟暂不回乡，以省应酬。令兄今年还否？令弟嘉礼，想在今年，彼时再得奉贺也。专此即叩堂上福安。

府中均吉　　九月十三日闿运顿首

（二）

令伯父处有信来，能暂还家否？有书乞代为问安。（此函最早为己亥年所致。）

承示并五姐五十金，适济所用，真孝感也。可以此信寄去奖之。

小东徵会，当往而不知礼冠，尊处有玄冠式否？请博访见示。此复即颂。

重子姻世弟节禧　阎运顿首

（三）

借尊处印泥盒一用，十日内奉还。

重子世姻三兄　王闿运六月七日

（四）

重子姻世弟侍者：青岛一信，鼎甫一条，并乞转交。今日欲出门，以春寒较重，宜静坐领略，故未出也。专颂新喜。

闿运顿首雨水后三日

（五）

过节恭喜。张先生有信来否？杨潜庵来信，索胡井榻本，云交城外其弟转寄，请便致。昨来城空手，须节赏，例不取之诸子，请借万钱，交去手带回。凡拨钱有左有借，左则即还，借则拖欠，此左非借也。此颂

重子姻世弟三喜　闿运顿首

阅何藏

【原文】

余在上海时，何诗荪以《衡方碑》让我，有藏经纸小松[①]题签，

① 小松：黄易，号小松，清代金石学家。

及蝯叟跋尾。即余得见小松拓本一条，见于《东洲草堂题跋》者。《封龙山》有蝯叟释文，惟止于“天应玉烛”；后半释文，伯兄足成之也。去岁有以何藏宋拓《兰亭》、明拓《兰亭》及残字未损之《景君铭》求售者，余皆有善本，未与议值。《景君铭》得明拓于上海，得宋拓于长沙，均有碑阴，拓工至美。宋拓笔画，较明拓清晰一半，旧拓之可珍有如此者。何藏《石阙铭》，亦不及余所得，“玄”字全损。蝯叟题《小松访碑图》云，余所得《三石阙》，最精拓，视小松所拓《太石阙》，多出十余行。以此证之，知求售之品，非蝯叟所珍者。何氏寻常拓本极多，余之所见，已在百种以外。余则非精者不收，苟无精者，仅备一纸，不欲如蝯叟之自夸其购藏之富也。《郑固》《武荣》，亦嘉道拓本，为仲钦收之，备数而已。前于上海得《石门颂》四幅，为蝯叟三次所收集者，其详载于《东洲草堂诗集》。改装成册，为便临摹，拓为蝉翼，墨色之佳，鲜其伦比，匀而洁，艳而沉者也。去年又得《石门》四幅，亦蝯叟物，虽为明拓，不及前本之精，然未洗石本，实不可得，故不忍抛弃。尚一《礼器》，清初拓本，于字损处，以图章掩之，不足以欺明眼。余藏《礼器》，有李眉生廉访跋，乃海内著名之明初拓本。又得覃溪秋史所藏《礼器》碑阳，以宋拓碑阴配之，惜碑阳太湿，不能相称①。

【意译】

我在上海的时候，何维朴转让了一本《衡方碑》给我，上有黄易在藏经纸上写的题签及何绍基的题跋。《封龙山》有何绍基的译文，但只译了前半部分，截止“天应玉烛”；后半部由我兄杨度完成。去年有人拿了绍基所藏的宋代拓本《兰亭》、明代拓本《兰亭》及字残页未损的《景君铭》来兜售，我因手中这几种都有完本，故

---

① 碑阳：碑的正面文字；碑阴：碑的反面文字。

没有和来者议价。明拓《景君铭》是我在上海收得，宋拓则收于长沙，碑的背面之文均齐备，拓工精美。宋拓上的笔画比明拓的要清晰得多，旧拓能珍藏如此，实为难得。绍基收藏的《石阙铭》，“玄”字已完全损坏，不及我之藏本也。绍基在《小松访碑图》的题记上说，我收藏的那本《三石阙》拓得最精湛，比黄易拓的《太石阙》要多出十几行。由此可见，前来兜售之人拿来的东西，并不被绍基所珍视。绍基收藏的普通级拓本极多，就我所见，不下百种。而我一定要精品才收，版本中实在没精致的，仅备份一张而已，不愿像绍基那样自我炫耀收藏如何丰富也。《郑固》《武荣》是嘉庆道光时期的拓本，为仲钦所收藏，我只是备份了数张而已。之前在上海收到四幅《石门颂》，是以往绍基分三次才收集到的，他将过程详细记载在《东洲草堂诗集》中。我为了临摹方便，将其改装成册，拓纸薄如蝉翼，墨色鲜润无比，均匀而光洁，乌艳而沉浸。去年又得《石门颂》四幅，也是绍基的旧物，虽然是明代拓本，却没有前四幅精湛，但未洗的石本，实在难得，故也没舍得放手。还有一本《礼器碑》，清初期的拓本，在字的残损处，试了用图章去掩盖，然难以骗过内行人也。我收藏的《礼器碑》，有李眉生的跋，乃海内著名的明初拓本。后又得到翁方纲收藏过的《礼器碑》版碑阳，用宋拓版碑阴与之相配，只可惜碑阳太模糊，不能相称。

卷十

记孔褒

【原文】

《孔褒碑》，出土最迟，漫漶亦甚。出土之后，十余年间，又逐日加损。张叔未藏雍正、乾隆、嘉庆间拓本数纸，渐损之迹，极为明显。余之整幅，曾在叔未处者，以“继”字完好测之，当为清仪阁[①]中第一本。去岁某夜，有人持《孔宙》整幅求售，“凡百印高”之“高”字，如宋本，而纸墨似乾嘉物，心窃疑之，举烛细辨，实为伪造。故审物不可不慎，谛审纸墨，求碑者之要诀也。余之《孔宙》，与陶斋本全同，余贫不能举火时，朱子佩以贱值迫让。今所存者，清初拓也。

【意译】

《孔褒碑》，出土时间最迟，但字迹却最模糊不清。出土之后，十多年间，损缺又日加严重。张廷济收藏有雍正、乾隆、嘉庆年间拓本数份，逐渐磨损的过程，反映得极为明显。我有一完整本，曾为廷济所藏，从“继”字完好程度来推测，与“清仪阁”中的第一本相似。去年，一天晚上，有人拿《孔宙》碑拓本来兜售，“凡百印高”中的“高”字，像宋代拓本，而纸墨又似乾隆嘉庆时期的，便心存疑惑，拿到油灯前仔细辨别，确认是伪造。故辨物不可不谨慎，研判

---

① 清仪阁：张廷济之藏馆，名闻一时。

纸墨的年代，是确定碑帖真假的要诀。我收藏的《孔宙》碑拓本，与赵陶斋的版本完全一样，在我当年有段贫困得难言温饱时，被迫以超低价贱卖给了朱子佩。现在尚存的，为清初版本。

论刻印

【原文】

刻印虽小道，工之亦非易事。自外面观之，似可列之专家，其实乃学人之余技，与作画正同，非无学问与不知书者所能也。清代刻印之人，名家不少，皆可以学问书法为次第，仅以刻印传者，未之闻也。赵㧑叔以《三公山》《天发神谶》之类，加入印文，实较专摹汉印者为有生气。微嫌力量稍弱，故不沉厚，且略现江湖味。今人多以陈师曾为善刻印者，师曾用秃锥钻洗，故外貌甚古，外行观之，自然倾倒。观吴昌硕所刻之印，似与陈同一法门。齐白石力量有余，若再加书卷味，则为完全无缺之人。然为之继，亦非易事。余自知不及，故不与争，而白石赞赏不置，愿余努力。余年三十时，因学书刻印，过于劳苦，右手几废，年余不敢动作。以电医之，虽愈而时发，不得不让白石之独步。

石之佳者，诚如书家之得陈纸，有得心应手之乐。故刻印者，能尽石之长，彰石之美，不强其性，不塞其能，方可谓之高手。白石时有之，他人不多见也。白石刻印，其刀直下，长可一寸，深可半米，石不坚硬，立时崩裂，风驰电掣，俄顷而成。石不转方，自左连切而极于右，亦刻印之奇观也。特记于此，以备后生之取法焉。余尝笑白石总嫌石小，而白石又笑余作书总嫌纸小，亦趣闻也。黎薇荪庶常，避乱来省，居妙高峰下，嘱余刻"麓云一角之楼"小印。及归，取石成砚，摹余刻于砚底，且以拓本送人，亦好事者尔。有人见吴昌硕刻印，刻成之后，磨去少许，以隐刀痕。果尔，则吴氏之法不堪矣。

【意译】

刻印一途，门类虽小，治作并非易事。外行看来，似可列为专家，其实和绘画一样，应仅属文人的业余技能，只是无学问又不善读书者难以为之罢了。

清代刻印之人，名家不少，但文章书法均了得，专施刻印者，还未听说过。赵之谦“以三公山天发神谶”之类，加入印文，比只会临摹汉印者而言，显得更有生气。只是力度稍弱，不够沉厚，略显俗套。现许多人认为陈师曾印章刻得好，师曾用秃锥钻洗的方法，使印有古朴感，外行看了，自然倾倒。观吴昌硕所刻之印，应与师曾同出一门。齐白石力量有余，若再加些书卷味，则堪称完美。但要达到那层境界，并非易事。我自知也难达到，故也不与白石争锋，反倒是白石对我的印作赞赏不已，励我努力。我三十岁时，因读书刻印过于劳苦，右手几乎不能着力，有一年多不敢动作。治疗一段虽愈，但时有复发，不得不让白石独领风骚。

得好石，好比善书之人得陈年好纸，有得心应手之乐。故善刻印者，应能捕捉好石的特性，并将它发挥到极致，且尽彰其美，而不做有违石性之事，方为高手。白石不时能做到这一点，其他人则不多见。白石刻印，其刀直下，长可一寸，深可半个公分，石不坚硬，立时崩裂，风驰电掣，卷席而成。印石方向不动，一刀便可从左端切至右极，也算治印之奇观。特记于此，以备后来者可学。我常笑白石总嫌石小，白石反笑我书写时总嫌纸短，也有乐趣。朋友黎薇荪，避乱来长沙，住妙高峰下，托我刻“麓云一角之楼”的一方小印。拿回去后，自己取石治砚，临我这方小印刻在砚底，以拓本送人，也算有心者也。有人见吴昌硕刻印，刻成之后，磨去少许，以便不露刀痕。

如果是真，则这种刻印之法并非了得。

刻印诀

【原文】

刻印无他诀，“手灵刀稳”四字，足以了之。苟能直起直落，处处扣紧，绝不松弛，刻成之印，无不佳者。所谓莆田派、江西派、云间派、浙派、皖派，不过多立名目，乱人视听。除几方汉印外，余未见其别有师承，本一至简之法，不能有许多派别也。但字之配合，则为一极难之事，妙处全在乎此，家数亦可由此而分。近见有人刻印，其力量能及白石之七八，然无学识，不知变化，故其所作，粗俗不堪，反不如笔画纤弱而字体停匀者之可以敷衍也。字有长短疏密之殊，不可一致，能各极其姿，方为妙印。若概成方格，乃躲闪者之所为，即丁黄之所以立足。徒作异状，又类江湖，殊非大雅。终以平正通达而姿致动人者，为上乘也。

【意译】

刻印没有其他诀窍，手灵刀稳四个字，足以概括。如能直起直落，处处扣紧，绝不松弛，刻成之印，没有不好的。所谓莆田派、江西派、云间派、浙派、皖派，不过是多立名目，乱人视听。除了几方汉印，我不觉得还有什么别的出处，本来就是一至为简单之事，哪来派别林立。但字之间的配合，却是一极难之事，妙处全在于此，若说门户也可由此而分。近见有人刻印，力度与齐白石相比，尚可达十之七八，然无学识，不知变化，故其作品，粗俗难忍，反而不如笔画纤弱些而字体均衡者可以让人勉强过目。字有长短疏密不同，不可一致，能各展其姿，方为妙印。如都布方格，乃避难就易者所为，即丁敬、黄易之所以立足。如故作巧异，又有标新媚俗之嫌，并非大雅。

还是以平正通达而姿势动人者，为上乘之作也。

记封父石

【原文】

近年古石出土者多矣。魏《李璧碑》，完好无缺，至可宝贵。李梅庵谓其字体不纯，有似《黑女》者，有似《孟夫人》者，当为后人伪造，集诸碑字成之。其言不可信，世无此好事而无章法之人。究集何碑？亦难指出。其所集者，皆人间之所未见，尤为绝无之事。光绪二十七年出土之《孟孝琚碑》，字体亦不纯一，有似《郙阁》者，有似《西狭》者，有似《衡方》者，有似《封龙山》者。碑虽甚古，字实不高。以云南一地论之，反不如“两爨”之能别开生面也。永和二年《封父刻石》，虽已漫漶，可辨之字尚多，其字体在《礼器》《郑固》之间，当为近年出土石中第一佳品。惜覃溪、小松辈不及见之，非特《两汉金石记》中不可少，实较石经残字为完整也。

【意译】

近年古碑出土较多。如魏朝的《李璧碑》，出土时完好无缺，实属难能可贵。李瑞清说该碑字体不纯，有的字似《黑女》碑，有的字又像《孟夫人》，应是由后人伪造，仿几种碑体字混杂而成。这种说法不成立，世上没有这种多事而又无章法的人。混杂了哪几种碑？不易指出，由谁混杂而刻之，更是从未所见，也闻所未闻。光绪二十七年（1901）出土的《孟孝琚碑》，字体也不纯一，有的字体似《郙阁》碑，有的似《西狭》，有的似《衡方》，有的似《封龙山》。碑虽古远，字却不好，就以同出云南的古碑而论，显不如“两爨”有独特之韵。又如永和二年（346）的《封父刻石》，碑文虽已模糊，但可辨认之字仍较多，其字体在《礼器》碑、《郑固》碑之间，可算为近年出土石碑中的第一佳品，可惜翁方纲、黄易一辈没能见到，故翁方纲所著《两汉金石记》也无载述，否则必不可少，确实比那些录用的石经残字要更为完整些。

记苏书

【原文】

东坡居士“苏门山涌金亭”六大字，曾见极旧拓本。盖宋元间物，覃溪之所藏也。惜破碎不堪，不能再裱。覃溪诗记甚长，皆乾隆丙申年作，庚子岁始与元遗山《涌金亭示诸同游》诗拓本合装成卷。有小蓬莱阁印，昔在何家，蝯叟未题，数印而已。余见苏书拓本极多，大半皆有覃溪题字，不能不谓为东坡一大知己。宝苏室印，各处不常见，每于苏书精拓见之。覃溪手书东坡年谱，附苏帖后，今在余斋，亦得之何氏者。

【意译】

苏东坡先生“苏门山涌金亭”六个大字，我看过极旧的拓本。宋代或元代年间拓制，翁方纲所藏。可惜破碎不堪，不能再裱。翁方纲在丙申年（1766）题长诗记此，庚子岁（1781）将其与元遗山的《涌金亭示诸同游》诗拓本合订成卷。有小蓬莱阁章，藏留在何绍基家时，只字未题，仅加盖数印。我见东坡之拓本极多，大半皆有翁方纲的题字，不能不说翁为东坡一大知己也。翁方纲的“宝苏室”斋印，平时不常见，但在苏东坡的书法精拓本中，却总能见到。藏置在我书房有方纲手书的东坡年谱，附在苏帖之后，也从绍基处得。

阅 画

【原文】

前见《百鸟图》长卷，款署“边鸾”①，则不可信。画极精细，当为宋元人所作，谋利者写“边鸾”也。石涛山水四大横幅，为某和尚作，曾藏归石轩，不知何时散失二幅，与杨铁崖、黄石斋②行书直幅同售。石画真而不精，杨书乃其佳者。余最喜石涛、石田、穆倩、瞿山诸人之画，学画以来，搜求更力。石涛画得李氏小册四帧，石田直幅，晚年细笔，题诗中有“墨池来访子云亭”句。余遂题以《子云亭图》。沈画成于弘治二年，迄今四百二十余年矣。明清两朝，书画之多，不可数计。然笔力强健者，断推石田第一；王觉斯、兰田叔之流，可居三等；墨卿、蝯叟诸老，则不得不以四五等屈之也。瞿山③直幅，早年之作，面目大异晚年。梦楼题诗画端，引停云父子誉之。梅氏善画者非父子，梦楼借用也。二十年前，得继莲畦方伯藏瞿山横册十二帧，亦非晚年之笔，为李筠庵易去。穆倩直幅，虽为绫本，鲜洁无疵。画赠石林先生者，余题曰《寒林孤艇图》。凡得名画，其上款亦知名者，尤为可喜。一石涛烂画，上款为“戴务旃”；徐西涧画，上款为“陈曼生”，且图章亦曼生④所刻。昔得董蔗林画扇一柄，有“臣董诰恭绘”数字，是无上款，而上款自在者。有书画之宴集，必持之以增兴味。

---

① 边鸾：唐朝画家，擅折枝花卉彩鸟。
② 杨铁崖、黄石斋：均为明代书画家。
③ 瞿山：梅清，号瞿山，明末清初著名画家。
④ 曼生：陈鸿寿，号曼生，清代篆刻家。

【意译】

前段见到一幅《百鸟图》长卷，款识署名为“边鸾”，并不可信。画工极为精细，应该是宋朝或元代人所作，为了卖个好价钱而充“边鸾”罢了。石涛为某位出家人画的四幅山水横幅，曾被“归石轩”收藏，不知什么时候散失了两幅，余存的两幅与杨铁崖、黄石斋的直幅行书一起出售。石涛的画是真品，但不属精工，杨铁崖的书幅确为佳作。我最欣赏石涛、沈周、穆倩、瞿山诸人的画，开始学画以后，更是用心寻藏他们的作品。收得石涛的四帧李氏小画册，还有一沈周的直幅，画的题诗中有一句“墨池来访子云亭”，故我添题跋《子云亭图》，沈晚年用笔纤细，这幅画是弘治二年（1489）所作，距今已四百二十多年了。明清两个朝代，书画之多，数不胜数，若论功力深厚，我首推沈周；王铎、蓝瑛等前辈，可为三等；而伊秉绶、何绍基等长老，则不得不屈居四五等也。梅清的一张直幅画，是其早年之作，与他晚年的作画风格完全不同，各显异彩。画的上端有王文治的题诗，诗中引用“文壁父子”的一段佳话来赞誉梅氏。但梅清善画是早、晚期有别，而并非父子，王文治仅是借喻而已。二十年前，得到官人继莲畦收藏的一横册，为梅清的十二帧画，也非晚年之作，被李筠庵买走了。穆倩的一直幅，虽是画在绫绢之上，却鲜艳洁净。画是赠给石林先生的，我在上面写了题跋《寒林孤艇图》。如所收名画，上款也有名人所题，便尤为珍贵。我书斋尚有一张石涛的潦草之作，上款为“戴务旃”；有一徐西涧的画，上款为“陈曼生”，图章也由陈鸿寿所刻。早年收得董蔗林一扇页画，上有“臣董诰恭绘”几个字，虽没专题上款，此可充当也。如果哪里有展示书画的聚会，我倒愿拿这些藏品去凑趣。

记 帖

【原文】

汪瑞闿收藏甚富，国变时，正任湖南长宝道，仓卒逃亡，宝物悉为痞徒所劫。田黄一匣，古玉数件，表兄郭葆生以八千金得之。宋拓《戏鱼堂帖》，则在余斋也。纸墨虽佳，尚不及二十年前所得《淳化阁帖》残本之精。孙退谷云：淳化阁帖之精者，皆澄心堂纸，李廷珪墨。二物在当时，价已奇贵，一纸一墨之值，必各费百金，且皆小品。余本乃第十册，王献之书，有高江村图章，毕泷①题记。其记云："此本乃余兄秋帆先生癸卯入觐时，得于真定梁氏。考《蕉林杂志》，原有明人祝京兆等十三跋，因避讳割去，今不知流落何所，惜哉惜哉！未识此后可有延津之合否耶？甲寅仲夏竹痴道人记。"据毕记观之，秋帆尚书当日亦未得此帖全部。孙退谷云："朝廷每以一册赐大臣，欲得全部，须于肆中随时收集。"是残本亦复为人间至宝也。与王帖同至者，文衡山《四体千字文》，式古堂旧物也。

【意译】

汪瑞闿的收藏极为丰富，在湖南任一地方官时，正逢清朝退位，军阀混战，动乱中仓促逃亡，藏品都被流窜痞匪抢劫一空。之后，表兄郭葆生以八千金收得散失的寿山田黄石一盒，古玉几件。而我则收得宋代拓本《戏鱼堂帖》，所用的纸墨虽好，但仍比不上我二十年前得到的《淳化阁帖》残本。明末收藏家孙承泽说：《淳化阁帖》的精品，纸必用澄心堂的，墨必用李廷珪的。这种纸墨在当时价格昂贵，小包装的一纸一墨，各在百金以上。我的藏本为第

---

① 毕泷：号竹痴，乾隆年间的状元，收藏家。曾购得《清明上河图》。

十册，由王献之书，上有高士奇的收藏印和出家人毕泷的题跋，跋记为：“此本是我兄秋帆癸卯（1783）进京觐见皇上时，路经河北正定县从梁某处收得。《蕉林杂志》中记有，原帖中尚有明代祝京兆等人十三款题跋，因‘避讳’而裁去，现不知流落何方，可惜至极。不知今后还有因缘失而复得否？甲寅（1794）年毕泷人记。”从毕泷的记述来看，其兄当时也没有收得此帖的全套。据孙承泽说：“朝廷也是每次赐大臣一册，如想得全套，必须经常留意古藏市场，随时收集。”可见此残本也是人间一珍宝也。与该帖一起收入的还有一本文衡山《四体千字文》，《式古堂书画汇考》中收录的旧物也。

记古泉

【原文】

摩挲古泉，亦可成癖。最难得者，莫若年代极少，又有历史之值者。每一破烂小泉，非数百元不能得。余得见古泉多矣，自秦汉迄今，无不悉备者，未之见也。公岂以大观端平泉见视，均极精美，宋磁印尤朴厚可玩。一匋器形似唾壶而小，出于古冢中，与太康砖同埋，故可定为晋器。惜器底无证，不能增值，前见垣字币，及永光小泉。藏古泉者，视永光泉①为奇宝；余不暇搜集，知之而已。

【意译】

玩古币，也可成瘾。最难搜到的，莫过于曾使用的年份极短，而那段历史又颇为显赫之币。那样的一枚小钱，即便品相破烂，也值几

① 永光泉：历史上这一币种的使用期没超过六个月。

百元以上。我见过的古钱可谓不少，但有谁从秦汉至今，历朝历代都收齐了的，还闻所未闻也。你也许见过北宋的大观币和南宋的端平钱，都极为精美，宋代的磁印也尤其朴态可掬。一器形如唾壶的小陶具，与晋期的太康砖一起，从同一古墓中挖出，故可推定是晋时期的物器，可惜底端无印迹，不能增值。前一段偶见周代的垣字币以及南宋的永光小钱。对收藏古币的人而言，永光钱为稀世珍宝矣，我本人并无闲暇搜集古币，只是知些门道而已。

记草堂图

【原文】

何诗荪、沈咏荪均为余画《白心草堂图》。何画存李梅庵处，久不为题，而人已死，画亦不知下落。王湘绮先生、李梅庵、夏午贻均为书“白心草堂”额。“白心”二字，庄书、管书、佛经皆有之。《天下篇》曰：“不累于俗，不饰于物，不苟于人，不忮于众，愿天下之安宁以活民命，人我之养，毕足而止，以此白心。”余一生所持，即此数语。似杨而实墨，师孔而由庄。不为萤光以自明，希同日月之共照。诲人虽难不倦，启愤或可尽心。故惠子谓宋钘、尹文为人太多，自为太少。而世人谓余僻傲，反其旨矣。《管子》以“白心”名篇，午贻之记，则本《管子》，谓金心明也，白心则大明矣。午贻专本道家言，不若《天下篇》之宏远而切实。佛经意义，即可以字面测之，纯洁而已，又不若管书之深微也。

【意译】

何诗荪、沈咏荪两人都为我以《白心草堂图》为题，作过画。我将画放到李瑞清处，请其写题跋，其久未动笔，后其去世，画也不知下落。王闿运、李瑞清、夏寿田均为我写过“白心草堂”的匾额。

“白心”二字，在庄子、管子的著作中，在佛经中都有释意。庄子在《天下篇》中说：“不累于俗，不饰于物，不苟于人，不忮于众，愿天下之安宁以活民命，人我之养，毕足而止，以此白心。”我一生所秉承的操守，也唯此寥寥数语。看似我是循杨朱之学，其实更尊墨家之礼，看似我是持孔子之教待人，其实更依庄子之悟随心。不仅求独善其身，更望能兼济天下。传经授业也许做不到诲人不倦，但克己发愤应可尽心尽意。战国时期的惠施评议先秦道家宋钘、尹文流派，为别人太多，为自己太少，不符自然之伦理也。而现今世人却评议我性情孤傲，只顾己而无视他人矣。《管子》一书中，“白心”为一篇之题，夏寿田的释意，是以《管子》为本，说是明白了其中所述“金心”之意，“白心”则不言而喻也。寿田只是从道家—脉论此，反不如《天下篇》的胸襟和贴切。佛经的释意，主要是从字面上理解，指“纯洁”而已，尚不及《管子》中的意思来得深邃和细微。

记龙泓

【原文】

冬心题画，亦有特长。余曾见其花果小册，菱角藕片，风趣萧然，题语雅驯可诵。其他画幅，所见亦多，套语油腔，未之见也。丁龙泓[①]曰：“冬心题跋，看去好看，其实绝无学问之笔，不满通人一笑。”又曰：“此老狐绥善媚，见之者无不堕其云雾中。”盖冬心举止，必有可讥之处，故龙泓如此谩骂。人生如世，本不能尽如人意，而所谓名士者，荒僻乖谬，更不能容，纵有极高之艺术，人必敬而远

① 丁龙泓：丁敬，别号龙泓山人，清篆刻家，为“浙派”的鼻祖，“西泠八家”之一。

之，无相亲者。有时艺术亦为劣迹所污，同遭唾弃。逮夫身没，丑史渐消，日触世人之耳目者，唯其极高之艺术，有誉无毁，非本人之所得闻也。

学者则不然，毁誉皆起于当时，初无存没之差异，以不为物忌也。且人之学问，苟可自立，毁誉诚无所关。孟子痛诋杨墨，而杨墨之值自在。孟子乃能自立之人，故人不讥其轻妄。龙泓亦能自立者，毁金亦非轻妄也。惟赵㧑叔信口乱闹，不顾是非，人谓其生前骂人，死后人骂，亦应得之果。龙泓无人骂，又可证龙泓之骂人，不同于㧑叔也。余亦未尝不骂人，但不以同异为是非，即非同于我者是之，异于我者非之也。凡同于我而未是者，余非之；异于我而无非者，余是之。不为学派之争持，专以真伪为标准。才有大小，性有高下，执己绳人，焉能尽合？好为门面之辩者，乃不通之人，叶郎园其一也。

【意译】

金农的画和题跋，都有特长。我见过他绘花果的小册，菱角藕片，风趣焕然，题语雅致可诵。其他题材的画，看得也不少，从未见过油腔滑调、俗语套话。丁敬说："金农的题跋，看似很好，其实没有一句含学问，难得引人会心一笑。"又说："这个老狐狸善媚俗，看画的人常中其圈套。"看来金农平日的举止，必有让人讥讽的地方，才引起丁敬如此谩骂。人生如世道，本来就难如人意，而所谓名士，性情更易荒僻乖谬，难以容忍，即便极有艺术成就，人只是敬而远之，并无至友。有时其艺技也因其为人之劣迹，遭同人唾弃。待其身亡，丑史慢慢消逝，世人所见到的，唯有其极高的艺术，故只有赞誉而无诋毁，这是他本人身前难以享有的。

学者却不然，毁和誉都在当时，并无身前逝后之差别。而且人的学问，尚可自立，与旁人的诋毁和赞誉无关。孟子当年痛诋杨墨，杨墨的价值分毫不减。而孟子也是自成气象的人，世人也不认为其轻妄。丁敬自是开山称祖的人，诋毁金农也并非轻妄之举也。只有赵之谦，喜信口胡言，不顾是非，众人说其生前骂别人，死后遭人骂，也是报应。丁敬死后并没人骂他，可见丁敬的骂人与赵之谦不同也。我也未尝不骂人，但不以是否与我志同来定是非。凡同我而错误者，我针砭之；凡异我而正确者，我赞誉之。不为学派而争执，只以真伪为标准。才能有大小，性情有好坏，尽以自己的好恶去要求别人，怎能事事合拍？好为门面而争辩，乃狭隘之人，叶德辉便是其中之一。

记华山碑

【原文】

赵文渊书《华岳庙碑》，拓本极少，曾得宋拓，精美绝伦，长沙周罂斋太史所藏也。隋以前之隶书，大抵出于《孔羡》《受禅》。隋《孔子庙碑》，即其嫡派。故余教人学书，先学《孔羡》，以其上通下达，规模宏远也。汉《华山碑》，少时见湘潭黄氏藏本，俨若宋拓，题志极多，响拓本也。十年前某店影印之《鲁峻碑》，则为翻刻；近时商务印书馆印出之《礼器》，乃最丑之木刻本，更为可笑。该馆号称集合当时好手，而金石一项，如此外行，可为学术凋零之证。时人不堪之作，影印亦多，余是以为该馆惜。（偶阅《辞源》，直认“示”字为“岐”音，调与“祇”同，未免过于疏忽。“示”旁不加“氏”字，则“岐”音无自而生，省去“氏”字而为“氏”字之用，乃古人省文假借之习，桂未谷已详言之。故即谓“示”为“祇”，实为不可省写之字。后世亦多唐人写经，“菩萨”二字，仅二草头，若音“草”为“菩”为“萨”，世人皆知为荒谬矣。）余藏旧拓《鲁峻》，墨光如漆，梁茝林物也，亦为朱子佩贱值夺去。孔子曰："君子固穷"，即此又可以知余为不能固者也。（周罂斋藏明拓《曹全》，有崇雨舲题字，为仲钦①所得。）

【意译】

周末隋初时期赵文渊所书的《华岳庙碑》，流传的拓本极少，曾得到一本宋代的，精美绝伦，原由长沙周罂斋太史所藏。隋朝以前的隶书，大都由《孔羡》《受禅》派生。如隋《孔子庙碑》，即为嫡生。所以我教人学书法，先让其学《孔羡》，因此可上通下达，格局宏大也。年少时见过湘潭黄氏所收藏的汉代《华山碑》，俨然像宋代的响拓本，题记极多。十年前某店影印的《鲁峻碑》，是翻刻的；更为可笑的是，最近商务印书馆影印的《礼器》，乃最丑的木刻本。该馆号称聚集了当代高手，而金石一项，则外行至此，甚可为学术凋零之证。其也影印了很多现代人的不堪之作，我深以为惜。（偶阅该馆版《辞源》，将"示"字注为"岐"音，说是与"祇"同用。该错未免过于疏忽。"示"旁不加"氏"字，则"岐"音从何而来？省去了"氏"字而作为"祇"字用，是古人省略假借之习惯，桂未谷曾详述之。故说"示"为"祇"，实为不可通用之字。后世唐人写经时，"菩萨"二字，常假借为两"艹"头，若将"草"字读成"菩"或读成"萨"，世人都知是荒谬矣。）我曾收藏有旧拓《鲁峻》，墨光如漆，原梁茝林之物也，后又被朱子佩以很便宜的价格夺去。孔子说："君子能安贫乐道"，由此可见，我也不能算安贫之人矣。（周罂斋收藏的《曹全碑》明代拓本，上面有崇雨舲的题字，后为刘翀所得。）

---

① 刘翀，字仲钦，李宗仁、白崇禧、刘文辉等出自其门下。

记宋拓孔羡

【原文】

李梅庵藏《孔羡碑》，有翁常熟朱笔题“此碑虽方整而圆和，必旧拓乃见”等字。谭瓶斋好翁书，不能见其一笔，余借临不及一月，瓶斋持梅庵函夺碑而去。拓不甚旧，可定为乾嘉本。余丙辰赴京，仅留一日，以半日搜索厂肆，得宋拓《孔羡》，狂喜不寐。取陶斋宋拓较之，不仅石花少一半，笔画明晰处，亦不可数计。始知陶斋藏品，皆由其幕府人材，竭力恭维，务得帅欢，不必征实也。余本缺处，在不完全字皆被割去，然又可依此以证拓本之旧。凡拓本易得之时，每多随意剪割，以求齐整美观，不似后人之得旧物，不忍丝毫抛弃，以资考证也。余辈之视新出土者，亦有此类行为，传至后世，遂成缺点。特记于此，以为求美观者戒。

翁常熟之碑学不深，而能以“圆和”二字批评《孔羡》，亦足使人钦服。更可以证孙退谷之谓为方板矫厉，殊为失言。覃溪仅以“过诋”二字责孙，而不发挥理由，盖亦未知《孔羡》之妙者耳。清初诸老之为碑学，皆有垓鬲，则不得不归咎于科举；亦犹之后世文人之视周秦子书，不知所说为何也。将李梅庵函照录于后，余之《张迁》，谭之《孔羡》，皆多一来历也。此函为壬子年所致。

重子仁兄阁下：久不得书，极相念也。得精本《张迁》，又能力学，以吾兄之勇，其成就诚未可量。老大犹畏之，何论他人也。贫道居沪上，略如故状。但所见宋元书画极多，惜无力购之耳。然画颇长进，惜不得与君家外舅共论也。前公携去之黄初《孔庙碑》，已许赠大武[1]矣。他俟后报，春和珍卫。清道人顿首。

【意译】

李瑞清收藏的《孔美碑》，上有翁同龢的朱笔题记“此碑虽方整而圆和，必旧拓乃见”等。谭泽闿极喜欢翁的书迹，几乎不能放过一笔，我借来临写还没有一个月，泽闿便持瑞清的手函夺帖而去。拓本并不古旧，可肯定是乾嘉年的版本。我丙辰（1916）到北京，仅停留一日，用了半天的时间去旧物市场寻古，搜得宋代拓本《孔美碑》，狂喜，夜不能寐。用陶斋的宋拓来相比较，不仅石花点少了一半，笔画清晰的地方，也多得难以数计。这才知道，陶斋的藏本，都是其店里的军师，竭力吹捧，只求蒙得斋主欢心，经不起证实也。我的拓本所缺处，都是在字有残陷的地方被割去所致，这更可证明拓本之古久。凡是拓本越易得到的年代，人越易随意剪割，以求整齐美观，不像后人往往一得到旧物，便不忍丝毫抛舍，以备考证。我们这一辈对新出土的东西，也有类似的情形，易随意处置，传到后世时，多已有缺陷。特记于此，让求美观的人引以为戒。

翁同龢的碑学水平并不高，而能以圆和二字批评《孔美碑》，也确实使人钦服。以此更可以证明孙承泽说《孔美碑》方板矫厉，言之有误也。翁方纲仅以“过于诋毁”来指责承泽，而不阐明因由，可见也未知《孔美碑》之妙处也。清代初期诸位学老对碑学皆较生疏，这不得不归咎于科举；犹如后世文人，不知周秦子书为何物也。现将李瑞清的手函附录于后，我的《张迁碑》，谭泽闿的《孔美碑》，都多了一份来历之说。手函是壬子（1912）年写。

重子仁兄阁下：久没收到来信，极为想念。得精本《张迁碑》，又能勤学，以兄之勇，成就自不可限量。老大尚存戒畏之心，何况其

---

[1] 大武：谭泽闿。

他人也。我居上海，近况略如旧。只是所见宋代元代书画极多，可惜无力多购矣。然我近期绘画颇有长进，惜无缘再与你岳父尹金阳老先生共论画艺。之前兄拿去的黄初《孔羡碑》，我现已应许赠给大武。稍后他会与兄联系，祝春和煦人保重。清道人顿首。

记龚册

【原文】

李家藏龚半千[①]山水大幅，纸本粉碎，见之伤心。半千用墨浓重，高悬远视，精神尚在。攸县尹氏，以一大幅赠湘乡宋氏，纸黑而未破，是可珍者。尹氏藏龚册三十六帧，皆拟宋元之作，笔墨稚弱，不知为龚。册尾有半千晚年自题，谓为少年摹古之作，此时见之，不觉面红耳热。彼册若无半千自骂之证，自不能得半千之值。所谓以退为进，以消为长，事之常也。王烟客之烂画，王烟客[②]补之，其值高于原作，则事之变也。高澹游山水小册，有闲逸致；韩治人山水大幅，有磅礴味；皆尹氏物，悉为友人收之。

【意译】

李家收藏有龚贤的大幅山水画，纸张破碎，见之让人痛惜。龚贤用墨浓重，高悬远看，精髓可见。攸县的尹先生，赠送了一张大幅的给湘乡宋某，纸已黑但没破，尚属珍品。他还有龚贤的一画册，内含三十六帧，都是仿宋朝元代之作，用笔稚嫩，看不出是龚贤所画，册尾有龚贤晚年的自题，说“此些画为少年时临摹古人而习，此时见之不觉面红耳热”。若不是有其这自嘲一笔，该册便没有了龚贤画的

---

① 龚半千：龚贤，字半千，明末清初著名画家。

② 王烟客：王时敏，号烟客，明末清初著名画家。

价值。这种以退为进、似抑更扬的方式，见多不怪。王时敏的拙作，之后又补笔加润，其价值反而比原作更高，则又另当别论。高澹游的小册山水画，有闲情逸致；韩治人的大幅山水画，乃气势磅礴；这些画悉为尹先生之物，后皆被其朋友收得。

记古书

【原文】

叶郎园痛骂罗振玉，谓其自命遗老，又盗卖清宫宝物，论者以为至当。郎园六十生日，余之贺联，曾用“遗老”二字，郎园以为不当，或谓为老而不遗，或遗而不老。郎园古书，皆备值得来，故不愿与罗振玉同科也。郎园藏书，诚有可观。余极爱其宋胶泥本《韦苏州集》，古拙有趣。平生所见宋板甚多，韦集非易得者。吾邑袁氏，得宋板《东坡诗集》，覃溪题字极多，已毁于火，不可再见。

道州何氏，以蝯叟手批《旧唐书》及覃溪、蝯叟手批《史记》求售，索值不高，不难致也。湘绮楼有《五代史》改本，无异重修，不速刊行，一遇他故，终不能成。甚愿湘绮后人，稍为留意。友人藏写本《宋元通鉴补》，为清初严衍所撰，书甚多，皆弟子手录，谈史者未之见也。筠清馆金石文字，余得见稿本，芜杂异常。成书之时，删去不少，其去取以何为准，余尚未明。大约先求凑多，后又求精也。

【意译】

叶德辉痛骂罗振玉，斥其自称遗老，却盗卖清宫宝物。众认为其斥之有理。叶六十岁生日，我在贺联中，也用了“遗老”二字，德辉觉得不合适，或自认老而不遗，或遗而不老。其收藏的古旧书籍，都是用钱足值购入，故不愿与罗振玉同声同气也。德辉的藏书确实可观，我极喜欢其中的宋代胶泥本《韦苏州集》，古拙有趣。我见的宋版书甚多，知要收得《韦集》并非易事。同乡袁某，曾有一本宋版《东坡诗集》，翁方纲在上题字极多，但已毁于大火，再也不可复得矣。

湖南道县何某，兜售有何绍基手批注的《旧唐书》和翁方纲、何绍基手批的《史记》，要价不高，不难收纳也。王闿运的湘绮楼有《五代史》改本，差不多是重撰，迟迟没刊发面市，我只有一面之缘，终未收成，很愿闿运之后人，稍加留意。朋友藏有一手书本的《宋元通鉴补》，是清初严衍所撰，上面笔记甚多，都是他弟子的手录，研习史学的人也尚未见过。筠清馆的金石文字，我看过稿本，异常杂乱，编辑成书时，删去不少，录用取何标准，我尚未知，大约是先求多凑，之后精简也。

记查画

【原文】

乙丑十二月，得见查梅壑①山水数幅。仲钦得长立幅，有“拟徐幼文笔”数字，纸本绝佳，画则潇洒有余，骨气不足。余得中立幅，画略多。纸本略逊，题语云：“一带疏林望欲迷，数峰遥在夕阳西。坐来独自添吟兴，淅沥秋声万树齐。往游南徐，得观迂翁②《秋林野兴图》，时康熙庚申冬日，士标拟之并识。”昨日又来一幅，画淡而少，纸黑而破，殊不足珍。册叶数开，乃其佳者。明末人之学迂翁画者，当以比玉为佳，皆由人品学识得来，故不许诸家并辔。

---

① 查梅壑：查士标，号梅壑散人，清初著名画家、书法家、诗人。
② 迂翁：倪瓒。

【意译】

乙丑（1925）十二月，看到查士标的几幅山水画。仲钦收得其中的长立幅，上有“拟徐幼文笔”几个字，纸张极佳，画则潇洒有余，骨气不足。我收得其中的中立幅，画笔多，纸张稍差，题跋为：“一带疏林望欲迷，数峰遥在夕阳西。坐来独自添吟兴，淅沥秋声万树齐。往游南徐，得观迂翁《秋林野兴图》，时康熙庚申冬日士标拟之并识。”昨天又看到一幅，画面色淡而笔少，纸黑且破，不足以珍藏。而另一数开的册页，乃其佳作。明代末期学倪瓒画的人，皆喜以玉拟人，重学识人品，故多有孤芳自赏之癖。

论摩崖①

【原文】

或问曰：“闭目作书，每多奇妙，皆平时难得之境，其故何耶？”余答曰：“此为书画家极饶兴味之事。试详言之。凡作书之人，莫不端坐凝神，数十年如一日，心手俱定，动遵恒轨，故不得意外之感触及他种之变化者，不易得新奇之状况。尝见人作书，使人悬空牵纸，不着案头，亦即反平时之习惯，以求新颖者也。画家所谓熟外熟，熟外生者，乃心手极定之人，忽为不定之状，然后奇情异态，处处横生。若能以老练雄健之笔，而类小儿初学之书，则绝高之境，非随时所可得者。昔人每以‘妙手偶得’四字为誉。妙手者，功深力邃之人也；偶得者，异境之所激发者也。故非妙手，则不可以偶得。推而及于摩崖，亦得反常之妙者也。摩崖不可坐书，已异平日；笔管横持，尤为大异。而心手之相应，笔画之稳适，又无丝毫之异，自能妙

---

① 把文字直接书刻在山崖石壁上，称“摩崖”。

境天然，不可踪迹。试取《石门》观之，其结构之法，断非端坐凝神者所可一遇，即可以悟闭目作书之能超出藩篱也。凡书画以熟里翻生为至难之事，反寻常之习惯以作书画，翻生之捷径也。”

【意译】

有人问：“闭了眼睛作书法，每每有奇妙之感，与平时正常作书法意境不一样，这是何因?”我试为详细一述：“此乃书画家极有玩味之举。一般写书法，都是凝神端坐，且几十年如一日，心定手稳，笔循规律，如没有意外的感触或偶然之变化，不会有什么新奇之处。曾见过有人挥毫，让人将纸牵拽住悬立，不放在台案上，以反平时的习惯，求新颖之效果。画家的所谓熟外熟，熟外生，是指心手极稳的人，偶作异常之举，求画面变化莫测，处处横生。如能以老练雄健的笔触，写出小儿初学之拙态，乃为绝高之境地，不是随心所欲即可获得。俗语以‘妙手偶得’四字为佳誉。妙手，指功力深厚的人；偶得，不寻常的情况下，潜能被激发所得。故不是‘妙手’，不可‘偶得’也。推理于‘摩崖’，也含反常之妙。‘摩崖’不能坐着书写，这已和平时不同；笔管需横握，这差异更大。但需心手合一，笔画稳适，则又与平日之书法完全一致，此能达到妙境难言的效果。以《石门》为例，其字体结构，是凝神端坐者不能揣摩也，你由此可想，闭眼作书能进入一个前所未有之妙境的道理。书画在自己已烂熟的套路中求出新是件很难的事，不按常规作书画的方式，是求新的一条捷径。”

记错谬

【原文】

古之人有金石名家，而发言不当者，如丰道生之跋《娄寿碑》，谓似《张迁》，王跋谓似《韩仁铭》，均相差太远。朱竹垞跋《华山庙碑》，分汉碑为方整、流丽、奇古三种。以《尹宙》《鲁峻》《刘熊》列于方整，以《张表》《张迁》列于流丽，亦完全反置，绝似外行。此种错谬，若出于常人之口，莫不嗤之以鼻，而丰、朱之流，竟无议之者，皆先声夺人之效耳。覃溪为人，至为长厚，为李嗣真之一言，肯费千万字反复辩护，使毋乖戾，亦老辈言行中可学处。

【意译】

古代著名金石学家之评议，也有明显出错谬的时候，如明代的丰道生，在《娄寿碑》的题跋中说该碑似《张迁碑》，王跋中说似《韩仁铭》碑，这都谬之太远。朱彝尊在《华山庙碑》的题跋中，将汉碑分为方整、流丽、奇古三种。《尹宙》《鲁峻》《刘熊》列于方整；《张表》《张迁》列于流丽，这已完全反置，如同外行。如果这种错谬出自常人，世人莫不嗤之以鼻，但来自丰道生、朱彝尊，竟无异议者，纯仗先声夺人也。翁方纲的为人，则显得温敦长厚，为了李嗣真的一席评议，肯花千万字，反复辩解，谨戒乖戾，也算老辈言行中之榜样也。

记谶纬

【原文】

谶纬之学，汉儒多喜言之。余无师承，不知推法，亦不敢谓为全属子虚。戊戌之春，听湘绮先生谈《春秋》，忽取例表推之，谓今年必有谋杀太后者。其事太怪，其言太险，秘不敢言，知之者不过余辈数人。是年八月，果有是变，更无敢言王先生已先知者。今日追思，竟成掌故。李鸿章病时，袁世凯见大星陨地，而知李必不起。袁世凯病时，自见大星陨地，而知己命云亡。陨石虽可为不祥之兆，必谓二星即李袁二氏，实不敢信，然史册亦多言之，可以增人身分也。

数年前，季果姊丈在杭州，与军官共食，忽见数人无头，秃项而坐，姊丈大骇，起而狂奔。后二年，数人果战死，亦奇闻也。近来亦有非常可怪之事，可以记载，然非其时，俟诸异日可也。湘绮诞生之夕，其父梦天榜，有“天开文运”四大字。惊醒之后，湘绮出世，即名之曰“开运”。易“开”为“闿”，已中年也。

【意译】

汉代儒家流行谶纬之学。我没学过，不知算法，但也不敢说其完全是子虚乌有。戊戌（1898）春，王闿运谈《春秋》时，忽然取例表推演，算出当年必会有人谋杀太后。这预言太怪异、太凶险，故秘不敢言，知道这事的也就我和几个闿运的弟子。这年八月份，确有变法，且计谋刺杀太后而力挺皇上，虽未遂，但我们之间就更无人敢说出那次推演了。现在想来，竟成了一段遗闻轶事。李鸿章重病时，袁世凯见有大流星陨落，便预李终期已至。袁世凯自己重病时，又见有大流星陨落，也便知已回天无力。陨石虽可看作是不祥之兆，但这两颗大流星就是指李鸿章和袁世凯，我倒不敢一定相信，虽然许多史书也持这种说法，那无非是增添人的身份罢了。

几年前，季果的姐夫在杭州与众军官进餐，突然见其中几人无头，立颈而坐，姐夫骇得跳起，狂奔而逃。后两年中，正是这几人战死，也是奇闻也。近来还有怪异的事可以记载，但处敏感之时，等以后再录。王闿运出生的当晚，他父亲做梦，梦中有天榜，上有“天开文运”四个字。梦醒之后，王闿运降生，即取“开运”之名。改“开”为“闿”，是中年以后的事。

汤女篇为张生妇作

【原文】

朝日何曈曈[①]，照曜汤氏楼。有女名月瑛，心巧貌亦殊。窈窕颜夫人，二八秦罗敷[②]。耳垂明月珰，身着湘绮襦。睇眄[③]发光彩，动摇生奇姿。感彼邯郸[④]事，志与文君期。令名日远播，过者为踟蹰。虎啸来清风，门有张生车。张生志昂藏，磊落一丈夫。壮怀营四海，按剑捋髭须。月瑛慕高义，共载归其庐。恩情日已厚，生死志不渝。譬彼影随身，彼去此不留。所志各劝勉，道合相与谋。举帆溯长江，浩瀚江水流。风波不可测，矧兹[⑤]千里游。辛苦数日夜，弭棹薄嘉鱼[⑥]。夫走潇湘去，妇返吴中居。所谋事非常，临别不凄其。长沙党狱兴，张生亦被捕。大清律令严，革命死有余。月瑛闻此事，营救极奔驰。救父古有人，救夫今则无。恻恻缇萦心，减死为永囚。哀哉图圄中，日见汤氏姝。五载备艰危，没世诚难支。黎军忽发难，帜立黄鹄矶[⑦]。客向张生言，乘机越此牢。舒子凌霄羽，共向武昌趋。张生对客言，成败未可知。事败我亦亡，祸必我妻株。月瑛闻此言，历历前致词：与君结大义，慕君人不如。功名重山岳，勿涉妇女私。妾有并全计，使无内顾忧。时乎不再来，君其骋良图。归来掩闺闼[⑧]，仰

---

① 曈曈：朦胧的样子。
② 颜夫人、秦罗敷都是古代美人。
③ 睇眄：顾盼之意。
④ 以邯郸卓文君自许。
⑤ 矧兹："更何况"之意。
⑥ 在湖北嘉鱼县弃浆上岸。
⑦ 黄鹄矶即黄鹤楼处。
⑧ 闺闼：闺室房门。

药损其驱。张生闻此事，泪落如连珠。功业尚无涯，先使房中虚。挥泪顾左右，急遣医门舁。白水涤肠胃，毒减人渐苏。是月九日朔，新帜云中舒。清吏悉逋亡，长沙党狱除。张生出狱门，宾从盈通衢。各各还其家，不必虑他虞。两死共得生，两生复如初。亲戚走相庆，朋友皆欢娱。乐极悲自来，倚伏数不逾。弥留仅二日，毒发从此辞。阴风西北来，夜乌相叫呼。秋花不复荣，百草同时枯。见者泪不收，闻者长欷歔。苦矣张生怀，痛此形影孤。命也可奈何，吁天歼无辜。无辜死更荣，诵为后世规。（此诗本旧作，黎丈薇荪极为赞许，为余作《白心草堂诗集序》，专论此诗。因有人谓事实不尽如诗所言，余厌告者之诳，故未刊入诗集，黎序亦因此而未载。数年前忽登于某杂志，既为世人所知，遂亦补刊于此。）

【意译】

朝日何曈曈，照曜汤氏楼。
有女名月瑛，心巧貌亦殊。
窈窕颜夫人，二八秦罗敷。
耳垂明月珰，身着湘绮襦。
睇眄发光彩，动摇生奇姿。
感彼邯郸事，志与文君期。
令名日远播，过者为踟蹰。
虎啸来清风，门有张生车。
张生志昂藏，磊落一丈夫。
壮怀营四海，按剑捋髭须。
月瑛慕高义，共载归其庐。
恩情日已厚，生死志不渝。
譬彼影随身，彼去此不留。
所志各劝勉，道合相与谋。

举帆溯长江，浩瀚江水流。
风波不可测，矧兹千里游。
辛苦数日夜，弭棹薄嘉鱼。
夫走潇湘去，妇返吴中居。
所谋事非常，临别不凄其。
长沙党狱兴，张生亦被捕。
大清律令严，革命死有余。
月瑛闻此事，营救极奔驰。
救父古有人，救夫今则无。
恻恻缇萦心，减死为永囚。
哀哉囹圄中，日见汤氏姝。
五载备艰危，没世诚难支。
黎军忽发难，帜立黄鹄矶。
客向张生言，乘机越此牢。
舒子凌霄羽，共向武昌趋。
张生对客言，成败未可知。
事败我亦亡，祸必我妻株。
月瑛闻此言，历历前致词：
与君结大义，慕君人不如。
功名重山岳，勿涉妇女私。
妾有并全计，使无内顾忧。
时乎不再来，君其骋良图。
归来掩闺闼，仰药损其躯。
张生闻此事，泪落如连珠。
功业尚无涯，先使房中虚。
挥泪顾左右，急遣医门舁。

白水涤肠胃，毒减人渐苏。
是月九日朔，新帜云中舒。
清吏悉逋亡，长沙党狱除。
张生出狱门，宾从盈通衢。
各各还其家，不必虑他虞。
两死共得生，两生复如初。
亲戚走相庆，朋友皆欢娱。
乐极悲自来，倚伏数不逾。
弥留仅二日，毒发以此辞。
阴风西北来，夜乌相叫呼。
秋花不复荣，百草同时枯。
见者泪不收，闻者长欷歔。
苦矣张生怀，痛此形影孤。
命也可奈何，吁天歼无辜。
无辜死更荣，诵为后世规。

（此诗本旧作，黎薇荪极为赞许，为我作《白心草堂诗集序》，专门论及此诗。因有人说事实不尽如诗所言，我厌倦指责者之偏诳，故未将此诗刊入诗集，黎写的序也因此而搁置。几年前忽然发现此诗已被登在某杂志上，既已为世人所知，也就无忌录于本书中也。）

卷十一

记弘道集

【原文】

陈完夫以严可均《全上古文》求王湘绮先生批点。于是王先生提出有批点者，加入《国策》选本，谓之《弘道集》。其书不分体类，故与各家选本不同。余尝倩人钞出，钞成之后，即为瓶斋借去，至今未还，故余亦未尝一读。惟闻乌石言，尚非定本，故未刊出。偶阅吾邑叶郎园所撰之《书林清话》，其论《全上古文》云："虽名古文，实包经、子、史在内。"余按此十一字中之错谬，既多且大，不料郎园疏忽至此。古文二字，仅有两用，一用以名古时之字体，一用以名后世之散文。所以别于四六，更别于八股。故唐宋以后之散文，可援其例，谓之古文。陈隋以前，则骈多散少，复多韵文，名为古文，断然不可。尤不可以后世之名称，冠于前人之制作。且叶氏不以经、子、史为文，亦为非常可怪之事。所谓全上古文者，乃一完全上古之文。亦如姚惜抱①之所选，为古之文辞，分类而纂，皆非以古文二字为一名词也。陈隋以前之文，亦有用古文二字者，则因行文之便，以二字概括古人之文，与古人所著之书，谓之古书，同一意义，

① 姚惜抱：姚鼐，室名惜抱轩，世称惜抱先生，清代著名散文家，《四库全书》纂修官。

均非名词。李兆洛云："自唐以来，始有古文之目。"王湘绮先生云："茅鹿门始以时文为古文，因取唐宋文之似时文者为八家，方苞等从而张之，于是有古文之说，又有古文则八家、茅、方之言等语。"蒿庐亦云："今世所谓古文，非古文也，乃散体时文耳。"由此言之，以古文二字名文章，为后起之事，已无疑义。郎园之撰《书林清话》，意欲人人言版本。而此十一字，几可将其一生学识，完全推翻，而与不言版本者以口实。不急改正，其结果必得其反，益信乎专言版本者之无功于学问也。

版本之善者，自令人爱。余有古癖，故好之亦笃。数年前，见友人持宋版《吕东莱集》，携往北京，得值千六百金，又非余辈之所敢好者。藏书既多，自有目录，自言版本，亦必然之势。必欲张大其词，谓为目录学、版本学，则余未之敢信。好书者之喜收书，与书家之喜收碑帖，刻印家之喜收佳石无异。其有目录，自不待言。而碑版之有宋拓、元拓，石之有青田寿山、新坑老坑，又与版本相类。未尝有人别之为学，亦实不可谓之为学也。然则书之目录与版本，亦不可谓之为学，似非贬抑之词。《论语》为六艺之精华，"学"字冠首，故"学"字至大，不宜如此滥用也。

郎园之《经学通诂》，幸无人读，否则亦可贻误后生。其论《春秋》，谓夏五郭公①，乃存旧文，无须求解，尤为幼稚可笑。孔子乃删《诗》、《书》定礼乐之人，而独于知我罪我之《春秋》，必依旧阙，自为绝无之事。若依郎园之说，视为存旧文，则全书皆可谓为存旧文，而《春秋》之值丧矣。太史公所谓"前有谗而不见，后有贼而不知"者，更无从而得识也。噫！"夏五"之下，不敢添一"月"

---

① 夏五郭公：《春秋》一书中，"夏五"后缺了"月"字，"郭公"后未有下文。此说后为汉语成语，比喻文字脱漏。

字，何孔子之胆怯若是！王安石一概抹杀，谓为“断烂朝报”，反觉聪明，即读书人高于买书人处。（《吕东莱集》虽宋本亦无可贵，资本家惟知购藏古物可以增加身分，故有此豪举。）

【意译】

陈完夫求王闿运批点严可均的《全上古文》。于是先生提出将有批语的篇章，加入《国策》选本中，合称《弘道集》。这本书不分体裁，故与其他选本不同。我曾找人抄出，抄成之后，即被谭泽闿借去，至今未还，故我也没来得及一读。只是听张登寿说，并非定本，也就未刊出。我偶然翻阅同乡叶德辉所撰写的《书林清话》，他在论《全上古文》中说：“虽名古文，实包经、子、史在内。”就这十一个字中的错谬，既多又大，没想到德辉疏忽到如此程度。古文二字，仅有两种用法，一种指古代的字体，另一种指后世的散文，以区别于四六，更区别于八股。故唐宋以后的散文，可循此例，称为古文。隋朝以前，骈文多而散文少，又多押韵之文，此类断不可列为古文，更不可将后世之名称，冠于前人之作品。而德辉不将经、子、史算为文，也是咄咄怪事。所谓“全上古文”，是指完全收集的是“上古”时期的文章。例如姚鼐所选，将古代的文章，分类而纂，并不能均冠上“古文”二字也。虽然隋朝以前的文章，也有被人称为“古文”的，那只是行文的方便，以这两个字概括整个古代之文章，实为“古书”之意。李兆洛说：“自唐代以来，才有古文这一名目。”王闿运先生说：“从明代茅坤开始，才将当时流行的文章体裁称为古文，因为取唐宋之文来做流行体裁的有八位大学者，之后方苞又将其发扬光大，于是才有‘古文’一说，当时‘古文’乃指八家、茅、方之文章体裁也。”由此可知，将文章称为古文，是后来的事情，这已毫无疑问。叶德辉撰写《书林清话》，意在使人人重视书之版本。而此十一字，几乎可将其一生的学识完全推翻，给不言版本者以口实。如不速改正，其结果必然相反，让人以为专言版本的人毫无学问也。

好的版本，自然让人珍爱。我有古癖，故好之也甚。数年前，看到朋友携宋代版本的《吕东莱集》到北京，卖得一千六百金，又知这也不是我能喜好得了的。藏书既多，自然会编目录，自然会分类版本，乃必然为之。但夸大其词，说成目录学、版本学，我不以为然也。喜欢书的人收藏书，与喜欢写字的人收藏碑帖，喜欢刻印的人收藏佳石没有区别。编有目录，自不待言。而碑帖的版本有宋拓、元拓，佳石有青田和寿山、新坑和老坑，这些都与书的版本类似。未尝有人将之称为什么学，也确实称不上什么学也。故书的目录和版本，也不能称作专门的学科，这看起来也不是有意贬低之言。《论语》为六艺之精华，“学”字冠在其首，可知“学”字之重大，不宜如此滥用也。

叶德辉的《经学通诂》，幸好没读，否则也是误人子弟。他评论《春秋》，说“夏五郭公”是引用的旧文，无须去求解释。此说尤为幼稚可笑。孔子是修《诗》《书》定《礼》《乐》的人，而偏偏在他最不计毁誉的《春秋》一书中，不敢动旧文，这是绝无可能的事。若依德辉的说法，视此处为引述的旧文，则全书都可看成是引述的旧文了，而《春秋》一书变得毫无价值矣。太史公论孔子前有谗而不见，后有贼而不知，就更无从谈起也。噫！在“夏五”之后不敢添一个“月”字，孔子竟胆怯到如此程度！王安石对《春秋》一概抹杀，将其贬为破烂的官方文告，这反而显得更聪明些，此乃读书人比买书人的高明之处。（虽然是宋代版本的《吕东莱集》，也不致高贵到如此程度，资本家只知购藏古物可增加身份，故有此豪举。）

记王批

【原文】

王湘绮先生之门人，每以读本求先生批点。余所见者，惟《诗经》、《国策》、《楚辞》、《庄子》、《八代诗选》、《唐诗选》、《全上古文》、《湘军志》、《词选》、《世说新语》数种。《诗经》、《全上古文》在陈完夫处。《国策》批两次，一在陈完夫处，一在张乌石弟子某氏处。《八代诗选》在四川，湘中弟子，皆传抄本。《唐诗选》亦批数次，瓶斋所藏，乃湘绮之世兄所刻之《唐七言诗选》，无五言者。余之《唐诗选读本》，批点虽系传抄，然皆集自各本，故极完善。《庄子》《楚辞》二书原本，则在余斋也。《湘军志》为张乌石所有，张任赵恒惕秘书时，省署兵变，原书不知下落。《词选》皆手书，不仅批点，原本在女兄处。湘绮讲学，约分两期。在四川尊经书院时，则重词章；在衡州船山书院时，则重经学。湘绮先生本壮岁学词章，晚年治经学者也。有自四川来者，云王氏学风，至今不歇，而湖南反有渐衰之势，何耶？湘绮十女夫赵公璩，手持《孽海花》，湘绮见之，即为详批，补其未足，亦掌故书中要品也。（湘绮《十七史赞》，曾指定王先谦、皮锡瑞、叶德辉、夏寿田、陈兆奎、张登寿及余与余兄姊等为笺注，惟张乌石《晋书赞》注成。）

【意译】

王闿运的门生，每次都是将自己主攻的读本呈先生批点。我所见到的，只有《诗经》《国策》《楚辞》《庄子》《八代诗选》《唐诗选》《全上古文》《湘军志》《词选》《世说新语》这几种。《诗经》《全上古文》在陈完夫那里。《国策》批了两次，一本在陈完夫处，一本在张登寿的弟子处。《八代诗选》的批点本，现在四川，湘中弟子手中存留的，均为抄本。在四川的湘中弟子中传抄。《唐诗选》批了好几次，谭泽闿收藏了一本闿运之兄刻版的《唐七言诗选》，缺五言诗。我手中的《唐诗选读本》，批点虽都是传抄而来，但汇集了各读本，故极为完善。《庄子》《楚辞》两本书的原批，在我手里。《湘军志》为张登寿所存，他任赵恒惕秘书时，兵变大乱，原批不知下落。《词选》原本乃手书，附批点，在我姐杨庄处。先生的讲学，约分为两个阶段。在四川尊经书院时，侧重辞章；在衡阳船山书院时，侧重经学。他本便是中年时期学辞章，晚年研经学也。有四川来的学人，说闿运先生的学风，在他们那里正生生不息，而湖南反有渐微之势，不知为何？闿运的十女婿赵公璩，有天拿了本《孽海花》，被他看见，即作详细批点，补其不足，乃小掌故中的精要也。（王闿运想编《十七史赞》，曾指定王先谦、皮锡瑞、叶德辉、夏寿田、陈兆奎、张登寿、我及我兄杨度、我姐杨庄等为之注文释意和评述，后只有张登寿的《晋书赞》注成。）

记唐碑

【原文】

余在北京时，见宋拓《九成宫》，阙首二叶，董文敏补文，未效其体，索值千金，无此财力。归长沙后，宁乡周氏，以蝯叟藏小字《麻姑仙坛记》三种，质于余斋，摩挲二年，为李筠庵攫去。曾见石影本，又归裴氏矣。同时得《李思训碑》，浓湿得中，精神完满。册尾箨石老人跋云："《李思训碑》，北海迹中之最妙者。惜多剥蚀。如孙退谷《庚子销夏记》所云，只阙一二字，为宋以前榻，安可得哉！此本虽亦有刓处，而字之阙损尚不多，当是宋末元初本。得之今日，尤当宝惜之至矣。乾隆戊申长夏百福巷八十一老人钱载跋于宝泽堂。”尚有大瓢图书，是此册本杨家物也。未得此册之先，曾得罗纹纸蝉翼拓本，明初物也。

【意译】

我在北京时，见到了唐朝欧阳询书的碑刻《九成宫》，是宋代的拓本，最前的两页已缺失，董其昌补了文字，但没仿欧体，开价千金，因无此财力，未购。回长沙后，宁乡的周某，以何绍基所藏的颜真卿楷书《麻姑仙坛记》等三种唐碑帖，抵押在我处。我把习两年后，被李筠庵拿走了。后又收过《麻》的拓本，终又被裴某夺去矣。同时，也偶得李邕书的《李思训碑》册，浓湿适中，神韵皆在。册尾有钱载老人的跋："《李思训碑》，李邕书迹中最妙者。可惜剥蚀颇多。正如孙承泽在《庚子销夏记》中所说，只缺一两字，且为宋代之前所拓，何处可寻啊！此本虽也有被磨损之处，但字的缺损并不多，应该是宋末元初时的版本。到了今时，珍宝之至矣。乾隆戊申长夏百福巷八十一老人钱载跋于宝泽堂。”同收还有大批图书，同此册均乃杨某之物也。在未得此册之前，曾收得过罗纹纸薄墨拓本，明代初期之物。

装　书

【原文】

装书背帖之法，古时特精。凡蝴蝶装书，宋背之帖，均不脱落。南方卑湿，不易收藏，余匣中有经数背而仍未善者，古装则无恙也。叶郎园《书林清话》中，谓其法不传。彼未之见，非不传也。按《古心笔录》云："楮树汁、飞面、白芨末调和粘之，纸不脱落。"但今之背字画者，不用粘性最强之物，以重装时不易起揭，反损字画。书不必时时改装，故可用也。

【意译】

古时候用背贴法装订的书册，做工极精。凡是用蝴蝶法，或是宋代以前用背贴法装订的书，从不脱落。南方气温潮湿，书籍不易收藏，我书箱中有些书，重复背贴了几次，仍有脱落，但古装的却完好无损。叶德辉在《书林清话》中说，背贴法没有流传下来。并非没传，只是他不知道而已。按《古心笔录》中记载："楮树汁、灰面、白芨末，三者调和后做黏液，纸不脱落。"但如今背贴字画的人，不用黏性最强的东西，担心重新装订时不易起揭，反而会损坏字画。但书并不需要时时改装，故古法可用也。

记半人

【原文】

王湘绮先生云："十五岁时，从塾师读书，专习制艺，忽得《文选》[①]，见《离骚经》而悦之，八遍而熟。一日偶于案头窃看，即有人自后掣书去，视之则塾师也。"当科举盛行之时，其他诗文谓之杂学。潘伯寅虽早达，而不工八比，遂为名士所重。张孝达、李仲约皆知杂学者，京师人云："有两个半翰林。"不知谁者当半，湘绮尝问李张，皆云不知。李云："必半人自谓，周荇农甚讳之。"或曰："恐人以彼为半也。"

又云：李篁仙志在翰林，而喜吟咏，自谓才子。以攸县龙皞臣、二邓兄弟与余并己，为湘中五子。既至江西，见高碧湄、范质侯、陈对山，为江州三君，曾至湘军营中夸焉。罗忠节睡醒，褰帐问曰：

---

① 文选：《昭明文选》，中国现存最早的一部汉族诗文总集。

“有《近思录》[①] 无?”余每忆湘绮此言，必哑然失笑。不过数字，将罗忠节迂腐之状，完全写出。李篁仙与罗忠节之不类，更不待言矣。罗于鏖战之时，必披衣拍胸，以当炮子，亦《近思录》之效也。刘霞仙则胆怯，而炮火独烧其狐皮马褂。张幼樵在马江时，戴铜盆而走，反为直截了当也。此亦湘绮所言，形容尽致，其不见用于当时，未必非此之故。

【意译】

王闿运说：“十五岁时，在私塾读书，专学八股文，忽有一天得到本《文选》，又见到《离骚经》，不亦乐乎，看八遍而能熟诵。一天正靠着书桌偷偷阅看，有人猛从后扯去，回头一望，是私塾先生。”当时科举正盛行，其他诗文都视为杂学。潘伯寅虽才华早显，却并不善八股，后才逐渐被名士所看重。张孝达、李仲约都是精于杂学之人，京都人称：“有两个半翰林。”谁被人看作半个翰林？闿运曾问张和李，都说不知道。李仲约说：“在人前必自谦，说自己是半个，只有周荇农甚忌讳。”又说：“在私底下恐人人都以为周即为那半人也。”

闿运又说：李篁仙志在入翰林，喜好吟诗，自称才子。他以自己及攸县的龙皞臣、二邓兄弟和我，并称湘中五子。有次他到江西，见到了号称江州三君的高碧湄、范质侯、陈对山，便聚在湘军营帐中夸夸其谈，睡在其间的罗忠节觉醒，掀开蚊帐问了句：“谈出个《近思录》没有?”我每次想起闿运讲的这件事，便哑然失笑，寥寥数语，将罗忠节的迂腐之态，完全写出。李篁仙与罗忠节之难上台面，不值多提矣。罗在每次战况激烈时，必会披挂上阵，拍胸喧喊，以当先锋，乃读《近思录》之效果也。而刘霞仙就怕死，但炮火反独烧其

① 《近思录》是阐述理学思想的一本书，理学大儒吕祖谦、朱熹两人相遇，博议后的产物。

狐皮马褂。张幼樵在马江时，头顶铜盆逃跑，倒是来得直截了当得多。这些都是闿运闲聊之物，形容毕露，时境未必确实也。

论咏物诗

【原文】

昔闻湘绮先生论诗，谓才之大小，与诗题之关系至大。王渔洋《露筋祠》诗："行人系缆月初堕，门外野风开白莲"二句，恰合身分。此等题目，适合渔洋才情也。余以为才小者，不能举大题，才大者未尝不工小题。杜子美、元微之均为大才，其咏物诗皆有独到处。自此以降，其秘不传，莫不就物摸神，因材寄兴，不能脱化，故无可观。其秘为何？即咏物之时，比人为物，物之所欲言，皆人之所欲吐。使人见之，不知为物为人，又是物是人。务使字面属物，诗骨属人，乃为上乘。

人生于世，有顺有逆，有吉有凶。若近于时，又足致祸，不得不借物以明志，言远以喻近，非徒吟咏，以骋才思也。且咏物之诗，最易见诗人身分。近年福建陈氏选诗，独抛此类，即此可以知其于诗无所得也。王弇州云："咏物诗至难得，花鸟尤费手，大抵拈则滞，切则俗，惜格则远，惜情则卑。"人多以此数语为精当，其实皆陷于物，不知物与人融化之法。后人有偶合其法，而诗未善者，故议之者，有属物耶？属人耶？终觉去题太远，使老杜为之，必有斡旋之法等语。又有谓借物感人，其兴寄乃在离即之间者。论诗之人，亦未尝不能偶中，但未深思。老杜实别无斡旋之法，若从老杜何以必咏物，而咏物何以必此题，再加考究，更可以阐心思而增澈悟。

【意译】

曾听王闿运论诗，说诗题的选择是否合适，应视诗人才情的大小而定。王士祯的《露筋祠》中有："行人系缆月初堕，门外野风开白莲"二句，与其文气胸怀恰合，类似诗题，符合士祯之才情也。我认为才情小的人，不能架构大题材，才情大的人，却可以将小题材调理得很精致。杜甫、元稹均为有大才情之人，短小的咏物诗皆呈独到之处。只是之后，独到之处秘而未传，以致诗人们无非是按物索求神韵，按物寄抒兴致，不能脱其物，故也多无可赏之处。何为独到？即咏物之时，将人比物，物所言，皆人所想。使人读来，不知是人还是物，或既是人又是物。如能达到诗字为物，诗骨为人，乃至高境界也。

人生在世，有顺有逆，有凶有吉。如过于驳时，足以致祸，故常常不得不借咏物以明志，明说古暗喻今，而并非只是为骚首吟咏，以表才华矣。且如何咏物，最易显现出诗者之学识见地。近年福建的陈某编汇诗集，反而避取此类，可见其于诗无所悟也。王士祯说："咏物诗更不易写，尤其花鸟更费神，往往'拈则滞，切则俗，惜格则远，惜情则卑。'"许多人都认为他这几句话说得精简扼要，其实仍然局限在物，不知道物与人之间的互拟之法。后人也有偶用这种方法，却写得不伦不类者，故遭人毁议，哪是拟物？哪是拟人？离题千里，如由杜甫操刀，必另有秘而不宣之法云云。也确有想借物感人，但抒发兴致却似是而非者。毁议之人，并非全然无理，只是未及深虑。杜甫并无其他秘而不宣之法，如从其必从咏物而入，又必从点题而出来推考，便可心思彻悟矣。

说宋学

【原文】

孙芝房著《刍论》，谓洪、杨之乱，起于汉学家。余则曰今日之祸，起于宋学家。讲汉学者，必不许孙言；讲宋学者，必不许余言也。语云："物必先腐而后虫生。"今日之虫，充塞宇宙，其为物之先腐，已不待言。杜子美云"乾坤一腐儒"，儒而腐者，迂阔之儒也。仅腐一儒，虫必不多；必腐者多，而后虫之多，乃可达于恒河沙数。宋人专尚迂阔，故足为性灵之障蔽，生命之蟊贼。如欲陷人，不知人陷则己亦陷；如欲陷己，不知己陷而人无关。于是礼乐之为虚，仁义之为伪，不攻而自破矣。利害不明，乱纷立见，及其已悟，玉石俱焚。人心本恶，焉有良知。惟君子始无所争，达人方能知返；径情直行者，良知之所致也。日攘一鸡者，良能之所致也。其父攘羊，其子证之，知能合一之所致也。于是以其所无，易其所有，咸熙熙以登春台。余辈只得以心中无妓之法处之，无地可言避也。若人性皆善，则不必具良知良能之说，以希冀其良；既希冀其良，即可为不良之证。暂记于此，他日更申其说，今非畅辩时也。

余谈宋学，每举晦庵。友人李肖聃谓晦庵配享孔庙，不宜轻诋。禹闻善言则拜，余闻善言亦拜，遂将"晦庵"二字，完全删去。

【意译】

孙鼎臣在著作《刍论》中，将洪秀全、杨秀清的太平天国之乱，归根于汉学。我则将现在的辛亥之祸，归根于宋学。尊汉学的人，必恶诋鼎臣；尊宋学的人，必恶诋于我。古人云："物必先腐而后虫生。"今日已四处是虫，虫满宇宙，毋庸置疑，可知物早已腐朽。杜甫曾有一句："乾坤一腐儒"，学至迂腐，凡事不闻实际，乃腐儒也。仅一人为腐儒，生虫必不多；腐儒无数，虫方众生，甚漫至满天繁星之数。宋代人以腐儒为尚，故足以窃取生命之精髓，阻塞人之灵性。比如意欲诬陷他人，不知陷人之时也在陷己；比如自愿心劳体损，不知自损之时终无助于人。因而由此建立起来的礼乐仁义皆虚伪，不攻即自破。是利是弊尚无标准，各种己见纷纷出笼，待到悟出对错，玉石早已俱焚。人心本性是恶，并非天生即备良知。宋学宣称：只有君子修身而与世无争，能人才能返璞归真；随其意愿便能成其事之人，是其良知所致。能巧取豪夺日有所获之人，是其良能所致。父窃他人之物，子证父行为不端，是其知能合一所致。毫无理由之事，以获全理善终，无以羞耻上演春宫，我等之人只能以“座中有妓，心中无妓”处身立世，无分厘之地可避之。若人心本善，哪有这些虚构的良知良能之说，无非是希冀其“良”，朝良的意愿强行去解说而已；既是希冀，也即证明其本身并非“良”。暂记于此，他日再详细述之，今非畅述之时矣。

我每次谈及宋学，必言李瑞清。友人李肖聘说：瑞清之人品可配享孔庙之尊，不容随便诋毁。大禹从善如流，我也自当如此，以后在论宋学时，不再提“瑞清”二字，完全不提也。

斥渔洋①

【原文】

偶阅《渔洋诗话》，其论诗多外行语，且有全未入门者。姑就其“答问七古长短句”一条言之，实足令人骇异。问者曰：“七言长短句，波澜卷舒，何以得合法?”渔洋答曰：“七言长短句，唐人惟李太白多有之，沧溟谓其英雄欺人，是也。或有句杂骚体者，总不必学，乃为大雅。”然则骚体不大雅，李白之诗尤不大雅。唐之诗人，究以谁为大雅？不得不请渔洋更申其说。七古妙境，诚可谓御风而行，有时局势忽蹙，必借长短句为之和缓；有时松弛，必借长短句为之开张，调度气脉，非此不能，故长短句实七古中之要药。试取唐诸

---

① 王士祯：号渔洋山人，人称王渔洋，清初杰出诗人。

大家诗读之，诗学必由此大进。此外如答七言五句，起于杜子美之“曲江萧条秋气高”，答五言不得用才气，答古诗亦不离“起承转合”，皆荒谬绝伦，殊不足信。班固之《郊祀灵芝歌》，汉昭帝之《淋池歌》，魏明帝之《燕歌行》《并州歌》，汲桑张率之《白纻歌》第一第二两章，皆七言五句。起于杜子美之说，何由而生？曹子建、阮嗣宗、鲍明远之五言诗，皆才气纵横，不可一世。至以“起承转合”四字绳汉魏之制，更非余所能知。可驳之言，不胜枚举。即此可以知其于七古五古，功力未深。如谓刘桢诗无一语可采，陆潘宜在中品之类，尤属外行。故其集中之五古七古，几不成体；律诗绝句，则有可诵者，才情极小，所学又在唐以后也。

渔洋固有诗名而无文名，魏禧为作诗集序，而曰“文过其诗”，其不满于渔洋之诗，正在言外。纪文达[①]谓魏为过当，未解其旨也。纪文达，博雅君子也，于书当无所不读，然其论渔洋诗，则有“括其宗旨，不出神韵”之一言。虽末流剿袭，使模山范水之语，处处可移。论者不能无同异，要其“选言新秀，叶属天然，不能不推为诗家一大宗”等语，似不知渔洋诗为出于雍陶者。雍为小家，留心者少。其《晴》诗曰：“晚虹斜日塞天昏，一半山川带雨痕。新水乱穿青草路，残阳犹傍绿杨树。胡人羊马休南牧，汉将旌旗在北门。行子喜闻无战伐，闲看游骑猎秋原。”读此一首，即知其神韵之所由来矣。余之此节，不仅发明渔洋来历，且可与余之论书家，必于小品冷碑中拈取一二之说，互相引证。既为读书者之眼光，复为成家者之津筏。

余于《全唐诗》，仅读两遍，已收此效。心细而熟读者，其所发明，必更多也。雍陶诗有“新愁旧恨多难说，半在眉间半在胸”两

---

① 纪文达：纪昀，字晓岚，谥号文达。

句，则又宋人词中，“眉间心上，无计相回避”两句之所自出。湘绮谓渔洋诗为京腔，专摹韩君平之“落日澄江乌榜外，秋风疏柳白门前”等句法，则以秋柳词起句，同此字面也。

【意译】

我偶然翻阅《渔洋诗话》一书，方知王士祯评诗尽说外行话，有些甚至连边际都挨不着。举他回复七言古诗长短句为例，实让人大跌眼镜。问的人说：“七言长短句，句式放纵曲卷，怎样才算符合诗律?”士祯答道：“七言长短句，唐朝只有李白用得多点，明代文学家李攀龙称其是文豪欺世，我也深以为是，句中还夹杂些楚辞体。总之不必学，以保持诗的大方、高雅。”楚辞体不能算大雅，李白的诗更不能算大雅，依其所论，唐代诗人，又有谁可登大雅之堂？七言古诗的美妙，有时可用腾云驾雾来寓意，境遇逼仄紧险之处，尤须长短句为之缓和；松弛舒曼之处，更待长短句为之添力。调整节奏，非其莫属，故长短句实为七言古诗之关键也。如熟读唐朝诸大诗人之名篇，学诗必大有长进。此外，士祯说七言五句，是起源于杜甫的“曲江萧条秋气高”，又说五言诗不能用才气，古诗也不过是“起承转合”云云，皆荒谬绝伦，毫不足信。班固的《郊祀灵芝歌》，汉昭帝的《淋地歌》，魏明帝的《燕歌行》《并州歌》，汲桑、张率之的《白纻歌》第一第二两章，都是七言五句，所谓始于杜甫，从何说起？曹子建、阮嗣宗、鲍明远的五言诗，皆才气纵横，不可一世。至于用“起承转合”四个字来概括汉魏诗风，更是匪夷所思。其言可驳斥之处，数不胜数。由此可知士祯对于七言五言古诗，功力尚浅。他说刘桢的诗无一句有价值，陆潘宜的诗位居中品，更显外行。所以他采编成集的五言七言古诗，几乎不成体；律诗绝句，尚有勉强之作，然才情极小，体裁也是仿袭唐代之后的风格。

王士祯盛负诗名，却无文名，魏禧为其诗集作序，评其“文过其诗”，言外之意，乃不满士祯之诗也。纪昀认为魏的评议有失偏颇，是未深知士祯之诗的缘故。纪昀实博雅君子，无书不读，但论士祯诗时，极推崇诗中“神韵”。虽然一些不入流的诗人善抄袭，以至描山绘水的名句处处被模拟，而一人之诗，众人之评，自然不能无差别，然纪昀言士祯“选言新秀，叶属天然，不能不推为诗家一大宗”之语，应是不知其诗多出自唐代雍陶也。雍陶名不显赫，留心者甚少，其有题为《晴》之诗：“晚虹斜日塞天昏，一半山川带雨痕。新水乱穿青草路，残阳犹傍绿杨村。胡人羊马休南牧，汉将旌旗在北门。行子喜闻无战伐，闲看游骑猎秋原。”读过此首，便知士祯神韵之来由矣。我写此段，不仅揭出士祯的出处，也印证了我以前所说，写书法的人必须在一些不起眼的小帖冷碑中提炼出少许别人所未知的东西。这既是独到的眼光，也是自成一家的阶石。

我仅通读《全唐诗》两遍，便有如此发现，若心细的熟读之人，必会发现更多。雍陶的诗有“新愁旧恨多难说，半在眉间半在胸”两句，宋词中“眉间心上，无计相回避”便出自此。王闿运说王士祯的诗属京腔，专门摹习唐代诗人韩翃的句法，如“落日澄江乌榜外，秋风疏柳白门前”等，以这类“秋柳”词开头，字面也雷同也。

释石堂记

【原文】

汉《三老石堂画像》①，《校碑随笔》② 所载之释文，稍有未当。如“宴及”二字，“宴”字释为“亩”字，“及”字则释为“反”

① 三老石堂画像：东汉延平元年（106）刻像并题字，画像已全蚀，仅余左边隶书题字三行，为现存汉碑中字最小者，颇具西汉遗风。说存于泰山普照寺。

② 清代金石学家方若著。

字。余谛审精拓，释之于左。

延平元年十二月甲辰朔十四日，石堂毕成，时太岁在丙午。鲁北乡侯，自思省居，乡里无宴，不在朝廷，又无经学；志在共养，子道未及，感切伤心，晨夜哭泣。恐身不全，朝半祠祭，随时进食。(食下似"年"字，石右画象为鱼。)

【意译】

东汉《三老石堂画像》，《校碑随笔》的辨认译文，稍有不妥。如"宴"和"及"两个字，将"宴"辨识为"亩"字，又将"及"辨识为"反"字。我认真地推究过精到的拓本，辨认译文如下。

延平元年十二月甲辰朔十四日，石堂毕成，时太岁在丙午。鲁北乡侯，自思省居，乡里无宴，不在朝廷，又无经学；志在共养，子道未及，感切伤心，晨夜哭泣。恐身不全，朝半祠祭，随时进食。(食下似"年"字，石右边的画像为鱼。)

辨　力

【原文】

门人问曰："写字用力，虽为定义，自秦汉迄今，用力之法，亦有别否?"余答曰："赵孟頫谓古今字形有异，写法无异，其言非是。汉魏以前之书，力聚于笔画之中；北魏及南朝人书，力聚于笔画之两边；唐人书，力聚于笔画之一边；宋人书，力聚于笔画之两端；元明以后书，力聚于笔画之一端。详晰言之，更为明显。汉魏人书，大抵笔毫炼紧，锋走中线。碑碣甚多，细看即得。南北朝时，铺毫最盛，力皆外发，涨集两边。《魏灵藏》《杨大眼》《始平公》《且渠安周造像》《宝子》《吕望》之类，尤为显著。唐人作书，喜言转折，时挑时趯，锋向一方。试取《大字麻姑》《道因》《圭峰》等验之，莫不笔锋走笔画之上面，笔腰走笔画之下面，上光下毛之状，无处不可见之。宋人专事开张，势必外放。黄山谷、张樗寮辈之写字，两头一扯，中段成丝，谓之力聚两端，实非妄议。元明以后，虎头蛇尾之制，指不胜屈矣。学者因此可知汉魏以前，犹能根据篆法，唐宋以后，篆隶均失，故学书之人，又当以唐为界。唐人之书，尚能一字之中，力量均匀，初无强弱。宋元以后，强弱参半，且多率略。学之不善，弊病丛生，故学书又以力匀为要义。力果能匀，自无轻佻率略之处，而字古矣。然能紧握笔端，运用臂背，不许指腕申缩，又未有力不能匀者。

"昔者纪昌学射于飞卫，飞卫曰：'尔先学不瞬，而后可言射矣。'纪昌归，偃卧其妻之机下，以目承牵挺。二年之后，虽锥末倒眦而不瞬也。以告飞卫，飞卫曰：'未也。亚学视，而后可视小如大，视微如著，而后告我。'昌以牦悬虱于牖，南面而望之，旬日之间浸大也。三年之后，如车轮焉，以睹余物，皆丘山也。乃以燕角之弧，朔蓬之簳射之，贯虱之心，而悬不绝。"写字之理，与此全同。但其为用，则又全反。必视大如小，视著如微。三年之后，车轮如虱，作尺外之书，若蝇头之细，局势当然不促，气力自可有余。衡山赵君谓李梅庵、曾农髯均不能作大字，未遇飞卫者，无不费力也。（凡书画润格之列于高价者，皆惮为之品。余询白石曰："君之山水亦可得高值耶？"白石曰："因不能为，故高其值，以进为退，撑门面法也。"）

【意译】

我的弟子问："写字需力度，这几乎成共识，但从秦朝汉代，直至今日，用力之方法有所区别否？"我答复："赵孟頫说从古到今，只有字形有异，写法无不同，此言非也。汉魏以前的书法，着力在笔画的中间；北魏及南朝人的书法，力聚在笔画的两边；唐朝人的书法，倾力于笔画之一侧；宋代的书法，力布在笔画的首尾；元明及以后的书法，力集中在笔画之一端。仔细道来，更为明显。汉魏人写字，多半是笔毫凝练，锋走中线，可见的碑帖甚多，细察可见。至南北朝时期，铺毫最盛，笔力均外扩，墨充涨于笔画的两边，《魏灵藏》《杨大眼》《始平公》《且渠安周造像》《宝子》《吕望》之类，尤为显著。而唐朝人喜欢讲究转折，时而一挑，时而一跳，笔锋偏向一方，以《麻姑》《道因》《圭峰》为例，皆为笔锋走笔画之上，笔腰走笔画之下，上光顺下毛齿之状，无处不在。宋代人更讲究开笔，其势外向，黄庭坚、张即之莫不如此，两头一扯，中间成丝，号称力聚两端，实非虚言也。元明以后，虎头蛇尾的笔法，数不胜数矣。学书人由此可知，汉魏以前，书者还能依循篆法，唐宋以后，篆隶均失，所以学习书法，当以唐为界。唐朝之人，还勉强能在一字之中，力量均布，避明显强弱，而至宋元以后，笔力强弱参半，且多草率简略，若学之不善，弊病甚多。学书法，力匀乃至为关键，力能匀，无轻佻率略之毛病，字必显古朴大方矣。如能紧握笔端，运用臂背之力，而不是利用指腕伸缩，力自然均匀也。

“以前有个名纪昌的人，向飞卫学射箭，飞卫对他说：‘你想学射箭，必须先学会不眨眼。’纪昌回去后，天天躺在其妻的织布机下，睁眼看着织针来回穿梭，两年后，练得线锥飞至眼皮而不眨。便去告诉飞卫，飞卫说：‘还不够，你还得练视力，能视小如大，视微如巨之后再来告诉我。’纪昌回去后，用一根纤细的猪尾巴毛吊了个虱子悬在窗户上，天天看了它，越看越大也，三年之后，大如车轮，再看其他东西，均如庞然山丘状。其便开弓射之，箭从虱心穿过，而猪尾毛纤毫不动。”写字的道理，与此无异，但应用时，又正好相反，视大如小，视巨如微，三年之后，车轮如虱，写一尺以上大小的字，如写蝇头小体无异，字势仍舒，力度仍余。湖南衡山的赵某，说李瑞清和曾熙均不能写大字，那是因李、曾没遇到飞卫也，否则全不费力气。

（凡书画标价奇高的人，都害怕仔细审品。我曾问齐白石：“你的山水画真的也可标价那么高?”白石答：“正因为不能，故只能标高，以进为退，撑门面之法也。”）

记　厄

【原文】

丁卯三月十日申刻，叶郎园丧命于东门外刑场。呜呼痛哉！湖南六十以外知名人士，惟郎园与曾重伯两人。重伯亦指名逮捕。袁项城称帝，重伯领湘军名臣后裔上书劝进，又有谋复辟嫌，故为人所留意。其实不过寻题目做文章，与大局无关也。郎园性至乖僻，不近人情，余早知其不免。尝与人言，谓：“余能自成门户，起衰之功，可比韩愈，惜为湘绮弟子。”余不解其意，较之张乌石谓湘绮既死，当以事有若者事我之说，更为离经。其太夫人去世，余诔词有“佳儿诚博学，但与我门庭各异，只谈风月不谈文”数语。郎园门户之见最深，不可与辩也。

叶死之前夜，余亦被农民协会捕去，图圄滋味，五十年来第一次所尝，亦算大厄。余宅后坪，与华昌公司及左侧梁氏相通。华昌乃余伯兄组成之炼矿公司，梁氏则办理华昌而致富者也。十余年来，工人由后坪来往，已成习惯。不意时局陡变，协会之人，狂奔街市，口吹号笛，手持戈矛，登屋捕人，不分老少。杀伐之声，惊魂骇魄。余外甥王麓孙新自杭来，寄居华昌。是日协会纠察队入华昌捕司事，夜入梁家攫人，麓孙工人不知机变，仍循习惯，将其主之书籍衣被等物，由后门运存余宅。驻梁家纠察队见之，以为所运皆梁家物，群入余宅捕盗。余闻声下楼，欲证明事实，人数太多，不易申辩，遂与工人一并捕去，拘禁一室。窗上有“入风头城”四大字，盖“酆都城”之误写也。幸舆论及协会中人，皆谓我为善人，且认错谬，并负日后保护之责。归家细思，殊不自知如何得此善果。且农协总会以分会辱余，欲严加惩杀，余固止之，更不得不谓为乱世之异数。背闻燕军不惊王蝎，疑为空谈，未之敢信；以身试之，诚非虚语。安贫乐道之人，自可免人猜忌也。拘禁虽仅半夜，所见甚多，不必再读《水浒传》矣。

彼辈对余虽为善意，然凶暴之气，总不能离。所谓委员长者问余曰：“汝与杨度有关系否?”余答曰：“杨度为我之兄，自不能全无关系。但彼谈政治，我事文学，各不相谋，彼事我不负责。”又问曰：“汝与赵恒惕有关系否?”余答曰：“不仅赵恒惕，湖南军官，莫不有关，大抵求文而至，或学书画而来，与政治军事无涉。”又问曰：“汝声名甚大，何耶?”余答曰：“余之诗文字画，散布四方，故汝辈亦能知之。”旁立者曰：“此人之画，每张可值三千元。”余笑谓曰：“多谢尊言，果能如此，早成土豪，恐尊会不能如此待遇。”观者百余人，皆谓为爽直君子。余尝谓不恐不怖，由于不贪、不瞋、不痴。余之处世，不仅不贪、不瞋、不痴，所谓本来无一物，何处着尘埃，乃余立身得力处也。

郎园为湖南第一藏书家。身死之后，以其宅为图书馆，今已发还，然所损失，则无人理会。其后人散居各处，有伤足者，有患颠狂者，清白之家，顿成溷黑之地。伤哉！余与友人书云：“郎园丧命，我得保护，自达者观之，郎园为清，鄙人为浊。而和其光，同其尘者，又未必与余有所差异也。但恐汪容甫①复生，追吊黄祖，则郎园

① 汪容甫：清史学家，嫉恶如仇，讽喻权贵，一生坎坷。

冤矣。”闻赤党首领，皆以火红绸缎制衣帽，殊为可观。四月二十一日之后，湘潭工会长杨昭植伏诛时，观者数万人，尸体被观者割碎，以心肝饲犬豕，复烧其骨，人取一片而去。自有史以来，人民未有如此残忍者。（余被捕之日，黎公薇苏赴汉口归来相告曰，组庵询君近状，即答以君与郎园皆为农民协会攫去。组庵仰天长叹，默然不语。）

【意译】

丁卯（1927）农历三月十日申刻（下午3至5时），叶德辉丧命于东门外刑场。湖南六十岁以上的知名人士，只有德辉和曾广钧两位。广钧也被点名逮捕。袁世凯称帝，广钧领湘军名臣的后代上书劝进，有复辟的嫌疑，故为人所留意。其实不过是找个由头做文章，与抓人的真正目的并无关系。德辉性格怪僻，不近人情，我早预其难免不测。他曾对别人说，杨钧是能自立门户，力挽文坛衰落，可比韩愈的人，只是惜为王闿运的弟子。我不解其意，张登寿曾说过言过其实的话：闿运先生已逝，如有疑惑可问重子。相较之下，德辉之说，离之更甚。他母亲过世，我写悼词有数语：“佳儿诚博学，但与我门庭各异，只谈风月不谈文。”其门户之见极深，难以争辩也。

德辉死的前一晚，我也被农会捕去，牢狱滋味，五十年来第一次品尝，算为大厄难。我居屋的后坪，与华昌公司相通，坪左侧与梁某家相连。华昌是我兄杨度组建的炼矿公司，梁某则是打理华昌而致富的人。十多年来，工人由后坪来往，已成习惯。不想时局突变，农协的人，狂奔街市，口吹号笛，手持樱枪，入室抓人，老少不分。打杀之声，惊魂骇魄。我外甥王麓孙，刚从杭州来，寄居在华昌。这天农会纠察队到华昌抓捕管事的人，晚上又入梁家搜索，麓孙和工人们不知应变，仍按习惯，将工厂主的书籍衣被等物，由后门运到我屋存放。驻梁家的纠察队员见了，因所搬的东西都是梁某的物品，故一群人跟到我家来抓捕他们。我闻声下楼，想证明事实，但人数太多，难以申辩，被与工人一起抓去，拘禁一室。窗上有“入风头城”四个大字，乃阴府“酆都城”之误写也。所幸舆论及农会中人都说我为善人，确认抓错了，并言日后负保护之责。我回到家中，还没理清怎会得此善果。且农协总会因分会之人有辱于我，要严加惩戒，我反出面制止，更为这乱世中之少有矣。昔闻古时燕军不惊王蠋，疑是笑谈，不敢真信，今以身试之，并非虚语。安贫乐道之人，自可免人猜忌也。拘禁虽只有半夜，所见所闻，不必再读《水浒传》矣。

虽然农会善意待我，但凶暴之气总难免，如所谓的委员长问我：“你与杨度有没有关系?”我说：“杨度是我哥，当然不能没关系。但他谈政治，我专文学，各不相干，他的事我不负责。”其又问：“你与赵恒惕有没有关系?”我答：“不仅赵恒惕，湖南军官，都有关系，大多数是求文而来，或学书画而来，与政治军事无关。”其又问：“你名声很大，为何?”我答：“我的诗文字画，散布四方，连你们也能耳闻。”旁边站着的人插话：“此人的画，每张可值三千元。”我笑说：“多谢贵言，如果真如此，应已成了土豪，恐怕你们早已不会这样待我。”当时围者百余人，都说是爽直君子。我曾说过，人能不恐不怖，乃因不贪欲、不嗔怒、不愚痴。我处世，不仅不贪、不嗔、不痴，而且本来无一物，何处惹尘埃，此乃我立身之本也。

德辉为湖南第一藏书家，身死之后，以其住宅为图书馆，现已发还他家人，但所损失的，则无人再理会。其后人散居各处，有的伤了脚，有的患疯病，一个清白之家，转眼即成污浊之地。悲哉！我写信给朋友说：“德辉丧命，而我受保护，旁观者看来，德辉为清者，我为浊人。而同世道共命运的人，又未必和我有所不同也。但愿汪容甫在世，追吊黄祖，则德辉可洗冤矣。”传闻赤党的头领，都是用大红的绸缎做衣帽，特别可观。4 月 21 日之后，湘潭工会长杨昭植被杀时，围观者有数万人。尸体被围观者割碎，肝脏喂了狗，骨头烧了后，也被人取一片拿走。有史以来，人与人之间，还没如此残忍过。（我被捕之日，黎薇荪去了汉口，回来后告诉我：在汉口见了谭延闿，他问你的近况怎样，我告之你和德辉都被农会抓走，他仰天长叹，默然不语。）

记　量

【原文】

吴窓斋以所作《权衡度量实验考》，请湘绮先生作序。序中有："因考分寸龠合之量，黍[①]九粒，得今尺八分。仍有纵横之异，纵长一分，六百粒，重四钱，二十四粒，重一铢，然皆非确密之数"等语。余案古时遗器，及今制，凡量物之器，必用其长。如量一寸者，其宽必不及一寸，断未有宽寸余之器，以量一寸者。然则用纵不用横，已为定例。湘绮至灵，不知何以未悟，后人勿依其说可也。

【意译】

吴窓斋撰写了《权衡度量实验考》一书，请王闿运作序。序中写有："因需测量物体的大小和长短，黍为椭圆，定九粒黍横向密排之长度，为八分，如黍按纵向密排，则长度达九分。六百粒黍，重四钱，二十四粒，重一铢，黍有大小，故都不是绝对精确之数。"我书案上既摆有古时也摆有今时之量器，凡是量具，必用其长度。如量一寸之物，量具的宽并不必有一寸，断未有一定要一寸多宽的量具，才能量一寸之物的道理。量具用长不用宽，已成定例。闿运极聪明，不

① 黄米，比小米略大。

知为何在这件事上未悟透，后人对此不应采信。

记杨画

【原文】

有人持黄石斋、倪鸿宝字条，请为鉴定，皆真迹也。又请题杨龙友画松手卷，虽为真迹，墨色全落。因忆甲寅、乙卯之间，攸县尹氏所藏杨龙友双松直幅，金笺微损，精神尚在。赵松雪禯店店主，最工作伪，照临一过，纸色全同。非熟读原画者，不能辨也。有人携至上海，大为出名人所许，吴昌硕、何诗荪、倪墨耕辈七人，均有题志，可见上海名士之喜欺人，非真不能辨，不可辨也。余亦尝有此窘境，明知其非，而来者殷勤请乞，拒之非是，题之亦非是，只得以不相干语，敷衍了事。行家见之，仍知其为塞责之用，与身分无关也。原画有"崇祯壬子夏杨文骢"数字，中画二松，伴以巨石，字迹画境，均极易辨别者也。

【意译】

有人拿黄石斋、倪鸿宝的书法来请为鉴定，我看皆为真迹。又有人拿杨龙友的一幅松画手卷来请我写题跋，画虽为真迹，但墨色几乎已全脱落不清。记得在甲寅乙卯间（1914—1915），攸县有位尹氏藏有一幅杨龙友的双松图，金色画纸略有微损，神韵面貌尚存。赵松雪裱画店的店主，作假画最在行，照临一遍，纸色全同。如果对原画不是很熟的人，根本就分辨不出。有人将它带到上海，名师们还大加认可，吴昌硕、何诗荪、倪墨耕等七人，都在画上有题志，可见上海的名士并非不能识辨，而喜欺人。我也尝试过有此窘境，明知不是真画，但来者殷勤恳请，拒也不是，题也不是，只好在画上写些不相干的题字，敷衍了事。行家见了，便知其为搪塞。原画题有"崇祯壬子夏杨文骢”字样，画中间两棵松树，伴以巨石，字迹画境，都极容易辨识。

梧笙馆图

【原文】

湘阴李氏，以戴醇士画册、黄石斋字册求售。戴画仅一开，八寸宽，六寸高，绢本，为李石梧所绘之《梧笙馆联吟图》。笙榆，石梧妻也。题词一首，以小楷书之，词句庸俗，毫无意味。有梁章钜、祁寯藻等二十人跋，画有副本，识者自辨。黄书乃手札十二通，共二十八简，上款为仲冶、无涯、无枝数人，纸长而窄，非常用信笺，有何蝯叟、李次青等题跋。古物商视为奇货，争先恐后，得之者携至求题，为题数语而去。两人皆因乱世而死，使我有深慨焉。十年前见醇士画石手卷，小石砢礌，连绵不绝。

甲寅赴京，沈钧儒之戚，以大批字画出售，中有翁叔平画石手卷，题语极长，谓仿鹿床居士画。大约翁之所仿，即余之所见者。彼时余不知画，戏临一过。伯兄录翁题后，更题数语，谓可值百金。携归长沙，即为友人夺去。

【意译】

湖南湘阴县的李某，拿了戴熙的画册和黄道周的字册来兜售。戴熙的画仅一幅，八寸宽，六寸高，质地为绢本，是临绘李石梧的《梧笙馆联吟图》，梧，即石梧；笙，即笙榆，石梧之妻也。画上有一首用小楷写的题词，词句庸俗，意味全无。另有梁章钜、祁雋藻等二十人的跋，此画还有其他版本，懂画的人自可辨识。黄道周的书册有其亲笔信函十二封，共二十张，致信人为仲冶、无涯、无枝等人，纸长而窄，不是普通的书信用纸，上有何绍基、李元度等人的题跋。

古物商视两册为奇货，争相抢购，得到后又携至我处求题跋，得了数语又拿走。戴、黄两人皆因乱世而死，使我感叹至深。十年前见过戴熙画石头的手卷，小石叠垒，连绵不绝。

甲寅（1914）到北京时，一沈钧儒的亲戚，正在出手大批字画，其中也有一幅翁同龢画石头的手卷，且题语极长，说是此画仿戴熙之作云云。大约翁模仿的那幅戴画，与我曾见的是同一幅。那时我尚未尝试学画，也游戏临之。我兄杨度在其上录了翁同龢之题语后，又写了一些话，称可值百金。我后来带回长沙，即被朋友掠走。

记真山

【原文】

长沙每于大乱之时，必有大批书画出现。此次不然，可欣赏者，数件而已。龚半亩写倪黄中幅，题字甚多，与山头紧接，过于迫促，不得谓为精作。傅青主大金笺立轴，款上挖去一字，款书为“某老词宗草写得乾坤一草亭真山”十五字，挖去者“老”字上字也。此十五字，颇欠妥适，画笔草率异常，墨彩亦剥落不少，纸断如蛇腹，幸可重装。贩卖古物之李氏，以数元得之荒货店徐氏，携至汉口，获值二百元。故以贩卖古物为业者，无不贪鄙不堪，纠缠世家子弟，损人名誉，破人家产，物微利大，人我皆非所惜也。汪秋涧临大痴卷，法用矾头，得其笔意，卷尾有垢道人、梅壑老人题志。

【意译】

长沙每次大乱的时候，市面都会出现大批书画兜售。这次却不然，能入眼的，只有几件而已。龚贤临倪元璐的一幅，题字太多，紧挨山顶，过于逼迫，算不上精品。傅山的一幅大金笺立轴画，上款挖去了一个字，全款十五字“某老词宗草写得乾坤一草亭真山”，挖去的部位是“老”字上方。此十五字，写得并不安妥，笔画异常草率，墨彩也剥落不少，纸断如蛇腹，幸好可以重裱。专营贩卖古物的李某，用几元钱从破烂收购站的徐某处买入，拿到汉口，以二百元的高价卖出，故古物商都是极贪婪之徒，纠缠世家子弟，损人名誉，破人家产，图取暴利，毫无半点顾及他人之心。另有汪秋涧临黄公望的一画卷，多用山水画之“礬头皴”技法，深得其笔意，卷尾有程邃、查士标的题记。

二石题志补遗

【原文】

石涛、石溪之画，极为世人所重。得其一帧，如获异瑞，故好事者录其题志，刻成专书。近年赵公岂，凡所及见，即随时录出，已各成一卷。当时名人与二石往来书札序记，亦搜辑甚多。今春持以示余，值长沙杀机大起，无心文字，故未题一字。随意检校，似皆前人所未见者。公岂之苦心，不能不令人欣服。好二石画者，亦必以先睹为快也。昔余藏石涛清湘书画稿，段字段画长卷，及为此度先生所绘之《先茔图》三尺卷，皆著录家所未见者。

【意译】

石涛、石溪两人的画，现今被世人极为看重，若能收得一幅，如获非份之福，故有来事者将他们两人画的题记，专门刊印成书。近年赵公岂，凡他所能见到的二石之画，便将题记随时录取，现已整理各成一卷。当年二石与名流的一些往来书信，也搜集不少。今年春季他拿来给我看，当时正值长沙磨刀霍霍，杀声阵阵，我无心文字，故未在上面题一字。随手翻阅，看似都是前人从未披露过的。公岂的苦心，令人佩服，喜好二石之画的人，必先睹为快也。我以前收藏过石涛的清湘书画稿，属一长卷的各个局部，并以此稿去换其绘的三尺《先茔图》，这些画，刊印书中均未记录过。

记墨晒

【原文】

《张玄墓志》①，人间无第二拓本，故其值在万元以外，然非遇道州，不能有此身价。余外舅尹和翁，悟墨晒法，巧妙无比。墨色浓厚者，俨然宋拓，不能致者，字口尔。其法固用玻璃片，然不用玻璃片，亦能晒出。以浓墨书薄纸，即以薄纸当玻璃片用，仍可晒成阳文②。今之珂罗版③，非其比也。湘绮先生尝谓余曰："《张志》无第二本，其事可疑。字用笔锋挑拨，或为蝯叟伪造。"余答曰："唐以后书，绝无生拙味，《张志》处处有之。文虽不佳，自是六朝人口吻，'神诮端明，泯然去世'八字，后人决不如此联属，蝯叟更无此文心。"湘绮大笑，谓余为不可欺骗者。孙退谷藏定武《兰亭》，何蝯叟藏小字《麻姑仙坛记》，均有墨晒本，惟不如《张志》之爱者多也。

【意译】

《张玄墓志》，世间仅有一套拓本，故价格在万元以上。但如果不是何绍基的缘故，也不可能有这么高的身价。我的岳父尹金阳，对"墨晒"的方法独有所悟。如墨色用得浓厚，几可近似宋代拓本，只是笔画的首尾略有欠缺。其通常的做法是用玻璃片。但不用玻璃片，用浓墨在薄纸上书写，即把薄纸当玻璃片用，也可晒成阳文。现在的

---

① 习书法的人多知《张黑女墓志》，少闻《张玄墓志》，实同一墓志而名异也。

② 阳文：黑底白字。

③ 珂罗版：清代由日本传入的一种复制和印刷方法。

珂罗版不能与之相比也。王闿运曾对我说：“《张玄墓志》世间无第二本，这事甚可疑。碑中笔画上挑，莫不是由绍基所伪造？”我说：“唐朝以后的书法，绝对没有生涩朴拙的韵味，但《张玄墓志》到处可显露，文章虽不佳，却十足的六朝人口吻，如‘神诮端明，泯然去世’这八个字，后人决不会这样连用，绍基更没有这种文慧。”闿运大笑，说要骗我还实不容易。孙承泽收藏的《兰亭》定武石刻拓本，何绍基收藏的《麻姑仙坛记》小字本，均有墨晒本，但都不如《张玄墓志》受追捧。

记颠道人

【原文】

颠道人喜画花果，浓者极浓，淡者极淡，绝不经意，自然成章，又在青藤白易之外。余之所得，仅有四帧，与石涛山水四帧，合装一册。颠道人姓胡，明末人，谓之胡大，乃佯狂避世之人。终日酣醉，不道姓名，故其画纯用天真，绝无牵强，一见而知为狂生，决非学人。有野放味，无温和气也。

【意译】

“颠道人”喜欢画花果，着墨浓处极浓，淡处极淡，随心所欲，自然成章，与徐渭、白易山人的画风近似，却又有所区分。我藏有其画，仅有四帧，与石涛的四帧山水画合起来装订成一册。颠道人姓胡，明末人，人称他“胡大”，平日佯装疯癫狂妄，以避与世人交往。终日饮酒，半醉半醒状，不知自己姓甚名谁，故他的画天马行空，一派天真，一看便知恣意放纵，决非学人，风格中充满野旷味，而无纤柔轻和之感。

记觉斯

【原文】

王觉斯①画，不可常见。前见绫本大幅，仅有精神，笔墨皆不合法，画理尤缺。古物商开口言气旺，此亦气旺者也。绫本为红霉所损，不甚干净。行书则仲钦所得长幅之外，尚见数件，当以卷子为最佳。纸高七八寸，长约丈余，字大如杯，甚为灵活。余之行书，赞者甚少，惟赵公璩以为泼辣雄浑之致，王觉斯差可比肩。赵之赏，特赏也。与王卷同至者，为绢本画马手卷，笔墨可观，款书“赵雍”②，则未必也。偶与郎园闲谈，郎园问曰：“世间魔力，何者最大？”余答曰：“笔墨最大。故赵孟頫、王觉斯之流，亦能千古不泯。近如吴大徵辈，丧师辱国，君子耻之；而书画声价，一时煊赫，若忘其为罪人者。端午桥③毫无可称，以富有他人笔墨，而名闻中外，其故可知矣。故曰‘太上有立德，其次有立功，其次有立言’。书画亦言之一端也。”郎园然之。

【意译】

王铎的画，市面上很少见。前一段见到一绫本大幅，用笔用墨都不符合绘画的规则，构图布局更无讲究，唯有勃勃显生气。卖画者开口就说此画气势旺盛，该人气旺不输画也。绫本已因发霉被损坏，显有污渍。王铎的行书除仲钦收藏的长幅之外，我还见过几幅，最好的是一幅卷轴，高约七八寸，长约一丈多，字有杯口大，非常灵动。我的行书，称赞的很少，而赵公璩却认为其泼辣雄浑之态，可与王铎不

---

① 王觉斯：王铎，字觉斯，明末清初书画家。

② 赵雍：元代书画家，赵孟頫之子。

③ 端午桥：人名，清代鉴赏家。

分上下。公璩之赞，登峰造极矣。和这卷轴一起的，还有一幅画马的绢本手卷，笔墨颇佳，款识为“赵雍”，我看未必是真品。偶然有次与叶德辉闲谈，德辉问：“世间魔力最大的是什么?”我答：“是笔墨，故赵孟頫、王铎等能名垂千古。近代像吴大徵，其行径丧权辱国，君子深以为耻，而他的书画声价，却一时炙手可热，世人仿佛忘记了他为国之罪人。端午桥其人，无所建树，就因为他收藏字画丰富，而同样可中外闻名。这些足以证明笔墨之魔力矣。俗话说‘最高以德传名，次之立功传名，再次以言传名’。书画是以言传名的方式之一也。”德辉听后也认为确实如此。

董画陈题

【原文】

董文敏金笺水墨山水中幅，高二尺六寸，阔一尺五寸，两边损甚，中间净洁。于是古物商将两边各去二寸，故局势甚蹙。惟不作远山，则为怪事。高峰矗立，非远山，无屏障也。款题“玄宰写于玉峰舟次似尔任词兄”十三字。诗堂乃横绫，陈眉公题“玄宰近来作画”，皆信手而成，略无凝滞。古人谓画得熟，自然笔法出现，非虚语也。陈继儒题似尔任兄数语。此画大小，与介卿所藏，恰成一对。彼幅乃绢本，画极空灵，亦有陈题也。

【意译】

董其昌的一幅金笺山水画，高二尺六寸，宽一尺五寸，中等大小，两边已损毁，中间却洁净。于是古物商将两边各裁去二寸，以致画面布局极为窘迫，又失去远山，显怪异。高峰耸立于正前，无屏障作伸延。款题“玄宰写于玉峰舟次似尔任词兄”十三个字。诗堂处用绫裱，有陈继儒题跋，意董其昌近来作画，皆信手而成，绝无犹疑。古人说：画得熟，会有自然笔法。不为虚言也。陈继儒所题与尔任兄之语类似。这幅画的大小，与介卿所藏的另一幅恰成一对，那幅画的纸质为绢本，画极有空灵感，也有陈继儒的题跋。

记商卣

【原文】

三十年前，湘乡刘某之佃农，谓刘某曰："余渔于溪，而得物焉。其形如桶，其色漆黑，以之汲水，适得其用。"刘某令其携至，则商卣也。遂以谷七石易之，数年之后，溪水大涸，更得一物，则卣之盖。刘氏大喜，名其堂曰"商卣堂"。宣统时，其子孙求质七十千钱于沈咏荪，沈质衣应之，今不知其所在矣。十年以来，铜器之值奇昂，以数十万计，诚足骇人听闻。故财迷者，皆以得铜器为乐。因前年桃源之鼎，而购得伪品，损失巨资者，余之所知，已有数人。上海行家马长生，亦因桃源鼎之伪盖，亏损三千元，则异事也。"商卣堂"颇富收藏，见于《清河书画舫》之《吴仲圭》卷，尚在其家，为完好无缺之品。

【意译】

三十年前，湘乡刘某家的雇工对刘某说："我在溪中打鱼，摸到一个东西，桶形，颜色乌黑，用来打水，蛮合用。"刘某让他带回来，一看，是商卣。便用七石谷子买了下来。几年以后，溪水干枯，又得一物，正是商卣之盖。刘某大喜，将其斋屋改名为"商卣堂"。宣统年间，其子孙想以七十千钱卖给沈咏荪，沈将衣物典当后购之，但现在已不知去向矣。近十年来，铜器价格奇高，以数十万计，骇人听闻。故爱财之人皆以获得铜器为乐。因前年桃源铜鼎一案而热衷铜器，进而购得假货蒙受巨损者，就我所知，已有数人。上海的行家马长生，也因桃源铜鼎之盖的仿品而亏损三千元，怪事一桩也。“商卣堂”的收藏颇为丰富，在《清河书画舫》中有记载的《吴仲圭》卷，现还在其家中，且品相完好无缺。

卷十二

读疏广传

【原文】

余读《疏广[1]传》，而大有感于心。广之言曰，“吾岂老悖，不念子孙哉！顾自有旧田庐，令子孙勤力其中，足以供衣食，与凡人齐。今复增益之，以为盈余，但教子孙怠堕耳。贤而多财，则损其志；愚而多财，则益其过。且夫富者，众之怨也。吾既无以教化子孙，不欲益其过而生怨。又此金者，圣主所以惠养老臣也，故乐与乡党宗族，以尽吾余日。”广之言如此，故陶渊明诗曰：“借问衰周来，几人得其趣。”广诚达人也。广之财，固应与其子孙者，而竟不与，以免其怠堕；广之爱子孙，高于以财爱子孙者多矣。推而及于治国之道，又何尝不如是乎！

夫治国之道，首在安民。民安则治，不安则乱，此一定之理也。若必自乱其国，而欲求民之安，自为绝无之事，然又不能不求所以安之之法。既不能垦荒辟地，复不能减征施粜；于是夺甲之财以与乙，夺丙之财以与丁，而民怨沸腾，不安如故。甲与丙，未必皆有余；乙与丁，未必皆不足；以甲之财与乙，甲穷而乙富；以丙之财与丁，丙

---

① 疏广：汉代人，通晓《春秋》，在家授业，后被招请为太子太傅，五年后，适时而退，皇上重赏。

穷而丁富。若以为乙与丁得此横财，必更倍其力，以尽耕耘之职，是则大谬不然者。何以故？未知广之教以怠堕故。余素乡居，农家情况，知之最熟。凡勤苦耕作之人，皆仅能衣食，或不足者。若稍有余，即舍耒耜而着长衫，揣摩搢绅，往来街巷，不数年而大败。四十余年之中，变迁之多，未可胜计。今尚生存，未尝稍变者，皆仅能衣食，或不足者也。今之未尝稍变者，若亦使之骤富，势必与余所见之有余者同尽，而地荒矣。

中国地大物博，宝藏无穷。兴未兴之利，移充溢之民，以营其生而殖其类，庶几乎民有可安之望。然其要件，仍在乎耀武扬威者之自觉。归马放牛，止戈言好，则可安之望有着，而国家以宁。若争城据地如故，杀人劫物如故，仅以鸡窝之卵，转于鸭窝，以塞其欲而弭其怨，吾未见其能安也。且此时之甲与丙，乃遭厄之最甚者。先由暴戾者丧其命，后由为政者夺其财，而欲乙与丁之感其德怀其惠，焉可得哉？乙与丁非皆忍人也。吾之所言，即乙与丁之所告者也。

【意译】

我读《疏广传》，感慨颇多。疏广说：“我岂是老而糊涂，不念子孙的人！你看我们家有田地，让子孙勤于耕种，足以衣食无忧，与普通人家无异。如今猛获增益，看似盈余，但无形中让子孙懈怠也。贤明而多财，会麻痹其心志；愚昧而多财，反助长其过失。而且你独富，众必生怨忿。我虽然没什么特别的方法来教化好子孙，但也不想助其过、添其怨矣。再说这笔钱，是圣上保养我过好晚年的，拿来平时与宗族乡人分用，以度我余年，不也其乐融融?”正因疏广如此言，故陶渊明有诗曰：“借问衰周来，几人得其趣。”疏广确为明智之人也。疏广的财，固然应留给子孙，他竟不留，以免子孙懈怠；他爱子孙的方式，比用财来保护子孙的方式要高明矣。以理类推，治国之道，又何尝不是如此！

治国之道，首先是世人安居乐业。民安则治，不安则乱，这是最基本的道理。如果国乱而求民安，是绝无可能之事，但又不得不想什么方法来安定民心。既不能开疆辟土，又不能减租施粮；于是便夺甲的财产给乙，夺丙的财产给丁，这只能使民怨沸腾，不安如故。甲和丙，未必都有富余；乙和丁，未必就都不足；将甲的财产给予乙，甲穷而乙富；将丙的财产给予丁，丙穷而丁富。若以为乙和丁得此横财，必会更加努力，以尽耕耘之责，则大错。为何？是你不知疏广所言的懈怠也。我久居乡下，农家情形，稔熟于心。凡是勤苦耕作的人，都仅能勉强够温饱，或尚不能足。稍有余者，便丢掉锄犁套着长衫，扮作商绅，在大街小巷里来来往往，没几年便大败而归。四十多年来，变迁之多，数不胜数。至今还在生存，境况未变的，都是那些刚够温饱，或尚不能足的人。这些未变者，若也使他一夜暴富，势必也将与大败者一样，且地也荒废矣。

中国地大物博，宝藏无穷。如兴起一些新的行业，让富裕之民安心营生并繁殖发展，大众尚有安居之望。但紧要的，仍是统治者的自觉。马放南山，停止兵戈，则民有安的生机，国有宁的希望。若一如既往地争城掠地，杀人劫货，只是将鸡窝之蛋放进鸭窝，以塞其欲填其怨，能安才怪。而此时的甲和丙，是最无情地遭受厄运之人，先由暴力者丧其命，再由统治者夺其财。然想要乙和丁感恩戴德，可能吗？乙和丁并非都是能容忍之人。我以上所言，也即是乙和丁对我所说也。

王撰郭序

【原文】

湘阴郭氏，以湘绮先生书撰之《玉池老人七十寿序》，改装成册，请余题跋。其事不载于湘绮年谱，其文不录于湘绮文集。考玉池[①]老人出使英国，在光绪二年，年正六十，则七十时，湘绮五十五岁。玉池为闻人，其事足纪，特录其全文于左，以补年谱之缺。寿文入集，始自陶安[②]，以后名人，皆不肯多录。湘绮文集，亦不过二三篇，盖视为酬应者，概割弃也。闻玉池老人日记，正拟刊行，郭之后人，请为之序。玉池所记，中兴名人事迹必多，当亦世人之所乐于披读者也。

玉池先生七十生朝宴集序

兵部左侍郎湘阴郭公，出使海西时，年六十矣，往还十二万里，经历五年。自史册所记，名贤儒臣，垂老远行，曾未有此。宜见劳于朝廷，为智者愤惜；乃反被谤訾，并为一谈。及归，遂不乐入京师，请疾家居，久之。当天子亲政之岁，三月乙未，盈七十月辰，其子孙置酒称庆，因宴宾客，同人祝颂之词数万文。闿运适从北还，来及嘉会，夙承眄睐，许为能语言；又谬自谓持论不佹于流俗，俾佐致词，以备择言。

窃豫自念古之善颂者，无不以富贵长久为志；末世矫激，乃有遗荣利之说。顾其所谓荣利者，卿相厚禄，遇隆德薄，孔子所谓君子不处者耳。使必以布衣长贫为高，则将以有道之身，亲与膴仕鄙夫相对为贤否？曾子所谓彼富贵而我仁义，孟子以为天亦有爵，以敌人爵，当时俗人之言也。庄子又夭彭祖而寿殇子，人君子而天小人。名实淆然，无所适愿，言论因之各相是非。然由古义律之，则今之颂者，宜祝其再出，保位以增禄寿，而致仕县车，固得君行权，功成身退之所期，君既未得志，不宜以是为幸也。

---

① 玉池：郭嵩焘，号玉池，湖南湘阴人，湘军创始者之一，中国第一个驻外使节。
② 陶安：元末明初人，对明朝建国之初的典章制度的设立有重要贡献。

往昔同游济南，偶论河泲经流。君因言其遇合节操，颇似清泲数伏见异于江淮河，他日当列为四渎，是时年甫四十余耳。及今验之，其德行、政事、文学，抗古人而参时贤，与中兴元功，赢绌相权，实无所让。以云不得志，则亦早为近臣，出典方牧，入跻卿贰，与枢府谋议，管中外邦交之重，人臣之显仕也。然其所愿，辄有人从而挠之，挠之者或即平生交友；又无故得谤，大为悠悠者所非笑，妒娼者且欲罢退之，夫果何以得此于天下哉！

就其少年所成就，自童稚已有圣童之誉，试文诗赋书，无不高等，遂取甲第入翰林。公卿先达，争相知赏，誉之不容口。九府人士，尤无异词。如曰君生不遇时，则不宜名实兼收如彼也。一人之身，一身之行，毁誉县绝若此，岂君所能自料乎？冉冉浸浸，遂以老传。怀大有为之材，当人才极乏之时，两不相遇，而不能被不遇之名。凡世人所自托者，君皆不无其数，达不得比曾胡，穷不得拟吴罗。盖唯修所自得，而莫蕲于人，故在人者不合辙，而在己者可操券也，是故其寿可必也。

迹君行政卓卓，莅一官，有一官之能，皆非前后人所能为。又博文约礼，服膺程张，辞理充沛，抗轶韩苏。假其德言，无增于今，固已必传，况又纵之以耆颐之寿乎？人必有所缺，乃厚全其天之量。论君者诚不宜以世俗富贵相比较，亦不必以在位施政为愿，古今时异也。孔子七十以往，欲不逾矩。盖七十者，成学之大期，譬如仕者功成，无所复营。仕不可进，学不可退，唯保其所诣，乃为日进。君之仕既未极，而官已尊显。如或诏用，竟申其志，尊主隆民，其蓄积久裕，亦犹吕望七十，乃后师尚，不以夜行为嫌也。仍必不得志本而著书，开悟群迷，敦厚风俗，以悲悯之心，摅悱恻忠厚之言，其功愈长，其思愈永，所谓独立不惧，遁世无闷，天假其年，又何疑哉！

人患不适道，不患毁誉。宠辱不惊，偏颇之词，犹不足为君诵，矧当世之所谓宠辱乎！内外达官故人，多询君起居，余具对以菁华未竭之效。彼得志者及挠君者，虽亦各有卓绝自见之行，然其效已睹，亦犹江、河、淮，利害彰著，非若清泲溢播，无主名也。四渎各发源注海，泲独流无助，俱行于天地，究不能测其功用。即以用世言之，未施之政绵于已著之功，不敝而长存，而又何吝焉。周文百龄，经师犹谓损寿。黄老论养生，均患外物，或疲其精形，君其勉之矣。三不朽①者，立言为尤久，德功皆赖之传故也。道其所得，斯非文儒章句之为，孔予所谓从心者与！君虽有著书，未尝定写，盖犹有志用世，不欲传空言。自今以还，当岁撰述。立言过迟于孔子，则年寿宜过多于孔子。人之挠之，是天所以昌君年也。

【意译】

湖南湘阴县的郭某，将王闿运先生写的《玉池老人七十寿序》，改装成册，请我题跋。此事未记入闿运年谱，也未录入闿运文集。玉池老人出使英国，乃光绪二年（1876），年逢六十岁；其七十时，闿运方五十五岁。郭嵩焘乃名人，其事值得记存，特将序文录于下，以补闿运年谱之缺。寿文收入文集，从陶安开始，以后之名人，又不肯多录。闿运文集中，也仅录入两三篇，凡是应酬之作，一概割弃。据说郭嵩焘的日记，也正准备刊发，郭之后辈，请我作序。嵩焘所记，中兴时期名人事迹必多，也是世人乐于所闻之事。

王池先生七十生朝宴集序

兵部左侍郎湘阴郭公，出使海西时，年六十矣，往返十二万里，经历五年。自史册所记，名贤儒臣，垂老远行，曾未有此。宜见劳于朝廷，为智者愤惜；乃反被谤訾，并为一谈。及归，遂不乐入京师，

① 三不朽：立德立功立言。

请疾家居，久之。当天子亲政之岁，三月乙未，盈七十月辰，其子孙置酒称庆，因宴宾客，同人祝颂之词数万文。闿运适从北还，来及佳会，夙承眄睐，许为能语言；又谬自谓持论不俛于流俗，俾佐致词，以备择言。

古时值得赞颂的人，无不博取功名追求富贵长久，末世偏激，违逆常情，方有无功而赠送荣利之说。所谓“荣利”，即高官厚禄，遇圣上隆恩却德不配位，孔子所说君子不齿为之一类。难道必须布衣清贫、举止纯正，与位高德薄者势不两立，才可视为贤人否？曾子以为“彼富贵而我仁义”，孟子以为“天亦有爵，以敌人爵”，此乃愤俗之言也。庄子既不以彭祖高寿为褒，也不以殇子短命为贬，既不赞君子也不诋小人。是非混淆，无所适从，言论因之而自相矛盾。但依古意，今日值得赞颂之人，应励其再出，保高位而得禄寿，至于辞官养老，固可获圣上荫护，达功成身退之愿，然壮志未酬，不能说是幸事也。

忆往日，同游济南，偶在一起言及济水与黄河清浊分流。君言及节操之说，恰似清澈的济水独傲于混浊的江、淮、河，喻济河为四渎之一，当时君年方四十余耳。而今观君，德行、政事、文学，可与古人比肩，可与时贤争辉，而论中兴之功居高至伟，横评竖较，实毫无愧色。如果说不得志，君也早为圣上之近臣，或守土一方，或辅佐卿相，或与中枢谋议，或掌管中外邦交之要，皆名臣显仕也。但君所为，动辄即有人阻隔，阻隔者还常是平生之友；或又无故遭诽谤，被旁观者嗤笑，妒忌者更欲废黜方为休，君昂然处世，但何至如此矣。

依君少年之成就，稚年已有圣童之誉，文书诗赋，均为上等，遂中科举入翰林。公卿贤达，争相赏识，赞不绝口。中枢各府，共持誉词。如说君生不逢时，然名实兼收莫过如此。一身之中，毁誉如天地之别，岂是君或曾预料乎？随时间渐逝，后人便只知毁誉所言，不知史实终究如何也。怀栋梁之才，又逢人才奇缺之时，被识却不能尽用，且难享怀才不遇之名。凡他人自我炫耀之能，君皆悉数尽有，腾达未超曾、胡，潦倒不及吴、罗。唯修身自得，不冀求于人，合群或难为之，善己则足有余，以此必长寿也。

观君之卓越的施政，为官一方，则显一官之能，皆非前驱后任者所能企及。又博学尊仪，信奉理学，辞章充沛，堪比韩愈，不输东坡，文采德言，不输前贤，必传后世，更何况老天又赐来古稀之福寿？有圆必有缺，垒块可掩陷构也。若论君，不应与世俗富贵相比较，也不必以在位施政的宏愿为准绳，今时已不同往昔矣。孔子七十以后，能随心所欲皆尽合天理。故逾七十之人，学已入自然之境，譬如为官之人，功名已成，难以再进。位不增升，学识不减，故保有初衷，便日有所获。君之仕途尚未至极，官位已显赫。如再蒙诏，为圣所用，复可一展抱负，给皇上添尊荣，予百姓以万利，君厚积而发也，犹如姜子牙以七十之寿，方获师尚之尊，功不嫌晚耳。若机不再来，自可著书立说，答疑解惑，纯厚民风，以悲悯之心，述忠厚之言，历练越丰，开悟越深，其思也永恒，乃独立无畏，超凡脱俗，怡性养年，又有何不可为之？

人忧虑找不到合适的进阶之途，而无惧毁誉。偏颇之议，如潮水般泼来，君尚无暇顾之心，何况世人之所谓宠辱乎！诸多达官贵人旧友，常问及君近况何如，我俱以“菁华未竭”对答。这些得志者也即是阻碍君之人，虽然个个功勋卓绝，然其伟业彰显已尽，好比长江、黄河、淮河之流，声名显赫，利弊众知，而非如济水，清澈长绵，名不过实。四渎起源各不相同，皆行于天地，归入大海，唯济水无助，且其功用仍深不可测。换以言世，未施之政可述于著作之中，不加埋没而得以长存，有何吝惜可言？周文王逾百岁，经学者尚言早逝，黄老论养生，一患外侵，二患内疲，望君勉之。三不朽中，立言最为长久，功德皆赖其传之。所谓“道”，并非文儒章句而为之，孔子说，发乎于心也。君虽有著书，但并不为著而书，乃有志传世，不愿空言。从今以后，当可静心撰述。君立言之年已远迟于孔子，年寿应远长于孔子。俗人诋毁君，不过是天欲延君之年寿也。

与蔡书

【原文】

余在日本时，与蔡松坡同居一室，归国之后，则不易见，闻其将有所举，以书告之。偶于箧中，拾得稿纸，亦可作小说观也。书云：“海外则两载同居，归国则十年一见。所处既远，所志各殊，宜其似路人也。袁氏称帝，本为至妄；但足下听梁氏之言，称兵反抗，则未免为人所用，然高于冯国璋之背恩义、谋总统耳。汤将军请弟赴京，票举皇帝，盖欲以此辱我。遂答以清逊国未五百年，不合天意，过五百年再议。弟之旨则又与足下及冯国璋大殊，非责其称帝，乃耻其不臣。有王莽、曹操之嫌，非圣人之所许也。今清为袁夺，国祚已断，足下乃洋学生，自无不臣之说，倒袁而自为总统，可也。然在北方之势力，未必胜冯，袁去冯继，足下仍向隅而泣，是则大可哀者。云南素为深闭固拒之区，未易征服，不如据彼险地，南面称孤，与袁氏并尊。称仇已报，如袁氏詟威而遁，冯氏乘机而篡，足下必不为冯所斥，尊荣如故。为长命富贵计，无过此者。闻足下好淫，是则不可，万恶淫为首，恶大于叛矣。因足下久不闻狂夫之言，故以一纸道意。”

【意译】

我在日本时，与蔡锷同住一室，归国之后，难得一见，听说他将举帜，曾修书劝止。有天偶然在稿籍中看到草底，也可当小说一阅也。书信写："海外两载同居一室，归国后则十年仅一见。所处既远，志向也异，适似路人也。袁世凯称帝，本为狂妄至极；但我听梁氏说，你欲称兵反抗，此举虽比冯国璋背弃恩义、谋求总统来得高尚些，但也未脱为人所利用之嫌。汤将军请我赴京，投票赞推皇帝，纯系辱我也。我回曰：清朝逊国尚未五年，不合天意，五百年后再议。但弟的想法又与你及冯国璋绝有不同，并非责袁称帝，而是为其不臣而羞耻。其所作为如王莽似曹操，乃圣人之大忌也。当今清朝已被袁氏篡夺，国脉已断，你乃一洋学生，自无不臣之说，倒袁而自为总统，也无不可。但以北方的强势，你未必能胜冯，袁倒而冯继，你也只能向隅而泣，此则大悲也。云南历来是深闭固守之地，不易攻取，不如据此险地，在南方称帝，与袁世凯并尊。如此，你对袁氏称帝之仇已报，袁若慑于威胁而退，冯氏必趁机而入，你自不会被冯排斥，尊荣如故。为长命富贵计，此是良策。听闻你好淫，则万不可，淫为恶首，恶大于反叛矣。因你已久未听我狂语，故以一纸胡言寄汝。"

胡 香

【原文】

余邑有女子曰胡香，洪纤得中，修短合度。登徒子之流，闻而慕之，或凿牖而窥，或逾墙而至，蜂拥蚁聚，目不暇给。胡香不任其苦，身体销瘠，面目黄暗，郁郁怫怫，遂以大病。朝夕呻吟，饮食不进，其势危矣。慕之者咸集其门，为之救护。中有人曰："吾善医，吾之术扁鹊之术也，胡君之疾为热疾，吾之药乃秘制，非胡君不施；然非谢以巨金，不足以表受爱之忱。"又有人曰："吾善医，吾之术仲景之术也。胡君之疾为伤寒，吾之药乃秘制，非胡君不施；然非谢以巨金，不足以表受爱之忱。"又有人曰："吾善医，吾之术华佗之术也。胡君之疾在肠胃，吾之解剖术，非胡君不施；然非谢以巨金，不足以表受爱之忱。”又有人曰：“吾善医，吾之术学于西国者也。胡君之疾为贫血症，吾之起死还童法，非胡君不施；然必尽倾其囊匣，而后可以表受爱之忱。”胡香思之，憯然而悲，凄然而泣，左顾右眄，不知所措。诸善医者振衣而起，争相辩论，辩论不已，继以械斗。

西医曰：“吾子之术，乃草莽之蛮方，腐肠之烈剂，不足以治胡君之疾。”于是纠合少年，与以利器，将其他之善医者，驱而逐之大门之外。旋谓胡香曰：“君之疾，贫血之症也，必充以血。充血之术，还童之术也，必更美于昔时。是君之所得者至大至厚，而吾之心亦至仁，吾之义亦至重。故所以轻君之财者，即所以敬吾之术；敬吾之术，即所以重君之命也。”胡香不得已，尽以其珍宝与之，西医大悦。于是令其徒党，于街巷行人之中，捕肥者至，缚其手足，掩其耳目，尽取赤血，以注胡香之身。曾未少时，肥者塔然鹄立，不可以禁风，胡香则庞然大矣。数日之后，肥者凋瘗，知觉全失，展转枕席，无疾而逝。胡香则以注血过多，行止不便，偶尔动作，或溢于口，或泻于后，污秽龌龊，人不可近。西医见之，徘徊良久，不知其计。忽曰：“《庄子》曰：‘凫胫虽短，续之则忧；鹤胫虽长，断之则悲。’然则矫枉不可过，物性不可拂。”遂就胡香之身，复为去其血。斯时也，西医更有所激，抱膝而啼，仰天而哭，顿足而言曰：“余所取之血，肥者之血也，肥者因去此而丧命，胡君因得此而加累，是吾之多事也。吾欲以之还注于肥者之身，安可得哉！”于是拭泪持器，以所取血饲其爱犬哈密。数日而胡香死。

【意译】

我老家有名叫胡香的女子，长得纤腴恰巧，高矮正合。好色之徒，无不倾慕，或是戳窗纸偷窥，或是翻院墙直视，一波复一波，几无间断。胡香不堪其苦，日渐神离散，体消瘦，面色黄暗，郁郁寡欢，终得大病。从早至晚，呻吟不停，饮食难进，其势已危。倾慕者聚在大门外，焦虑商议救护之策。其中有人说："我懂医，技与扁鹊无异，胡香的病为热疾，我专配了一秘方，只有胡香可用，但除非她肯付巨资相购，否则不足以表示她明白我这番苦心。"又有人道："我也懂医，技与张仲景无异，胡香的病为伤寒，也有一秘方，专制胡香，但需她付巨资，以表心意。"又有人道："我也懂医，技可与华佗相比，胡香的病在肠胃，当用解剖术，我只愿为胡香施刀，但也需她付巨资，否则不足以说明她接受我的爱意。"又有人道："我也懂医，学自西方之国，胡香的病是贫血症，我自可使之起死回生，也只愿施救胡香，也需她倾尽家产，方可示其由衷。"胡香听闻后，怆然而悲，凄然而泣，神思恍惚，不知所措。众医者，奋起相争，辩论不休，不得结果，随之械斗。

那位善西医者说："我国的医术，只是草莽之人开的一些土方子，攻肠的猛剂，不足以医治胡香的顽疾。"于是纠集一些青年，手持利器，将其他善中医者均驱逐出大门之外。转而劝胡香道："你的病，实贫血症也，必须补充血液，充血之后能返老还童，还能让容颜胜于往昔。你是家资丰厚之主，而我是心仁义重之人。之所以让你散财于我，即表示你敬重我的医术，敬重我的医术，即是敬重你自己的性命也。"胡香不得已，将家中珍宝尽数与之，西医大喜。于是令其党徒，在街头巷尾抓捕身形肥胖之人，绑了他们的手脚，蒙了他们的耳目，以抽吸他们的血液，注入胡香之身。没过多时，肥胖者单立如鹤，弱不禁风，胡香则显庞然大物矣。几天之后，肥者凋谢，知觉全无，转辗床席，无疾而终。胡香则注血过多，不能行走，偶一动作，上吐下泻，污秽龌龊。西医见了，徘徊良久，不知所措。突然醒悟，说："《庄子》云：'野鸭胫虽短，如续长则忧；云鹤胫虽长，若折断则悲。'矫枉不能过正，物之属性不可违矣。"于是，又回到胡香身边，去为其抽血。此时的西医，神情甚是激越，时而抱膝而啼，时而仰天而哭，且捶胸顿足地说："我取的血，是肥者之血，肥者因此而丧命，胡香因此而加重受罪，是我多事也，我再将血还回肥者之身，这总算安妥吧！"随即擦干眼泪，将血饲给其肥胖的爱犬。再过了几天，胡香即逝。

际　遇

【原文】

人之际遇，诚有不可思议者。升沉荣辱，安危生死，固有定理存焉。而一时会合，超乎恒轨，又有不可以定理论者。严受庵本为才士，其复试诗题为《快雪时晴》，严诗有"鸟语千林碎，马啼四野排"两句。科举时谓不叶平仄为失粘。"马"字虽失粘，然除"马"字外，又无他字可用。于是易"马"为"驼"，大写"马"字，小写"它"字。潘伯寅得之大喜，即置第一。李梅庵写大卷，丑恶不堪，伯兄谓为画蟹，竟为翁同和所赏，卒得庶常[①]。嫉之者群起弹劾，以为不合法度；赖翁之势，得以保全。

江健霞学使，亦以风雅著称。在湘时，求材于湘绮，湘绮以陈完夫对。考试既毕，江问湘绮曰："陈为诗人，何以失粘？"湘绮答曰："善古诗者，每每如此。"潘伯寅、翁叔平、江健霞，皆一流人。潘以不法为是，江以不法为非。翁之所赏，更在情理之外，又岂可以常理推测者哉！

梅庵得庶常时，其书实不成形，东斜西歪，稚弱可笑，尝托人收

---

① 庶常：古代翰林院内一文官职称。

集前作，而以当时之作易之。何蝯叟自喜中年之制，以为非晚年所能，尽量收买，自赏自叹。然二君不可同日论。蝯叟中年，已成体格，其韶秀隽逸者，晚年实不能也。《快雪时晴》本为名帖，词人墨客，多喜言之。易寅村[①]云：军人迫逊帝时，彼以无事偶立宫门，见宝瑞臣紧随逊帝被具，彼知宝善赏鉴，中必有物，即令检查，毫无所得，乃拆被裇，则《快雪时晴》帖在焉。其以见告，自喜其手段也。

梅庵尚有一侥幸事，世人当少知之。科举之时，非本省籍贯，不能赴乡试。梅庵固江西人，其父为湖南候备道[②]，因居湖南。性极痴憨，不知世故。忽然兴发，欲赴湖南乡试，而时文作法，绝无所知，于书肆中得《小题正鹄》，以为秘本，携之入场，适试题为书中所有，遂录全文。考官未察，激赏其制。榜发之后，舆论大哗，争名额者，遂具白简，竟以冒籍及剿袭旧文，将其褫革。后所得之举人，本籍再中之举人也。

凡人之知己，出自何方，不可预料。而士为知己死，女为悦己容，又为千古不易之论。若知己同在山林，则物议可免；若知己巍居高位，则秽声以来。湘绮起自孤童，而肃顺待以国士，感激之心，理所应有。一日湘绮友人宴客，文廷式在座，湘绮非被约者，偶然闯入，坐于侧席。彼时王、文尚未订交，客有细语告文者，文阳为不知，大声骂曰："闻有王壬秋者，号称名士，而口不离肃王，一势利人耳。"湘绮似未闻者，立时退出。处世之难如此，贫贱出身者尤难也。（长沙有善相者，陈伯弢与李梅庵同去问吉凶。相者谓陈曰："足下性情刻薄，举动轻浮，相无可看。"谓李曰："足下必两得举人，验后再看。"陈、李狼狈而走。此三十年前事也。叶郎园、萧培

---

① 易寅村：易培基，曾任湖南省立图书馆馆长，省立第一师范学校校长，故宫博物院首任院长，毛泽东的老师。

② 候备道：古代介于省和市之间的官职。

荄皆以算命自矜，竟不能自保首领以殁。叶临刑时，始引郭璞①命尽今日之言，然则平时必未先知也。因此而知入世之道，最忌骄慢，叶、萧皆骄慢者。贵州陈国祥，四川颜楷年，或长余而执后辈礼甚恭，尚未失书生面目者也。）

【意译】

人的际遇，确有不可思议的时候。生死沉浮，安危荣辱，固然有其因果，但机缘巧合，不符常规，也很难言其结果。严咸本是才子，他复试时诗题为《快雪时晴》，严咸诗中写了两句“鸟语千林碎，马啼四野排”。科举时如平仄没按规则互换，为“失粘”。这两句对仗时，“马”字就失粘，但除“马”字外，又没合适的字可用。于是他将“马”写成了“驼”字，只是“马”字写得很大，“它”字写得很小。阅卷的潘伯寅看了大喜，将其列为第一。李瑞清的书法写大卷时，丑恶不堪，杨度说他是在画螃蟹，但却为翁同龢所赏识，许其入庶常。嫉妒者联名弹劾，认为有违法度；但依仗翁公之势，得以保全。

江健霞学使，也以风雅著称。在湖南时，请王闿运推荐人才，先生推荐了陈完夫去应试。考毕，江问闿运：“陈完夫身为诗人，应试之诗却为何失粘？”闿运回复：“古诗学得好的人，也常常如此。”潘伯寅、翁同龢、江健霞，都是一流学人。潘以失粘为赞，江以失粘为过，翁所欣赏，更在情理之外，这岂可用常理推测之？

瑞清得庶常时，其字实在不能成形，东倒西歪，幼稚可笑，后来曾托人尽回收前作，而以当时之作易换。何绍基自己甚喜中年之作，认为晚年似有退弱，故尽量回购当年作品，自赏自叹。二者确有不同，绍基中年格局已成，其中韶秀隽逸之品，晚年实再难重复。《快

① 郭璞：两晋时期文学家，风水学者。以卜筮不吉之由劝阻王敦谋反而遇害。

雪时晴》本为名帖，词人墨客，常常谈论。易培基说：军人逼迫皇帝逊位时期，我有次没事干，偶尔站在宫门前，看见宝瑞臣总是紧随着皇帝的被褥而动，我知道瑞臣精于赏鉴，料想其中必藏了宝物，即下令检查，竟毫无所得，直到拆开被芯，才见有《快雪时晴》帖。其乐于言此，自赏手段见识也。

瑞清还有一侥幸之事，知道的人应不多。科举考试，非本省籍贯之人，不能在当地参加乡试。瑞清乃江西人，其父为湖南的候备道，因此居住湖南。他性格痴憨，不知人情世故。有天突发兴致，想去乡试，但对当时流行的文法，一窍不通，于是到书市上买了本《小题正鹄》，当成秘本，带入考场，而正好试题恰在书中，便全文照录。考官未察觉此文为抄袭，故十分赏识其答。发榜之后，舆论大哗，那些争名额的人，上呈状告，以假伪籍贯及偷袭古文，将其除名。后来中的举人，乃回本籍重考而中也。

人的知己，来自何方，自难预料。但士为知己者死，女为悦己者容，又为千古不变的道理。若知己同在江湖，则无人欲议；若知己位高居显，辱骂声自起。闿运出身孤童，而肃顺以国士待之，故闿运怀感激之心，也理所应当。有一天闿运的朋友宴请宾客，文廷式在座，闿运并没被邀，偶然闯入，坐在侧席。那时文和闿运尚未相识，客中有人向文廷式细语告之，文乃大声骂道："听说有个叫王闿运的，号称名士，而口不离肃顺，一副势利小人像。"闿运好像没听到的样子，但立即退了出来。处世艰难，而贫贱出身的人则更难也。（长沙有个很会看面相的人，陈伯弢和李瑞清一起去问吉凶。看相的人对陈说："你性情刻薄，举止轻浮，无相可看。"然后又对李说："你会两次中举，如灵验，再来问。"陈、李二人狼狈而走。这是三十年前的事了。叶德辉、萧培荄都以会算命而自恃，但竟不能保全自己的性命。德辉临刑时，才以郭璞自喻，若依平时，必称先知先觉也。可见入世之道，最忌傲慢，叶、萧都是傲慢之人。贵州陈国祥，四川颜楷年，或许比我年长，但执后辈礼甚恭，尚不失书生风范也。)

准稳狠

【原文】

凡讲求书画之人，必有古董商日伺其侧。而此种人物，至可厌恶，又为至不可少之人。书画皆在彼辈手中也，长短是非，无时不有。胡石查以“准、稳、狠”三字诀对付之。所谓准者，不可失信之意；所谓稳者，不为所动，而作必得之望；所谓狠者，莫轻放过，莫受敲诈。胡氏之言，诚有阅历，非与彼辈久混者不知也。彼辈性质，最喜包围，制造谣言，使他人不得近，而己专利焉。余与古董商缠绵亦久，深知其术，故其所言，一句不听。得于甲者，弗与乙看，得于丙者，弗与丁看。若持一物，人人遍询，虽真伪不敢向余妄言，价之高低，尽可是非满口，不曰某人以贱值得来，即曰为某人作圈套。绝不为其所扰，亦复甚难。不如人人隔绝，一人以一人之方法对付之，较为安闲自在也。余一生为人，不欲发生恩怨，但天年未尽，不知究竟如何。以今年被捕之事验之，已得几分效果，然于古物商未能也。

【意译】

凡对书画有所讲究的人，周围必有古董商不时烦扰。而这种人，至为可厌，却又至为不可缺少。书画几乎都在他们手中盘转，而其过程中的是非曲直，无时不有。胡石查主张以“准、稳、狠”三个字来对付之。所谓准，指不能失信之意；所谓稳，即不轻易纳入盘出，动则有望必成；所谓狠，指遇到适者，不随便放过，又绝不受敲诈。胡的主张，固然为有阅历者之言，没有与古董商久混过，万不知此理。他们的惯技，最喜欢围剿，四处散布一些谣言，使其他欲购者，疑而远之，以便造成非其莫属之势，独占其利也。我与古董商周旋之年已久，深知其战术，故其所言，一句也不听。从甲得来之物，不要给乙看，从丙得来之物，不要给丁看。如古董商拿到一物，见人便吹嘘，虽真假不敢在我面前妄言，而价值高低，尽是信口开河，不是说某人如何从低价购得，就是说因为设了什么圈套才得到手。完全不受其蛊惑，也不易做到。不如将其各个隔开，一人一法对付之，反较为安闲自在。我一生为人，极不愿与人处于恩怨之中，但现天年未尽，不知未来能否尽守。以今年被捕又快速释放之事来看，报应确有几分效果，但在应对古董商之事上，尚未得到验证。

记鼎孽

【原文】

桃源古物，喧动一时，前已约略言之。其成冤狱，有足纪者。庚申、辛酉之间，桃源水田乡农人艾新顺，掘得铜器，其式长方，花纹深刻，竟达五层，兽面数十，横凸器外。器腹锄伤，盖幸无恙，盖内有铭，不能记忆，器铭在口内，为“父己尊彝”四字。农人估以废铜值，售十七千钱，数年无主。

乙卯春月，益阳古物商石春霖，知为商鼎，决意收买。农人亦渐知非废铜，定值百六十元，当交百元。盖不在艾家，而在木田乡某处。新顺往取盖，便道宿农村中学校，其子在该校也。校长钟宏宇见之，即不肯放，石氏无法，与以四十元。钟得钱，仍不放。石责其无耻，必严惩之。钟大惧，函告同邑人内务司吴某，以古物应归地方保存，抵制石氏。

长沙杨克昌以贩铜器为业，向石购底器，定值万元。乃托其戚李雪斋借钱，一日而款集。器既到手，杨赴常德求盖，不可得，于是杨、李两人同赴上海售底器。初到手时，古物商廖氏，为军务司长唐氏出三万元，杨不允，廖氏衔之。彼时已风声险恶，物议沸腾，廖氏更为之推波助澜，于是愈扩愈大。杨、李两人，幸已赴沪，资本古器，均得保全，且得值七万元。杨克昌为主体，分最多数。政府派武装兵数十人，入杨家搜古器不得，乃捕克昌子禁之。杨、李归后，李家居不出，杨仍赴常访盖，以与人争斗事，为驻军所捕。及知其为杨克昌也，又牵及鼎案。驻军为贺师长贵严部，贺为余至交，日至余斋，故深知案中诡秘。杨以八千元助军费，求贺解纷。贺引大理院凡公私土地中埋藏物之无主者为发现者所有之条文，以护克昌，咨内务司销案。吴置不理，更捕李雪斋、徐永盛去，且令捕石春霖，皆加以盗卖罪。于是杨、李皆请律师申辩，亦以大理院条文为根据，实正当交易，非盗卖。吴仍不理。余见不平事，即愤怒不安，数与吴书，谓古鼎已为我有，以为有此体面，或可借以放松。且告以自有古物以来，即有古物商，其商品之来历，每多暗昧不可究，而纠纷屡生，故道咸时，颁布条例，无论何项物品，如为古物商所得，不可向其追究，而况数年无主者乎。吴不答一言，不复一字。而谣言之大，更胜前日。军政商学，口之所言，莫非桃源古物，皆以为得值数十万，而视杨氏子与李徐辈为肥羊，日加盘诘。李、徐皆非当事人，非有厚利者也。数月之后，徐以二千元贿法官，得出；李以千六百元贿内务司科长，亦得出。不意内务司忽又捕李，李责得贿人不力，自匿友人家，使其妻控得贿人。吴氏大窘，计无所出。今既发生小贿，断不能更生巨贿，而半年筹谋之力，等于白费。不惩得贿人，不能平李妻之忿，而其事又万不可行，于是讲和之人，始有力量，以退赃一半，不再控为了事。并劝杨克昌除常德所缴八千元外，更出万元修天心阁，而事以寝。

钟宏宇在校，忽闻有人将持枪劫盖，乃深夜携投某军，欲得五千元值，遂展转而入吾友人之手。丙寅秋月，长沙张尧卿，忽在汉口卖鼎盖，余固知其为赝品，但未知其所由来。上海著名铜器商马长生，令其婿至汉审之，其婿认为原器，定值三万元，当交三千元。盖到上海，行家多不能辨，久视乃悟。与张废约，张坚不允，马以不索交去之三千元了事。张之血本，所费亦多，货未卖去，尚有数千元未付。张云："必于卖去后，并言明盖之来历，始如数与之。"吾知其人必不再至也。

湖南自此器得值之后，几乎人人皆发铜狂。黄土之值，高于平时千万倍。狡猾之人，以翻砂器或汉唐器，充三代物，胶以红绿，敷以黄土，置城外三四十里之农家，而引铜狂者秘密往看，谓为新出土者，携至上海，其值无算，今则二三千元足亦。铜狂者必如数与之。余之所知，已有四人，真所谓愚不可及。

凡珍异之物，必数年或数十年或数百年，始得一见，断无一朝悉得之事。故余所欲求之书画，尚有至今无一得者，其难可知矣。余尝谓仲钦曰："以我之资格，一年之久，尚不能见一虞山，他人动辄即得，故不问而知其为赝本也。"仲钦之识别力，因之大进。近年铜器之值，虽足骇人听闻，但汉唐以后之物，仍与昔时无异。最精之品，不过百元，清宫以宋鼎供厨用。寻常事也。

鼎案未生之前，长沙东门外土人，掘得铜器陶器甚多，大约皆唐以后物。马殷之坟，本在东门外，而疑冢之多，不可数计。铜铁瓮陶诸器，时时有之，而以前年之所获为特多。廖氏日与土人纠缠，不肯放手，而土人之议值，日高一日，竟达数千元，至于完全拒绝。廖氏忿甚，告唐氏曰："土人不知值，以小款与之，即能满意，但取物必派兵，方免争执。"唐氏然之，所派将近一连，荷枪而去。廖氏乃啊吓土人曰："私掘皇陵，其罪大辟，然汝等费力不少，以四百元酬劳。"照单点物，尚少三枚。廖云："如敢隐匿，必以一头抵一器。"

土人大恐，完全缴出。廖当众与兵钱，人得二元。土人始知恃强取物非唐意。今年四月，农民协会果密捕廖氏，还物算帐，廖惧逃汉。陶器本无重值，但其中一器，水银浸满，泑亦特厚，廖氏经手售去，得千余元。仅出一器，本利均得，合算生意也。

湖南铜器之命运，殊不畅利。或曰："恨不能知古鼎出土之时日，而以算命法推之。"虽为戏言，正可知其波折之大。唐氏为人，精明而长厚，余甚敬之。居高位而生乖戾，不免之事也。古物商之难近，亦可于此证之。有势之人，供其利用；无势之人，任其播弄。余尝谓彼辈为近之不逊，远之亦不逊；近之亦怨，远之更怨。胡石查等，可与之周旋，余与李筠庵，亦可与之周旋者也。人谓桃源不应有此宝鼎，或曰："李自成有定鼎之志，以鼎自随，及败埋之地下。"附记于此，以俟博雅君子致力焉。

【意译】

桃源古物案，喧闹一时，我以前已略提过。其成冤狱之过程，有人做过详细记述。庚申辛酉（1920—1921）间，湖南桃源县水田乡的村民艾新顺，从地下掘到一铜器，长方形，花纹深刻竟有五层之多，几十个兽头凸出器外。器的腹部被锄头挖伤，幸未损盖，盖内有铭文，但我已不记得内容，器名刻在内口，为"父己尊彝"四个字。新顺估值如废铜价，售十七千钱，但几年都无人问津。

乙卯（1915）春月，益阳的古物商石春霖，认其为商代之鼎，决意收买。新顺也逐渐知该器非废铜，议定一百六十元，当即春霖交了百元。器盖不在新顺家，而在木田乡的某一地方。两人前往取盖，回程顺道夜宿在村中一学校内，因新顺的儿子在该校读书。校长钟宏宇见了铜器，便不肯放手，春霖没办法，愿另给校长四十元。校长拿了钱，仍不放手。春霖指责他无耻，扬言要严惩之。校长害怕了，写信给同乡，内务司的吴某，以古物应归地方政府保存为由，找靠山抗拒春霖。

长沙的杨克昌，以贩卖铜器为生，向石春霖购买了铜鼎的底部，定价万元。并向亲戚李雪斋借了钱，当天即交款。底部到手后，赴水田乡求鼎盖，没得到，于是，克昌和雪斋两人同去上海售卖底部。初到上海时，中间古物商廖氏，代军务司长唐某出价三万，克昌不肯，廖氏也不急于成交。这时，市场风声日紧，物议腾升，廖氏更从中推波助澜，于是价越推越高。幸好克昌、雪斋两人去了上海，资金及古鼎得以保全，且终得七万元。克昌为主，也分得最多。在长沙，政府派了武装士兵几十人，到克昌家收古鼎，未得，便捕了克昌的儿子拘禁。克昌和雪斋从上海回来后，雪斋便不再出家门，而克昌仍赴水田查访鼎盖下落，其间因旁事与人争斗，被当地驻军拘捕。知其为杨克昌也，又牵涉到古鼎案。驻军为贺贵严师长部，贺是我的至交，有一天到我家，故也深知了此案的诡秘。克昌以八千元的助军费，求贺师长帮忙。贺引用大理院条文：凡公私土地中埋藏物无主者，为发现者所有。以此偏护克昌，请内务部销案。但吴某非但置之不理，更是将李雪斋、徐永盛捕去，且下令抓捕石春霖，均加以盗卖罪之名。于是，克昌和雪斋都请了律师申辩，称按大理院条文，实为正当交易，不为盗卖。吴某仍不理会。我见此事太不公平，即愤怒不安，几次给吴某写信，说古鼎我已买下，以为有我的面子，案情或有松动。并告诉其，自有古物以来，就有古物商，古物之来历，多半说不清，故屡生纠纷，在道光咸丰年间，颁布了条例，无论什么物品，如为古物商所得，不可向其追究，何况该古鼎为多年无主之物。吴某不答一言，不复一字。而谣言却越传越大。军政商学，都在议论桃源古物，以为物值几十万，视克昌父子和雪斋、永盛为待宰的肥羊，日夜盘诘。雪斋和永盛均非当事人，在其中也非得厚利也。几个月之后，永盛用二千元贿赂法官，换得出狱；雪斋用一千六百元贿赂内务司吴某下面一科长，也出了狱。不想，内务司突然又要将雪斋拘捕，雪斋责怪受贿人不得力，忙躲藏到朋友家，指使妻子控告受贿人。吴某大窘，无计可施。今天既有小贿被披露，断不能再有巨贿被揭出，否则半年的筹划操持，等于白费。但不惩罚受贿人，便不能平雪斋妻之忿。于是有人从中讲和，以退赃一半，不再控告了事。并劝克昌除曾向贺师长缴八千元外，再出一万元修天心阁，此事即息。

钟宏宇在学校，突然听说有人要持枪抢劫古鼎之盖，便连夜携盖跑到某据军之地，想以五千元之价盘出。后其盖辗转到了我朋友手中。丙寅（1926）秋天，长沙一个叫张尧卿的人，忽然在汉口卖鼎盖，我自然知道他的是赝品，只是不知这赝品从何而来。上海著名的铜器商马长生，让他的女婿到汉口来察看，女婿认为是真品，定价三万，当即交订金三千。鼎盖拿到上海，众行家一时都难辨真伪，久看才知其假。要与张尧卿废约，张坚决不肯，马长生言不再索要三千订金，此事才了。张尧卿之货，所耗血本，也不在小额，尚有几千元未付给供货者。张说："必须等我卖掉后，并讲清盖的来历，才能付余款。"我想供货者应不会再上门了。

湖南自从该古鼎卖出高价之后，几乎人人都为铜器发狂。黄土的价格，高出平时千万倍。狡猾的人，用翻砂器或者汉唐器，冒充夏商周之物，粘些红绿色，再敷上些黄土，放到城外三四十里远的农民家，然后引一些铜狂者，装成神秘的样子去看，说是刚刚出土的，要是拿到上海，则价值连城，现也就二三千元算了。铜狂者必会购之。就我所知，已有四人上当，真是愚不可及。

凡是珍稀之物，必是几年或几十年甚至几百年才得一见，绝不会一朝听闻唾手即得。所以我一直想寻求的一些书画，有的至今一无所获，可见其难矣。我曾对仲钦说："以我的资历，一年之久，尚不能见一虞山，其他人动辄即得，故我不用问，已知其为赝品也。"仲钦的识别力，也因此而大有长进。近年来铜器的价格，虽已涨得骇人，但汉唐以后的物件，仍与过去无异。最精善之品，也不过百元，清朝宫廷里面拿宋代鼎器供厨房之用，乃寻常事也。

鼎案发生之前，长沙东门外的乡人，挖得铜器陶器甚多，几乎都是唐朝之后的东西。马殷之坟，本在东门外，但其假坟之多，不可数计。铜铁瓮陶之器，时时发现，而以前年出土最多。廖某每天与乡人纠缠，不肯让步，而乡人的出价，一天比一天高，竟达几千元一件，甚至绝不还价。廖某极为愤怒，告诉官人唐某说："乡人不懂行，只要点小钱，即可满足，但要派兵才不至于引起争执。"唐某应之，派兵一个连，带枪前往。廖某恫吓乡人说："你们私掘皇陵，已铸大罪，但已费力不少，给四百元酬劳，事了。"便照单点物，觉少了三件。廖某说："如敢隐藏，必以一人头抵一件。"乡人大骇，急完全缴出。廖某当众也酬士兵，每人两元。乡人看了方知，恃强取物并非唐某的意思。今年四月，农民协会果然要秘密拘捕廖某，追物算账，廖某恐慌，忙逃往汉口。陶器本来价值并不高，但其中有一件，浸满水银，釉也特别厚，廖某转手卖出，已得千元。仅此一器，本利全收，乃极合算的买卖。

湖南铜器的命运，尤不畅顺。有人说：恨不得知道古鼎出土的生辰八字，按算命的方法测之。虽为戏言，也可见其波折之大。唐某的为人，精明而长厚，我甚为敬佩。身居高位而有乖戾之时，也属难免之事。古物商的为人，此例可证，有势力之人，为其利用；无势力之人，任其摆弄。我曾说过这种人近之不敬，远之也不敬；近之有怨，远之也有怨。胡石查等人，适与他们周旋，我或李瑞清，也适与他们周旋也。众人都说桃源不应该会埋有这等古鼎，有的说："因李自成有问鼎之志，故将此鼎随身而行，终败，乃埋于此。"附记如上，以供博雅君子日后佐证。

卷十三

集石门颂[1]联

【原文】

求书之人，多指明字体，嘱制楹联，因而临时凑集，兴之所至，亦有可存。今将集石门者五百数十联，录之于后，左转右移，上颠下倒，无限之联，皆可化出。至于假借谐声之字，纵未尽合许书，终不离乎缪篆。汉人字法，用之尤多，究金石者皆能知之，不以随意增减为怪。纪晓岚谓无不可对之语，不加限制者大抵然也。

联中所用典故，常见之事固多，而不可骤记者亦复不少。门人闲话之时，即择其稍近生晦者详记出处，余以其略有裨益，乃附存于后。杜撰之诮，或因此而减少一二，亦未可知。但欧阳永叔所谓“宵寐匪祯，扎闼洪庥”[2] 之病，恐终不能免也。

大禹凿川泽　高祖断龙蛇。

仲尼是大圣　伯达为名贤。

圣人就有道　君子无所争。

登天骑北斗　随海徙南冥。

公方字平整　兴祖格雍和。

---

① 石门颂：东汉时期著名摩崖石刻。

② 夜梦不祥，出门大吉。

人世有兴废　名位分后前。
元氏勒山颂　阳嘉纪汉年。
清丽山川颂　高深般若经。
晓春秋大义　校秦汉遗书。
空同山修道　无是公为人。
君子不偏党　达人识安危。
平谋利高祖　安难苦明皇。
识高人道苦　节大易流寒。
王伯由人事　山川显地灵。
至言有深理　过秦诚大文。
解围兴汉帝　绝恶随农夫。
可以地易禹　不为言距杨。
五官可咸用　百隶而行难。
书分置四部　文特纪二都。
二八部距度　亿万成长基。
斯人不易与　惟帝其难之。
邵功不益此　圣德其龙夫。
盘名百世诵　灵宝万年遗。
德成方可积　过距无由匡。
废子愁四士　争长记二君。
出必由此路　入不得其门。
西曲成梁帝　南诏建贞元。
宁人距毒万　得士必安舆。
世无君子域，海有大人纵。
惟写清德颂　常诵山海经。
山路本屈曲　人心患艰难。

百川常注海　二极未终天。
高山有异石　深谷无平涂。
长门诚大作　永乐是宝书。
夫子言天道　屈原作楚辞。
西通子午谷　北上大行山。
秦皇与汉武　北魏复南朝。
春秋具褒贬　礼记明尊卑。
达人常履尾　仁者本乐山。
域分韩赵魏　皇曰天地人。
察人由患难　调骑必平阳。
无文不得永　有则方可循。
魁然距无伯　勤哉归有光。
人以文载道　天必历尔躬。
名书为玉海　小宝是龙泉。
永是长弘石　常作山梁叹。
恢辞玉川子　异行颠道人。
川德弗距伉　乾造方魁巍。
诵复用为虐　督有司行难。
不为中庶子　可作上大夫。
郑注散无餙　字解谷通泉。
特行无可往　执事有所承。
春季分方节　秋高峻朗天。
荣名纪贞石　大节厉秋霜。
平原荫嘉木　绝路利轻骑。
颂德常勒石　言勋自要君。
太公遭圣主　孟子就梁王。

升堂方得道　入世要通经。
谋道识必朗　鲜仁言无诚。
荣名诚可宝　礼乐是斯文。
行文武之道　诵圣贤之书。
春荣光大泽　秋木丽斜阳。
百川注大海　万木争春荣。
八荒可涉历　四海诚恢弘。
人惟具六德　士必亿二难。
常情乐年事　礼士悦旬休。
无之其若虫　达尔文为人。
南郡是秦置　北山有稚文。
升天有入地　下砀而上枪。
人不知其故　事诚无可为。
易释石堂记　准解惟摩经。
确言可中要　相得而益章。
无特记其过　必相辅而行。
登临兴所至　雅政乐之归。
长人至自海　邵公主于西。
辽阳都北地　健为位西方。
以从大夫后　必有王者兴。
世情恶以厉　天道夷而平。
山中乐有道　川上叹斯文。
残桥利轻骑　危石涩斜阳。
秋霜厉高节　春木升朝阳。
地理案川泽　天文显魁杓。
秦皇欣勒石　汉武喜言功。

定而后常静　安焉可遗危。
道高方可乐　心静自然通。
戒则天残德　诵而农遗书。
季孟位至显　王充识诚高。
兴高方度海　心季即书空。
人无为特后　事必撲曹随。
弘上解官奏　王成奉府文。
署书圣者造　遣兴名人辞。
惟灵修之故　识天地之心。
西皇愁下位　欣叹苦中情。
就斯山作蔽　请以玉为心。
情人愁若海　雅士兴同山。
天上有此曲　人中无斯雅。
梁帝原通释　承天本有文。
争伯建南汉　谋涉诏西皇。
用事可顺亿　知人必输情。
异哉隆中士　卓然霜下荣。
孟德是继汉　高祖不事秦。
秋霜清以厉　春木荣而鲜。
人天方作合　心地极光明。
文章推二汉　清雅悦六朝。
山川随所往　斗极不可登。
诵经常垓高　入谷更清凉。
子产知听乐　渊明轻作官。
守躬同执玉　为人若履霜。
人必具阴德　圣不苦流言。

不为杨勒虫　而无圣确原。
南无衙六祖　合拾礼天公。
事不谋成敝　名惟记异同。
轻年难解事　稚子可成文。
方兴其未艾　弗置之不行。
磨天益高遰　造极更阴凉。
不复确其过　惟可用厥长。
毒人尊五祖　汉士刺六经。
躬以宝为鎊　堂由石作基。
午门通玉骑　阳谷达深渊。
节用方无匮　有德必具言。
清若和氏玉　识具隆中辞。
攸然嘉休世　朗尔空灵山。
人道不可极　天命未有常。
辞有南山颂　人以北海名。
春深万木静　地大百川通。
同平章事大　伯成子高贤。
川泽是禹凿　文章本天成。
南阳具高节　北地产美人。
书分前后汉　世有南北朝。
高名垂亿载　卓识绥八荒。
寒山与拾得　龙渊同太阿。
西汉有文伯　北堂是书名。
孟不长辞命　帝有名道君。
天文案枪斗　礼经明豫堂。
文士请自用　达者患人知。

子山成绝调　士季有高功。
不至馁厥祖　必得守其元。
卓谋倾汉季　泥用断秦门。
春心本方泽　残木自夭斜。
前复是后揆　故恶弗今循。
灵极心匪石　功高德不磨。
为人终鲜益　苦诵必成名。
恶道毒同虫　大山长若蛇。
南豫达官位　北人轻世贤。
秋霜伉卓节　春木荫深堂。
纪功距绝域　辅主明忠经。
寒若经霜木　清同遗世人。
石龙难入海　故木庶通灵。
入谷无可悦　登高方解愁。
纵亿弗过度　同情定不争。
常诵拾遗记　难为王命文。
人文方得用　玉石不知寒。
终朝履危石　四季守残书。
四海匪攸大　八荒焉可通。
弗言愁士苦　难定美人情。
骑特知归路　阳可识故川。
帝旬狩所有　圣叹道不行。
烝然作政事　焕乎听说言。
有常即厉节　匪圣无蔽言。
长途必骏骑　晓事匪凡夫。
朗君事魏帝　衙氏官长平。

玉党尤整鎊　峻德更灵和。
必长磨天鬲　方成出世人。
朗诵必静地　戒途于清朝。
惟心不可散　有就定为勤。
高阳有义士　明道具诚心。
弗纵情自喜　要深察人言。
残文咸可诵　中道弗辞难。
雅人必安宴　君子咸平和。
有灵终显石　通易可从龙。
以德是为政　匪道可弘人。
名流答阿万　高位显司空。
深谋奉玉斗　异字写龙门。
至德是太伯　名贤惟子舆。
长年得嘉艾　百世产冥灵。
无情难入世　有子定经天。
咸知西子美　尤悦北方强。
楚人无所宝　西玉尤有光。
记异书五石　显德永二南。
元常上帝奏　休伯与曹书。
元长绝世事　中散充文情。
辞原若泉写　乐府本春情。
元明人作曲　忠义士成名。
楚王苦垓下　汉相产南中。
大地终成海　长年即是夭。
事成于调度　书废自荒无。
不异宁之识　相难经所无。

察人而后就　鬲世即为遗。
整篣魏梁隶　堂皇楚玉文。
建子前世历　荡阴故地名。
春官执百揆　冬狩答天灵。
循顺可成事　揆度则中情。
邵雍察天理　梁商顺人情。
辞刺魏武帝　人贤梁孟光。
安仁诚是美　孟德可谋强。
名书出丞相　大命归文王。
临危显大节　乐道历名山。
执争匪人相　开合是天心。
乐名山大泽　叹汉武秦皇。
八士由德显　二王以书名。
惟患入深谷　常若涉大川。
百二秦门数　六四易经文。
大泽龙蛇世　长安帝王都。
诚为大异事　必有匪常功。
佐二人情府　部曹庶事基。
天枪炳地砀　南斗焕北川。
其利可截玉　至高终历天。
烝庶事苗稼　衙署安掾曹。
异蛇出自永　名葙长于山。
高伉原特受　修篣匪本心。
刺龙无所用　拾履遂知方。
清朗是玉案　艰涩惟泥涂。
高兴清明节　轻寒冬至天。

世有登山履　门无承路盘。
有言不必德　知圣即匪凡。
必建释之义　常写子渊文。
咸用中和乐　作驳太常书。
高山危石峻　嘉木斜阳鲜。
常经西域路　不解鲜卑文。
清静文与可　纪载赵明诚。
修名纪贞节　大雅颂升平。
文辞汉武帝　美丽卓文君。
高文梁大子　积德孟夫人。
残桥通绝路　嘉木蔽春阳。
季子尤知礼　稼夫诚明经。
长川通异域　断石整残桥。
王孟由辞显　归方以文名。
帝与上尊酒　人奉五通神。
六朝上梁颂　五道度人经。
中朝方有道　五季本无人。
下方玉帝命　上清元宝文。
流名必鬲世　成事特就今。
木必由山长　人同是帝苗。
夭永原无异　纲常即是经。
有过人之识　是高明之君。
渊泉平原作　识度王朗推。
终朝静无事　此人惟有灵。
无情为绝命　相识定倾心。
忠极终骑尾　心灵必凿空。

曰武竭其美　惟商偏于秋。
平原特弘敞　山谷至深危。
阴刺长安事　阳为颠者行。
美人可绝世　达士咸永年。
达人必知命　君子不竭忠。
嘉士即元礼　文人是兴公。
不书公即位　可喜道其南。
清流为子峻　名士是休文。
前人二子美　秦木五大夫。
常为忠义士　不悦名利人。
成文入雅颂　行事属掾司。
登高孟嘉兴　听曲仲若情。
咸圣公所置　为万事之灵。
登高必自尔　为谋而不忠。
虫蛇弥遂谷　凡皇西高同。
行虐造伯道　庶顺成王基。
过桥记豫氏　造石颂阳公。
霜木西寒至　春流雍恶龙。
置玉礼天地　奉君承德恩。
散骑功不显　中丞位至高。
伯赵司春至　公阳释圣言。
五升名曰散　大斗注于尊。
文其难显出　官必乐荣归。
履大纵产圣　本玉书为王。
万木垂嘉荫　长川利顺流。
大海王百谷　明堂朝四夷。

文章曹子建　经义郑司农。
堂前承晓日　桥上数归雅。
圣者庶无过　农夫喜有秋。
功不于禹下　德是同天高。
南山颂无极　北海尊不空。
文章尊北斗　丞相出南阳。
骑龙涉北海　凿石通西夷。
文德流亿载　武功显八荒。
世愁杨子路　门通长者舆。
积功泽厥后　有位荣其躬。
伯主世之毒　王佐人中灵。
情由辞案达　书解石泥开。
武帝出世兴　文通开府辞。
宁武子识道　韩文公上书。
诵书美商叹　守仁从渊心。
颂德士龙作　解朝扬子文。
数理通于命　世涂揆之经。
功高可垂荫　知大必开天。
名序定武本　君平成都人。
武士原无命　玉人知有秋。
功夫废自解　格至得于勤。
文无匡厥匮　书必记其凡。
上人有二石　秦公得八骑。
执偏人难晓　守政者不阿。
不为有司事　永作无名人。
郑公常戒子　安石喜要君。

北海有名相　建安出辞人。
王后匪合亿　事前为豫言。
知同长苗者　勤若徙山人。
若木阳所出　大士人之灵。
郑君注礼记　扬子作方言。
写山同作字　言事即成文。
农民勤事稼　士子乐垂勋。
长公常写石　山谷喜成辞。
北地尊文伯　南方显子阳。
心亿得所遣　礼乐相与通。
磨人是写字　守年同执蛇。
知伯原无命　武仲不为名。
山巅产名药　海上出长蛇。
流清匮毒蛭　世定无夭人。
惟高北有斗　曰美西之人。
大鬲礼自出　庶人议安从。
大荒安得遄　至道不可垓。
徙后方为乐　尊前必是愁。
熹用理名世　斗以忠事君。
危辞世所恶　格言人之情。
玉是石之美　人曰圣之和。
宁为百夫长　谋作万世基。
山长大夫木　石勒丞相书。
山中拾异石　路上数行人。
必守君子戒　安得阳明知。
守经文中子　记要纪晓公。

大位即显达　高山定空灵。
渊明辞五斗　杨氏戒四知。
人心未知分　世路不得平。
书有流丽格　人得清通名。
美玉具五德　名书成八分。
韩雍未易格　杨亿可修辞。
南朝王武子　北魏郑文公。
王子安作序　方从义修行。
西通石牛道　南显玉字书。
德功言是道　玉上大咸清。
世情难鬲垓　人事常阴凉。
阳山至馁圣　洞天必骑龙。
故今人所泥　伯仲政之平。
本朝无鬲垓　惟识至光明。
后不绝圣世　无以答皇天。
有北门之叹　无西垂之愁。
绝不异人亿　惟愁知者鲜。
嘉平复北汉　雍氏属秋官。
峻骑尊其德　忠言利于行。
嘉朝上元节　名产天门冬。
不知子都美　咸晓之推贤。
玉美方特达　人高由屈强。
文纪四子德　辞永五君贤。
属辞要可达　为谋必竭忠。
功名秦帝政　文字汉王安。
公平由政路　荒废入偏涂。

圣人具异德　书经有今文。
常遴山阴道　不由终南涂。
圣德商由显　秦地楚汉争。
诵书方得益　修辞必以诚。
释道是同调　旬孟非异涂。
事必从原察　人惟乐太平。
二人亿相得　五更天未明。
闵子有至行　伯王为大言。
清言必主尾　恶字同雅涂。
序人必有道　言事若无人。
毒龙苦竭泽　执蛇馁荒山。
人无从万有　鬲为是中空。
孟道山于至　相文上有垓。
基楚若坤永　名德同天长。
距过方遭徙　卑躬不是荣。
士惟愁不用　人特患无灵。
郑有雍梁地　凉曰嘉兴年。
尔雅可识字　乐记利作文。
喜听山阳调　苦属明君辞。
有文方纪石　无路即开山。
废帝德必匮　太祖功所归。
至人可弘道　君子不要功。
心难而行易　天尊复地卑。
安仁颂祖德　石勒听汉书。
龙子言同异　伯玉知安危。
无后是伯道　有子必仲谋。

元章常作字　所南数上书。
散盘有异字　兴书无同文。
贬辞具五子　明德显四书。
雅度是安石　卓行推士言。
宝此上清作　方斯孟皇书。
万石本异数　二人咸同心。
上情必下达　同归而异涂。
山长自曲弗　木大必休阴。
夫人言必中　荡子行不归。
更难承雅亿　政可尉辽人。
隶于汉解散　斯是旬就成。
终朝定无事　百世其可知。
章中有玉石　世上分厉阳。
前苦后必乐　往蛇今则龙。
名政则言顺　德高而位尊。
不竭为宝路　其盘若屈龙。
山明复海静　字元而蛇躬。
不党争方绝　无偏政自和。
遣兴涉长路　轻寒就大阳。
贤者晏平仲　辞人高达夫。
子长作自序　大禹要人言。
孟子本仁义　易经定乾坤。
永和成故事　长乐匪高人。
命咸由政府　事弗至衙门。
从心遂知圣　执礼可升堂。
书难高季海　路若经商山。

平子解天道　晏氏知人情。
出谷叹高木　写心悦春荣。
山川有高下　玉石诚分明。
朝秦复晏楚　午骑而未阳。
伉达曹公识　渊雅魏都辞。
夫子安为者　天下归心焉。
世定人常晏　霜清流自寒。
喜道宣和帝　安人大守官。
世事不可道　人心匪易知。
门人难置议　杓斗可分垓。
空言无益事　永叹有安为。
汉玉产阴地　秦宝出寒泉。
楚石南中产　稚荮山巅成。
历数显朝晏　方舆具阴阳。
危言午世听　苦乐利人躬。
君子垂美玉　宣圣得宝书。
五经西汉士　都督南朝官。
石谷合南北　临川贬春秋。
辞人定愁苦　士子必弘深。
贤士听清议　商人有利心。
年高人德邵　知大者情长。
石梁通绝地　海道达灵山。
大方无委曲　至道极艰难。
上德若深谷　谍域惟西磨。
二曲为雅地　五路是皇舆。
隆币用达亿　尊礼以通情。

知永书名大　元方德行高。
有知推文若　无愁必伯仁。
礼戒难为继　道定执厥中。
伯阳戒下士　仁祖入上流。
可弗为距虐　必得成大魁。
可以成厥德　用之定尔阳。
四灵虫与士　五凡人同年。
文情充若海　识度大于天。
其原出小雅　不可为大言。
通明本大利　察泉诚不阳。
万尾世上鲜　人文天下成。
用人隆地位　明命识天心。
石必由升斗　秦可利合从。
产石纲通路　为山政徙泥。
空前复绝后　是故而匪今。
文帝得贤诏　山公上奏言。
贤而后乐此　人无所用之。
杨升安作字　王世贞属文。
辞得杨修解　汉以距君终。
天道不得听　圣门难为言。
县绝若其峻　天桥同于龙。
圣文极西狩　宣命有中兴。
中情斯圣道　入格是调方。
屈曲通川泽　炳焕丽文章。
秦皇涉大海　隋帝乐垂杨。
不王敝可伯　相君尊难言。

欣文方确节　礼释合和南。
纵言天下事　欣与道中人。
道愁行不得　士戒言无方。
言必具常识　心惟记故人。
世事终难达　荣名本是空。
石高合造相　门大可书凡。
西伯诚可颂　南子本匪君。
曲高人未识　山峻路难通。
匡是汉寒士　平为楚达人。
武不愁异地　汤至徙庶人。
仁可至残废　道必达冥元。
春晓万木静，秋空太阳县。
人心诚匪石　山木自成行。
宝玉必归赵　圣骑不过秦。
晁氏谋强汉　楚人必倾秦。
匡天下者仲　注春秋人休。
贤人曰有若　公子名无忌。
圣道无难易　人心有异同。
前难必易后　自卑而尊人。
君子必大雅　异人有特长。
仁人天下命　大德圣言纲。
至人咸乐地　贤者有苦心。
必诵非常道　方通大有年。
弗事长行乐　斯为永识涂。
清言尾确案　危世躬临渊。
大者地中海　灵哉天上人。

勤苦终得益　宴乐难流方。
则注秦所作　通天礼无文。
伯夷躬作则　季子位诚高。
合天地为帝　苦夫土匪皇。
高光躬造汉　文武德熹天。
文躬人若虫　夷君有同无。
不有泉币宝　而无舆骑宣。
垓分方守地　灵极必归辽。
焕焉此大造　归然其灵光。
平原自空敞　山谷随委蛇。
临危显节大　履尾弥心寒。
即作清平调　常成行路难。
高原履危石　空谷听流泉。
弘辞成乐府　高格是阳春。
人必废厥恶　议可从其长。
成仁是君子　修道必名山。
礼经序纲纪　宣圣修春秋。
通经复守礼　建事不言功。
临书写汉隶　入定诵经文。
入门自魏隶　成章必曹文。
事易若复距　道难于上天。
礼衙文武圣　石造和合灵。
秦朝断二世　元纪无百年。
释言道不二　孟曰君为轻。
言而必有理　行之诚匪艰。
秋高人必静　谷遂流长清。

无遭海上具　静听曲中情。
散从原书隶　衙前特守门。
元朝置经历　隋世废绥阳。
天上原无路　山阿若有人。
文难成格调　士必竭功夫。
贞阳利厥后　乐散涂其躬。
造舆通世路　整鬲上秋天。
言行若石定　荣名随川流。
文心大若海　节义峻于山。
石斜泉更曲　山大木成围。
今世无伯乐　前贤有王通。
嘉士是人宝　美玉为君堂。
前贤不苦世　今士特为人。
大武圣朝乐　散文后世辞。
郑成功入海　王仲宣输愁。
人情必要顺　世故不可深。
般若斯无相　心经即是空。
汉石经残字　魏王基断文。
戒书是四命　奏事必二通。
卓尔天下士　大哉人中龙。
清光秋晓后　嘉兴玉尊前。
霜晓木自静　秋谷人常宁。
情深即苦海　道通斯乐天。
南海朝大圣　西方升天堂。
弗特行其是　无强人所难。
门前即无地　心上不得平。

经世自屈节　废书而长叹。

五戒守释氏　百中同由基。

请诵石门颂　方知杨子灵。

《后汉书·邓骘传》“遭元二之灾”，注：“元二即元元也。”古书字当再读者，即于上字之下为小二字，言此字当两度言之云云。其说非是。

《石门颂》中“遭元二”之“二”字，未尝稍小。而一字两度言之者，其下一字作二，小而偏右，“荡荡、世世、勤勤、明明、蒸蒸”之下一字是也。因此而知“元二”之为元年、二年，绝无疑义。汪容甫竟引“元二”以与孙渊如辨石鼓文，是容甫之于金石未尝深究。但不学书之人，对于金石未免垓鬲，不知其裨益经史甚巨。一石之中得两证据，所谓事半功倍者也。惟赵明诚仅谓“中遭元元”为不成文法，而未知“明明烝烝”即可引证，斯为怪事。

颂中“修循”二字，自宋迄今，均未确定，故联中两用之。“遭导弗前”之“导”字，必非“得”字，颂中“得”字数见，而此独异，即为可疑之证。以文气揣之，当为“遭逗弗前”，“豆”之古文为“昰”、“豆”，与“导”字极相似也，但联中仍依俗作“得”。(《石门颂》约六百一十字，重者约二百一十字，其实仅四百字集联。虽为游戏，构思亦复甚难，苟有闲情，尚可多制。因鉴于高伯足之拘挛补衲，故只作五言。但日久文繁，整句或无重文，名词难免数见，以非斗巧，故未细查，其中之字同而意异者，如“蔽言”“西皇”之类，自非雷同也。余尝谓行草尚流丽，宜于七言；篆隶贵雄厚，宜于五言。凡文辞与字体，以时代相近者为佳也。世若有好七言者，就此酌增二字亦为易事。联中之字多用释文，以期便于印刷，留意是幸。)

公方，汉张迁，字公方。兴祖，汉衡方，字兴祖。元氏，地名，汉元氏封龙山之颂。阳嘉，汉顺帝年号。山川颂，董仲舒文题。般若经，文殊般若经。易流寒，易水寒也。二八部距度，《史记·历书》注分部："二十八宿为距度。距通巨、拒、钜，距，又大也、远也，又掌膜也。"邵功不益此，《史记》："虽周邵、吕望之功，无益于此。"灵宝万年遗，桓玄，字灵宝。桓曰："遗臭万年。"西曲，曲名，梁武帝制。南诏，国名，建于贞元年。毒万，即毒虿。大人纵，见《博物志》，纵，俗作踪，《说文》无踪字。《清德颂》，魏《张府君清德颂》。长弘石，《拾遗记》："周人以苌弘幸媚而杀之，流血成石。"距伉，即拒抗。行难，即行傩礼，百隶行难，又曰有司行难。郑注散无鎊，散，器也；鎊，饰也。郑注："无饰曰散，鎊又通饬。"字解谷通泉，《说文解字》：泉，通于川曰谷。旬休，《礼》：十日一休曰旬休。无之其若虫，禹禁无之其于黄鹄矶；虫，鳞介总称，读若匪。砀，地名。枪，星名。《石堂记》，汉石新出土者。《惟磨经》即《惟摩经》。磨、摩通用字。确言可中要，《后汉书》："要言辩而确。"确，坚正也，实也，叩也，竞也。读若確。魁、杓，皆星名。心季，即心悸。特后，即牛后。弘上《解官奏》，陶弘景有《解官奏》。王成奏府文，王僧孺有《奉府笺》。人中无斯雅，顾况诗："人间老鸦无此声。"谋涉诏西皇，《楚辞》："诏西皇兮俟涉余。"垓鬲，即隔阂。垓通堦、陔、该，又界也；鬲，又器也。高遰，贾谊文："凤漂漂其高遰。"遰，远也，往也，滞也。确其过，《后汉书》："不复质确其过。"毒人，身毒人也。刺六经，《史记》："使博士诸生刺六经，中作王制。"龙渊、太阿，《战国策》语，皆剑名。泥用断秦门，汉王元书："请以一丸泥为大王东封函谷关。"南豫，唐重镇也。北人，复姓。晏子曰："古有北人无择。"阳可识故川，阳、羊通用字；川，即钏。帝旬狩所有，《张迁碑》："帝游上林，问禽狩所有。"蔽言，见《论语》，又微言也。答，合也，报也，当也。有子定经天，曹子建诗："有子月经天。"书五石，《公羊传》语。永二南，咏《周南》《召南》也。不异宁之识，《世说》："地有片金，管宁挥锄，与瓦石不异。"相难经所无，《世说》慈明曰："足下相难，所据者何经？"谋强，孟德诗："志小而谋强。"葙，小草也，又积也。刺龙，即屠龙。用中和乐，唐、清两朝均用中和乐。驳大常书，刘子骏文。上尊酒，昔者帝赐上尊酒。高明之君，《世说》元方曰："高明之君也。"渊泉平原作，《诗品》："陆机为文章之渊泉。"识度王朗推，《世说》："王朗每以识度推华歆。"骑尾，赵鼎曰："身骑箕尾归天上。"阴刺，《汉书》："燕王旦使人阴刺候长安事。"凡皇西，即凤凰栖也。阳公，即羊公。寒至，即寒鸦。伯赵，即伯劳。本玉书为王，《拾遗记》："孔子未生之前，麟吐玉书，其文曰：'继衰周而为素王。'"辞案，即今文牍。石泥，函封也。商叹，子夏读书而叹。名序定武本，《兰亭序》以定武本为最著。上人有二石，世谓明末石涛、石溪二人为二石。北海有名相，汉石有《北海相景君铭》。王后匪合亿，杨炯曰："耻居王后。"亿，通意。北地尊文伯，南方显子阳，王元书："南有子阳，北有文伯。"守年同执蛇，东坡诗："守岁同执蛇。"大鬲礼所出，《礼苴经》：大鬲注："礼之差自此出焉。"徙后方为乐，礼徙而后乐。韩雍未易格，世谓韩雍词多而未易格。石牛道，地名。玉字书，书名，多行于南方。玉上大咸清，即玉清、上清、太清。同天，即洞天。本朝无鬲垓，《世说》："刘琨虽隔阂寇戎，志存本朝。"后不绝圣世，《世说》："其后不绝于圣世。"无以答皇天，杜诗："何以报皇天？"有北门之叹，《世说》语。无西垂之愁，《晋书》："吾忧西垂。"绝不异人亿，《世说》："了不异人意。"嘉平复北汉，北汉，复称；十二月为嘉平。《书经》有今文，《书经》有古文、今文之别。旬孟，即荀孟。主尾，即麈尾。序人必有道，蔡伯喈谓："平生作序，惟郭有道无愧辞。”执蛇，即蛰蛇。鬲为是中空，字书中空者曰“鬲”。孟道山于至，《孟子》曰“泰山之于丘垤”。相文上有垓，司马相如《封禅文》：“上畅九垓。”嘉兴，北凉年号。心难而行易，《论衡》语。散盘，即散氏盘，又称散氏鬲。兴书，周嗣兴《千字文》。曲弗休阴，出汉赋。尉辽人，慰远人也。隶于汉解散，《书品》：“草圣起于汉，时解散隶法。”斯是旬就成，李斯为荀卿弟子。章中有玉石，《诗品》：“一章之中自有玉石。”厉阳，尤射无设弗厉祥。往蛇今则龙，尤射曩谓：“蛇兮今则龙。”不竭为宝路，《拾遗记》：“盈而不竭，谓之宝露。”其盘若屈龙，《拾遗记》：“其山盘纡若屈龙。”山明复海静，《拾遗记》语。字元，牛首也。长乐，长乐老人。分垓，分野也。秦宝出寒泉，《秦传》：“国玺出井中。”西磨，地名。二曲，地名。东坡诗：“二曲林泉胜。”五路，天子之五车曰五路。四灵虫与士，麟、凤、龟、龙谓之四灵；宋永嘉四子亦称四灵。五凡人同年，宋五名士同时入第及汉之年号皆称五凤。通明本尤利，尤射始而通明，罔弗吉尤利。察泉诚不阳，东川诗：“察见泉鱼固不祥。”万尾世上鲜，《书品》：“游兹虿尾，非人世之所学。”人文天下成，《易》曰：“观乎人文，以化从天下。”用人隆地位，《齐书》：“自以地位隆重。”明命识天心，《书》云：“克享天心，受天明命。”距君，王莽字。不王敝可伯，王元书：“图王不成，其敝犹足以霸。”汤至徙庶人，汉陈汤徙为庶人。冥元，即冥颃。尾确案，《世说》：“直以麈尾柄确几。”则注，《独断》侧注，齐冠秦制。通天，《独断》通天，汉制礼无文。合天地为帝，《白虎通》：“德合天地者为帝。”苦夫士匪皇，《白虎通》：“烦一夫，扰一士，以劳天下不为皇也。”文躬，即文身。散从，小官、皂隶也。衙前，守门官也；衙，参也，集也，又姓。乐散涂其躬，《拾遗记》：“玉管中有丹药之屑，以涂其躬。”戒书足四命，《独断》其命，令四曰戒书。奏事必二通，《独断》群臣奏事，上书必为二通：一诣太后，一诣少帝。门前即无地，孟郊诗：“出门似无地。”

【意译】

来求字的人，许多都指明想要的字体，并嘱咐写成楹联，故我将平时所书，临时略作整理，乃兴之所至，也可备存。现将以往求“石门”字的五百多联录之于后，如在其间左右融会，上下贯通，衍生之联，可无限之多。至于其中的假借谐音之字，虽不一定严合书法之规，但终不离缪篆之法。汉代笔意，用得更多，善金石者皆能自察，不以为奇也。纪晓岚说：无句不可对。乃已入境界者之言矣。

联中所用的典故，大多为人熟知，但骤然难以记起之处，也不在少数。弟子们闲谈时，将略为生僻者详细地标注了出处，我以为尚有裨益，也附于篇后。以此，对有人讥讽为随意杜撰之说，不求收口，但或可减去一二。只是欧阳修以“宵寐匪祯，扎闼洪庥”所调侃的惯用生僻字之毛病，我恐怕终究未能免矣。

（共五百二十八联，见原文）

《后汉书·邓骘传》中有“遭元二之灾”，注释为：“元二即元元也”。指古书中当一个字紧接重复再读时，即在字后小写个“二”字。此说错也。

《石门颂》中“遭元二”的“二”字，并不小。而且，一字连续再用，是在字之后写“二”，但“二”字不但小而且偏右，如《石门颂》中“荡荡、世世、勤勤、明明、烝烝”的第二个字，是也。因此可知“元二”之意是指元年和二年，毫无疑义。汪中竟引用“元二”之例与孙星衍争辩石鼓文，实是汪中对金石造诣不深之故。不学书法的人，难免对金石有隔阂，且不知其对精熟经史助益无穷。一块石碑之中可收书法与经史之果，可谓事半功倍也。只是宋代大金石学家赵明诚都说“中遭元元”有失文法，却不知《石门颂》中“明明烝烝”即可引证，其并无不妥，此为怪事一桩。

《石门颂》中“修”或“循”两字，从宋代至今，从未定论，故我在联中，两字均有采用。“谍寻弗前”的“寻”字，肯定不是“得”字，《石门颂》中的“得”字出现数次，与此字相异。从文的上下连贯观之，应当是“谍逗弗前”，“豆”的古文为“昌”或“豆”，与“寻”字形极相似，但在联中依俗仍作“得”字。(《石门颂》共约六百一十个字，重复的字约二百一十个，其实只有四百字可用来编撰联句。虽是游戏，构思确非容易，若有闲暇，还可多撰。因鉴于高心夔作文常举例过多，反成弊言，故只作五言句。但因编撰为日久以来平日点滴的即兴所集，且日常文字繁杂，故整句应无重复，但一些名词难免可能会出现数次，由于没存刻意争巧之心，所以也未仔细查审，其中，有些是字同而意不同的，如“蔽言”，又如“西皇”等，不能简单视为重复出现也。我曾说过，行书草书崇尚流丽，适于七言；篆书隶书贵在雄厚，宜于五言。无论文章的辞藻还是字体，以与时代相贴者为佳品也。如世俗处在流行七言之时，就在五言之上酌增二字并非难事。联中之字多用当代之文，以求便于印刷，敬为留意。)

(注：以下为联中略生僻用法的注释或出处来历。)

公方：汉代张迁，字公方。

兴祖：汉代衡方，字兴祖。

元氏：一地名。《汉元氏封龙山之颂》碑。

阳嘉：汉顺帝年号。

山川颂：董仲舒所著《春秋繁露》中的一篇。

般若经：文殊菩萨说般若经。

易流寒：易水寒也。

二八部距度：《史记·历书》注："二十八宿为距度。距，意指巨、拒、钜；又有大、远的含意；又有鸡的附足骨之意。"

邵功不益此：《史记》："虽周邵、吕望之功，无益于此。"

灵宝万年遗：桓玄乃楚王，字灵宝。桓说"遗臭万年"。

西曲：曲名，梁武帝时期成形。

南诏：国名，建于开元年。

毒万：即毒虿，蝎子一类的毒虫。

大人纵：见《博物志》，纵即"踪"，《说文解字》中无"踪"字。

《清德颂》：魏《张府君清德颂》。

长弘石：《拾遗记》："周人以苌弘幸媚而杀之，流血成石。"

距伉：即拒抗。

行难：即行傩礼，古代在腊月举行的驱鬼仪式。

郑注散无餝：散，即器也；餝，即饰也。

字解谷通泉：《说文解字》中，"泉"与"川"和"谷"意相通。

旬休：《礼》：十日一休为旬休。

无之其若虫：禹禁无之其于黄鹄矶。虫，鳞介总称，读"匪"。

砀：地名。

枪：星名。

《石堂记》：新出土的汉碑。

《惟磨经》：即《惟摩经》，磨、摩为通用字。

确言可中要：《后汉书》中，有"要言辩而确"。

魁：星名。

杓：星名。

心季：即心悸。

特后：即牛的肛门。

弘上《解官奏》：陶弘景写有《解官奏》。

王成奉府文：王僧孺写有《奉府笺》。

人中无斯雅：顾况诗“人间老鸦无此声”。

谋涉诏西皇：《楚辞》中有“诏西皇兮俟涉余”。

垓鬲：即隔阂。

高递：贾谊文：“凤漂漂其高逝。”递，即远也。

确其过：《后汉书》中有“不复质确其过”。

毒人：身上有毒的人。

刺六经：《史记》中有“使博士诸生刺六经，中作王制”。

龙渊：《战国策》中的剑名。

太阿：《战国策》中的剑名。

泥用断秦门：汉王元书“请以一丸泥为大王东封函谷关。”

南豫：唐朝重镇。

北人：复姓，晏子说：“古有北人无择。”

阳可识故川：阳、羊通用；川，即钏。

帝旬狩所有：《张迁碑》中，有“帝游上林，问禽狩所有”。

蔽言：见《论语》，又有微言之意。

答：合、报、当。

有子定经天：曹子建的诗：“有子月经天。”

书五石：《公羊传》中语。

永二南：咏《周南》《召南》。

不异宁之识：《世说》中，有“地有片金，管宁挥锄，与宁石不异。”

相难经所无：《世说》中，有“足下相难，所据者何经？”

谋强：孟德诗："志小而谋强。"

萩：小草也。

刺龙：即屠龙。

用中和乐：唐、清两朝均用中和乐。

驳太常书：刘子骏的文章。

上尊酒：昔者帝赐上尊酒。

高明之君：《世说》中，有"高明之君也"。

渊泉平原作：《诗品》中，有"陆机为文章之渊泉"。

识度王朗推：《世说》中，有"王朗每以识度推华歆"。

骑尾：赵鼎说："身骑箕尾归天上"。

阴刺：《汉书》中，有"燕王旦使人阴刺候长安事。"

凡皇西：即凤凰栖。

阳公：即羊公。

寒至：即寒鸦。

伯赵：即伯劳，一种鸟类。

本玉书为王：《拾遗记》中，有："孔子未生之前，麟吐玉书，其文曰：'继衰周而为素王。'"

辞案：即文牍。

石泥：即装而封之。

商叹：子夏读书而叹。

名序定武本：《兰亭序》以河北定武的版本最著名。

上人有二石：世人称石涛、石溪二人为二石。

北海有名相：汉碑有《北海相景君铭》。

王后匪合亿：唐初称诗人王勃、杨炯、卢照邻、骆宾王为"四杰"，杨炯言："愧在卢前，耻居王后。"亿，即意。

北地尊文伯，南方显子阳：王元书"南有子阳，北有文伯。"

守年同执蛇：苏东坡诗：“守岁同执蛇。”

大鬲礼自出：《礼苴经》中，大鬲注释为：“礼之差自此出焉。”

徙后方为乐：礼徙而后乐。

韩雍未易格：世谓韩雍词多而未易格。

石牛道：地名。

玉字书：书名，流行南方。

玉上太咸清：即玉清、上清、太清。

本朝无鬲垓：《世说》中，有“刘琨虽隔阂冠戎，志存本朝”。

后不绝圣世：《世说》中，有“其后不绝于圣世”。

无以答皇天：杜甫诗：“何以报皇天？”

有北门之叹：《世说》中之语。

无西垂之愁：《晋书》中，有“吾忧西垂”。

绝不异人亿：《世说》中，有“了不异人意”。

嘉平复北汉：嘉平指十二月；北汉，复称。

《书经》有今文：《书经》有古文、今文之别。

旬盂：即荀孟。

主尾：即麈尾。

序人必有道：蔡伯喈说：“平生作序，惟郭有道无愧辞。”

执蛇：即蛰蛇。

鬲为是中空：字书中空格称“鬲”。

盂道山于至：《孟子》中，有“泰山之于丘垤”。

相文上有垓：司马相如封禅文：“上畅九垓。”

嘉兴：北凉年号。

心难而行易：《论衡》中语。

散盘：即散氏盘。

兴书：南朝史学家周嗣兴的《千字文》。

曲弗、休阴：出自汉赋。

尉辽人：即尉远人。

隶于汉解散：《书品》中，有“草圣起于汉，时解散隶法”。

斯是旬就成：李斯为荀卿弟子。

章中有玉石：《诗品》中，有“一章之中自有玉石”。

厉阳：尤射无设弗厉祥。

往蛇今则龙：尤射曾说：“蛇兮今则龙。”

不竭为宝路：《拾遗记》中，有“盈而不竭，谓之宝露”。

其盘若屈龙：《拾遗记》中，有“其山盘纡若屈龙”。

山明复海静：《拾遗记》中语。

宇元：牛头也。

长乐：长乐老人。

分垓：分野也。

秦宝出寒泉：《秦传》中，有“国玺出井中”。

西磨：地名。

二曲：地名，苏东坡诗：“二曲林泉胜。”

五路：天子的五车。

四灵虫与士：麟、凤、龟、龙称为四灵；宋代永嘉年间的“四子”也称四灵。

五凡人同年：宋代五名士同时入第，汉代的年号均称五凤。

通明本尤利：尤射始而通明，罔弗吉尤利。

察泉诚不阳：东川诗：“察见泉鱼固不祥。”

万尾世上鲜：《书品》中，有“游兹虿尾，非人世之所学”。

人文天下成：《易》中，有“观乎人文，以化从天下”。

用人隆地位：《齐书》中，有“自以地位隆重”。

明命识天心：《书》中，有“克享天心，受天明命”。

距君：王莽，字距君。

不王敝可伯：王元："图王不成，其敝犹足以霸。"

汤至徙庶人：汉陈汤徙为庶人。

冥元：即冥硕。

尾确案：《世说》中，有"直以麈尾柄确几"。

则注：《独断》有侧注，齐冠秦制。

通天：《独断》通天，汉制礼无文。

合天地为帝：《白虎通》中，有"德合天地者为帝"。

苦夫士匪皇：《白虎通》中，有"烦一夫，扰一士，以劳天下不为皇也"。

文躬：即文身。

散从：小官。

衙前：守门官。

乐散涂其躬：《拾遗记》中，有"玉管中有丹药之屑，以涂其躬"。

戒书是四命：《独断》其命，令四曰戒书。

奏事必二通：《独断》群臣奏事，上书必为二通：一诣太后，一诣少帝。

门前即无地：孟郊诗："出门似无地。"

卷十四

金涂塔卷

【原文】

钱忠懿王金涂塔，塔高五寸二分，重三十六两，以四版合成，中刻“吴越国王钱宏俶[1]敬造八万四千宝塔，乙卯岁记”十九字。其一空，其三下各刻一“保”字，外四面镂佛历劫舍身事，上铸浮屠七级，旁出四八觚，内四佛像，外八金刚，下趺每面三罗汉。好事者以拓本装成一卷。

明憨山僧德清[2]记于拓本后云：“万历初，常熟顾耿光造其父宪副一江公茔，地中掘出一小铜塔，高五寸许，如阿育王塔式。内刻款识一十九字，外面镂释迦往因本行示相；前则慈利王割耳然灯，后则尸毗王割肉饲鹰救鸽；左则萨埵太子投崖食虎，右则月光王捐舍宝首。文理密缀，渗以金饰。顾为太史钱公母舅，因公为忠懿王之后，以塔付之。公得此，自号聚沙居士，志因也，乃送兴福寺兰若供养。余东游访方史，过洞闻上坐，睹其塔，奇其事，因记之。万历四十五年佛生日憨山沙门德清记。”云云。

此记载于憨山文集与否，尚未考究，余案宏俶乃武肃王镠孙，乙

---

① 钱宏俶：忠懿王，五代十国时期吴越最后一位国王。

② 蔡德清：号憨山，明代四大高僧之一。

卯是即位后八年，盖是器未入土前，见者已众，姜尧章之《金刚塔歌》，即是器也。朱竹垞、王渔洋未见原器，并未见拓本，即谓为武肃王事，未免过于武断。但余所见之拓本，已述于前，然德清所言前后左右所镂诸故事，则未辨出。拓本模糊不可细察耶？另有一器耶？非余之所知者也。

桂未谷、伊墨卿、阮伯元、张船山、吴谷人等二十余人，或记岁月，或为诗歌，或作题识，裒然大卷，极可赏玩，近见伪本，恶劣异常，欲寄语浙江人：原器无恙否？千余年物，亦可如《石堂记》之筑室卫护也。

【意译】

钱忠懿王的金涂塔，高五寸二分，重三十六两，以四面合成，正面刻“吴越国王钱宏俶敬造八万四千宝塔，乙卯岁记”十九个字。其一面下座空，另三面下座均刻一“保”字，四面镂刻了佛的一些传说之事，上面铸了七层宝塔，塔旁伸四八棱角，塔内有四座佛像，外入金刚，下趺每面三罗汉。有心人将其制成拓本，装成一卷。

明代高僧蔡德清在拓卷上记有：“万历年初，江苏常熟县顾耿光为其父都察院副使顾一江建墓时，从地中挖掘出一小铜塔，塔高五寸左右，制式与阿育王塔相似。内刻款识十九个字，外层镂的是‘释迦往因本行示像’；前面刻有‘慈利王割耳燃灯’一事，后面刻有‘尸毗王割肉饲鹰救鸽’一事，左面刻有‘萨埵太子投崖食虎’一事，右面刻有‘月光王捐舍宝首’一事。文理缜密，涂有金饰。顾耿光为太史钱公的母舅，钱公为忠懿王之后，故顾将塔送予钱公，钱公因此自号‘聚沙居士’，并将塔送往兴福寺的兰若供养。我游历访史时，得知其事，目睹该塔，感事奇，特记之。万历四十五年（1617）佛生日憨山沙门德清记。”云云。

此记载是否纳入德清之文集，尚未考究，我查阅记载知，钱宏俶是武肃王，又名钱镠孙，乙卯年是其即位后的第八年，那时，该塔器应未入土，许多人见过，姜尧章的《金刚塔歌》，即指该器也。朱彝尊、王士祯未见原器，也未见拓本，就说是武肃王之物，未免过于武断。但我所见的拓本，已述于前，而德清所说的前后左右均刻有故事，并不能辨识。是拓本模糊不清，还是两塔不为同一器？不得而知。

桂未谷、伊墨卿、阮伯元、张船山、吴谷人等二十多人，或记岁月，或为诗歌，或作题识，长篇大卷，极可玩赏。近来见过伪本，制作异常低劣，故想问一句浙江人：原器是否安然无恙？千年之物，可否也像《石堂记》碑一样，筑建专室以保护之？

记李文忠

【原文】

吾邑欧阳小晴，为曾文正公老友，故礼以上宾。曾之僚属，多借以通消息。

李文忠固在曾幕，然不甘闲散，一日入小晴室，谓曰："久陷于此，如何办法？先生其为我一言。"窗外有履声，知文正公至，乃急避之，横卧小晴榻后从者榻上。文正公入，与小晴闲话，叹曰："人材难得！江苏绅士都来请兵，何人可去？"小晴曰："李广天下无双。"文正公不答。久之乃曰："君未知其人耶，饥则为用，饱则飏去。"言讫而出。文忠向小晴道谢。小晴曰："必用阁下，可以预贺。"数日之后，果使治军上海。一生勋业，发端如此。然世人不知为小晴力也。

【意译】

我的同乡欧阳小晴，是曾国藩的多年旧友，曾对他礼遇有加。故曾的下属和幕僚，多在小晴处走动，借以通悉消息。

李文忠充任曾国藩的僚属已久，但事不多，心不甘静，一天到小晴屋坐，对小晴说：“我在这里赋闲已久，这如何是好？托您在曾公面前一提。”正说着，窗外有脚步声，料想恰是曾公到访，忙躲避，急卧在小晴床后的伺睡榻上。曾国藩进来，与小晴闲话叹道：“人才难得！江苏绅士都来请兵，可派谁去好呢？”小晴答：“李文忠可比李广，天下无双。”曾公听之不语。半晌才道：“你不知道这个人啊，久养为用，蓄势才发。”说完便走了。文忠从隐处出来向小晴道谢。小晴说：“必会用您了，可以预祝矣。”果然，几天之后，曾公派李文忠统军上海，一生功勋，就此发端。只是世人多不知小晴这段背后的举荐之力也。

运　气

【原文】

吾邑黎文肃任漕督时，刘坤一任两江总督。黎有族人某君，以知县候补江苏，十余年不得一差。黎致书与刘，乞为调济。清例，亲属不得服官一省，谓之回避，但小官回避大官耳。刘疑某君为黎亲属，以函询之，应否回避。黎得函，大怒曰：“我岂初次作官者耶！如需回避，必不相托，是有意侮我！”乃奏调某君充漕督署差，黎、刘因此遂成小隙。刘之年辈，略逊于黎，刘因慎重而询，绝无唐突之意也。

邑人袁树勋，以知县赴江苏候补，欲得黎函为之介绍。黎曰：“刘坤一目中无我，求之无益。”坚不与函。黎之族人有在扬州者，袁走扬州，邀其同赴清江浦，黎公不赖其纠缠，作函与之。刘得函，即交藩司，嘱其赶紧与以差缺，谓黎老先生事，不可忽略。适如皋出缺，即以袁往。

凡知县非翰林散馆者，不能即时得缺，袁之运气，不可有二。然成之者，黎氏之某君也。

【意译】

我的同乡黎文肃任水运漕粮总督时，刘坤一为两江总督。黎有一亲戚某君，是江苏的候补知县，十多年没得实缺。黎修书一封给坤一，托他予以安排。按大清律法，亲属不得在同一省任职，称“回避制”，小官需回避官大者。绅一怀疑某君与黎粘亲，便回函询问，是否该回避。黎收到函后，大怒，说：“我岂是初出道不懂规矩之人！如需回避，还会有此相托？他是有意羞辱我！”随即上奏朝廷调该君直接到漕督署任职，黎和坤一因此心生疏隙。坤一年纪略小于黎，因慎重而函询，并非唐突之举也。

另一同乡袁树勋，也是以知县之职去江苏候补，想请黎文肃代为引见。黎说：“刘坤一眼中无我，引见也没有用。”拒不肯写推荐文。黎有一亲戚在扬州，袁树勋便跑到扬州，力邀该亲戚与他一同再拜黎文肃，黎不堪纠缠，勉出函与之。坤一收到函，立马交给藩司，嘱咐他赶紧调剂委任，说是黎老先生的事，片刻不得耽误。正好如皋之地有缺，袁即上任。

如果不是翰林散馆出身，候补知县一般不能马上授实职，袁的运气，他人难得。但成事者，乃黎公先前举荐之人，某君也。

认　真

【原文】

王湘绮先生在国史馆时，或问之曰：“中兴人物，先生皆及见之；今之人材，何如曩日？收拾时局，有其人否？”湘绮答曰：“彼时人物，事无大小，皆肯认真；今之人物，聪明过之，认真二字，则非所有。收拾时局，未之敢信。”当时以为名言。

余谓湘绮之言，尚有可议之处。事之成败，固在认真，中兴之时，国家统一，立身有所，勋业有名，大成小成，均能获益。国变之后，局势全非，忠节二字，完全无着，出力不知为谁，舍生尤为白死，加以事势瞬息变迁，朝杀敌人，夕就斧钺，晨享富贵，晚作穷民，即欲认真，无真可认，虽诸葛复生，亦无良法，而况不如诸葛乎？若谓今人全不认真，试将事之切于一身者言之，家资之富，迥非昔比，以对于家庭出力，优于为未稳之国家出力。故认真者，退而专注于家庭矣。今俄学大倡，家资危险，认真于家庭者，又可预知其必灰心也！

凡真之所在，即信仰之所在。苟无信仰，章法必乱，此一定之理，虽圣人不能非之。今之所以愈闹愈乱者，日丧其所信仰故也。（门人周安汉者，独有所信仰而作事认真，人民爱戴之，不欲其去。故今日之能不孜孜于富贵而显其良知、良能者，必人杰也。）

【意译】

王闿运当年在北京国史馆时，有人问他：“晚清中兴时期的人物，您都有过交道；当今之人才，与那时相比如何？收拾目前之乱世，有可担当之人否？”先生答道：“那时的人，事无巨细，都肯认真；现在的人，聪明过头，认真二字，不再讲究。收拾残局，无人可望。”这一说法，当时颇为流传。

我认为先生之说，尚有可再议之处。事情成败与否，固然取决于认真，中兴时期，国家是一个整体，立足社会，晋升有序，建功立业，誉可垂名。无论成就大小，均从中获益。国变之后，局势就完全不一样了，“忠节”二字，无从说起，奋力搏杀不知目的为何，舍命取义等于白白送死，加上局势瞬息万变，朝还在杀敌，夕已被戮杀，早上尚还拥有富贵，晚上已一贫如洗，你想认真，也无真可认，即便是诸葛孔明在世，也无良策，何况还不如孔明的人呢？如果说现在的人都不“认真”，试看若论及个人，今家族之富，非往昔可比，对家庭出力之多，远在为前途未卜的国家之上。可想而知，认真者是从原来对国家，退而专注于对家庭而已矣。而时下俄国理论盛行，私家资产同样危险，可预料，对家庭认真之人又必灰心也。

凡讲认真的人，必有信仰作依托。如无信仰，章法必乱，这是圣人也不会非议的大理。现世这些越闹越乱者，主要原因是其已丧失信仰矣。（我弟子周安汉，既有信仰又做事认真，受百姓爱戴，但却已去世。故今天能不只追求富贵，而且有知识，显才能者，必为人杰也。）

记伪北苑

【原文】

有自上海来者，云湘潭人持高房山画卷至沪，索值五千元，余以未见为恨。陈芷青曰：“赝迹也！”某家请为定值，乃定贱值售之。余问赵跋真否，彼云皆伪。芷青极精赏鉴，余深信之。周笠樵藏董北苑《夏山图》，今日得见，绢色微黄，画无生气，且多稚弱，亦赝迹也。画上横书“董源夏山图”数字，学宋徽宗笔法，混瘦金书，字右用圆形双龙玺，字左米友仁①题五言诗一首，卷尾数人题记，均丑陋不堪。笠樵颇能赏鉴，虽不如芷青精确，却不至如此糊涂，但别有用心，亦鉴家常有之事。李梅庵珍重房山，而不着一字，其故可知矣。“夏山图”三字，北苑实有此画题，石谷临本，乃大立轴，用此

① 米友仁：北宋书画家米芾之子。

画题再作横卷，亦北苑所不为也。

【意译】

有人从上海来，说一湘潭人拿了幅元代高克恭的画卷去上海，开价五千元，我没能见到该画，深为憾事。某卖家请陈芷青定价，他说："此画赝品也!"便定极低价以售。我问画上赵氏的题跋是否真迹，他说也是假的。芷青赏鉴功力极精，其言我诚信之。今天看到周笠樵收藏的董源之作《夏山图》，绢色微黄，画无生气，且多生涩，也是赝品也。画上横书"董源夏山图"几个字，学宋徽宗笔法，混瘦金体，字右边盖有双龙图形印，字左边米友仁题五言诗一首，卷尾还有几人的题记，均丑陋不堪。笠樵鉴赏力不低，虽不如芷青精准，却也不至于如此糊涂，但别有用心，也是鉴赏家常有之伎俩。李瑞清极珍高克恭，却未在画卷上留一字，应知其因矣。"夏山图"三字，董源确曾以此题作画，后清人王翚临习过，画为大立轴，如再以此题作横卷，董必不为之。

记　变

【原文】

圣人为政，上律天时，下袭水土，言四时有序，不可乱也。月令之所言，皆圣人之所知，故能述其常而纪其变。今之为政者，不律天时，不袭水土，以陷民为事，以反复为能，其用心之乖谬，非圣人所能测，故其所激之变，亦非人所能知。

数年以来，水旱之外，继以奇劫，人民既不知所以应，草木亦不知所以生。是以秋冬之交，四时花果，同时开放。扬州旧城大梅家巷阎宅，桃花大开；大牛泉巷某宅，梅花尽放；小牛泉巷陈宅，榴花满树；苏州阊门外张祥丰果园，桃花悉发，且秾艳绝伦，美逾时节；长沙城中某旧家，葡萄重结，皆非常可怪之事。桃梅绝无相遇之期，今竟一时齐发，政令之颠倒错乱，即可以证之。而昨日为敌，今日为朋，不能合而竟合者，更不足怪也。

但今之颠倒错乱，不仅政令，诗文字画，亦达谬妄之极端，世所流行，皆须掩目。诗文字画，本中国之美术，今人为之，变成恶术矣！谬政可使草木开不时之花；恶术必使人工类鸟兽之迹，此余今日至以为忧者也。

【意译】

圣人执政，依照的是上顺天时，下应地利，讲究四季有序，不可妄动。日历上所标记的时节，都是圣人已掌握的规律，故能反映其常态，也能指出其变化。但当今的为政者，逆自然而行，以陷害百姓为常事，视反复无常为异能，用心之荒谬，远超出圣人的想象，故接连不断引起的剧烈冲突，也不是凡人所能预料的。

近几年来，除了水涝干旱，浩劫不断，人民既不知如何应对，草木也不知如何生长。现正值秋冬交替之际，可四季的花果却同时开放。扬州大梅家巷的阎家，桃花大开；大牛泉巷有户人家，梅花尽放；小牛泉巷的陈家，石榴花满树都是；苏州的张祥丰果园里，桃花争艳，无视时节；长沙城里一老宅，葡萄刚结了又结，实怪之又怪之事。桃花和梅花绝无相遇的时候，现竟然同时开放，政令的颠倒错乱同出一辙。昨日为敌，今日为友，明明不能合而合之，已是常事。

颠倒错乱的不仅是政令，诗文字画，也已荒唐至极，现世正流行的，皆不忍目睹。诗文字画，本是中国之艺术，但今人已将之演变成恶术矣。荒谬的政令可使花朵错季地乱开；恶术也必会让人作兽行，此是我最为忧虑之处。

胡 册

【原文】

胡文忠官翰林时，所作试帖诗[1]数首，好事者装池成册，重其人也。余尝谓人不可出名，出名即成罪人。虽非做皇帝，亦有左史书动、右史书言之苦。因此泼汤者，正不可胜数也。文忠少时，即好地理，陶文毅印心石屋藏《图书集成》一部，其中职方典、山川典两门，皆为文忠携去，而巨部以残。考其晚年功业，乃多得力于地理，竟得实用。残一巨部，成一伟人，得失之间，可无论矣。友人云："曾于金陵见汤海秋子承宣，藏当时名人与海秋酬唱之作，中有文忠手书小册。与夏一卿、凌荻洲诗则绮靡之音；与魏默深、李申耆诗则涉及地理，盖有看人发货之意，但二者皆其本色，非强为之也。"馆课诗抄载文忠霖雨思贤佐试帖，诗中有"散为天下福，献作国家琛"二语，已有名臣气概，非常人口吻。观人于微，是其验也。丁晋公应制诗云："君门九重开，我当掉臂入。"九重之门，岂可掉臂耶？故识者已知其非端人。李白应制送和尚还山诗云："借问欲栖珠树鹤，何年却向帝城飞？"最为得体，极难措词之诗题也。

【意译】

胡林翼在翰林院时做过的几首试帖诗，后被人装订成册，乃因受人敬重也。我曾对人说，人不可出名，出名便成罪人。虽然不是尊为皇帝，同样也受有人专记言论，另有人专述事迹之苦，徒将两者分离，诋辱者便难计其数。林翼年少时，便喜好地理，陶澍的印心石屋中收藏了一部《图书集成》，其中的"职方典""山川典"就被林翼

① 试帖诗：古代科举考试规定的格式诗。

拿走了，致全套残缺。观林翼后半生战功卓著，多得益于地理，竟学有实用。残缺一部全集，成就一位名臣，可不论得失也。有位朋友说："曾在南京汤鹏的儿子那里，见过当时名人和汤鹏之间的诗词相互赠答之作，其中有一本林翼手写的小册子，林与夏一卿、凌荻洲的诗是靡媚之音；与魏源、李兆洛的诗则涉及地理，给人一种看人而迎合之态，然两者均为其本色，绝非强屈做作之举。"《馆课诗抄》中录有胡林翼的"霖雨思贤佐试帖"，诗中两句："散为天下福，献作国家琛。"已有名臣气概，非平民百姓之口吻。观其微处，可察其人。北宋丁晋公奉皇上命题而作的诗中有："君门九重开，我当掉臂入。"九重之门，岂可掉臂耶？故有识之士已知其非正人君子。李白也有奉皇上命题而作，送和尚还山的诗："借问欲栖珠树鹤，何年却向帝城飞？"乃最为得体，极难措词之句也。

孔子生日

【原文】

顷见湘绮先生书屏，其文已否见于他处，未及考查，暂录于后。古人常谓圣人能自制生死，以文王与龄，见于经传也。孔子之年七十有二，故《论语》志学章，亦止于七十。其言及于八十、九十者，泛论他人也。自来经生，皆未说过，愿质之大雅君子焉。

《史记》孔子生与《春秋传》差一年；《左》《榖》传与《公羊》先一月，四皆不误。由诸侯改元，必后即位一年。鲁用殷正，与夏正后一月也，十一月无庚子，故释文无"十一月"三字。而孔广森[①]从之，裔孙不知圣祖生辰，岂可冒昧说"经"乎！由不知夏正非鲁历

① 孔广森：孔子六十九代孙，乾隆间十九岁入进士。

耳。故今考记孔子生为张三世，《左传》无须记生。晋人不知体例，宜也。汉人不容不知，而于鲁史记大夫生何哉？《谷梁》记十月庚子，《公羊》书十一月庚子，得建寅月廿一日为孔子生日，乃能大通经史，发自汉以来疑经之蒙。而史不书圣生之例明矣。

【意译】

不久前见到一幅王闿运的屏书，其文是否在他处已刊载，未及细考，暂录于后。古人常说，圣人能自定生死之辰，如周文王与年龄之论，见于经传也。孔子寿年七十有二，故《论语》中说志学，也止于七十。至于言及八十如何，九十如何，他人所论也。历来经书，从未说过，此可和任一博学君子相质证。

《史记》中记载的孔子生日，与《春秋传》差一年；《左传》《谷梁》所记，又比《公羊》早一个月，四种说法，皆不算错误。《史记》与《春秋传》之差，乃“诸侯改元”所致。而《左传》与《公羊》之差，乃鲁国用殷正历，楚国用夏正历所致，夏正历比殷正历迟一月，十一月无庚子，故释文缺“十一月”这三个字。孔广森茫然不知解释，裔孙不知圣祖生辰，岂可冒昧说“经”乎！只因没弄清鲁国并非用夏正历矣。故现要考记孔子之生日，只能凭所闻、所见、所识，因《左传》无须注明生日。晋朝人不究历法沿体，便也罢了，汉代人却不会不知，但鲁国史官以何历法记生辰耳？《谷梁》记十月为庚子，《公羊》书十一月为庚子，可推算出建寅月二十一日为孔子生日，这应可通用于经史，以解汉代以来之疑问。而史书未记孔圣之生日一事，可了结矣。

记唐确慎

【原文】

凡建非常之业者，必为大奸慝。理学儒生，不知权术，骄兵悍将，岂正襟危坐者所能感化耶？世人只知魏武帝为大奸，而不知武侯为大奸。武侯出身茅庐，俨然儒者，加以闲雅婉实，去尽锋芒，非易测者也。

曾文正专用权术，重伯谓其对于家庭亦不离此二字。而论者诬以理学，均非文正公知己也。曾公尝问人曰；“我可比谁？”有谓似古之甲者，有谓似古之乙者，文正曰：“均非其比。平生欲学魏武，而未能耳！”是文正有自知之明，我可为其知己也。但不知其一意做官之时，是何言论。唐镜海早知其非凡，则为奇事。镜海名鉴，长沙人，嘉庆时翰林，屡官至江南藩司，内转太常寺卿。文宗即位，唐年八十余，文宗重之，召见至十五次。其所奏对，虽军机大臣不知也。尝谓文宗曰：“任广西知府时，即知天下必大乱，惟曾国藩能胜大任，然不能万全，初必屡败，但坚用之，终有济也。”文宗果从唐言，成中兴局。唐有荐贤之绩，谥曰“确慎”。

此事惜当时无知之者，一究唐公，何以知曾之必先挫而后成？亦快事也。余以为唐公之意，必视文正为非造时之人，而能为时所造，故不能有十分把握，必待经验阅历而后可以建白也。

【意译】

凡建立了丰功伟业的人，必有人未见之隐恶。理学儒生，不知权术，骄兵悍将，岂是举止温雅之人所能驾驭得了的？世人皆知魏武帝曹操为大奸人，而不知武侯诸葛亮同为一类也。孔明出身茅庐，俨然一儒者，貌若闲雅温尔，锋芒不露，实不易测也。

曾国藩专用权术，其孙广钧言，其对家族也不离权术二字。而评论者将其所为均归于理学，此非真知国藩也。国藩曾问周边之人：“我可与何人相比？”有的人说如古人甲，有的人说同古人乙，国藩说：“都不贴切，我一生想学曹操，而未能似也。”可见国藩有自知之明，我或可为其知己。只是不知他一心求官的那一阶段，其言是否也如此坦诚。唐鉴早知国藩乃非凡之人，则为奇事。镜海，长沙人，嘉庆时期的翰林，官至江南省藩司，后转任太常寺卿。咸丰帝即位时，唐鉴已有八十多岁，咸丰对其依重，召见十五次，其与皇上的应答，即便军机大臣也未能胜任。他曾对咸丰帝说："我任广西知府时，已预感天下必大乱，而唯有曾国藩能担抑乱之大任，但其也非万能，初期必屡屡战败，如坚持用之，终可救济时局。"咸丰果信其言，故有清代中兴盛世。唐也得举荐之功，获封谥号"确慎"。

可惜此事无当时之人一追究竟，唐鉴从何而知曾国藩必先挫而后胜？我以为唐鉴之意是，他认为曾国藩并非能创造时势之人，但能被时势所造就，故凭曾之本性并无把握，必待经验阅历累积之后方可达成。

记 异

【原文】

有自湘潭来者云，前日罗祖殿后一学生赴山上，未一刻，便衣者二人，军衣者六人，亦赴山上，即发手枪三响。闻者往观，见学生已击毙，余皆散去。团保搜检尸身，于囊中得一纸，谓此人专门敲诈，无恶不作，然未详死者姓名，必击之者所留也。观者愈集愈众，不下千人。某染坊于时曝布该山，共十三匹，忽然旋风大转，九匹随风上升，夭矫如龙。曝者攀一匹，不能止，乃放手堕下。九布在空，结成一团，盘旋良久，始行落地，解结数之，只有七匹，搜索全山，不知余二匹之所在。忽闻行人言，粟家亭落布一匹，倪家亭落布一匹，遂往探之，果然不误。前者距山二里，后者距山五里，飞去之时，观者不见，其高可知。以此观之，《搜神》《述异》

之所载，皆非虚妄。

近来奇异之事，层见叠出，尤以鬼怪为最多，乱世之征不可以常理论也。前之所言，丁卯十月十日事，足为博物者考究之资。

【意译】

有位从湘潭来的人说，前天有一学生从罗祖殿上山，没多久，有便衣两人，军人六人，尾在其后，随之听得三声枪响。闻者去看，见学生已被击毙，尾随者便离去。乡中团丁搜检尸体，在口袋里发现一张纸，指死者专门敲诈勒索，无恶不作，但没注明死者何人，想必是杀人者所留。围观的人越来越多，不下千人。时逢某大染坊正在山间晒布十三匹，忽然旋风大作，有九匹随风上升，翻腾如龙。有目击者去攀扯其中之一，不能拽住，只好放手。九匹布在空中，搅成一团，盘旋良久，方自行堕落，众人将结解开，发现仅有七匹，全山搜索，也没发现去无踪的另两匹布。突然听有人说，有一匹落到了粟家亭，另一匹落到了倪家亭，好事者去探究竟，果然无误。粟家亭距那座山有两里，倪家亭距之约五里，飞去之时，竟无人看到，可见其飘之高矣。以此看来，《搜神》《述异》中所描述的，并非虚妄。

近来奇异的事，层出不穷，尤以弄神弄鬼的诸多，乱世之征兆不可用常理来推断也。前面所述，乃为丁卯（1927）十月十日的事，可供博学者去考究。

记何廷俊

【原文】

彭刚直[1]以钦差大臣巡阅五省。归里扫墓，声势赫然。其时江南

① 彭刚直：彭玉麟，谥刚直，湖南衡阳人，湘军领袖之一。

何廷俊署衡阳知县，兼摄清泉，刚直为某巨室递讼事节略，何君亲出访查，某巨室完全无理，何君直告，刚直悚然，且曰；“果尔如此，决不掣贤吏肘。”何君据理断案，巨室大屈。

徇情之事，自古已多，何君不畏强大，实为难得。然非刚直，又不能容也。可见当时既重清议，又重小民，不能擅作威福。今则全由当道，一意孤行，视己若璆琳，视民若草芥。最奇者莫如人民之所最恶，谓为人民之所最好，旧时官吏所不敢为者也。余闻之自浙江来者，谓孙传芳之治浙有古循吏风，人民视为乐土，讴歌颂之；阎锡山之治晋，更为难得，近年亦作战区，遂有白圭之玷。然自国变后之情形观之，亦不许一人有净土也。

【意译】

彭玉麟以钦差大臣的身份，巡视完辖区五省后，回到老家扫墓，一行声势浩荡。当时是江南人何廷俊任衡阳知县并兼署清泉镇。玉麟在当地代某巨豪递了份诉讼的状子，何知县当即亲自查访案情，确证巨豪完全无理，便向玉麟直言相告，玉麟听了十分诧异，说：“如果真如此，我决不为虎作伥。”于是何廷俊据理断案，巨豪屈服。

徇情办案之事，自古就多，廷俊不畏强权，实属难得。但如果不是碰到彭玉麟，也不知结果会如何。可见当时世风既重声誉，又重小民，不能擅自作威作福。现今则全然不同，为官者一意孤行，视己如美玉百般珍惜，视民若草芥一文不值。最莫须有的是，分明为民所痛恶之事，却被当政者说成受民无比拥戴，自古以来，统治者从不敢如此妄为也。我听从浙江来的人说，那里在孙传芳治理下，民风尚古，如享乐土，人人颂之；阎锡山署理的山西，更加难得，只是近年沦为作战区，无奈白玉也渐显瑕疵。再观清帝逊位后之世态，已无一寸净土耳。

记杨正颐

【原文】

中兴名将杨岳斌子正颐，以道员候补福建。光绪甲申，法人大举攻福建，正颐奉旨守长门。法船游弋芭蕉尾、五虎口等处，正颐时时发炮，敌知有备，不敢轻进。是时杨岳斌奉旨帮办福建军务，乃奏调正颐随营差遣。敌踞基隆，以轮船扼渡台湾海道，官军消息，敌尽知之。朝旨催岳斌赴台，乃电奏称疾，请缓师期。而父子微服趁晚潮渔舟出秀涂海口，遇飓风折回，改乘商轮赴埤南，徒步过生番境，绕凤山，达台湾府城。曹志忠、王诗正各将湘军数千人驻台北，孤军无援，势甚狼狈，闻杨家父子至，遂赶造杨字旗，分数人为一哨，联绵不绝。四堵、五堵、六堵各要隘，均设营垒，声势陡壮。台人大悦，数日之间，捐款百万，乃集团兵万余，驰赴淡水，与刘省三部成犄角，进迫基隆。法人已怯，而李文忠乞和。世人不知勇敢却敌之功多在正颐也。正颐性极狷介，不交权贵，故终其身未居显职，湘绮所谓认真者也。

【意译】

杨正颐是清朝中兴时期名将杨岳斌的儿子，以道员的官衔候补福建。1884 年，法国人大举进攻福建，正颐奉旨据守长门地区。法国舰船游离在芭蕉尾、五虎口一带，正颐命炮台频频发射，敌知我已有准备，不敢轻举妄动。当时杨岳斌负责协理福建军务，便请奏调正颐随己机动。法军盘踞在基隆，用军舰封锁了通往台湾的海上通道，我军一有动向，敌即尽知。朝廷发旨催岳斌尽早赶赴台湾，岳斌一面回电称因生病，请求缓期，一面父子两人换成便装，想趁晚潮渔船出航试越海峡，但遇飓风被迫折返，而改乘商轮绕到东面的埤南上岸，然后徒步穿过莽野之地，包到凤山，方抵达台湾府。此时，湘军将领曹志忠、王诗正率数千人驻守台北，处孤立无援、进退两难之势，听闻杨家父子到，忙赶制杨字旗，几人一哨，连绵不绝，遍地飘扬。四堵、五堵、六堵的各个要塞，均布营垒，一时声势浩荡。台湾民众人心振奋，几天之间，捐款百万，招编万余兵马，奔赴淡水，与刘省三的部队互成犄角，向基隆迫进。法军已心怯，但李文忠却去乞求和谈。世人不知道勇敢退敌的真正功臣乃杨正颐也。正颐性格极为孤僻，不交权贵，故终其一生未居显要之职，如王闿运所说的认真一类。

天 责

【原文】

半年以来，作画四十余幅，欲求局法、笔法全不相类，故费力颇多。白石之子子如，一一细看，谓笔墨之外，尚有奇想，高于作家。吴昌硕可以谓为作家，然无奇想。余闻其言，为之惊讶，不料其天资若是也！子如少未失学，文字清顺，刻印成章，折枝虫鸟，已不能辨其为父为子。余令其力学以去浊，求细以去粗，跨灶之喜可得也。

南海康氏，以先其天性，后其习学，有使人惰学之弊。抱教主之思者，固不能不如此说。但中国之诗文字画，实与西国机械不同，天性在先，习学在后，余友人中手不释卷者有之，一暴十寒者有之，后者每在前者之先，而前者终身无一得，是天性之说，卒为学人之要素矣。且诗文字画，处处皆通，举一本可反三，求此自能得彼，而完全无缺，事事都能者，自古已难，今实未见，乃天性之所限，非习学之未周。

余每思世人之不能精一艺及不能兼通之故，殊不可得。至于刻印小技，究金石者当然能之，不待苦学。白石未究金石，故费力至数十年之多，然其手力之强，已超过常人数倍。只求如吴让之、赵㧑叔辈之学识，已足睥睨一世，若再高深，更能千古独立。但白石为少时失学之人，又当置之例外，所谓有恭维无诋诽者也。子如言乃翁画极为日人所赏，日入千金，有客在旁喟然叹曰：“气死古人。”余谓之曰：“今之世风，不知如何评论。石谷、南田生于今日，亦当饿死。不忍荒谬者，人亦不忍施与也。余见今日之沽名者，莫不尽一生之力以荒谬之，如此学风，焉能不乱！”余书至此，忽闻空中砉然有声，举头视之，见一火球，其大如盘，自东而西，其行至速，盖天之责我多言也。乃投笔而变，取庄读之，始知余之是非，亦复大谬。

【意译】

近半年以来，作画四十多幅，想求格局、笔法风格各异，故颇费神力。齐白石的儿子子如，一一细看了这些画，评说笔墨之外，尚有奇思，高于熟匠之类的画家也，吴昌硕可以称为画家，但其画无奇思。我闻他所言，为之惊讶，没想到他天资聪慧，胸有己见。子如从小即勤学，文字通达清顺，印章篆刻，折枝虫鸟，已与其父难分上下。我嘱其明理以去浊，求细以去粗，青出于蓝有望也。

南海的康有为，认为若强调必须先天分，后才为勤奋，会使人产生懒惰。因其宣扬天主教，故不得不提倡人的努力。但中国的诗文字画，确与西方的机械有所不同，天分在先，刻苦在后，我的朋友中既有手不释卷的，也有三天打鱼两天晒网的，而往往后者优于前者，反而前者终其身而一无所获，此乃天分为学人的第一要素矣。而且诗文字画，互可借鉴，举一反三，求此自能得彼，要样样都能，自古已难全，现今更未见，此因天分所限，而非学不努力也。

我常常想为什么人如一门技艺没达到精通的程度，便无法兼通其他类的原因，不得其解。至于篆刻这种雕虫小技，懂金石的人自然就会，无须苦学。齐白石因没有深究金石之学，故用心费力了几十年之久，但其手劲有力，超过一般人几倍，若有吴让之、赵之谦般对金石的见解，便足可傲视群雄，如研习更深，屹立千古，也未必不可。但齐白石并没有从小习学的条件，属难能可贵一类，故另当别论也。子如说其父的画，在日本极受欢迎，现日进斗金，有旁听者叹然："气死古人。"我对他说："现在的风气，不知怎么说才好，石谷、恽南田在世，恐怕也会饿死。不荒谬者不能活。你看当今有名气的人，哪个不是竭尽所能只图怪异，如此风尚，那能不乱！"我的文章刚写到这里，突然听到天空中轰然巨响，抬天一看，见一大如飞盘的火球，自东向西，疾速而过，乃天咒我多言也。急掷笔止书，取《庄子》而阅，心知我所言乃是非，也属荒谬之一种。

记吴让之

【原文】

尹和翁言："曾见吴让之作书，笔管东摇西摆，头颈亦随之左斜右偏，其状至丑。"包慎伯之执笔，以食指作鹅颈形；其他三指，自难紧叠，腕指之力，不易达到笔锋，欲作长横长直，自不得不施以挽拨，助其笔势，悬针直下，实非所能。包、吴皆完白①嫡派，写法相同，执笔之法亦必无异。但完白山人用笔，似甚稳适，与其弟子略有分别，何耶？执笔之法，前已详言，总以大指突出，四指紧紧斜叠，笔管与腕之距离，务求短促，为不二法门。习乎此者，未有不精书者

① 完白：邓石如，号完白山人，清代篆刻家、书法家，邓派创始人。

也，笔施挽拨，字必不平，字既不平，圆和之姿当然绝望。是以包、吴之书，皆有强凑蛮牵之态，故执笔不可不慎也。门人问曰："康氏极赞伊①、邓两家，其言当否?"余答曰："伊书太松；邓书太紧，皆其最大毛病。"字固不嫌松，但不可散，伊书已失之散，力亦不足，殊乏活跃之致；然其气韵特佳，全由书味，是其所长也。字固不嫌紧，但不可挤，邓书已失之挤，既乏凝炼，终鲜力量；然其气势弥满，又无裹毫，是其所长也。故完白之书，已到实地，工力厚于墨卿。墨卿之书，尚不能刻石也。

凡作书者与其失之松，宁失之紧。如悟围棋之理，处处做眼，使紧者皆松，则书中精奥尽得之矣。果通此法，莫不随意安顿皆能成章。百余年来，书理最熟者莫如板桥、蝯叟两人之行书，其他书家，均觉未悟。

【意译】

尹金阳说："曾看过吴让之写字，笔管左斜右偏，头也随之东摇西摆，样子难看至极。"包世臣执笔，是将食指弯成鹅颈形；其他三个指头自然难以紧叠；腕指的力，不易传到笔锋，用笔想长横长竖，就不得不施加挽拨，以助其势，若想悬笔直下，绝难做到。包世臣、吴让之都是邓石如的嫡系，书法相同，执笔的方式应无异。但邓的用笔，显得更沉稳安适，与他的弟子略有分别，此是为何？以前已述，总之以大拇指突出，四指紧紧斜叠，笔管与腕的距离，越近越好，是握笔的最好方法。习惯了这样，书法没有不精的。如笔需用到挽拨，字必不平，字既已不平，就必不圆和。故包和吴的字，都有牵强附会的痕迹，所以执笔之法不可不慎重也。门下弟子问我："康有为先生极为赞赏伊秉绶和邓石如，他的说法有道理吗?"我说："伊的书法

---

① 伊：伊秉绶：清代隶书四大家之一。

太松，邓的书法太紧，这是他们最大的毛病。”字固然不嫌松，却不可散，伊秉绶的字偏散，力也不足，尤缺乏活泛；但气韵特佳，笔意甚浓，是其所长也。字固然不嫌紧，却不可挤，邓石如的字偏紧，又失凝练，力度尚欠；但具有气势，绝无裹笔，是其所长。故石如之书法，毫无虚空之迹，功力厚于秉绶。秉绶之字，尚不能用来刻石也。

书法与其失之于松，不如失之于紧。有如围棋，处处做眼，处处紧处有活口，则书法的奥妙尽得矣。如果精通了这种方法，随心所欲皆成格局。近百年来，书法则理运用自如者莫过于郑板桥和何绍基的行书，其他书法家，都似未全然悟透。

应氏墓志铭

【原文】

夫人姓应，讳鸾，浙江永康人也。少挺聪明，早标清质，敦诗习礼，风誉逌然。年十有八，归于吕氏，念曾府君之元室也。祖姑在堂，亲属尤众，夫人定省无缺，敬爱兼申，棒、案、佩、帉，其仪不忒。仅及二年，即遭粤难，日奔畦径，夜匿穷山，机悟过人，坦然出险。然以数载流离，未遑家政，及归故里，宅亩焚芜，食少人多，繁难备至。夫因既庶，乃欲富之，遂尔营商，先期足食。夫之弟兄，称心科第，不靰细事，且轻货殖，夫人正当门户，奢俭持衡，非必有心，亦生恩怨，既难居于娌娣，又不谅于君姑，夫人之心，此时恂矣。乃更习勤，不为物泥，君姑沉疾，侍养辛劳，谨事慎行，轻财急难，乃驰声于族戚，终见重于家庭，竟使君姑恨知人之已晚。适朱姑氏粤难毁家，卅载相依，䜣然无间。徒以嫠居日久，事重心烦，微疾以终，未离病苦，虽吐纳之效，亦积善之征。春秋八十有四，即乙丑五月二十二日至八月二十七日，葬于茶山之阳，礼也。弦摧晓箭[①]，漏促宵灯，嗟耆媛[②]之无存，痛母仪之长泯；仰空堂而堕泪，望风树以衔悲。子女九人，亡者大半，提携抚育，实尽劬劳，浣绽之微，无烦婢妪，至于尊师敬客，后己先人，岂曰易能？宜昭弗朽。嗣子俊恺，千里求文，感彼孝思，寄铭玄石。诗曰：

穆兹懿德，礼敬攸钟。居危克安，受迫弥恭。箕帚委蛇，昕夕咸事。见义怀仁，刚柔斯备。和如春日，凛若秋霜。妇箴女史，迹载声扬。忽谢华居，久归蒿里。苍玖垂文，用芳兰芷。

【意译】

夫人姓应，名鸾，浙江永康人。少年聪颖，丽质清新，诵诗习礼，行端有誉。刚逾十八，嫁入吕门，为念曾先生之元配也。夫君祖姑高寿在堂，亲戚众多，应氏尊老请安，敬爱礼周，洗洁衣物，端茶递食，穿佩大方，随处收拾，待物待人恰如其度。仅过两年，逢广东时局大乱，白天在荒野奔逃，晚上在孤山藏躲，好在机警过人，尚未遭恶。但几年流离在外，无力顾及家政，世态稍安复归故里，宅毁田芜，人多粮少，艰难备至。丈夫因家族曾经宽裕，便有心重振旗鼓，故勤力营商，渐步入小富。夫的兄弟，则心在读书，志在科举，不问琐屑之事，更轻看物进货出。此期应氏主持家务，力求奢俭平衡，然并非成心，却恩怨逐起，既遭娌妯非难，又遇君姑不谅，其心甚惶恐矣。只好更加殷勤，不拘陈习，君姑疾病之时，辛劳侍奉，谨慎小心，不惜钱财，一心救急，声誉遂在亲戚中相传，渐重新赢得族人的信服，竟使君姑悔恨知人太晚也。广东之乱已让姑家再无他处可归，三十年相依，已欣然无间。应氏丧夫日久，心烦事重，微疾即逝，未

---

① 晓箭：计时漏壶中指示时刻的箭，晓箭，指凌晨这段时间。

② 媛：年长的雅妇。

遭病苦，也托平日积善之功。八十四岁，乙丑（1925）五月二十二日至八月二十七日，葬于茶山之阳，安息也。弦摧晓箭，漏促宵灯，叹耆媛之无存，痛母仪之长泯；仰空堂而堕泪，望风树以衔悲。子女九人，亡者大半，抚育幼小，含辛茹苦，洗缝衣物，不假他人，至于尊师敬客，先人后己，超凡脱俗之品德，确应昭示众生而不朽。其长子俊恺，不远千里来请碑文，感其孝心，作此文刻于石以记之。且诗志留铭：

穆兹懿德，礼敬攸钟。
居危克安，受迫弥恭。
箕帚委蛇，昕夕咸事。
见义怀仁，刚柔斯备。
和如春日，凛若秋霜。
妇箴女史，迹载声扬。
忽谢华居，久归蒿里。
苍玖垂文，用芳兰芷。

记石门颂

【原文】

余平生最喜《石门颂》，故临摹极多，拓本佳者，一见即收。在上海时得何道州所藏四幅，已略记于前，更详述于后。《东州草堂诗集》载小记："朱时斋、杨旭斋来看《石门颂》，因追忆癸未甲申旧游，话及蒋伯生、周通甫、杨征和、张渌卿、朱季直及仲弟子毅皆成古人，凄然有作。《石门颂》者，藉书园所藏旧拓共四幅，流落失散。陈晋卿得第四幅，留置吾斋。既而杨旭斋以首二幅来，李子青以第三幅来，遂成完璧。余于乙酉春得奚林和尚所藏《石门颂》及

《张黑女铭》，忽忽三十五年矣！”云云。诗中有“此拓尚是前代墨，想见珍藏等钟吕”二句，又有“卅年前得宋打本，来并南阳《张黑女》；四幅在壁册在几，尹邢相望矜眉妩”四句。然则道州视此等于奚林本矣。余以纸墨拓工辨之，亦宋打本也。拓为蝉翼，而精神完足，且有异彩。闲窗欣赏，获益良多。余以四幅不便临摹，托友人带至北京，装成册叶，未能如亲手指挥者得法也。是年于长沙又得四幅，亦何氏物，虽不如前者之精，亦高字无口之未洗石本也。

余尝谓真、草、篆、隶，皆可于《石门颂》求之，实为汉石中最奇之品。少时临之，殊不成字，四十以后，始有可观，始知欲习是颂，必先多写他碑。汉人字法完全到手，乃可纵横扫荡，驰骋自如。以傅青主、王觉斯之手性观之，必能摹写是颂；孟频、玄宰，不许问津；山谷老人，亦其选也。初学之人，反忌学此，狂奔乱跑，越轨必多，足为入细之障碍。自来成家之人，未有不能入细者。乱头粗服，乃晚年自怡之境，从此入手，是为大谬。

今之谬人，弊即在此；专欲乱头粗服以骇人，抛去入细求工以自守。一遇苦学之士，即不免面红耳热，未尝不自知其无根底也。开放二字，最足误人，本无门墙，何云开放？本领既大，心志转粗，宜细思以为戒者也。

【意译】

我平时最喜欢《石门颂》，故临摹的次数极多，只要看见好的拓本，立刻收纳。在上海时得到何绍基所藏的四幅，已在前面的篇中做了简介，以后再详述。《东州草堂诗集》刊载有小记。朱时斋、杨旭斋两位来看《石门颂》时，因回忆起癸未甲申（1883—1884）的同游，讲到蒋伯生、周通甫、杨征和、张渌卿、朱季直及他的二弟子毅都已相继去世，凄然有慨。藉书园原藏有四幅旧的《石门颂》拓本，后流落失散。陈晋卿辗转收得第四幅，留存在我这里。之后杨旭斋拿来了第一二幅，李子青拿来了第三幅，终复得完整。我是乙酉年（1885）收得奚林和尚所藏的《石门颂》和《张黑女铭》，至今不觉已有三十五年矣！拓本附文中有两句诗：“此拓尚是前代墨，想见珍藏等钟吕”，还有“卅年前得宋打本，来并南阳《张黑女》；四幅在壁册在几，尹邢相望矜眉妩”四句。但何绍基将它们视为奚林本人所作。依我从纸墨和拓技来分析，应是宋代版本。拓片如同蝉的翅膀，精灵气韵，颇具神采。闲心细赏，获益良多。我觉得四幅散纸不便临摹，便托友人带到北京，装成了册页，但终究还是没有亲自在旁边叮嘱监制那样如意矣。这年在长沙又从何绍基家人处收得四幅，虽然不如前册那样传神，但其中“高”字下面的“口”部仍显残缺，可见也是修复之前的老版本。

我曾说过无论楷、草、篆、隶，都可从《石门颂》中找到可取之处，《石门颂》确实为汉代石刻中最稀奇的作品。我少年时临摹它时，字韵完全不得要领，四十岁之后，才慢慢可观，这才意识到想学写《石门颂》之前，必须多写其他碑体。待汉代人的书法完全掌握之后，方可纵横驰骋，随心所欲。从傅山、王铎的书法手性来看，应是临过《石门颂》之人；赵孟頫、董其昌更不用怀疑；黄庭坚也应在其列也。初学之人，反而不应研习该体，走尚未稳就学跑，违反一些最基本的笔法要律，对领悟细微之处必造成障碍。能成为名家之人，从来没有不注重细节的。头发不修饰衣着很随意，可为人到老年闲暇自怡之态，若学打扮从此处入道，实为荒谬。

当今荒谬者，错即在此；专以乱头发烂衣服的打扮来标新立异，不求精工细作。一遇到有苦练而成之人，又不免面红耳赤，并不是不知道自己无根底也。“开放”二字，最容易误导人，本来就没有藩篱，循规努力即可，“开放”从何说起？心志应随本领的增强才能高远，不妨仔细思量一下这个道理，引以为戒。

过 当

【原文】

李文田自命为书家，以未收入《广艺舟双楫》怀恨康氏。李为康之考试老师，以为必收也。康既以干禄为主，又喜通融，李亦冒充北碑而干禄有效者，未尝不可收入也。李文田与吴荣光同时，康颇赞吴，李氏以为有地域之见。平心而论，荷屋之书，确有可赏之处，非李氏所可抗衡。李氏之书，不过就馆阁体①略事方扁而已，去书家尚远也。客曰："通融之说如何?"余答曰："康氏谓刘石庵集帖学之大成，然去明朝人已远。然则康之推崇刘氏，尚未甘心，而一代之中，又不可无集大成人物，姑以石庵充之，非通融而何?"

事无大小，只贵切实，学问之道，更忌虚张，大成之号，乃士林中之名器，不可轻与，而况通融以与之耶? 石庵之书，颇有韵味，但三寸以外之字，即不成书，大成未免过当也。

【意译】

李文田自命为书法家，康有为所著书法之论《广艺舟双楫》，未将李收入，李为此记恨康。李是康的考试老师，以为没有不收入的道理。康收录的人确实以皇家供职的名士为主，甄别也喜通融而过，李自称通北碑，而在馆阁体书写者中又有一席之地，故收录也未尝不可也。李文田与吴荣光是同时期人，康有为对吴颇赞赏，李认为康因地域原因有偏见。平心而论，吴荣光的书法，确有可赏之处，李文田难与之比肩。李的书法，不过是馆阁体略变方扁而已，离书法家之称相差甚远也。有人问："通融的意思是指什么?"我答之："康有为说刘

① 馆阁体：正楷字体，指因科举制而形成的考场通用字体。

墉是帖学集大成者，虽然心里知道刘与明代人相比，远未可及，而一代之中，又不能没集大成之人，姑且以刘墉做清朝的代表，此乃称为通融也。”

事无论大小，贵在真实，学问之道，更不可虚夸，集大成之称号，是学人中的顶峰，不可轻易许予，更何况通融与之？刘墉的书法，颇有韵味，但三寸以上大点的字，即不成形，说是集大成未免过当也。

博学鸿词[①]

【原文】

张文襄谓王湘绮先生曰：“我为博学，君是鸿词，合为一人，始可以应博学鸿词之试。”若必如此，又从何处再得同考之人？清代诸科之所选，博学者多，鸿词者少，不博不鸿者几乎过半。学风极盛之时尚且如此，全才诚不易也。

语云：学然后知不足。今之少年，不学而足，欲以空洞之腹，享惊世之名。而为政者不励其读书，乃奖其好事。事既无成，学已早废，及其自觉，已达中年，既欲小成，亦非可望。而奖其好事者，谓之曰“开民智”。究其开法，今日教之拥甲，明日教之攻甲。人非木石，焉可尽愚？然只许为颠倒错乱之谈，不许持圣道无偏之论。正义之所在，不可使知，更不可使由，于是学子良知，尽为所塞。以时人权术为真，以经史所言为伪，欲于此时觅一不受人愚弄者，实不可得，而况堂堂学者乎？故此时中国之文学，已不绝若线。苟能知乎益属他人，损属自己，则纯美学风，庶几可冀中兴也。

---

① 博学鸿词：清代不限秀才举人资格，凡经督抚推荐，均可参入的科举制度。

【意译】

张之洞对王闿运说："我精博学，你善鸿词，我们若合为一人，即可去应对'博学鸿词'的考试了。"如果有如此珠联璧合，同考之人又何处可寻？清代科试选拔出来的人，博学的多，鸿词的少，不博不鸿的人几乎过半。学风昌盛的时候尚且如此，可见全才确实难得。

古人说：学然后知不足。当今的年轻人，不学而自满，想胸中无半点文墨，却图惊世之英名。而当政者不嘉奖他们多读书，只鼓励他们多闹事。事无结果，学业已废，待他们自己醒悟时，人到中年，想小有成就，时机已丧。而鼓励闹事，美其名曰"开民智"。怎么开法？今天教你拥戴甲，明天又让你去攻击甲。人非草木，怎可随意捉弄？还只许谈些是非颠倒的东西，堂而皇之的圣道之论反而视为禁忌。正宗正义之理，不让人知晓，更不让人究其来龙去脉，于是，读书人的良知，也逐渐泯灭。现在的人认权术为真，视经史为伪，故从中找出一个未受愚弄的人，还实属不易，更不用说做学问的人了。当今中国之文学，已是命悬一线。若能人人执有克己利人之心，则纯美学风，尚可寄予期望。

新化人

【原文】

新化友人之戚某氏，入城收帐，事毕返乡，日已西落。新化多山，见两人持炬念咒，其行甚速，某氏紧追，且随声念咒，不复计路之远近及山之方向。天已微明，至一山顶，忽失两人所在。某氏下山，见该处衣服屋宇均非寻常，为之大骇。该处之人，亦以为异，观者甚众。与之语言，各不能解，某氏大窘。近处有局，局员有湖南人，闻新化腔，即来问故。某氏以实告，局员不信，曰："此打箭炉也，路在万里，岂一夜所能至者耶?”某氏以帐单证之，始知非妄。沿途乞食，遇鬼怪甚多，徒步数月，始克返邑，此前数年事也。识某氏者，莫不令其追叙焉。

【意译】

我有一新化的朋友，他的亲戚，去城里收账，返程时已日落西山。新化山多，见两人举着火把边奔走边念咒，亲戚急追，也随声念咒，没去想路的远近和山的方向。到天微亮时，来到一山顶，前面两人突然不知去向。他下山时，见这里的服饰和房屋都甚为奇特，心中大骇。这里的人，看了他也觉得怪异，围观者众。上前问话，也全然不懂，境况窘迫至极。附近有一差局，局员中有一湖南人，听到新化口音，即来询问。亲戚据实相告，局员不信，说："此地为打箭炉也，相距新化万里，怎可一夜之间便达?”亲戚拿出账单核对，局员方肯相信。亲戚沿途乞讨，所遇鬼怪不少，几个月后才返回乡里。这是几年前的事了。认识这亲戚的人，都让他追叙这段经历。

乘 兴

【原文】

王湘绮先生在船山时，湖南巡抚陆春江赴衡拜谒，先生不纳。陆去半日，先生买小舟追百余里回拜。或以问余，余答曰："前之不纳，示不敢当，后之远追，又以示敬。先生言行，多似六朝人。今之兴来即往，正与山阴访戴，兴尽而返相晖映也。”衡阳某学堂谋夺寺产，和尚控办学堂人，且以二百元贿周妪，求先生函陆抚说项，但先约定，事败则须退还。先生不允致书，事果失败。然钱已为周妪用去，和尚索之急，先生曰："今和尚来见，我亲还之。”先生乃书“学堂以夺寺产为主义，凡和尚求见者，须贽敬二百元”字条与阍者。明日和尚来，先生令其至阍者处看条示，和尚无言，嗒然而返。

某次课期，先生出赋题，某生赋中有乱曰“船中一枝曲，曲中是何人”二语，先生批曰：“是耒阳人。”或又问余，余答曰：“耒阳驶船人喜吹小笛，并非故实。”盖某生以先生好新，故用“枝”字。

【意译】

王闿运主持船山书院时，湖南巡抚陆春江专门赴衡阳拜谒，先生未迎见。陆刚离开半天，先生则买小船追百里回拜。有人问我，这是为何？我答：“先前不见，是示以不敢当；之后远追，则示以敬慕。闿运先生的举止，与古代六朝人相似。这种率性而为，恰与‘山阴访戴’的典故兴尽而返相辉映也。”衡阳某学堂谋夺某寺的财产，寺中和尚指控办学堂的人，并且用两百元贿赂王闿运的女管家周妈，求先生致函给陆巡抚说情，但事先约定，若事未办成，款须退还。先生并未致函，事果然未成。但钱已被周妈用完，和尚急了要还，先生对周妈说：“和尚再来时，我亲自还给他。”于是，先生写了张字条给守门的人：“学堂夺寺产是为了实现主义，若有和尚来求见，需收礼金两百元”。第二天和尚来了，先生让他去门卫处看条示，和尚看后无言，气沮而返。

某次上课，先生出题作赋，某位学生在赋中有两句乱语“船中一枝曲，曲中是何人？”先生批语：“是耒阳人。”又有人问我，作何解释？我说：“因耒阳人驾船时喜欢吹小笛，并非真有其事。”这位学生知先生用词喜好新颖，投其所好，用了这个“枝”字。

卷十五

录湘绮武昌行

【原文】

陈夔龙官北洋大臣，解职之后，王湘绮先生寄之以诗。录全章于余之扇面，未载于诗集者也。

武昌行寄怀陈督部

军兴武功始江汉，罗彭帕首冲铅弹，轻舟载火人肉飞，鄂师每得军锋冠。英夷效顺请会防，吴淞百战旗鼓当；灵台偃伯五十载，上游重镇清南疆。李醇好奇兴铁路，裕公直词与时迕。张謇凿空架天桥，铺金万里惊童妪。遂移岭节督重湖，专兴无益隘八区。锱铢泥沙两相抵，坐令官吏皆骇愚。廿年智尽财亦竭，债帅端然入金阙，犹专督政遥制之，不许次山长短说。戊己之间民息肩，载其清净曹参贤。琦家小儿不解事，器盈宠溢成狂颠。张公文武师倭德，仍倚芬彪相辅翼。尽搜银币奉骄子，每论九夷恒动色。军法不行况无法，一夜反戈相恐猲，仓惶出走势燎原，两岸夷商笑驽怯。陵迟国典那得施，中央权重枝干披。后来山头望廷尉，空见夷艇扬红旗。君时移镇津沽口，水陆兵权在人手。虽持龙节握边符，翻与夷场效趋走。忽闻土崩海水飞，诏起袁公来视师。国门坐论索兵饷，岂信曾胡无米炊。嗟余少年多意气，曾与诸公揽长辔，自喜贪天得首功，宴坐山岩守松桂。只言盛满不可居，谁知蚁穴决河渠，君今弃官欲何往？

渭莘不复容耕渔。近闻西宁种瓜者，曾领偏师出长武。妖徒奔迸出潼关，令人欲秣横门马。彼哉束手须饷兵，坐令释甲随边氓，安知一士贤十万，肯容斥鷃欺鲲鹏！待君衰疾霍然起，与君煮酒招豪英。

诗史非诗格也，元白①弹词②类耳！重子姻世弟索书，适成此篇，因作一笑。闿运。

【意译】

陈夔龙乃北洋大臣，解职之后，王闿运寄过一首诗给他。后闿运录全诗于扇面予我，该诗未曾载入其诗集。

武昌行寄怀陈督部

军兴武功始江汉，罗彭帕首冲铅弹；
轻舟载火人肉飞，鄂师每得军锋冠。
英夷效顺请会防，吴淞百战旗鼓当；
灵台偃伯五十载，上游重镇清南疆。
李醇好奇兴铁路，裕公直词与时迕。
张謇凿空架天桥，铺金万里惊童妪。
遂移岭节督重湖，专兴无益隘八区。
锱铢泥沙两相抵，坐令官吏皆呆愚。
廿年智尽财亦竭，债帅端然入金阙，
犹专督政遥制之，不许次山长短说。
戊己之间民息肩，载其清净曹参贤。
琦家小儿不解事，器盈宠溢成狂颠。
张公文武师倭德，仍倚芬彪相辅翼。

---

① 元白：以元稹、白居易为代表的诗歌流派，重写实，尚通俗。
② 弹词：一种流行于南方的古老说唱曲艺。

尽搜银币奉骄子，每论九夷恒动色。
军法不行况无法，一夜反戈相恐猲，
仓惶出走势燎原，两岸夷商笑驽怯。
陵迟国典那得施，中央权重枝干披。
后来山头望廷尉，空见夷艇扬红旗。
君时移镇津沽口，水陆兵权在人手。
虽持龙节握边符，翻与夷场效趋走。
忽闻土崩海水飞，诏起袁公来视师。
国门坐论索兵饷，岂信曾胡无米炊。
嗟余少年多意气，曾与诸公揽长辔，
自喜贪天得首功，宴坐山岩守松桂。
只言盛满不可居，谁知蚁穴决河渠，
君今弃官欲何往？渭莘不复容耕渔。
近闻西宁种瓜者，曾领偏师出长武。
妖徒奔迸出潼关，令人欲秣横门马。
彼哉束手须饷兵，坐令释甲随边氓，
安知一士贤十万，肯容斥鷃欺鲲鹏！
待君衰疾霍然起，与君煮酒招豪英。

史诗不是格律诗，元白弹词一类也！儿媳弟杨钧索书，正有此篇在手，呈之一笑也。闿运。

交　际

【原文】

富贵出身者，得当时名易，得身后名难；贫贱出身者，得身后名易，得当时名难。且于当时交际尤难，既不可抗，又不可卑，卑近于谄，抗不见容。王湘绮先生起自孤童，未冠之时，即与贵人游，恐人侮辱，乃自标置，抗论直词，无所推让，于是狂名大起。

凡有经世先王之志，欲建白于天下者，狂名万不可负。如志在著书，不求闻达，虽举世狂之，初无障碍，然亦只限于才人，学人实非所宜也。湘绮出世太早，不能不于贵人之前增高孤童身分，故以学人而得狂名，又境使然也。湘绮一生，不受人侮，成名之后，亦不通融。尝谓人曰："晚年至江宁，张孝达权江督，以忌辰不出，苦留余驻一日。余问何为，云未答拜耳。余因告之曰：'前曾涤丈在江督任，未答拜而招饮，余辞而去。彼名位年辈俱过我，嫌可简傲，故责礼也。君今后我，虽呼召我不嫌。'"以此观之，湘绮入世，貌似逍遥，实则处处留心，丝毫不苟，非今日穷人所能梦见者也。

人之失节，皆为饥驱，心恧然而伤，腰忽然而折，心身相戾，终日不安。余一生不交富贵人，惧此狼狈也。但长短是非，终不可免。论学不能假借，交友尤忌虚言。好学者视为金针，自是者目为攻击。曾沅甫尝问湘绮曰："皆君故人，何故刻画之？"曾言乃为《湘军志》而发。但知文之士自知《湘军志》非刻画之文，若必有誉无毁，人皆圣人，则当时之人，可撰者众，何必独劳湘绮耶？余之《草堂之灵》，亦必有曾九先生之流来相诘责。幸不举人之私，只言小事，且先言其是，而后证其非，仅有非而无是者，余不言也。

【意译】

出身富贵的人，身前成名易，身后留名难；出身贫贱的人，身后留名易，身前成名难，甚至平时都难于交际，既不可过于卑，也不可过于亢，卑近于谄媚，亢则无人理睬。王闿运出身贫寒，但尚未成年，已多与富贵之人有交集，心惧遭人侮辱，故常常标新立异，言辞锋利，无所顾忌，于是狂名大起。

凡怀有经世之论、先王之志，欲建功立业于天下的人，万不可担狂妄之名。如只是著书立说，不求声名远播，纵狂妄至极，初时也无妨碍，但仅限于才华横溢之人，真正做学问的人，也多不宜于此。闿运出世太早，又不能让贵人圈看低了其孤童的身份，故身为学问之人而得狂名，乃境遇使然也。观其一生，不受侮辱，成名之后，也不通融。他曾对人说："我晚年的时候到南京，江督张孝达，因逢忌日而不能出来洽见，但苦留我多住一天。我问为何？他说还没行答拜礼。我告之：'以前曾国藩任江督时，未先行答拜，便邀宴请，我拒之而去。他名位辈分都高于我，故以为可简傲，我之举乃责其失礼也。但你是我晚辈，如不来答拜而直接相邀，我不会介意的。'"由此可见，闿运处世，看起来无拘无束，实则处处留心，严丝合缝，并非普通人所想象也。

人的失节，都因饥贫所致，心骤然受挫，腰突然折损，心身俱损，终日不安。我一生不交富贵朋友，源于惧怕此等狼狈之态也。但是非之长短，终不可免。做学问不能凭想象，交朋友尤忌讳虚言。好学者重真相，自以为是者纯为攻击他人。曾国荃曾问王闿运："都是同乡，你为何要如此抹杀湘军？"国荃此言是针对闿运之作《湘军志》。但会读书的人，自然知道《湘军志》并非刻画之作，若只有赞颂而无毁贬，则人人乃圣人也，况且当时可写传志的人众多，何必要独独偏劳王闿运呢？我的《草堂之灵》，也必然会有曾国荃之类的人来诘问。所幸我不揭人之私隐，只言小事，而且先论其是，再证其非，如只有非而无是之人，我无言之兴致也。

录湘绮胡公井铭

【原文】

辛亥之役，吾邑何性存，为秦子直幕僚，在廉州自杀，罗顺循钦其以秀才殉难，为作墓表。同时弥勒县知县胡公，亦投井而死，湘绮先生为作井铭，手迹在胡家，录其文于此。

胡公井铭并序

翰林院待讲衔特授检讨王闿运撰

历代兴亡之际，忠节必盛，故曰疾风知劲草。宣统四年之乱，何其酷也，匹夫一乎，而诸侯麇奔，九州四裔，不闻呵叱之声。当是之时，有人焉，以身殉道，皎然自洁，如屈子之怀沙①，申徒之蹈河②，求仁裂于夷齐③，就义出于从容，可不谓之奇士兴起乎，百世之闻者乎。吾县何廪生，死于廉州，而攸人胡君国瑞，自沉于弥勒县署东井，乃知天下之大有人也。胡君字瓊笙，甲午举人。癸卯大挑用知县，发云南，乙巳署霑益知州。一月理积狱讼逾百，政声流闻，岁计考曲靖八县最，丁未署弥勒知县，二十八寨有积盗，三年易八令，不能治。君至则告戍将曰：请兵捕讨，寇得为备，今出不意，往可破禽也。我先行，君继之，戎服佩刀，夜袭禽况国至，遂次弟禽斩雷珍张朝安等，县盗悉清。隶受民钱二百，杖而令返其钱，胥吏千人，逡巡自引去。戊申大潦，蠲租振卹，留任五年，以循政奏奖，补江川令，辛亥擢大关厅同知④，并叙劳以知府用。九月滇乱，总督出走，君先

---

① 屈原的绝笔之辞《怀沙》。

② 《庄子》中有“申徒狄谏而不听，负石自投入河”。

③ 伯夷、叔齐是兄弟，商代末期人，古代仁贤之典范。

④ 同知：知府的副职。

三请疾，不许，乃以修墓告归，既得代矣。闻变遣家先行，作书谕子庶华曰：九月初十交卸，闻滇垣先夕失守，世方伯被杀，余无殉节者，臣子之义，万古维昭。余虽无守土之责，乃实官也，俟北信，当死以明志，汝不必来。时庶华以附生入京师译学馆。发书后十三日，伪言京师破，即戒从者治装，期明日行。质明，汲者见井上双履，告后令索之。君在井已瞑，年五十，案上得遗书三封，背书自缢不死，又复投井。书中言京师沦陷，用以身殉，虽达人所不取，愚者终不笑其为愚。于是后令杨宗熙棺敛之。明年六月，庶华奉丧还攸，弥勒士民，请封东井，题曰胡公井。湘人旅者为文表之。庶华识湘潭周逸，逸闻闿运言：自古大变，无若今之无忠节之甚者。因以井文见示，而俾为之铭。铭曰：

崇安之胡，世习春秋。文治定哀，乱贼知羞。星孛东方，麟获于椒。泽及十世，文学在攸。经术饰吏，化被南陬。始试沾益，讼庭不呶。五载弥勒，道久德周。奏长江川，循声式流。擢之典午，大关民讴。奈何圣清，文武道消。国有谍汋，臣无公侯。瓦解土崩，陆沈九州。亦士之辱，况分社茅。何以写心，昔闻离骚。九仞之井，下通汨罗。皓皓皜皜，孔静默幽。他日龙见，烈魂孔昭。

【译文】

辛亥（1911）之乱时，我的同乡何廪生，当时为秦子直的幕僚，在广西合浦县廉州镇自杀了，罗顺循向皇上奏准，在墓碑上镌刻秀才殉难加以抚恤。同时，云南弥勒县的知县胡国瑞，亦投井而死。王闿运为其作井铭，手迹在胡家，录其文于此。

胡公井铭并序

翰林院侍讲衔特授检讨王闿运撰

历代兴亡之际，忠节必盛，故有疾风知劲草一说。宣统四年（1912）之乱，何其残酷也。造反者旗帜一举，诸侯则如麋鹿惊驰，九州方圆，无遏止之力。然有以身殉道、皎然自洁之人，如屈子之怀沙，申徒之蹈河。求仁胜于夷齐，就义不乏从容，奇士之举，不输百世之所闻。吾县何廪生，死于廉州，而湖南攸县的胡国瑞，自沉于弥勒县署东井，可知天下仍存有节气之人也。胡君字瓊笙，甲午（1894）举人。癸卯（1903）选用知县，他发任云南，就职霑益知州。一月理积狱讼逾百，政声流闻，一年后考核，获曲靖州八县之最，丁未（1907）实任弥勒知县。二十八寨之地历来盗匪猖獗，三年之内，八改其令，然不能治。胡公上任后对将士说：大规模搬兵来剿，寇每次均有备，今出其不意，反可擒贼也，我率先，你们随之。一身戎装武备，夜袭敌巢。匪首雷珍、张朝安遂先后擒斩，县盗悉清。小匪各罚钱二百，杖刑逼其交纳。千余小官小吏，忐忑之心尽去。戊申（1908）大涝，减租振恤，应对有度，留任五年，以资嘉奖，并增任为江川县县令，辛亥（1911）更擢升为大关区的同知，且代理知府之职。九月云南开始动乱，总督欲出走，其先三次称疾告假，未准，后以为先人修墓之由告归，胡公代也。闻变，胡让家眷先避，并致信其子庶华曰：九月初十交卸，闻滇垣昨晚失守，世方伯被杀，余手无一兵一卒，臣子之义，万古维昭，虽无守土之责，乃实官也，已奏朝廷，当死以明志，你不必来此。当时，庶华为附生，在京师译学馆求学。信发出之后第十三日，谣传京师已被攻破，胡公嘱佣仆备装，便明日之用。次日，打水者见井边有双鞋，待将人打捞上来，已亡，年五十。书桌上留有遗书三封，其中一封背面留言自缢不死，又复投井。书中言京师沦陷，以身殉职。虽达人所不取，愚者终不笑其为愚。之后太后令杨宗熙将其入棺葬之。第二年，庶华将棺木移回攸县，弥勒县官民奏准将东井封存，并题名为胡公井。当地湖南人拟以文彰之。庶华与湘潭人周逸相识，周听王闿运说过：自古逢大变，不忠节没有比今更甚者。故请闿运行文立于井侧，而我为之书铭。铭见原文。

正 宗

【原文】

袁随园[①]诗云："公道持论我最知，不相菲薄不相师。一代正宗才力薄，望溪文集阮亭诗[②]。"随园以前，大抵如此。中兴之后，局面大变，余欲下一转语，遂成绝句云："随园不具后来知，漫举方王未可师。一代正宗才力厚，涤生文集白香诗[③]。"数百年来，诗文不唐，经学不宋者，不视为正宗。曾文学韩，邓诗学杜，恰在正宗范围之内。而曾于韩之外，力追班马，邓于杜之外，参以颜谢。故其体格凝重，气力弥满，望溪阮亭，望尘莫及。随园生于中叶，即云一代，来免冒昧。清之文学，虽为科举所范，而炳灵气象，亦复可观。若其结果仅有薄正宗而无厚正宗，实二百余年奇耻大辱！故不得已而下一转语，亦不可少之救济法也。

余之不举湘绮者，湘绮取法汉魏，隔方王太远，非世之所谓正宗，不如举曾、邓为少是非也。陈完夫五言古诗极其雅洁，混入六朝人集中，几不可辨，而才力不大，与其谓阮亭为薄正宗，无宁谓完夫为薄正宗，惜无文人与之相匹。汪容甫格调不高，又病轻薄，且于文法亦有未周，即以脍炙人口之自序言之，全篇文局，尚是八家，且须删除去篇末之"目瞑意倦，聊复书之"两句，方能整劲。敷衍之词，即狗尾也。其余如邵斋焘、洪亮吉、吴锡麒、胡天游之流，皆嫌不洁，相当之士有能举之者乎？以实际言之，诗文正宗皆应属之湘绮，

---

① 袁随园：袁枚，号随园，清期诗人、文学家。

② 方苞，号望溪，清代文学家。王士祯，号阮亭，清代诗人。

③ 曾国藩，号涤生。邓白香，晚清大诗人。

若必求偶，则以王而农五言古诗配湘绮文，亦为得体也。（湘绮五言古诗，人皆嫌其过似晋宋，余独惜其太多唐音，议论相反至于如此。湘绮弟子必有知之而不肯言者，旁人未之知也。湘绮自谓壮年喜学刘希夷体，以明艳响亮为宗，于“暮宿南洲草，晨行北岸林”与“艳唱潮初落，江花露未晞’诸篇必求神似。曾重伯从而效之，是以彼时风气皆成艳唱。湘绵晚年虽极意摹古，无如手性已成，难于尽弃，故五言古中之似刘希夷者，不可胜数。如“雪渚雁鸣风，夜江鸡唱寒，寂听动哀响，寥亮满江山”等句，与“夜月明如玉，空山不辨花，云来一庭暗，风去百枝斜”等句尤为显著者也。究其由来，则不得不归咎于试帖，就地打滚乃自然之势。汪容甫一生当幕，书启习套，拈笔即来，理正同也。）

余之诗文皆不足一家言，有时厚而不能正，有时薄而不可宗，列之九流、杂家近是。（赵公璩谓余由道家而变为名、杂两家，名多杂少，故有周秦诸子之遗风。其言虽侈，却不可废。）然读孙雄所撰之道、咸、同、光《四朝诗抄》者，必疑余为诗人；读从甥刘朴于奉天所编之《清文学史》者，必疑余为文人。《四朝诗抄》所收甚滥，《清文学史》所取稍严，吾是以知东北大学之门，必有鬼哭，向隅者多也。

虽然清代文人不可胜数，如纪昀、毕沅、阮元、王昶、卢文弨、钱大昕之流，经史词章居然博雅，然必列之家数，实有未能。而学问之道不可假借，入室升堂，必依程度，任情扬抑，识者不为。故与其受明眼人识，毋宁使向隅鬼哭，又可以证余言之博而无当，不如专守一门之尚可列于作者之林也。

（陈隋以前，文中有诗；唐宋之后，诗中有文。故文中无诗者非正宗，诗中无文者是正宗也。吾姊诗文，如肯努力，亦有正宗之望，惜乎中辍，文仅《藏洪论》与蔡文姬《悲愤诗》先后晖映，皆孤篇也。诗有数十章，与六朝小名家诗集篇数相合，湘绮曾为作序，若不视为文字障，早刊行矣。）

【意译】

袁枚有诗："公道持论我最知，不相菲薄不相师。一代正宗才力薄，望溪文集阮亭诗。"袁枚（1716—1797）之时，大致如此。中兴之后（1861—1894），局面则大不相同，我愿就袁诗转续一首，也成绝句："随园不具后来知，漫举方王未可师。一代正宗才力厚，涤生文集白香诗。"几百年来，诗文不传承唐朝之风，经学不师学宋代之律，不能视为正宗也。而曾国藩之文师尊韩愈，邓白香之诗推崇杜甫，均属正宗之列。但国藩在韩愈之外，又力追班固、司马迁，白香在杜甫之外，又参修颜延之、谢灵运。故他们诗文行间，语句凝练，张力弥漫，乃方苞、王士祯远不可及。袁枚属清代中叶之人，即想概览一代，未免有些冒昧。清朝的文学，虽然被科举之制所束缚，但灵逸气象也蔚然可观。如果结论说该朝代只有才力微薄的正宗，而不是浑厚的正宗，实是对这二百多年的大辱！故我转续之诗出乎不得已，属断不可少的弥补之法也。

我之所以不举王闿运为例，是因为先生师宗汉魏，离方苞、王士祯的风格太远，不是世人所说的唐宋正宗，故不如列曾国藩、邓白香，以避是非也。陈完夫的五言古诗极其雅洁，如混在六朝人的诗集中，几乎分辨不出差异，只是才力不大，与其说王士祯的诗传承正宗，还不如说陈完夫的诗传承正宗，可惜没找到合适的善文之人与之相匹配。汪容甫格调不高，轻薄是其硬伤，而且文法也时有缺陷，就以其脍炙人的自序而言，全篇之文风，虽是唐宋八大家的格局，也必须去掉篇尾"目暝意倦，聊复书之"这两句，方才显得字句紧凑、风格如一。否则，虚留敷衍之词，仿留一狗尾巴也。至如邵斋焘、洪亮吉、吴锡麟、胡天游等，都不洁致，或可举出其他能与完夫比肩之士否？实际上，诗和文之正宗，皆非王闿运莫属，若一定要求与之相当者，应是王船山五言古诗配闿运的文章，最为得体也。（王闿运的五言古诗，世人都嫌与晋宋风格过于相似，独我反而惜其中太多唐朝气息，皆因所见相异而致。闿运的弟子中肯定有持我相同观点而不愿明言者，其他人未必知也。闿运自称中年时喜欢学唐代刘希夷明艳响亮的风格，如“暮宿南洲草，晨行北岸林”和“艳唱潮初落，江花露未晞”等篇，力求神似。曾广钧也跟风效仿，一时艳亮之诗成为风尚。闿运晚年虽极为着意摹古，但风格已成，难以完全改变，故五言古诗中似刘希夷的，不可胜数。如“雪渚雁鸣风，夜江鸡唱寒，寂听动哀响，寥亮满江山”，又如“夜月明如玉，空山不辨花，云来一庭暗，风去百枝斜”，尤为明显。究其根源，则不得不归于古时科举考试限定之诗体，之后乃习以为然矣。汪容甫一生当幕僚，开笔行文，习套已成，顺手即来，如同此理。）

我的诗与文都不足以自成一体，有时力厚却不正宗，有时正宗又显力薄，近乎九流杂家之类。（赵公璩说我由道家而变为名、杂两家，名多杂少，故有先秦诸子之遗风。其言虽有夸张，但也非全然无理。）如读孙雄所撰的《四朝诗抄》，必会将我归于诗人之列；而读刘朴在东北编的《清文学史》，又必会将我划为文人一类。《四朝诗抄》收录泛滥，《清文学史》收录稍严，我料东北大学门外必有鬼哭，冤屈不平者多呼也。

虽然清代文人数不胜数，如纪昀、毕沅、阮元、王昶、卢文弨、钱大昕等，经、史、词、章皆博雅，但若独称一家，又都欠缺不足。学问之道不可凑合，称家为派，必须依其程度，任凭性情作浮夸虚赞，乃有识之士所不为也。故与其被明眼人识破，远不如待在不为人知的角落里哀鸣。此又可印证我所说的与其博而无当，不如专攻一门，尚可列于作者之林也。

（隋朝以前，文中有诗；唐宋以后，诗中有文。所以文中没诗的即非正宗。我姐的诗文，如肯不断努力，也有达到正宗的可能，可惜中途辍止了，文章仅有《藏洪论》可与蔡文姬的《悲愤诗》交相辉映，都是平生仅此一名篇也。其有诗几十章汇篇成集，与六朝时期一些小名家的诗集篇数相同，王闿运曾为之作序，若不是她自己总感到待完善，早就应刊印发行了。）

斜 行

【原文】

门人问曰："蝯叟之书莫不左向斜行，其理安在?"余答曰："蝯叟执笔，纯用侧腕，手腕之状，正似钩形，上下推移，自感不便，汝试以侧腕书之，行之首字必在右方，行之末字，必在左角，一定之势也。如作书之时，将肘部时时外开，则行款可正，而手不自然。故执笔之法，实为学书者第一要件。"包慎伯以食指掀起作鹅颈形，其结果必至于将笔管东摇西摆，非如此不能着力也。

【意译】

弟子问我："何绍基的书写都是向左斜行，是何道理?"我说："绍基执笔，纯粹是用侧腕，手腕之状如钩形，故上下移动，自然不方便。你试一下用侧腕书写，势必开头是在右上方，一行下来，结尾应在左下角，手才顺。如行款要端正，则必须肘部时时要往外开才行，但此时手感别扭。所以执笔，是学习书法的第一要素。"包世臣执笔，食指高伸，如鹅颈形，以致书写时笔管东摇西摆，否则不能着力也。

说笔墨

【原文】

书画命根，纸、笔、墨三者之外，别无他物。砚池虽为要件，略次者亦可用也。纸之大要，前已言之，可用之品，多于笔墨，二者失传已久，加以文化凋零，无人继起。

浙笔亦不能谓为完善，却较各省为佳，择其精者用之，尚可收心手合一之效。“纵横扫荡”四字，为书画家必具之态度。显此态度，必用长锋羊毫。长锋要诀又在富于腰力。湖南笔工，无知此者，故无一枝可用之笔。若用饱墨，更现一种松懒稚弱之状，不仅不受力，且遇纸即缩；不仅不蓄墨，且遇纸即放。笔之最劣者也。但外行专用煮硾，故劣笔亦有主顾。浙笔好处在毫紧束而势圆整，殊有腰力。不精者则锋偏一边，又多绞乱。浙笔改善，当自此始。几为通病，非偶然也。

作行草者更为难制，必于富有腰力之处，又须富有弹力也。行草之转折太多，笔之方向时易，苟无弹力，必追随不及，愈迫愈紧之状，全由风驰电掣而来，笔势中断，字亦驰矣。昔人之喜用兼毫者，欲借硬毫以引起羊毫弹力也。宋元以来，行草特盛，故其制笔皆有专师，弹力多少，各有应用之序也。

制墨之法，亦已失传。李廷珪固不可得，程君房、方于鲁亦不复生，欲用佳墨，完全绝望。但乾嘉所制，可用者多。彼时无洋烟羼入，尚称纯洁。二十年来，洋烟入口甚旺，日人以煤油薰烟，贱值拍卖，商人便之，遂将松烟油烟抛弃，专用外货，而墨不堪矣。试以诚恳之状询之墨店，彼必答以松烟油烟早已绝种，果系内行，彼亦不欺也。洋烟粗而不黑，且呈兰色，冬日隔夜，即与水分离而成涎汁，立时腐臭。画画绝工者，遇此亦不能成形也。但未磨之前，色实漂亮，磨出之后，丑态乃生。油烟松烟则反是，未磨之前，色殊滞涩；磨出之后，华彩立观：若徒自外面观之，必至失实，究书画者不可不知也。旧墨费本十倍洋烟，商人惜本，购者惜钱，遂造成绝大之厄运。苟欲振兴文化，排斥洋烟亦为刻不可缓之事。墨之新者不可用，过陈者亦不可用，以六十年内外者为宜，胶气已脱，色彩未销，未经霉湿者，更为合式。因近时青年多有以此相询者，故详记之。

【意译】

书法和绘画的命脉，纸、笔、墨三者之外，别无其他要素。砚台虽重要，但略为逊色尚也可用。纸的概要，前文已述，可备之选，多于笔墨。而笔与墨则失传已久，加上文化凋零，制作之艺后继无人。

浙江湖笔也不能说很完美，只是比其他省份要好些，挑选其中做工精良的，也可达到心手合一的效果。写字避不了“纵横扫荡”，这是任何一个书画家必有的姿态，如要凸显这一点，则必须用长锋羊毫，而选长锋的诀窍就在于笔腰要有劲道。湖南的笔工，没有人知道这一点，故无一支笔可用。笔若饱墨，便显出一种松雍柔弱之形态，不仅不受力，且笔尖一遇纸就回缩；不仅不蓄墨，且笔毫一触纸即全泻，乃属笔中最差的一种。但外行多用熟宣纸，所以差笔也有人买。湖笔的好处在于毫束得紧，中段外鼓，故笔腰有力。做工不精便会笔锋偏斜，毫序绞乱，湖笔如要改善，当从此处入手，不精之笔几乎占了绝大多数，而非偶然也。

写行草的笔，要求更高，除笔腰须有力外，且必富有弹性。行草的转折太多，笔的方向不断变换，如无弹力，则追随不及，飞沙走石的笔迹，必有风驰电掣的笔速，笔势一旦中断，全线松懈无疑矣。古人喜用兼毫，即借狼毫的弹性以弥补羊毫的不足。宋代元朝直至今日，行书草书日渐盛行，故制笔也成了专门的行业，弹力大小，各有工序。

制墨的方法，也已失传。李廷珪固然不用想，程君房、方于鲁也不可再得。用佳墨之念，已完全无望。乾隆嘉庆时期，可选之墨甚多，当时无洋烟私入内陆，尚为纯洁。二十年来，洋烟进口甚旺，日本人用煤油熏烟，低价售卖，商人便随之将松烟油烟抛弃，专卖外货，故墨质即差矣。若今以诚恳之态询墨店，其必告之松烟油烟早已绝种，如果问者内行，他也不假言相欺。洋烟粗而不黑，且显蓝色，冬天如隔夜，即与水分离而成黏汁，且有腐臭。如绘极细腻的画，此墨也不能成形，但没磨之前，色泽漂亮；磨出之后，丑态逐显。油烟松烟则相反，未磨之前，色带晦涩；磨出之后，华彩纷呈，故仅徒外表，必遭误导，此书画之人不可不知也。油烟松烟之成本十倍于洋烟，商人惜本，购者惜钱，便造成今日之大厄运。故想振兴文化，排斥洋烟就成了刻不容缓之举。墨过于新不可用，过于陈也不可用，六十年左右最为适宜，此时胶气已脱，色彩未消，如未遭霉湿，则更为合适。因近来不断有年轻人问起，故详记于此。

不　怪

【原文】

冬心、板桥等所制，当时以为新奇，故谓之“扬州八怪”。余每嫌其太平，离怪尚远。但彼时学子大抵回翔于科举范围之中，即以之为正轨。有越轨者，即怪物也。彼八人者，却能冲出藩篱，独标新帜，先以之致谤，后以之得名。故稍有才气，不遵恒轨之人，莫不声名洋溢，传之当代。逮乎国变之后，习套尽除，任意驰骋，随其所至。彼时之所谓至怪者，乃今日之至寻常；而今日之所谓怪，则彼时绝不能梦到者也。彼时人物亦有仅止乎不在科举范围之中，仍无特立独行之致。今日视之，不能有值者，而相沿有值，展转不已；乃其命运之幸，非真可不废也。虽然，今日之所谓怪者，每出乎情理之外，而为天地古今之所不应有，故无宁取彼时稍庸者之尚有典型，不至为人所唾骂，又其命运之所以苟延也。

【意译】

金农、郑板桥等人的作品，在当时被视为奇异，故称为“扬州八怪”。我反倒觉得其太平淡，远不足以称怪。只是那时学人的想象都禁锢在科举的范围之中，凡事都以此为正统，稍有不符，即列为怪类。而这八人，却能冲出藩篱，标新立异，先被人毁谤，后又被人赞颂。故稍有才气的人，又能独辟蹊径，莫不声名远扬，广播于世。然清逊之后，陈规尽除，学人自可任意驰骋，随心所欲。以往的所谓怪异，现在已视为极其寻常；而现在视为怪异者，更是以往在梦中也未曾见过。以前也有些人物，其作品不循科举范围之规，又未达特立独行之境，今天看来，并没什么价值，但仍沿袭了下来，生生不息，乃是其命中有幸，而并非物有其用也。虽然，现今的一些怪异之作，均出乎自然的情理之外，出乎天地古今的章法之外，但并未跟在平庸的前人之后亦步亦趋，不至遭人唾弃，故也有残喘的一条生路。

说　法

【原文】

陈隋以前之书，皆可以“直起直落”四字了之。一笔数转，唐以后法也。故先学唐以后书，而后学陈隋以前之书者，必不能抛其蜷纽之状；而先学陈隋以前之书，再学唐以后书者，莫不惊其笔参篆隶，绝无他由，偶有直起直落之笔，错杂于其间而已。

何蝯叟以横平竖直四字绳包慎伯，而知包于北碑未为得髓；余以直起直落四字绳蝯叟，乃知何于北碑亦未得髓也。故唐以后之书，便于常人之讲求间架；陈隋以前之书，必习之大成，而后可观，否则不免生拙之态。

由无法而成有法，事之至难也，推而及于诗文莫不如此。秦汉诗文，正类山川草木，初无定式，而动静成体，疏密成形。唐以后诗文，正类人造亭园，曲折浅深，全由心力，而自然之妙，绝无可寻。故世人皆喜学唐以后诗文，以其规模可玩，思路可索，习之日久，即可成章，不似与造化同工者之茫无下手处也。嗟呼！天地不可以再造，周秦文学安可冀其重见耶！故有唐一代实为中国文学之大关键。就前乎唐者之天然法，而造成人为法，以垂为千古之定法。

余尝谓道愈大者法愈少，道愈少者法愈多。以文字诗画论之，字大于画，诗大于字，文大于诗；而法则反是，诗多于文，字多于诗，画多于字。推而及于治天下，古之圣王，垂拱无为，四方宾服。汉高入关，约仅三章，因此而知愈后起者法愈多，愈多愈不易备。但道之高者，仍可以立于无法之境也。

【意译】

隋朝之前的书法，都可以用“直起直落”四个字概括。一笔几转，是唐朝以后的事。故如先学唐以后之书，再学隋之前的书，终避免不了蜷纽之形；而如先学隋以前之书，再学唐之后的书，莫不惊异于帖中笔法，乃是错杂于其间，偶有几笔“直起直落”而已。

何绍基用“横平竖直”四字来衡量包世臣，有包未得北碑之精髓的结论；而我以“直起直落”四字来衡量何绍基，也知何未得北碑之精髓也。所以唐朝以后的书法，如众人所言，讲求架构；而隋朝之前的书法，必成大势，才可观之，否则难免生拙。

由无法可循渐至有法可依，并非易事，由此推及，写诗作文，同样如此。秦朝汉代的诗文，宛如蛮山野草，并无定式，但动静自然，疏密天成。而唐朝以后的诗文，却似人造园亭，曲折深浅，全由设计，天然之妙，无处可寻。所以后人都喜欢学唐以后的诗文，因其思路可寻，有规可习，日积月累，即可成章，不似上天造化，茫然不知从何处入手。叹！天地既不可再造，周代秦朝之诗文又怎可重现？故唐朝一代，实为中国文学的大节点，在唐人手中，天然之法规范成了人为之法，立下了千古之恒律。

我曾说，道越大，法则越少，道越小，法反而越多。以诗文字画而论，书者多于画者，诗者多于书者，而文者又多于诗者；但规则之多寡正相反，诗规多于文规，书规多于诗规，画规又多于书规。由此推及，治理天下也如同此理，古代的明君，无为而治，四海井然，汉高入关，约法三章，之后历代帝王，约法越多越细，也越顾此失彼。只是道高者，仍可以立于无法之境。

别 年

【原文】

丁卯年运，湖南老辈多与不合。黄鹿泉、吴雁舟、郭复初皆先后去世，来日方长，大乱不已，生者反不如死者之安。余之未与诸君子同游九泉，并非幸事。贫居乐道，与世绝缘，而催捐索税之人时时莅止，开口即骂，使人难堪。自爱而人不爱，余故曰："此时百姓非我辈学识之所能胜。"丙寅春季，军官率队百人驻余斋。潘安仁曰："左对孺人，顾弄稚子"，余则"左对兵士，顾弄洋枪"，然余终抱旁若无兵之态，而琴书不辍。偶与军官闲谈，问何以战。皆答曰："争权夺利。"余以其爽直，特加礼焉。但彼辈之权利，以何为限，非人所知。然则余辈之安宁，将永无实现之日。今为除夕，安危祸福均无可言，而枪声四起，不敢上床，援笔书之，以与凶年纪别。

国变之后，人民负担日重一日，而湖南捐款之重，莫过于丁卯。名目十余种，征役数十班，甲去乙来，不堪其扰。余仅有薄田百余亩，以纳捐款数尚不敷。齐白石之子有田十五亩，收捐者令缴千五百元，无法应付，四处逃匿。被迫而自尽者，亦时有所闻。哀我湖南，遭兹荼毒，此等苛政，无异凌迟。

两年以来，湘中最奇之事，莫如佛祸。但事之由来，世人未必全晓，故为详记于此。江苏淮北人顾伯叙，与其同邑人高锡五友善，结伴同游，谋生南北。高君好道，顾亦学道，道均有得，遂进于佛。数年前，两人在郴贩卖矿砂，遂与营矿者识。余之左邻梁君辟园，有别墅在东门外五里牌，谓之青郊别墅。辟园既营矿，又好佛，于是顾、高二人借青郊别墅居焉。二人常入城，与梁谈佛，极为梁所称许。桃源萧汝霖年少气盛，口如悬河，无所不为，无所不好。常至余斋辨论文学，遂与梁识。梁为余友，日必一见者也。萧、梁谈佛，情谊遂深。顾、高二人亦与萧常见矣。高之为人，异常朴拙；顾则灵巧，且善言论。萧君深敬礼之。萧穷顾更穷，顾之供给皆取自萧，而萧不怨。

甲子岁萧充官矿局协理，赴衡州与唐孟潇议水口山事。唐问萧近日何营。萧答以佛，且痛论学佛之益。唐即至省往谒顾居，一见倾服，执弟子礼。其时青郊别墅土垣为大水所败，急须重筑，若用砖砌，所费太多，梁不能胜。唐允出钱代建，且云厅事亦低，常浸大水，非礼佛之地，亦宜新筑。顷刻之间，积款数万，在坐者皆军人也。于是填池拔木，拓地开山，数月之后，旧观全改。更于后面山上筑小屋以居梁氏，存其别墅也。自唐氏信仰之后，湖南军官政客莫不加入。五里小路顿成终南之径，唐、顾均未觉也。赵省长借该处宴客，余得羼入。城中常见之阔人，尽着和尚衣，口中喃喃不休，望之可以发笑。卑官小吏平时不能望见贵人颜色者，一旦起居与共，口称同学，更为乐不可支。彼时余已知其必生变，故屡与亲友言之。

乙丑十月，湘绅迎白喇嘛至，于开福寺开金光明法会。以孟潇好佛，皆电促孟潇与会。其时唐与赵省长因统一财政案，已略有意见，于是挑拨之人遂谓省中电促并非好意。赵恐误会，不得不信使往来，力求解释。不料愈解愈离，断难再合。而唐之福气不止省长之誉辞，亦随之而起，且谓唐已下动员令来攻省城。赵公无法，即时退让，留印交唐。唐未到省之时，萧曾致书，痛诋顾氏。唐氏到省后，即捕萧氏，押于衡州。六月五日，与刘重威同时枪毙。电促与会者亦拘禁数月，于是五里牌之佛力一日千里。闻又拨款数十万，建筑佛殿。但兴工未久，唐、顾皆走，建筑事或将中止也。

孟潇颇有将才，如肯读书，再加阅历，实不可一世。恨其行书不便笺启，与欧阳任同来学书，乃授以明朝人行楷法，格卑而雅，体小而易成者也。寄语孟潇，正可于此时读书养气，习字凝神，云起龙骧，定有后望。

邵阳曾伯隅，庚子在京，与湘乡王龙文上书荐用拳匪，曾为举人，王为翰林，两人皆有大志。曾欲学曾文正。少壮之时，颇有慷慨悲歌之概，与友人书多论政治。联军入京，拳匪击溃，两人皆革职。曾逃贵州，王处乡里；曾修《元史》，王事文章。数年前均得见于长沙，聚谈数日。曾已龙钟，不复风雅，王着深衣，颇饶古趣。王于革职之后，更名曰补，所作文章，名“平养堂集”，体格不高，仅及宋派。（闻东北大学《清文学史》曾将王补收入，能成体格者不可弃也。）曾之《元史》，虽未及见，以其他之文字审之，殊为庸俗，非能修史者。

余尝谓人之生死关系至巨。蔡松坡以早死而得名；康长素以迟死而失望。蔡若此时尚在，未必不东奔西溃，狼狈不堪，尚何功名之足言哉。

【意译】

丁卯（1927）的年运，与湖南的老辈多不合，黄鹿泉、吴雁舟、郭复初先后去世。日子过得挨不到尽头，世乱如麻，生者反羡慕死者有一块净土。我未与老辈同游九泉，并非幸事。虽安贫乐道，与世隔绝，但催捐索税之人时时上门，开口即骂，受辱不已。自珍之人不受人爱，故我感慨："做此世的百姓，我们这等学识还难以胜任。"丙寅（1926）春，几个军官带了百余士兵住进我家院。古代潘安仁有言："左对妇人，右顾犬子。"我则身处"左对士兵，右顾洋枪"之境，只是抱旁若无人之态，书画依旧，笔耕不辍。偶与军官闲谈，试问他们为何而战，皆道："争权夺利。"我赏其爽直，故以礼相待。只是什么是我辈之权和利，无人知也。安宁度世，尚属奢望。今日为除夕，不妄谈安危祸福，周围枪声四起，不敢上床，借笔书纪，以与凶年诀别。

清帝逊位之后，百姓负担日益加重，湖南缴款之重，莫过于丁卯。名目十多种，征收十几轮，甲去乙来，不堪其扰。我有薄田百余亩，尚凑不齐捐款数。齐白石之子仅有田十五亩，催款者令其缴一千五百元，无法应付，只能四处逃躲。而被迫自杀之事，时有所闻。哀我湖南，生灵涂炭，如此苛政，狠于凌迟。

两年以来，湖南最离奇之事，莫过于佛祸。但事情的来龙去脉，世人未必知道，故详记之。江苏淮北的顾伯叙，与他的同乡高锡五是好友，结伴同行，四海为生。高善道学，顾也学之，均有心得，进而信佛。几年前，两人在郴州贩卖矿砂，认识了些矿主。我的邻居梁辟园，有栋别墅在东门外五里牌，称"青郊别墅"。辟园既经营矿业又信佛。于是顾、高二人租借了"青郊别墅"居住。两人常进城，和辟园谈佛，极为辟园称许。萧汝霖，湖南桃源人，年少气盛，口若悬河，无所不为，无所不好。常到我斋室来辩论文学，渐与辟园熟识。

辟园是我的朋友，每天都会见面。汝霖和辟园谈佛，友情遂深。顾、高二人也与汝霖常见面。高的为人，异常朴拙；顾则灵巧，能言善辩。汝霖对顾、高二人友敬有加，自虽贫穷，然顾更穷，故顾之所用都由汝霖提供，且无怨也。

甲子（1924）汝霖任矿局协理一职，到衡阳与唐生智商议水口山之事。唐询汝霖近来有何热衷，汝霖说信佛，且洋溢信佛之好处。唐即往省城青郊别墅访顾，一见倾服，拜为弟子。此时别墅因墙基被大水侵蚀败落，急需重筑，若用砖砌，费用太高，屋主辟园不想再投，唐愿出钱代建，且感大厅地势也偏低，常遭水浸，不适合做礼佛之地，也应重饰。一时之间，调款数万，都是握有兵权之人，不为难事。于是填池拔树，开山辟地，几个月之后，面貌全改。另在后山为辟园建一小屋，做其别墅。自从唐生智信佛之后，湖南军官及政客纷纷加入，通往别墅的小径顿时成了朝圣的天路，唐、顾均不以为然也。赵省长有次借该处宴客，我也掺杂入席。长沙城里的有钱人，尽穿和尚服，口中念念有词，喃喃不休，看了直让人发笑。一些小官小吏平时都见不到达官贵人一面，现在竟可起居与共，同学相称，乃乐不可支。那时我便预料必将生变，故屡向亲友提醒。

乙丑（1925）十月，湖南的乡绅迎接白喇嘛来长沙，在开福寺召开“金光明经”法会。因唐生智信佛，故省组织者致电敦其参会。当时，唐与赵省长因统一财政案已生疏隙，于是挑拨离间的人放言，省里电促唐与会并非好意。赵省长恐有误会，即派信使，力求解释，不料越描越黑，更难弥合。有言传，唐生智的官运恐不止省长之职，而且据说唐已下令进攻省城。赵省长没办法，只能退让，并留官印与唐。唐没到长沙之前，汝霖曾写信给他，痛斥顾伯叙。唐到后，即将汝霖拘捕，押往衡阳。六月五日，与刘重威一起被枪毙。那些电促唐生智与会的人都被关押了好几个月，以致五里牌青郊别墅的佛力又更突飞猛进。听说又拨款了几十万，在其中建筑佛殿。但动工不久，唐生智和顾伯叙均相继离开，建殿之事或又不了了之。

唐生智颇有将才，如肯读书，再加上阅历，确实不可一世。但自感其字拿不出手，公函信笺书之不雅，便与欧阳任同来我这里练习书法，我以明朝行楷授之，这种字体格调平正素雅，小而易学。在此寄语生智，现读书养气，习字凝神，正当其时，日后风生水起，定有后望。

邵阳的曾伯隅，庚子（1900）在北京的时候，与湘乡王龙文上书，建议用义和团对付洋人，曾为举人，王为翰林，两人都胸怀大志。伯隅想学曾国藩，少壮之时，慷慨悲歌，与友人书信之间多论政治。八国联军入京，义和团溃败，两人皆被革职。曾逃回贵州，编修元史；王偏居乡里，赋闲文章。几年后两人又在长沙相逢，聚谈数日。王显深沉，颇有古趣，革职之后更名，字为“补”，所作文章，汇于“平养堂集”，格调平平，类似现在流行的宋派一族。（听说东北大学《清文学史》曾将王补录入，能自成格调，便弃之可惜。）曾已老态，不再风雅，所撰《元史》，虽没见及，但以他其他文字来看，庸俗之极，不具修史之才也。

我曾说人何时生死，关系重大。蔡锷因为早死而名声显赫；康有为因迟死而令人失望。蔡锷若活到如今，未必不是东崩西溃，狼狈不堪，哪有功名可言哉？

寺　西

【原文】

有日人乞余书画，以赠其国之元老寺西先生。余询寺西来历，遂得秘史。寺西充朝鲜领事馆武官时，袁项城正在朝鲜。中日衅开，日兵先占朝鲜，归寺西节制，禁华人出城。袁急思返国，计无所出，乃卧棺中，令韩人为孝子，哀号痛哭，送柩出城。守城某日武官得密报，知为袁氏，阻其出殡，即欲开棺。孝子不允，且责其无礼。某日武官请寺西示。寺西答以断非袁氏，令其放行。某日武官不应命，寺西亲至，略加审察，即令放行。

某日武官愤而辞职，立时回国，于参谋部控寺西。寺西遂受革职拿办处分。参谋部问官曰："既得确据，知棺中为袁氏，自不应放行，谓非袁氏证据安在?"寺西对曰："绝无证据。不过凭二理由放行：一因吾辈为武士道，大忌手触尸体，所以不能开棺；一因袁氏既装死人，是其心胆已怯，同于降服，军人不为已甚。"参谋部以其有通敌之嫌，遂定徒刑，禁锢数载。袁氏为北洋总督时，寺西始出狱。旋至天津，拜谒袁氏，袁聘为顾问，请练新兵。小站人材大抵寺西门下。现年六十余岁。近著一书，专论中国财政状况，谓南北军人争权夺利，人民既苦，国亦破产，稍有心肝，不忍坐视云云。余读其书，惭愤欲死。中国之百姓，命运最蹇之百姓也。

【意译】

有个日本人来求我的字画，想回去赠送给他们国家的元老寺西先生。我向他询寺西的经历，闻得一段秘史。寺西当朝鲜领事馆武官的时候，袁世凯也在朝鲜任职。中日之间产生摩擦，日军先占领了朝鲜，由寺西节制，禁止华人出城。袁世凯急于回国，苦无良策，便躺在棺材里，让韩族人扮孝子，哀号痛哭，送柩出城。守城的日本武官得到密报，知道袁计，故阻其出殡，要开棺验人。孝子不许，且指责士兵无礼。武官请示寺西。寺西说绝不是袁世凯，放行无妨。武官不从命，寺西只好亲自过去，略加盘问，即令通行。武官愤而辞职，立即回国，向总参谋部控告寺西。寺西受革职查办处分。参谋部审办官问："既有确证，知棺中秘藏袁世凯，自然不应放行，你称一定没有袁的证据何在?”寺西答:“我没任何证据。放行的理由有两条:一是我们尚武士道，绝对不能手触尸体，所以不能开棺;二是如袁世凯假装死人，说明他已胆怯心惧，于降服无异，军人不应再威逼太甚。”参谋部以其有通敌之嫌，判以徒刑，关押数年。袁世凯做北洋总督时期，寺西才刑满出狱。不久即到天津，拜见袁氏，袁聘其为顾问，编练新军。小站的将官多出于寺西门下。其现年六十多岁，出了本新书，专论中国财政状况，指南北军人争权夺利，人民艰苦，国已衰破，稍有良心，不忍坐视不管等等。我读了他这本书，羞惭愤懑欲死。中国之百姓，乃命运最惨之百姓也。

历　书

【原文】

叶郎园藏宋时朱晦庵同榜之题名录，视为珍品。江苏宿迁县王相家藏自宋至今之历书，以石室储之，每年曝一次。书不足奇，顾其子孙之有恒，能继续投入，至今不绝，斯为至奇。如举世读书人皆有王氏子孙之美德，又何患乎道艺之不精进。

尝有以重阳历询余者，余笑谓曰:“历除记日之外，绝无意义可寻，既无关乎国计民生，又无益于学求道艺。建子、建丑、建寅均无不可，计日、计月、计星当随所便，可以易冬为夏，复可易夏为冬。但阳历亦为旧历，以旧易旧，益之所在，使人难知。但国教重耶稣者，则略有关系也。(阳历即建丑，好处在月数有定，节气无差。阴历建寅，好处在四季成整，朔望易知。)

余之为人最重特性。特性乃自立之基，自立是怀柔之本。中国能永用阴历，实可表示民族不挠不屈之精神。若使世界各国亦用阴历，则不仅民族精神更为伟大，即孔子大同之旨亦可于此推而行之。(中国数千年来，一历顺序。西人则千年以外即须倒数，实为绝大笑话。而古代野蛮文明之别亦可于此征之。）且中国素为农国，重农之时更以依其便者为宜。诗文之士亦可无景物全非之叹。有以改正朔为词者，余则曰只可自改，不可降人。西人之与余同识者，必夸其民族精神之伟大。区区之历亦可推而行之中国，其他之政治、学术更不待言也。日本维新，一日千里，而农民所习绝不变更，是以上下一心，国以富强。盖亦知乎朝三暮四，徒悦狙公已耳。此时中国之急务，乃在扫除媚外，更将一切机械废弃不用，仍以凿井而饮，耕由而食，为治国之大本。机械之能，小者亦可兼百数十人之力，然则此百数十人之生命，皆为一小器所杀，已可断言。更扩而充之，全国之人皆成废物。即师苏俄之重工，机械发达之时，工人亦必杀去十分之九，欲其不乱，安可得哉！不患寡而患不均，机械乃不均之最大原因也。（今之战争纯恃机械，彼以精来，我以精往，精无可精之日，必归于肉搏，一定之势也。与其尾追今日之虚耗，不如早觉而返于真朴。潮流之说万不可信。上海之时髦女妆一月一变，裁缝与绸缎业，骗钱之术也。今之当事者，受潮流之影响，而倡以工代振之议，究其实在不过为机器厂添一大主顾，而贫民无与焉。扬汤止沸，徒费调停，釜底抽薪，乃为上策。）

【意译】

叶德辉藏有宋代朱晦庵的同榜题名录，视其为珍宝。江苏宿迁县的王相家藏有从宋代至今的历书，储放在石屋里，每年拿出来晒一次。藏书并无特别，但子孙后代持之以恒地投入，至今不绝，却极难矣。如世上读书人都有王相及其子孙的美德，又何患技艺不精湛焉。

曾有人以阳历如何重要来询我的意见，我笑着说：“日历除记日子外，绝没有过多的意义，既不关乎国计民生，又无助于艺道求精。一年之始，从十一月、十二月或正月算起，均无不可；是以太阳、月亮还是以星辰的周期变化为规律，悉听尊便，可以易冬为夏，也可换夏为冬。但阳历也是旧历，以旧替旧，有何益处，不得而知。但国教如果改了信耶稣，则有所不同也。”（阳历是将夏历的十二月定为正月的历法，好处在于每月的日数都确定，节日不变。阴历是将夏历的一月定为正月的历法，好处在四季确定，一望而知。）

我为人最重特性。特性是自立的基础，而人能自立方可虚怀若谷。中国如能保持用阴历，自可显示民族不屈不挠的精神。若能让世界各国都用阴历，则不仅民族精神更加伟大，孔子大同的思想也可行之于四海。（中国几千年来，日历从来都依序而下。西方则千年以前须倒数，实在是绝大的笑话。故在古代谁野蛮谁文明也一目了然。）而且，中国素来为农业之国，看重务农之时节以便于国人为宜。诗人文客也可避时是景非之叹。今有人提议要改历法，我则说，尽可改，不可强迫。和我有同样见识的西方人，必会为他们的民族精神而自豪。区区之历法也可推行到中国，而政治、学术之类就更不待言也。日本由于明治维新，发展一日千里，而农民的习俗绝无变更，此乃上下一心，国因此而富强，而绝非仅做些朝三暮四、把人当猴耍的事。当前中国最紧要之事，乃是扫除崇洋媚外，弃一切机械而废置，仍返凿井而饮、耕田而食之世态，此为治国之根本。机械的能量，少者可代替几十上百人的气力，故这几十上百人的生命，便因这一小小的机器而戮杀，如任其扩充，全国之人皆成废物。即以苏俄为师，机械发达之日，乃工人十有九死之时，想世人不乱，何处安生？不患寡而患不均，机器是不均的最大原因也。（现今的战争纯靠机械，你精兵器，我精兵器，精无可精之时，必又回归肉搏，这是必由之趋势也。与其跟在列强之后虚耗，不如早知返璞归真。潮流之说万不可信，上海的时髦女装一月一变，其实不过是制衣和绸缎商的骗钱之术罢了。现在的当政者，受潮流的影响，倡议工业振兴之道，其终究不过是为机器商招主顾，而与贫民无片鳞关系。扬汤止沸，徒劳无益，釜底抽薪，乃为上策。)

著书

【原文】

莫友芝先生尝书“独立千载谁与友，自成一家始逼真”联语，赠王湘绮先生。伯谅以为莫君之意，盖讥当世之轻于著书者。夫人之大患，在无自知之明。故余尝论读书人，必须时时与古人比拟，然后学力知识方有标准，否则举趾高，心不固，所言皆成笑柄矣。湘绮先生尝谓冯莘垞世丈曰：“闻君与王葵园至善，可劝其少著书，夹七夹八，未免太难。”冯丈未必肯达，而葵园之书走遍全国，吾未见有知其为夹七夹八者。

然则今之世可谓无人，著汗牛充栋之书，收对牛弹琴之效，书店发横财，既由此也。碧眼胡儿之言，更为金科玉律，如蚁之附羶。自此以后，又岂有能为夹七夹八之言者乎？余之此书亦难免于湘绮之诮，幸皆心得，不袭人言。赵公璩谓我于荆棘丛中辟一新径，知其旨者也。叶郎园之子尝谓人曰：“吾父著书，与白心大异。吾父仅集前人之说，而不辩论是非。白心已见太深，砉然独断。”人以告余，余笑谓曰：“必先有己而后有见，必先有见而后著书。叶氏子之言，毁其父者也。”

凡著书之人，只可为兴奋剂，不可为催眠术，乃一定不易之理。方望溪号为一代正宗，亦仅具催眠能力，而况葵园、郎园乎？反予居士竟谓自汉以来，同余胆识者不过《论衡》《焚书》二三种，其见亦与人殊。十年前，曹籽谷谓余曰：“当今之世，固穷读书者，除足下外，未见第二人。苟得四万金，必以二万金为寿，以成足下之业。”

大已哉，耔谷之言也！实虽未至，口惠已多。不必五百年后始有知音，死亦无恨。虽然，反予、耔谷之言足令人悚惧。薛太拙诗曰：“前程憩罢知无盖，但是驽蹄亦到来。”愚公移山，岂可中辍，更不必冀神力之省其劳苦也。（曾重伯问己诗如何，余答曰：“足下才为学掩。”曾曰：“何其恭维至此。”曾负才名，而读其诗者只觉其繁绮，不见其才气。故余为此言，以明学掩才者优于有才无学，更优于才学俱无，又乱讲乱作者也。闻湘潭少年李明志字渔叔者，颇有才情，昨忽以诗数章函托彭君孟庵代致，函中有“私淑平生，先申执贽之意”二语。余一生爱才如命，愿得早见，以促其读书须知门径。法取乎下者，白费力也。）

【意译】

莫友芝先生曾写过一副联语“独立千载谁与友，自成一家始逼真”，赠给王闿运。闿运的长子王代功以为友芝的意思，是讥讽当世不重文人之风。人的一大毛病，在于没有自知之明。故我曾说，读书人应时时与古人相比，如此学识方有标准，否则眼高手低，所谈之事皆成笑柄。王闿运曾对老丈人冯莘垞说：“听说您与王先谦私交甚好，可否劝其少著书，杂七杂八，未免太勉为其难。”老丈人未必肯愿转达，王先谦的书全国四处可见，我也未见有人知道其书杂七杂八也。

而至今日，世无高人，著书之多，汗牛充栋，著书之乱，对牛弹琴，唯书店发横财也。洋鬼子之言，更被捧为金科玉律，如蚊蝇嗜血。自此以后，又有谁还去在意杂七杂八？我的这本书也难免被闿运先生讥诮，所幸全记心得，毫无抄袭他人之言。赵公璩说我是在荆棘丛中独辟一条新路，知我著本书之意也。叶德辉的儿子曾对人说：“我父亲著书，与杨钧大不相同。父亲仅汇集前人的学说，而不去辩论其中的是非曲直。杨钧则己见太深，刚愎独断。”别人将其说告之我，我笑言：“人必自己先学而有识，方成见解，也必先有见解才能著书。叶之子是在诋毁其父也。”

凡是著书的人，只应做兴奋剂，不应为催眠术，这是显然的道理。方苞号称一代正宗，读其书，也只有催眠的水平，更何况王先谦、叶德辉之流？反予居士说，自汉代以来，胆识与我此书等同之著，不过《论衡》《焚书》两三本而已，其见解与众大异也。十年前，曹籽谷对我说：“当今之世，穷其一生只唯读书的人，除你之外，找不出第二人。我若有四万金，必赠你两万金度日，以除后顾之忧，成全你之学业也。”籽谷之言，大哉也！虽只是一说，至情至性已盛。不必等五百年后才有知音，今世已无遗恨。当然，反予、籽谷之言又足以让我惊惧不安。薛太拙有诗：“前程慿罢知无盖，但是驽蹄亦到来。”愚公移山，岂能中止，更不敢贪望神助而懈怠不勤也。

（曾广钧问我对他的诗评价如何，我答之：“你的才气掩饰在学识之中。”广钧疑惑：“何需如此恭维。”广钧颇具才情，而读他的诗只感觉其繁华，而难见其才气，故可见的学识掩盖了才情，比有才情而无学识要好，比既无才情又无学识、只知胡言乱语的人更好。听说湘潭有个少年李明志，字渔叔，颇有才情，昨天忽然托彭孟庵带了封信及几首诗来，信中有“敬慕已久，未持弟子礼为憾，现先呈拙作为礼”云云。我一生爱才如命，愿早日相见，以告其读书须循门径。如不得法，白费力气也。）

六云来历

【原文】

王湘绮先生之妾，名六云。诗文集中时时见之，多不知其来历。友人得先生手札，与某邑宰询其妾家景况者，录之于后。同时得与曾文正书，亦附录于此。

麓生仁兄大人阁下：

闻蓬海八弟云，莅官政成，今移宣化。遥颂循治，如听琴声。闿运甲子岁在南海纳一歌女为妾。询其来历，自言本宣化农人女，家居横塘，小名阿柚，姓莫氏，丙午八月十一日生。（或是戊申之误，今年大约廿二三。）咸丰初，土寇破飞龙墟，抄掠近乡，与姊赴水不死，为贼妇所养，时年八岁。其父寻至，请赎。贼妇爱而不许，女得见其父，并偷赠银钱二十枚，从此不复议赎。一二年间，贼妇以谗被杀，无人收恤。适有女技过贼境，贼悦一技女，逐以此女及银缎等换之。流落学讴，又复数载，十七岁，弟因观技见之，一语之契，强为出籍，自充侍妾，又五年矣。其家光景历历未忘，似颇是富室良农，并云其兄读书，其姊丈亦富厚有业。屡欲托广西贵人，一为问讯，展转难确，恐不留心。今幸仁兄亲临彼县。女虽微贱，亦托子民。神君既无所不知，雅人又好行其德，且闿运与蓬海托契至深，犹吾兄也，专函渎告，似可恕其妄愚。务恳转饬一差，详访莫氏。若其父兄尚在，即乞传入署中，谕以端委。此女于去年生一女，在室相安，虽无还归之期，聊致乌私之意。若得有消息，乞即示知。年小岁深，恐所云必多舛误，研求得实，是在良吏明察慈惠之怀耳。谨附府报。

敬颂台安。不胜区区。小弟王闿运顿首。六月朔日。

闿运谨再拜奉记

涤生先生中堂：

前在扬州奉诗三篇，叙德摅情，知荷省览。江南大镇，专倚蕃宣，罢民劲卒，悉归和化；方春农作，重见安平，固令裴公逊其经谋，郭相惭其伧楚。侧闻朝议，良无间然。昨见上章，举雨亭作都转，尤服甄材之允。幕府所拔六李，惟斯人有悃愊之节。将令贤彦，闻而自亲。山东阎公治行殊绝，有胡文忠之精锐，而诚廉殆过之，北方所闻，唯此为异。李阁学弘德授经，玉音不发，李感愧恩遇，涕泗横流。上观久之，取《论语》“君子不器”章，手掩“器”下“吅”，持以示李，李犹未晤，对以“不器”，上乃大笑曰：“本谓君子不哭也。”外间传述以知濬哲。枢垣畏事，假权外台。近贾生劾毛恽，陈子弹伯符。恽吏议当移，毛厉并促官速办，倭相并劾张毛，意指台王，亦仍委僧察覆。新疆事亟，伊犁孤危，守卒援兵，饷道并绝，惟陈尚书、乐总督以功释还，明公之请也。又议俄夷，助剿尚无定论，捻寇仍犯湖北，众议望中堂以之自任，而重发其端。吴漕督复运之请，大为阎公所驳，而京中欣然。有里子于元夕作谜，以吴某运米三十万为题，隐《汉书》三十一字，人莫能射。俄有人云“日夜思竭其不肖之材力”至“大谬不然者”[1] 四句也。合市知文字者大笑称绝。今事已骚然，未识能达否。凡此新事足佐暇闻。外呈拙作数纸，冀守民俗，达鄙意，伏惟昭察。不胜区区之怀。闿运再拜上。

【意译】

王闿运之妾，名六云。在先生的文集中，不时可见，绝大多数人不知其来历如何。我朋友有一封闿运致六云老家县令的亲笔信，询六云之家境，现录于后。同时其收得闿运致曾国藩的一封书信，也附录于此。

麓生仁兄大人阁下：

听蓬海八弟说，您任职期满，现新移宣化。遥颂功德，如琴声悦

① 《汉书》引司马迁《报任安书》：“日夜思竭其不肖之材力，务壹心营职，以求亲媚于主上。而事乃有大谬不然者。”共三十一字。

耳。闿运我甲子（1864）在南海纳一歌女为妾。问其来历，自言是宣化农村女，家居横塘，小名阿柚，姓莫，丙午（1846）八月十一日生。（或许是戊申，今年大约廿二三岁。）咸丰初，土匪破寨掠乡，其与姐投水自杀，被贼救，为贼妇所养，当时八岁。其父寻找到她，欲赎回。贼妇不许，女见其父，偷赠银钱二十枚，以此不再提赎回之事。过了一二年，贼妇因谗言被杀，女便无人抚养。逢有一女技人过贼境，被贼看中，便以阿柚再另加些银缎换之。女始流落，学卖唱，又有数年，十七岁时，我因观唱见之，一语成契，强为带出，自充侍妾，又有五年矣。其家光景女历历未忘，颇似富室良农，并说其兄读书，其姐夫也富厚有业。几次想托广西贵人打听，但辗转问询，难以准确，恐不留心。今幸仁兄亲临该县。女虽微贱，实也孤怜。神君既无所不知，雅人又好行其德，且闿运与蓬海又拜契至深，犹如兄弟，他专门来函告之仁兄近况，还望恕其妄愚。务请烦劳一程，详访莫氏。此女于去年生一女，在室相安，虽无还归之期，但愿聊表孝敬父母之意。若得消息，恳请告之。女年小日久，恐其所言也不尽详切，深望求实，仁兄明察慈怀耳。谨附府报，敬领台安，不胜区区。小弟王闿运顿首。六月朔日。

闿运谨再拜奉记

涤生先生中堂：

曾在扬州为先生作诗三首，抒情颂德，烦阅为感。江南太平，全仗君率军镇守，躁之百姓，乱之顽民，悉归和顺；春耕农忙，重显安宁，此雄韬伟略，裴公不及，郭相见绌。鄙人从旁侧听朝廷议政，对先生无人挑剔。昨天见到上表，阁下举荐李宗羲为都转监运使，尤显甄材之公允。幕府同擢六位李姓之人，唯此贤乃至诚者。调配良才，务真求实。山东阎敬铭行政具特异之能，精到之处不输胡林翼，然缺乏灵活，不善变通，京城所闻，唯此尚有非议。李鸿藻身为太傅，在弘德殿为皇上讲授经义，万岁爷沉默以对，令李自责愧对隆恩，不禁涕泪横流。皇上观其良久，取《论语》“君子不器”一章，手遮“器”字下面的“吅”部让李看，李不悟，问是否“不器”之意，皇上大笑道：“我是说君子不哭也。”虽是民间传述，但已隐巧喻。朝廷中枢担当乏力，只知假手地方大臣。近来贾生弹劾毛鸿宾、恽世临，陈子状告厉云官，恽被议定降职，毛、厉则敦促官文从速办理。大学生倭仁检举张、毛，其用意在僧格林沁，此案现仍由僧审察。新疆事险，伊犁孤危，援军守将道断粮绝，惟尚书陈孚恩、总督乐斌为守责将士邀功之请，尚为明公之举也。朝廷又议御俄罗斯之敌，增兵与否没下定论，内地捻军仍在进攻湖北，众人望中堂担负大任，重振旗鼓。漕督吴棠恢复漕运之奏，被阎敬铭大肆批驳，而京城却为之欣喜。有无聊之人在元宵节散布谜语，以吴棠运米三十万为题，猜《汉书》中的三十一字，一时无人能释。不久有人答：“日夜思竭其不肖之材力”至“大谬不然者”四句也。一些恰知其意的人拍手称绝。此事已成纷杂不安之势，不知最后结果如何。近来新奇之事层出不穷，不绝于耳。遥寄拙作数纸，望未逾礼，意已达，在上明鉴于心。区区之怀，不胜感激。闿运再拜上。

横　扫

【原文】

陶浚宣①书用廓填法，乃吴跃金之言。又闻其鬻书燕京时，赵之谦疑其书法有异，乃混作古董客，直入其斋。陶正挥笔，未及中止，

① 陶浚宣：清代著名书法家。

管端内向，横卧扫之。赴归仿制一联，悬之纸店。一日陶至，细审久之，问曰："此联何来？余实未制。"店主语其故，陶殊忸然。盖陶之作书，廓填与横扫并用也。

学问之道不可欺人，一经识破，声价全失。宁苦学而无成，勿骋异以自堕。凡自堕之由，多在名心，一发不收，自成骗术。故求学之人不可与时人争胜负，不可向时人求美誉。高于时人乃极易事，其敝在骄矜；求当时名亦极易事，其敝在降辱。但好名之心实不可免，苟甘湮灭，何必孜孜。故求当世之名者，下士也；求百年以后之名者，中士也；求千年以后之名者，上士也。

【意译】

吴跃金说陶浚宣的书作，是用廓填法。又听说陶在北京以卖字为生时，赵之谦感其书法可疑，便假装古董商人，贸然闯入他的书斋。陶正在挥毫，没来得及停笔，只见笔杆横卧朝内，涂画之。赵之谦回去后照样仿制了一副楹联，悬挂在一纸店内。有一天，陶到这家纸店行走，看见楹联，仔细审辨了很久，问店主："此联从何而来？我应该没有写过这样一副呀。"店主实情告之，陶赧然羞惭。可见陶的书作，乃先描轮廓后横扫填充也。

做学问不可欺人，否则一经识破，声价全无。宁愿苦学而无名，也勿虚巧而堕落。堕落的起因，多在于求名，一术不成，再施其他，终成骗局。故求学者不应与当世之人争高低，也不应向当世之人求荣耀。技能高出身边之人是极容易的事，其弊在生骄持；索取在身之世的赞誉也不困难，其弊在背骂名。虽好名之心人人有之，但过眼云烟，何必孜孜以求。争在世之名者，仅下品也；求百年之名者，乃中品也；期千年之名者，方上品也。

卷十六

荒谬

【原文】

王湘绮先生自谓写字之多，古今第一。余亦自谓临碑之多，古今第一。湘绮抄书满屋，屏联等件亦复甚多。朱竹垞之流皆带写手随行，故其写本不为世重。赵孟頫亦抄书不辍，恐尚不如湘绮也。壬子秋日，余侍坐湘绮，适客持二纸至，请湘绮及余各书横额，且指定王书余跋，余书王跋。余不敢辞，敬跋数语。湘绮亦唯命是听，郑重题之。索书之人，忘其姓名，不得不谓为荒谬。

顾老辈谦抑之态，正足为后生矜式。汪容甫、孙渊如一辈人，自在例外也。昔人临碑课本，绝少流传，且无记载，惟慎伯记完白山人临碑数种，各五十通。此外蝯叟临公方百余通。偶临各种，亦不过百通，计其总数大约与完白山人相等，均不能达千通，比之于余，不过数分之一。

乌石函云：天气颇热，宜少节劳，不必殉身书画。昔年勤苦之状，已可略知。自十六岁至四十六岁，无日不临古碑，一日一通，殊为常事。今之课本人喜购求，知余功力之所在也。但四十以前之作，仍丑恶不堪。近年以来，始霍然贯通，略有局面，以势测之，六十内外或可有成。二十年前，瓶斋赠诗曰："喜君独得中郎秘，不与梅庵作奴隶。"可望有成，得中郎秘也。诗中尚有"《衡方》《孔羡》数百通”之句，则彼之所目睹。

古人有言，“少壮不努力，老大徒伤悲”，故欲学术之晚年卒业，仍赖乎青年之埋头伏案。若仅高于近世之人即行中止，则仍不免于堕落。日夜孜孜以求自立，应有之怀抱也。余尝有言，必须胆细心大，大其心以轢古人，细其胆以防来者。庶乎所学可以进技。余不应梅庵鬻书之约，绝无他由，未竟之功，不忍半途抛弃也。

周重嵩偶取何临《公方》孟文，与余临本对看，乃大发牢骚。即作书告农髯，谓工力所在，不可欺人，决意与蝯叟书合印。好事之心，今所罕见。但非与昔时蝯叟有仇，乃为今日书生吐气，亦学术凋零时应有之点缀也。虽然，道州全力乃在行楷，独到之外亦足惊人，篆隶实晚年偶学，故无可观，若即据此以抹煞何书，亦非公允之论。余学书三十余年，深知此中艰苦也。先声夺人，本无可怪，一唱百和，又理之常。（初以蝯书与余书相较者，莫不疑蝯书为伪迹，有良久不安之态，先声之力量如此。）但苦学之人，是非立辨，不随时俗俯仰也。（余素以“有求必应，无惑不通”八字自勉，而求余制作者，每转托至七八人之多，皆疑余甚自矜秘。扬子云谓“雕虫小技，丈夫不为”者，尚何矜秘之足云。虽然，求者纵多，报酬必吝，遂使姜太公之直钩，一鱼不得，枵腹从私，必郑板桥所不乐为者。）

【意译】

王闿运自称写字之多，古今第一。我也自称临碑之多，前无古人。闿运抄书之本，囤满书屋，屏联等也数不胜数。朱彝尊之流外出均带专门的写手随行，故他的手写本并不被世人所看重。赵孟頫也抄书不断，但恐也不及闿运也。壬子（1912）秋，我正侍坐在闿运处，逢一客人手持两张纸进来，请闿运和我各写一副横额，并指定闿运所书由我写跋，我所书则由闿运写跋。我不敢推辞，敬写跋数句。闿运也愿从命，郑重题之。是何人索求，我竟已忘其姓名，不得不说有些荒谬也。

所以长辈读书人谦和自敛的姿态，足为后人的榜样，当然，汪容甫、孙渊如之流，又另当别论也。古人临碑的课本，绝少流传下来，也无记载，仅包世臣记录过邓石如临碑数种，各五十遍。此外何绍基临《张迁碑》一百多遍，间或临其他各种碑帖，也不过一百来遍，计其总数尚未有千遍以上，与我相比，不足几分之一也。

张登寿来信说，天气炎热，嘱少动宜闲，不必殉身书画，往年勤苦之状况，可见一斑。从十六岁至四十六岁，无一日不临古碑，每天一篇，乃平常事也。我的课本，许多人求购，也可见有所功力。但四十岁以前的书作，仍丑陋不堪。至近几年才豁然开朗，稍成气局，以此之势，预期六十余岁应可观。二十年前，谭泽闿赠诗："喜君独得中郎秘，不与梅庵作奴隶。"预期可观，因得中郎秘也。赠诗中还有"《衡方》《孔羡》数百通"等句，乃为其所见。

古人有言，"少壮不努力，老大徒伤悲"，故想学术在晚年有成，全赖在青年之时埋头伏案。若仅高于同辈人即自满而止，则难免堕落也。只有日夜孜孜不倦，以求自立，方为应有的抱负。我曾说过，必须胆细心大，心大可攀比古人，胆细则以防来者。唯有多练方可艺精。我不应李瑞清到上海去卖字之邀，绝无其他原因，只是未竟之功，不忍半途而废也。

周重嵩偶然看到何绍基临的《公方》孟文，与我临的一对照，便大发牢骚。即写信给曾熙，说功力所在，一目了然，不可欺人，准备将我的临本与绍基的合印于一册，好事之心罕见。此举并非与绍基有仇，只为今天的读书人争气，也是当世学术凋零时的少许点缀也。虽然，绍基书法功力全在于行楷，独到之处足以惊人，篆隶只是他晚年间习，故不太成形，若以此而抹杀绍基之书法，乃非公允。我研习书法三十多年，深知个中艰苦也。绍基已先声夺人，本不可怪，众人一倡百和，又是人之常情。（初时拿绍基所书和我的相比较，没人不怀疑他的是赝品，让人有一阵内心不适之感，先声夺人有如此之威力。）但刻苦勤习之作，是与非即时可辨，不依世俗所见而转移矣。（我从来都以“有求必应，无惑不通”八字自勉，但求我字者，常常转托至七八人之多，便多有疑我矜持难应之感。古人杨雄说的“雕虫小技，丈夫不为”之艺，有何矜持难应之理？虽然，求字者偏多，报酬自略高，但若如姜太公钓鱼，勾直不弯，一鱼不得，饥腹度日，纵是郑板桥也不乐为之。）

上 石

【原文】

王湘绮先生云“蝯叟篆隶不能刻石”，深知何书者之言也。蝯叟随笔乱来，不法之处时时发现，刻成碑碣，自不成形。试观北海行书，尚无不到之处，古之真隶，更不待言。墨卿、完白，皆世所珍，自我观之，殊无足取。墨卿松散无力，完白迫蹙不舒，且于钩波等法全未讲究。以之上石，亦复为难，若制屏联，亦不如郑板桥大戟长枪，四方乱舞之为有趣也。

余每观宋印古书，而知墨卿出处，世人未曾留意，以为别有所师，明眼人仍不为所欺也。完白虽未讨巧，徒以天资不足，未克飞腾。至于直率之病，两人皆有，故上石均非所能。然其行书略有局面，非全无苦心者也。冬心楷书亦出宋板，世人其亦留意否耶？

乾嘉之时，书法大盛，然有成之人终不知谁属。陈曼生不免叫嚣，未稳而放之敝也。赵次闲虽秀而野，学薄求峭之病也。黄小松体平而俗，笔锋全偏。翟文泉字板而庸，尽为浮墨。桂未谷亦未入纸，钱梅溪只可有形。数子皆列书家，上石则均无望。凡笔画规矩，间架妥适，而字口泼辣者，方可上石。故梅庵、农髯两人合法之制，亦可免湘绮之讥。盖上石之书，又以力大为先也。

书虽小道，工之诚难，不病裹毫，即伤直率。能用铺毫而夭矫自如者，乃上石之佳品也。梅庵于书亦有心得，故其佳者亦可动刀。今录其甲寅年函于后，亦可以知成名者非偶然也。

重子吾兄阁下：

顷者承之弟由都中归，得见手笔，惊叹屡日。从前吾兄书临古碑，尚系道册法，（不必学何而惟恐板，又恐人不叫好。）今天所临四纸，能不畏板，而笔法满足规矩，从此出风韵，乃知汉人之风韵矣。联似更佳，其实不及屏，因联又有爱好求活动之心矣，故微露伊派。

贫道论书，以为当于古人求古人，不可于今人学古者求古人。此敝至元以来，皆愿学同时人书，此种倚赖奴隶性万不可有。何道州隶非不佳，无一笔不似汉人神味，然不肯板，但求活动，故其笔法不可衣被后人。学其书而工者，则人见之者皆曰：“学何而已。”其敝在不能细。如文章，汉文是骈文骨子，故朴厚；八家文无骈文骨子，但疏粗薄弱而已。吾兄能文章者，当悟此语也。因闻吾兄殷殷垂询，故不觉自吐其腹心，贡之左右也。夏热珍卫。清道人书于沪上“小有天”酒楼。令兄前并致意。闰五月初二日午。

梅庵于国变后，始居上海，满发大衣，俨然道士，本名李瑞清，遂曰清道人。悬玉梅花庵道士牌于巷口，某宅丧事请做道场，为之大窘，荐邻巷道士自代。盖请者不知其为李瑞清也。李以告余，余曰：“滥窃神器，宜取辱者。”皆为之抚掌大笑。衣食诚足困人，求赏识于洋人，分余沥于大贾，自非李之愿，乃不得安身之法也。然得“文洁”谥号以终，可无遗憾。李书自谓学崔敬邕，究未知其学法，盖欲仿道州之学《黑女》，略领意味而已。惟康长素之学“欣僧造像”，不肯告人，《广艺舟双楫》亦不收入，颇染神秘之习，反不若供出者之坦白也。（孟频题北苑诗卷，李家遇过，今在长沙。）

【意译】

王闿运说“何绍基篆隶不能刻石”，此言乃深知绍基之书法也。绍基随笔乱来，不合章法之处时时可见，刻成碑碣，字不成形。试看李邕的行书，几乎笔笔到位，楷书隶书，更是无可挑剔。伊秉绶、邓石如，均为世人推崇的大家，在我看来，并不可取。秉绶松散无力，石如逼仄不舒，而且在钩波等笔法上并不讲究。以此刻石，也不容易，若制成屏联，又不如郑板桥的粗笔长毫，四方乱舞来得有趣。

我每次看宋代版古书，便知伊秉绶书法之来历，世人未加留意，以为另有出处，但明眼人一看便知也。邓石如虽然没走捷径，但终因天资不足，未达出神入化之境界。过于直率的毛病，两人都有，故石刻尤其困难。但其行书略有格局，呈刻苦用心之功力。金农的楷书也出自宋代之版本，不知世人留意否？

乾隆嘉庆时期，书法盛行，但也数不出谁能自成一体。陈鸿寿的字稍显虚夸，有未稳先跑之感。赵之琛的字虽秀但野，有学浅求异之病。黄易的字呆平俗气，笔锋全偏。翟云升的字板正平庸，尽显浮墨。桂馥的字也没入纸，钱泳的字有形无骨。以上虽名列书家，却无人可上石刻也。上石刻者必须笔画有度，构架妥当，起止有力。李瑞清、曾熙两人书作中的佳品，可免遭王闿运不能上石刻之讥讽也。凡上石刻的书法，力大又是先决之条件。

书法虽属小技，但做得精要到位却非易事，不是败于裹毫，就是伤在直率。能用铺毫而又敛洒自如之作，可为上石刻的佳品。李瑞清对于此法颇有心得，故其书作中的上品，尚可动刀。现附他在甲寅（1914）给我的书信，可知其成名并非偶然。

重子吾兄阁下：

最近承之弟回来，带来了你的手笔，让我惊叹不已。以前你临古碑，还属道册法（不必学何绍基，既唯恐字态方板，又恐外人不叫好），这次看你临的四张纸，既不怕方板，笔法又全合规矩，由此散发出的风韵，乃真汉代人矣。其中“联”看起来更好，但细品之，反不如“屏”，因“联”中之字，仍可见想求活泛之心，稍显流露出伊秉绶之笔风。

在我看来，学书应怀古人之心摹古人之法，而不能向当世的仿古者去学古人。此一弊病从元朝开始，都愿学当代人之作，这种依赖性奴隶性万不可有。何绍基的隶书并非不佳，无一笔不似汉代人之神韵，但不肯方板而求活泛，故其笔法不适后人效仿。学他字的人，人见皆说：“仿绍基而已。”而最大的毛病是不能细究。如写文章，汉代的文章骨子里是骈文，故纯朴敦厚；八股文没有骈文之骨，就显疏粗薄弱。你是会写文章的人，自然知我所喻。因常听你殷殷之导，故不觉之间尽吐肺腑之言溢于笔端也。夏日炎热，多多保重。清道人书于沪上“小有天”酒楼。并向令兄问好。闰五月初二日午。

李瑞清在皇室逊位之后，移居上海，长袍长发，俨然一道士状，字梅庵，后称清道人。在居住的巷口悬挂了一块“玉梅花庵道士”牌，有户人家做丧事请他去做道场，弄得他大窘不已，忙介绍邻巷道士前往。请者固然不知其便是李瑞清也。李告之此事，我说：“滥窃神器，自当其辱。”两人抚掌大笑。谋温饱足以困身，鬻书求洋人赏识，分神于大贾显贵之中，并非瑞清所愿，乃不得已的安身之法矣。但终后得谥号“文洁”，也无遗憾也。瑞清自称书法学崔敬邕，终究未知其如何学法，可能是想效仿何绍基学《黑女碑》，仅领略意味而已。只有康有为自说学“欣僧造像”，但从不肯示人，在其撰《广艺舟双楫》中也未收录，颇有神秘习性，反不如明示者坦荡也。（赵孟頫题的北苑诗卷，我在李瑞清家见过，现藏于长沙。）

重 女

【原文】

夫妇一体，载在礼经，男女平权，国之常典也。然于实际言之，乃男轻而女重。自来刑法，女子独宽，夫之尊荣，妇可坐享，劳心劳力之苦，尽属于男，采荇澣衣之微，方期于女。昔时本为重女之国，今日反倡平等之言，事之离奇，无过是者，盖以生活日艰，供养匪易。冀女子之共谋，减男子之担负，其非善意，唯我知之，女子勿为所愚，乃此时之急务也。去年俄党最盛之时，乡间某处，妻忽晏起，嘱夫炊爨，谓我已尽力当年，夫可报于今日，夫不与抗，遵命力行。早餐之后，夫备两车，邀妇取穀，亦谓既然平等，劳逸均分，妇恧然而退，平等之议遂消。今之重女者，皆此意也。俄党专重农工，首倡剩余之说，独不知乎世界男子，皆女子之剩余，故一切权利，皆应归诸女子，女子守成之德，得自天生，男子暴动之思，亦由根性。故欲求国家之治，人民之安，则世界政权，不得不握诸守成人之手。械斗死伤之事，可尽以男子充之，斗鸡走狗之徒，莫不以雄者专其责也，世之女子，其共勉旃。余犹有进者，今之学风，瞀乱已极，以为欧美，尽是天人，见彼之日异月新，神筋于焉懵昧，手忙脚乱，孔子亦遭厄矣。佛回基督，各方之国教依然，礼乐文章，中国之精神特出，弱而不亡，纷而易理，由来敻矣。日本文学士之资格，不以西学高明为重，而以中学浅深为准，故其名士，皆擅中文。儻有经生，尤为至宝，而我本国，反有前代遗民，宣孔罪状。重心既去，国何可存？贻笑他邦，此为奇耻，我之及见，辱莫大焉。幸有贤明，收兹祸水，国之福也。日本维新之际，取法西方，国以富强，突立世界。于是中国人士，皆以为西方之学，不可思议，狂奔猛吼，日事搜求，及至重洋，又莫不废然而返，除物质文明外，别无他长也。余游日本数年，曾见其立国精神，丝毫不变，民间习惯，一概保存，学得西方者，场面而已。余尝与日本某博士论世界人材，博士云：以个人之聪明而论，无论何国，皆不如中国，且中国人有搢绅态，欧美人多野蛮性；以团体而论，则无论何国，皆优于中国，故外国强，而中国弱。斯言至当，极可研求。辜鸿铭留学最久，亦只信西方有技士，无学人，非妄语也。康长素梁卓如归国之后，或习字，或谈佛，西人言论，也绝不再事推崇。是以小儿少女，皆知其非，有国学常识者，更无论矣。然狂飙可以撼地，骇浪可以推山，欲抑此吠声之习，减兹妄念之源，其责任又在女子之善养其剩余也。

【意译】

视夫妇为一体，在《礼经》上早已载明，男女平权，为国之常规也。实际上，甚至男轻而女重。自有刑法以来，女子从宽。夫之尊荣，妇可坐享。劳心劳力之苦，总由男人承担，期望女子的多是洗衣摘菜。以往本为重女之国，今日反而力倡平等，事之离奇，无过如此，且生活日益艰难，供养更为不易。河北女子在共商减男人之负担，我知此并非善意，当务之急，其他女人切勿受惑。去年俄党最盛之时，乡下某处，一妻晚起，又嘱夫煮饭，说是我已尽力多年，现是你图报之时。夫也不与之争辩，按其嘱而行。早餐之后，夫备来两辆马车，请妻运谷，曰既然平等，劳逸均分。妻愧然而退，不再提平等之事。今日所谓重女者，不外如此也。俄党专重农工，首倡剩余价值一说，唯独不知世上之男子，皆可谓女子之剩余也。故一切权利，都应归于女子。女子守成之德，得自天生，男子暴动之思，也由天生，如想国之稳定，民之安逸，则世界政权皆应由妇人掌握，械斗死伤之事，流窜作恶之徒，可尽由男子充之。更有甚者，如今学风，颠倒黑白，以为欧美尽是天人，见别人日新月异，便神筋懵昧，手忙脚乱，连孔子也遭诽谤。佛教基督，他国之国教从未更改，而礼乐文章，乃中国精神之命脉，却弱而未亡，纷而易理，实在堪忧矣。日本文学士之资格，不以西学高明为重，而以中学程度为准，故其名士，皆擅中文，倘若懂经学，尤为至宝。而反在我国，甚有前代遗民，宣孔罪状，魂且已散，国将何存？贻笑他邦，实为奇耻，我所能见，辱莫大如此焉！幸有贤明，止遏祸水，乃国之福矣。日本维新之际，取法西方，国以富强，突立世界。于是中国人士，皆以为西方之学不可思议，狂奔猛吼，日事搜求，远涉重洋，又无不落寞而返，除物质文明外，别无他长也。我游学日本数年，曾见其立国精神，丝毫不变，民间习惯，一概保存，学西方者，也仅表面而已。我曾与某日本博士论及世界人才，他曰：以个人之聪明而论，无论何国，皆不如中国，且中国人有官绅态，欧美人多野蛮相；而以团体而论，则无论何国，皆优于中国，故外国强，中国弱。此言不虚，实可推敲。辜鸿铭留学时间最长，也只信西方有技工而无学人，此非妄语也。康有为、梁启超归国之后，或习字，或谈佛，却无再推崇西方之言论。小儿少女皆知的道理，何况有国学常识之人矣。然狂风可以撼地，骇浪可以推山，如欲平抑这些狗犬之鸣，灭痴妄之源，责任反又在女子之剩余也。

字　诀

【原文】

古之论书者，每以锥画沙，印印泥，屋漏痕，折钗股为喻，解释虽多，终难了悟。余试论之，有当于古人之用心与否，仍未敢必也。

锥画沙者，以锥画沙，起止如一，表示直起直落，绝无停滞之状，可以谓篆法。印印泥者，以印印泥，四方同落，泥受印压，必四方隆起，表示善用铺毫，万锋齐下，墨受力迫，涨趸四围，而字口强矣，可以谓为隶法。屋漏痕者，阶砌大抵砖石，抵抗最强，而滴滴之微亦可使成罅缺，表示纸之拒力，即有砖石之强，作书之人亦不可无透纸之力，可以谓为用力之法。折钗股者，表示转折之处，不可将笔另提，必须万锋齐转，然后力之轻重，方可圆满无偏，内外相等，可以谓为转折法。字之要诀，只此四端，其他皆可勿究。唐以后法，与篆隶无关也。（近闻上海求是斋影印《魏碑大观》，以为纵非善本，亦决不欺人。昨于友人处见之，则误尽天下苍生矣。册中十之七八多将石花涂黑，冒充初拓，因而损及字口，呈稚滑之象。然非学术凋零之际，万不至有此胆大妄为之人，故特提明警悟士子。闻日本大昭皇帝加冕之时，日人竞购中国图书，以为纪念，费六十万元在上海得大批字画。据其已披露者观之，真者恐不到十分之一，呜呼冤哉！）

【意译】

古时候论书法的人，常用“锥画沙，盖印泥，屋漏痕，折钗股”来做比喻，对此虽有多种解释，但似乎没有一说讲得很透彻。今我试论之，但是否完全揣摩出古人的意思，也不敢肯定也。“锥画沙”，形容起止如一，表示下笔收笔，直起直落，绝无停滞，可称为篆书之法。“盖印泥”，形容四周同落，泥受印的挤压，必从四方同时隆起，表示善用铺毫，排锋齐驱，墨受到力的压迫，向四周涨挤，故字的角口钝满，可称为隶书之法。“屋漏痕”，墨迹如同从屋墙缝中渗出，点滴之微也成齿缺，表示纸不晕染，抗拒之力如砖石般强，提笔之人须有透纸背之功力，可称为用力之法。“折钗股”，表示转折之处，不可将笔另提，必须诸锋齐转，然后力的轻重相宜，才可圆满不偏，内外侧均匀，可称为转折之法。字的要诀，即此四法，其他都无需规限。唐代以后的书法，与以上篆隶之法无缘也。（近来听说上海“求是斋”影印《魏碑大观》，我以为即便不是善本，也决不至于欺人。昨天在朋友家见到，贻害天下苍生之作矣。册子中十处有八九处是将石花涂黑，冒充初拓，因而缺损的字口，尤显得滑稽。若不是现在学术凋零，何至于有如此胆大妄为之人，故在此特别提醒学子留心。听说日本大昭皇帝加冕时，日本人竞相购买中国图书，以作纪念，也花了六十万元在上海购买了大批字画。据就已看到的人披露，真迹恐怕不到十分之一，呜呼，冤枉！）

侥幸

【原文】

余年十二，得见湘绮，遂知读书之法，即抛名利之心，亦性使然，非强致也。然世事多艰，难于观望，因而侥幸，每演荒唐。十五年前，北方令表兄郭葆生为检阅使，收拾湖南党人。林支宇求为救命。余谓救一人，不如救众人。乃电熊秉三总理负调解之责，于是郭使撤回，党人安全出境。后二年，叶郎园为汤芗铭所捕，余亦电熊秉三、王湘绮、夏午贻及伯兄求救，叶终得释。第叶之为人，所谓虎死不倒威者。余悟祸不单行之说，送叶至京。去年，叶为俄党所杀，余亦被捕。彼时之余不仅不能救叶，且不能自救，更不能如王国维之自杀。三思之后，奇计骤生，俄顷之间，戡定大难，人我存亡之几，不得已也。而世人目我，皆曰庸顽，竟得隐居，悠然自在，徒以名利二字，完全让人，而言行范围，又以立身行道四字有着为止，决不仇及个人，故农协会亦谓我为善人，良有以也。然而难言之矣。

《礼》云：“门内之制恩掩义，门外之制义断恩。”由斯言之，恩义二字只可相依，不能相反。今则门外敬我，而门内辱我，其故何耶？盖亦俄说大倡，礼教隳溃之效，斯孔子所以有“天生德于予”之叹也乎！每思俄说之由来，必为医家所发明。凡为人类之大患者，莫如微菌，其物至微，其毒至大，而其多又倍于恒河沙数。数年前，奉天医家，不能自给，于是以微菌给菜贩，而大疫兴焉，医生从此大富。今之俄党，奉天医生也。今年六月，忽遭母丧，扶榇回里。情形大异往日，富者尽穷，穷者尽富。乡中有谚曰：“瓦屋峭峭，饿作鬼叫，茅屋它它，财主公婆。”已与苏俄相似矣。

国变之时，余之言行，人尚未知。有疑郎园与余为汉奸者，军事厅嘱梅馨杀余。梅请都督谭延闿示。谭急止之，且使胡子靖夜半至余斋，述谭言曰：“时局紊乱，玉石不分，万一未周，过将不补。”余感谭言，侵晨返里。数日之后，谭差快驿，送电与余，取而阅之，乃孙文、黄兴等五六人请谭保护之电。湘中不利于余事，已闻于南京也。此电发表之后，无人再议及余，遂得安闲，究兹学业。余到省时，诣谭署致谢。谭笑问曰：“足下肯来此地耶？”余答曰：“惟无公事。”差胜澹台灭明①耳。

余之境地，本异常人，不必褰裳，即能濡足。然葵犹卫足，何况于人。田纵可蹊，牛何能夺。不降其志，不辱其身，柳下惠之所以为古贤人也。

【意译】

我十二岁时，拜王闿运先生为师，便渐知读书之法，应抛弃名利之心，且需心性相宜，强扭则难成。但世事艰难，无法预料，我虽多有侥幸，也每每出演荒唐闹剧。十五年前，北方政府令表兄郭葆生为检阅使，收拾湖南异党之人。林支宇求我援手救命，我想救一人不如

---

① 澹台灭明：复姓澹台，名灭明，孔子的弟子。

救众人，便致电熊希龄总理，托其从中调解，于是表兄之命撤回，异党安然离湘。后两年，叶德辉被汤芗铭抓捕，我又联系熊希龄、王闿运、夏寿田及我兄杨度为之营救，德辉终获释，但其可谓“虎死不倒威”之人，我恐祸不单行，故送他去了北京。去年，叶德辉被农会所杀，我也同期被捕。那时我不仅不能救他，且不能自救，更不能像王国维般自杀。三思之下，谋定生存之策，俄国革命席卷之时，必定大乱，此乃涉及生死，不得已而为之也。而在世人眼里，我变为平庸顽固之人，竟然隐居，悠然自在，将名利完全让与他人，而交际范围，仅限能立身行道为止，决不结怨结仇，故农会也说我是善人，不以恶待。只是自知难言之隐矣。

《礼》书上说：门内之制恩掩义，门外之制义断恩。从这句话可知，恩义二字只能两相依，否则不是“亲亲相隐”，便是“大义灭亲”。而今社交朋友均尊敬我，但亲戚族邻并不说我的好话，这是何故？皆因俄国之学说大行其道，礼乐之教崩溃所致，难怪孔子也有“天降德于我，他人能奈何”之感叹矣。每次想俄国学说的产生，料定必是一医生的发明。凡是人类患大疫，都源自细菌，这种物体微小，毒性却巨大，而数量又远比河边堆积的沙粒还多。几年前，东北的医生，难以糊口，于是将细菌播散到卖菜的小贩，让瘟疫大兴，医生从而大富。今天的俄党，犹如当年东北的医生也。今年六月，母亲突然去世，回乡扶棺。见乡下情形大变，原富人都已穷，原穷人则均富，流传有谚：“瓦屋峭峭，饿作鬼叫，茅屋坨坨，财主公婆。”已达苏俄之境界矣。

民国初始之时，我的言行，世人了解不多。故怀疑我和叶德辉均为汉奸，军事厅命令梅馨杀我。梅请示湖南都督谭延闿，谭急制止，即派胡子靖半夜到我家，转述其言：“时局紊乱，良莠不分，万一关照不周，于事难补。”我能体察谭所虑，清早即返乡下。几天之后，谭专差人快讯，送来电传，我取而阅之，是孙中山、黄兴等五六人请谭延闿务必保护我之电令。湖南欲加害于我，已惊动南京也。此电文发表之后，没人再惦记我，享得安闲，沉于学业。我返省城后，专至谭延闿公署致谢。谭笑着问："你怎么肯来我这里?"我答："不为公事。"此乃澹台灭明之态也，不为公事，不见公卿大夫。

我的境地，本与常不同，不必呵护，尚能自生。但葵花尚可面朝太阳，以荫泽根足，何况人也。耕田纵遭践踏，然牛不可夺杀。柳下惠之所以能成古贤之人，乃因世人未夺其志，不辱其身也。

春　秋

【原文】

廖平①为王湘绮弟子，康有为为廖平弟子，梁启超又为康之弟子，故卓如见湘绮称太太老师。（卓如初见湘绮即问《春秋》书日食义。）王虽不认康为弟子，而梁不可少礼也。所传学术，乃在《春秋》，孔子以一布衣而自称素王，遂于"正月"之上，突加"王"字。故《公羊传》曰："王者孰谓，谓文王也。"自来注家不解其旨，以为孔子生时，周室衰微，政治窳败，必不为孔子所崇，然不以王属周，"王"字又无着落，及追思及于文王，其说大误。所谓文王者，乃文字上之王，暂创虚君制，即孔子自谓也。再以《论语》证之："天生德于予""天何言哉"之类，自视之重，非王而何? 故在二千年前，血统制盛行之时，孔子行为实为大逆不道。言必称尧舜，可为推翻血统制之明证。孔子尝谓鲁哀公曰：君者舟也，庶人者水也，水则载舟，水则覆舟。更可为推翻君主之明证也。

---

① 廖平：清末民初著名的经学家。

此时蔡氏以孔子有尊君罪，绝其祀典，此固无损于孔子之大，然蔡氏之不通，实为可笑。君与委员长本无以异，君可尊，委员长亦可尊，君可不尊，委员长亦可不尊。若谓今之尊委员长全是，古之尊君全非，则余大惑不解。更细思之，地球上果有自由平等，绝不专制之国耶？据余所言，无论何国，皆以同乎政府者为限也。确有自由平等之旨者，除释迦牟尼外，未见第二人，故欲谋真正自由平等之人，莫不逃之于佛。

一世有一世之人才，一时有一时之制度，孔子曰：三王不相袭礼，五帝不相沿乐，以得时宜为止。世无万古不易之法，孔子尝为委吏矣，亦可为委员也，故孟子曰“孔子圣之时者也”，今废孔祀，徒启后人诬陷前人之风。欲百年、千年后之国人推崇今日，则隆重古人祀典，正一种不可少之手段也。

凡求用之人，必标自卖之帜，纵其言之可听，亦愿学子之无闻。细心求学，务得真是而已。再以佛道诸教而论，教之当否，别为一事。姑自外面观之，传世如此之久，信者如此之多，少时诽谤，老而从之者不可数计，壮为雄杰，晚被袈裟者，尤难悉数。即以赵公炎午而论，拜佛诵经，晨夕不辍，心性之学，一日千里。及门欧阳任，渐屏外营，皈依佛法。赵、欧两人皆称强悍，行为如此，其故可知。至于专谋声色货利者，更莫不终遁于禅门也。故佛道之值已可概见。无十年之考究，实不可以测其高深，乱诋乱诬，与事无涉，必欲推翻，仍在学识。苟有人焉，高于佛道，则不攻自破，无待劳心，否则力竭声嘶，终无效果。迷信二字，相隔太远，不足以服信徒，且非知识幼稚，不知佛道为何物者，决不肯以迷信二字抹煞之也。须知世人知识未必皆不如今之少年，而今之少年所谓知识者，大抵吹竽之类，全非心得，以此自反，矜平躁释矣。且大同之说，倡之孔子，自由平等之说，主之释氏。今则绝孔祀而贵大同，诋释氏而尊自由平等，矛盾之状怪不可言。

古人有言曰："下士闻道，大笑之。大笑不足以为道"。余愿天下之人勿为下士。余性倔强，不随风气，然以五十年之阅历经验，所感实多，未深究者，弗置议也。世无完全虚伪而能持久不变之事。(《春秋》年数为二百四十年，自来经生只知孔子借此二百四十年事为行政之规范，而不知孔子之意乃将二百四十年化为二十四年，欲求速效，更化为二十四月，故曰三年有成。大同之期在三世之后，即第三年，故子张问十世，孔子则可推而至于百年也。已过之事有何可辨，必辨已过之事以示后人，似非圣而时者之所应有。《春秋》本非记事之书，但假旧史之迹，作为己身所见，特张三世以明辨事之次第而已。人生无百年，又曰四十，曰强而仕，若治天下必须久远之期，安得许多圣人继续为之耶？此条足补二千年来经生之所未及，读《春秋》者所必知也。康长素谓三世为三种办法，其说非是。法不可有二，何况于三手段，则不妨有次第，故今之言治国者，亦欲仿《春秋》之例而分三期，首言军事，即拨乱也。)

【意译】

廖平是王闿运的弟子，康有为是廖平的弟子，梁启超又是康有为的弟子，故梁启超见了闿运应称太太老师。(梁第一次见闿运先生即请教《春秋》日食之要义。)虽然王闿运并不认康有为是其弟子，但梁的尊师之礼仍不敢少也。王、廖、康、梁一脉所传承的学术，主在《春秋》，孔子身为一布衣，而自称"素王"，并在"春王正月"四字中，"正月"之前，突加一"王"字。且《公羊传》上说："此王指谁？文王也。"古往今来，经注家难释其意，认为是在孔子之时，周天子的天下已处衰微，必不为孔子所崇尚，故在此处，"王"意指其心中追思的周文王。此说大错也。所谓"文王"，乃文字之王，是其虚创的一君主王国，王者即孔子自己也。在他的《论语》中也可寻其踪迹：“天生德于予”“天何言哉”之类，自视之高，非王莫属。在两千年前血统制盛行之时，孔子之言实为大逆不道。其言必讲尧舜，弘承让非世袭，乃推翻血统制之明证。孔子曾对鲁哀公说：君主为舟，百姓如水，水可载舟，也可覆舟。更可视为推翻血统制之明证。

现蔡某认为孔子有尊君罪，而不容世人有对孔子的祀典，此虽丝毫难损孔子的名声，但也实属幼稚可笑之举。君主和现在的委员长一样，君可尊也可不尊，委员长也可尊或不尊也。如果说只赞今日尊委员长，而诋古时尊君王，我便大惑不解了。深想一层，世界上真有自由平等，绝不专制的国家吗？照我所看，无论哪国，都是以反不反对政府为判断。如只唯自由平等的，除释迦牟尼外，恐没有第二个人，所以，真正谋求自由平等的人，应不外于佛也。

一代有一代之人才，一时有一时之制度，孔子说，三代君王礼必有改，五代皇帝乐必有变，需与时相宜也。世上无万古不变之法，孔子曾为古时的“委吏”，也即今日所称的“委员”也，故孟子说“孔子之所以为圣，乃在于顺应时势矣”。今废除祭孔之典，徒然为诬陷前贤开了先例。如果想百年、千年后的百姓推崇今世，现隆重祀典古人，则是一种必不可少的手段。

凡是想蛊惑世人者，莫不树起自我标榜的旗帜，纵然其巧舌如簧，也需学子皆无知。若要真心求学，务必仔细辨识。如以佛道的诸教而言，教义是否有理，暂且另当别论。仅从局外人观之，传世如此之久，信者如此之多，少年时诽谤，老年时皈依的人不计其数，壮年时称雄杰，晚年时披袈裟的人，时有所闻。如赵恒惕，暮年拜佛念经，晨夕不辍，心性之学，一日千里。又如欧阳任，渐与世俗隔绝，一心遵循佛法。赵、欧两人均性格强悍，行为尚且如此，至于一些声色牟利之徒，更是最终纷纷遁于禅门，佛道的吸力已可见一斑也。无十年以上的考究，实难测其高深，随意乱诋乱诬，于事无补，若想否之，仍在于自身之学识。若有智者，高于佛道，其则不攻自破，无需劳心，否则声嘶力竭，终无效果。仅以迷信二字概之，相差太远，也不足以使信徒折服，而且有学识，只是不了解佛道的人，也决不愿用迷信二字便否定之。要知道众多有学识之人的知识，未必都不如现在的年轻人，何况当今年青的所谓知识者，多为滥竽充数之类，并非真有心得。以此反思，理顺心平矣。天下大同之说，倡导者乃孔子，自由平等之说，倡导者乃释迦牟尼。现今则禁尊孔而宣扬天下大同，贬诋释而赞颂自由平等，自相矛盾之怪状不可言表矣。

古人说：下士听说“道”则大笑不已，认为其荒诞不稽。但愿天下之人勿为下士。我性情倔强，从不随波逐流，只是以五十年之阅历，仍存疑惑甚多，没深究之事，不置评议也。完全虚无缥缈之事，在世上断不能长久。(《春秋》涉及了二百四十年，从来传授经学者只知道孔子借这二百四十年为行政立规范，而不知道孔子之意是将这二百四十年简缩成二十四年，以求速效，更不知他想简缩成二十四个月，二年也，所谓三年有成矣。期望天下大同在第三年，故有其门生子张问：十世之事可预知？孔子则可推想百年也。过去的事有什么值得去考究其对错？唯启示后人矣，这并非圣人而是当世之人应做之事。《春秋》并不是一叙事之书，仅借往史之例发表己见，申明未来三年之主张，也是表明事情的主次之分、轻重缓急而已。人生并无百年，奋发之年有限，若论治天下，必有长久之计，总不可能靠圣人接踵而至。此条可弥补两千年来传授经学者之未及，读《春秋》的人必须知也。康有为说三年之意是三种办法，谬误矣。法不可有二，何况三种，然不妨有主次之分，故当今掌权者，不妨仿《春秋》，治而分三期，首为军事，即拨乱也。)

记吴熙

【原文】

吾邑吴劭之孝廉，名熙，记问淹博，无书不读，文章经学皆在王葵园、皮鹿门之上。王湘绮先生赞吴善出经题，每请其出题阅卷。葵园、鹿门，湘绮不信也。吴君无立锥地，子皆不肖。余尝笑曰："以原宪[①]之节操，处尧舜之家庭，圣贤生活，一生历尽。"所制联语，人极称之，已刊印行世。挽沈子萃联，有"老子韩非因合传"句。(沈精刑名兼通道术。)若仿其体以挽吴君，则唐虞原宪可同炉，亦新颖也。(吾邑许笃斋，湘绮弟子也。治《三礼》有年，心思细刻，容止端正，俨然经师。湘绮笺启中所谓许生者，即此人也。近闻衡阳程崇信正注《诗经》，补湘绮之未足。昔日本至寻常，此时诚为异宝。姜畲陈鼎字梅根，诗学昌黎，喜为拗僻之词，以押尽三江，均见赏于江建霞学使。其弟子某氏刊其诗，名曰《陈姜畲集》。酬应之作，提笔满纸，亦常人之所难。但湘绮甚厌其人，故王门无陈迹。)

【意译】

我的同乡，举人吴熙，字劭之，诗文背诵广博，无书不读，做文章研经学均在王先谦、皮锡瑞之上。王闿运十分赏赞吴出的经题，常请其出题并阅卷，反有些不信先谦和锡瑞。吴居无定所，儿女皆无出息，我曾笑他："以原宪之节操，处尧舜之家庭，圣贤生活，一生历尽。"该联语，无人不称极是，被有心之人刊印行世。挽沈子萃联，有"老子韩非因合传"一句。(沈子萃精通刑名和道术。)若模仿其体写挽吴熙之联，则有"唐虞原宪可同炉"，颇为合适且新颖。(我

① 原宪：孔子弟子，七十二贤之一。

同乡许笃斋，王闿运的弟子，研习《三礼》多年，心思细腻，举止端庄，俨然一经师也，闿运一些书信中提到的许生，即指此人。近来听说衡阳程崇信正在注释《诗经》，以补闿运之不足，往日此举平常，现已难能可贵矣。湘潭姜畬的陈鼎，字梅根，诗学韩愈，喜欢用拗僻之词，以求韵律工整，多写与江建霞学使，后经其某位弟子汇编刊印出版，名为《陈姜畬集》，都是一些应酬之作，提笔满纸，一般人尚难得有此闲工夫，王闿运对其十分厌恶，故我在湘绮楼从未见过此人。)

赶尸

【原文】

见神见鬼，余耻言之。然天下事每多出于情理之外，使人莫解，若仅以科学为凭，谓不合科学者，为莫须有之事，此说只足以欺脑力简单之士，不足以欺鄙人。何以言之？科学本身亦渺茫也。即地心吸引力证之，前人谓之有，后人谓之无，相反之言，皆能成立，实在有无，仍未确定。但从其有者之言，既可以应用，从其无者之言，亦可以应用，是亦足矣。孔子之后，学分九流，各具理由，不稍顾忌。然其主张，均在应用。天地不能言，万物不能语，有识之人，假设一说，一贯通之，遂享一时之盛名，得众人之同化。于是迷信乎甲者必攻乙，迷信乎丙者必攻丁。静夜思之，哑然失笑。如甲固以乙为非，甲既非之矣，何必子之证之；如丙固以丁为是，丙既是之矣，又何必子之证之。学浅之人，时为人之奴隶而不知，尚栩栩然自以为知识高大，岂不可哀哉！

湘黔之交，有民俗焉。人之死于他处者，送之归家，不用舆杠，赶尸步行，趺趺而进。一人捧符水前导，一人后随，必以大笠戴于尸首，夜宿旅舍，尸立门侧，百里千里均无虑也。到家之时，前导者以符水泼地，尸体立倒，但不能即哭，哭则尸臭，不能洗敛。盖棺之后，哭之可也。此于科学关系如何，愿见通人解兹疑惑。余游日本数年，对于科学用心考究，博士、学士每为所难。今之所疑非通人不能答也。

余以为发明赶尸之人，实高于发明地心有吸力之人，更高于发明地心无吸力之人。何以言之，发明有吸力者，虽创于己，余可用天心有拒力等说易之。发明无吸力者，不过一种反响，未能免乎以矛攻盾之故技，左右皆通，高低可说者，均不算人才也。至于赶尸，绝无躲闪，不必演说，不必著书，更不必利用机械，而事实昭然，人皆莫测，实天下之至奇至怪者也。

【意译】

说神讲鬼，我耻为之。但天下有许多事都超乎情理之外，让人不得其解，如仅以科学与否为标准，称不合科学的东西必子虚乌有，这只能欺骗些头脑简单的人，我绝难信之。为何？科学本身就渺茫也。如地心引力，前人认为有，后人认为无，矛盾的说法，都能成立，究竟有无，却没人能说得清楚。说有的人称可投入应用，而说无的人也同样言之，此足以说明问题。孔子之后，学分九流，各具理由，互不相容。然各观点，均在应用。天地万物不能自语，若有识之士，假设一说法，奋力推行之，一旦有成效，则享一时之盛誉，得众人之拥趸。于是迷信者甲以此去攻击乙，丙以此去攻击丁。静夜一想此事，哑然失笑也。如甲以为乙错误，直接否定即可，何必以假设之说来证明？如丙以为丁正确，直接肯定即可，也何必以假设之说来证明？浅学之人，惯于时时为别人的奴隶而不自知，还一副道貌岸然、自以为是之态，岂不可悲哉！

湖南与贵州交界的地方，有一民俗。人若死在他乡，送其回老家，不用人抬，赶尸自行，一跳一进。一人在死者前面捧着符水，另一人跟在死者后面催赶，尸首必须戴一斗笠，晚上旅舍住宿时，尸首立在门侧，这样即便行走千里也无妨。到老家后，前面的人将符水泼在地上，尸体便会立刻倒地，但周边的人不能马上就哭，哭则尸臭，不便为其洗身也。盖棺之后，哭则可。这有何科学根据？愿有通达之人解惑。我游学日本几年，想以科学用心研究，然博士、学士遇到此类问题都勉为其难矣。在现在看来的许多不可思议之事，非凡人可释之。

我以为发明赶尸之人，实高于发明地心引力之人，更高于说地心无引力之人。何出此言？发明地心引力者，虽属创新，但我可说天心有排斥力，也有同类效果。说地心无引力者，不过是一种以矛攻盾的伎俩。视左右皆通、高低均可之人，乃俗人也。而赶尸则非虚说，不是演讲，不是著书，更不是利用什么机械原理，而是事实操作，人皆可见，实天下最奇最怪之事。

论新文化

【原文】

余之戚有曰李四者，有曰林一者，皆为农夫，略知文字。一日，李四致函先严，其词不解，先严笑曰："必林一而后能知。"呼之至，果畅读无阻，程度相等者乃可意会也。赵公璩①来谈新文化，谓近出新书，读完之后，不知意之所在，且其句法尤属离奇，字皆可识，而词不可解。大概鸟通鸟言，兽通兽语，非其类者，不易辨也。余因忆李四、林一之事，抚掌大笑。

---

① 赵公璩：王闿运的第十女婿。

文章本有时代，言之已详。自秦迄今，代有特色，加以新字，亦甚相宜。今之少年，不过剿袭数百年与数千年前之《水浒》及英文标点而已，二者之外，未尝见其别有创制。以事实言之，正可标以旧字，更仿曾文正公《经史百家杂钞》之例，而名之曰旧俗话西文杂钞。今竟不标以旧字，而标以新字，斯为今日之至怪。日文、英文，余皆学过。日文之法，略似中文，语句之间，意致完足，不必另加标点；英文无“焉”“哉”“乎”“也”等字，故无标点其意不周。今若于义无不备之中文，更加以不相干之赘物，实不免于佛头着粪，画蛇添足之讥。须知此种举动，皆一二好名者之所为，绝无丝毫益处。接木移花，改头换面，术之下者也。

凡无益之事，断无永久能存之理。数年之后，人必厌之，即可冀其消灭也。清初之人，喜以斜横曲线、一圈一点，记文字之起止，以为世士多愚，非此不辨。然中叶以后，亦荡然无存。今更附以外来无谓之物，其命运之短促自不待言矣。

惟提倡《水浒》，其害正大，诲盗之罪，实不可辞。伯兄有言，读《水浒》，即思为强盗，而况知识未定之青年，道论沦亡之浊世，又授之以其所无，易其所有之法宝，不造浩劫，其谁信之。

提倡新文化者，亦可废然返矣。（闻有人屡次登报，将以华昌公司旧址改营他业，而我辈既未之知，又未之许。人之心理大异往日矣。古人有言：“近朱者赤”，即近赤者朱也，朱为诛之本字。湖南名人之后，亦有抛弃礼法、辱骂亲长者，再进则实行诛戮矣。）

虽然，今之学子务在偷懒，只用十金以内之金钱，购东偷西抹之浅说，仅费一年以内之时日，为俚词秽语之搜求，登之报端，自命作者，正与科举之时专于书店争得新科利器者，实无以异。殊不必笑前人之腐败，而夸今日之文明。后之视今，亦犹今之视昔，笑今人为腐败者，恐不必百年也。康长素乃环游地球之人，非不知世界文化者，亦尝痛诋媚外，舍己从人。其所著《中国之危误》，在全法欧美而尽弃国粹。诸篇言“我国数千年之文章，单字成文，比音成乐，杂色成章，万国罕比其美，岂可自舍之”等语，实为今日后生之所必晓。徒为货物之拒外，而为精神之媚外，更矛盾可笑。尤为今日后生之所必晓者也。英国阿士佛大学教授华文博士褒洛，近见中国报章所用字句，不仅不解，且不知其由来，尝谓读中国书数十年，未曾一见。何耶？观此数语，亦可知专用鄙俚之言，与倭文乱凑之字者，不仅贻笑方家，抑且贻笑外人也。（德人韩君亦询余，为何取不完美之外国文中标点，加于世界第一之中文上，余无以答，忸怩者久之。）虽然，言之者亦已多矣，无如知识未开之人，不可使听，知识已开之人，又不必说，所以余言仍为多事也。

嗟呼！世间事理，只宜进化，不宜退化。或曰：“既主退化，则白话不如结绳。”其理亦足。余闻之友人曰：今之主白话者，其子弟皆延师教授经史，不入学校。可为专事欺人，而不忍自欺之证。

【意译】

我的亲戚中有个叫李四的，也有一个叫林一的，两人都是农民，略认得些字。有一天，李四写了封信给我父亲，父亲看了却不懂其意，便笑着说：“喊林一来，他肯定懂。”林一到后，果然通读无阻，程度相等者自可意会也。赵公璩来我这里谈了一通新文化，讲起他近期出的新书，我读完之后，尚不明其意，而且句法尤其怪异，字字都识，意却不通。大概鸟通鸟语，兽知兽文，不是一类，不入其门。我因而想起李四、林一的事，难忍抚掌而乐。

不同时代有不同的文法，以前已详细论述过。从秦朝到现在，历代各自有特色，且不断加入了一些新词，也无不适之感。如今的年轻人，不过只是如梁山泊人，在文字上偷鸡摸狗或强取硬塞及抄袭一些外国人的标点符号而已，除此两者之外，再未见到有什么其他的建树。以事实言之，英文标点适旧文字，如曾国藩《经史百家杂钞》一例；注明是旧文章，用西文方式标注。但现在竟不标于旧文，而标在新字上，骇为当今之至怪也。日文、英文，我都学过。日文的语法，与中文略似，语句之间，意思完结之后，不必另加标点；英文因没有“焉”“哉”“乎”“也”等字，故若没标点，其意便混乱。而今在意思完整的中文之内，硬加一些不相干的赘物，无异于佛像头上浇粪，画蛇又添足。这种做法，虽是一两位好出名者为之，但绝无丝毫益处。移花接木，改头换面，低下之术也。

凡是无实质意义之事，断无永久存在之理，几年之后，人必厌之，即可望灭绝也。清代初始，喜用斜横曲线，一圈一点，来标记文字的起止，以为读书人有多愚蠢，只有这样才能分辨清楚。但至清代中期，便荡然无存。现更甚之，附加一外来无用之物，其寿命之短，自无需多言矣。

只是提倡《水浒》，危害巨大，教唆强盗之罪，难辞其咎。杨度曾说，读《水浒》，便引人想做强盗，何况知识尚未定性的青年，处是非伦理诸丧之乱世，你又授其不劳而获之法宝，不徒增盗劫，有谁信之？

提倡新文化的人，也可迷途而返。（听说有人多次登报，称将华昌公司的旧址已改作其他用途，而我们既不知道，也未授权允许。如今人心与往昔大不相同矣。古人有言“近朱者赤”，也即是“近赤者诛”，“朱”的本字为“诛”。湖南名门望族的后代，也有抛弃礼法、辱骂亲长之人，进而则将实行诛杀矣。）

虽然，今日的学子惯于偷懒，花不了十元钱，购东偷西，拼凑一肤浅之说法，再花不了一年的时间，搜求一点庸词秽语，登于报端，自命为作者，与科举在即方去书店寻攻关利器者，没多少区别。故不必嗤笑前人迂腐，而自夸今日之文明。后人看今，也犹如今人看昔，不必过百年，后人必嗤笑今人迂腐也。康有为乃是环游过地球的人，并非没有世界知识，也曾痛斥媚外崇洋，抑己扬他。其所著的《中国之危误》，全然效法欧美而尽弃国粹。许多篇文章中也有“我国几千年的文字，由单个字组成，如音符成乐，杂色成章，万国难比其美，岂可自我舍弃之”等语，实为今日之晚辈所必须知晓也。仅拒国外之货物，而崇媚其精神，则更是矛盾可笑，尤其应为今日之晚辈所必知。英国阿仕佛大学的教授、中文博士鲍洛先生，近来看中国报章所用词语，不仅不懂，且不知其来由。说读了几十年中国书，从未见过。为何？看几句话，便知多专用土话俚语，与日本文又杂凑在一起，不仅贻笑国人，且也贻笑外国人矣。（德国人韩某也问我，为何用不完美的英文标点符，加在世界第一的中文之上？我无言以对，闪烁其词。）虽然，如我这样出言相责的人已不在少数，但如果是知识不够之人，抑或听不懂，知识稍丰之人，又不必多说，所以，我在此所说，又为多余之言也。

嗟呼！世间之事，应当不断进化，而不是退化方为适宜。有人说：“既主张退化，则白话文不如就此制定出标准。”此理也算充足。我听朋友说：今日那些主张白话文的人，都将子弟送去私塾学经史，而并不入学校。这乃专门欺人，而不忍自欺之证明矣。

说忠节

【原文】

余平生见“忠节”等字，即毛骨悚然，无端泣下，以为人间至惨至悲之境，所最难堪者也。君不君，而后忠节兴焉；父不父，而后孝友出焉；比干之为臣，虞舜之为子，是其明证也。因此而知贤明之士，对于“忠、孝、节、义”等字乃极思避免者，又可断言矣。嗟呼！唐宋以后之儒生专欲以此陷害士子。以为比干遇暴君而得贤名，虞舜遇虐父以有天下，利莫大焉。是以唐宋以后之儒生，不仅不愿世间之有明君贤父，且极愿世间之多产暴君虐父，以成一己之业，享后世之名，其用心诚不可测已。（愚忠愚孝为孔道之障碍，见神见鬼为佛教之障碍。）

客有以黄石斋字册、戴醇士画册求题者，余为之愕然大骇，直视若僵。恍惚若狂。客曰："先生之状至怪，似怒而唏，似惊而恻者，何耶？"余答曰："岂子之所能知者哉！明之与清，若冰之与炭不相容者也。石斋忠于明，醇士忠于清，二人者虽不同时，然就其旨趣求之，石斋必杀醇士，醇士必杀石斋，地位相反也。若依其学行考之，醇士必服石斋，石斋必服醇士，心性相同也。余之为此题也，既不可不两是，又不可不两非，立论之难，无逾于此。"余尝有言曰："常者谓之正，变者谓之贼；不受激变，各依其境行之，是为忠节。"即以此旨题其册后，客乃大服。且曰："闻先生之言而有所悟，孔子作《孝经》，不作忠经，马融作《忠经》，合其旨否？"余答曰："善哉问！凡关于德行者，惟父子不易，其余皆随时变迁，未克始终一致，是以孔子将一切德行皆纳之于孝。后人领其趣，故无议父之迹，而有议君之文。谥法云：'残人多垒曰桀，残义损善曰纣，暴虐无亲曰厉，壅遏不通曰幽，去礼远众曰炀。'由此观之，隐恶之事不施行于君。《诗》云：'民之父母'，然则不借父子关系，不足以羁縻百姓，马融之作，戾其旨者也。"

【意译】

我每次见到"忠节"等字，即毛骨悚然，以致无端地泣然泪下，感此字眼，常能将人引入人世间最悲最惨、最让人难以忍受之境地。只有君主之为不像君主，忠节之举才蜂拥而出；又只有父辈之为不像父辈，孝义之举才层出不穷；比干成剖心之臣，虞舜成欺辱之子，便是例证。因此，真正贤明之人，对“忠、孝、节、义”等字是极意避讳的。可恨矣！唐宋之后的儒生却偏偏常以此来陷害有所作为之士。认为比干幸亏遇了暴君方能获贤名，认为虞舜幸亏家有虐父才能得天下，占了无比的便宜。故唐宋以后的儒生，不但不愿世上有明君贤父，而且极希望世上多出暴君虐父，以便成就自己当世之功业，赢后世之英名，其用心难测也。（愚忠愚孝是孔道的歧途，见神见鬼是佛教的误说。）

有一人拿了黄石斋的字册和戴醇士的画册来求题跋，我两眼僵直，恍惚若呆，为之愕然。来人问：“先生的表情为何如此古怪？似怒又感叹，似惊又恻隐。”我复：“你岂能知矣！明代清朝，如冰与火，绝不相容。石斋忠于明，醇士忠于清，两人虽不处于同一时代，但就志趣品味而言，石斋必置醇士于死地，醇士也必杀石斋无疑，完全势不两立。而若仅论治学处世，醇士必服石斋，石斋也必服醇士，两者全然心性相通。我为此写题跋，既不可皆称是，又不可均议非，立论之难，莫过如此矣。”我曾说过：“一以贯之为正，反复无常为贼；不受外界剧变而改，各依其境而行，是为忠节。”以此意为其题跋，来人心悦而服，并说：“听先生之言后有所悟，孔子作《孝经》而不作忠经，马融作了《忠经》，符合孔子之意吗？”我回答：“问得好！凡是涉及德行，只有父与子之说持久不变，其余都随时势而更新，没有从一而终的，因孔子将一切德行都归纳于孝之中。后人遵其旨，故没有去议论父亲之是非的，反而有评议君主的文章。评给古代帝王和大官称号的谥法中说‘残人多垒曰桀；残义损善曰纣；暴虐无亲曰厉；壅遏不通曰幽；去礼远众曰炀。’由此可见，对君主是不用避讳评议其恶的。《诗经》中有称君主为‘民之父母’，实是君不借父子关系，难以羁绊维系百姓，马融之作，乃暴践孔意也。”

斥 朱

【原文】

朱竹垞谓刘向为经术最深，谓扬雄为诡于圣人之言，余已于《说狂》篇言之。刘向之言曰：“尧治天下，伯成子高为诸侯焉。尧授舜，舜授禹，伯成子高辞为诸侯而耕。禹往见之，则耕在野，禹趋就下位而问焉，曰：‘昔者尧治天下，吾子立为诸侯焉，尧授舜，吾子犹存焉，及吾在位，子辞诸侯而耕，何故？’伯成子高曰：‘昔尧之治天下，举天下而传之他人，至无欲也；择贤而与之位，至公也。以至无欲至公之行示天下，故不赏而民劝，不罚而民畏。舜亦犹然。今君赏罚，而民欲且多私，是君之所怀者私也。百姓知之，贪争之端，自此始矣。德自此衰，刑自此繁矣。吾不忍见，是以处野也。今君又何求而见我，君行矣，无留吾事。’耕而不顾。”云云。彼伯成子高者，非禹者也，非禹即谓之毁圣，而刘向记之，称之曰“节士”。余固知乎竹垞之必以毁圣者为滔天之罪也，而竟于以“节士”许非禹者之刘向，而赞之曰“经术最深”，岂非事之至奇至怪也耶？

竹垞号称淹博，不得谓为不知刘向之此言，苟知之而佯为不知，且从而扬之，则竹垞一生之言论皆不本于心性，而专事乎虚伪。故余尝曰：唐宋以来之儒生，皆蓄有腐气，腐气之由来，虚伪源之也。（伯成子高以私天下责禹，遂为孟子“君轻”诸说之祖，特引此节，以明伯成子高之道术所在。）

【意译】

朱彝尊说刘向的经术最为精到，而杨雄则纯属诡辩之言，我在《说狂》一文中议过此论。刘向曾写道：“尧治天下时，封伯成为诸侯；后尧传位于舜，舜传位于禹，伯成乃辞官回家种田。禹寻往伯成处，见其在田野耕地，便躬身下问：‘昔日尧为主时，立足下为诸侯，舜为主时，足下仍在位，但到我为主了，足下为什么就要舍诸侯而为农夫呢？’伯成答：‘当年尧治理天下时，举世之风皆为助人，无私欲；众选贤人而授予职位，公平也。以至于无欲至公行示天下，民无赏而进，无罚而畏。到舜治天下时，仍然如此。但至现在，君治之下，赏罚分明，然民贪欲而纵私心，是因君之所为怀私心也，百姓看在眼里，贪欲之争，自此开始矣。尚德之风渐衰，刑惩之法频出。我不忍睹，故归野，君又何必再来找我矣。’便不再顾禹，而专注于耕。”云云。这个伯成，乃非议大禹之人，非议大禹即是诋毁圣人，而在刘向的记述中，称伯成为“节士”。我固然知道彝尊视诋毁圣人为滔天大罪，但刘向将诋毁圣人的伯成尚可封为“节士”，彝尊还可赞刘向“经术最深”，这不也是奇怪已极？

朱彝尊是号称知识渊博之人，不可能不知道刘向的“节士”之言，姑且知道而假装不知，而继续弘扬，可见彝尊一生的言论并不秉从其心性也，而专行虚伪之事。故我曾说：唐宋以后的儒生，都带有腐气，腐气的来由，源自虚伪。（伯成以私心治天下来指责禹，乃为孟子“君轻”之说的鼻祖，特引此段，以说明伯成之道术。）

两寸人

【原文】

世所谓何首乌者，仅知其名而未之见。岳州某氏掘得一枚，为仲钦所得。绝类人形，一切皆具，惟高不过两寸，手长而足蜷曲，既似胎儿，又似长手猴，有骨无肉，骨外有皮，骨白而皮黄黑。若谓人与猴类之遗骸，则不至如此之小；若谓为植物，则不应与动物完全一致。头壳之质，同于笥衣，臂胫之质，近乎草管，其物太奇，使人疑惑。昔人之于此物，神话甚多，谓首乌藏处，每于月明人静之时有小儿踯躅。樊樊山有详记，谓为祥瑞，千年不可得一，古今人物视为奇珍者。余得见之，故援笔而记于此。

东方朔《神异经》曰："西北荒中有小人，长一寸，朱衣玄冠，四海之外有鹤国，男女皆长七寸。"此物之长短，皆不相符。余在日本时，见尺高骷髅，闻得自古小人国者，则太长也。（余得玛瑙鼻烟壶，现一裸体美人，长约一寸，左手伸出，右手支腰，鬓发蓬松，乳部丰起，姿势若今之跳舞者。其奇虽不及何首乌，亦可谓为非常可怪之品。赵扔叔见一玛瑙烟壶，一面出现山林旭日，一面现沙洲，宿二白鹭。又一玛瑙壶，一僧兀坐，右侧云气上升，以为奇品，记出告人。余恨不得兀坐之僧，与裸体之姝成对，两壶可合价值连城矣。自来鉴家谓玛瑙之现鸟兽鳞介者至足珍贵，然则现人物者必更珍贵也。余壶颜色甚多，人之首部肉红，身似灰色，透糯如洞石，地色则鬼面青，产于西北方者。卖者不明其质，谓系墨精，其陋如此。虽然，世人之疏忽诚有难于料及者。姑就子玉言之，以为嫩玉者几占百分之九十以上，验之最熟，非虚语也。所谓子玉者乃和阗所产，小者如栗，大者如拳，故曰子玉。尺径内外者值十五城矣。子玉质密，半透明体，故曰截脂；全透者，俗呼大山玉。皆为崖块，产地甚多。但云南所产之绿玉，世称翠玉者，则非玉质，谓之角闪石，硬度不高。赵扔叔谓翠玉烟壶必不甚空，质坚难于钻洗，乃全无格致知识者。言薄则损色，不忍挖去，非坚不可攻也。绿色之由系铜液浸入，云南多铜矿，故附产绿石。此时烟壶之值低落异常，惟翠壶仍不易举。现重翠玉不限器也。书画家喜玩烟壶，前已略述，魏晋以前之人必手执玉器，多成马状，谓之裹手，正与今之手杖同，把玩烟壶又以当裹手也。）

【意译】

世人传说中的何首乌，以前仅闻其名。有岳阳人挖到一枚，被仲钦收得。外形极像人，五体齐备，只是高不足两寸，手长，脚蜷曲，既似胎儿，又似长臂猴，有骨无肉，骨外有皮，骨白而皮呈黄黑。若说是人或猴类的遗骸，则不至于如此之小；若说是植物，但又几乎和动物完全一致。头部皮质，如同笋壳，支体之质，近似草根，此物太奇，让人疑惑。古人有许多关于它的神话，说有何首乌的地方，每当夜深人静、明月当空的时候，就会看到一个小儿在附近徘徊。樊樊山曾有详细记载，称之为千年难遇的祥瑞之兆，古往今来皆视其为稀世珍宝。我此次一见，便顺笔记之。

东方朔在《神异经》中说："西北荒原中有小人，长一寸，红衣黑帽，天涯之际有个鹤国，男女皆长七寸。"与何首乌的长短，都不相符。我在日本时，见过一尺高的骷髅，听说得自古代小人国，相比之下也太长。(我收藏有一玛瑙鼻烟壶，壁雕一裸体美人，高约一寸，左手前屈伸，右手支腰，鬓发蓬松，丰乳凸显，姿态若舞者，此物虽没有何首乌那么出奇，但也属怪异之作。赵之谦见过一玛瑙鼻烟壶，一面是旭日山林，一面是沙洲之上两只白鹭。还有另一玛瑙鼻烟壶，一个僧人，独自兀坐，右侧云雾腾升，他认为至奇，故以随笔记之刊出。我恨不能收得那兀坐之僧，与我裸体美人配成一对，两壶一合，价值连城矣。鉴赏家从来都说饰鸟兽的玛瑙壶特别珍贵，但现这种饰人物的应更珍稀也。我那只壶的颜色甚多，人的头呈嫩红，身似墨灰，冻糯如寿山芙蓉洞石，质地颜色则如鬼面青，产于西北，卖的人也不知其究竟何物，见其丑陋，称为墨精。世人的疏忽有时难以预料，以籽玉为例，百分之九十以上的被认作是新嫩玉，此非戏言。所谓籽玉，乃新疆和田所产，小者如板栗，大者如拳头，故称籽玉。若大到一尺左右，价高可抵十五座城矣。籽玉质地致密，半透明状，俗称羊脂；若全透明，俗称山玉，即为岩块，产地甚多。但云南所产的绿玉，也称翠玉之物，则并非真玉质，属角闪石一类，硬度不高。赵之谦说翠玉烟壶腔必难空，因质硬不易钻洗，乃缺材质知识所言。只是腔壁过薄，有损其色，不忍挖去，而非坚不可雕也。绿色是由于铜液浸入，云南多铜矿，故产绿石。现时烟壶价格异常低落，唯有翠壶仍保值。且不论器形，翠玉之制皆珍稀。书画家喜欢把玩烟壶，前已略述，魏晋以前，人必手执一玉器，多为马状，称之为裹手，好像现在有人手执拐杖一样，把玩烟壶也类似裹手也。）

录小红曲

【原文】

偶于箧中得伯兄哲子自京师寄示之《小红曲》，以杜牧之情事，作比红之柔词。自古才人，多兹惨史，情愈重者境愈惨，非山野名士所能领略者也。

《小红曲》八首。

生长姑苏字小红，每歌红豆怨无穷。落花自与枝头别，不任花枝只任风。

月白花香露满枝，玉楼初见已相思。休夸湖海无双客，欲问阿侬为底知。

折花随意种雕阑，蓦地秋风起暮寒。不信兴亡家国事，果然红粉尽相关。

袁公诗句最玲珑，背烛闲吟有愧容。难得蛾眉能解事，肯教知己作英雄。

家国苍茫剩此身，那堪红粉更移情。可怜绮户娇啼后，牵向筵前赠与人。

一朵秾香恰半开，野蜂游蝶漫相猜。莫从乞得花枝后，瓦缶金盆任意栽。

啼罢无端说旧盟，旁人窥伺浅深情。莫因别后悲沦落，犹念天涯薄幸人。

合浦还珠事已难，飘蓬南北两悲酸。此行记取烟波路，岁岁年年梦往还。

【意译】

偶然从书札箱中翻出兄杨度从北京寄来的诗录《小红曲》，乃以杜牧的情事为题，拟小红情怀所作柔婉之词。自古才子，命运多坎坷，情越浓者境越惨，此非一般江湖名士所能体会。

《小红曲》八首。(见原文)

记明印

【原文】

寄禅和尚[①]，湘潭姜畲人，与余同里，故交谊特厚。壬子岁相遇于北京，彼居法源寺，余与夏午诒日必往候，康健如昔，不知其将死

① 寄禅和尚：又称八指头陀，中华佛教总会第一任会长。

也。一日，寄禅以其诗稿及器物概交门徒，趺坐三日而逝。（此时伯兄晳子即携其诗稿为之刊行。）数日之后，云南抚台沈秉堃[1]死于鸿升店。

余于两人皆及送终，而心之感触展转不绝。和尚乃方外人，抚台为名利客。未死之前，一清一浊，既死之后，同归北邙，清浊即无可分，是非亦无可定。天使余送两人之终，即所以增余知觉也。虽然，物必有偶，事必求验，日后再有方外人与名利客同死，则天之起予者更确也。十六年来，寂无响应，以为偶然之思，难于求实，不意前月下旬明印和尚圆寂，本月初间，梁君卓如升天，竟与前事一辙，始知天公造化，处处留心，非余想入牛角尖也。

明印湘阴人，姓周，于长沙业篾工，感妻儿之丧尽，乃祝发为僧，时年三十九岁矣。事母至孝，犹以荤腥助其供养。母伤家运，遂亦长斋，未及数年，亦随物化。明印素不识字，然有夙慧，澈悟甚多，全在定中，通兹立妙，文字精通之士反觉不如。于是声名日大，门徒日众，修行之处，即长沙南门外之茅庵。叶郎园所布施也。所蓄之资与弟子名册，必送之普陀，三年一次。冬夏跣足，不知寒暑，行年八十，道行在寄禅之上，以无文字障也。阇维之后，舍利盈升，大者如粟。湖南高僧，此人第一，其他尚未之闻也。

余在北京，亦与卓如常见，曾以所临《郑羲碑》相示。余谓之曰："足下可以专学文章，不必写字。"今闻其死，为之惋然，遂挽之曰："声名和谤议同驰，纵夸绝代才华，空言救世；学问与事功相戾，更匪故时城郭，何处招魂。呜呼，卓如！抱保皇之志，作袁氏之官，（伯兄上书袁氏为之释嫌，保其归国，遂任为总长。）又死于今日，魂既不知所往，招之者亦不得其处也。呜呼！时戊辰十二月。"

---

① 沈秉堃：长沙人，清末民初政要，袁世凯与黄兴势不两立，但与他都是挚友。

（数日之后，忽梦卓如来乃邀，入余斋，欲检《草堂之灵》。与彼一阅，而几案均易位置，遍寻不得，亡妻在侧曰：“书籍凌乱，特加整饬耳。”卓如曰：“足下书法猛进，令人惊服。昔者上海报发全国字榜，列足下于第三，今见天榜，乃在第一。特来致贺。”余答曰：“一种小技无关学术，何贺之有？但日久未晤，请示居处，以便走访。”卓如曰：“近居蛇山，以其清净。”语毕而醒，其为何兆，不可得知，为吉为凶，更难推测。惟十八年前，上海报发字榜，列余第三，乃为事实。彼时余年三十，实难骖靳作家，事亦久忘，未尝提及。今忽有人于梦中言之，亦为怪事。附记于此，乞占梦者察焉。）

【意译】

寄禅和尚，湘潭姜畲人，与我同乡，且交谊特厚。壬子（1912）在北京相遇时，他住法源寺，我与夏寿田几乎每天都必去拜访，见其健康如昔，然不久即逝。有一天，寄禅将其诗稿和随身之物都交与弟子，禅坐三天后离世。（我兄杨度整理其诗稿为之刊发。）几天之后，云南抚台沈秉堃死于鸿升店。

两人的送终，我均参入，感触辗转难安。和尚乃免俗之人，抚台为名利之客。未死之前，一清一浊，葬亡之后，清浊无界，是非难分。天意让我为两人送终，是让我增此感知也。虽然物必有偶，事必有报，以后再有免俗人和名利客同死，乃天意更明确也。十六年来，从无此念，现一联想，也只以为是偶合，难以证实，不意上月下旬明印和尚圆寂，本月初梁启超即升天，竟和以前之事如出一辙，才知天公造化，处处留心，真不是我在刻意钻牛角尖也。

明印和尚，湘阴人，姓周，长沙竹业工，因妻儿尽丧，便削发为僧，时年三十九岁矣。对家母孝顺，每天荤食供养。母伤感其家运不幸，渐以长斋度日，没有几年，也撒手人寰。明印素不识字，但有慧根，彻悟甚多，顾其根本，触类旁通，博学者反自愧不如。于是声名渐远，门徒众多，修行之处，即长沙南门外的“茅庵”，由叶德辉资建也。所收纳钱物及弟子名册，必送至普陀山，三年一次。无论寒暑，终年赤脚，八十而逝，道行尤在寄禅之上。火葬之时，体骨腾升，大者如粟。湖南高僧，此人排第一，还没听说过有超越者。

我在北京，也与梁启超常聚，他曾给我看其临写的《郑羲碑》，我对他说：“你可以专学做文章也，不必练书法。”今听其死讯，为之惋惜，写挽言：“声名和谤议同驰，纵夸绝代才华，空言救世；学问与事功相戾，更匪故时城郭，何处招魂。呜呼，启超！抱保皇之志，做袁氏之官，（杨度上书袁世凯为其开释，保其归国，并任财长。）又死于今日，魂既不知所往，招之者亦不得其所。呜呼！时戊辰（1928）十二月。”（几天之后，忽然梦见启超来访，进得书房，想翻看《草堂之灵》。但不知为何书案茶几均已易位，遍寻未得，亡妻在一旁道：“书籍过于凌乱，我已特意整理。”启超说：“你的书法日益猛进，令人惊服。以前上海报发全国字榜，你名列第三，我今天见到天榜了，你排位第一。特来致贺。”我即答：“一点无关学术的雕虫小技，何以值得祝贺？但与你久未晤见，请教现居何处？以便走访。”启超说：“近来住在蛇山，图其清净。”此时梦醒，征兆如何，不得而知，是凶是吉，更难推测。只是十八年前，上海报发字榜，将我列在第三位，确有其事。那时我刚三十岁，实难顺水推舟成名称家，久之已忘，再未提及。今天突然有人托梦讲起，甚为古怪。附记如此，请占梦者明辨。）

记韩远墓志

【原文】

戊辰冬日，长沙天心阁下，掘得尺方砖四，每砖一面刻字六行，行六字，北魏《韩远墓志》也。文章俗近，字法丑拙，均不合当时体。然为新出土者，即伪造亦非近物，故亦录其全文于后。洛州乡城老人造像碑中，有名韩君远者，多一“君”字，当非此人。但彼时韩姓著者甚多，如韩显宗、韩子熙、韩秀、韩麒麟、韩神固等皆见于史册。然皆昌黎人，与韩远之世族不合。见于各碑阴①者，如韩略、韩章、韩次宾、韩系叔、韩海□、韩长茂、韩亮、韩舍兴、韩胡髀、韩敬宾、韩宠等，更不可详。惟韩起龙之命名，颇合当时风气，与程道起、孙洪龙、孙凤起、刘仲起、赵龙欄、孙龙起、吴龙震、姜龙起、姜清龙、韦清龙、许起龙、张起宗、繁龙腾、王龙欄等甚相似也。由此观之，彼时或有此志，亦未可知，然疑问过多，使人难信。纵将文章之浅俗，字法之丑拙，且通“茔”为“莹”之类，概置勿论，试问终身不试之人，文安谥号，从何而得？谓得私谥，则文名仅及乡里者，殊无私谥之值，性情古傲，更与“文安”二字无关，且志中于“乡里”上加“传播”二字，轻重失宜。四十二岁，赞以“寿终”，且缀于“卒于”之后，尤为荒谬。首句称“君”，中则称“公”，事亦可异。“今谨诹于”四字，乃未葬以前之语，刊志狮岭又为葬后之词，然则此志何时瘗人，殊难推测。以上所言，皆似全然不知文理者。论者谓《善化县志》有狮子岭，在县东南，遂疑“西山”即“麓山”，“古福寺”即“道林寺”，更加鬲垓矣。世无远存隔河之山寺，五年之后再葬于城下之理。尽量考据，亦无益也。志中无徙居长沙事，其非千四百前瘗此，又可断言。端午桥藏石甚多，若不作藏石记，则今入土而后出土者，又生疑虑矣。总而言之，纵为古物，亦无足欣赏，则定论也。恐远道之人，闻而艳羡，故详记于此。

① 碑阴：碑的背面，一般刻相关门生故吏或石工的名字。

大魏故韩文安公墓志

君讳远，字念顽，乌程渊雀村人，韩起龙太守之孙也。公少敏慧，以文名传播乡里中，而性情古傲，终身不试。公生于延和三年甲戌五月七日未时，卒于承明元年丙辰九月十六日申时寿终，春秋四十有二。子少玫、少瑛同视入榇，存于西山古福寺。今谨诹于大和四年庚申二月九日巳时，葬于狮子岭之南。子少玫等恐坟茔失散，刊志以记。

砖在长沙报馆。第三砖裂小半，第四砖中裂，惟“狮”字损右大半，略损者数字。砖不胜椎，久打必坏。汉《石堂记》石，本端尚书所有，今在西泠印社。端释“乡里无宴”之“宴”字为“宜”字，“子道未及”之“及”字尚未释出。端于碑学实少深究，其跋《石堂记》云:“汉碑‘太’字皆不加点，独《高颐》及此碑有之，今此刻‘太’字作‘冭’，竟加二点，尤洪氏所未见。”端氏之意，以为《石堂记》乃近时出土，此外，无“太”字有二点者，故不能为数百年前之洪氏所见，诚可谓志大才疏。试取《衡方碑》读之，二点之“太”字，必朗然在也。洪文惠岂可谓为未见《衡方》哉!

【意译】

戊辰（1928）冬天，长沙天心阁处，挖掘出一尺见方的砖四块，每块砖上刻有六行字，六字一行，乃北魏《韩远墓志》也。文章浅俗，字法拙劣，且不合当时体。但是新近出土，即便伪造也应不是今朝之事，故录全文于后，记之。洛州乡城老人造像碑中，有位韩君远者，然多一“君”字，当非此人。但那时韩姓有名望的人甚多，如韩显宗、韩子熙、韩秀、韩麒麟、韩神固等皆史册留名，只是均为河北昌黎县人，与所记韩远世族不合。在可考的碑阴名字中，如韩略、韩章、韩次宾、韩系叔、韩海□、韩长茂、韩亮、朝舍兴、韩胡腗、韩敬宾、韩宠等，更无详历可寻。只有出土碑中韩起龙的取名之法，颇合当时风气，与程道起、孙洪龙、孙凤起、刘仲起、赵龙槲、孙龙起、吴龙震、姜龙起、姜清龙、韦清龙、许起龙、张起宗、繁龙腾、王龙槲等如出一辙。由此看来，那时或确有此碑也未可知，然疑点甚多，使人难以置信。纵将文章之浅俗，字法之拙劣，而且将“茔”混为“莹”之类，暂搁置勿论，试问，终身未参加科举应试之人，“文安”谥号，从何而得？如果是私谥，但名望仅及近乡，哪有私谥之价值，性情古傲，“文安”又从何谈起？且碑中在“乡里”之上加“传播”二字，轻重失宜。四十二岁，赞以“寿终”，并书在“卒于”之后，尤为荒谬。首句称“君”，之后又称“公”，虽扭曲还不至梗阻。“今谨诹于”四字，乃未葬以前之语，“刊志狮岭”又为下葬以后之词，此碑终究何时埋入，实难推测。以上所列，可知撰者全然不通文理也。有人说善化县志上有“狮子岭”，在县的东南方，故怀疑“西山”即“麓山”，“古福寺”即“道林寺”，此更加难以说通矣。世上岂有先存碑于隔江之山麓，五年之后再葬于城中地下之理。再多考据，也无必要也。碑中也未记迁居长沙之事，故可断言，该碑绝非一千四百年前埋入。端午桥一带藏碑甚多，若没有藏碑记，则当世埋入又随后出土之技，又让人生疑矣。总而言之，即便此为古物，也无可赏之处。我恐远道而来之人，闻而慕其名，故详记于此。

大魏故韩文安公墓志

君讳远，字念顽，乌程渊雀村人，韩起龙太守之孙也。公少敏慧，以文名传播乡里中，而性情古傲，终身不试。公生于延和三年甲戌五月七日未时，卒于承明元年丙辰九月十六日申时寿终，春秋四十有二。子少玫、少瑛同视入榇，存于西山古福寺。今谨诹于大和四年庚申二月九日巳时，葬于狮子岭之南。子少玫等恐坟茔失散，刊志以记。

砖现存长沙报馆。第三砖小半有裂，第四砖中部有裂，其中“狮”字损右大半，另有几字略损。锤硬于砖，久击必毁。汉代《石堂记》碑，原为端方所有，现存于西泠印社。端方注释“乡里无宴”的“宴”字为“宜”字，“子道未及”的“及”字尚未释出。其对碑学实欠深究，在为《石堂记》书跋中写道：“汉碑‘太’字皆不加点，独《高颐》及此碑有之，今此刻‘太’字作‘厺’，竟加二点，尤洪氏所未见。”依端方之意，好像《石堂记》属刚刚出土之物，也从未见过“太”字有两点之说，更不为几百年前的洪氏所见。其人乃志大才疏者矣。试取来《衡方碑》观之，两点之“太”坦然在列也。而洪文惠又岂是未见过《衡方碑》之人！

风筝线

【原文】

李雨农以日本卷信纸求湘绮先生书。先生为书《七夕词》全卷。自跋语中，譬之扯风筝线。卷纸极长，不易尽也。《草堂之灵》亦可谓为扯风筝线，有灵即书，无灵即止，何时卒业，未可知也。而四方好友索阅者众，钞之不可，拒之不能，于是友好中之好事者，凑集刊资，暂厄梨枣。此书之作，本出无心，扑满聚钱，愈聚愈富。圣人有言，悖入悖出，今之示众，出之义也。虽然，学问之道，如探大海，得鲸者夸其雄才，得珠者矜其细密。而有时得珠者恨不得鲸，得鲸者恨不得珠；又有时得珠者笑鲸之庞然，得鲸者笑珠之眇小，是非不定，价值之乖，则又恃乎同探海者之考其劳逸也。（是书之名肇自己未，书之卷数暂止戊辰。数年之前，黎丈薇荪即主张付锓，于是康长素、萧叔衡、方叔章、柳午亭、李肖聃、唐规严、刘仲钦、段楚贤、谭茀予诸君相继而起，时来催促，不许稍迟。而唐、刘、段、谭与彭君孟庵尤为好事，邀其朋党共任刊资，竟得千金，遂行开印。余尝笑曰：今日湖南铜元等于金磅，而好古之士抛有用之宝货，成覆瓿之废物，不亦异乎！虽然，尚有欲言者在，置我旗竿之上，骋兹闭户之车，虽成美之念堪钦，而鼠朴之差可虑。幸不同马圄之无方，乱说以悦野人①，更不同吹籁之舍正，奏淫以娱越主②。但见智见仁之士，何世无之？使知我罪我之人，得所由来已耳。

【意译】

李雨农拿了日本的长卷白纸去求闿运先生的字。先生为他书了《七夕词》全卷。自跋中，闿运自叹在“扯风筝线”，因卷纸极长，不易尽也。《草堂之灵》也可谓在“扯风筝线”，有灵动时，便写一篇，无灵动时即止笔，何时能结，未设限也。而四方众多好友均在索阅，刊出不可，拒之不能，于是好友中有心者，便自凑资款，行刻版付印之事。此书之作，本出无心，储罐存币，越集越多。圣人有言，悖入悖出，今之示众，出之义也。虽然，学问之道，如探大海，得鲸者夸其雄才，得珠者矜其细密。而有时得珠之人恨不得获鲸，得鲸者恨不得获珠；又有时得珠者笑鲸太庞大，得鲸者笑珠太渺小，是非难定，且视乎探海者自认其何为得何为失也。（书的大致，已于1928年完成。几年之前，前辈黎薇荪即主张刊印，于是，康有为、萧叔衡、方叔章、柳午亭、李肖聃、唐规严、刘仲钦、段楚贤、谭茳予等人相继催促，不许推期。而唐、刘、段、谭与彭孟庵又尤为热切，邀其朋党共出刊资，竟集千金，书即付印。我笑说：如今湖南铜元贵于金

① 马圄之无方，乱说以悦野人：《淮南子·人间训》中有记，孔子的马吃了农民的庄稼，被扣，门徒子贡去要，把仁义道德说了一大通，农民根本不睬，可是马夫去要，没有说什么大道理，却很快就把马要回来了。

② 吹籁之舍正，奏淫以娱越主：《吕氏春秋·遇合》中有记：“客有以吹籁见越王者，羽、角、宫、徵、商不谬，越王不善；为野音而反善之。”

镑，现有好古之人抛有用之货币，换泼地之废液，岂不怪哉！虽然，尚有同声共气之人，驱我这足不出户之车，将我悬于旗帜之上，成人之美固然可钦，但也或担名不副实之险也。所幸还不至于“马圄之无方，乱说以悦野人”，更不至于“吹籁之舍正，奏淫以娱越主”。但仁者见仁，智者见智，知我毁我之人，也必由此而来矣。

图书在版编目(CIP)数据

草堂之灵/杨钧著;平藩译.—长沙:岳麓书社,2019.1
ISBN 978-7-5538-1052-2

Ⅰ.①草...　Ⅱ.①杨...②平...　Ⅲ.①小品文—作品集—中国—现代　Ⅳ.①I266.3

中国版本图书馆CIP数据核字(2018)第279242号

CAOTANG ZHI LING
草堂之灵
作　　者:杨　钧
译　　者:平　藩
责任编辑:杨云辉
特约编辑:聂双武
责任校对:舒　舍
封面设计:风格八号　花景勇

岳麓书社出版发行
地址:湖南省长沙市爱民路47号
直销电话:0731-88804152　0731-88885616
邮编:410006
岳麓书社网址:www.yueluhistory.com

2019年1月第1版第1次印刷
开本:890mm×1240mm　1/32
印张:17
字数:410千字
ISBN 978-7-5538-1052-2
定价:68.00元

承印:长沙市宏发印刷有限公司

如有印装质量问题,请与本社印务部联系
电话:0731-88884129